中国门类美学史丛书

朱志荣　主编

ZHONGGUO WENXUE MEIXUESHI

「十二五」国家重点图书出版规划项目

中国文学美学史

祁志祥 著

山西出版传媒集团
山西教育出版社

图书在版编目（C I P）数据

中国文学美学史/祁志祥著. —太原：山西教育出版社，2014.9
（中国门类美学史丛书/朱志荣主编）
ISBN 978-7-5440-7009-6

Ⅰ. ①中… Ⅱ. ①祁… Ⅲ. ①文学美学-美学史-中国
Ⅳ. ①I01-092

中国版本图书馆 CIP 数据核字（2014）第 137337 号

中国文学美学史

ZHONGGUO WENXUE MEIXUESHI

出 版 人　雷俊林
出版策划　梁宝印　薛海斌
责任编辑　郭志强
复　　审　邓吉忠
终　　审　刘立平
装帧设计　薛　菲
印装监制　贾永胜

出版发行　山西出版传媒集团·山西教育出版社
（太原市水西门街馒头巷 7 号　电话：0351-4035711　邮编：030002）
印　　装　山西臣功印刷包装有限公司
开　　本　787×1092　1/16
印　　张　27
字　　数　440 千字
版　　次　2014 年 9 月第 1 版　2014 年 9 月山西第 1 次印刷
印　　数　1—3 000 册
书　　号　ISBN 978-7-5440-7009-6
定　　价　55.00 元

《中国门类美学史》总序

⊙朱志荣

中国古代有着丰富的美学思想资源，自从百余年前美学作为现代学科被引进中国以来，美学工作者们在研究、评介西方美学的基础上，逐步深入地整理和研究中国古代美学思想，从朱光潜先生的“移花接木”到宗白华、邓以蛰先生等人的“援西入中”等，开拓了中国美学史的现代研究。而后继的研究，又继承和发展了前贤的相关探索。其中包括北京大学哲学系美学教研室编的《中国美学史资料选编》和叶朗总主编的《中国历代美学文库》以及一些书论、画论、文论等方面的文献资料整理，也包括李泽厚、刘纲纪的《中国美学史》和叶朗的《中国美学史大纲》等一系列美学史著作，都做出了积极的贡献。而近些年来中国美学史的研究也在不断深化。

中国美学思想研究主要集中在两个领域：一是儒、道、释等哲学论著中的美学思想，二是文学、书法、绘画、音乐、园林等门类艺术中的美学思想。其中，中国各门类美学有着丰富的思想资源，相关论著堪称彬彬之盛，尤以文学、书法、绘画、音乐理论最称繁兴，以诗文、书、画、乐等方面的论、评、品、话等形式存在的专门性的理论著作尤其丰富。而在正史、方志、诗文、笔记、序跋甚或小说、戏曲等史料中，同样能够爬梳出大量关于舞蹈、建筑、园林、工艺等门类艺术的理论思考。

中国门类美学史方面的研究和专题探索，在过去的几十年中也有了较为丰富的成果，有了一定的基础。在此基础上全面系统地研究中国门类美学史，目前已经水到渠成，而且显得非常重要。这既是中国美学史研究进一步深化的需要，也是中国当代美学理论建设的需要。

中国门类美学史是根据艺术对象的不同而进行的专题美学研究，其涵盖面广泛，涉及多方面的专业知识，难以做到以一人之力完成诸多门类的美学史研究，需要国内相关专家齐心协力，共同完成。目前门类美学研究主要还是各攻其专，没有统一的规划，未能形成一个整体系统。因此，我们在前贤研究的基础上，针对不同门类艺术的特点，集中各相关领域的同仁，采取多人合作的方式，进一步深入研究，撰写一套《中国门类美学史》丛书，包括文学、戏曲、音乐、书法、舞蹈、建筑、园林、工艺、绘画等，从艺术的角度对中国美学史进行系统的研究和阐述。

本丛书力图以统贯全书的中国美学基本思想、基本范畴和基本命题为基础，将文献记载与艺术作品分析有机地结合起来，将艺术美学的发展历程与整个文化发展有机结合起来，揭示出中国艺术审美规律的发展历程，对我国各种类型的艺术美学的历史、流变、成就等作系统概括和总结，对各门类美学思想的总体框架、基本思路、研究方法和主要论题作深入探讨，并将这些美学思想与具体艺术研究相结合，使美学理论有具体的实践基础，从而有利于指导艺术实践。

本丛书还深入探讨各门类美学的历史脉络，对中国从古到今的美学现象、范畴、命题、特性等进行系统研究，使美学学科更为成熟，理论更为严密，以促进中国门类美学史的进一步发展，使中国美学史研究更为具体和深入，并有助于建设中国特色的美学体系，为和而不同的全球化美学做出独特的贡献。这也是中国美学史研究中的现实需要。

本丛书突出时代最有代表性的门类美学思想，有理有据地阐发出具有独创性的美学见解，为今后的进一步研究积累经验和教训。对各门类美学进行系统研究，从艺术美学的各个门类入手，广泛而又典型地包罗了最具代表性的中国美学史研究，进一步开拓了中国美学史的研究视野，更细致地分析中国传统审美意识与美学思想中的理论与实证资源。

在对各门类美学的系统归类上，本丛书以单册专著的形式观照门类美学的历史流变和本质特征，又以合辑丛书的形式统摄超越门类畛域的美学总体演化。在共性与特性的对照映衬中阐述了不同形式的艺术和各门类美学所共同遵循的审美规律，深入探讨各门类美学的历史脉络、结构组成、思想渊源，使中国美学的研究落到实处。

本丛书的撰写还反映了“纵横交错”的特点。从纵的方面看，本丛书以时间顺序为纲，撰写了各个艺术门类在不同时期的美学特质和风貌，以及该门类美学的发展轨迹，展现了在此艺术门类中体现的当时人们的审美理想和审美趣味。从横的方面看，本丛书的各门类艺术美学史交相辉映，同一时代的各门类艺术美学思想相得益彰，共同构成了较为完整的中国艺术美学史。读者可以根据自身的需要、兴趣选择本丛书中某一或几个艺术门类美学史阅读，从中看出某艺术门类美学史的嬗变轨迹。

现在，在山西教育出版社的领导和各位编辑的支持和辛勤努力下，这九本门类美学史著作即将陆续面世，接受读者的检验和批评。我们相信，中国门类美学史的研究将会推动美学史研究在结合中国实际、借鉴西方当代美学成果以及继承中国传统思想的基础上取得新的进展，从而对推动21世纪中国美学理论的建设和发展起到积极的作用。当然，限于水平，我们的上述努力目标未必都能达到，书中一定还存在这样和那样的不足，我们恳切地期待同仁和广大读者的批评指教，使我们能在今后的研究中不断改进。

Contents

前　言

所谓“文学美学”，是指关于文学这门艺术的审美特征的美学思考。考察上起先秦、下迄现代的中国历代文学美学发展演变的历史轨迹，是本书的主要使命。中国古代，美并不是文学必不可少的特征，但部分文体却与美结下不解之缘，这就使得文学理论与美学理论呈现出某种交叉状态。先秦时期，文学美学的时代特征是“道德文章，儒道互补”。所谓“道德文章”，是指这个时期的“文学”概念不仅包括文章学术、文物典章，而且包括礼仪文明、道德修养；所谓“儒道互补”，是指至春秋战国时期，虽然诸子蜂起，百家争鸣，但在当时和后世影响最大的文学美学观当数相互对峙而又相互补充的儒家与道家。两汉时期，诗赋作为审美的文学体裁得到长足发展，受武帝之后儒家学说定于一尊的思想影响，诗赋美学在表达思想感情的时候注重符合儒家之道的美，并强调通过宗经、征圣的方法加以保证，所以这个时期的文学美学特征体现为“宗经征圣，言志载道”。魏晋南北朝时期，在玄学“逍遥适性”风气的鼓舞下，文学转而关注自身的形式之美和情感之美，“有韵的文学”“情感的文学”应运而生，理论上要求“以情纬文，以文被质”，“绮縠纷披……情灵摇荡”，文学美学呈现的时代特征可谓是“缘情绮靡，聚焦审美”。隋唐宋金元时期，伴随着儒家之道的重回失地与重新阐释，在文学领域，道学家、理学家、古文家与新乐府诗派殊途同归，异口同声，要求在内容上崇尚上古儒家之道，在形式上回归秦汉古文乐府，所以本书将这个阶段文学美学的整体特征概括为“回归古文，崇尚古道”。明清时期，文学美学呈现出“走向综合、集其大成”的时代特征，人们重申“六经，文之范围也”（刘熙载）、“榷论文学，以文字为准，不以彣彰为准”（章炳麟）这样的广义文学概念，同时对诗文词曲小说的道德美、情感美、形式美作了总结和概括。近代历史上，受西方文学观念的影响，中国古代广义的文学概念向狭义的美文学概念发生转型，形象感人的“文学”逐渐与抽象乏味的“学术”分离开来，这种美文学观念在“五四”新文学运动开始的现代文学发展中又得到进一步巩固，“文学”成为以悦人性情的“美”为特征的精神作品，外延仅限于散文、诗歌、小说、戏曲四种形态，文学理论也演变为美学理论的一部分。所以，近现代文学美学的时代特征可以概括为“借鉴西学、现代转型”。本书属于“中国艺术门类美学史”丛书系列。考虑到丛书中戏剧美学另有专书论述，故本书考察的文学美学范围不再涉及戏剧美学，以免重复。希望本书为人们认识和把握中国文学美学史或中国文学批评史的脉络提供另一种维度的参考。

绪　论

中国文学与美的关系的历史考察

文学作为艺术的一种形态，它的特征是美。美学作为聚焦美的哲学①，自然有关于文学的美学。然而在中国古代，美并不是文学的必不可少的特征。晚清章炳麟在《国故论衡·文学总略》中指出："凡'彣'者必皆成'文'；凡成'文'者不皆'彣'。是故榷论文学，以文字为准，不以彣彰为准。"章氏此论，准确地概括了中国古代占主导地位的文学观念："文学"包括一切文字著作，衡量是不是"文学"的特征或标准是"文字"，而不是"彣彰""文采"，也就是"美"。近代以来，在西方美文学概念的影响之下，中国文学才从广义的文学演变为以"美"为特征的狭义的文学。那么，中国古代文学的概念虽然是广义的杂文学，有没有关于文学的美学思考？如果有，大体是怎样的？近现代历史上，中国文学从广义的杂文学到狭义的美文学的历史演变情况大体是怎样的？这里略作梳理。

一、中国古代：美并非文学的必备特征

从先秦到晚清，在整个中国古代，美并非文学的必备特征。

① 详见祁志祥《"美学"是"审美学"吗?》，《哲学动态》2012 年第 9 期。

先秦时期，“文学”“文章”及其单称“文”不仅包括一切文字著作，而且外延比文字著作还大，包括道德修养和礼仪文饰。“文”字的构造是交错的线条、花纹，所以《易·系辞》说：“物相杂，故曰‘文’。”《国语·郑语》说：“物一无‘文’。”“文章”的本义也是如此。《周礼·冬官考工》云：“画缋（同绘）之事……青与赤谓之‘文’，赤与白谓之‘章’。”

由交错的线条和具有文饰性的花纹，衍生出文饰美的涵义。《楚辞·九章·橘颂》：“青黄杂糅，文章烂兮。”此处的“文章”即指斑斓的色彩美。由文饰美之义引申为车服旌旗。《左传·隐公五年》：“昭文章，明贵贱。”杜预注“文章”即“车服旌旗”。由自然界的文饰，引申为道德法律及礼仪修养。孔子说：“郁郁乎文哉，吾从周。”《诗·大雅·荡》毛序：“厉王无道，天下荡荡，无纲纪文章。”这里的“文”和“文章”，均指周代的道德文明和礼仪法度。《战国策·秦策》：“文章不成者不可以诛罚。”这里“文章”指法律制度。《论语·公冶长》记子贡语：“夫子之文章，可得而闻也。”此处的“文章”，不只指孔子编纂的文辞著作，而且包括孔子的道德风范。如朱熹《论语集注》云：“文章，德之见乎外者，威仪文辞皆是也。”道德礼仪的修养离不开后天的学习，所以道德的文饰修养又叫“文学”。《论语·公冶长》记载：“子贡问曰：孔文子何以谓之‘文’也？子曰：敏而好学，不耻下问，是以谓之‘文’也。”《论语·先进》论及孔门四科，即“德行”“言语”“政事”“文学”。北宋经学家邢昺将此处的“文学”解释为“文章博学”。郭绍虞在《文学观念及其含义之变迁》一文中将“文章博学”解释为“一切书籍、一切学问”，即“最广义的文学观念”①。其实，此处的“文学”并不等于我们今天所谓的“广义的文学”，还包括礼仪道德的学习修饰。因此，《荀子·大略》说：“人之于文学也，犹玉之于琢磨也。……子赣、季路，故鄙人也，被文学，服礼义，为天下列士。”正因为此时的“文学”是道德的载体和规范，所以它并不以“文采”为特质，而以“质信”为特征。《韩非子·难言》指出，当时人们把“繁于文采”的文字著作叫做“史”，把“以质信言”、形式鄙陋的文字著作称为“文学”。于是，“文”必须以原道为旨归。《论语·学而》：“行有余力，则以学文。”《墨子·非命中》：“凡出言谈、由文学之为道也，则不可而不先立义法。”所以“文学”又常被用来指“儒学”。

① 郭绍虞：《照隅室古典文学论集》，上海古籍出版社1983年版，第90页。

如《韩非子·五蠹》云："儒以文乱法，侠以武犯禁。""故行仁义非所誉，誉之则害功；文学者非所用，用之则乱法。"当然，"文"也可仅指文字著作。《论语·述而》："子以四教：文、行、忠、信。"邢昺疏："文，谓先王之遗文。"朱熹《论语集注》："程子曰：'教人以学文修行而存忠信也。'"罗根泽先生《中国文学批评史》第一册指出："周秦诸子……所谓'文'与'文学'是最广义的，几乎等于现在所谓学术学问或文物制度。"从"学术学问"一端而言，"在孔、墨、孟、荀的时代，只有文献之文和学术之文，所以他们的批评也便只限于文献与学术。"

两汉时期，情况出现了新变。一方面，"文学"一词仍保留着古义，指儒学或一切学术。如《史记·孝武本纪》云："上乡（向也）儒术，招贤良，赵绾、王臧等以文学为公卿。"《史记·儒林列传》云："延文学儒者数百人，而公孙弘以《春秋》白衣为天子三公。""治礼，次治掌故，以文学礼义为官。"这是以"文学"为"儒学"的例子。《史记·自序》云："汉兴，萧何次律令，韩信申军法，张苍为章程，叔孙通定礼仪，则文学彬彬稍进。"又《史记·袁盎晁错列传》："晁错以文学为太常掌故。"这里把"文学"当作包含律令、军法、章程、礼仪、历史在内的一切学术。桓宽《盐铁论》中"文学"是作为与"贤良"之士并列的概念使用的，即指主张实行仁政的儒者。另一方面，此时人们把有文采的文字著作如诗赋、奏议、传记称作"文章"，于是"文章"一词取得了相对固定的新的涵义而与"文学"区别开来。如《汉书·公孙弘传·赞》云："文章则司马迁、相如。"与"文章"的这个涵义相近的概念还有"文辞"。《史记·三王世家》："文辞烂然，甚可观也。"《史记·曹相国世家》："择郡国吏木诎于文辞、厚重长者，则召除为丞相史。"这里的"文辞"即文采之辞、美的文辞。不过与此同时，"文章"泛指一切文化著作的古义仍然保留着。如《汉书·艺文志》云："至秦患之，乃燔灭文章，以愚黔首。"作为包含"文学""文章"在内的"文"，仍指一切文字著作。因此，《汉书·艺文志》所收"文"之目录包括"六艺"（即六经）、"诸子"、"诗赋"、"兵书"、"术数"、"方技"在内的所有文化典籍，共六略三十八种，五百九十六家。

魏晋南北朝时期，人们继承汉代"文章"与"文学"出现的分别，以"文章"指美文，以"文学"指学术。如《魏志·刘劭传》："文学之士，嘉其推步详密；文章之士，爱其著论属辞。"魏刘劭《人物志·流业篇》："能属文注疏，是谓‘文章’，司马迁、班固是也；能传圣人之业，而不能干事施政，是谓‘儒学’，毛公、贯公是也。”所以刘勰《文心雕龙·序志》指出：“古来文章，以雕缛成体。”“文章”是以“雕缛”为特征的。同时，“文学”一词也出现了狭义的走向，与“雕缛”的“文章”几乎同义。宋文帝立四学，“文学”成为与“经学”“史学”“玄学”对峙的辞章之学，亦即汉人以新义指称的“文章”。嗣后宋明帝立总明馆，分为“儒”“道”“文”“史”“阴阳”五部，其“文”即与狭义“文学”相当。与此同时，南朝人又进一步分出“文”“笔”概念。“文”是有韵的、情感的文学，“笔”是无韵的、说理的文学。这种与“笔”相对举的“文”，萧绎《金楼子·立言》说它“唯须绮縠纷披，宫徵靡曼，唇吻遒会，情灵摇荡”，与今天所讲的以“美”为特点的“文学”是相通的。所有这些，都标志着文学美学认识的发展与深化。

然而，这并不是说，这个时期人们对“文学”“文章”的内涵、特征的认识就与今人的“文学”概念完全一样了。上述萧绎对“文”的界定与要求，只代表古人对广义的“文”中一种门类的作品特质的认识，它是一种文体概念，而不是一般意义上的文学概念。它与“笔”一样都统属于广义的“文”这一属概念之下，如同《文心雕龙》之“文”与该书中论及的“文”“笔”之“文”的关系一样。就一般意义而言，广义的文学概念并没有改变。曹丕《典论·论文》：“盖文章，经国之大业，不朽之盛事。”挚虞《文章流别论》：“文章者，所以宣上下之象，明人伦之叙，穷理尽性，以究万物之宜者也。”《文心雕龙·时序》谓：“唯齐楚两国，颇有文学。”“自献帝播迁，文学蓬转。”这里的“文章”“文学”外延远比我们今天的美文学大得多。这种广义的杂文学概念，无可置疑地体现在这一时期的文体论中。曹丕《典论·论文》列举的“文”有奏、议、书、论、铭、诔、诗、赋八体。陆机《文赋》论及的文体有诗、赋、碑、诔、铭、箴、颂、论、奏、说十类。挚虞《文章流别论》所存佚文论述的文体有颂、赋、诗、七、箴、铭、诔、哀辞、哀策、对问、碑、图谶。萧统《文选序》明确声称他的《文选》是按“事出于沉思，义归乎翰藻”的标准编选作品的，《文选》不录经、史、子，可见其对文学审美特点的重视。然而即使在他这样的比较严格的“文”的概念中，仍然包含了大量的应用文、论说文。《文选》分目有赋、诗、骚、七、诏、册、令、教、策、文、表、上书、启、弹事、笺、奏记、书、檄、对问、设论、辞、序、颂、赞、符命、史论、史述赞论、连珠、箴、铭、诔、哀文、哀策、碑文、墓志、行状、吊文、祭文等三十多类，足见其“文”的外延之宽泛。刘勰《文心雕龙》之“文”，较之《文选》之“文”，外延更加广泛。《文心雕龙》所论，仅篇目提到的就有包括子、史在内的三十六类文体，在《书记》篇中，作者又论及药方、算书、证券、文书等二十四种文体，不少文体不仅超出了美文学范围，甚至还超出了应用文、论说文范围。曹丕《典论·论文》讲：“夫文，本同而末异。”这个共同的根本是什么呢？即都是文字著作。这里值得指出的是，郭绍虞《中国文学批评史》将魏晋南北朝视为中国古代“文学观念演进期”的完成阶段，认为“到这时，‘文学’一名之含义，始与现代人所用的一样”①。这个判断是似是而非、以偏概全的。由于他是古代文论大家，由此产生的误导也不容小觑。关于这个问题，杨明曾著《魏晋南北朝时代“文学”一语的含义》一文指正郭绍虞此说“不够准确”。②魏晋南北朝时期，尽管人们对文学中的部分文体的审美特征有所认识和强调，但并没有改变传统的泛文学概念。

唐朝韩、柳掀起古文运动，以矫正魏晋南朝趋向形式美和情感美的子文学概念，要求回复秦汉古文的泛文学传统；南宋真德秀以理学之旨编《文章正宗》，与重视形美与情美的萧统《文选》相抗衡，取消了两汉的“文章”与“文学”分别和六朝的“文”“笔”之分，“文学”“文章”“文辞”或“文”的概念回复到周秦时期，泛指各种文字著作和文化典籍。此后遂成定论，一直延迄清末。晚清刘熙载《艺概·文概》论“文”，涵盖“儒学”“史学”“玄学”“文学”：“大抵儒学本《礼》，荀子是也；史学本《书》与《春秋》，马迁是也；玄学本《易》，庄子是也；文学本《诗》，屈原是也。”一言以蔽之：“六经，文之范围也。”正远绍先秦的广义文学概念。因此，章炳麟在《国故论衡·文学总略》中揭示：“凡云‘文’者，包络一切箸于竹帛者而为言。”文学不以“彣彰”为准，而以“文字”为准，乃是对中国古代通行的“文学”观念的一次理论概括和总结。

① 郭绍虞：《中国文学批评史》，上海古籍出版社1979年版，第4页。

② 参见杨明《汉唐文学思辨录》，上海古籍出版社2005年版，第1~11页。

二、中国古代存在着丰富的关于文学的美学思想

中国古代文学虽然不同于美文学，但有一部分属于美文学；中国古代的文学理论虽然不都是美学理论，但有一部分属于美学理论。而且，由于中国古代“内重外轻”的宗法文化使中国古代文学打上了浓重的“言志缘情”、表现主体的民族特征，由于在如何较好地表情达意问题上审美的文学创作展示了丰富的奥妙和动人的魅力，因而中国古代文学理论更多地把兴趣集中在对表现心灵的文学作品的审美特点、规律的探讨、论析方面，从而使中国古代文学理论呈现出丰富的文学美学品格和色彩。

西方文艺美学的一个经典性观点，是以“美”为艺术的必不可少的特征。文学作为艺术的一种主要形态，自然必须具备怡人情感的美。因此，西方的“文学”又叫“美文学”，literature 是不同于 article、essay、thesis、paper、dissertation、treaty、work、writing 的。中国古代文学虽然不同于西方人说的 literature，而是包括 literature 和 article、essay、thesis、paper、dissertation、treaty、work、writing 在内的一切文字著作，但并不缺乏对文学的审美特点的强调。如孔子指出：“言之无文，行而不远。”扬雄归纳诗赋不可缺少的共同特征是“丽”：“诗人之赋丽以则，辞人之赋丽以淫。”曹丕《典论·论文》强调：“诗赋欲丽。”陆机强调文学创作：“其遣言也贵妍。”刘勰《文心雕龙·原道》论证：“夫以无识之物，郁然有彩；有心之器（指文学作品），其无文（文采）欤?”萧统《文选序》总结各类文体：“譬陶匏异器，并为入耳之娱；黼黻不同，俱为悦目之玩。”① 屠隆强调：“文章止要有妙趣。”② 袁宏道也主张：“夫诗以趣为主。”③ 清人黄周星重申，戏曲“自当专以趣胜”④。刘大櫆强调：“文至味永，则无以加。”⑤ 这些文学美学思想，与西方美文学思想是相交叉的。

西方以“美”为文学的特征，而“美”的特点之一是形象性，所以西方文

---

① 《文选序》，《四部丛刊》影宋本六臣注《文选》卷首。

② 《论诗文》，《鸿苞节录》卷六，清咸丰刻本。

③ 《西京稿序》，《袁中郎全集·文钞》，万历四十五年周氏大业堂刻本。

④ 《制曲枝语》，转引自《中国古典戏曲论著集成》第七集，中国戏剧出版社 1959 年版。

⑤ 《论文偶记》，光绪戊子桐城大有堂书局《刘海峰文集》卷首。

艺美学又以“形象性”为文学的特征，以此区分“文学”作品与非文学的“学术”著作。中国古代文学虽然包含着大量的学术著作、应用文体，并不以“形象”为文学必不可少的特征，但不乏与文学的“形象性”有关的论述，如诗歌理论中的“赋比兴”说、“形神”说、“情景”说、“境界”说、“诗中有画”说，小说理论中的“性格”说、“逼真”说、“如画”说，并呈现出与西方文学“形象性”不同的民族特色。西方文学形象作为现实的模仿或反映，存在形式是主观的，反映内容却是客观的，重心在“象”不在“意”。中国古代文学形象是为含蓄、审美地表达主体意蕴服务的，准确地说是“意象”，重心在“意”不在“象”。挚虞《文章流别论》指出，诗“以情志为本”。他据此颂扬古诗贬低今诗：“古诗之赋，以情义为主，以事类为佐；今之赋，以事形为本，以义正为助。情义为主，则言省而文有例矣；事形为本，则言富而辞无常矣。”张戒《岁寒堂诗话》揭示：“言志乃诗人之本意，咏物特诗人之余事。古诗、苏、李、曹、刘、陶、阮，本不期于咏物，而咏物之工，卓然天成，不可复及，其情真，其味长，其气胜，视《三百篇》几于无愧，凡以得诗人之本意也；潘、陆以后，专意咏物，雕镌刻镂之功日以增，而诗人之本旨扫地矣。”“物象”在中国古代文学美学中的发生机制及所处地位由此可见一斑。

“美”的另一特点是“情感性”。西方文艺美学曾从“情感性”方面说明文学的特征。英国学者金蒂雷认为：艺术就是“感情本身”，感情就是“艺术本质”①。科林伍德指出：“通过为自己创造一种想象性经验或想象性活动以表现自己的情感，这就是我们所说的艺术。”② 苏姗·朗格在《情感与形式》中把艺术界定为通过现实图像这种“形式”去象征“情感”的作品。赫伯恩认为，情感性质是艺术品本身“现象上的客观性质”③。如果说“形象”是文学模仿现实的必然产物，那么“情感”则是表现心灵的文学的自然特征。西方现代文艺美学的情感特质说，正是对西方近现代以来表现主义文学作品美学特点的理论概括。与此相较，中国古代在宗法社会形成的“内重外轻”的思维取向模式与“以心

① 转引自李斯托威尔著，蒋孔阳译：《近代美学史评述》，上海译文出版社 1980 年版，第 10 页。

② 王至元等译：《艺术原理》，中国社会科学出版社 1985 年版，第 156 页。

③ 转引自（美）M·李普曼《当代美学》译者前言，光明日报出版社 1986 年版，第 24 页。

为贵”的价值取向模式的作用下，形成了“诗文书画俱以精神为主”（方东树）的“中国艺术精神”。因此，中国古代的文学美学中充满了关于文学情感性的论述。如“诗者，吟咏性情也”（严羽），“以情纬文，以文被质”（沈约），“披文入情”（刘勰），“但见情性，不睹文字”（皎然），“因情立格”（徐祯卿），“议论须带情韵以行”（沈德潜），如此等等，不一而足。当然，这并不意味着中国古代以“情感性”为文学的必不可少的特征。“情感”，更多地表现为中国古代诗歌的特征。在以说理为主的奏、议、书、论中，恰恰是“理过其辞”“乏情寡味”的，所谓“书论宜理”（曹丕），“若乃经国文符，应资博古”（钟嵘）。另有些文体，以写物为全部使命，与心灵、情感无关，但却无法否认它是古人心目中的“文”。如刘熙载在讲到“赋”这种文体必须“有关著自己痛痒处”时指出：“赋与谱、录不同。谱、录唯取志物，而无情可言……”① 这“唯取志物，无情可言”的“谱、录”，《文心雕龙》曾当作“文”论述过。

“美”不仅在“形象”“情感”，而且存在于纯形式中。20 世纪上叶，西方文学美学中的俄国形式主义、法国结构主义正是从纯形式方面切入文学的审美特征，说明文学的“文学性”的。使“文学”区别于其他文字著作的特性是什么呢？就是文学语言与日用语言的“差异”。语言具有“能指”（形、音）、“所指”（义）两个层面。日用语言为了彼此交流思想感情，采取表情达意的结构方式，形成一种正常语序。而文学语言则为了给人以美感享受，因而不能按照表情达意的需要来组织语序，而必须按照语音、字形彼此组合的美学规律来结构自身，这样就形成与日用语言在结构上的“差异”，形成“对于正常语言的偏离”②。易言之，文学的特性在于为了突出语言“能指”的美学功能而使语言“完全背离‘正规’用法”③。中国古代文学美学一方面兼顾文学语言形音的审美功能，形成以“格律声色”说为代表的纯形式美论，另一方面又更加重视文学语言记物叙事、言志述情的“所指”功能，主张“言者所以在意，得意而忘言”（王弼），要求读者“披文入情”（刘勰），最终“但见情性，不睹文字”（皎

① 《艺概》，上海古籍出版社 1978 年版，第 98 页。

② （英）安纳·杰弗森、戴维·罗比著，陈昭全等译：《西方现代文学理论概述与比较》，湖南文艺出版社 1986 年版，第 14 页。

③ （英）特伦斯·霍克斯著，瞿铁鹏译：《结构主义和符号学》，上海译文出版社 1987 年版，第 74 页。

然），但见“所指”，不见“能指”，从而与西方现代文学美学呈现出一定的异同。

在西方现代文学美学中，还有学者从文学形象、情感的“虚构性”，或者叫“创造性”“想象性”方面说明文学的审美特征。韦勒克、沃伦在他们合著的《文学理论》一书中指出：“‘文学’一词如果指文学艺术，即想象性文学，似乎是最恰当的。”① “‘虚构性’‘创造性’或‘想象性’是文学的突出特征。”② 文学作为一门艺术，它的“形象”之所以与解剖图、工程图不同，它的“情感”之所以不等于普通人的情感，就在于它所描写的形象世界、情感世界都是想象创造、虚构的。相比而言，中国古代则未曾把“虚构性”上升到文学的普遍特征高度。在中国古代文学中，既有“虚即虚到底”的野史、小说、戏曲，也有“实即实到底”的史书乃至部分剧曲、历史小说和“如秀才说家常话”的汉魏古诗，还包括表达真实思想、记叙真实事件的说理散文、记事散文。然而，这并不意味着中国古代文学美学中没有关于文学虚构性的论述，其中的“神思”说、“神韵”说、“意境”说、“虚实”说、“真幻”说等，分别从不同角度、不同层面触及文学的“虚构性”问题。如“神思”说云：“寂然凝虑，思接千载；悄然动容，视通万里。”③ “神韵”说曰：“诗贵真。诗人真趣，又在意似之间。认真，则又死矣。”④ “意境”说曰：“夫诗贵意象透莹，不喜事实粘著。古谓水中之月，镜中之影，难以实求是也。”⑤ “虚实”说曰：“按实肖象易，凭虚构象难。能构象，象乃生生不穷矣。”⑥ “真幻”说曰，小说虽“幻妄无当”，然“有至理存焉”⑦，只要符合生活情理，“人不必有其事，事不必丽其人”⑧。如此等等。

由此可见，尽管中国古代文学是广义的杂文学，中国古代文学理论不都是美学理论，但由于中国古代文学中包含着大量的美文学，这就使得中国古代文学理

---

① 刘象愚等译：《文学理论》，三联书店 1984 年版，第 9 页。

② 刘象愚等译：《文学理论》，三联书店 1984 年版，第 14 页。

③ 刘勰：《文心雕龙·神思》，赵仲邑：《文心雕龙译注》，漓江出版社 1982 年版。

④ 陆时雍：《诗境总论》，丁福保辑：《历代诗话续编》，中华书局 1983 年版。

⑤ 王廷相：《与郭价夫学士论诗书》，李壮鹰：《中国古代文论选注》，高等教育出版社 2008 年版。

⑥ 刘熙载：《艺概·赋概》，上海古籍出版社 1978 年版。

⑦ 谢肇淛：《五杂组》卷十五《事部三》，上海书店出版社 2001 年版。

⑧ 冯梦龙：《警世通言叙》，《警世通言》，中华书局 2009 年版。

论包含着许多美学理论，呈现出丰富的关于文学的美学思想。

三、近代以来：文学与美结下不解之缘

近代以来，在西方美文学观念的影响下，中国文学逐渐完成了从广义的“杂文学”观念向狭义的“美文学”观念的转变，文学理论逐渐与美学理论走向交叉，成为美学理论的一个分支。

在西方，“文学”一词拉丁文写作 litteratura，英文写作 literature，其词根分别是 littera 和 liter，本义“字母”或“学识”，有“文献资料”或“文字著作”的内涵。比如英语中有 mathematical literature 的说法，意即“数学文献”。又可用 literature 指称关于某学科的 writing，即书写著述。这一点与中国古代颇为相似。

同时，大约从古希腊起，西方文学理论中出现了一种新的文学概念，即以“文学”为“艺术”的一种形态，称之为“语言艺术”，又叫“诗”。而艺术必须以美为特征，于是，“文学”被限定在艺术的、审美的文字著作范围内，这构成了 1800 年之后西方现代意义“文学”概念的基础，也催生了 1800 年之后西方现代“文学”概念的诞生。正如美国学者乔纳森·卡勒指出：“1800 年之前，literature 这个词和它在其他欧洲语言中相似的词指的是‘著作’，或者‘书本知识’”；“literature 的现代含义文学才不过二百年”。①

20 世纪初，伴随着国门打开，西方的美文学观念传入中国，使中国传统的文学观念发生转化。1904 年至 1909 年，黄人完成一百七十万字的《中国文学史》，约在 1905 年前后出版。其“总论”指出，科学、哲学求“真”，教育学、政法学、伦理学、宗教学求“善”，“文学则属于美之一部分”，从文学之狭义观之，不过与图画、雕刻、音乐等”。

1906 年，王国维发表《文学小言》，指出文学是一种审美的“游戏”：“文学者，游戏的事业也。”

1907 年，金天羽发表《文学上之美术观》，指出文学是一种“美术”：“世界之有文学，所以表人心之美术者也。”

1908 年，鲁迅发表《摩罗诗力说》，揭示文学是一种使读者愉悦的“美术”

---

① 乔纳森·卡勒著，李平译：《文学理论》，辽宁教育出版社、牛津大学出版社 1998 年版，第 21～22 页。

形态："由纯文学上言之，则以一切美术之本质，皆在使观听之人，为之兴感怡悦。文章为美术之一，质当亦然。"同年，周作人发表《论文章之意义暨其使命因及中国近时论文之失》，重申"文章"是以"形现"（形象显现）为特点、使读者产生"兴趣"，不同于"学术"的审美形态："文章者，人生思想之形现，出自意象、感情、风味，笔为文书，脱离学术，遍离都凡，皆得领解，又生兴趣者也。"

1910年，章炳麟出版《国故论衡》，其中《文学总略》引用当时人们的观点，认为文学与学术的根本差别在于"学说以启人思，文辞以增人感"。他虽然不同意这种观点，但"文辞"以"增人感"的美打动人的情感，从而区别于"启人思"的"学说"，确是不以他的意志为转移而产生的一种新的文学概念，并逐渐为社会广泛接受。

1912年至1914年，梁启超在天津主编出版《庸言》半月刊，其间连载姚华的《曲海一勺》。姚华在《述旨》篇中说："言者，心之声也；声成文，谓之音。言之尤美而音之至谐者，莫文章若矣。"① 这里托古立论，仿佛文章是"言之尤美而音之至谐者"出于传统的文学观念，其实不然，笼统地视"文章"为"言之尤美而音之至谐者"，是新的美文学观念的反映。

1915年8月18日，胡适在留美日记中论及"文学"概念："无所为而为之之学，非真无所为也。其所为，文也，美感也。其有所为而为之者，美感之外，兼及济用。"②

王国维是中国近现代史上的文化巨擘，鲁迅、周作人、胡适是"五四"新文学运动的主将。他们的美文学观念在中国文学史上产生了深远影响。此后，审美意义上的现代"文学"概念在中国彻底扎下根来，成为与绘画、雕刻、戏剧、音乐并列的美的艺术样式；关于文学的美学探索愈加昌隆起来，文学观照成为美学观照下辖的一个部分。

那么，文学的审美特征有怎样的表现形态呢？关于这个问题，近代迄今的看法主要有二：一是形象性。徐念慈指出："美的概念之要素"之一是"形象性"。"美之究竟在具象理想，不在于抽象理想。"以群主编的《文学的基本原理》指出，文学的基本特征是用语言塑造形象来反映社会生活。这种艺术形象，并不局

① 姚华：《弗堂类稿》论著丙，中华书局1930年版。

② 《胡适留学日记》（下），海南出版社1994年版，第124页。

限于作者亲历的生活形象的复现，还可以是作者对于理想形象的一种“想象”（梁启超、王国维、徐念慈）。二是情感性。胡适《文学改良刍议》说：“情感者，文学之灵魂。文学而无情感，如人之无魂，木偶而已，行尸走肉而已。”王国维《文学小言》指出：“文学者，不外知识与感情交代之结果而已。”其《国学丛刊序》在甄别“科学”“史学”“文学”的不同“疆界”之后，揭示“文学”的内涵和特征：“若夫知识道理之不能表以议论而但可表以情感者，与夫不能求诸实地而但可求诸想象者，此则‘文学’之所有事。”文学的情感特征，后来在急风暴雨式的民族民主斗争年代和谈情色变的极“左”思潮盛行时期曾受到排斥和挤压，一直到改革开放的新时期，刘再复直接将“情感性”提出来作为文学“最根本的审美特性”加以探讨，钱中文用包含着“情感性”的“审美性”作为对文学的艺术要求。所有这些，都标志着对文学审美特征认识的深化和完善。

文学作品愉悦人心的形象，不仅具有情感性、理想性，而且凝聚着价值性、思想性，体现着对人性的深刻认识。梁启超为配合政治革新倡导“文界革命”“诗界革命”“小说界革命”，开“五四文学革命”先声。陈独秀、胡适、周作人、鲁迅等人掀起的“五四文学革命”则吹响了新文学运动从“人性论”到“人的文学”、从“唯心论”到“浪漫主义”、从“个人主义”到“个性文学”、从“艺术自由”到“艺术自律”的主题，体现了迥异于中国古代文学的追求。这种追求在1928年至左联时期的“无产阶级革命文学”论争中则被戴上“资产阶级思想”的帽子遭到批判，代之而起的是从“阶级论”到“无产文学”、从“唯物论”到“现实主义”、从“集体主义”到“人民文学”、从“遵命文学”到“革命工具”等一系列新的主题，它们奠定了此后抗战文艺、国共战争时期进步文艺、新中国成立以后十七年文艺及“文革”文艺的基本美学走向。基于对过去漫长的历史时期中这种文学运动沉痛教训的反思，1978年以后改革开放的新时期中，人们呼唤回归“五四”，重新举起“人道主义”“人性论”“人的文学”“个性文学”“艺术自由与自律”的大旗，并主张在总结“五四”教训的基础上超越“五四”（王元化、刘再复、钱中文）。于是，近代迄今的文学美学思想演变，就呈现出否定之否定的“Z”字历程。①

① 详参祁志祥《从“文学革命”到“革命文学”——论五四新文学运动的价值转向》，《云南大学学报》2009年第2期。

第一章
先秦文学美学：道德文章，儒道互补

所谓“先秦”，指上古至秦以前的这段历史时期。所谓“上古”，指三皇①、五帝②为标志的原始公有制社会。这段时期没有自己的文字记录，所说的“三皇五帝”只是出于后世典籍中的传说，不足为凭。接下来的是夏、商、周“三代”。夏代同样没有自己的文字记载，难以进入研究视野。商代出现了甲骨文，这是中国最早的文字。目前发现的商代甲骨文约有五千字，但约有三分之二不能破解，已经破解的文字几乎均为占卜神灵、沟通人神的用语，体现了迷信万物有灵的原始思维特征和巫史文化特色。最早的甲骨文随着商亡而消逝，金文起而代之，成为周代书体的主流。因铸刻于钟鼎之上，也称为钟鼎文。据统计，金文约有三千零五字，其中可解的有一千八百零四字。其书体也就是大篆。它同时刻于石鼓之上，也称石鼓文。大篆是西周时期普遍采用的字体，通行于春秋战国时期的六国，并下启秦代小篆。文字的成熟与发达带来了周代文化典籍的繁荣，诞生了《诗》《书》《易》《礼》《春秋》及诸子论说、史书神话等，于是引发出文学理论的美学话题来。因此本书考察的先秦文学美学理论，其实乃是周代的文学美学理论。

① 据《尚书大传》，指燧人、伏羲、神农。

② 据《大戴礼记》，指黄帝、颛顼、帝喾、尧、舜。

文学的单称"文"字，早在甲骨文中就出现了，后来的金文中也有，是象征交错图纹的象形字。正如《易·系辞传》所说："物相杂，故曰'文'。"又如《国语·郑语》说："物一无'文'。"在这个意义上，"文"字通"纹"，泛指一切文饰、文明、文化、文物，自然也包括文章学术。"文学""文章"也是如此。文饰、文明、文化、文物是"文"或"文学"的广义，文章学术是"文"或"文学"的狭义。《诗·大雅·荡》毛序："厉王无道，天下荡荡，无纲纪文章。"这里的"文章"指周代的礼仪法度。《战国策·秦策》："文章不成者不可以诛罚。"这里的"文章"指法律制度。《左传·隐公五年》："昭文章，明贵贱。"杜预注此，"文章"即"车服旌旗"。《墨子·非命中》："凡出言谈、由文学之为道也，则不可而不先立义法。"《荀子·大略》说："人之于文学也，犹玉之于琢磨也。……子赣、季路，故鄙人也，被文学，服礼义，为天下列士。"这里的"文学"指道德修养。所以"文学"又被用来指"儒学"。如《韩非子·五蠹》云："儒以文乱法，侠以武犯禁。""故行仁义非所誉，誉之则害功；文学者非所用，用之则乱法。""文"或"文学""文章"的本义和广义，指"道德文章"；其狭义，包括美文学与杂文学（学术文、应用文）在内的"一切书籍、一切学问"，是"最广义的文学观念"①。在这个意义上，正如罗根泽所指出的："周秦诸子……所谓'文'与'文学'是最广义的，几乎等于现在所谓学术学问或文物制度。"②

显然，本书讨论的先秦文学美学，只能是关于周人所指的狭义的文章学术的理论。周代文章学术理论讨论的文学，并不都是美文学，然而，周人围绕《诗》所发表的意见，则是关于美文学的意见，这自然应该成为本书关注的重点。由于先秦"文学"的本义是道德、文章一体的，这就使得周人在讨论狭义的"文学"——文章学术之美时以做人的道德相求。先秦诗与乐融为一体，围绕着诗乐的道德美等问题，儒家与道家从对道德的各自不同理解出发展开探讨与争论，呈现出儒道互补的态势，奠定了中国古代文学美学阴阳相生的两大源头。

---

① 郭绍虞：《文学观念及其含义之变迁》，《照隅室古典文学论集》，上海古籍出版社1983年版，第90页。

② 罗根泽：《中国文学批评史》（第一册），上海古籍出版社1984年版，第46页。

第一节　孔子：“言志”论与“诗无邪”说

首先我们来看儒家代表人物关于诗文的看法。先看孔子。孔子（前551—前479）是春秋时期儒家学说的创始人，留下一部言行录《论语》，成为研究他思想的主要依据。

一、广义的文学概念

孔子所论的“文”或“文学”“文章”，不仅泛指学术文章，而且包括礼仪法度和道德修养。比如《论语·八佾》：“子曰：周监于二代，郁郁乎文哉，吾从周。”《论语·泰伯》：“子曰：大哉，尧之为君也……焕乎，其有文章！”这里的“文”“文章”，不仅与令人赏心悦目的形式美有关，更多地是指周代的道德文明和礼仪法度。《论语·公冶长》记子贡语：“夫子之文章，可得而闻也。”此处的“文章”，不仅指孔子编纂的文辞著作，而且包括孔子的道德风范。如朱熹《论语集注》云：“文章，德之见乎外者，威仪文辞皆是也。”道德礼仪的文饰修养离不开后天的学习，所以道德修养又叫“文学”。《论语·公冶长》记载：“子贡问曰：孔文子何以谓之‘文’也？子曰：敏而好学，不耻下问，是以谓之‘文’也。”《论语·先进》论及孔门四科，即“德行”“言语”“政事”“文学”。北宋经学家邢昺将此处的“文学”解释为“文章博学”。“文学”必须以原道为旨归，所以又常被用来指“儒学”。《论语·述而》：“子以四教：文、行、忠、信。”邢昺疏：“文，谓先王之遗文。”朱熹《论语集注》：“程子曰：‘教人以学文修行而存忠信也。’”罗根泽指出：“在孔、墨、孟、荀的时代，只有文献之文和学术之文，所以他们的批评也便只限于文献与学术。”① 事实上，孔子所论的“文”或“文学”“文章”，外延比文献之文和学术之文还要大。这是那个

① 罗根泽：《中国文学批评史》第二编第二章《“文”与“文章”及其批评》，上海古籍出版社1984年版。

时代广义的文学概念的反映。

二、“志足言文”与“辞达而已”

就“学术学问”范围内的“文学”而言，言辞文字是它的物质载体。言辞文字是表达心志的，它与心志应当处于一种什么样的关系状态才美呢？这就是“言以足志，文以足言”①，文质相称，志足言文。一方面，语言文字是表情达意必不可少的物质媒介，语言文字的艺术技巧对完美地表情达意也很重要，不可忽视。《左传·襄公二十五年》记载：“仲尼曰：志有之，言以足志，文以足言。不言，谁知其志？言之无文，行而不远。晋为伯，郑入陈，非文辞不为功。慎辞哉!”《易·系辞传上》记载：“子（孔子）曰：圣人立象（卦象）以尽意，设卦（卦象）以尽情（实）伪（假），系（附加）辞焉以尽其言……”《论语·季氏》云：“不学诗，无以言。”另一方面，语言文字在表情达意时也不能连篇累牍，形式大于内容。《论语·公冶长》记载：“子曰：巧言令色足恭，左丘明耻之，丘亦耻之。”

言辞相称于心志的美，又叫做“辞达”的美。《论语·卫灵公》篇载：“子曰：辞，达而已矣。”“已”者，“止”也，有“满足”的意思。“辞达而已”，即语言文辞只要把心志表达出来就满足了，没有什么遗憾了。易言之，即达意的文辞话语是美的文辞话语。孤零零地看这句话，可能生出重质轻文的误解。何晏《论语集解》引孔安国的解释：“凡事莫过于实。辞达则足矣，不烦文艳之辞。”其实，如上所述，孔子一方面反对“巧言令色”、文胜其质、言过其实，另一方面又主张“情信辞巧”“言以足志”。《仪礼·聘礼》指出：“辞多则史，少则不达。”《论语·雍也》记载：“子曰：质胜文则野，文胜质则史。文质彬彬，然后君子。”文质彬彬，不仅是孔子对君子做人提出的要求，也是他对处理“言志”关系、“辞意”关系提出的要求。

在坚持志足言文、辞意相称的同时，孔子对语言文字所表达的心志还有道德的善的规定。《论语·宪问》记载：“子曰：有德者必有言，有言者不必有德。”《论语·八佾》云：“子谓《韶》：尽美矣，又尽善也。谓《武》：尽美矣，未尽

① 《左传·襄公二十五年》。

善也。”真正能够不朽的言辞是有道德的言辞。所以，希望在文辞方面有所作为者必须从道德修养方面入手。《论语·学而》记载孔子的话：“行有余力，则以学文。”《论语·雍也》记载：“子曰：君子博学于文，约之以礼，亦可以弗畔矣夫！”《论语·宪问》：“子路问成人。子曰：若臧武仲之知，公绰之不欲，卞庄子之勇，冉求之艺，文之以礼乐，亦可以为成人矣。”《论语·述而》：“子曰：志于道，据于德，依于仁，游于艺。”经过这番修养，道德礼义渗透、融化在人的言谈文辞之中，从而为文辞的美奠定了根基。

三、“诗无邪”与“兴观群怨”

除对语言文辞发表过上述意见之外，孔子还对《诗》发表过评论。相传《诗》是由孔子修改、删订的。孔子曾自述：“吾自卫反鲁，然后乐正，《雅》《颂》各得其所。”① 孔子删诗，剩下了“诗三百”，其特点是什么呢？“子曰：《诗三百》，一言以蔽之，曰：思无邪。”② 它或美或刺，包含道德劝惩之旨，或“美盛德之形容，以其成功告于神明”，总之一句话，在道德内容上是没有问题的。《诗》可以在道德成人方面发挥一定的功能。所以孔子主张：“兴于《诗》，立于礼，成于乐。”《诗》具有“礼”“乐”一样的熏陶人格的作用。具体说来，诗的功用是“兴观群怨”。《论语·阳货》记载：“子曰：小子何莫学夫《诗》？《诗》可以兴，可以观，可以群，可以怨。迩之事父，远之事君，多识于鸟兽草木之名。”“兴”的本义是“起”。朱熹解释为“感发志意”，即《诗》的愉悦美感功能。“观”即“观风俗之盛衰”（郑玄）、“考见（政教之）得失”（朱熹）以及“识于鸟兽草木之名”，即诗的认知功能。“群”，孔安国注为“群居相切磋”，朱熹注为“和而不流”。与人相处，既不随波逐流，又能亲和仁爱，既相互切磋又相互交往。“群”是仁爱观念在人与人的社会交往关系中的独特体现和要求。“怨”，即怨刺上政，朱熹注为“怨而不怒”，即符合礼制地怨刺、批评朝政。“群”“怨”以及“迩之事父，远之事君”，均指诗的道德教化功能。由于孔子的“圣人”地位，“兴观群怨”说对后世中国诗学影响极为深远。特别是

① 《论语·子罕》。
② 《论语·为政》。

"《诗》可以怨",好比给历代诗人、文人讽刺朝政之失提供了一副尚方宝剑,奠定了中国古代诗文的批判传统。

第二节 孟子:"养气知言"与"以意逆志"

孟子(约前372—前289,一说前385—前304),鲁国人,孔子思想的重要传人,战国时期儒家学派的重要代表。他和弟子万章留下《孟子》一书。在文学美学上,孟子的主要主张是"养气知言"说、"以意逆志"说和"知人论世"说。

一、论文学修养:"养气知言"说

"养气""知言"是孟子放在一起提出来的:"公孙丑曰:敢问夫子恶乎长?曰:我知言;我善养吾浩然之气。"① "养气"是"知言"的基础。"养气"中的"浩然之气",指弥漫于天地之间、相当于"天理"的道德精神:"其为气也,至大至刚,以直养而无害,则塞于天地之间。其为气也,配义与道;无是,馁也。是集义之所生者……"② 心灵充满了道德精神的"浩然之气",就是最美的圣人境界:"充实之谓美,充实而有辉光之谓大,大而化之之谓圣,圣而不可知之之谓神。"③ 孟子的这个思想,是对孔子"有德者必有言,有言者不必有德"、"行有余力,则以学文"思想的直接继承,后来唐代古文家韩愈主张从道德入手学文,提出"养其根而俟其实,加其膏而希其光",与孔、孟是一脉相承的。

在修养道德精神、充实浩然之气的基础上,就能够"知言"。所谓"知言",即"诐(偏)辞知其所蔽,淫辞知其所陷,邪辞知其所离(背离正道),遁辞知其所穷(理屈)"④,就是说,对偏颇之辞能认知它的遮蔽之处,对过分之辞能认

① 《孟子·公孙丑上》。

② 《孟子·公孙丑上》。朱熹《孟子集注》:"集义,犹言积善。"

③ 《孟子·尽心下》。

④ 《孟子·公孙丑上》。

知它的沉溺之处，对错误言辞能认知它的悖谬之处，对闪烁之辞能认知它的理穷之处。一句话，就是能透过现象看本质，迅速辨别言辞是否偏离正道的是是非非。孟子此论，是建立在孔子所说的“言志”合一的前提之上的，与几乎同时期的《易传》中的一段话可以结合起来参看。《易传》在要求“修辞立其诚”①的前提下，认为“圣人之情见乎辞”②，于是可以由文辞辨别认知作者的情志：“将叛者其辞惭，中心疑者其辞枝，吉人之辞寡，躁人之辞多，诬善之人其辞游，失其守者其辞屈”③。这也就是孟子所说的“知言”。它从一个侧面反映了诸子特别是纵横家在以雄辩的言辞驰骋鼓动天下的战国时代“知言”的重要性。

二、论文学批评：“以意逆志”与“知人论世”

言辞落实到文字上，构成文学作品。《诗》是周代具有艺术技巧的文学体裁，夸张是《诗》经常使用的艺术手法。对使用夸张手法的诗歌作品必须运用“以意逆志”的方法才能把握其本义。“以意逆志”可以说是“知言”的深化。《孟子·万章上》云：

> 咸丘蒙曰：“舜之不臣尧，则吾既得闻命矣。《诗》云：‘普天之下，莫非王土；率土之滨，莫非王臣。’而舜既为天子矣，敢问瞽叟之非臣，如何？”（孟子）曰：“是诗也，非是之谓也，劳于王事而不得养父母也。曰：此莫非王事，我独贤劳也。故说《诗》者不以文害辞，不以辞害志；以意逆志，是为得之。如以辞而已矣，《云汉》之诗曰：‘周余黎民，靡有孑遗。’信斯言也，是周无遗民也。”

咸丘蒙问孟子：尧老了以后，舜代理尧执行天子之事，管理天下，并没有以尧为臣。《诗·小雅·北山》说：“普天之下，莫非王土；率土之滨，莫非王臣。”但在舜继为天子之后，他父亲瞽叟并未成为他的臣民，怎么理解《诗》中说的“率土之滨，莫非王臣”呢？是不是《诗》说错了呢？孟子回答说，这首

---

① 《周易·乾卦·文言》。
② 《周易·系辞下》。
③ 《周易·系辞下》。

诗不是说的“遍天下的土地，莫不是天子的土地；遍天下的百姓，无不是天子的臣民”之意，而是说天子因为忙于王事而不能侍奉父母，也即是说天下之土之民，无不是王事管辖的范围，作为天子的“我”应当独自辛劳地操持天下大事。所以解《诗》者不应望文生义，曲解文辞的本义。只有以自己合理的想象、理解揣度文辞的本来意义，才能最终得其本义。如果仅仅停留在表面文字上，就会将《云汉》中的诗句“周余黎民，靡有孑遗”误解为周代末年老百姓死得一个也不剩。

由此可见，“以意逆志”的“意”，是读者理解的常理和合乎生活逻辑的想象；“志”是文学作品的真实用意。文学创作中经常使用比喻、夸张的手段，如果不懂得“以意逆志”，就会闹出违背本义的笑话。比如《诗·大雅·云汉》中的诗句“周余黎民，靡有孑遗”，运用夸张手法说明接连不断的诸侯兼并战争使周代末年黎民百姓死亡甚众，并不是说周末百姓死得一个不剩。如果望文生义，不懂得“以意逆志”，就会“以辞害志”，以文害义。不难看出，“以意逆志”涉及的美学意义主要有两点：一是在历史上首次提出了如何正确理解艺术夸张手法的问题，这一点后来被汉代的王充继承发挥；二是说明文学作品的客观本义是可以而且应当在审美阅读中还原的，读者背离本义的创造性生发是一种不可取的误解，不值得鼓励，而应当加以防范。这对于我们今天的接受论美学、存在论美学是有纠偏意义的。

孟子在与弟子万章谈及与当今及古代“善士”交友的法则时还提出“知人论世”的文学批评方法。“孟子谓万章曰：（若是）一乡之善士，斯友一乡之善士；一国之善士，斯友一国之善士；天下之善士，斯友天下之善士。以友天下之善士为未足，又尚论古之人，颂（诵）其诗，读其书，不知其人，可乎？是以论其世也，是尚友也。”① 孔子曾经指出：“三人行，必有我师焉；择其善者而从之，其不善者而改之。”② 所以儒家重视交朋友，要求“群居相切磋”，向好的朋友“善士”学习。一乡有一乡之善士，一国有一国之善士，天下有天下之善士，都要崇尚他们，与他们交朋友，学习他们的长处。如果这还不满足，就崇尚古代的善士，向他们学习。古代善士的道德事迹保留、反映在他们的诗书作品之中，

① 《孟子·万章下》。

② 《论语·述而》。

与他们交友，不仅要“颂其诗，读其书”，而且要“知其人”“论其世”。朱熹《孟子集注》云：“论其世，论其当世行事之迹也。言既观其言，则不可以不知其为人之实，是以又考其行也。”清人章学诚《文史通义·文德》进一步解释说：“不知古人之世，不可妄论古人之辞也。知其世矣，不知古人之身处，亦不可以遽论其文也。”为什么“颂其诗，读其书”之外还要“知其人”“论其世”呢？这是因为“文”与“人”并不都是统一的，本来应当“修辞立其诚”，可在功利的社会中，“有言者不必有德”，语言文辞会掩盖一个人的真正德行，所以必须同时“知人论世”。

这与“以意逆志”也是有联系的。清人顾镇《“以意逆志”说》指出：“正唯有世可论，有人可求，故吾之意有所措，而彼之志有可通……不论其世，欲知其人，不得也；不知其人，欲逆其志，亦不可得也。”①看来，“知人论世”还是“以意逆志”的保障。

第三节　荀子：文学“明道”“征圣”“宗经”思想的滥觞

荀子（约前313—前238），名况，赵国（今山西南部）人，战国末期儒家的集大成者。他继承孔、孟的道德美学思想，开启了“明道”“征圣”“宗经”文学美学观的最早滥觞。

一、“纯粹为美”与“言必当理”

孔子认为立德为立言之本，文学为修行之余事，孟子认为道德充实为美，养气方能知言，荀子亦然。在他看来，人与生俱来地具有情欲，对情欲不加以限制，就可能犯上作乱，导致罪恶。所以英明的政治家总是将用道德礼义疏导、规范人的情欲作为管理之道。《礼论》指出：“人生而有欲，欲而不得，则不能无求，求而无度量分界，则不能不争，争则乱，乱则穷。先王恶其乱也，故制礼义

① 顾镇：《虞东学诗》，转引自焦循《孟子正义》。

以分之，以养人之欲，给人之求……”《乐论》指出：“夫民有好恶之情而无喜怒之应则乱。先王恶其乱也，故修其行，正其乐，而天下顺焉。”诗乐也是政治家用来节导人情的一种手段。《乐论》说：“先王恶其乱也，故制雅、颂之声以道之，使其声足以乐而不流，使其文足以辨而不諰，使其曲直、繁省、廉肉、节奏足以感动人之善心，使夫邪污之气无由得接焉。”作为个人来说，“君子乐得其道，小人乐得其欲”①，是听从道德的支配还是听从情欲的主宰是区分“君子”还是“小人”的根本分野。完美的“君子”“圣人”必须把对情欲的修养和道德的“纯粹”作为终生的任务。《劝学》篇打比喻说明“不全不粹之不足以为美”这个道理：“百发失一，不足谓善射；千里跬步不至，不足谓善御；伦类不通，仁义不一，不足谓善学。学也者，固学一之也。一出焉，一入焉，涂巷之人也；其善者少，不善者多，桀纣盗跖也；全之尽之，然后学者也。君子知夫不全不粹之不足以为美也，故诵数以贯之，思索以通之，为其人以处之，除其害者以持养之，使目非是无欲见也，使耳非是无欲闻也，使口非是无欲言也，使心非是无欲虑也。”荀子把人分成三类。最低一类是“善者少不善者多”，如桀、纣、盗跖之流，也就是通常说的“坏人”。中间一类是有善有恶，善恶差不多，这就是常见的“涂巷之人”。最高一类是“全之尽之”、道德“纯粹”的“君子”，通过学习修养，道德仁义渗透于一言一行之中，“目非是（指道德仁义）无欲见”“耳非是无欲闻”“口非是无欲言”“心非是无欲虑”。这就是最美的人生境界。

以此来看语言文学，它作为道德君子的心灵表达，自然必须以“合道”“当理”成为“仁言”为美。荀子指出：“言必当理。”②“辩说也者，心之象道也。心也者，道之工宰也。道也者，治之经理也。心合于道，说合于心，辞合于说，正明而期。”③“言而仁之中也，则好言者上矣，不好言者下也。故仁言大矣。”④反之，言而不合道，不管怎么天花乱坠，也只能是为人不齿的“奸言”，与其被人指责，不如不言：“凡言不合先王，不顺礼义，谓之奸言；虽辩，君子不

① 《荀子·乐论》。
② 《荀子·儒效》。
③ 《荀子·正名》。
④ 《荀子·非相》。

听。”① “言而非仁之中也，则其言不若其默也，其辩不若其呐也。”② 因此，衡量、判定语言文辞之美的根本标准是“正道”：“以正道而辩奸，犹引绳以持曲直，是故邪说不能乱，百家无所窜。”③ 荀子此论，开中国古代“文以明道”论之先河。

二、“圣人之辩”与“天下道毕”

显然，君子之言是合乎正道之美言。在君子中，做人做得最好的是“圣人”。由文辞是否合道、如何合道的不同状况，产生圣人之言、君子之言与小人之言的分别。荀子指出：“有小人之辩者，有士君子之辩者，有圣人之辩者。不先虑，不早谋，发之而当，成文而类，居错迁徙，应变不穷，是圣人之辩者也。先虑之，早谋之，斯须之言而足听，文而致实，博而党正，是士君子之辩者也。听其言则辞辩而无统，用其身则多诈而无功，上不足以顺明王，不下足以和齐百姓，然而口舌之均，噡唯则节，足以为奇伟、偃却之属，夫是之谓奸人之雄，圣王起，所以先诛也。”④ “君子必辩。凡人莫不好言其所善，而君子为甚焉。是以小人辩言险而君子辩言仁也。”⑤ 小人之言胡言乱语，乏善可陈，无美可言；圣人之言天生合道，仿佛不思而得；君子之言学而后知，努力合道，都属于美的文辞，其中以圣人之言最为完美。“圣人也者，道之管也。”⑥ “说行则天下正，说不行则白道而冥穷，是圣人之辩说也。”⑦ 所以“圣人之辩说”成为文学效仿的榜样。荀子此论，实开启中国文学美学的“征圣”传统。

在荀子看来，圣人之言是“道”之枢纽，“天下之道管是矣，百王之道一是矣”⑧。它“居错迁徙，应变不穷”，万变不离其宗，放之四海而皆准，其中尤以《诗》《书》《礼》《乐》《春秋》为经典。“故《诗》《书》《礼》《乐》之归是

① 《荀子·非相》。
② 《荀子·非相》。
③ 《荀子·正名》。
④ 《荀子·非相》。
⑤ 《荀子·非相》。
⑥ 《荀子·儒效》。
⑦ 《荀子·正名》。
⑧ 《荀子·儒效》。

矣。《诗》言是，其志也；《书》言是，其事也；《礼》言是，其行也；《乐》言是，其和也；《春秋》言是，其微也……天下之道毕是矣。乡（向）是者臧，倍（背）是者亡。”① 此番言论，开中国古代文学“宗经”传统之先声。

第四节　老子：“上德不德”与“不言之教”

儒家以“仁言”为美、要求“志足言文”的文学美学观受到道家的有力挑战。首先是老子。老子（约前580年—前500年），春秋后期道家学说创始人，有《老子》行世。

一、“上德不德”与“圣人不仁”

儒家特别强调文辞的明道之美，认为最美的文辞是“仁言”。老子则认为，以“仁义”为代表的儒家道德不是真正的善，因而“仁言”也不是真正的美。《老子》说：“大道废，有仁义；智慧出，有大伪；六亲不和，有孝慈；国家昏乱，有忠臣。”② “故失道而后德，失德而后仁，失仁而后义，失义而后礼。”③ “夫礼者，忠信之薄而乱之首。”④ 真正的善，是对儒家仁义道德的超越：“上德不德，是以有德，下德不失德，是以无德。”⑤ “上德若谷 ，广德若不足，建（健）德若偷（惰）。”⑥ “绝圣弃智，民利百倍；绝仁弃义，民复孝慈；绝巧弃利，盗贼无有。”⑦ 由于“上德不德”，所以，“圣人不仁”。⑧ 圣人不仁，故无所不爱。这种“不仁”之仁，是一种像太阳一样没有私爱、光照万物的大仁大爱。

① 《荀子·儒效》。
② 《老子》十八章。
③ 《老子》三十八章。
④ 《老子》三十八章。
⑤ 《老子》三十八章。
⑥ 《老子》四十一章。
⑦ 《老子》十九章。
⑧ 《老子》五章。

“是以圣人抱一为天下式①。不自见②，故明；不自是，故彰；不自伐③，故有功；不自矜，故长④。夫唯不争，故天下莫能与之争。”⑤“圣人云：我无为，而民自化；我好静，而民自正；我无事，而民富；我无欲，而民自朴。”⑥ 老子将这种无意志、无私欲、无私爱、不作为而无所不爱、无所不为的善叫做生天生地、长养万物的“道”：“有物混成，先天地生。寂兮寥兮，独立而不改，周行而不殆，可以为天地母。吾不知其名，强字之曰道，强为之名曰大。”⑦ 它超越形色名声，所以又叫“无”：“道之为物，唯恍唯惚，惚兮恍兮，其中有象；恍兮惚兮，其中有物。窈兮冥兮，其中有精；其精甚真，其中有信。”⑧ “视之不见，名曰夷；听之不闻，名曰希；搏之不得，名曰微。此三者不可致诘，故混而为一。其上不皦（光明），其下不昧，绳绳兮不可名，复归于无物。是谓无状之状，无物之象，是谓惚恍。”⑨“无，名天地之始。”⑩ 它是天地间最根本的美。

二、“信言不美”与“善者不辩”

儒家还强调在坚持文以明道的前提下“情信辞巧”“志足言文”。老子则认为，不只巧辞文言，一切五官的形式之美都是对人的自然本性的扰乱：“五色令人目盲，五音令人耳聋，五味令人口爽，驰骋畋猎，令人心发狂，难得之货，令人行妨。”⑪“信言不美，美言不信。”⑫ 如同符合人的本性的视觉形象是“无状

---

① 一：极也，道。式：法则。
② 见：同现。自见：自显于众。
③ 伐：夸耀。
④ 矜：矜傲。长：长久。
⑤ 《老子》二十二章。
⑥ 《老子》五十七章。
⑦ 《老子》二十五章。
⑧ 《老子》二十一章。
⑨ 《老子》十四章。
⑩ 《老子》一章。
⑪ 《老子》十二章。
⑫ 《老子》八十一章。

之状，无物之象”[①]，符合人性的听觉对象是“不闻”之音、“希声”之“声”[②]，符合人性的味觉对象是“无味”之味、“恬淡”之味[③]，符合人的无思无虑本性的语言文辞是“不言之教”、“无名”之名：“道可道，非常道；名可名，非常名。”[④]“道隐无名。”[⑤]“大辩若讷。”[⑥]“不言之教，无为之益，天下希及之。”[⑦] 因此，正如老子强调“大象无形”[⑧]“大音希声”[⑨]“味无味”[⑩]“恬淡为上”[⑪] 一样，对于文辞形式之美，老子强调：“善者不辩，辩者不善。”[⑫] 所以，老子对于包括五官对象在内的一切文饰美的审美态度是：“大丈夫处其厚，不居其薄；处其实，不居其华。”[⑬] 同理，对于语言文辞之美的审美态度是：“知（通智）者不言，言者不知。”[⑭]“善者不辩，辩者不善。”[⑮] 故而要求：“圣人处无为之事，行不言之教。”[⑯]

第五节　庄子：“大仁不仁”与“至言去言”

庄子（约前369—前286），宋国人，战国时期道家学派的代表，有《庄子》一书。他继承老子对儒家道德美与语言文饰美的批判，阐述了道家“大仁不仁”

① 《老子》十四章。
② 《老子》十四章。
③ 《老子》三十五章。
④ 《老子》一章。
⑤ 《老子》四十一章。
⑥ 《老子》四十五章。
⑦ 《老子》四十三章。
⑧ 《老子》四十一章。
⑨ 《老子》四十一章。
⑩ 《老子》六十三章。
⑪ 《老子》三十一章。
⑫ 《老子》八十一章。
⑬ 《老子》三十八章。
⑭ 《老子》五十六章。
⑮ 《老子》八十一章。
⑯ 《老子》二章。

"至言去言"的美学观。

一、"所谓'臧'者，任其性命之情"

美是道德的象征。儒家这么看，道家也这么看。但道家对道德善的看法与儒家尖锐对立。在道家一派，庄子的看法与老子也不尽相同。老子没有明确地给"道"下过定义，只是间接地把道德善看作无意志、无私欲、无私爱、不作为而无所不爱、无所不为、长养万物的实体。庄子明确提出，道家所说的"善"，不同于儒家所说的"仁义"，其涵义是"任其性命之情"。为了与儒家世俗的"仁义"之善区别开来，他起了个特殊的名称"臧"。他说："吾所谓'臧'者，非所谓'仁义'之谓也，任其性命之情而已矣。"① 又说："彼正正者，不失其性命之情。"② "正正"，曹础基认为系"至正"之误③。庄子的意思是说，所谓"至正"，就是不失生命本性之实；而失去了生命本性之实，就不是"至正"，不属于"臧"与完美。"山木，自寇也；膏火，自煎也；桂可食，故伐之；漆可用，故割之。"④ 山木、膏火、桂、漆这些"有用"之物正因为其"有用"，所以失去了性命，未必是"至正"、至美之物。而空心、蜷曲、有毒的"无用"之材，恰恰可以因其"无用"得以保全性命，尽其天年，所以恰恰是"至正"、至美之物。同样，白额的牛，高鼻子的小猪乃至生痔疮的人，因为畸形、有病，不能用来作为祭品丢进河里，巫祝之人以之为不祥之物，而在庄子看来恰恰因此"不可以适河"，不被用作祭品，得以保全生命，"此乃神人之所以为大祥也"⑤。物种的本性个个不同，适合物种本性的生命形态也不相同，至正之美的形态不是"适他之适"而是"自适其适"。只要适合、顺应自己的生命本性，"故合者不为骈，而枝者不为跂，长者不为有余，短者不为不足。是故凫胫虽短，续之则忧；鹤胫虽长，断之则悲。故性长非所断，性短非所续，无所去忧也。"⑥ 人的生命本性

---

① 《庄子·骈拇》。

② 《庄子·骈拇》。

③ 参见曹础基《庄子浅注》，中华书局1982年版，第123页。

④ 《庄子·人间世》。

⑤ 《庄子·人间世》。

⑥ 《庄子·骈拇》。

是什么呢？人有身心之分。人的身体本性是“柴然”“块然”，“身若槁木之枝”①，如同枯木、土块一般，“无视无听”②。《骈拇》篇说：“吾所谓‘聪’者，非谓其闻彼也，自闻而已矣；吾所谓‘明’者，非谓其见彼也，自见而已矣。”就是这个意思。人的心灵本性、精神本性是“无智”“无情”“心若死灰”③。“无智”又叫“侗乎其无识”④“无思无虑”⑤。关于“无情”，庄子说：“喜怒哀乐不入于胸次。”⑥“悲乐者，德之邪也；喜怒者，道之过也；好恶者，德之失也。故心不忧乐，德之至也。”⑦人类“任其性命之情”、回归生命本性的至正至美状态就是“身若槁木之枝而心若死灰”，“全汝形，抱汝生，无使汝思虑营营”⑧，“堕（通隳，废）肢体，黜聪明，离形去知（智）”⑨。《庄子·田子方》借老聃之口说：“吾游心于物之初”，“心困焉而不能知，口辟焉而不能言”，就能够“得至美而游乎至乐”，成为“至人”。

二、“大仁不仁”“恬淡素朴”

显然，庄子所崇尚的这种道德美与儒家宣扬的“仁义礼乐”是根本不同的。儒家的“仁义礼乐”是建立在人性“有智”“有情”的前提之上的，在庄子看来，这是对人的“无智”“无情”本性的背离。庄子指出：“且夫……说（通悦）仁邪，是乱于德也；说义邪，是悖于理也；说礼邪，是相（注视，注重）于技也；说乐邪，是相于淫也；说圣邪，是相于艺也；说知邪，是相于疵也。”⑩违背了人的“性命”实际，不可能是最大的仁、最高的德、最真的善。在老子以“上德不德”一针见血批判儒家道德的基础上，庄子乘胜追击，势如破竹：“大

① 《庄子·庚桑楚》。
② 《庄子·在宥》。
③ 《庄子·庚桑楚》。
④ 《庄子·逍遥游》。
⑤ 《庄子·知北游》。
⑥ 《庄子·田子方》。
⑦ 《庄子·刻意》。
⑧ 《庄子·庚桑楚》。又《知北游》主张“形若槁骸（枯骨），心若死灰”。
⑨ 《庄子·知北游》。
⑩ 《庄子·在宥》。

仁不仁。"①"是非之彰也，道之所以亏也。""道德不废，安取仁义！性情不离，安用礼乐！"②"削曾、史之行，钳杨、墨之口，攘弃仁义，而天下之德始玄同矣。"③"夫小惑易方（方向），大惑易性。……自虞氏招仁义以挠（乱也）天下也，天下莫不奔命于仁义，是非以仁义易其性与？……自三代以下者，天下莫不以物易其性矣。小人则以身殉利，士则以身殉名，大夫则以身殉家，圣人则以身殉天下。故此数子者，事业不同，名声异号，其于伤性以身为殉，一也。"④"伯夷死名于首阳之下，盗跖死利于东陵之上。二人者所死不同，其于残生伤性均也，奚必伯夷之是而盗跖之非乎？天下尽殉也。彼其所殉仁义也，则俗谓之君子，其所殉货财也，则俗谓之小人。其殉一也，则有君子焉，有小人焉。若其残生损性，则盗跖亦伯夷已，又恶取君子、小人于其间哉？……夫适人之适而不自适其适，虽盗跖与伯夷，是同为淫僻也。"⑤"若狐不偕、务光、伯夷、叔齐、箕子、胥余、纪他、申徒狄，是役人之役，适人之适，而不自适其适也。"⑥伯夷、叔齐、箕子等人为代表的"君子"为"仁义"之类的名誉牺牲自己的身家性命，与盗跖为代表的"小人"为"货财"牺牲自己的生命一样，都是对人的自身生命本性的背离，没有真正的美可言。"若夫不刻意而高，无仁义而修，无功名而治，无江海而闲，不道引而寿，无不忘也，无不有也，澹然无极而众美从之，此天地之道、圣人之德也。"⑦

因此，庄子主张在心灵道德美的修养方面，"疏瀹而（通尔）心，澡雪而精神，掊击而知"⑧，达到一种"素朴""恬淡"的状态。什么是"素朴"呢？《马蹄》篇指出："同乎无知（通智），其（指人）德不离；同乎无欲，是谓素朴。素朴而民性得矣。""素"指未染之丝，"朴"指未雕之木，这里用来形容人"无智无欲"的状态。庄子认为这种状态才是符合人性的美的状态："朴素而天下莫

① 《庄子·齐物论》。
② 《庄子·马蹄》。
③ 《庄子·胠箧》。
④ 《庄子·骈拇》。
⑤ 《庄子·骈拇》。
⑥ 《庄子·大宗师》。
⑦ 《庄子·刻意》。
⑧ 《庄子·知北游》。

能与之争美"①。庄子指出只有这种人才称得上"真人"："纯素之道，唯神是守。……故'素'也者，谓其无所与杂也；'纯'也者，谓其不亏其神也。能体纯素，谓之真人。"② 庄子所谓的"恬淡"，既指客观存在的"道"的虚静无为特质，如《刻意》说："夫恬惔（通淡）寂漠虚无无为，此天地之平而道德之质也。"《天道》说："夫虚静恬淡寂寞无为者，万物之本也。"又指这种虚静无为之"道"在人主体中的内化，亦即人"无智无欲"的道德天性，如《刻意》云："淡而无为，动而以天行，此养神之道也。""平易恬淡，则忧患不能入，邪气不能袭，故其德全而神不亏。"《天道》云："夫虚静恬淡寂寞无为者，天地之平而道德之至也，故帝王圣人休焉。"修行主体达到这种"恬淡"境界，就是完美的境界。这就叫"澹然无极而众美从之"。

三、"言道"关系与"言意"之辩

庄子所崇尚的事物的形式美也与儒家所推崇的文饰美截然不同。"夫天下之所尊者，富贵寿善也；所乐者，身安、厚味、美服、好色、音声也；所下者，贫贱夭恶也；所苦者，身不得安逸，口不得厚味、形不得美服、目不得好色、耳不得音声。若不得者，则大忧以惧。"在庄子看来，"其为形也亦愚哉"③！这些做法真是太愚蠢了。庄子认为，人的身体本性、五官本性是清虚安静的，但"厚味、美服、好色、音声"这些文饰美却扰乱了人的官能本性："且夫失性有五。一曰五色乱目，使目不明；二曰五声乱耳，使耳不聪；三曰五臭熏鼻，困惾（闷塞，惾，音宗）中（伤也）颡（额）；四曰五味浊口，使口厉爽；五曰趣（趋也，取也）舍滑心，使性飞扬。此五者，皆生之害也。"④ "且夫说（通悦）明邪，是淫于色也；说聪邪，是淫于声也。"⑤ "故纯朴不残，孰为牺尊！白玉不毁，孰为珪璋！……五色不乱，孰为文采！五声不乱，孰应六律！"⑥ 而扰乱人

① 《庄子·天道》。
② 《庄子·刻意》。
③ 均见《庄子·至乐》。
④ 《庄子·天地》。
⑤ 《庄子·在宥》。
⑥ 《庄子·马蹄》。

的感官本性的形式美不是真正的形式美，因此，庄子大声疾呼："擢乱六律，铄绝竽瑟，塞瞽旷之耳，而天下始人含其聪矣；灭文章，散五采，胶离朱之目，而天下始人含其明矣；毁绝钩绳而弃规矩，攦（折断）工倕之指，而天下始人有其巧矣。"① 正如老子所说的"大音希声"，庄子也认为："有成与亏，故昭氏之鼓琴也；无成与亏，故昭氏之不鼓琴也。""其分也，成也；其成也，毁也。"②他还指出："道不可闻，闻而非也；道不可见，见而非也。"③ 基于上述文饰美必须与人的感官道德本性相统一的认识，庄子提出了他的"言道"关系论。老子指出"道隐无名"，"道"的本体是超越名言概念的。庄子反复加以申述："夫大道不称，大辩不言……孰知不言之辩，不道之道?"④"至言去言，至为去为。""夫知者不言，言者不知，故圣人行不言之教。""道不可闻，闻而非也；道不可见，见而非也；道不可言，言而非也。" "天地有大美而不言，四时有明法而不议，万物有成理而不说。圣人者，原天地之美而达万物之理。"⑤ 这里明确提出了作为"道"的存在形态或象征形式的"无言"之美。

"言意"之辩是与"言道"关系论互补的另一重要组成部分。庄子认为："可以言论者，物之粗也；可以意致者，物之精也，言之所不能论，意之所不能察致者，不期精粗也。"⑥"不期精粗"，即无法想象其精粗，指"道"。"道"体微妙，不仅不可以"言论"，而且不可以"意致"。这是事物最微妙的部分。其次是不可言论，却可以意致的"物之精"者。再等下之者，是既可意致，也可言论的"物之粗"。可见"言"在庄子心目中地位是很低的。它不可表达"道"，因而庄子把古代圣人留下来的书鄙薄为"古人之糟粕"⑦。不过"言"尚可表达"意"。这样，在"言""意"关系中，"意"就显得非常重要。《天道》篇指出："……语有贵也。语之所贵者，意也。意有所随，意之所随者（道）不可以言传也，而世因贵言传书。世虽贵之，我犹不足贵也，为其贵非其贵也。故视而可见者，形与色也；听而可闻者，名与声也。悲夫，世人以形色名声为足以得彼之

① 《庄子·胠箧》。

② 《庄子·齐物论》。

③ 《庄子·知北游》。

④ 《庄子·齐物论》。

⑤ 均见《庄子·知北游》。

⑥ 《庄子·秋水》。

⑦ 《庄子·天道》。

情。夫形色名声果不足以得彼之情，则知者不言，言者不知。”《外物》篇指出：“荃（通筌）者所以在鱼，得鱼而忘荃；蹄者所以在兔，得兔而忘蹄；言者所以在意，得意而忘言。”“言”只是“意”的存在方式和表现形式。存言是为了忘言。“言”是手段，“意”才是目的。后来中国文学告诫学人“存言焉，则所存者乃非其言”（王弼），要求“但是情性，不睹文字”（皎然），强调“不著一字，尽得风流”（司空图），倡导“善诗者去词”（杨万里），庄子是其源头。

第六节　其他儒家典籍中的诗乐理论

在孔子、孟子、荀子与老子、庄子的诗乐理论之外，先秦其他典籍，主要是儒家典籍如《尚书》《左传》《国语》《礼记》也就诗乐发表过很有价值的意见，对后世文学发展影响深远，不容忽视。

一、《尚书》：“诗言志”

《尚书》是我国最早的历史文献和政事史料的汇编，传说由孔子编订。这是一部记录和总结政治之道的史书。它提出的著名的文学美学观点是“诗言志”。《尚书·虞夏书·舜典》记载舜帝的话：

> 帝（舜）曰：夔（舜时乐官）！命女（汝）典（掌管）乐，教胄子①：直而温，宽而栗（坚，庄严），刚而无虐（苛刻），简而无傲；诗言志，歌

① 教胄子，有二解。一、胄子：贵族子弟，教：教化。二、胄：长育；教胄：教育。子：子弟。

永言，声依永，律和声，八音克谐，无相夺伦，神人以和。①

“志”者，《说文》释作“从心之声”“心之所之也”“心动”之意。“诗言志”，即要求诗歌以表达心灵意蕴为使命，而不是以状物图貌为使命。这心灵意蕴既包含理也包含情，是一种“直而温，宽而栗，刚而无虐，简而无傲”的中和的道德化情感。在声律上，要求金、石、土、革、丝、木、匏、竹“八音”和谐地组合在一起，有条不紊，最后沟通天人，达到“神人”和谐的效果。“诗言志”这一命题，奠定了中国古代诗学表情达意的整体倾向，显示了中国古代诗歌不同于西方史诗、叙事诗侧重于现实模仿的民族特色。朱自清在《“诗言志”辨》中称之为中国诗论“开山的纲领”。

二、《左传》《国语》：“乐以风德”

《左传》是春秋末期鲁国史官左丘明为解释我国古代第一部编年体历史著作《春秋》而作，实际上是一部独立撰写的叙事详尽的史书。《国语》是我国古代第一部国别史，相传亦为左丘明编纂。《左传》要求“乐以安德”，《国语》要求“乐以风德”，在主张诗乐必须以包含道德内涵为重这一点上，二者是一致的。据《左传·襄公十一年》记载，晋侯把八位女乐人赐给魏绛，魏绛推辞说：

夫乐以安德（杜预注：和其心也），义以处之（杜预注：处位以义），礼以行之（杜预注：行教令），信以守之（杜预注：守所行），仁以厉之，而后可以殿邦国，同福禄，来远人，所谓“乐”也。②

① 《尚书正义》卷三，《十三经注疏》，上海古籍出版社 1997 年影印本，第 131 页。按：郭绍虞《中国历代文论选》引孙星衍《尚书今古文注疏》，将此段引文归入《尧典》。考虑到孙星衍《尚书今古文注疏》远不如《十三经注疏》中孔安国传、孔颖达等正义《尚书正义》本之影响深远和检索方便，故本书仍采《舜典》说。关于同段引文出处不同的原因，郭绍虞《中国历代文论选》第一册（上海古籍出版社 1981 年版）说：“《尚书》……西汉初存二十八篇，相传由伏生口授，用汉时通行文字隶书抄写，是为《今文尚书》。《尧典》为其中的一篇。”“伪《古文尚书》把下半篇分出，并加二十八字，作为《舜典》。”

② 杜预注、孔颖达等正义：《春秋左传》，《十三经注疏》，上海古籍出版社 1997 年版，第 1951 页。解释从杜预。

魏绛要求音乐“安德”“处义”“行礼”“守信”“厉仁”，发挥“殿邦国”“来远人”的功能，认为这才是真正的“乐”。恰如晋代杜预所注，此“言五德皆备乃为乐，非但金石”。《国语·晋语》记载：

> （晋）平公说（悦）新声。师旷（晋国乐师）曰：“公室（指晋国）其将卑（衰微）乎？君之明（萌）兆于衰矣。夫乐以开（通）山川之风（风化）也，以耀德于广远也。风（讽，宣扬）德以广之，风（教化）山川以远之，风（化育）物以听之（使之听），修诗以咏之，修礼以节之。夫德广远而有时节（农时、礼节），是以远服而迩不迁。①

师旷所鄙薄的“新声”，大约就是《左传·昭公元年》里医和所批评的不合道德规范的“淫声”。师旷认为晋平公如果以此为美而沉迷其中，晋国的未来就岌岌可危。只有“风（讽）德”之乐才是真正的美，才值得去欣赏。

由于“乐以安德”“乐以讽德”，所以诗乐的欣赏即是道德的体认。《左传·襄公二十九年》记载吴公子观乐后所作的审美评价，都与诗乐所表现的道德内容有关。如他对《诗》中《邶风》《鄘风》《卫风》的评价是：“美哉，渊乎！忧而不困者也。吾闻卫康叔、武公之德如是，是其《卫风》乎？”对《魏风》的评价是：“美哉，沨沨乎（杜预注：中庸之声，婉约也）！大而婉，险（俭）而易行，以德辅此，则明主也。”对《唐风》的评价是：“思深哉！其有陶唐氏之遗民乎？不然，何忧之远也？非令德之后，谁能若是？”对《大雅》的评价是：“曲而有直体，其文王之德乎？”评价《颂》：“盛德之所同也。”评价《韶》：“德至矣哉！大矣，如天之无不帱也，如地之无不载也，虽甚盛德，其蔑以加于此矣！”由于道德意蕴在这首乐曲中表现得无以复加，所以对它的美感也达到极致：“观止矣！若有他乐，吾不敢请已。”同样，人们之所以称道《春秋》的文字之美，就源于其“劝善惩恶”的微言大义。《左传·成公十四年》载：“故君子曰：《春秋》之称：微而显，志而晦，婉而成章，尽而不汙（曲），惩恶而劝善，非圣人谁能修之？”②

---

① 薛安勤、王连生：《国语译注》，吉林文史出版社1991年版，第578页。

② 杜预注、孔颖达等正义：《春秋左传》，《十三经注疏》，上海古籍出版社1997年版，第1913页。

又《左传·襄公二十四年》记载春秋时鲁国大夫叔孙豹称“立德”“立功”“立言”为“三不朽”：“大（通太）上有立德，其次有立功，其次有立言，虽久不废，此之谓不朽。”立德，指在道德崇高方面给人们树立榜样。立功，指为人民、为国家、为民族建功立业。立言，指以立德立功之心著书立说，造福后人。在人生三种不朽的价值中，立德最高，立功次之，实在立德、立功不成，可退而求其次立言。立言的价值虽然不如立德、立功高，但可与立德、立功一样归于“不朽”。这是对包含文学在内的“言”的价值功用的高度肯定，也是对包含文学在内的“言”的道德事功内涵的变相强调。

三、《礼记》：“温柔敦厚，《诗》教也”

《礼记》，秦汉以前各种礼仪论著的选集，西汉戴圣编纂，有《乐记》《中庸》《大学》等四十九篇，大抵为孔子弟子及其再传、三传弟子等所记，可视为战国时期的儒家著作。①

《礼记》认为：“乐者，乐也，人情之所不能免也”；“人不耐（能）无乐，乐不耐无形，形而不为道（导），不耐无乱”②；对待人情的明智态度，是“修礼以耕之，陈义以种之，讲学以耨之，本仁以聚之，播乐以安之”③。因此，“先王之制礼乐也，非以极口腹耳目之欲也，将以教民平好恶，而反人道之正也”；“先王耻其乱，故制雅颂之声以道之，使其声足乐而不流，使其文足论而不息，使其曲直、繁瘠、廉肉、节奏足以感动人之善心而已矣，不使放心邪气得接焉：是先王立乐之方也”④。音乐作为美化人情的一种手段，只有当它“象德”、成为“德音”时，才是美妙的音乐，由此产生的审美快乐也才最大。《乐记》篇反复说明这一点：“德音之谓乐。”“乐者，所以象德也。”“乐者，通伦理者也。”“审乐以知政，而治道备矣。”“知乐则几于礼矣。”“乐也者，圣人之所乐也，而可以善民心。”“致乐以治心者也。”“乐者，乐也。君子乐得其道，小人乐得其

① 另有《大戴礼记》或《大戴记》，西汉戴德编纂，原本八十五篇，今存三十九篇。《十三经注疏》所收《礼记》为《小戴礼记》。

② 《乐记》。

③ 《礼运》。

④ 均见《乐记》。

欲。以道制欲，则乐而不乱；以欲忘道，则惑而不乐。是故君子反情以和其志，广乐以成其教，乐行而民乡（向）方（道也），可以观德矣。”“是故情见而义立，乐终而德尊……生民之道，乐为大焉。”“是故乐之隆，非极音也。”

先秦时代诗乐一体，“德音之谓乐”的思想也影响到对“诗”的看法。《礼记·经解》篇载孔子语：“温柔敦厚，《诗》教也。”孔颖达疏：“‘温’谓颜色温润，‘柔’谓情性和柔。《诗》依违讽谏，不指切事情，故云‘温柔敦厚’，是‘《诗》教’也。”①《诗》在表达道德政教讽谏之志时不违君臣之礼，有所讽刺而不失其委婉柔和，这应当成为中国古代君主专制之下臣民通过诗歌尽到讽谏责任的典范和原则。经过汉儒的诠释，“温柔敦厚，《诗》教也”成为中国诗歌美学的另一面大旗。

① 郑玄注、孔颖达疏：《礼记正义》，《十三经注疏》，上海古籍出版社1997年版，第1609页。

第二章

两汉文学美学：宗经征圣，言志载道

汉代文学在继承《诗经》《楚辞》的基础上诞生了声韵和辞采更加优美的五言诗和汉赋，在先秦历史著作的基础上产生了传记文学，在先秦诸子散文的基础上产生了奏议策论，使得诗赋散文的审美特征受到人们的普遍认可和重视。于是两汉时期，“文学”与“美”的关系出现了新的变化。一方面，“文学”“文章”一词仍保留着古义，指儒学和一切典章学术。如《史记·孝武本纪》说：“上乡（向也）儒术，招贤良，赵绾、王臧等以文学为公卿。”《史记·儒林列传》说：“延文学儒者数百人，而公孙弘以《春秋》白衣为天子三公”；“治礼，次治掌故，以文学礼义为官”。桓宽《盐铁论》中将“文学”作为与“贤良”之士并列的概念使用，即主张实行仁政的儒者。这些都是以“文学”为“儒学”的例子。《史记·自序》云：“汉兴，萧何次律令，韩信申军法，张苍为章程，叔孙通定礼仪，则文学彬彬稍进。”又，《史记·袁盎晁错列传》：“（晁错）以文学为太常掌故。”《汉书·艺文志》云：“至秦患之，乃燔灭文章，以愚黔首。”这是把“文学”“文章”当作包含律令、军法、章程、礼仪、历史在内的一切典章学术。另一方面，也出现了新的情况。由于“文章”的古义与文饰性的花纹有关①，所

① 《周礼·冬官考工》云：“画缋（同绘）之事……青与赤谓之‘文’，赤与白谓之‘章’。”

以此时人们把有文采的文字著作如诗赋、奏议、传记称作“文章”或“文辞”，于是“文章”与“文学”区别开来。如《汉书·公孙弘主父偃列传·赞》云：“文章则司马迁、相如”；“刘向王褒以文章显”。《史记·三王世家》：“文辞烂然，甚可观也。”《史记·曹相国世家》：“择郡国吏木诎于文辞、重厚长者，即召除为丞相史。”这里的“文章”“文辞”即有文采的文字著作、有文采的语言辞章。

汉初政治家目睹秦朝统治者实行霸道迅速灭亡的教训，深刻认识到“为治之本，务在宁民”①，让人民安宁的主要途径，是统治者清心寡欲。于是，“贵黄老，稍尚清虚”，道家的“无为”思想在汉初受到崇奉。而统治者克制欲望、清虚无为的根本乃源于其贵民、爱民的儒家道德初衷。早在汉初，贾谊就提出过“民无不为本”的民本思想②，陆贾就呼吁“治以道德为上，行以仁义为本”③，至汉武帝时，董仲舒提出的“罢黜百家，独尊儒术”被朝廷采纳，儒家的仁政德治思想被确立为治国的大政方针。随着儒家思想统治地位的确立，先秦的儒家著作《诗》《书》《易》《礼》《春秋》被奉为经典，诠释儒家经典的今文经学与古文经学达一时之盛。围绕诗赋，汉代文学批评托经立论，征圣立言，要求文学言志载道、比兴美刺，同时对诗赋的形式美特征、手法等问题作出了有价值的探讨，成为从先秦到六朝文学美学的重要过渡。

第一节　《毛诗序》及郑玄的诗学贡献

先秦诞生的我国第一部诗歌总集《诗》在汉代迎来了它的注释学高潮。据《汉书·艺文志》、东汉郑玄《诗谱》《毛诗传笺》、唐孔颖达《五经正义》等记载：至战国初期，研究讲习《诗》者，有齐人辕固、鲁人申培、燕人韩婴、鲁人毛亨。秦朝焚书坑儒，鲁、齐、韩、毛四家诗都得以逃脱，并在汉代保留下来。前三

① 《淮南子·泰族训》。
② 《新书·大政》。
③ 《新语·至德》。

家属于今文经学派，早立于官学，却先后亡佚。毛诗为古文经学派，在汉代未列为官学，至汉末兴盛，取代三家而独传于世。毛诗于先秦古《诗》三百篇前均有小序，而首篇《关雎》题下的小序后，另有一段较长文字，世称《诗大序》，很像是一篇总序。《毛诗序》以《关雎》为例，分析了诗美与政教道德的关系，提出了诗歌讽刺政教之失的礼教原则，揭示了中国古代诗歌与音乐、舞蹈一体的特征，首次阐释了《诗》的“六义”，对后世中国诗学产生了极为深远的影响。

一、诗的言志载道教化功能

《尚书》提出“诗言志”的诗学纲领，《毛诗序》进一步加以巩固：“诗者，志之所之也，在心为志，发言为诗。”这个“志”是思想感情的统一体，与“情”并不矛盾，而且，“情”是“志”产生的起点，情志的语言表达与乐、舞是结合在一起的：“情动于中而形于言，言之不足故嗟叹之，嗟叹之不足故咏歌之，咏歌之不足，不知手之舞之、足之蹈之也。”一定的思想情感是一定的社会生活特别是政治状况的反应，所以通过诗歌表达的情志，可以反映诗人生活的时代的社会政治状况。“情发于声，声成文谓之音。治世之音安以乐，其政和；乱世之音怨以怒，其政乖；亡国之音哀以思（悲也），其民困。”因此，诗歌具有调整政治得失的政治教化功能：“故正得失，动天地，感鬼神，莫近于诗。”自古以来，英明的统治者就用“诗”作为管理家庭社会的道德教化的重要手段：“先王以是经夫妇，成孝敬，厚人伦，美教化，移风俗。”《关雎》作为十五《国风》的首篇，讲的是周文王之妃太姒“性行和谐，贞专化下”① 的品德之美，旨在教化天下之人，给天下夫妇做出榜样：“《关雎》，后妃之德也，《风》之始也，所以风（去声，教化）天下而正夫妇也。”“《风》，风也，教也，风以动之，教以化之。”“故诗有六义焉”，由此《毛诗序》论及诗的“六义”。

二、“六义”的概括与“四始”的推崇

《毛诗序》论及的“诗有六义”，先秦《周礼·大师》曾作为“六诗”提出

① 孔颖达《毛诗正义》语。

过："大师……教六诗，曰风，曰赋，曰比，曰兴，曰雅，曰颂。"① 但究竟什么是风、赋、比、兴、雅、颂，《周礼》并无解释。《毛诗序》所说的诗的"六义"，概念与《周礼·大师》所说的"六诗"相同："故诗有六义焉：一曰风，二曰赋，三曰比，四曰兴，五曰雅，六曰颂。"比《周礼》"六诗"深入一步的，是《毛诗序》对这六个概念中的"风""雅""颂"概念作出的阐释。"雅"又分大雅、小雅，于是《毛诗序》提出"风""大雅""小雅""颂"的"四始"概念，认为这"四始"是诗的最高境界："是以一国之事，系一人（诗人也）之本，谓之'风'；言天下之事，形四方之风（风俗），谓之'雅'。'雅'者，正也，言王政之所由废兴也。政有大小，故有'小雅'焉，有'大雅'焉。'颂'者，美（赞美）盛德之形容，以其成功告于神明者也。是谓'四始'，诗之至也。"孔颖达《毛诗正义》引汉代郑玄答张逸语："'风'也，'小雅'也，'大雅'也，'颂'也，此四者，人君行之则为兴，废之则为衰。"又引《郑笺》注："'始'者，王道兴衰之所由。""风"是诗人反映诸侯国事的诗歌；"雅"是诗人反映天下政事、四方风俗的诗歌，并因政事大小分为"大雅""小雅"；"颂"是向祖先神灵赞美、汇报政治功绩的庙堂诗歌。它们都因为属于"王道兴衰之所由"，与政治道德联系得很紧密而被尊为"四始"。

尤其值得注意的是，《毛诗序》认为诗歌言志抒情表达政治道德的教化之美，不仅可以运用赞美歌颂的方法，而且也可以运用讽刺批评的方法。"风""雅"本来是可以而且应当称颂政治功绩、赞美道德之善的，比如《关雎》就是正面赞颂"后妃之德"的，"大雅""小雅"中也有不少诗是赞扬美政的。所谓"治世之音安以乐"，就是在阐释"风""雅"的本来面目。用孔颖达《毛诗正义》中的解释即"风""雅"之"正"，或者叫"正风""正雅"。但是，当政治昏暗、衰败的时候，按照人们的自然情感反应，就是"乱世之音怨以怒"，"亡国之音哀以思"。把这种"怨怒""悲哀"的情感发泄到诗中，抒发对往日太平盛世清明政治的怀念和向往，就形成了"变风""变雅"："至于王道衰，礼义废，政教失，国异政，家殊俗，而变风变雅作矣。国史明乎得失之迹，伤人伦之废，哀刑政之苛，吟咏情性，以风（讽、谏）其上，达于事变而怀其旧俗也。"孔颖达《毛诗正义》云："诗之风、雅有正有变，故又言变之意。至于王道衰，

① 《周礼注疏》卷二三，《十三经注疏》。

礼义废而不行，政教施之失所，遂使诸侯国国异政，下民家家殊俗，诗人见善则美，见恶则刺之，而变风变雅作矣。”① 郑玄《诗谱序》说：“故孔子录懿王、夷王时诗讫于陈灵公淫乱之事，谓之变风、变雅。”《诗经》“风诗”中自《邶风》以下十三国风为“变风”，大雅《民劳》以后的诗、小雅《六月》以后的诗为“变雅”。于是“风”的涵义之一，就变成了“讽”、变成了“刺”：“上以风化下，下以风刺上……故曰‘风’。”这是对孔子开辟的“诗可以怨”的批判传统的进一步巩固。不过，正如孔子在提出“诗可以怨”主张的同时提醒诗人要注意遵守“温柔敦厚”的“诗教”，对于怨刺上政的诗人，《毛诗序》也提出“发乎情，止乎礼义”“主文而谲谏”的礼教原则。所谓“主文而谲谏”，朱熹②释为“主于文辞而托之以谏”，也就是批评要遵守君臣之礼，委婉含蓄一些，不要那么直接无礼：“故变风发乎情，止乎礼义。发乎情，民之性也；止乎礼义，先王之泽也。”同时，《毛诗序》对被怨刺的上层统治者也提出“言之者无罪，闻之者足以戒”的要求，主张统治者让诗人畅所欲言，不因诗人的怨刺批评太激烈、有失君臣之礼就以言治罪。《毛诗序》对“变风”“变雅”的充分肯定，为后世诗人以诗歌为武器批判政治窳败、现实黑暗，抒发愤懑不平提供了有力的理论依据。

三、郑玄：首释“赋、比、兴”

《毛诗序》提出了《诗》的“六义”概念，解释了“风、雅、颂”，但遗憾的是没有解释“赋、比、兴”。这个遗憾由汉末郑玄加以弥补。

郑玄（127—200），字康成，北海高密（今山东高密西南）人。东汉末年儒家学者、经学大师。郑玄先学今文经学，后习古文经学，网罗众家，融贯为一，成为两汉经学之集大成者。关于郑玄在经学史上的地位，范晔《后汉书》列传说：“自秦焚六经，圣文埃灭。汉兴，诸儒颇修艺文。及东京（指东汉）学者，亦各名家。而守文之徒，滞固所禀，异端纷纭，互相诡激，遂令经有数家，家有数说，章句多者或乃百余万言，学徒劳而少功，后生疑而莫正。郑玄括囊大典，

① 《毛诗正义》卷一，参见《十三经注疏》。

② 《吕氏家塾读诗记》卷三。

网罗众家，删裁繁诬，刊改漏失，自是学者略知所归。”郑玄站在“通学”的立场上遍注群经，史载他注《易》《尚书》《毛诗》《周礼》《仪礼》《礼记》《论语》《孝经》《尚书大传》等，凡百余万言。他遍注的群经大多已佚。至今完整保留在《十三经注疏》中的《毛诗笺》和“三礼”注，以大量篇幅考订名物制度，训诂精湛，校雠严密，为中国文化思想研究提供了极为重要的资料。

郑玄在汉代诗学方面的一大贡献，是首次对诗学范畴“赋、比、兴”作出了阐释。他在《周礼·大师》“六诗”注中说：“风，言贤圣治道之遗化也；赋之言铺，直铺陈今之政教善恶；比，见今之失，不敢斥言，取比类以言之；兴，见今之美，嫌于媚谀，取善事以喻劝之；雅，正也，言今之正者以为后世法；颂之言诵也，容也，诵今之德，广以美之。”① 他对“风、雅、颂”的解释，丰富了人们的理解，可以与《毛诗序》的解释结合起来看。他对“赋、比、兴”的阐释，有几个要点值得注意：

第一，“赋”与“比、兴”的区别。“赋”即“铺”，其特点是“直铺陈”，不绕弯子，比较直接；“比、兴”则无论讽刺还是赞颂，都比较含蓄、委婉。郑玄对“赋”的解释，后世遂成不易之论。西晋挚虞《文章流别论》说“赋者，敷陈之称也”；唐成伯玙《毛诗指说·解说》说“赋者，敷也，指事而陈布之也”；贾岛《二南密旨》说“赋者，敷也，布也”；这些是郑玄“赋之言铺”的翻版。钟嵘《诗品序》说“直书其事，寓言写物，赋也”；朱熹《诗集传》卷一说“赋者，敷陈其事而直言之也”；《离骚序注》说“赋则直陈其事”；这些是对郑玄以“直铺陈”定义“赋”的继承。

第二，“比”与“兴”的区别。“比”是“取比类以言失”的方法，即婉转的批评方法；“兴”是“取善事以劝美”的方法，即含蓄的赞颂方法。“比”与“兴”第一次被明确地区分开来。后来，刘勰《文心雕龙·比兴》讲“比则畜（蓄）愤以斥言”，成伯玙《毛诗指说·解说》讲“以恶类恶，名之为比……以美（类）美，谓之为兴”，本此。

第三，郑玄在注《周礼》“六诗”时以“美、刺”区分“比、兴”，而在后来笺《诗》时则改变了以前的看法。② 他“注《诗》宗毛”，将“兴”释为

① 《周礼注疏》卷二三，参见《十三经注疏》，上海古籍出版社 1997 年，第 796 页。
② 陈奂《诗毛氏传疏·郑氏笺考徵》：“郑康成……笺《诗》乃在注《礼》之后。”

“喻”，全部《诗笺》中共有326处“兴”用作“喻”义。在同一首诗中对相同的譬喻常常“兴”“喻”交替使用①，有时干脆以“兴”代“喻”。如他在笺《诗经·齐风·东方之日》“东方之月”时说：“月以兴臣，月在东方，亦言不明。”② 这“兴臣”即是“喻臣”。孔颖达在详细分析了郑笺的各种情况后总结说：“（毛）《传》言‘兴’也，《笺》言‘兴者喻’，言《传》所‘兴’者欲以‘喻’此事也。‘兴’‘喻’名异而实同。”③ 这是符合郑玄笺《诗》之实情的。既然“兴”即是比喻的“喻”，那么它与“比”的区别便模糊起来。郑玄对“比”“兴”的区别尽管不为后世广泛采用，并且后来他也抹平了这种区别，但他毕竟启发了后人重新寻找“比”“兴”的区别。汉末刘熙《释名·释典艺》首先将“兴”释为“起兴”之“兴”：“兴物而作谓之兴。”刘勰《文心雕龙·比兴》承此云：“兴者，起也”，“起情故兴体以立”。孔颖达《毛诗序正义》：“兴者，起也，取譬引类，起发己心。”朱熹《诗集传》卷一：“兴者，先言他物以引起所咏之词也。”“兴”成了为吟咏某个事物、传达某种情思而用与该事物、该情思在形象上、声音上有某种联系的事物开头的方法。而“比”，则成为“以彼物比此物”④ 的一般方法，它并不仅仅局限于“刺”。如贾岛《二南密旨》云：“比者，类也，妍媸相类相显之理，或君臣昏佞则物象比而刺之，或君臣贤明亦取物比而象之。”

第四，在郑玄对《周礼》“六诗”的注释中，“赋、比、兴”既是方法的概念，也是诗体的概念。而这三种诗体的美，在于与“政教之善恶”相联系。如“赋”是“直铺陈今之政教善恶”的诗体。“比”是讥刺政教之失的诗体，“兴”是赞颂政教之善的诗体。它们以不同的形态，体现了符合儒家礼教规定的政治道德观念，反映了儒家以“善”为“美”的传统思想。

① 参见鲁洪生《汉儒对赋、比、兴的认识》，《汉中师院学报》，1987年第2期。

② 《毛诗正义》卷五，《十三经注疏》，上海古籍出版社1997年版，第350页。

③ 《毛诗正义》卷一，《十三经注疏》，上海古籍出版社1997年版，第279页。

④ 朱熹：《诗集传》卷一。

第二节　刘安与董仲舒：论文艺诠释活动的客观性与创造性

西汉中前期，有两位大思想家论及诗乐审美活动的创造性问题，值得给予足够的注意。

一、刘安："知音"说之首倡

刘安（前179—前122），西汉皇族，淮南王。汉高祖刘邦之孙，淮南厉王刘长之子。博学善文辞，好鼓琴，才思敏捷，曾奉武帝命作《离骚传》。招宾客方术之士数千人，编写《淮南子》。后以谋反事发自杀。

刘安是中国古代文学审美思想"知音"说的首倡者。他在《淮南子·修务训》中说："昔晋平公令官为钟，钟成而示师旷。师旷曰：'钟音不调。'平公曰：'寡人以示工，工皆以为调，而以为不调，何也？'师旷曰：'使后世之无知音者则已，若有知音者，必知钟之不调。故师旷之欲善调钟也，以为后之有知音者也。'"这段话说，晋平公令下官造了一座钟。钟成后请著名乐师师旷调试。师旷调试后指出钟音不和谐。平公说他已请乐工调试过，乐工们都认为钟音和谐，而你以为不和谐，怎么回事？师旷说：如果后世有知音，必定会同意我的意见。所以他不求在当时的乐工中找到善于调音的，而把这个希望寄托给了后世的知音。

《淮南子》这儿所说的"知音"，指审美中能正确感受、识别音乐的客观美丑。对知音者而言，"白黑之于目辨，清浊之于耳听"，犹如母亲辨孪子、良工识玉石、圣人见是非①。而缺少审美素养的"众人"则不然，他们"以徵为羽""以甘为苦"②，于是发生了"歌《采菱》，发《阳阿》，鄙人听之，不若此《延

① 《淮南子·修务训》。

② 《淮南子·修务训》。

路》《阳局》”① 的以美为丑情况。另一方面，又常常可以看到以丑为美的现象。《修务训》指出：“楚人有烹猴而召其邻人，以为狗羹也而甘之，后闻其猴也，据地而吐之，尽写（泻）其食，此未始知味者也。邯郸师有出新曲者，托之李奇（古之名倡），诸人皆争学之，后知其非也，而皆弃其曲，此未始知音者也。鄙人有得玉璞者，喜其状，以为宝而藏之，以示人，人以为石也，因而弃之。此未始知玉者也。”这时，尽管他们混淆美丑，但对象的客观美丑属性没有因此改变。《修务训》特别强调：“以徵为羽，非弦之罪；以甘为苦，非味之过。”在承认美丑的客观属性、不以非知音者的审美感受为转移的同时，《淮南子》也指出了审美主体的心境可能引起审美感受的变异：“夫载哀者闻歌声而泣，载乐者见哭者而笑。哀可乐者，笑可哀者，载使然也”②；“心哀而歌不乐，心乐而哭不哀”③。这是对审美主客体关系论的深刻诠释。

二、董仲舒：“《诗》无达诂”“《春秋》无达辞”

董仲舒（前179—前104），西汉儒家公羊学派大师。少治《春秋》，以公羊学闻名，汉景帝时立为博士。汉武帝元光元年诏举贤良对策，董仲舒上对策三篇，对“罢黜百家，独尊儒术”进行了理论上的阐发，为汉武帝所采纳。居家不问产业，以修学著书终老，被时人誉为“群儒首”“儒者宗”。

孔子删定六经，到了秦朝，始皇帝听从李斯建议焚书坑儒、秦末的战火等使这些典籍遭到巨大的破坏（《易经》作为占卜书，得以不焚）。汉朝开始主要信奉道家思想，夹杂刑名之学，到汉武帝时转而采纳董仲舒的建议，独尊儒术，但儒家经典原本多佚，只在民间通过师徒父子口授相传，如田何传《易经》，伏生传《书经》，申培传《诗经》，高堂生传《礼经》，公羊、谷梁两家传《春秋》。由于汉武帝的崇奉，这些儒家经典得以用汉代流行的文字——隶书记录整理而成，故称为“今文经”。伴随着“今文”汉隶书写的儒家经典的出版传播，阐释这些经典的“今文经学”成为官学，得以兴盛起来。在西汉中期的今文诸经中，

① 《淮南子·人间训》。
② 《淮南子·齐俗训》。
③ 《淮南子·缪称训》。

最能反映今文经学所谓学统的是《公羊春秋》学。以董仲舒为代表的公羊学家，不仅在政治上通过阐发孔子大一统的精义，为汉武帝的中央集权提供了理论依据，而且在学术上还通过吸收道家、阴阳家的思想资料，建构起一个博大精深、具有创造性的经学思想体系。汉武帝时期的儒学独尊，实质上是今文经学独尊，是以董仲舒为代表的春秋公羊学的独尊。今文经学的最大特点，是借对先秦儒家经典的诠释寄托经学家的主观发挥与比附。董仲舒作为今文经学创始人和公羊学大师，对此自有切身体会。因此，在《春秋繁露·精华》中，他提出"《诗》无达诂，《易》无达占，《春秋》无达辞"一说，涉及文学诠释活动的主观性、创造性、多样性。原文如下：

> 难晋事者曰："《春秋》之法，未逾年之君称'子'，盖人心之正也。到里克杀奚齐，避此正辞而称'君之子'，何也?"曰："所闻《诗》无达诂，《易》无达占，《春秋》无达辞，从变从义，而一以奉人。"①

"达"者，"通"也，恒常不变的意思。刘向《说苑·奉使》引传云作"《诗》无通故，《易》无通吉，《春秋》无通辞"。《精华》篇引述的这段话是由"《春秋》无达辞"说起的。所谓"晋事"，是指晋献公在宠妃骊姬的怂恿下废太子姬申生，立未成年的儿子姬奚齐为嗣，献公死后，奚齐为太子太傅里克所杀的事迹。春秋时期，晋献公宠爱的王妃骊姬发难，要求晋献公立姬奚齐为嗣；废黜太子姬申生后，又逼其自缢，然后驱逐公子姬重耳和姬夷吾。晋献公照此办理。公子姬夷吾见势不妙遂逃往梁国，公子姬重耳逃往翟国。后晋献公病危，嘱托大夫荀息辅佐尚未成年的姬奚齐继位。晋献公死后，诸公子争立，晋国大乱。荀息遵旨立姬奚齐为国君，主持丧礼。就在丧礼过程中，姬奚齐被太子申生的师傅里克杀死。荀息又立姬奚齐的弟弟姬卓子为国君，没几天，又被太傅里克所杀。骊姬见两个儿子皆被杀，便投井自尽了。里克怒意未消，吩咐手下捞出骊姬的尸体，剁成肉泥。乘晋国国内空虚，秦穆公送小舅子公子姬夷吾归国即位，是为晋惠公。晋惠公畏惧里克再叛变，遂赐死里克，并下令废除姬奚齐家族的公族身份。对《春秋》记载的这段事迹有疑问的人提出责难：按照《春秋》叙事的一般格

① 苏兴：《春秋繁露·义证》卷三，中华书局2010年版，第95页。"人"，卢文弨校本为"天"，苏兴认为此说可从。"占"，他本或作"吉""言"。

式，奚齐是未逾年之君，应当称“子”（表尊敬），但在记叙里克杀奚齐时，却避用这个“正辞”（即达辞），而称奚齐为“君之子”（中性指称，无尊敬意味），这是为什么？然后董仲舒就告诉他，《春秋》没有固定不变的通例、“达辞”，是“从义”而“变”，根据情况灵活变化的。在同篇中，董仲舒接着解释其变辞的合理性：“晋，《春秋》之同姓也。骊姬一谋而三君死之，天下之所共痛也。本（究）其所为为之者，蔽于所欲得位而不见其难也。《春秋》疾其所蔽，故去其正辞，徒言‘君之子’而已。”又，董仲舒在《春秋繁露·竹林》中也提出过：“《春秋》无通辞，从变而移”，可相参。《春秋》宣公十二年记载：“晋荀林父帅（率）师及楚子战于邲，晋师败绩。”董仲舒指出：“《春秋》之常辞也，不予夷狄而予中国为礼。至邲之战，偏然反之，何也？曰：《春秋》无通辞，从变而移。今晋变而为夷狄，楚变而为君子，故移其辞以从其事。”楚为夷狄，《春秋》“内诸夏而外夷狄”，应贬称楚君为“楚人”，这是常辞。但《春秋》在此却称楚君为“楚子”，褒扬楚君为君子，这是变辞。董仲舒解释说，这是因为楚君在邲之战中表现出仁义之善。《春秋繁露·精华》指出：“《春秋》固有常义，又有应变。”义有常变，因而辞亦有常变。《春秋繁露·竹林》指出：“故说《春秋》者，无以平定之常义，疑变故之大则，义几可谕矣”；“《春秋》之道，固有常有变，变用于变，常用于常，各止其科，非相妨也”。由此可见，董仲舒所谓的“《春秋》无达辞”，指的是寓意褒贬的历史著作写作方法的“常”与“变”的结合。

然而他由此生发开去的“《诗》无达诂”，则涉及诗歌审美诠释活动中的创造性原则问题。

孔子曾经说过：“不学诗，无以言。”① 春秋时期，赋《诗》言志，成为社会的一种普遍风尚。人们在社会交往活动中，习惯引用、诵读《诗》中的部分诗句，来表达自己的意见志向。《左传·襄公二十八年》引述时人之语：“赋《诗》断章，余取所求焉。”《汉书·艺文志》说：“古者诸侯卿大夫交接邻国，以微言相感，当揖让之时，必称《诗》以言其志，盖以别贤不肖而观盛衰焉。”这种遗风一直影响到汉代。在《春秋繁露》《天人三策》里，董仲舒引《诗》三十多处，来阐明他的观点。由于是“断章取义”，借《诗》表述自己的观点，这就使

① 《论语·季氏》。

得引说《诗》者在关于相关诗句的阐释中加进了不少自己的主观创造，《诗》的意义因而具有多元性、开放性，从而打破了《诗》的固定解释，这就叫“《诗》无达诂”。另一方面，这种主观解释也不是可以没有根据、任意发挥的，变化不能彻底离开常态。如《春秋繁露·竹林》云：“夫目惊而体失其容，心惊而事有所忘，人之情也。通于惊之情者，取其一美，不尽其失。《诗》云：‘采葑采菲，无以下体。’此之谓也。今子反往视宋，闻人相食，大惊而哀之，不意之至于此也，是以心骇目动，而违常礼。”“采葑采菲，无以下体”，语出《诗经·邶风·谷风》，其字面义是：葑菲之菜，上善下恶，食之者取其枝叶之善而弃其根之恶。董仲舒认为，葑菲之叶可食而根不可食，但不因其根不可食而不采其叶，即“取其一美，不尽其失”。他进一步阐释司马子反之事：司马子反私通敌情，有“内专政而外擅名”的过失，但他具有仁爱民众的美德，所以应取其仁爱之德而弃其专政擅名之失。这是通过隐喻的手法，把葑菲之菜与司马子反之事相联系。《春秋繁露·度制》云：“孔子曰：‘君子不尽利以遗民。’……故君子仕则不稼，田则不渔，食时不力珍，大夫不坐羊，士不坐犬。《诗》曰：‘采葑采菲，无以下体，德音莫违，及尔同死。’”董仲舒认为，采葑菲之叶，不能连根都拔除，以隐喻“君子不尽利以遗民”（以余利遗民）之义。关于“采葑采菲，无以下体”，董仲舒两次阐发的意义不同，表现了“《诗》无达诂”的思想，但他的解释又是有依据的。综上所述，可见，所谓“《诗》无达诂”，既指引《诗》者可以发挥主观能动性、创造性，《诗》义具有开放性；又指说《诗》不可任意解释，《诗》义也不是怎么说都行，而应是变中有常。

从对后世文学美学的影响来看，“诗无达诂”多被引申为审美鉴赏中的创造性、差异性。如宋人刘辰翁在《须溪集》卷六《题刘玉田选杜诗》中说：“观诗各随所得……同是此语，本无交涉。”其子刘将孙所作王安石《唐百家诗选》序说：“古人赋《诗》，独断章见志。固有本语本意若不及此，而触景动怀，别有激发。”①。王夫之《姜斋诗话》卷一指出：“作者用一致之思，读者各以其情而自得。”谭献《复堂词录序》说：“作者之用心未必然，而读者之用心何必不然。”这与西方文艺美学揭示的“一千个读者，即有一千个哈姆雷特”有异曲同工之处。

① 《永乐大典》卷九〇七《诗》。

第三节　司马迁、班固与王逸：“发愤著书”说与屈赋评论

汉代出现了两位大历史学家司马迁与班固，他们都强调文学创作的不平、怨愤动因，都由此出发评论屈原的辞赋，所以本书把他们合在一章评述。同时，他们对于屈赋的争论引发了王逸的研究和评论，并由王逸作了一次了断，所以本节将王逸的屈赋评论放在一起介绍。

一、司马迁：“发愤著书”

司马迁（前145或前135—?），西汉史学家、文学家。约在汉武帝元光、元朔年间，向今文家董仲舒学《公羊春秋》，又向古文家孔安国学《古文尚书》。元封三年，继承父亲司马谈之职，任太史令，开始为撰写《史记》作准备。后因替投降匈奴的李陵辩护，受宫刑。出狱后发愤著书，终于完成了中国历史上第一部纪传体通史《史记》。司马迁的思想以儒家为主。他继承孔子“诗可以怨”的观点，提出“发愤著书”说，为抒发怨诽之情的屈原辞赋辩护，引发了东汉班固与王逸关于屈原的争论。

司马迁早年因李陵事遭宫刑之辱，之所以“隐忍苟活”，是因为他那部立志“究天人之际，通古今之变，成一家之言”① 的《史记》刚刚动笔，尚未写完。而正是刑狱之辱，砥砺他在逆境中写出这部划时代的历史巨著。包含着个人的切身体验，他提出了“发愤著书”说。

“发愤著书”说首先论及创作发生：创作须有感而发，不能无病呻吟；人在生活中遭遇的不幸，往往会给他的创作带来沉郁的情感、强大的动力、丰厚的材料、深刻的思想，从而助成他创作的成功。《史记》卷一百三十《太史公自序》说：“夫《诗》《书》隐约者，欲遂其志之思也。昔西伯拘羑里，演《周易》；孔

① 司马迁：《报任安书》，转引自班固《汉书》卷六十二《司马迁传》，中华书局1965年版。

子厄陈、蔡，作《春秋》；屈原放逐，著《离骚》；左丘失明，厥有《国语》；孙子膑脚，而论兵法；不韦迁蜀，世传《吕览》；韩非囚秦，《说难》《孤愤》；《诗》三百篇，大抵贤圣发愤之所为作也。此人皆意有所郁结，不得通其道也，故述往事，思来者。”① 在《报任安书》中，司马迁再次重申：“古者富贵而名摩（磨）灭，不可胜记，唯倜傥（卓越）非常之人称焉。盖西伯拘而演《周易》，仲尼厄而作《春秋》；屈原放逐，乃赋《离骚》；左丘失明，厥有《国语》；孙子膑脚，《兵法》修列；不韦迁蜀，世传《吕览》；韩非囚秦，《说难》《孤愤》；《诗》三百篇，大氐（抵）贤圣发愤之所为作也。此人皆意有所郁结，不得通其道，故述往事，思来者。及如左丘明无目，孙子断足，终不可用，退论书策以舒其愤，思垂空文以自见。仆窃不逊，近自托于无能之辞，网罗天下放失旧闻，考之行事，稽其成败兴坏之理，凡百三十篇，亦欲以究天人之际，通古今之变，成一家之言。草创未就，适会此祸，惜其不成，是以就极刑而无愠色。仆诚已著此书，藏之名山，传之其人，通邑大都，则仆偿前辱之责，虽万被戮，岂有悔哉！”②

既然创作发生上肯定“发愤之所为作”，那么在作品中自然可以抒发怨诽忧愤之情。这方面，司马迁表现出了一定的矛盾。一方面，他是儒家之礼的坚定守护者，多处表明要欲不过礼，乐不过节，“好色而不淫”“怨诽而不乱”，此即先秦以来儒家反复宣扬的“温柔敦厚”“主文谲谏”“怨而不怒”的传统。另一方面，如果一个人“信而见疑，忠而见谤”，他深重的忧愤使其抒发怨诽时也许不能自制，甚至逾越“温柔敦厚”的礼教传统，这又不宜一概否定。在《史记·屈原贾生列传》中，司马迁就表现了这样的矛盾态度。一方面，他称道《离骚》符合礼教中道：“《国风》好色而不淫，《小雅》怨诽而不乱，若《离骚》者，可谓兼之矣。”另一方面，他又为屈原在《离骚》中抒发“怨诽”之情辩护，并给予可“与日月争光”的高度评价：“屈平疾王听之不聪也，谗谄之蔽明也，邪曲之害公也，方正之不容也，故忧愁幽思而作《离骚》。离骚者，犹离忧也。夫天者，人之始也；父母者，人之本也。人穷则反本，故劳苦倦极，未尝不呼天也；疾痛惨怛，未尝不呼父母也。屈平正道直行，竭忠尽智以事其君，谗

① 《史记》第十册，中华书局1982年版，第3300页。
② 载班固《汉书·司马迁传》。

人间之，可谓穷矣。信而见疑，忠而被谤，能无怨乎？屈平之作《离骚》，盖自怨生也。……上称帝喾，下道齐桓，中述汤武，以刺世事。明道德之广崇，治乱之条贯，靡不毕见。其文约，其辞微，其志洁，其行廉，其称文小而其指极大，举类迩而见义远。其志洁，故其称物芳。其行廉，故死而不容自疏。濯淖污泥之中，蝉蜕于浊秽，以浮游尘埃之外，不获世之滋垢，皭然泥而不滓者也。推此志也，虽与日月争光可也。”① 可见，司马迁“发愤著书”说的另一层涵义是孔子所说的“诗可以怨”②，它是对作品文本的现实批判精神的充分肯定。

二、班固：“贤人失志”“作赋以讽”

班固（32—92），东汉史学家、文学家。汉明帝时召为兰台令史，奉诏完成《汉书》。建初四年汉章帝在白虎观召集名儒讨论五经异同，班固以史官身份兼任记录，将讨论结果整理成《白虎通义》。另撰《两都赋》《幽通赋》《咏史诗》等。班固不仅是我国第一部断代史《汉书》的作者，汉代四大辞赋家之一，也是东汉今文经学的重要代表。在诗赋的问题上，班固继承《毛诗序》赞誉的“变风”“变雅”精神和司马迁的“发愤著书”说，肯定“贤人失志”的“古诗之义”以及“作赋以讽”的屈原之赋，同时又从“主文谲谏”“明哲保身”的礼教角度对屈原、司马迁提出了批评，表现了与司马迁的同与异。

先看班固文学思想与司马迁相似的一面。班固认为，诗赋是“感物造端”、“缘事而发”、“感于哀乐”、言志抒情的③。《汉书·艺文志》指出：“春秋之后，周道渐坏，聘问歌咏，不行于列国，学诗之士，逸在布衣，而贤人失志之赋作矣。”这也就是《汉书·乐志》所说的“周道始缺，怨刺之诗起”之义。此即《毛诗序》肯定的《诗经》“变风”“变雅”传统。班固对此也是肯定的，称之为“恻隐古诗之义”④。到了战国时代，出现了荀子、屈原以讽谏为特征的诗赋，都属于古诗的“贤人失志之赋”：“大儒孙卿及楚臣屈原，离（罹）谗忧国，皆

① 《史记》第八册，中华书局1982年版，第2842页。

② 《论语·阳货》。

③ 均见班固：《汉书·艺文志》。《汉书》卷三十，中华书局1965年版。

④ 《汉书·艺文志》。

作赋以风（讽），咸有恻隐古诗之义。”[1] 在《离骚赞序》中，班固对屈原“离谗忧国”“作赋以风”也表示理解与肯定：“《离骚》者，屈原之所作也。屈原初事怀王，甚见信任。同列上官大夫妒害其宠，谗之王，王怒而疏屈原。屈原以忠信见疑，忧愁幽思而作《离骚》。‘离’，犹遭也；‘骚’，忧也。明己遭忧作辞也。是时周室已灭，七国并争。屈原痛君不明，信用群小，国将危亡，忠诚之情，怀不能已，故作《离骚》。上陈尧、舜、禹、汤、文王之法，下言羿、浇、桀、纣之失，以风。怀王终不觉寤，信反间之说，西朝于秦。秦人拘之，客死不还。至于襄王，复用谗言，逐屈原。在野又作《九章》，赋以风谏，卒不见纳。不忍浊世，自投汨罗。原死之后，秦果灭楚。其辞为众贤所悼悲，故传于后。”由此可见：“赋者，古诗之流也。”[2]“讽谕”怨刺是赋的内容特色。

不过，屈原之后，下及汉代，许多作者却丢掉了古代诗赋的“讽谕”传统：“其后宋玉、唐勒，汉兴，枚乘、司马相如，下及扬子云，竞为侈丽宏衍之词，没其风谕之义。”[3] 直到汉武帝时期设立乐府机构采集民间歌谣，才逐渐扭转了这种偏向，恢复了古诗的“讽谕”传统：“自孝武立乐府而采歌谣，于是有代、赵之讴，秦、楚之风，皆感于哀乐，缘事而发，亦可以观风俗，知薄厚云。”[4] 同时，可能是迫于身处汉朝的政治利害关系及自己所崇尚的礼教原则，班固在《两都赋序》中又对汉代诗赋文辞作家有所肯定：“大汉初定，日不暇给。至于武宣之世，乃崇礼官，考文章，内设金马石渠之署，外兴乐府协律之事，以兴废继绝，润色鸿业。……故言语侍从之臣，若司马相如、虞丘寿王、东方朔、枚皋、王褒、刘向之属，朝夕论思，日月献纳；而公卿大臣，御史大夫倪宽、太常孔臧、太中大夫董仲舒、宗正刘德、太子太傅萧望之等，时时间作。或以抒下情而通讽谕，或以宣上德而尽忠孝，雍容揄扬，著于后嗣，抑亦雅、颂之亚也。故孝成之世，论而录之，盖奏御者千有余篇，而后大汉之文章，炳焉与三代同风。”司马迁评价司马相如时遗憾之中有肯定：“虽多虚辞滥说，然要其归，引之于节俭，此亦《诗》之风谏何异？”[5] 可见，班固与司马迁对此的态度是一致的。

---

① 《汉书·艺文志》。
② 《两都赋序》。
③ 《汉书·艺文志》。
④ 《汉书·艺文志》。
⑤ 转引自班固《汉书·司马迁传赞》。

不过同时，我们又发现，班固对屈原的评价又与司马迁有所不同。他在《离骚序》中指出，屈原遭遇不公平的待遇，有牢骚、抱怨是可以理解的，表达怨刺的文辞“弘博丽雅”“为辞赋宗”“可谓妙才”，但他不懂得克制自己的情感，表达的怨愤太过分了，不能真正像《小雅》那样做到“怨悱而不乱”，不符合儒家的“温柔敦厚”诗教，这却是要不得的；其为人也有问题，是非感太明显，公开数落君王，不与君王合作，甚至“沉江而死”，就更不可取了。所以他认为司马迁采用刘安的话，肯定屈原“兼诗风雅而与日月争光”是错误的：“昔在孝武，博览古文，淮南王安叙《离骚传》，以（为）‘《国风》好色而不淫，《小雅》怨悱而不乱，若《离骚》者，可谓兼之。蝉蜕浊秽之中，浮游尘埃之外，皭然泥而不滓。推此志，虽与日月争光可也’。斯论似过其真。”“且君子道穷，命矣。故潜龙不见是而无闷，《关雎》哀周道而不伤，蘧瑗持可怀之智，宁武保如愚之性，咸以全命避害，不受世患。故《大雅》曰：‘既明且哲，以保其身。’斯为贵矣。今若屈原，露才扬己，竞乎危国群小之间，以离谗贼。然责数怀王，怨恶椒兰，愁神苦思，强非其人，忿怼不容，沉江而死，亦贬洁（贬损自身高洁）狂狷景行（道德高尚）之士。多称昆仑冥婚宓妃虚无之语，皆非法度之政、经义所载。谓之‘兼诗风雅而与日月争光’，过矣。”

用衡量屈原的标准“明哲保身”“主文谲谏”来看司马迁，司马迁也是有问题的：“以迁之博物洽闻，而不能以知自全”；“迹其所以自伤悼，《小雅》巷伯之伦，夫唯《大雅》‘既明且哲，能保其身’，难矣哉”。所著《史记》，“其是非颇缪于圣人，论大道而先黄、老而后六经，序游侠则退处士而进奸雄，述货殖则崇势利而羞贱贫，此其所蔽也”。当然，如同对待屈原一样，班固对司马迁也没有一概否定。“司马迁据《左氏》《国语》，采《世本》《战国策》，述《楚汉春秋》，接其后事，讫于天汉。其言秦、汉，详矣。……亦其涉猎者广博，贯穿经传，驰骋古今，上下数千载间，斯以勤矣。……有良史之材，服其善序事理。辨而不华，质而不俚，其文直，其事核，不虚美，不隐恶，故谓之实录。乌呼！……既陷极刑，幽而发愤，书亦信矣。”①

不管怎么说，司马迁的“发愤著书”说，班固的“贤人失志”“幽而发愤”“作赋以风”说，上承孔子的“怨刺”说、《毛诗序》的“变风变雅”说，构筑

① 均见班固《汉书·司马迁传赞》。

起一条批判现实的文学传统，在后世发生了很大影响。唐代韩愈的“不平则鸣”说，宋代欧阳修的“诗穷后工”说，都是对司马迁、班固的继承和发展。

三、王逸：“金相玉质”“永不刊灭”

王逸（具体生卒年不详），东汉文学家。所著《楚辞章句》，是《楚辞》最早的完整注本。在汉代文学美学领域，王逸的最大贡献是对屈原作品的评论。他的评论是对班固、司马迁关于屈赋之争的一次了断和总结。总体评价就是他在《楚辞章句序》中说的“金相玉质，百世无匹，名垂罔极，永不刊灭”。王逸此论，奠定了后世屈原作品评论的基调。

屈原生活的楚国，是远离北方中原的南方诸侯国，有自己特殊的风俗习惯和文化传承。屈原自己也从未明言是孔子或儒家传人。然而，作为周天子的诸侯国，楚国不可能摆脱中央王畿儒家强势文化的渗透和影响，从忠君报国、杀身成仁等价值取向和行为方式来看，屈原的思想明显与儒家一脉相传。王逸在《楚辞章句序》中以翔实的例证说明，“《离骚》之文，依托五经以立义”，其后“名儒博达之士”，“莫不拟则其仪表，祖式其模范”，揭示了其思想的学派属性。

关于屈赋所表达的思想情操，司马迁《史记·屈原贾生列传》中肯定其“志洁”“行廉”，符合经义，可“与日月争光”。班固《离骚序》则认为他“露才扬己”、心胸狭隘，不懂得“穷则独善其身”，不合“法度”“经义”，司马迁对他的评价太高。王逸则批评班固而赞同司马迁，肯定屈原的思想和行为是符合正统儒家经义的。《楚辞章句序》云：“且人臣之义，以忠正为高，以伏节为贤。故有危言以存国，杀身以成仁。是以伍子胥不恨于浮江，比干不悔于剖心，然后忠立而行成，荣显而名著（这是肯定屈原杀身成仁的行为）。若夫怀道以迷国，详（佯）愚而不言，颠则不能扶，危则不能安，婉娩以顺上，逡巡以避患，虽保黄耇，终寿百年，盖志士之所耻，愚夫之所贱也（这是对班固的‘明哲保身’主张提出不同意见）。”“今若屈原，膺忠贞之质，体清洁之性，直若砥矢，言若丹青，进不隐其谋，退不顾其命，此诚绝世之行，俊彦之英也。而班固谓之露才扬己，竞于群小之中，怨恨怀王，讥刺椒兰，苟欲求进，强非其人，不见容纳，忿恚自沉，是亏其高明，而损其洁者也。昔伯夷、叔齐让国守志，不食周粟，遂饿而死，岂可复谓有求于世而怨望哉？且诗人怨主刺上曰：‘呜呼小子，未知臧否。匪面命之，言提其耳。’风谏之语，于斯为切，然则仲尼论之，以为大雅。引此比彼，屈原之词，优游婉顺，宁以其君不智之故，欲提携其耳乎？而论者以为‘露才扬己，怨刺其上，强非其人’，殆失厥中矣。”《九章序》也表达了同样的意思：“《九章》者，屈原之所作也。屈原放于江南之野，思君念国，忧心罔极，故复作《九章》。章者，著也，明也，言己所陈忠信之道甚著明也。”又《远游序》云：“屈原履方直之行，不容于世。上为谗佞所谮毁，下为俗人所困极，章皇山泽，无所告诉，乃深唯元一，修执恬漠，思欲济世，则意中愤然……忠信之笃、仁义之厚也，是以君子珍重其志……”由于王逸认为屈原的“忠信”“仁义”等思想行为符合儒家经义，而且是儒家思想的“模范”，所以他称之为“玉质”。“玉质”者，“内美”“道德美”之谓也。

儒家论美既重道德内涵，也兼顾外在形式。在肯定屈赋的“玉质”美的同时，王逸又分析了其“金相”美。《离骚经序》指出：“《离骚》之文，依《诗》取兴，引类譬谕。故善鸟香草，以配忠贞；恶禽臭物，以比谗佞；灵修美人，以媲于君；宓妃佚女，以譬贤臣；虬龙鸾凤，以托君子；飘风云霓，以为小人。其词温而雅……”《远游序》说：“《远游》者，屈原之所作也……文采秀发，遂叙妙思，托配仙人，与俱游戏，周历天地，无所不到，然犹怀念楚国，思慕旧故……是以君子……玮其辞焉。”王逸分析了屈赋“引类譬谕”“文采秀发”“词温而雅”的写作手法和形式特点，指出这种手法的运用也是对《诗经》传统的继承，这是中肯的，以后不断为人们在评述屈赋时引用。

第四节　扬雄：“心声心画”与诗赋之“丽”

扬雄（前53—18），字子云，西汉蜀郡成都人。西汉学者、辞赋家、语言学家。少时好学，博览多识，酷好辞赋。口吃，不善言谈，而好深思。家贫，不慕富贵。四十岁后，始游京师。大司马王音召为门下史，推荐为待诏。后经人引荐，被喜爱辞赋的成帝召入宫廷，侍从祭祀游猎，任给事黄门郎。官职一直很低微，历成、哀、平“三世不徙官”。王莽称帝后，扬雄校书于天禄阁。后受他人牵累，即将被捕，坠阁自杀，未遂。后召为大夫。

在汉代文学美学的历史坐标中，西汉末年的扬雄是一个值得注意的人物。他之所以值得注意，在于他是从先秦到魏晋南北朝几个重要的文学观点承前启后的过渡人物。他提出“言”为“心声”，成为先秦“诗言志”到魏晋“诗缘情”的过渡；他强调上乘的文学作品必须表德载道，反对徒有其表的“雕虫篆刻”，方法上要征圣、宗经，成为从荀子到刘勰的重要过渡；他肯定先秦诗赋“丽以则”的传统，强调诗赋的形式美特征，成为向魏晋“诗赋欲丽”的重要过渡。

一、文学“载道”的要求与“征圣”“宗经”的方法

扬雄继承《尚书》“诗言志”、《毛诗序》“诗者，志之所之”的观点，指出语言文字与心灵意蕴的统一性：“言，心声也。书，心画也。”① 文品体现着人品，文品的高下由作家的道德状况决定，故美的语言和文学作品亦应是心灵中道德观念的表现。《法言·问神》说：“故……声画形，君子小人见矣。声画者，君子小人之所以动情乎！”《法言·君子》说：“君子言则成文，动则成德。何以也？曰：以其弸（满）中而彪外也。……君子不言，言必有中也；不行，行必有称也。”《法言·修身》说：“ 或问仁、义、礼、智、信之用。曰：仁，宅也；义，路也；礼，服也；智，烛也；信，符也。处宅，由路，正服，明烛，执符。君子不动，动斯得矣。”《法言·吾子》说：“或问：君子尚辞乎？曰：君子事之为尚……足言足容，德之藻矣。”无论做人做文，均以合乎道德为美。

这方面“圣人”做得最好，所以文以“载道”的方法是“征圣”，尤其是学习孔圣人。《法言·问神》说：“君子之言，幽必有验乎明，远必有验乎近，大必有验乎小，微必有验乎著。无验而言之谓妄。君子妄乎？不妄。言不能达其心，书不能达其言，难矣哉。唯圣人得言之解，得书之体。”《法言·吾子》说：“或曰：人各是其所是，而非其所非，将谁使正之？曰：万物纷错，则悬诸天，众言淆乱，则折诸圣。”“弃常珍而嗜乎异馔者，恶睹其识味也？委大圣而好乎诸子者，恶睹其识道也？山岬之蹊，不可胜由矣，向墙之户，不可胜入矣。曰：恶由入？曰：孔氏。孔氏者，户也。”总之，“圣人”的所作所为就是美之“常珍”。

① 《法言·问神》。

然而，孔子这样的“圣人”早已作古，现实中的人想“征圣”也难。于是扬雄又提出“宗经”的方法加以弥补。“经”即先圣所留之文字。《法言·吾子》：“或曰：恶睹乎圣而折诸？曰：在则人，亡则书，其统一也。”“好书而不要诸仲尼，书肆也；好说而不要诸仲尼，说铃也。”《法言·问神》：“书不经，非书也；言不经，非言也；言书不经，多多赘矣。”这样，文学“载道”的美学要求就与“征圣”“宗经”的方法统一起来了。

二、“雕虫篆刻”“壮夫不为”

扬雄早年崇拜司马相如，曾模仿作《甘泉赋》《羽猎赋》《长杨赋》，为已处于崩溃前夕的汉王朝粉饰太平、歌功颂德。《汉书·扬雄传》谓：“先是时，蜀有司马相如，作赋甚弘丽温雅，雄心壮之，每作赋，常拟之为式。”扬雄《答刘歆书》自述：“雄为郎之岁，自奏少不得学，而心好沈（沉）博绝丽之文。”但当载道为美的思想形成后，他则对这种丽淫其质、文淹其道的辞赋之作表示鄙薄。《法言·吾子》：“或问：吾子少而好赋？曰：然，童子雕虫篆刻。俄而曰：壮夫不为也。”由于文过其质，劝百讽一，所以发生欲讽反劝、背离初衷的情况。《法言·吾子》：“或曰：赋可以讽乎？曰：讽乎！讽则已，不已，吾恐不免于劝也。”不只辞赋中的审美是这样，举凡音乐欣赏、现实审美也是这样。《法言·吾子》：“或问：交（配合）五声十二律也，或雅或郑何也？曰：中正则雅，多哇则郑。”“或问：女有色，书亦有色乎？曰：有。女恶华丹之乱窈窕也，书恶淫辞之淈（乱）法度也。”不守妇道、仅有皮相之美的女色不美，不合中和之道、能挑起人情欲过度膨胀的音乐不美，不合儒家法度的淫辞丽文不美。这些反思、批判性的言论，其实是其载道为美思想的逻辑延伸。

三、肯定诗赋的形式之“丽”

值得注意的是扬雄对诗赋“丽”的形式特点的肯定。《法言·吾子》总结指出：“诗人之赋丽以则，辞人之赋丽以淫。”“诗人之赋”，指屈原之赋乃至《诗三百》；“辞人之赋”，指宋玉、枚乘、司马相如之赋。“辞人之赋”，是铺张扬厉、以文灭质的汉代辞赋。扬雄之所以否定“辞人之赋”，不是因为它形式华丽，而是因为它太过靡丽，道德内容有所欠缺。扬雄之所以肯定“诗人之赋”，不仅在于它道德充沛，而且在于它形式优美。文辞的形式美是“赋”这种文体的共同特征和必备特征，在批评近代赋作“丽以淫”的同时，没有必要把“丽”的特征一概否定掉，“赋”的创作的根本原则是“丽以则”——形式华美而不过分，符合道德内容的表现要求。《法言·寡见》说：“玉不琢，不作器；言不文，典谟不作经。”《法言·吾子》说：“事胜辞则伉（率直），辞胜事则赋（指辞人之赋的淫丽倾向），事辞称则经。”“事”者，实也，指道德之实。道德内容胜过文辞就有率直之憾，文辞胜过道德之实就有淫丽之嫌，只有文质相称，才尽善尽美。于是，“丽”作为诗赋形式的一个基本特征，或者说是必不可少的特征被肯定下来，直接开启了三国时曹丕的“诗赋欲丽”说。

第五节　王充：丰富的文学“真美”观

王充（27—97），字仲任，会稽上虞人，东汉初年思想家。年轻时做过小官，“仕数不耦”“徒著书自纪”。晚年任州治中，后因老病而“自免还家”。著有《讥俗节义》《政务》《论衡》《养性》等书，唯《论衡》保存至今。《论衡》由青年写到老年，是他一生心血的积聚，也是他一生思想的集中反映。

自汉武帝“罢黜百家、独尊儒术”以后，以孔、孟为代表的儒家经典被奉若神明，成为不易之论；同时，西汉以来，思想界信奉万物有灵论式的天人合一，经学界盛行主观比附的义理阐释，文学界充斥着铺张靡丽的惊人之语，民间流行着荒诞不经的谶纬迷信和神仙方术，它们共同构成了文章学术领域的虚妄倾向。为了扭转这种偏向，王充著《论衡》，“疾虚妄”“归实诚”，标举“真美”。《论衡·佚文篇》说：“《论衡》篇以十数，亦一言也，曰：疾虚妄。”《论衡·自纪篇》说：“伤伪书俗文，多不实诚，故为《论衡》之书。”《论衡·对作篇》说：“是故《论衡》之造也，起众书并失实，虚妄之言胜真美也。”那么，这个“真美”在文学作品中有哪些要求呢？同时，如何评价王充以“真美”为核心的文学观的历史地位呢？

一、“美善可甘”“读观有益”

需要指出的是，王充对“文学”概念的看法是广义的。《论衡·佚文篇》说：“文人宜遵五经六艺为文，诸子传书为文，造论著说为文，上书奏记为文，文德之操为文。”“文”不仅指广义的文章学术著作，而且包括道德操守。这是一种后天的经过礼乐陶冶所形成的道德文明。“情性者，人治之本，礼乐所由生也。故原情性之极，礼为之防，乐为之节。性有卑谦辞让，故制礼以适其宜；情有好恶喜怒哀乐，故作乐以通其敬。礼所以制，乐所为作者，情与性也。”① 正如自然物不可缺少美丽的文饰，人生也不能缺少这种文明之美：“且夫山无林则为土山，地无毛则为泻土，人无文则为朴人。土山无麋鹿，泻土无五谷，人无文德不为圣贤。……物以文为表，人以文为基。”② 在王充看来，言以明志，文以记言，文学著作的美与做人的道德文明之美是一致的：“夫养实者不育华，调行者不饰辞。”“口言以明志，言恐灭遗，故著之文字，文字与言同趋。”③ 语言文辞的美应当是作者在做人上的道德文明之美的自然真实的反映。在这个问题上，王充的文学“真美”观体现出与主体的“善”和“诚”的统一。

先来看“真美”与主体道德之“善”的统一。《论衡》多次“美善”并举连言。所谓“美善”，即以善为美之意。《论衡·别通篇》指出：“文之美善可甘，非徒器中之物也；读观有益，非徒膳食有补也。”《论衡·佚文篇》说：“孝武之时，诏百官对策，董仲舒策文最善。王莽时，使郎吏上奏，刘子骏章尤美。美善不空，才高知深之验也。《易》曰：‘圣人之情见于辞。’文辞美恶，足以观才。”“天文人文……载人之行，传人之名也。善人愿载，思勉为善，邪人恶载，力自禁裁。然则文人之笔，劝善惩恶也。”因此，文学创作必须“考之以心”④，即以“圣心贤意”“方比物类”⑤。这里值得指出的是，《论衡》虽然从辨别是非、考见得失的角度著有《问孔》《刺孟》两篇文字，但并不能因此就以为他笼

① 《论衡·本性篇》。
② 《论衡·书解篇》。
③ 《论衡·自纪篇》。
④ 《论衡·对作篇》。
⑤ 《论衡·薄葬篇》。

统地反儒。他对孔、孟提出责难的不过是“贤圣之言上下多相违，其文前后多相伐者”，在根据礼乐修养人的情性，主张以德治国、反对“专意于刑”①、要求由道德修养入手寻求文章之美这些方面，王充依然继承了儒家的内核。这从一个侧面反映了儒家思想在汉代的统治地位。

文学作品表现作家主体道德之善，必须建立在“实诚”“精诚”的基础上。一方面，文章是道德之余事，道德是文章之所本。“人之有文也，犹禽之有毛也。”“毛有五色，皆生于体；苟有文无实，是则五色之禽毛妄生也。……论之应理，犹矢之中的。”“有根株于下，有荣叶于上；有实核于内，有皮壳于外。文墨辞说，士之荣叶、皮壳也。实诚在胸臆，文墨著竹帛。”② 另一方面，作家在表达主体道德精神时，必须真诚，不能作伪、矫情，“精诚由中，故其文语感动人深”③。

在坚持文学著作真实表达道德之实、求得文章之美的前提下，王充对形式主义的文学创作倾向给予坚决的批评，指出言之无物的文章决非“真美”。《论衡·佚文篇》指出：“天文人文，岂徒调墨弄笔为美丽之观哉?”《论衡·定贤篇》批评说：“以敏于赋颂、为弘丽之文为贤乎？则夫司马长卿、扬子云是也。文丽而务巨，言眇而趋深，然而不能处定是非，辩然否之实。虽文如锦绣，深如河汉，民不觉知是非之分，无益于弥为崇实之化。”

二、“事莫明于有效，论莫定于有证”

如果说文学“真美”的第一个要求是辨“善恶”，强调文辞与主体之善的符合，第二个要求则是别“真伪”，主张文辞与客观事实之真的符合。这方面，《论衡》提出“效之以事”的立论方法④，倡导“事莫明于有效，论莫定于有证”⑤。从此出发，王充批判哗众取宠，故作“奇伟之观”⑥、惊人之谈：“世俗

① 《论衡·非韩篇》
② 均见《论衡·超奇篇》。
③ 《论衡·超奇篇》。
④ 《论衡·对作篇》。
⑤ 《论衡·薄葬篇》。
⑥ 《论衡·对作篇》。

之性，好奇怪之语，说（悦）虚妄之文。何则？实事不能快意，而华虚惊耳动心也。是故才能之士，好谈论者，增益实事，为美盛之语；用笔墨者，造生空文，为虚妄之传。听者以为真然，说而不舍；览者以为实事，传而不绝。”① 于是，王充对古代书籍中为了迎合人们追求“奇怪”的喜好、获得惊人的“奇伟”效果经常采用的夸张修辞手法进行了专门的分析与批评。

文学的夸张手法，王充叫做“增”或“言增”。《论衡》中分析这种方法的篇章有《语增篇》《儒增篇》和《艺增篇》。从真实、准确的状物达意、获得真美的角度出发，王充主张在文辞表达上文质相称、明白平实。《论衡·超奇篇》强调：“内外表里，自相副称。”“口则务在明言，笔则务在露文。高士之文雅，言无不可晓，指无不可睹。”《论衡·佚文篇》说：“圣贤定意于笔，笔集成文，文具情显。”《论衡·书解篇》说：“夫人有文质乃成，物有华而不实、有食而不华者。《易》曰：‘圣人之情见于辞。’出口为言，集札为文，文辞设施，实情敷烈。”因此，他对古代典籍中与事实相去甚远的夸张修辞基本持否定、批判态度。《论衡·语增篇》批判了汉儒对一些历史人物和事件解说的夸张不实之词，对七种当时社会上广为流传的“虚增之语”进行驳斥。王充指出，周武王不如汉高祖，秦二世比商纣王罪恶更大，汉高祖“得天下”，尚且“战场流血，暴尸万数，失军亡众，几死一再”，而有人为了“美武王之德”，却故意夸大说武王伐纣“兵不血刃”。他还指出，传说中荆轲刺秦王未遂被杀后，秦王政还把荆轲住过的街巷夷为平地，人也杀得一干二净，是不真实的。秦王虽无道，也不至于无缘无故屠杀如此多的人，所以史书无记载。王充主张“凡天下之事，不可增损，考察前后，效验自列”，“是非之实有所定”，决不能为了自身的某种目的而夸大事实，“闻一增以为十，见百益以为千”。《论衡·儒增篇》列举十六个事例，指责“儒书”中存在的浮夸不实之词，“言众必言千数，言少则言无一”。如“儒书”宣扬尧、舜及周初“一人不刑”，“刑错（措）不用”。王充举出尧、舜和周初使用暴力的例子，驳斥这种有意夸大“尧舜之德”“文武之隆”的说辞。对“儒书”赞扬董仲舒读《春秋》，“专精一思”“三年不窥园菜”，他认为也不真实，人的精力有限，需要一张一弛，董仲舒“安能用精三年不休”？其他诸如弘演的“忠”、高子羔的“孝”、荆轲的“勇”，不过是些“好增巧美”“十则言

① 《论衡·对作篇》。

百，百则言千”的夸大。这些分析，揭示了夸张手法所说的并非事实的特点，对于端正人们对夸张方法的认识有积极意义；但他没有认识到夸张虽然不合事实，却符合真实，因而对夸张方法简单加以否定，却是以偏概全的。

值得注意的是，在《论衡·艺增篇》中，王充一方面批判“世俗所患”的“言事增其实”“辞出溢其真，称美过其善，进恶没其罪”的通病，指出即便在儒家经典“六艺”中也不能避免；同时又从维护儒家经典的立场出发，指出“经艺之增与传语异”，儒家经典“增过其实皆有事为，不妄乱误以少为多也”，即经书上的夸大跟其他典籍中的夸张是不一样的，经书夸大事实都是有理由的，不会胡乱地、错误地把少的说成多的。于是从《诗经》《尚书》《周易》《论语》中举出八个事例，分析、解释其夸张的道理，如：

> 《诗》云：“鹤鸣九皋，声闻于天。”言鹤鸣九折之泽，声犹闻于天……其闻高远，可矣，言其“闻于天”，增之也。
>
> 《诗》曰：“维周黎民，靡有孑遗。”是谓周宣王之时遭大旱之灾也，诗人伤旱之甚，民被其害，言无有孑遗一人不愁痛者。夫旱甚，则有之矣；言无孑遗一人，增之也……增益其文，欲言旱甚也。
>
> 《尚书》曰：“祖伊谏纣曰：‘今我民罔不欲丧。’”罔，无也。我天下民无不欲王亡者。夫言欲王之亡，可也；言‘无不’，增之也。纣虽恶，民臣蒙恩者非一。而祖伊增语，欲以惧纣也。
>
> 夫《武成》（《尚书》篇名）之篇，言“武王伐纣，血流浮杵”。助战者多，故至血流如此，皆欲纣之亡也，土崩瓦解，安肯战乎？……《武成》言“血流漂杵”，亦太过焉。案武王伐纣于牧之野，河北地高，壤靡不干燥，兵（士兵）顿（伤坏）血流，辄燥入土，安得杵浮？且殷周士卒皆赍（携带）盛粮，无杵臼之事，安得杵而浮之？言血流杵，欲言诛纣，唯兵顿士伤，故至浮杵。

这种解释其实涉及合理的夸张虽然失实，但并不失真的特点，也就是后来刘勰说的“夸而不诬”，具有认识深化意义，从而使他的夸张论成为从孟子到刘勰的重要过渡。

三、在辩驳中彰显丰富的文学“真美”观

《论衡》一书基于上述对文学真美的认识写成：“故《论衡》者，所以诠轻重之言，立真伪之平，非苟调文饰辞，为奇伟之观也。”① 这引起了世俗之人的怀疑和责难。《论衡·自纪篇》对此一一给予辩驳，在驳论中进一步彰显了其丰富的“真美”文学观。

一种责难认为，“充书形露易观”。在“以艰深文其浅陋”的汉代，《论衡》在语言表达上的明白浅显被视为思想苍白的一大缺陷。“或曰：口辩者其言深，笔敏者其文沉。案经艺之文，贤圣之言，鸿重优雅，难卒晓睹。世读之者，训古乃下。盖贤圣之材鸿，故其文语与俗不通。玉隐石间，珠匿鱼腹，非玉工珠师，莫能采得。宝物以隐闭不见，实语亦宜深沉难测。《讥俗》之书，欲悟俗人，故形露其指，为分别之文。《论衡》之书，何为复然？岂材有浅极，不能为覆？何文之察，与彼经艺殊轨辙也？”王充的回答是：“《论衡》者，论之平也。口则务在明言，笔则务在露文。高士之文雅，言无不可晓，指无不可睹。观读之者，晓然若盲之开目，聆然若聋之通耳。”“夫文由语也，或浅露分别，或深迂优雅，孰为辩者？故口言以明志，言恐灭遗，故著之文字。文字与言同趋，何为犹当隐闭指意？”“夫口论以分明为公，笔辩以荴露为通，吏文以昭察为良。”“经传之文，贤圣之语”今天所以显得艰深难懂，不过是因为“古今言殊，四方谈异也”，而“当言事时，非务难知，使指闭隐也，后人不晓，世相离远”，不知道“此名曰‘语异’”，而“名曰‘材鸿’”，其实这是不正确的。“夫笔著者，欲其易晓而难为，不贵难知而易造；口论务解分而可听，不务深迂而难睹。”因此可见，文辞浅显易晓，不仅不是毛病，反而是心志、语言、文字合一的必然结果，是文章真美的自然要求。

另一种责难认为，“充书违诡于俗”，《论衡》辨别是非、真伪的平实文风不能得到众人普遍的认可。“或难曰：文贵乎顺合众心，不违人意，百人读之莫谴，千人闻之莫怪。……今殆说不与世同，故文刺于俗，不合于众。”王充辩驳说：“论贵是而不务华，事尚然而不高合。”如果“论说辩然否”，那么，在真伪颠

① 《论衡·对作篇》。

倒、荒诞盛行的社会风气下，“谲常心，逆俗耳”是正常的，但不能因为流俗的反对就否定论说著作的真美价值。既然“众心非而不从，故丧黜其伪而存定其真。如当从众顺人心者，循旧守雅，讽习而已，何辩之有?”审美活动中常常发生这样的现象：“有美味于斯，俗人不嗜，狄牙甘食；有宝玉于是，俗人投之，卞和佩服。”王充反问道：“礼俗相背，何世不然?”“孰是孰非？可信者谁?”这个问题的答案不是昭然若揭的吗?《论衡·定贤篇》也指出类似的现象：“夫歌曲妙者，和者则寡；言得实者，然者则鲜。”“曲妙人不能尽和，言是人不能皆信。”由此可见，大众的喜好，并不是判断文辞真美的必然依据。

还有一种责难认为，“充书不能纯美”。“或曰：……文必丽以好，言必辩以巧。言瞭于耳则事味于心，文察于目则篇留于手，故辩言无不听，丽文无不写。今新书既在论譬，说（悦）俗为戾，又不美好，于观不快。盖师旷调音，曲无不悲；狄牙和膳，肴无淡味。然则通人造书，文无瑕秽。《吕氏》《淮南》，悬于市门，观读之者，无訾一言。今无二书之美，文虽众盛，犹多谴毁。”汉代是一个重视文辞形式之美的时代，这在扬雄文论中已有过说明。《论衡》不在形式的“纯美”上用力，遭到世俗的不满是正常的。王充的回答是：“夫养实者不育华，调行者不饰辞。丰草多华英，茂林多枯枝。”文学创作要从人格修养入手，如果仅从形式入手求美，“安能令文而无谴毁”？文辞的形式特点是由特定内容决定的。“救火拯溺，义不得好；辩论是非，言不得巧；入泽随龟，不暇调足；深渊捕蛟，不暇定手。”他认为“大简必有大好”，崇尚仿佛“阅钱满亿，穿决出万”的“言好辞简，指趋妙远”；反对犹如“稻谷千钟，糠皮太半”的“语甘文峭，务意浅小”。同时，任何著作都不能十全十美，正如“大羹必有淡味，至宝必有瑕秽”，“良工必有不巧”，“然则辩言必有所屈，通文必有所黜”，不能因为形式上有瑕疵就否定“辩言”“通文”的真美。

又有一种责难认为，“充书……不类前人”、不“合于古”。汉代注经尊古之风盛行，征古成为判断是非美丑的一种标准。《论衡》因为提出了自己独立的思考，不以古代是非为是非，因而招来非议。“或曰……谐于经（五经）不验，集于传（经传）不合，稽之子长（司马迁）不当，内之子云（扬雄）不入。文不与前相似，安得名佳好、称工巧?”王充辩驳说：“饰貌以强类者失形，调辞以务似者失情。百夫之子，不同父母，殊类而生，不必相似，各以所禀，自为佳好。”“美色不同面，皆佳于目；悲音不共声，皆快于耳。酒醴异气，饮之皆醉；

百谷殊味，食之皆饱。”“文士之务，各有所从。”文学的真美是具有独创性要求的。如果强求“谋虑有合，文辞相袭”，“谓文当与前合”，就会导致“五帝不异事，三王不殊业”，要求“舜眉当复八采，禹目当复重瞳”一样荒谬无理的后果。

还有责难认为“充书文重”。“重”即繁重、厚重。《论衡》一书八十五篇，今存八十四篇，二十多万字，是当时独立撰著的子书中篇幅相当大的一部著作。它的巨大篇幅引起了时人的责难：“或曰：文贵约而指通，言尚省而趋明，辩士之言要而达，文人之辞寡而章。今所作新书出万言，繁不省，则读者不能尽；篇非一，则传者不能领。被躁人之名，以多为不善。”王充回应称，文章的好坏不能简单等同于篇幅的大小，“为世用者，百篇无害；不为用者，一章无补”。只要对社会有用，“则多者为上，少者为下”。其次，文章的篇幅是由内容需要决定的，“夫形大，衣不得褊，事众，文不得褊。事众文饶，水大鱼多”；“今失实之事多，华虚之语众，指实定宜，辩争之言，安得约径”。《论衡》“书虽文重”，但“所论百种”，是符合内容需要的。“今不曰所言非，而云‘泰多’；不曰世不好善，而云‘不能领’，斯盖吾书所以不得省也。”① 在这种辩解中，王充表明了这样一种文学观：只要符合内容需要，有积极的社会作用，这样的著作无论篇幅多大，都是值得肯定的包含真美的文字著作。

① 本节所引，未注明者，均见《论衡·自纪篇》。

第三章
魏晋南北朝文学美学：缘情绮靡，聚焦审美

在两汉儒家仁政学说与道家无为学说长期融合的基础上，魏晋时期诞生了玄学。玄学继承道家“适性”“逍遥”的美学主张，又改造了道家“无情无欲”的人性观，给“人性”注入了有情有欲的现实内容，于是“适性”一变而为“人性以从欲为欢”，变成了“越名教而任自然”。魏晋玄学“适性”追求的新变结果，是对自然情感的认可和对令人愉悦的形式美的钟爱，因而在南朝诗文领域，诞生了“缘情”而“绮靡”的山水诗、宫体诗、格律诗，先秦两汉文学的“原道”“言志”论一变而为“以情义为主”的“缘情”论和追求诗韵辞采的“绮靡”论，情感美学与形式美学成为魏晋南北朝时期诗文美学的两大主流。这个时期涌现了一系列的诗文美学理论巨著，如中国文学批评史上第一篇文学专论——曹丕的《典论·论文》，第一篇独立完整的文学理论专文——陆机的《文赋》，第一部体大思精、系统阐述文学原理的理论专著——刘勰的《文心雕龙》，第一部诗歌批评专著——钟嵘的《诗品》，等等。它们论述的中心问题，就是文学的情感美与形式美两大问题。如曹丕强调“诗赋欲丽”，陆机指出诗“缘情”而“绮靡”，挚虞提出“情志为主”说，沈约提出文情说和声律论，刘勰反复论述文章“辩丽本于情性”和“以雕缛成体”的特点，萧氏兄弟集中剖析了文学的文采美与情感美，钟嵘从诗歌形式与内容两方面提出“滋味”说。除此而外，这个时期的诗文美学还在文学价值、文学体裁、文学风格、文学构思、创作方

法、文学批评等方面作出了丰富深入的探讨。这些理论探讨无不与文学的审美密切相关。

魏晋南北朝时期，人们继承汉代“文章”与“文学”出现的分别，以“文章”指美文，以“文学”指学术。如《魏志·刘劭传》：“文学之士，嘉其推步详密；文章之士，爱其著论属辞。”魏刘劭《人物志·流业篇》：“能属文注疏，是谓‘文章’，司马迁、班固是也；能传圣人之业，而不能干事施政，是谓‘儒学’，毛公、贯公是也。”所以刘勰《文心雕龙·序志》指出：“古来文章，以雕缛成体。”“文章”是以“雕缛”为特征的。同时，“文学”一词也出现了狭义的走向，与“雕缛”的“文章”几乎同义。宋文帝立四学，“文学”成为与“经学”“史学”“玄学”对峙的辞章之学，亦即汉人以新义指称的“文章”。嗣后宋明帝立总明馆，分为“儒”“道”“文”“史”、“阴阳”五部，其“文”即与狭义“文学”相当。与此同时，南朝人又进一步分出“文”“笔”概念。“文”是有韵的、情感的文学，“笔”是无韵的、说理的文学。这种与“笔”相对举的“文”，萧绎《金楼子·立言》说它“唯须绮縠纷披，宫徵靡曼，唇吻遒会，情灵摇荡”，与今天所讲的以“美”为特点的“文学”是相通的。所有这些，都标志着对文学的审美特征认识的发展与深化。

然而，这并不是说，这个时期人们对“文学”“文章”内涵、特征的认识与今人的“文学”概念完全一样。上述萧绎对“文”的界定与要求，仅仅代表古人对广义的“文”中部分门类的作品特质的认识，只是一种文体概念，而不是普遍意义上的“文学”概念。它与“笔”一样都统属于广义的“文”这一属概念之下，如同《文心雕龙》之“文”与该书中论及的“文”“笔”之“文”的关系一样。就一般意义而言，广义的文学概念并没有改变。曹丕《典论·论文》：“盖文章，经国之大业，不朽之盛事。”挚虞《文章流别论》：“文章者，所以宣上下之象，明人伦之叙，穷理尽性，以究万物之宜者也。”《文心雕龙·时序》谓：“唯齐楚两国，颇有文学。”“自献帝播迁，文学蓬转。”这里的“文章”“文学”外延远比我们今天的美文学大得多。这种广义的文学概念，无疑体现在这一时期的文体论中。曹丕《典论·论文》列举的“文”有奏、议、书、论、铭、诔、诗、赋八体。陆机《文赋》论及的文体有诗、赋、碑、诔、铭、箴、颂、论、奏、说十类。挚虞《文章流别论》所存佚文论述的文体有颂、赋、诗、七、箴、铭、诔、哀辞、哀策、对问、碑、图谶。萧统《文选序》明确声称他的《文选》是按“事出于沉思，义归乎翰藻”的标准编选作品的，《文选》不录经、史、子，可见其对文学审美特点的重视。然而即使在他这样的比较严格的“文”的概念中，仍然包含了大量的应用文、论说文。《文选》分目有赋、诗、骚、七、诏、册、令、教、策、文、表、上书、启、弹事、笺、奏记、书、檄、对问、设论、辞、序、颂、赞、符命、史论、史述赞论、连珠、箴、铭、诔、哀文、哀策、碑文、墓志、行状、吊文、祭文等三十多类，足见其“文”的外延之宽泛。刘勰《文心雕龙》之“文”，较之《文选》之“文”，外延更加广泛。《文心雕龙》所论，仅篇目提到的就有包括子、史在内的三十六类文体，在《书记》篇中，作者又论及谱、籍、簿、录、方、术、占、式、律、令、法、制、符、契、券、疏、关、刺、解、牒、状、列、辞、谚二十四体，其中不少文体不仅超出了美文学范围，甚至还超出了应用文、论说文范围，如“方”指药方，“术”是指算书，“券”指证券，“簿”指文书。由此可见，魏晋南北朝时期广义的文学概念并没有改变。

我们既要注意到这个时期对部分文体情感与形式审美特征的重视和强调，也不能否定这个时期广义的文学概念仍然存在。在这样一个总体认识下，本书将探讨的目光聚焦到这个时期对部分文体情感与形式审美特征的论述上。

第一节　曹丕：“诗赋欲丽”

曹丕（187—226），即魏文帝。他不仅是一位政治家，而且是一位对文学创作情有独钟的重要作家。在文学美学方面的代表作是《典论·论文》，另有《与吴质书》《与王朗书》值得注意。

汉代出现过专篇的文学论文，如《诗大序》、班固的《离骚序》《两都赋序》、王逸的《楚辞章句序》等，但它们或就一部书、一篇文章发表评论，或就一种文体发表意见。《典论·论文》则不同，它超越了一书一评、一文一议的格局，结合建安诗人的创作特色，就文学的价值、体裁、风格、批评态度等重大问题阐述了自己的系统看法，是中国文学批评史上第一篇文学专论。

一、论文学的价值

关于文学的价值，《左传·襄公二十四年》有“三不朽”之说，认为“太上立德，其次立功，其次立言”。认为“立德”在“立言”之上，这是传统观点。钱穆《现代中国学术论衡·略论中国哲学》指出：“中国古代无论儒家、道家，莫不以道为本，以技与艺为末。”如孔子说：“志于道，据于德，依于仁，游于艺。”① 庄子说：“技而进于道。”曹丕处于这个文化系统中，亦不能例外。他在《与王朗书》中说：“唯立德扬名，可以不朽，其次莫如篇籍。”不过，对于“立功”在“立言”之上的传统价值观，曹丕则不以为然。在《典论·论文》中，曹丕将“文章”的地位置于“事功”之上，文学的地位被抬到了前所未有的高度：“盖文章，经国之大业，不朽之盛事。年寿有时而尽，荣乐止乎其身。二者必至之常期，未若文章之无穷。是以古之作者，寄身于翰墨，见意于篇籍，不假良史之辞，不托飞驰之势，而声名自传于后。故西伯幽而演《易》，周旦显而制《礼》，不以隐约而弗务，不以康乐而加思。夫然则古人贱尺璧而重寸阴，惧乎时之过已。而人多不强力，贫贱则慑于饥寒，富贵则流于逸乐，遂营目前之务，而遗千载之功。日月逝于上，体貌衰于下，忽然与万物迁化，斯志士之大痛也！”曹丕从“不朽”“无穷”的角度将可传声名于后世的“文章”看得比由功业带来的“荣乐”和“飞弛之势”还重要，指出它是“经国之大业，不朽之盛事”，不著文章是十分遗憾的事，与扬雄从道德、事功角度将文章视为“壮夫不为”的“雕虫”小技的价值观形成鲜明对比。

《典论》写成于汉献帝建安末。曹丕称帝后，曾于黄初三年以绢素抄写送给孙权，又以纸抄写送给张昭，可见他本人对此是相当重视的。曹丕逝世后，魏明帝将其刻于石上，立于庙门之外。曹丕以帝王之尊，褒扬文学之地位、价值，影响是巨大深远的。刘勰《文心雕龙·序志》说：“岁月飘忽，性灵不居，腾声飞实，制作而已。……形同草木之脆，名逾金石之坚。是以君子处世，树德建言，岂好辩哉？不得已也。”“君子之处世，疾名德之不章，唯英才特达，则炳曜垂文，腾其姓氏，悬诸日月。”韩愈《柳子厚墓志铭》曾作过这样的比较：“子厚

① 《论语·述而》。

斥不久，穷不极，虽有出于人（指仕途），其文学词章，必不能自力以致必传于后如今，无疑也。虽使子厚得所愿，为将相于一时，以彼易此，孰得孰失?”如果柳宗元被贬斥的时间不那么久，不那么穷困潦倒，在仕途上也许有出人头地的荣耀，但他的文学词章肯定不会写得像流传到今天的这样好。比较而言，与其“得所愿于一时”，不若“文学词章必传于后”。明代宋濂在驳斥鄙薄“以能文名”的偏见时指出：“彼货殖者不越朝歌暮弦之乐尔，显荣者不过迂朱拖紫之华尔，未百年间声销景（影）沈，不翅（啻）飞鸟遗音之过耳。叩其名字，乡里小儿已不能知之矣。至若文人者，挫之而气弥雄，激之而业愈精，其屹立若嵩华，其昭回如云汉，衣被四海而无慊，流布百世而可征。是殆天之所相以弥纶文运，岂曰忌之云乎!”①

二、“文本同而末异”

曹丕所竭力抬高的“文章”，不仅包括审美的文字，还包括大量非审美的实用文字著作。《典论·论文》指出：“夫文本同而末异。盖奏议宜雅，书论宜理，铭诔尚实，诗赋欲丽。”“奏议”“书论”“铭诔”“诗赋”尽管各有差异，但在同为语言文字作品这一根本属性上是共同的，都是“文章”。正是这一外延极广、包容性极大的广义的文学概念，正是包括“奏议”“书论”“铭诔”这些与政治、事功、道德密切相关的文体的文学观念，使曹丕有理由说：“盖文章，经国之大业，不朽之盛事。”

“文，本同而末异”体现了曹丕的泛文学观念，也凝聚着曹丕的文学体裁观。《典论·论文》择要论述了八种主要的文学体裁，即奏、议、书、论、铭、诔、诗、赋，分析了它们的主要特点，如“雅”“理”“实”“丽”，开中国古代文体论之先河。后来陆机的《文赋》、挚虞的《文章流别论》、李充的《翰林论》、刘勰的《文心雕龙》等著作中的文体论，正是《典论·论文》的进一步发展。

这里值得注意的是曹丕对“诗赋”的审美特点的论述：“诗赋欲丽。”这一观点是对扬雄“诗人之赋丽以则，辞人之赋丽以淫”的继承和发挥。后来陆机

① 《元故奉训大夫江西等处儒学提举杨君墓志铭》，《宋文宪公全集》卷十。

《文赋》讲："其遣言也贵妍。"刘勰《文心雕龙》说："夫以无识之物，郁然有彩；有心之器，其无文欤？"萧统《文选序》讲文章："譬陶匏异器，并为入耳之娱；黼黻不同，俱为悦目之玩。"无不是受了曹丕的启发。

三、"文以气为主"

曹丕还最早将"气"与"文"联系起来，提出"文以气为主"。《典论·论文》说："文以气为主。气之清浊有体，不可力强而致。譬诸音乐，曲度虽均，节奏同检，至于引（运也）气不齐，巧拙有素，虽在父兄，不能以移子弟。""王粲长于辞赋，徐干时有齐气，然粲之匹也……应玚和而不壮，刘桢壮而不密，孔融体气高妙，有过人者，然不能持论，理不胜辞，以至乎杂以嘲戏。"《与吴质书》亦以"气"评建安诗人："观古今文人，类不护细行，鲜能以名节自立。而伟长（徐干）独怀文抱质，恬淡寡欲，有箕山之志，可谓彬彬君子矣。著《中论》二十余篇，成一家之言，辞义典雅，足传于后，此子为不朽矣。……公干（刘桢）有逸气，但未遒耳。""气"这个概念，在中国古代文化系统中具有多义性。这在曹丕的用法中也是如此。一方面，"气"指弥漫于天地之间、化生万物、人从中禀有的阴阳之气，即相当于气质、天性。这个语义基本上源于道家。汉代贵黄老之术，道家的这一宇宙发生论思想比较普遍。如王充《论衡·订鬼篇》说："夫人之所以生者，阴阳气也。"王符《潜夫论》说："元气窈冥……清浊分别，变成阴阳……和气生人。"汉人认为，清轻之气升而为阳，重浊之气降而为阴，阳善阴恶，清善浊恶，性善欲恶。魏晋之间的袁准在《才性》中因而说："凡万物生于天地之间，有美有恶。物何故美？清气之所生也。物何故恶？浊气之所施也。"曹丕所说的"不可力强而致""虽在父兄，不能以移子弟""清浊有体"之"体气"，正是人与生俱来的个性化气质。汉末三国之际，"气"的这种用法很普遍。如《后汉书·申屠蟠传》载蔡邕语："申屠龙禀气玄妙，性敏心通。"蔡邕《童幼胡根碑》评胡根："应气淑灵，实有令仪，而气如莹。"孙权《诏孙虑假节开府治半州》说孙虑："气志休懿。"陆绩《述玄》说扬雄："受气纯和，韬真含道。"蔡洪《与刺史周俊书》说严隐："禀气清纯。"《三国志·魏书·徐邈传》载卢钦所著书说徐邈："才博气猛。"杨戏《季汉辅臣赞》说龚德绪、王义疆："志壮气刚。"张既《表毌丘兴》说毌丘兴："志气忠烈，临难不顾。"① 另一方面，"气"亦指孟子"吾善养吾浩然之气"的"气"，类似于道德化的情感。思孟学派和汉儒力图给儒家道德寻找本体论依据，往往把人道说成天理，于是人身上的道德情感被说成了天赋的"浩然之气"。曹丕说的孔融"体气高妙，有过人者"，徐干"恬淡寡欲，有箕山之志"，刘桢"时有逸气"，都属于这种道德情怀。它给文学作品注入的是内容的审美价值。

此外，"气"还有"气貌""风格"的含义。当曹丕评论建安七子："应玚和而不壮，刘桢壮而不密，孔融体气高妙""徐干时有齐气"，这既可说是作家论，也可说是作品风格论。显然，在曹丕的论述中，作品的风格是与作家的气质、个性、情怀密切相关的。

由于建安诗人"梗概多气"（刘勰）风格的影响，曹丕推崇的"文气"是"壮气""遒气"。曹丕希望人们以这种洋溢着崇高精神和刚健风格的文章流传不朽，体现了审美趣味的时代特色。

曹丕结合建安诗人对"文气"的论述和要求，不仅奠定了后世建安作家论的基调，而且奠定了中国美学史上"文气"说的基石。唐代韩愈、清代刘大櫆论文主气，无不导源于曹丕。"气"遂成为文学生命之本。

四、倡导客观的审美态度

《典论·论文》对文学作品的批评态度也提出了要求："文人相轻，自古而然。傅毅之于班固，伯仲之间耳，而固小之……夫人善于自见，而文非一体，鲜能备善，是以各以所长，相轻所短。里语曰：家有敝帚，享之千金。斯不自见之患也。""常人贵远贱近，向声背实，又患暗于自见，谓己为贤。"曹丕在这里批评了两种错误的文学批评态度，一是"各以所长，相轻所短"，"暗于自见，谓己为贤"；二是"贵远贱近，向声背实"。关于后者，西汉末、东汉初的桓谭早在《新论·闵友》中就指出："世咸尊古卑今，贵所闻、贱所见也，故轻易之。"

① 参见王运熙、顾易生主编《中国文学批评通史·魏晋南北朝卷》，上海古籍出版社1996年版，第26～27页。

东汉王充《论衡》也指出："述事者好高古而下今，贵所闻而贱所见。"① "俗儒好长古而短今……信久远之伪，忽近今之实。"② "夫俗好珍古不贵今，谓今之文不如古书。夫古今一也，才有高下，言有是非，不论善恶而徒贵古，是谓古人贤今人也。……盖才有浅深，无有古今；文有伪真，无有故新。"③ 曹丕继桓谭、王充之后，针对当时文学批评中存在的这一不合理倾向重新提出这一问题，具有很强的现实意义，而对"文人相轻""谓己为贤"的批评，则属曹丕的新见。曹丕关于文学批评发表的意见都是"破"，但在这种否定性意见中，还是可以体会出其正面意旨的，这就是：文学作品的审美价值是固定不变的客观存在，文学批评（其实是对文学的审美）应排除各种因素的干扰，特别是对自己所长的偏爱和贵古贱今的成见的干扰，使审美批评尽量符合对象的审美价值，从而体现出客观性、公正性。这个思想，后来刘勰在《文心雕龙·知音》中作了系统的继承和发展。

第二节　陆机：论文学创作的审美特点

陆机（261—303），吴郡华亭人，西晋文学家。吴亡入晋，官至平原内史，世称陆平原。有《陆平原集》。其《文赋》是中国古代研究文学创作特点的一篇专论。全文用赋的手法，以诗一般的语言，对文学创作的整个过程作了生动、细致、深入的剖析，标志着中国古代文学创作论的成熟。

一、论文学创作的审美属性和方法

陆机认为，人们之所以追慕、钟情文学之事，是因为它是可以给人带来快乐的审美活动："伊兹事之可乐，固圣贤之所钦。"《文赋》小序云："夫其放言遣

① 《论衡·齐世篇》。
② 《论衡·须颂篇》。
③ 《论衡·案书篇》。

辞，良多变矣；妍蚩好恶，可得而言。”表明《文赋》探讨的是关于文章“妍蚩好恶”的审美问题。

那么，文学创作如何使作品获得使人愉悦的审美属性呢？陆机提出的最根本的审美创造法则是：以辞达意，因宜适度，文质双美。《文赋》前的小序云：“余……每自属文……恒患意不称物，文不逮意。”当“文不逮意”时令人遗憾，而“文能称意”也就成为审美理想了。因此，《文赋》论述审美创造的方法：“理扶质以立干，文垂条而结繁。”“辞程（量也）才以效伎，意司契而为匠。”“要辞达而理举，故无取乎冗长。”意象万千，所以文辞也就没有一定的模式，以辞达意之法也就是变化万千之法：“其为物也多姿，其为体也屡迁。”“体有万殊，物无一量，纷纭挥霍，形难为状……虽离方而遁员（圆），期穷形而尽相。”“若夫丰约之裁，俯仰之形，因宜适变，曲有微情。”在文意中，陆机尤其强调“情”与美的联系，所谓“诗缘情而绮靡”，“言寡情而鲜爱”。同时也重视形式美：“其遣言也贵妍，暨音声之迭代，若五色之相宣。”

此外，陆机还探讨、总结了一些具体的审美创作法则。如达意的精当美：“或辞害而理比，或言顺而义妨，离之则双美，合之则两伤。考殿最于锱铢，定去留于毫芒。苟铨衡之所裁，固应绳其必当。”全篇的警策美：“立片言而居要，乃一篇之警策；虽众辞之有条，必待兹而效绩。”用语的创新美：“谢朝华于已披，启夕秀于未振。”“虽杼轴于予怀，怵他人之我先。苟伤廉而愆义（喻模拟之语近于盗窃不廉不义），亦虽爱而必捐。”指出了一些值得防范的反审美弊病，如“遗理以存异”，“寻虚而逐微”，“既雅而不艳”，“徒靡而不华”，“浮漂而不归”，“悦目而偶俗”，等等。

二、论创作发生及构思特征

文学创作是如何发生的呢？陆机主要讲到两方面的因素：一是由于自然事物和现实生活的感应：“遵四时以叹逝，瞻万物而思纷；悲落叶于劲秋，喜柔条于芳春。心懔懔以怀霜，志眇眇而临云。”所以他要求：“伫中区以玄览。”二是由于文章典籍的启发：“咏世德之骏烈，诵先人之清芬；游文章之林府，嘉丽藻之彬彬。”所以他要求：“颐（养）情志于典坟。”①

在自然、生活的感触和文章典籍的启发下，作者进入了文学构思过程，其特征是怎样的呢？

首先，作者处于高度虚静、专注的状态：“其始也，皆收视反听，耽思傍迅，精骛八极，心游万仞。”“罄澄心以凝思，眇众虑而为言。”虚其万有，静其群动，万虑洗然，为“耽思傍讯”、艺术想象留下了必需的心理空间。

其次，文学构思是超越现实制约的艺术想象活动。它上天入地，横穿古今，“浮天渊以安流，濯下泉而潜浸”，“笼天地于形内，挫万物于笔端”，“观古今于须臾，抚四海于一瞬”。陆机对艺术想象超时空性的论述，是空前深刻的。

再次，文学构思不仅是想象活动，也是情感活动。情感由想象所激发，想象也由情感所推动：“其致也，情曈昽而弥鲜，物昭晰而互进。”

最后，文学构思是媒介性很强的创造活动，这个媒介就是语言：“倾群言之沥液，漱六艺之芳润”，“收百世之遗文，采千载之遗韵”，“然后选义按部，考辞就班”，“思涉乐其必笑，方言哀而已叹，或操觚以率尔，或含毫而邈然”。无论情感活动还是想象活动，均离不开语言。语言的表达过程是文学构思的物化过程，所谓“课虚无以责有，叩寂寞而求音，函绵邈于尺素，吐滂沛乎寸心”。

陆机对文学构思的想象、情感、语言特征的论述，站在今天美文学的角度看，是击中了文学创作的审美要害的。今天看来，文学作为一门美的艺术，不是说理的，而是状物的；不是拘泥于写实的，而是可以虚拟的。而艺术想象所创造的形象又不同于冷冰冰的解剖图，而是饱含情感体温、富有感染力的生动形象，并且这种形象又存在于特定的艺术媒介——语言文字中。陆机时代尽管出现了“文”与“笔”、美文学与应用文体的分化，但人们的文学概念仍是广义的文字作品。而陆机《文赋》所论之“文”，显然属于形象的、情感的美文学，因而对今天的文艺美学理论颇有借鉴价值。

三、论艺术灵感

陆机还首次对文艺创作中的灵感现象作了分析：“若夫应感之会，通塞之纪，

① 三皇之书称“三坟”，五帝之书称“五典”。

来不可遏，去不可止。藏若景（影）灭，行犹响起。……虽兹物之在我，非余力之所戮；故时抚空怀而自惋，吾未识夫开塞之所由也。”灵感来无影，去无踪，虽属于作者所有，但并非作者所能控制。陆机坦陈，我不知道灵感到来或消逝的因由。“方天机之骏利，夫何纷而不理？思风发于胸臆，言泉流于唇齿。纷葳蕤（盛貌）以馺遝（音萨踏，多貌），唯毫素之所拟。文徽徽以溢目，音泠泠而盈耳。”“浮藻联翩，若翰鸟缨缴，而坠曾云之峻。”这是描述灵感到来时的状况。这时，文艺创作“率意而寡尤”，仿佛天机自启，有如神助。“及其六情底滞，志往神留，兀若枯木，豁若涸流。揽营魂以探赜，顿精爽而自求。理翳翳而愈伏，思轧轧其若抽。”这是描述的灵感堵塞时的状况。这时，文艺创作“竭情而多悔”，愈是用功愈是不如所愿。

陆机此论，开中国美学艺术灵感论之先河。尽管对灵感开塞的原因缺乏深刻认识，但对灵感来去的现象的描述则是栩栩如生、细致入微的。从此，灵感现象引起了美学家的广泛兴趣。中唐以后，人们在参禅悟道心理经验的启发之下，对灵感的偶然性与必然性、无意识性与有意识性、自然性与人工性、客观性与主观性、瞬时性与长期性的辩证关系相继作出了深入的探索，从而使中国古代美学的灵感论达到了一个新水平。

四、文体论

自曹丕《典论·论文》论述到“文章”的四科八体之后，陆机《文赋》又分析到十种文体的特征，标志着文体论的深化：“诗缘情而绮靡，赋体物而浏亮，碑披文以相质，诔缠绵而凄怆，铭博约而温润，箴顿挫而清壮，颂优游以彬蔚，论精微而朗畅，奏平彻以闲雅，说炜晔而谲诳。”诗、赋、碑、诔 、铭、箴、颂都属于有韵之“文”，论、奏、说则属于无韵之“笔”。十种体裁中有韵之“文”占七，可见陆机对美文学体裁之重视。而论、奏、说在无韵之“笔”中也是最需要审美技巧的（如“说炜晔而谲诳”）。陆机对十种文学体裁特点的分析总的说来比较精当，多为后世所本。如“诗缘情而绮靡”，指出诗在内容上以表达情感为主，在形式上以“绮靡”为主，这是对“诗言志”传统的突破和对“诗赋欲丽”观念的进一步强调。此后，“诗者，吟咏性情也”，成为不易之论；“诗穷绮靡”① 亦见于后人的文学评论。值得注意的是，“诗缘情”是一个信号，它标志着魏晋南北朝时期，人们打破汉儒“性善情恶”观念、以“情”为美的审美新变。“缘情”，系魏晋人常用之语。如袁准《袁子正书》：“礼者何也？缘人情而为之节文者也。”徐邈《答曹述初问》：“礼缘情耳。”徐广《答刘镇之问》：“缘情立礼。”潘岳《悼亡赋》：“吾闻丧礼之在妻，谓制重而哀轻；既履冰而知寒，吾今信其缘情。”“缘情”一语数见于陆机作品。“诗缘情”是魏晋人以“情”为美思想的集中反映，是这一时期美学园地上树起的一面新的大旗。

第三节　挚虞：文体论与文情论

挚虞（250—300），晋泰始年间举贤良，拜中郎，官至太常卿。曾编文学作品选本《文章流别集》，今佚。有《文章流别论》，大概原附于《文章流别集》后，后摘出别行，今存。该文论及各种文体性质和源流演变，标志着文体论的深化，在论述诗赋特点时表现出对“情志”的特别崇尚。

一、文体论的深化

在挚虞之前，曹丕论述过文章的四科八体，陆机分析过十种文体的特征，《文章流别论》则不仅对文体做了更详细的区分，而且做了更细致的考察，反映了当时人们对文体特征认识的深入，标志着文学理论的进一步发展。

“文章”的内涵是什么？挚虞开宗明义：“文章者，所以宣上下（天地）之象，明人伦之叙（序），穷理尽性，以究万物之宜者也。”这是一个包容性很大的概念，它状物达意，沟通天人，写真明善。在这样一个大的“文章”概念之下，挚虞分析各体文学的产生、流变和特点：“王泽流而诗作。”“成功臻而颂兴。”“德勋立而铭著。”“嘉美终而诔集。”“祝史陈辞。”“官箴王阙。”“颂者，美盛德之形容。”“赋者，敷陈之称也。”“比者，喻类之言也。”“兴者，诗之美

① 王维《上党苗公德政碑》中对苗晋卿的赞语。

者也。”“哀辞者，诔之流也。”“哀策者，古诔之义。”“古之宗庙之碑，后世立碑于墓，显之衢路，其所载者铭辞也。”“图谶之属，虽非正文之制，然以取其纵横有义，反覆成章。”较之曹丕、陆机只是简论了文体特点，挚虞有时举例加以说明，从而梳理出某一文体的历史流变。如论“颂”：“颂，诗之美者也。古者圣帝明王，功成治定而颂声兴。于是史录其篇，工歌其章，以奏于宗庙，告于鬼神。故颂之所美者，圣王之德也。则以为律吕，或以颂形，或以颂声，其细已甚，非古颂之意。昔班固为《安丰戴侯颂》，史岑为《出师颂》《和熹邓后颂》，与《鲁颂》体意相类，而文辞之异，古今之变也。扬雄《赵充国颂》，颂而似雅；傅毅《显宗颂》，文与《周颂》相似，而杂以风雅之意。若马融《广成》《上林》之属，纯为今赋之体，失之远矣。”论“箴”：“扬雄依《虞箴》作《十二州》《十二官箴》而传于世，不具九官。崔氏累世弥缝其阙，胡公又以次其首目而为之解，署曰《百官箴》。”论“铭”：“夫古之铭至约，今之铭至繁，亦有由也。质文时异，则既论之矣。且上古之铭，铭于宗庙之碑。蔡邕为杨公作碑，其文典正，末世之美者也。后世以来之器铭嘉者，有王莽《鼎铭》、崔瑗《杌铭》、朱公叔《鼎铭》、王粲《砚铭》，咸以表显功德。天子铭嘉量，诸侯大夫铭太常勒钟鼎之义。所言虽殊，而令德一也。李尤为铭，自山河都邑，至于刀笔平契，无不有铭，而文多秽病；讨论润色，言可采录。”挚虞对某一文体认识之细由此可见一斑。后来刘勰在《文心雕龙》文体论部分先“释名以彰义”，后“选文以定篇”，“敷理以举统”，可以看出挚虞的影响。

二、诗赋“以情义为主”

“文章”虽然既可以“究万物之宜”，又可以“明人伦之叙”，既可以“穷”万物之“理”，又可以“尽”主体之“性”，但“诗”与“赋”在表现主、客体内容上则各有侧重点。“诗”主“言志”，“赋”主“事形”（即陆机所谓“体物”）。不过，挚虞补充了两点意见：一是就“诗言志”而言，挚虞结合以“情”为美的时代风气，给“言志”注入了“缘情”的成分，标举诗“以情志为本”。二是就“赋体物”而言，挚虞指出，“赋”作为“诗之流”，其描写客体、体物事形的特点起初是作为表达情义的辅助手段出现的，所谓“假象尽辞，敷陈其志”。汉代以后赋家不明此旨，以“事形”为本，以情义为辅，是本末倒置了。

他说："赋者，敷陈之谓，古诗之流也。古之作诗者，发乎情，止乎礼义。情之发，因辞以形之；礼义之旨，须事以明之，故有赋焉。所以假象尽辞，敷陈其志。前世为赋者，有孙卿、屈原，尚颇有古诗之义，至宋玉则多淫浮之病矣。《楚辞》之赋，赋之善者也。故扬子称赋莫深于《离骚》，贾谊之作，则屈原俦也。""古人之赋，以情义为主，以事类（物类）为佐。""今之赋，以事形为本，以义正为助。"挚虞对古今之赋从"以情义为主"到"以事形为本"的这个变化不以为然，他在比较两者的优劣时指出："情义为主，则言省而文有例矣；事形为本，则言富而辞无常矣。文之烦省，辞之险易，盖由于此。夫假象过大，则与类相远；逸辞过壮，则与事相违；辩言过理，则与义相失；丽靡过美，则与情相悖。此四过者，所以背大体而害政教。"这是一段很能显现中国美学心学精神民族特色的论断。在中国古代美学看来，"诗"及作为"诗之流"的"赋"的美，在主体的"情义"。诗赋不是不可以体物事形，但不可以此为目的，而只能假象陈志，即事明旨。这样，就不会像汉赋那样"言富"而"辞险"。只要把情志表达了，物象的描写之辞就可停止了。否则，沉迷于"假象""事形"，连篇累牍，靡丽夸饰，就会发生喧宾夺主、劝百讽一、浮而不归、迷而忘返的荒诞结果。挚虞关于赋体文学中"言志缘情"与"体物事形"关系的分析，对今天文艺创作中如何处理描写客体与表现主体两者的关系，也很有启示意义。

第四节　沈约：文情说和声律论

沈约（441—513），南齐时曾为东阳太守、国子祭酒等职。梁时官至尚书令。不仅是著名的历史学家，著有《晋书》一百十卷、《宋书》一百卷，而且文学方面也有杰出成就，是"竟陵八友"之一，"永明体"的领袖。沈约在文艺美学方面的主要观点和贡献，是文情说和声律论。

一、"以情纬文，以文被质"

文学与情感有不可分割的联系，是魏晋齐梁时代文论家的共识。沈约大力加以提倡，在奠定情感在文学中的内容地位方面作出了重要贡献。在《宋书·谢灵运传论》中，他评论三曹作品："以情纬文，以文被质。"单独以"情"为"文"之"质"，比挚虞说的诗赋以"情志（或情义）为主"又前进了一步。评论东汉张衡作品："平子艳发，文以情变，绝唱高踪，久无嗣响。"将"情"与"艳发"的美联系起来，"情"不仅是文学的内容，也是文学之美的来源之一。《谢灵运传论》可视为美文学——诗赋的发展史论。在内容特质方面，尽管沈约并未排斥"六义""志理"，有时也"情志""情理"并提，但通篇并未涉及"教化""风化"等政治、道德色彩很浓的概念，"志"和"理"乃成了包含情感的"活生生的思想"（借用别林斯基语）。作者对较少理性约束的情感的偏爱是十分明显的。如果与秦汉的文论作一比较，那么由"理"至"情"的时代风尚变化是非常明显的。

二、声律论的发明

作为"永明体"的领袖，沈约在文艺美学上的另一重要贡献是声律论的发明。《南齐书·陆厥传》载："汝南周颙善积声韵，约等文皆用宫商，以平、上、去、入为四声，以此制韵，不可增减，世呼为永明体。"《梁书·沈约传》载，约"撰《四声谱》，以为在昔词人，累千载而不悟，而独得胸衿，穷其妙旨，自谓入神之作"。相传南齐时，沈约与萧衍、谢朓、王融、范云、任昉、萧琛、陆倕等人号称"竟陵八友"，转相友善，沈约的声律说假文友而大行其道。据封演《封氏闻见记》记载："王融、刘绘、范云之徒……慕而扇之，由是远近文学转相祖述，而声韵之道大行。"

沈约关于声律发表的意见，主要见于《宋书·谢灵运传论》："夫五色相宣，八音协畅，由乎玄黄律吕，各适物宜。欲使宫羽相变，低昂互节，若前有浮声，则后须切响，一简之内，音韵尽殊，两句之中，轻重悉异。妙达此旨，始可言文。……自骚人以来，而此秘未睹……世之知音者，有以得之，知此言之非谬。"在《答陆厥书》中，沈约也说："自古辞人，岂不知宫羽之殊、商徵之别？虽知五音之异，而其中参差变动，所昧实多，故鄙意所谓此秘未睹也。以此而推，则知前世文士，便未悟此处。若以文章之音韵，同弦管之声曲，则美恶妍蚩，不得顿相乖反。譬由子野操曲，安得忽有阐缓失调之声？以《洛神》比陈思他赋，有似异手之作，故知天机启则律吕自调，六情滞则音律顿舛也。”

综观沈约关于文学声律美的言论，大意有二：

一是揭示了声律美的规律。即诗歌音节的声、韵、调要按照交错变化的规律加以组合，做到“宫羽相变，低昂互节”“前有浮声，后须切响”“一简之内，音韵尽殊”“两句之中，轻重悉异”。沈约所代表的“永明体”指诗而言。“永明体”诗作为律体的雏形，最大的特点，是揭橥了“八病”之说。沈约论述“八病”的话，今天没有完整地流传下来。据唐时日人遍照金刚《文镜秘府论·西卷》、宋人李淑《诗苑类格》和魏庆之《诗人玉屑》等所述，即平头、上尾、蜂腰、鹤膝、大韵、小韵、正纽、旁纽，是诗人在遣词造句时应尽力避免的毛病。关于这“八病”的内涵，历来解释也不统一。有些古代的解释今天看来也未必讲得通，但其大意还是可以把握的，这就是不仅调（当时称“四声”），而且声（母）、韵（母）都要忌雷同单调，而要讲究错综变化。

二是沈约对自己这项发现的自许。沈约认为，诗赋声律的错综美很早就存在了，但对此规律的理论揭示则自他始，他对此颇为自负。这似乎并不准确。传为葛洪所撰的《西京杂记》记载司马相如论作赋云：“合纂组以成文，列锦绣而为质，一经一纬，一宫一商，此赋之迹也。”这“一宫一商”即指声音错综之美。陆机《文赋》云：“暨音声之迭代，若五色之相宣。”亦然。宋范晔《狱中与诸甥侄书》亦颇为自负：“性别宫商，识清浊，斯自然也。观古今文人，多不全了此处，纵有会此者，不必从根本中来。言之皆有实证，非为空谈。”同时的谢庄也颇识宫商之秘。钟嵘《诗品序》载齐人王融之言：“宫商与二仪俱生，自古词人不知之。唯颜宪子（延之）乃云律吕音调，而其实大谬。唯见范晔、谢庄颇识之耳。”由此可见，诗歌声律错综美的规律与其说是沈约的发现，不如说沈约是集大成者。沈约为代表的声律论，表现了齐梁人对文学纯形式美的重视。

第五节　刘勰：体大思精、继往开来的文学原理建构

刘勰（465—520），历宋、齐、梁三代，一般被说成是梁代的文艺理论家，

但他的不朽著作《文心雕龙》则完成于南齐和帝时（501）。[1] 这是一部体大思精、继往开来的文学理论巨著。

一、《文心雕龙》的基本思想

刘勰既精通周孔老庄，又精通佛学义理。在他看来，儒、道、佛三家思想是圆融一体、不相矛盾的。《文心雕龙》一书就体现了他三教圆融的思想。如儒、道一体，《文心雕龙·原道》篇说："人文之元，肇自太极。""玄圣创典，素王述训，莫不原道心以敷章，研神理而设教。""道沿圣以垂文，圣因文而明道。……辞之所以能鼓天下者，乃道之文也。"请注意，"人文之元，肇自太极"的"太极"之"道"与"圣因文而明道"的"道"其实不是一个概念，前者是道家之道，万物本体之道，后者是儒家之道，仁义礼智之道。而玄学会通儒、道，将儒家人伦之道说成天地之道、太极之道，两者是一回事。刘勰受此影响，故云"道沿圣而垂文"，儒家圣人成了把本体化的天地人伦之道用文学形态表达、传播出来的中间环节。所以，"原道"与"征圣""宗经（儒经）"统一到了一起。又如儒、佛一体，刘勰之前的沈约曾指出，"内圣外圣，义均理一"，刘勰亦然。他在《灭惑论》中指出，儒、佛"教殊而道契""语隔而化通"："梵言'菩提'，汉语曰'道'。一音演法，殊译共解，一乘敷教，异经同归。经典由权（权：方便，指为行教化方便，儒、佛经典有所不同），故孔、释教殊而道契；解同由妙，故梵汉语隔而化通。"又《文心雕龙·论说》指出："然滞有者，全系于形用；贵无者，专守于寂寥。徒锐偏解，莫诣正理。动极神源，其般若之绝境乎！"这里从般若学中道观出发，批评"滞有"或"贵无"的"偏解"，追求圆融"有""无"、僧俗不二的"正解"，也表现了会通儒、佛的旨趣。

值得指出的是，尽管刘勰主张三教会通，但其《文心雕龙》表现出来的主要思想倾向则是儒家思想。在《文心雕龙》中，刘勰经常赞扬儒家经典，说它是"恒久之至道，不刊之鸿教"[2]。在论述儒经的社会作用时则说："木铎起而千

① 此说由清代刘毓崧《书〈文心雕龙〉后》提出。王运熙、周锋《〈文心雕龙〉译注》（上海古籍出版社 1998 年版）、杨明《刘勰评传》（南京大学出版社 2001 年版）、杜黎均《文心雕龙文学理论研究和译释》（北京出版社 1981 年版）等均持此说。

② 《文心雕龙·宗经》。

里应，席珍流而万世响，写天地之辉光，晓生民之耳目。”① 对儒家思想的创始者孔子，他佩服得五体投地。《文心雕龙·序志》中，他叙述三十多岁时梦见孔子的经过：“齿在逾立，则尝夜梦执丹漆之礼器，随仲尼而南行。旦而寤，乃怡然而喜。大哉！圣人之难见哉，乃小子之垂梦欤！自生人以来，未有如夫子者也。”《文心雕龙·原道》中，他盛赞孔子：“夫子继圣，独秀前哲。”《文心雕龙·征圣》主张文章要以圣人为榜样：“征之周孔，文有师矣”；“征圣立言，文其庶矣”。

刘勰如此推崇儒家思想，为什么不去写弘扬儒经的著作，而要写文学理论著作呢？《文心雕龙·序志》曾解释了个中缘由：“敷赞圣者，莫若注经。而马（融）、郑（玄）诸儒，弘之已精。就有深解，未足立家。唯文章之用，实经典枝条……而去圣久远，文体解散，辞人爱奇，言贵浮诡，饰羽尚画（在羽毛上绘画），文绣鞶帨（在衣带、佩巾上绣花），离本弥甚，将遂讹滥。……于是搦笔和墨，乃始论文。”② 原来，刘勰之所以不再“注经”，是因为东汉马融、郑玄为代表的古文经学家已在注经方面取得了后人难以超越的成就。而经书以外的文章既有“经典枝条”的作用，又存在“离本弥甚，将遂讹滥”的“浮诡”之弊，所以他才转而写起《文心雕龙》来。而论文之要，首在务本，即纠正文坛浮诡之病，给文章注入儒道之“本”。

《文心雕龙》“论文”求“本”，这是一方面，同时我们又要注意到，“文章”不同于“经典”，它不仅仅是载道之具，还有自身的形式美规律。既然“论文”，就必需在载道之外，研究、剖析文章自身的审美规律。《文心雕龙》的确是这样去做了。除开篇《原道》《征圣》《宗经》《正纬》四篇外，其余四十六篇都是在论述文学创作和欣赏的“自律”，尽管这当中糅合了儒道思想。因此，《文心雕龙》还是一部讨论文学创作和批评审美规律的名副其实的美学专著。

二、“体大虑周”的基本构架

《文心雕龙》写成后，刘勰“自重其书”，想送给大学者沈约看看。沈约当

① 《文心雕龙·原道》。

② 本书所引《文心雕龙》，主要依据赵仲邑《〈文心雕龙〉译注》，漓江出版社 1982 年版。

时任骠骑司马，非常显贵，刘勰想见他并不容易。于是他就带着书稿，假装成卖货的人站在路旁，等到沈约的车子过来时，便献上书稿。沈约读后，“大重之，谓深得文理”，常把它放在自己的书桌上。从此，《文心雕龙》便开始引起人们重视。他后来受到编纂《文选》的昭明太子萧统的青睐，与此不无关系。

《文心雕龙》全书五十篇，约四万余字，用骈文写成。全书的结构是这样的：

开始四篇《原道》《征圣》《宗经》《正纬》是总论，可视为统帅、贯穿全书的大纲。其中，《原道》论述文生于道，道沿圣而垂文；《征圣》要求文学创作以儒家圣人为仿效榜样；《宗经》要求文学创作以儒经为范本；《正纬》要求以纬书作文学创作的参考。

接下来的二十一篇是文体论，论述了三十五种文体的特征、写作方法和历史源流。这二十一篇依次是：《辨骚》《明诗》《乐府》《诠赋》《颂赞》《祝盟》《铭箴》《诔碑》《哀吊》《杂文》《谐隐》《史传》《诸子》《论说》《诏策》《檄移》《封禅》《章表》《奏启》《议对》《书记》。

再接下来的第二十六篇到第四十六篇可视为创作论，从作家修养到构思特点，从创作方法到作品风格，从文学特征到内容与形式的关系，从文学现实、时代、历史的联系到文学作品继承与创新的关系，刘勰分别作了精湛的论述。这二十一篇按逻辑顺序可分析、归纳为：

《物色》《时序》，论文学作品与现实、时代、历史的联系。

《养气》《体性》，论作家的修养、个性与风格。

《神思》，论文学构思的特征。

《情采》《风骨》《镕裁》，论文学作品内容、形式的特点及其相互关系，以及内容的提炼和形式的锤炼。

《总术》《定势》《附会》《比兴》《夸饰》《事类》《章句》《炼字》《丽辞》《声律》《隐秀》《指瑕》等，从各个方面论述写作方法及文学创作中应注意的问题。

《通变》，论文学创作的继承与革新。

第四十七篇至第四十九篇可视为批评论。其中，《知音》提出文学欣赏和批评应持的态度、标准和方法以及必须防止的偏向，《才略》《程器》属作家作品论，可视为其批评思想的具体实践。

最后一篇《序志》，为全书总序，交代全书写作动因、主要内容和写作方法。

不难看出，《文心雕龙》结构是宏伟、周密的，论述是全面、系统的。清人章学诚称之为“体大而虑周”，《文心雕龙》当之无愧。

三、“文章”概念的内涵和外延

《文心雕龙》不仅“体大”，而且“思精”，它抓住传统和当下文学理论中具有普遍意义和闪光意义的思想加以吸收、发挥和综合，从而对后世产生深远影响，使《文心雕龙》成为中古世纪承前启后、继往开来的一座美学丰碑。

先来看它的基本文学观念。

什么是“文学”？“文学”的内涵和外延是什么？“文学”的特征是什么？这是文学的基本问题，也是一部有体系的文学理论著作必须面对的问题。

我们今天所说的“文学”，在刘勰的时代一般叫“文章”。如曹丕《典论·论文》：“盖文章，经国之大业，不朽之盛事。”挚虞《文章流别论》：“文章者，所以宣上下之象，明人伦之叙，穷理尽性，以究万物之宜者也。”刘勰《文心雕龙·序志》：“唯文章之用，实经典枝条。”“古来文章，以雕缛成体。”也有叫“文学”的，如《文心雕龙·时序》谓：“唯齐楚两国，颇有文学”，“自献帝播迁，文学蓬转”，“元皇中兴，披文建学”。用单音节词指称时，就叫“文”。如陆机的《文赋》、刘勰的《文心雕龙》、萧统的《文选》。《文心雕龙》在行文中指称“文章”时多使用单音节词“文”，如：“道沿圣而垂文。”① “文能宗经，体有六义。”② “文之思也，其神远矣。”③ “此盖驭文之首术，谋篇之大端。”④ “自近代以来，文贵形似。”⑤ “观其时文，雅好慷慨。”⑥ “文之司南，用此道也。”⑦ “世远莫见其面，觇文辄见其心。”⑧ “夫‘文心’者，言为文之用心

① 《文心雕龙·原道》。
② 《文心雕龙·宗经》。
③ 《文心雕龙·神思》。
④ 《文心雕龙·神思》。
⑤ 《文心雕龙·物色》。
⑥ 《文心雕龙·时序》。
⑦ 《文心雕龙·体性》。
⑧ 《文心雕龙·知音》。

也……详观近代之论文者多矣。”①

那么，什么叫“文章”之“文”呢？刘勰并没有正面回答，似乎这是一个不言而喻的问题。他进入了比曹丕、挚虞、陆机更细致的文体的划分和论述。在对“文”的外延——三十多个大类的文学体裁的特点、流变的分析中，我们可以体会出“文章”之“文”的内涵，这即清代章炳麟在《国故论衡·文学总略》中挑明的：“凡云‘文’者，包络一切著于竹帛者而为言。”“文”“文章”“文学”，即一切文字作品。《文心雕龙》所论及的“文”不仅包括篇目所提及的子、史、经在内的三十多类文体，在《书记》篇中，又论及谱、籍、簿、录、方、术、占、式、律、令、法、制、符、契、券、疏、关、刺、解、牒、状、列、辞、谚等二十四体。这些文体不仅超出了今天所谓的美文学范围，甚至超出了应用文、论说文范围，如“方”指药方，“术”指算术，“券”指证券，“簿”指文书，如此等等。曹丕说：“夫文，本同而末异。”在《文心雕论》论及的这些文体中，它们是建立在一个什么样的共同的根本之上而统统被叫做“文”的呢？似乎只能找到一个共同点，那就是，它们都是文字著作。文字是“文”的根本特征。刘勰通过文体论表现出来的以“文”为一切文字著作的观念，是对此前流行的文学观念的继承和总结。

文字著作为“文”的广义文学观念，一方面决定了《文心雕龙》是一部探讨广义的文学理论的著作，另一方面，又正是这种观念，驱使《文心雕龙》把讨论的重点放在讲究审美技巧的文学作品上。有文字的著作为什么叫“文”或“文章”？是因为汉语文字由交错的笔画构成，有文饰性。《礼记·乐记》：“礼减而进，以进为文；乐盈而反，以反为文。”郑玄注：“文，犹美也。”《文心雕龙·原道》：“‘文’之为德也大矣。与天地并生者何哉？夫玄黄色杂，方圆体分，日月叠璧，以垂丽天之象，山川焕绮，以铺理地之形，此盖道之文也。……傍及万品，动植皆文：龙凤以藻绘呈瑞，虎豹以炳蔚凝姿，云霞雕色，有逾画工之妙，草木贲华，无待锦匠之奇。夫岂外饰，盖自然耳。……夫以无识之物，郁然有采，有心之器，其无文欤？”显然，这里“文”的意思即文采。刘勰的意思是说，美丽的文采是由道派生的，道不仅产生了天文、地文及天地之间动物、植物之文，而且产生了人文。既然天地之间那些“无识之物”都有浓郁的文采，

① 《文心雕龙·序志》。

人作为“有心之器”，怎能不能动地去追求文采，创造出美丽动人的文章呢？这样，虽然在文体论中《文心雕龙》为求全起见，分析了许多非审美的文体，但在创作论、批评论中，刘勰探赜索幽的主要对象仍然集中于审美的文体，尤其是诗、赋之类。

四、文学的情感美：“辩丽本于情性”

那么，这文章之美究竟在何处呢？

六朝时，人们挣脱汉代“性善情恶”的偏见，认为“情”是人性的一部分，“情之所钟，正在我辈”。与思想领域的尚情论相适应，诗歌领域出现了“缘情”说（陆机）、文章领域出现了“文情”说（沈约）。刘勰不失时机地对这些思想财富加以吸收和总结，根据他对文体和创作过程的理解，阐述了情感在诸种文体和创作过程诸环节中的地位和作用，建立了丰富多彩的“文情”说体系。

《文心雕龙》中有一篇《情采》，在我们理解刘勰以情为美的思想时很值得注意。刘勰认为，世间的文采有三类，分别是天文、地文、人文。作为人类文采的“人文”又有三种，“一曰‘形文’，五色是也；二曰‘声文’，五音是也；三曰‘情文’，五性（即五情）是也。五色杂而成黼黻，五音比而成韶夏，五情发而为辞章”①。“声文”即音乐，“形文”即绘画，“情文”即辞章，也就是人们当时所说的“文章”。《文心雕龙·情采》说：“圣贤书辞，总称文章，非采而何？”那么，“文章”或“辞章”的“文”“采”体现在何处呢？一般的回答可能是辞采，刘勰并不排除这一点（详见下节），但他认为，辞采只是文章之美的一方面，而且是形式的层面，情感才是文章之美的内容层面、本质层面。因此，刘勰把文章叫做“情文”，并特别强调：“五情发而为辞章。”他还明确指出：“辩丽本于情性。”②“辩”者，“辩雕万物”之“辩”也，即雕饰、文采，“辩丽”即“美丽”也。又说：“物以情观，故辞必巧丽。”③事物如果带着情感去观照，写出来的文辞就必定美丽。反之，如果仅有繁缛的辞采而缺少情感，它给

① 《文心雕龙·情采》。

② 《文心雕龙·情采》。

③ 《文心雕龙·诠赋》。

人的美感必不能长久。正如陆机说“言寡情而鲜爱”一样，刘勰也说：“繁采寡情，味之必厌。”① 因此，他反对“体情之制日疏，逐文之篇愈盛”②，指出“为情者要约而写真，为文者淫丽而烦滥”③。

由于“情”是文章之美的根本所在，所以刘勰要求以“情”为文章的主要内容。他说：“情者文之经。”④“设情以位体。”⑤“文质附乎性情。”⑥“昔《诗》人篇什，为情而造文。”⑦“按部整伍，以待情会。”⑧“吐纳英华，莫非情性。”⑨“凭情以会通，负气以适变。”⑩“至于文也，则申写郁滞，故宜从容率情，优柔适会。”⑪“夫情致异区，文变殊术，莫不因情立体，即体成势也。”⑫ 有时，刘勰“情志”“情理”并提，如：“必以情志为神明”⑬，“情理设乎其位，文采行乎其中”⑭。我们知道，刘勰头脑中儒家思想是很重的。刘勰并不否定道德理念，只是要求文章中的“志”“理”要与“情”相结合，变为“情志”“情理”，即富有情感的思想，或浸透着思想的情感，如此就会产生美善相乐的效果。对于文学作品中表现的情感，刘勰还有两项要求。一是真。庄子早已指出：“不精不诚，不能动人。”刘勰深明此旨，所以要求“情深而不诡”⑮，“情信而辞巧”⑯，批评“辞人赋颂，为文而造情”⑰。二是根据主题有所剪裁提炼。“若情周而不繁，辞

① 《文心雕龙·情采》。
② 《文心雕龙·情采》。
③ 《文心雕龙·情采》。
④ 《文心雕龙·情采》。
⑤ 《文心雕龙·镕裁》。
⑥ 《文心雕龙·情采》。
⑦ 《文心雕龙·情采》。
⑧ 《文心雕龙·总术》。
⑨ 《文心雕龙·体性》。
⑩ 《文心雕龙·通变》。
⑪ 《文心雕龙·养气》。
⑫ 《文心雕龙·定势》。
⑬ 《文心雕龙·附会》。
⑭ 《文心雕龙·镕裁》。
⑮ 《文心雕龙·宗经》。
⑯ 《文心雕龙·征圣》。
⑰ 《文心雕龙·情采》。

运而不滥，非夫镕裁，何以行之乎?”[1]

从情感是文学作品的审美根源和主要内容出发，刘勰要求作家充满情感，以情感物，从而形成观物时物我的双向交流：“人禀七情，应物斯感，感物吟志，莫非自然。”[2]“登山则情满于山，观海则意溢于海”[3]，“情以物兴”，“物以情观”[4]，“情往似赠，兴来如答”[5]。文学创作的冲动和审美情怀的诞生既有赖于外物的触发，也有赖于主体的情感素质。如果主体心如枯井，情感干瘪，任由春花秋月、良辰美景怎样触发，也不会有诗情画意产生。所以刘勰提出“物以情观”“登山则情满于山”。后来清代李渔《一家言》云：“文生于情，非情人不能为文人。”这是把刘勰关于作家情感素质的思想挑明了。

外物触发了作家，作家感受了外物，于是“情动而言形”[6]“情动而辞发”[7]。整个创作活动是包含情感的思维活动，整部作品是“情孕所变”[8]的结晶。

创作完成后，情感凝聚在作品中，对作品的审美就应是“披文以入情”[9]，而不是以往孟子说的“以意逆志”。“志”（有理有情）诚然需体会，但对于“经典枝条”的“文章”，更重要的是要善于把握其客观化了的情感。作为审美性的文章的代表，“吟咏性情”的“诗”的作用对象也不只是人的理性，而且包括人的情感，使人的情感得到理性的净化和熏陶：“诗者持也，持人情性；《三百》之蔽，义归‘无邪’。‘持’之为训，有符焉尔。”[10]

情感，不仅体现在文学创作和欣赏的各主要环节，而且表现在诸多文体中。诗是言情的，《文心雕龙·明诗》曰：“人禀七情，应物斯感，感物吟志，莫非自然。”“情理同致，总归诗囿。”“怊怅切情，实五言之冠冕。”楚辞是言情的，

① 《文心雕龙·镕裁》。
② 《文心雕龙·明诗》。
③ 《文心雕龙·神思》。
④ 《文心雕龙·诠赋》。
⑤ 《文心雕龙·物色》。
⑥ 《文心雕龙·体性》。
⑦ 《文心雕龙·知音》。
⑧ 《文心雕龙·神思》。
⑨ 《文心雕龙·知音》。
⑩ 《文心雕龙·明诗》。

《文心雕龙·辨骚》曰：“《九歌》《九辩》，绮靡以伤情。”偏重于“体物写志”的汉赋在刘勰看来也不离“情”字。《文心雕龙·诠赋》云：“‘序’以建言，首引情本；‘乱’以理篇，迭致文契。”“至于草区禽族，庶品杂类，则触兴致情，因变取会。”“贾谊《鹏鸟》，致辨于情理……彦伯（袁宏）梗概，情韵不匮。”汉赋常常登高而作，当时有“登高能赋”的说法。“原夫登高之旨，盖睹物兴情。情以物兴，故义必明雅；物以情观，故词必巧丽。”颂、赞这样的有韵之“文”，与“情”有联系。《文心雕龙·颂赞》云：“三闾《橘颂》，情采芬芳。”“约举以尽情，昭灼以送文，此其体也。”哀、吊作为对死者表示哀痛之情的文体，“情主于痛伤，而辞穷乎爱惜”①。“对问”“连珠”“七”作为赋体的分支，“苑囿文情，故日新殊致”②。这里值得注意的是刘勰关于奏议、策论、经书及“圣人之文章”情感特质的论述。奏议、策论是论说文，以说理为主，不以抒情见长，“然总要以约文，事切而情举”③。对孔子为代表的“圣人之文章”，刘勰认为它不仅是“明理”的，也是“该情”的。《文心雕龙·征圣》云：“或博文以该情，或明理以立体”，“志足而言文，情信而辞巧，乃含章之玉牒，秉文之金科矣”。“圣人文章”在后代被奉为“经”。“经”在后代的诠释中似乎成了压抑情感的冷冰冰的理性磐石，刘勰则认为，《易》《书》《诗》《礼》《春秋》“义既极乎性情，辞亦匠于文理”，并指出：“文能宗经，体有六义：一则情深而不诡……”④。这样，情感就不只是像陆机、挚虞、沈约等人所说的诗或诗赋的内容特征，而且是许多文体，尤其是散文、论说文的内容特征，包括“五经”的内容特征。刘勰这样分析是否准确另当别论，在这种分析中体现了刘勰文学理论对情感的重视和钟情，则是无疑的。

五、文学的形式美：“古来文章，以雕缛成体”

文章之美，除了根源于情感内容外，还来自文辞形式。文辞形式的美，《文心雕龙》有“文”“采”“丽”“巧”“华”“甘”“文章”“雕缛”“夸饰”“斐

---

① 《文心雕龙·哀吊》。

② 《文心雕龙·杂文》。

③ 《文心雕龙·议对》。

④ 《文心雕龙·宗经》。

然”“彪炳”等不同指称。刘勰认为，文学作品只有情感美还不够，还必须文质相称，具备形式美，所谓“割情析采，笼圈条贯”①，“丽辞雅义，符采相胜”②，“吐纳经范，华实相扶”③，“致义会文，斐然余巧”④。

由此出发，他指出辞采之形式美是文章不可或缺的特征：“文辞所被，夸饰恒存。”⑤“君子秉文，辞令有斐。”⑥“古来文章，以雕缛成体。”⑦“圣贤书辞，总称‘文章’，非采而何？……若乃综述性灵，敷写器象……其为彪炳，缛采名矣。”⑧“夫铅黛所以饰容……文采所以饰言……”⑨刘勰甚至以孔子贵文及儒经和诸子为据，论证文采对于文辞作品的重要性。如《文心雕龙·征圣》指出：“夫子文章，可得而闻，则圣人之情，见乎文辞矣。先王圣化，布在方册。夫子风采，溢于格言。是以远称唐世，则‘焕乎’为盛；近褒周代，则‘郁哉’可从。此政化贵文之征也。郑伯入陈，以文辞为功；宋置折俎，以多文举礼。此事迹贵文之征也。褒美子产，则云‘言以足志，文以足言’；泛论君子，则云‘情欲信，辞欲巧’。此修身贵文之征也。然则志足而言文，情信而辞巧，乃含章之玉牒，秉文之金科也。”《文心雕龙·情采》指出：“《孝经》垂典，丧言不文，故知君子常言，未尝质也。老子疾伪，故称‘美言不信’，而五千精妙，则非弃美矣。庄周云：‘辩雕万物。’谓藻饰也。韩非云：‘艳采辩说。’谓绮丽也。绮丽以艳说，藻饰以辩雕，文辞之变，于斯极矣。”刘勰因而得出结论：“言以文远，诚哉斯验。”“夫能……理正而后摛藻，使文不灭质，博不溺心，正采耀乎朱蓝，间色屏于红紫，乃可谓雕琢其章，彬彬君子矣。”⑩

值得指出的是，在文体论中，刘勰论述的大多数文体都与文辞的美有关。如《文心雕龙·征圣》论“圣人之文章”：“圣文之雅丽，固衔华而佩实者也。”《文

① 《文心雕龙·序志》。
② 《文心雕龙·诠赋》。
③ 《文心雕龙·才略》。
④ 《文心雕龙·封禅》。
⑤ 《文心雕龙·夸饰》。
⑥ 《文心雕龙·章表》。
⑦ 《文心雕龙·序志》。
⑧ 《文心雕龙·情采》。
⑨ 《文心雕龙·情采》。
⑩ 《文心雕龙·情采》。

心雕龙·宗经》说："扬子比雕玉以作器，谓《五经》之含文也。夫文以行立，行以文传，四教所先，符采相济。"《文心雕龙·辨骚》说楚辞："金相玉式，艳溢锱毫。""观其骨鲠所树，肌肤所附，虽取熔经义，亦自铸伟辞。故《骚经》《九章》，朗丽以哀志；《九歌》《九辩》，绮靡以伤情；《远游》《天问》，瑰诡而惠巧；《招魂》《招隐》，耀艳而深华……气往轹古，辞来切今，惊采绝艳，难与并能矣。"《文心雕龙·诠赋》说赋："铺采摛文""蔚似雕画"。《文心雕龙·颂赞》论颂、赞："镂彩摛文，声理有烂。"《文心雕龙·祝盟》论祝辞和盟书："立诚在肃，修辞必甘。"《文心雕龙·诔碑》论诔文和碑文："铭德慕行，文采允集。"《文心雕龙·杂文》论对问、七、连珠乃至典、诰、誓、问、览、略、篇、章、曲、操、弄、引、吟、讽、谣、咏："渊岳其心，麟凤其采。""负文余力，飞靡弄巧。""甘意摇骨体，艳词动魂魄。""体奥而文炳"，"情见而采蔚"。《文心雕龙·诸子》论诸子之文："研夫孔、孟所述，理懿而辞雅；管、晏属篇，事核而言练；列御寇之书，气伟而采奇；邹子之说，心奢而辞壮……《淮南》泛采而文丽。斯则得百氏华采……"《文心雕龙·论说》说："论也者，弥纶群言，而研精一理者也。""飞文敏以济词，此说之本也。"《文心雕龙·封禅》说封、禅之文："鸿律蟠采，如龙如虬。"《文心雕龙·章表》说章表："章式炳贲"，"骨采宜耀"。《文心雕龙·议对》说议与对策之文："不以繁缛为巧"，而"以辨洁为能"。《文心雕龙·书记》论包含"簿""录""方""术"等二十四种文体在内的"书记"："或全任质素，或杂用文绮"，"既弛金相，亦运木讷"，"文藻条流，托在笔札"。由此可见，尽管刘勰所说的"文"远远超出了今天所谓的美文学的范围，但他对文采美的要求涵盖面还是相当宽泛的，几乎涵盖了所有文体。因此《文心雕龙·总术》说："凡精虑造文，各竞新丽。"文采美几乎成了所有文章的创作要求。这在中国古代广义的文学观念中亦有理可按：文学虽然是一切文字作品，而文字都具有"交文""错画"的文饰性，因而以文采要求广义的文字作品，可谓理直气壮。

那么，"文"的文采美、形式美规律何在呢？刘勰从"文"的文字学训诂意义——"错画为文"得到启示，并吸收陆机、沈约等人色彩、声音错综为美的思想，揭示文采美的规律在于形式元素的参伍错综。

先看字形参伍错综的视觉美。文字是记录概念的符号，是文学作品用以状物达意的媒介。在文学作品中，文字形体的美丑对于读者本来无关紧要，但在中国古代，情况就不同了。汉字是不同于表音文字的表意文字，因而具有相当的图案性。在繁体字中，文字作为“错画”之“象”，有的笔画繁多，有的笔画稀疏，加之古代文学作品多用毛笔书写，与书法结合得很紧，字体视觉的美丑问题就显得相当突出。有鉴于此，刘勰在《文心雕龙》中特辟《炼字》篇，对字体的视觉美作出了深刻论述。刘勰在该篇中提出“缀字属篇”的四条原则：“一避诡异，二省联边，三权重出，四调单复。”

“诡异者，字体瑰怪者也。”“避诡异”即避用“字体瑰怪”的字。因为“一字诡异”，“群句震惊”；“两字诡异，大疵美篇”；如果用的诡异字再多，就更不可观了，所谓“况乃过此，其可观乎?”字体诡异的字因为多数人不认识，用在句子中会滞碍人们对全句意思的理解，因而人们一看到它就头疼，所谓“三人弗知，则将成字妖矣”。

“联边者，半字同文者也。”“省联边”即少用同一偏旁的字。古代作品是竖写的，同一偏旁的字连用过多，竖排起来就会给人雷同感。所以刘勰主张，如果非连用不可，可连用三个，三个以上，就应该禁忌了：“如不获免，可至三接，三接之外，其《字林》乎?”《字林》是晋代吕忱的一部字书，按偏旁部首分类排列。刘勰认为，连用三个以上同偏旁的字就成字典了，那样不美。“三接之外”，如曹子建《杂诗》“绮缟何缤纷”，五字而联边四；陆士衡《日出东南隅行》“琼珮结瑶璠”，五字而联边者四。如果我们设想一下竖写的格式，就会认识到刘勰的批评是很中肯的。正如黄侃《文心雕龙札记》所说：“宜有‘字林’之讥也。”诗歌如此，而汉赋则以字书为赋，在赋中堆砌大量的同偏旁部首的字，“更有十接二十接不止者”（黄侃），“所谓‘字必鱼贯’也”①，其字形的雷同对视觉美造成的伤害则更甚。所以刘勰列为禁忌。

“重出者，同字相犯者也。”“权重出”即权衡使用相同的字。这既包括字音而言，也包括字形而言。从字形计，同篇作品中使用了相同的字，就会在视觉上给人一种雷同感。所以刘勰说：“善为文者，富于万篇，贫于一字。一字非少，相避为难也。”他是主张同字“相避”的，但同时指出：“若两字俱要，则宁在相犯。”如果为了准确地达意非使用同一个字不可，则“宁在相犯”。

“单复者，字行肥瘠者也。”“调单复”即把笔画多与笔画少的字交错调配开

① 范文澜：《文心雕龙注》，人民文学出版社1998年版。

来使用："善酌字者，参伍单复。"这也是出于纯形式美方面的考虑："瘠字累句，则纤疏而行劣；肥字积文，则黯黮而篇暗。"笔画少的字连用一起，看上去很稀疏，不好看；笔画多的字充斥在文章中，看上去黑压压一片，也不好看。只有"参伍单复"，才能黑白相间，疏密有致，"磊落如珠"，给人带来视觉愉快。

再说音节参伍错综的听觉美。

汉字的音节由声、韵、调构成。由字音构成的听觉美，具体体现在声、韵、调三方面。中国古代对声、韵美规律的认识曾走过一段正、反、合的过程。音节间的声母相同，为双声。韵母相同，为叠韵。音节的双声、叠韵关系，使汉语言具有一种声韵协调的自然美。先秦时期，人们对日常语言中这种声韵的协调美开始有所察觉，纷纷在诗歌中加以追求。《诗经》《楚辞》中运用了大量的双声、叠韵字。① 先秦诗歌中使用的双声、叠韵字，大多数是不可拆开的联绵词，它不是诗人的创造，而是诗人对自然口语中声韵协调的音节美的巧妙移用。这可视为历史发展的"正"阶段。汉赋"受命于《诗》人，拓宇于《楚辞》"②，在双声、叠韵字的使用方面虔诚地继承了《诗经》《楚辞》的美学追求，但由于不明白协调美只有在与不协调的组合中才能凸现出来，因而对这种声韵的协调美作了不适当的发展。"汉代赋家好用双声叠韵，如'泮浡滵汩''逼侧泌瀄''蜚纤垂髯''翕呷萃蔡''纡徐委蛇'之类，连篇累牍，读者聱牙。"③ 汉赋开创的这种连用多个双声字、叠韵字的审美风气一直影响到六朝诗歌创作，如梁武帝诗"后牖有朽柳"，刘孝绰"梁王长康强"，沈休文"偏眠船舷边"，庾肩吾"载碓每碍埭"，连篇累句，单调无变化，读来拗口，听来乏味。这可视为历史发展的"反"阶段。历史的"合"阶段是从南朝刘勰、沈约、周颙等人开始的。沈、周创始"八病"之说，其中，"旁纽"指"一联有两字叠韵"，"正纽"指"一联有两字双声"。④ 何以《诗经》《楚辞》中普遍使用的双声、叠韵到了"永明体"却成为诗歌创作的大忌呢？清人钱大昕《潜研堂文集·音韵问答》说："汉代赋家好用双声叠韵……连篇累牍，读者聱牙，故沈、周矫其失……"以"正纽""旁

① 详见王力主编《古代汉语》上册第二分册，中华书局1979年版，第502~503页。

② 《文心雕龙·诠赋》。

③ 钱大昕：《潜研堂文集·音韵问答》。

④ 这是中国社会科学院文学所编《中国文学史》第一卷（人民文学出版社1985年版）的解释，下文即据此分析立论。

纽”为所忌之“病”，正是为了矫正当时诗赋创作中堆砌双声、叠韵字的弊病，这本来是有道理的。不过，这种声病说矫枉过正了。双声、叠韵用得恰好，还是有美可言的。相比而言，刘勰的意见是比较折中、合理的。《文心雕龙·声律》指出：“双声隔字而每舛，叠韵杂句而必睽。”就是说，一句之内如果杂用双声、叠韵的字很多，读起来必然不能顺口，听起来必然不能悦耳。刘勰既不主张堆砌双声、叠韵字，又不主张废除双声、叠韵字，而主张“辘轳交往，逆鳞相比”，将其交错开来使用。

刘勰此论，给后世有灵性的作家莫大启发，使后世诗中双声、叠韵字的使用出现了新的气象，即作者自觉运用双声、叠韵字以追求语言声韵的协调美，但一般不连用三个以上的双声、叠韵字（含三个）。杜甫深得此中妙旨。如，《秋兴》诗：“信宿渔人还泛泛，清秋燕子故飞飞。”信宿、清秋，双声对双声；泛泛、飞飞，双声叠韵对双声叠韵。又如，《咏怀古迹》：“怅望千秋一洒泪，萧条异代不同时。”“怅望”“萧条”，叠韵对叠韵。《咏怀古迹》：“支离东北风尘际，漂泊西南天地间。”“支离”叠韵，“漂泊”双声，这是叠韵对双声。清人赵翼《陔余丛考·双声叠韵》指出：“杜诗于此等处最严。”这样，在同句中，双声、叠韵字与非双声叠韵字交错在一起，在一联中，不同的双声、叠韵字相对，声韵的协调与不协调相互交错，组成了和谐的音响美。和谐既非一味的同，也非一味的异，而是寓异于同，同中求异。清人刘熙载《艺概·词曲概》从理论上概括、揭示了这一形式美规律：“词句中用双声、叠韵之字，自两字之外，不可多用。”根据古代文学创作实际存在的问题，他还指出：“唯犯叠韵者少，犯双声者多，盖同一双声，而开口、齐齿、合口、撮口呼法不同，便易忘其为双声也。解人正须于不同而同者去其隐疾。且不唯双声也，凡喉、舌、齿、牙、唇五音，俱忌单从一音连下多字。”刘熙载所揭示的这一声韵规律，正导源于刘勰。

汉语音节的调分平、上、去、入四声。平声调叫“飞声”，上、去、入声调叫“沉响”。连用平声字或仄声字，会造成“沉则响发而断，飞则声飏而不还”的单调之病。所以，刘勰亦主张平、仄声字“并辘轳交往，逆鳞相比”①。

刘勰关于文学文采美的强调以及文学形式美规律的探讨，不是孤立的现象，而是六朝审美趣味的集中反映。在刘勰之前，曹丕主张“诗赋欲丽”，陆机强调

① 《文心雕龙·声律》。

诗须“绮靡”，宋代范晔《狱中与诸甥侄书》提出“以文传意……然后抽其芬芳、振其金石耳。……性别宫商，识清浊，斯自然耳”，南齐陆厥《与沈约书》阐述为诗“大旨”：“钩使宫羽相变，低昂互节；若前有浮声，则后须切响；一简之内，音韵尽殊；两句之中，轻重悉异。辞既美矣，理又善焉。”刘勰继承、综合这些形式美思想加以丰富，并直接影响了萧统《文选》的选文标准和萧绎“文”“笔”概念。从此，“文须五色错综，乃成华采”（王世贞）、“文贵参差”（刘大櫆）成为文学之美的不易之论。

六、作家论：德、学、才、气

在《文心雕龙》中，创作论是最富于审美价值的部分。而创作论的起点便是作家论。《文心雕龙》涉及的作家论，以《养气》《体性》为主，《程器》《事类》也有所论及。

与后世“德学才识”为主的作家论相比，刘勰论述的作家主体素质主要是德、学、才、气。孔子曾经说过：“有德者必有言，有言者不必有德。”① “言”靠“德”传，欲“立言”必先“立德”。扬雄因而要求：“君子言则成文，动则成德……以其弸中而彪外也。”② 刘勰尊儒，孔子、扬雄的这一思想被他吸收过来：“《周书》论士，方之梓材，盖贵器用而兼文采也……而近代词人，务华弃实，故魏文以为古今文人，类不护细行。……是以君子藏器，待时而动，发挥事业，固宜蓄素以弸中，散采以彪外，楩楠其质，豫章其干，摛文必在纬军国，负重必在任栋梁，穷则独善以垂文，达则奉时以骋绩。若此文人，应梓材之士矣。”③ 因此，他提出“文德”概念：“瞻彼前修，有懿文德。”④ 作家论强调“德”，乃是“原道”，“征圣”“宗经”的文学观念对创作主体的必然要求。

关于“学”与“才”，刘勰说：“文章由学，能在天资；才自内发，学以外成。”“是以属意立文，心与笔谋。才为盟主，学为辅佐。主佐合德，文采必霸。

① 《论语·宪问》。
② 《法言·吾子》。
③ 《文心雕龙·程器》。
④ 《文心雕龙·程器》。

才学褊狭，虽美少功。”[①] 文学创作既需要“学”，也需要“才”。“才”为主，“学”为辅。“学”即学问，由后天习染而得。“才”是才能。“才有天资”[②]，它主要是天生的。“才馁者劬劳于辞情”[③]，“才力居中，肇自血气”[④]，“才性异区，文辞繁诡”[⑤]，“并情性所铄，陶染所凝，是以笔区云谲，文苑波诡者矣”[⑥]。“才”主要指丰富的情感、敏锐的感觉及“吐纳英华”、遣词造句的能力。“才”既有赖于“学”，所谓“将瞻才力，务在博见”[⑦]，也有与“学”背离的情况：“有学饱而才馁，有才富而学贫”[⑧]。由于“才”并不完全由“学”决定，所以北齐颜之推《颜氏家训·文章篇》说：“必乏天才，勿强操笔。”

值得注意的是刘勰对“才”的强调。在刘勰看来，对文学创作而言，“才”比“学”更加重要。而“才”涉及“辞”“情”两个方面，这两方面的才能，恰恰是文学的情感美、辞采美特点对创作主体能力提出的要求。如果说情感素质差不多完全是天生的，那么对辞采美规律的掌握则有赖于广泛的学习锻炼。

德、学、才之外，刘勰作家论又论及“气”。这是对曹丕文气思想的继承和发展。他说养气之法：“元神宜宝，素气资养。”[⑨] “是以吐纳文艺，务在节宣。清和其心，调畅其气，烦而即舍，勿使壅滞。意得则舒怀以命笔，理伏则投笔以卷怀。逍遥以针劳，谈笑以药倦，常弄闲于才锋，贾余于文勇，使刃发如新，凑（腠）理无滞。虽非胎息之迈术，斯亦卫气之一方也。”[⑩] “夫耳目鼻口，生之役也；心虑言辞，神之用也。率志委和，则理融而情畅，钻砺过分，则神疲而气衰：此性情之数也。”[⑪] 可见，刘勰所说的“气”，偏指平和健康、自然的生理、心理状态。一方面，他认为这是文艺创作必备的生理、心理基础；另一方面，他

① 《文心雕龙·事类》。
② 《文心雕龙·体性》。
③ 《文心雕龙·事类》。
④ 《文心雕龙·体性》。
⑤ 《文心雕龙·体性》。
⑥ 《文心雕龙·体性》。
⑦ 《文心雕龙·事类》。
⑧ 《文心雕龙·事类》。
⑨ 《文心雕龙·养气》。
⑩ 《文心雕龙·养气》。
⑪ 《文心雕龙·养气》。

又认为，建立在这种基础之上的文艺创作活动本身也是“卫气”、养生之“一方”，文学与人生合二为一了。

七、艺术构思论：“象”与“情”

如果说作家论是创作论的起点，那么艺术构思论则是创作论的第二个环节。《文心雕龙·神思》中，专门讨论艺术构思的特点，发表了许多可贵的意见，为今人所推重。

刘勰认为，在构思之初，当保持心态的虚静：“陶钧文思，贵在虚静。疏瀹五藏，澡雪精神……然后使玄解之宰，寻声律而定墨，独照之匠，窥意象而运斤。此盖驭文之首术，谋篇之大端。”虚静是进入艺术构思的必备条件，也是艺术构思得以进行的心理环境。

艺术构思展开之后，它呈现出两大基本特点。一是“象”，另一是“情”，所谓“神用象通，情变所孕”。关于构思与物象的联系，《文心雕龙·神思》说：“夫神思方运，万涂竞萌，规矩虚位，刻镂无形。”“故思理为妙，神与物游。”“古人云：‘形在江海之上，心存魏阙之下’，‘神思’之谓也。文之思也，其神远矣。故寂然凝虑，思接千载；悄焉动容，视通万里；吟咏之间，吐纳珠玉之声，眉睫之前，卷舒风云之色：其思理之致乎！”艺术构思活动是“神与物游”的想象活动。关于构思与“情”的联系，《文心雕龙·神思》说，神思是“情变所孕”，“夫神思方运……登山则情满于山，观海则意溢于海”，“若情数诡杂，体变迁贸”，艺术构思是包含情感的活动。

文学艺术以语言文字为媒介，因此，文学构思必然是包含语言文字媒介运行的活动：“神居胸臆，而志气统其关键；物沿耳目，而辞令管其枢机。”文学构思所要造炼、表达的一切“意象”，都要把它物化为语言文字中的意象，虽然这种意象尚存在于作家的心灵中。当然，并不是所有的意象都可以用语言文字表达出来的。庄子早已指出，可以言传者，意之粗也；意之精是不可言传而只可意会的。艺术构思与语言文字的关系也是如此。面对“言所不追”的“文外曲致”“思表纤旨”，“笔固知止”，不能强求。这就叫“秉心养术，无务苦虑；含章司契，不必劳情也”。

《文心雕龙·神思》还对艺术构思中才思的迟、速现象作了雄辩的分析。陆机把构思中的通塞现象视为不由人力控制、亦不可知的神秘灵感。刘勰承认这种现象，但认为它并非不可知，其中重要的原因是作家禀赋的才思的敏捷与迟钝："机敏，故造次而成功；虑疑，故愈久而致绩。""骏发之士，心总要术，敏在虑前，应机立断；覃思之人，情饶歧路，鉴在疑后，研虑方定。"不仅如此，构思的通塞迟速也与"文之制体大小"有关："人之禀才，迟速异分；文之制体，大小殊功。相如含笔而腐毫，扬雄辍翰而惊梦，桓谭疾感于苦思，王充气竭于思虑，张衡研《京》以十年，左思练《都》以一纪，虽有巨文，亦思之缓也。淮南崇朝而赋《骚》，枚皋应诏而成赋。子建援牍如口诵，仲宣举笔似宿构，阮瑀据案而制书，祢衡当食而草奏，虽有短篇，亦思之速也。"

八、创作方法论之一：论赋、比、兴

"赋"作为写作方法，古人以同声相训的方法，解作"铺" "敷"。因"陈"的词义与之相通，故又叫"铺陈"。如郑玄说："赋之言铺。"挚虞说："赋者，铺陈之称也。"刘勰亦然。《文心雕龙·诠赋》云："赋者，铺也，铺采摛文……"铺陈的对象是什么呢？郑玄《周礼·大师》注云："赋之言铺，直铺陈今之政教善恶。""政教善恶"既可以是"事"，也可以是"意"。所以刘勰《文心雕龙·诠赋》说："赋……体物写志也。"赋是"即心即物"之法，不仅可以直接写心，亦可以直接写物。如《文心雕龙·诠赋》说："拟诸形容，则言务纤密；象其物宜（仪），则理贵侧附。" "写物图貌，蔚似雕画。"刘勰分析的"赋"，即物与即心是一体的，即通过即物来即心，通过"体物"来"写志"，从而达到"风归丽则"的效果。

什么是"比"？郑玄《周礼·大师》注解释为委婉的讽刺方法："比，见今之失，不敢斥言，取比类以言之。"郑众解释为比方、譬喻："比，比方于物也。"作为譬喻，其功能是"举他物以明之也"①。又，王符《潜夫论》："夫譬喻也者，生于直告之不明，故假物之然否以彰之。"刘勰《文心雕龙·比兴》综合上述意见，指出："比者，附也。""附理者切类以指事。""附理故比例以生。""比则畜愤以斥言。"不仅如此，刘勰还细致剖析了比喻的对象和比喻所用喻体

① 《墨子·小取》。

的构成种类。比喻说明的对象既可以是物（“切事”“比类”），也可以是意（“比义”）：

且何者谓为比？盖写物以附意，扬言以切事者也。故金锡以喻明德，珪璋以譬秀民，螟蛉以类教诲，蜩螗以写号呼，浣衣以拟心忧，席卷以方志固。凡斯切象，皆比义也。至如“麻衣如雪”“两骖如舞”，若斯之类，皆比类者也。

而比喻的喻体也包括心、物诸方面：

夫比之为义，取类不常：或喻于声，或方于貌，或拟于心，或譬于事。宋玉《高唐》云：“纤条悲鸣，声似竽籁。”此比声之类也。枚乘《菟园》云：“焱焱纷纷，若尘埃之间白云。”此则比貌之类也。贾生《鵩赋》云：“祸之与福，何异糾纆。”此以物比理者也。王褒《洞箫》云：“优柔温润，如慈父之畜子也。”此以声比心者也。马融《长笛》云：“繁缛络绎，范、蔡之说也。”此以响比辩者也。张衡《南都》云：“起郑舞，茧曳绪。”此以容比物者也。

最后，刘勰提出了比喻必须遵守的美学原则：“故比类虽繁，以切至为贵；若刻鹄类鹜，则无所取焉。”比喻的对象和喻体可多种多样，但原则只有一条，即喻体必须切合对象的特点，简单地说就是必须贴切得当。

什么是“兴”？汉代有些学者认为“兴”就是比喻。西汉毛公传《诗》，崇尚“兴”法，所说的“兴”往往就是“喻”。因此东汉郑众说：“兴者，托事于物。”然而，既然“兴”与“比”是一回事，何以分而名之？《周礼·大师》何以称举“风”“赋”“比”“兴”“雅”“颂”为“六诗”？东汉郑玄显然注意到了这个问题，尽管他早期“注《诗》宗毛”，以“喻”释“兴”，但在后来给《周礼·大师》“六诗”作注时，便把“兴”解释为委婉的赞美方法：“兴，见今之美，嫌于媚谀，取善事以喻劝之。”尽管“兴”解为“美”、“比”解为“刺”，在达意上有所分别，但在同为比喻的方法这点上，二者并无区别。真正对“兴”法作出与“比”不同解释的是东汉末年的刘熙。他在《释名·释典艺》中指出：“兴物而作谓之‘兴’。”不过在刘熙看来，“兴”是体用合一的概念，既是方法，也是诗经的体裁。刘勰抓住刘熙训诂中的特异之处，正式将“兴”解释为借物起兴的方法。《文心雕龙·比兴》说：“兴者，起也。”“起情故兴体以立。”“起情者依微以拟议”，“起情故环譬以记（一作托）讽”。“观夫兴之托谕，婉而成章，称名也小，取类也大。关雎有别，故后妃方德；尸鸠贞一，故夫人象义。义取其贞，无从于夷禽；德贵其别，不嫌于鸷鸟；明而未融，故发注而后见也。”作者要表达某种情感，但不直接说出，而是先借某物的描写来起兴，如要说“窈窕淑女，君子好逑”，先说“关关雎鸠，在河之洲”，如此便使表达的主旨变得委婉，这就叫“婉而成章”。兴起之物与所兴之情之间有某种类似的譬喻关系，但与“比”相较，这种类似关系有时不那么明显。如《诗经》中的《殷其雷》，“借雷以兴起下义，（下义）不必与雷相关也”。① 这种兴法，“但借物以起兴，不必与正意相关也”。② 因此，刘勰说：“比显而兴隐”，“兴之托谕……称名也小，取类也大”。

刘勰关于赋、比、兴的界说，综合原有成果而大大有所深化，使赋、比、兴作为不同创作方法的特点得到了符合逻辑的揭示，奠定了后世以孔颖达、朱熹、李仲蒙为代表的赋、比、兴理论的基本思路。

九、创作方法论之二：论用事和夸张

古代辞赋、奏议、策论中用事的实践早已存在，但从理论上对此作出系统探讨和揭示的当推刘勰《文心雕龙》的《事类》。

什么叫“用事”？刘勰揭示：“事类者，盖文章之外，据事以类义，援古以证今者也。”“用事”是引用古代典故含蓄表达自己的思想感情，证明自己观点正确性的一种修辞方法和论证方法。从典故的成分来看，有事典与语典之分。刘勰《文心雕龙·事类》分析的“征义举乎人事”，属事典；“明理引乎成辞”，属语典。他举例说明：

> 昔文王繇《易》，剖判爻位。《既济》“九三”，远引高宗之伐；《明夷》“六五”，近书箕子之贞：斯略举人事，以征义者也。至若《胤征》羲和，

① 姚际恒：《诗经论旨》，《诗经通论》卷首。

② 姚际恒：《诗经论旨》，《诗经通论》卷首。

陈政典之训，《盘庚》诰民，叙迟任之言，此全引成辞，以明理者也。

关于用典的审美方法，刘勰提出，要“用人若己”“不啻自出其口”。后来邢邵称赞沈约“文章用事，不使人觉，若胸臆语也”①，北宋蔡绦《西清诗话》谓“虽用经史，而离书生”，王骥德说：“作诗原是读书人，不用书中一个字”②，与刘勰是一脉相承的。刘勰还指出：“是以综学在博，取事贵约，校练务精，捃理须核。”用典即采用古代事迹、言论表达己意，因而对记载古代事迹、言论的文化典籍的学习必须广博；但在文章中用事时，不能堆砌典故，应以精约、合理为原则。后来用事论反对在文章中逞学使才、堆砌学问，本此。

夸张，刘勰叫做“夸”。因其为一种修饰方法，刘勰又叫做“夸饰”。关于夸张，孟子、王充早有论述，刘勰《文心雕龙·夸饰》总结说：

> 虽《诗》《书》雅言……文亦过焉。是以言峻，则“嵩高极天”；论狭，则“河不容舠”；说多，“子孙千亿”；称少，则“民靡孑遗”；襄陵举“滔天”之目；倒戈立“漂杵”之论。辞虽已甚，其义无害也。

夸张虽然用的是虚拟性的比喻，不受现实事理的约束，但仍有个是否恰当、合理的问题。《文心雕龙·夸饰》指出：“夸过其理，则名实两乖”，不合理的夸张会造成夸张的喻体与本体之间的背离，于事无补；必须“夸而有节，饰而不诬”。夸张用得最多的是骚赋。《文心雕龙·辨骚》要求：“酌奇而不失其真，玩华而不坠其实。”也是一个意思。

十、文学风格论：“总归其涂，数穷八体”

如果说风格是文艺创作成熟的标志，那么风格论则是文艺理论成熟的标志。刘勰《文心雕龙·体性》可以说是一篇风格专论。文中根据以往文学创作的实际成果，将文学风格划分为“八体”：

> 若总归其涂，则数穷八体：一曰典雅，二曰远奥，三曰精约，四曰显

① 转引自北宋颜之推《颜氏家训·文章》。

② 《曲律·论读书》。

附，五曰繁缛，六曰壮丽，七曰新奇，八曰轻靡。

典雅者，熔式经诰，方轨儒门者也。

远奥者，馥采典文，经理玄宗者也。

精约者，核字省句，剖析毫厘者也。

显附者，辞直义畅，切理厌心者也。

繁缛者，博喻醲采，炜烨枝派者也。

壮丽者，高论宏裁，卓烁异采者也。

新奇者，摈古竞今，危侧趣诡者也。

轻靡者，浮文弱植，缥缈附俗者也。

故雅与奇反，奥与显殊，繁与约舛，壮与轻乖，文辞根叶，苑囿其中矣。

刘勰还剖析了风格成因：“若夫八体屡迁，功以学成，才力居中，肇自血气。”“故辞理庸俊，莫能翻其才；风趣刚柔，宁或改其气；事义浅深，未闻乖其学；体式雅郑，鲜有反其习。”“才性异区，文辞繁诡。”风格的形成既与先天的“才性”有关，也与后天的“学习”有关：“是以贾生俊发，故文洁而体清；长卿傲诞，故理侈而辞溢；子云（扬雄）沉寂，故志隐而味深；子政（刘向）简易，故趣昭而事博；孟坚（班固）雅懿，故裁密而思靡；平子（张衡）淹通，故虑周而藻密；仲宣（王粲）躁锐，故颖出而才果；公干（刘桢）气褊，故言壮而情骇；嗣宗（阮籍）俶傥，故响逸而调远；叔夜（嵇康）俊侠，故兴高而采烈；安仁（潘岳）轻敏，故锋发而韵流；士衡（陆机）矜重，故情繁而辞隐。”刘勰通过作家才学特点及其与风格关系的评点，进一步印证了其风格理论。

十一、继承革新论：“通则不乏，变则其久”

“通”，即继承；“变”，即变革、创新。刘勰分析文学现象，具有“原始以表末”的历史感，这就使他对文学发展史上继承与革新的辩证关系有了深刻的理解。《文心雕龙》有《通变》篇，这是中国文学史上第一篇关于继承与革新关系的专论，很有意义。

刘勰很重视“变”，认为变化、创新是文学创作得以流传的生命所系：“变则其久。”“文律运周，日新其业。”他也很重视“通”，认为继承是创新的源泉：“通则不乏。”如何处理两者关系呢？这就是“望今制奇，参古定法”。在继承古代成果的基础上，根据当今时代需要出奇制胜：“参伍因革，通变之数也。”由此出发，刘勰对历代文学发展的特色作了分析概括：“是以九代咏歌，志合文则，黄歌《断竹》，质之至也。唐歌《在昔》，则广于黄世。虞歌《卿云》，则文于唐时。夏歌《雕墙》，缛于虞代。商、周篇什，丽于夏年。至于序志述时，其揆一也。暨楚之《骚》文，矩式周人；汉之赋颂，影写楚世；魏之策制，顾慕汉风；晋之辞章，瞻望魏采。榷而论之，则黄、唐淳而质，虞、夏质而辨，商、周丽而雅，楚、汉侈而艳，魏、晋浅而绮，宋初讹而新。”刘勰认为，从上古到近代，文学发展的总体趋势是不断向形式美方向转化。尽管他对这种变化的价值评价不是很高（“从质及讹，弥近弥淡”），但这种分析却是符合实际的。

不仅如此，在文体论中，刘勰以通变观考察各体文学的发展流变，从而使文体论成为分体文学史论。仅举《文心雕龙·明诗》为例。《文心雕龙·明诗》属诗歌体裁论，刘勰在论述诗歌体裁时，把诗置于历史流变中加以考察：“昔葛天氏乐辞云，《玄鸟》在曲；黄帝《云门》，理不空绮。至尧有《大唐》之歌，舜造《南风》之诗，观其二文，辞达而已。及大禹成功，九序唯歌；太康败德，五子咸怨。顺美匡恶，其来久矣。自商暨周，《雅》《颂》圆备，四始彪炳，六义环深。子夏监‘绚素’之章，子贡悟‘琢磨’之句；故商、赐二子，可与言《诗》。自王泽殄竭，风人辍采。《春秋》观志，讽诵旧章；酬酢以为宾荣，吐纳而成身文。逮楚国讽怨，则《离骚》为刺；秦皇灭典，亦造《仙诗》。汉初四言，韦孟首唱，匡谏之义，继轨周人。孝武爱文，《柏梁》列韵，严、马之徒，属辞无方。至成帝品录，三百余篇，朝章国采，亦云周备；而辞人遗翰，莫见五言；所以李陵、班婕妤，见疑于后代也。按《召南·行露》，始肇半章；孺子《沧浪》，亦有全曲；《暇豫》优歌，远见春秋；《邪径》童谣，近在成世。阅时取证，则五言久矣。又古诗佳丽，或称枚叔；其《孤竹》一篇，则傅毅之词。比采而推，两汉之作乎！观其结体散文，直而不野，婉转附物，怊怅切情，实五言之冠冕也。至于张衡《怨篇》，清典可味；《仙诗缓歌》，雅有新声。暨建安之初，五言腾涌。文帝、陈思，纵辔以骋节；王、徐、应、刘，望路而争驱；并怜风月，狎池苑，述恩荣，叙酣宴，慷慨以任气，磊落以使才；造怀指事，不求纤密之巧；驱辞逐貌，唯取昭晰之能。此其所同也。及正始明道，诗杂仙心，何晏之徒，率多浮浅；唯嵇志清峻，阮旨遥深，故能标焉。若乃应璩《百一》，独立不惧，辞谲义贞，亦魏之遗直也。晋世群才，稍入轻绮。张、潘、左、陆，比肩诗衢。采缛于正始，力柔于建安；或析文以为妙，或流靡以自妍。此其大略也。江左篇制，溺乎玄风；嗤笑徇务之志，崇盛忘机之谈。袁、孙已下，虽各有雕采，而辞趣一揆，莫与争雄；所以景纯《仙篇》，挺拔而为俊矣。宋初文咏，体有因革，庄、老告退，而山水方滋。俪采百字之偶，争价一句之奇；情必极貌以写物，辞必穷力而追新。此近世之所竞也。故铺观列代，而情变之数可监；撮举同异，而纲领之要可明矣。"于是，《文心雕龙·明诗》就成为诗歌发展史论。由于论述精当，被后来的文学史家们一再征引。

十二、文学批评论："知音"说

创作活动完成后，接下来的是读者的审美批评。刘勰《文心雕龙》著《知音》篇，对文学批评中的种种现象提出了中肯、全面的意见。

《文心雕龙·知音》篇分先"破"后"立"两部分。从"破"一端说，刘勰批评了三种文学批评中常见的不正常现象：

一是"贵古贱今"。"夫古来知音，多贱同（同时代人）而思古，所谓'日进前而不御，遥闻声而相思'也。昔《储说》始出，《子虚》初成，秦皇、汉武，恨不同时。既同时矣，则韩囚而马轻，岂不明鉴同时之贱哉！"

二是"崇己抑人"。"崇己抑人者，班（固）、曹（植）是也。""班固、傅毅，文在伯仲，而固嗤毅云：'下笔不能自休。'及陈思（曹植）论才，亦深排孔璋（陈琳）……故魏文称'文人相轻'，非虚谈也。"

三是从"偏好"出发爱同憎异。"知多偏好，人莫圆该。慷慨者逆声而击节，酝藉者见密而高蹈，浮慧者观绮而跃心，爱奇者闻诡而惊听。会己则嗟讽，异我则沮弃，各执一隅之解，欲拟万端之变。所谓东向而望，不见西墙也。"

从"立"的一端说，刘勰提出"圆照"说。"圆照"一词，借自佛典。《圆觉经》云："一切如来本起因地，皆依圆照清净觉相，永断无明，方成佛道。""生死涅槃，同于起灭，妙觉圆照，离于华翳。""圆照"之义，大抵有二。一取周遍义。“圆者全也……即圆全无缺也。”① “圆以不偏为义。”② 故“圆照”即周遍地观照、全面地观照。刘勰取此义，要求批评者在评论某一部作品前先要“博观”：“故圆照之象，务先博观。阅乔岳以形培塿，酌沧波以喻畎浍。”“凡操千曲而后晓声，观千剑而后识器。”读者如果缺乏广博的知识和专业的积累，在发表评论时势必厚此薄彼、顾此失彼。在此基础上，刘勰又提出“六观”标准：“是以将阅文情，先称标观：一观位体，二观置辞，三观通变，四观奇正，五观事义，六观宫商。”这是“博观”在文学批评中的具体化。

“圆照”的另一层含义是无情而观。佛典所谓的“照”，是断除无明、远离情欲私念之“华翳”的空观、寂照，所谓“无情而观谓之照”。文学评论当然不能不动感情，但刘勰反对挟带私情，崇己抑人、爱同憎异，主张无私而照：“无私于轻重，不偏于爱憎，然后能平理若衡，照辞如镜矣。”

一破一立之后，刘勰还提出了文学批评的根本方法，即“披文入情”“沿波讨源”“深识鉴奥”，从而防止“深废浅售”、曲高和寡的情况发生。

《文心雕龙·知音》最后指出健康、正确的文学批评的重要性：“洪钟万钧，夔、旷所定；良书盈箧，妙鉴乃订。”正如再美妙的音乐也须由夔、师旷这样的音乐鉴赏家来鉴定一样，好的文学作品再多，亦须由“妙鉴”审订。掌握正确的批评标准和方法对于文学作品实现自身的审美价值来说至关重要。

十三、文学研究方法论

《文心雕龙》末篇《序志》交代《文心雕龙》一书的写作动机和写作方法，其中讲到的四种写作方法，揭示了文学研究的根本大法，具有方法论上的示范意义。这四种方法是：

“释名以章义。”即解释名言概念，厘定概念内涵。如《风骨》界定“风”“骨”：“结言端直，则文骨成焉；意气骏爽，则文风清焉。”《文心雕龙》定义名言概念，往往采用音训的方法。如《诔碑》：“诔者，累也，累其德行，旌之不朽也。”“碑者，埤也。上古帝皇，纪号封禅，树石埤岳，故曰碑也。”《谐讔》：

---

① 《辅行》。

② 《四教仪》。

"谐之言皆也，辞浅会俗，皆悦笑也。""讔者隐也，遁辞以隐意，谲譬以指事也。"《史传》："史者，使也，执笔左右，使之记也。""传者，转也，转受经旨，以授于后。"古代经传，都出于口授，到汉代逐渐记之于文字，因记录者方言不同，知识水平各异，同一读音、意思的词可能记录为多种同音、近音字，于是同音通假、因音求义的释名方法成为探明名言概念古义的有效方法。如《说文解字》列字九千，以声训者十居七八。刘勰以音训释名，不能不说是受此影响所致。这种方法也确实解开了某些冷僻概念的奥秘，如"移者，易也，移风易俗，令往而民随者也。"①"籍者，借也，岁借民力，条之于版。""簿者，圃也，草木区别，文书类聚。"② 但这种方法也带有较大的主观比附性，刘勰亦不能完全幸免。如："论者，伦也，伦理无爽，则圣意不坠。"③"令者，命也，出命申禁，有若自天。"不过有一点要肯定的是，明确要求在论述理论问题前先阐明、确定论述对象概念的含义，刘勰似乎是第一个。中国古代一词多义，体用不分，如《周礼·大师》及《毛诗序》中论及的"六诗"（风、赋、比、兴、雅、颂），概念的内涵游移不定，这就影响了论述的严密性，也给读者理解带来困难。刘勰提出"释名以章义"，其文学理论上的方法论意义不可低估。

"选文以定篇"。即列举相应的作品篇目印证名言概念，约相当于今天说的举例论证。

"敷理以举统"。"敷"者，布也、述也。"理"，道理、法则。"统"，大纲、梗概、特征。"敷理以举统"即说明某一问题的基本义理和注意事项。这是在"选文定篇"基础上论证过程的展开。

"原始以表末"。即梳理某一问题的来龙去脉，从而使论证过程获得历史的支撑，具有深邃的历史感。

刘勰提出的这四种文学研究的基本方法，不仅突破了此前文学理论研究的路径，开启了后代文学研究的新路，而且对今天的文艺理论建构也有相当的借鉴意义。

---

① 《文心雕龙·檄移》。

② 均见《文心雕龙·书记》。

③ 《文心雕龙·论说》。

第六节 钟嵘："滋味"说为核心的诗学体系

钟嵘（468—518），字仲伟，颍川长社（今河南许昌）人。南朝梁代文学理论家，所著《诗品》为中国历史上最早的诗学评论专著。《诗品》专论五言诗。全书分序和上、中、下三卷。序是一篇完整表述诗学见解的论文，上、中、下三卷分别评论、品第汉魏以来一百二十二位五言诗人，是序言思想的具体实践。

一、钟嵘诗学核心："滋味"说

在《诗品》中，钟嵘发表了一系列意见，"滋味"则是贯穿在这诸多意见中的一个核心概念，我们不妨把钟嵘诗歌美学看做是由"滋味"说构成的体系。

钟嵘认为，诗必须给人以"滋味"享受。他在《诗品序》中说："动天地，感鬼神，莫近于诗。""使味之者无极，闻之者动心，是诗之至也。""使穷贱易安，幽居靡闷，莫尚于诗矣。"在具体作品品评中也贯彻了这样的思想。《诗品》卷上评陆机诗曰"惊心动魄"；评阮籍《咏怀》诗曰"可以陶性灵，发幽思"；评张协诗"调彩葱菁，音韵铿锵，使人味之亹亹不倦"；卷中评魏文帝诗："殊美赡可玩"；评应璩诗"华靡可讽味焉"；在品评范云、邱迟时曰"范诗清便宛转，如流风回雪；邱诗点缀映媚，似落花依草"。这些品评形象地道出了钟嵘的审美感受。

由"滋味"说出发，钟嵘结合当时诗坛情形，提出了三点批评意见。

1. 反对诗歌言理。他批评当时诗歌创作中言理谈玄的风气："永嘉时，贵黄老，稍尚虚谈，于时篇什，理过其辞，淡乎寡味。爰及江表，微波尚传，孙绰、许询、桓、庾诸公诗，皆平典似《道德论》。"①

2. 反对诗歌用典。"若乃经国文符，应资博古；撰德驳奏，宜穷往烈。至于吟咏情性，亦何贵于用事？'思君如流水'，既是即目；'高台多悲风'，亦唯所见；

① 《诗品序》。

‘清晨登陇首’，羌无故实；‘明月照积雪’，讵出经史？观古今胜语，多非补假，皆由直寻。颜延、谢庄，尤为繁密，于时化之。故大明、泰始中，文章殆同书抄。近任昉、王元长等，辞不贵奇，竞须新事，尔来作者，寖以成俗。遂乃句无虚语，语无虚字，拘挛补衲，蠹文已甚，但自然英旨，罕值其人。”①

3. 反对四声八病说。诗歌声病说，“王元长创其首，谢朓、沈约扬其波……于是士流景慕，务为精密，襞积细微，专相陵架。故使文多拘忌，伤其真美。”②

诗歌是要给人审美享受的。如果“理过其辞”，就会“淡乎寡味”；如果堆砌典故，就会滞碍读者的理解和欣赏；如果“拘忌”于“声病”，结果也会“伤其真美”。一句话，钟嵘所以反对诗歌言理、用典和声病之说，盖在于它们破坏了诗的“滋味”。

从立的方面说，《诗品》提出了这样一些观点：

1. 推尊五言诗。《诗》在汉代被钦定为“经”以后，四言诗的形式一直备受青睐。钟嵘则一反常见，扬五言而抑四言。他的理由是四言诗“文繁而意少”，五言诗“指事造形，穷情写物，最为详切”，是“众作之有滋味者也”。所以他认为，“五言居文词之要”。

2. 在创作方法上，主张赋、比、兴三法兼而用之。“赋”是“直接铺陈”的方法，表达意思比较直露，“比”“兴”是“借物寓意”“借物起情”的方法，表达意思比较隐晦。“但用赋体，患在意浮，意浮则文散”，“专用比兴，患在意深，意深则词踬。”只有“宏斯三义，酌而用之”，才能“使味之者无极，闻之者动心”。在内容与形式的关系上，他主张二者并重，“干之以风力，润之以丹彩”，也是出于这个考虑。

3. 在描写对象上，钟嵘主张“吟咏情性”，“直寻所见”，直接描写所见所感。因为一涉理路，味同嚼蜡，”而“古今胜语，皆由直寻”。

4. 在描写手段上，钟嵘追求“自然英旨”，这是因为“清浊通流，口吻调利”可以引起人的审美满足。

可见，钟嵘正面提出的许多观点，也是由“滋味”说辐射出去的。钟嵘丰富多彩的诗学思想，可视为以“滋味”说为核心构筑起来的有机系统。

---

① 《诗品序》。

② 《诗品序》。

先秦两汉美学向来有以“味”为美的传统。魏晋南北朝时，陆机、刘勰等人将“味”引入文艺评论中。如陆机《文赋》崇尚“大羹之遗味”。刘勰《文心雕龙》说：“张衡《怨篇》清典可味。”① “立诚在肃，修辞必甘。”② “繁采寡情，味之必厌。”③ “吟咏滋味，流于字句。”④ “左提右挈，精味兼载。”⑤ “深文隐蔚，余味曲包。”⑥ “味飘飘而轻举，情晔晔而更新。”⑦ 钟嵘继承前人以“味”求诗论文的思想，结合当时诗歌创作中的实际状况亦破亦立，以味论诗，形成了系统的“滋味”理论，在中国文学美学“味”美说发展史上有着里程碑意义。

二、诗以悲怨为美

以情为美，这是六朝美学涌现的一个新的动向。这种动向在钟嵘诗论中有明显反映。从“滋味”说出发，他指出：“理过其辞”，则“淡乎寡味”，只有“吟咏情性”，“使穷贱易安，幽居靡闷”，使人的欢乐之情得以宣泄，悲伤之情得到排遣，才能给人“罔不爱好”的“滋味”。所以，《诗品序》说：“嘉会寄诗以亲，离群托诗以怨，至于楚臣去境，汉妾辞宫，或骨横朔野，或魂逐飞蓬，或负戈外戍，杀气雄边，塞客衣单，孀闺泪尽，或士有解佩出朝，一去忘返，女有扬蛾入宠，再盼倾国。凡斯种种，感荡心灵，非陈诗何以展其义？非长歌何以骋其情？”诗歌表现悲愤之情，对作者而言有一种宣泄情感的快乐，对读者而言有一种借他人酒杯浇胸中块垒的美。所以，刘宋时王微《与从弟僧绰书》将悲情与美联系起来：“文词不怨思抑扬，则流淡无味。”⑧ 在诗歌表达的情感中，钟嵘尤重悲情。《诗品》上品共十二条，有七条谈悲。如说汉代古诗“意悲而远”“多哀怨”，说李陵“文多凄怆，怨者之流”，说班姬“怨深”，说曹植“情兼雅怨”，王粲“发愀怆之词”，说左思“文典以怨”。卷中评秦嘉、徐淑互赠诗：“夫妻事

① 《文心雕龙·明诗》。
② 《文心雕龙·祝盟》。
③ 《文心雕龙·情采》。
④ 《文心雕龙·声律》。
⑤ 《文心雕龙·丽辞》。
⑥ 《文心雕龙·隐秀》。
⑦ 《文心雕龙·物色》。
⑧ 《全宋文》卷十九。

既可伤，文亦凄怨。”评刘琨、卢谌诗：“善为凄戾之词。”又说刘琨：“善叙丧乱，多感恨之词。”评郭泰机时，单单提出他的《与傅咸诗》，称道其诗“孤怨宜恨”。评沈约：“长于清怨”。评赵壹，单提出他的《疾邪诗》“散愤兰蕙，指斥囊钱”，并感叹道：“苦言切句，良亦勤矣。斯人也，而有斯困，悲夫！”《诗品》下评曹操：“甚有悲凉之句。”评毛伯成诗：“亦多惆怅。”① 要之，言情抒发悲怨，成了美的代名词，被钟嵘用做对诗人的肯定性的审美评价。这可以视为是对先秦以来从孔子、《毛诗序》到司马迁、屈原“诗可以怨”传统的继承和发展。

第七节　萧氏兄弟：文采美与情感美

刘勰、钟嵘之后，梁代皇室出现了萧统、萧纲、萧绎三兄弟，他们通过各自不同的文学活动共同切入文学的文采美与情感美，使以“文”为美与以“情”为美的思想得到进一步强调。

萧统（501—531），梁武帝长子，天监三年立为太子，死后谥昭明，世称“昭明太子”。所编《文选》为现存最早的古代诗文总集，曾编订《陶渊明集》。其文艺美学思想主要见于《文选序》《答湘东王求文集及〈诗苑英华〉书》《陶渊明集序》。

萧纲（503—551），萧统之弟，萧绎之兄。萧统卒后，立为太子。太清三年即帝位，两年后为叛将所杀，追尊为“简文皇帝”。自称“七岁有诗癖，长而不倦”。为太子时，与徐摛、庾肩吾等文士大量写作以宫中女人生活为描写对象的诗，号称“宫体”。文艺美学思想主要见于其《与湘东王书》《昭明太子集序》《答张缵谢示集书》《答新渝侯和诗书》《诫当阳公大心书》等。

萧绎（508—554），萧统、萧纲之弟。初封湘东王。未即位前自号“金楼子”。即帝位三年后为西魏所擒杀，后追尊为孝元皇帝。文艺美学思想主要见于

① 参见杨明《钟嵘评传》，附录于杨明《刘勰评传》，南京大学出版社2001年版，第336～337页。

其《金楼子·立言》。

一、强调文章的形式美

重视并强调文章的形式美、文采美，是萧氏三兄弟的共性之一。

萧统编选《文选》，只收“以能文为本”的单篇文章（“文”），不收“不以能文为本”的整部的经、史、子。其所收之“文”，虽然外延也比较宽泛，有三十几类，但皆“综辑辞采，错比文华”，“义归乎翰藻”，“譬陶匏异器，并为人耳之娱；黼黻不同，俱为悦目之玩”。这些形式之美，曾给他带来莫大的阅读享受。他说：“余监抚余闲，居多暇日，历观文囿，泛览辞林，未尝不心游目想，移晷忘倦。”① 在《文选序》一开始，他从“踵事增华”的文化发展演变的方向，为《文选》选文重视文采、“义归翰藻”张目：“式观元始，眇觌玄（古）风，冬穴夏巢之时，茹毛饮血之世，世质民淳，斯文未作。逮乎伏羲氏之王天下也，始画八卦，造书契，以代结绳之政，由是文籍生焉。……文之时义，远矣哉！……盖踵其事而增华，变其本而加厉，物既有之，文亦宜然。”《文选》的重文饰倾向，清人阮元《书昭明太子〈文选序〉后》有过发明：“昭明所选，名之曰‘文’，盖必‘文’而后选也，非“文”则不选也。经也、子也、史也，皆不可专名其为‘文’也。故昭明《文选序》后三段特明其不选之故。必‘沉思’‘翰藻’始名为‘文’，始以入选也。”

萧纲之好文，见其《答张缵谢示集书》：“纲少好文章，于今二十五载矣。窃尝论之：日月参辰，火龙黼黻，尚且著于玄象，章乎人事，而况文辞可止，咏歌可辍乎？”对于扬雄、曹植鄙薄辞赋文章为“小道”，他很不以为然：“‘不为壮夫’，扬雄实小言破道；‘非谓君子’，曹植亦小辩破言。”他赞同曹丕对文章价值的肯定，并在《昭明太子集序》中循着这一思路进一步发挥说：“窃以‘文’之为义，大哉远矣。……是以含精吐景，六卫九光之度，方珠喻龙，南枢北陵之采，此之谓‘天文’。文籍生，书契作，咏歌起，赋颂兴，成孝敬于人伦，移风俗于王政，道绵乎八极，理浃乎九垓，赞动神明，雍熙钟石，此之谓‘人文’。”萧纲所高度评价的“文”，是广义的“文”，包括天上的文采，人间的

① 以上引文见萧统《文选序》。

文物典章制度，当然也包括文籍、文章，故而对于文学著作，他尤重文采之美，而对缺乏文采美的作品则表示遗憾。《与湘东王书》批评以自然见长、不拘辞章之美的谢灵运和“了无篇什之美”的裴子野：“又时有效谢康乐、裴鸿胪文者，亦颇有惑焉。何者？谢客吐言天拔，出于自然，时有不拘，是其糟粕。裴氏乃是良史之才，了无篇什之美。是为学谢则不届其精华，但得其冗长；师裴则蔑绝其所长，唯得其所短。谢故巧不可阶；裴亦质不宜慕。”《梁书》记载：“子野为文典而速，不尚丽靡之词。其制作多法古，与今文体异。”可作“了无篇什之美”注脚。又，萧纲是宫体诗的作俑者。“宫体”之“宫”，正指萧纲为太子时所在的“东宫”。《梁书·简文纪》说他：“雅好题诗……然伤于轻艳，当时号曰‘宫体’。”宫体诗的特征是“轻艳”。“轻艳”既指情，即艳情；亦指辞，即艳辞。重辞之艳，实即追求文章的形式之美。

萧绎是位“游心释典”的佛教学者，佛教本是“非文”的，但处于梁代好文的时代氛围中，他同时又“寓目词林”，雅好文章。他在给自己编纂的《内典碑铭集林》所写的序中说：“予幼好雕虫，长而弥笃。游心释典，寓目词林。顷常搜聚，有怀著述。”又指出：“存华则失体，从实则无味……能使艳而不华，质而不野……所谓菁华，无以间也。”他既反对过分的华丽，也反对言之无文，而以“艳而不华”的“菁华”为尚。其《金楼子·立言》谓：“至如‘文’者，唯须绮縠纷披，宫徵靡曼，唇吻遒会……”在萧绎看来，包括对仗美、声律美在内的文采美成为诗歌乃至文章的必备特征。

二、肯定文章的情感美

肯定文章的情感美，强调文学的抒情性，是萧氏三兄弟文艺美学思想的另一特色。萧统《文选序》说：“诗者，盖志之所之也，情动于中而形于言。”如果这有点老生常谈，那么萧绎《金楼子·立言》则颇有新意：“至如文者……情灵摇荡。”“吟咏风谣，流连哀思者，谓之文。”“哀思”，此处即指情思。

萧氏兄弟所说的“情”，是观照自然产生的无关风教之情，是亲朋聚会、宾主宴游的无关宏旨之情。这些情，在六朝之前的汉代被认为不合“礼义”而要求克制，在六朝之后的隋唐，这类言情之作则被认为是“嘲风花、弄雪月”的“闲言语”而遭到批评。但在六朝，情况则截然不同。特别是从晋代的谢灵运、陶渊明开始，这类吟咏观照自然的怡然自得之情的山水诗、田园诗便多起来。陆机、刘勰、钟嵘都从理论上加以总结、肯定过。如陆机《文赋》云：“遵四时以叹逝，瞻万物而思纷，悲落叶于劲秋，喜柔条于芳春，心懔懔以怀霜，志眇眇而临云。”刘勰《文心雕龙·物色》云：“春秋代序，阴阳惨（参）舒，物色之动，心亦摇焉。……是以献岁发春，悦豫之情畅；滔滔孟夏，郁陶之心凝；天高气清，阴沉之志远；霰雪无垠，矜肃之虑深。岁有其物，物有其容，情以物迁，辞以情发。”钟嵘《诗品序》：“气之动物，物之感人，故摇荡性情，形诸舞咏。”“若乃春风春鸟，秋月秋蝉，夏云暑雨，冬月祁寒，斯四候之感诸诗者也。嘉会寄诗以亲，离群托诗以怨……凡斯种种，感荡心灵，非陈诗何以展其义？非长歌何以骋其情？”萧统、萧纲承此而来，为诗文表现观景、聚会、宴游之个人情感张目。萧统《答湘东王求文集及〈诗苑英华〉书》说：“或日因春阳，其物韶丽；树花发，莺鸣和，春泉生，暄风至，陶嘉月而嬉游，藉芳草而眺瞩。”“或朱炎受谢，白藏纪时，玉露夕流，金风多扇，悟秋山之心，登高而托远。”“或夏条可结，倦于邑而属词；冬云千里，睹纷霏而兴咏。”“密亲离则手为心使，昆弟晏则墨以亲露。又爱贤之情，与时而笃；冀同市骏，庶匪畏龙。……旨酒盈垒，嘉肴溢俎，曜灵（太阳）既隐，继之以朗月，高春既夕，申之以清夜。并命连篇，在兹弥博。”其《答晋安王（萧纲）书》亦云：“炎凉始贸，触兴自高，睹物兴情，更向篇什。”萧纲《答张缵谢示集书》则说：“至如春庭落景，转蕙承风，秋雨且晴，檐梧初下，浮云生野，明月入楼。时命亲宾，乍动严驾；车渠屡酌，鹦鹉骤倾。伊昔三边，久留四战；胡雾连天，征旗拂日；时闻坞笛，遥听塞笳；或乡思凄然，或雄心愤薄。是以沉吟短翰，补缀庸音，寓目写心，因事而作。”萧纲所说的情，不仅包括对景感怀、亲宾宴赏、边塞军戎之情，甚至包括不受礼教约束的“放荡”之情、女儿之情。《诫当阳公大心书》：“立身之道与文章异。立身先须谨重，文章且须放荡。”萧纲并不是礼教意识淡薄的人，但他认为，“文章”与“立身”不一样，它不同于做人，具有虚拟性，所以文章表现的情感尽可以放开点。这放开的情感是什么样的呢？主要指男女之情。《答新渝侯和诗书》称道新渝侯所作的描写女子容饰神情的宫体诗：“垂示三首，风云吐于行间，珠玉生于字里，跨蹑曹左，含超潘陆。双鬓向光，风流已绝；九梁插花，步摇为古。高楼怀怨，结眉表色；长门下泣，破粉成痕。复有影里细腰，令与真类；镜中好面，还将画等。此皆性情卓绝，新致英奇。”《梁书·简文纪》以

"伤于轻艳"对萧纲之宫体诗表示遗憾，萧纲则称宫体诗所言儿女艳情为"性情卓绝，新致英奇"，其非正统观点由此可见一斑。今天我们看当时宫体诗人徐陵所编的宫体诗集《玉台新咏》，并无什么淫秽之处，只不过是吟咏的一己之欢戚、无关大雅的闺闱衽席之情而已。但在古代正统观念看来则有轻浮之讥。这恰恰反映了萧纲所强调的诗文之情的自然属性。

三、"文质彬彬"与陶渊明价值的发现

萧氏兄弟虽然强调文章的形式美和性情的自然美，但并未走向忽视内容、完全逾越礼义的极端，恰恰相反，在坚持形式美的前提下兼顾内容的充实，在给性情更大的活动空间的同时也不废道德底线，是萧氏兄弟的另一主张。萧统《答湘东王求文集及〈诗苑英华〉书》谓："夫文典则累野，丽亦伤浮。能丽而不浮，典而不野，文质彬彬，有君子之致。吾尝欲为之，但恨未逮耳。"萧绎《内典碑铭集林序》亦谓："夫世代亟改，论文之理非一；时事推移，属词之体或异，但繁则伤弱，率则恨省，存华则失体，从实则无味。……能艳而不华、质而不野、博而不繁、省而不率、文而有质、约而能润、事随意转、理逐言深，所谓菁华，无以间也。"

基于文质彬彬、丽而不浮的美学主张，萧统编纂了《陶渊明集》，并高度评价陶诗的价值："其文章不群，辞采精拔。跌宕昭彰，独超众类，抑扬爽朗，莫之与京。"① 对于陶渊明诗，萧统一方面"嗜其文，不能释手"，另一方面又"尚想其德"："语时事则指而可想，论怀抱则旷而且真；加以贞志不休，安道苦节，不以躬耕为耻，不以无财为病，自非大贤笃志，与道污隆，孰能如此乎！"② 陶诗体现的高旷怀抱有很大的教化意义："有能观渊明之文者，驰竞之情遣，鄙吝之意祛，贪夫可以廉，懦夫可以立，岂止仁义可蹈，抑乃爵禄可辞。"③

陶渊明生前，其作品未见重视。陶氏晚年知交颜延年曾作《陶征士诔》，称道其高洁人品，但对于陶氏之文仅有"文取指达"四字评价。后来鲍照有《学

① 《陶渊明集序》。
② 《陶渊明集序》。
③ 《陶渊明集序》。

陶彭泽体》，江淹《杂体诗三十首》中有拟陶一首，表明陶诗受到人们注意，但只是作为一体而已，并无特别重视。刘勰著《文心雕龙》评论过众多作者，但于陶渊明未予置评。钟嵘《诗品》注意到他，但也只列为中品。他如《宋书·谢灵运传论》、《南齐书·文学传论》列举历代名家，也都不列陶渊明。萧统不仅在《文选》中选录陶诗八首，还“故加搜校，粗为区目”，特为之编集、作序，加以盛赞，陶氏价值发现之功，首推萧统无疑矣。

第四章

隋唐宋金元文学美学：回归古文，崇尚古道

魏晋南北朝时期，在玄学逍遥适性思想的推动下，儒家道德思想在文艺美学领域失去了原先的统治地位，形式美学、情感美学成为时代两大潮流。这对于人性的解放、文学走向自律有积极意义，但发展到极端，完全抛弃儒家理性规范，也带来了许多社会问题。《列子·杨朱篇》中的一段话把这种社会偏向表述得淋漓尽致："人之生也奚为哉？奚乐哉？为美厚尔，为声色尔。""凡生之难遇，而死之易及。以难遇之生，俟易及之死，可孰念哉？而欲尊礼义以夸人，矫情性以招名，吾以此为弗若死矣。为欲尽一生之欢，穷当年之乐，唯患腹溢而不得恣口之饮，力惫而不得肆情于色，不遑忧名声之丑、性命之危也。"而这个时期崇尚情感和形式之美的文学也对这种社会偏向起了推波助澜的作用。

因此，杨坚统一南北朝、建立隋朝后，便着手整顿世风和文风。开皇四年，普诏天下，公私文翰，并宜实录。"其年九月，泗州刺史司马幼之文表华艳，付所司治罪。"在朝的主管意识形态的官员李谔连续三次上书隋文帝，要求革除浮靡文风，借以整顿轻薄的社会风气。在野的学者王通上承儒家道统，仿《论语》作《中说》，历数南朝以"文"没"道"的诗人和文风，并给予尖锐批判。朝廷内外遥相呼应，标志着社会风气和文学的审美价值取向的根本扭转。针对隋炀帝抛弃儒道、骄奢淫逸带来隋朝灭亡的惨痛教训，唐太宗李世民在恢复儒道统治地位方面做了两件影响深远的大事：一是命孔颖达负责重新注疏《五经正义》，作

为科举士子的必读书；二是命魏征为监修，以儒家德治思想为指导，新修、重编了《晋书》（房玄龄等）、《梁书》（姚思廉）、《陈书》（姚思廉）、《北齐书》（李百药）、《周书》（令狐德棻等）、《隋书》（魏征等）、《南史》（李延寿）、《北史》（李延寿）八史，总结政治兴亡得失，证明儒家以民为本的仁政是长治久安之道。唐太宗确立了儒家道德学说在唐朝思想界、文学界的主导地位，陈子昂、白居易、元稹等诗人，韩愈、柳宗元等散文家，无不以儒家之道为第一位要求做人与作文。他们不仅是文章家，而且首先是道德君子。陈子昂一句“文章道弊五百年矣”，将晋、宋为代表的六朝文风否定了个遍；白居易《与元九书》几乎是重申了王通对追求情美与形美的南朝诗人的批判，以道为美的思想倾向十分明显，与魏晋南北朝形成了鲜明的不同。韩、柳掀起古文运动，要求借“古文”复“古道”，恢复先秦两汉时期的泛文学传统，取代六朝时期不断趋向形美和情美的文学观念。

宋太祖统一天下后，建立了更加集中的皇权专制。与此相应，在思想领域进一步加强了儒家道德的统治地位。原先儒家的温馨之“道”一变而为沉重的冷冰冰的“理”。理学家周敦颐、“二程”、邵雍、朱熹、陆九渊等人主张“文以明道”，古文家柳开、王禹偁、石介、孙复、欧阳修、真德秀等人也反复要求“文以载道”。在道德为上的文学观的指导之下，南宋真德秀重编《文章正宗》，与重视形美与情美的萧统《文选》相抗衡，取消了六朝的“文”“笔”之分，“文学”“文章”“文辞”或“文”的概念回复到周秦时期。

关于隋唐至宋代文学观念的一体性，郭绍虞先生在《中国文学批评史》中有一段概括。他将隋唐到北宋视为“文学观念的复古期”，认为这个时期的“批评风气又偏于质，重在从内容上去认识文学”①，并具体分析指出，隋唐时期“取消了‘文’‘笔’之分”，“他们以‘笔’为‘文’，所以反对骈俪，看不起专讲藻饰、音节而言之无物的文章；他们以‘笔’为‘文’，所以重在内容，主张明道，不妨成为一些应用的理知的文章。他们标榜他们所作的是‘古文’，是‘上规姚姒’以古圣贤为法的文章”，“所以态度是复古的”。“到了北宋的一辈道学家”，就更进一步，“完全重道轻文，主张文以载道，主张为道而作文，于是不是以‘笔’为‘文’，而是以‘学’为‘文’”，“文学观念的复古可说是到了

① 郭绍虞：《中国文学批评史》，上海古籍出版社1984年版，第2页。

家，又把‘文章’和‘博学’合为一谈了”①。

金朝是一个消灭了北宋并长期与南宋对峙的朝代。金朝虽然是一个女真族当权的朝代，但“建国伊始，即确定儒学为国家意识形态，以儒术治国在金代贯彻始终”②。元朝是一个蒙古族政权，然而元朝思想界的情况，诚如《元史·儒学一》所云，也是以儒家经学为主：“元兴百年，上自朝廷内外名宦之臣，下及山林布衣之士，以通经能文显著当世者，彬彬焉众矣。”在儒家道德占思想界主导地位的社会氛围下，文学之美也无法超越儒家道德的主宰。“旧有的文学则蹈常习故，始终不脱古人的窠臼”③，广义的载道的文学观念一仍其旧。

从隋唐道学到宋元理学，尽管儒家之道的内涵发生了变化，但在恢复、高扬儒家道德理性这个大方向上是一致的，与崇尚情感与形式的六朝形成鲜明区别，文学美学的时代特色也是如此，儒家道德美学再次成为这个时期文学美学界的主流。其历史发展的坐标是隋代的李谔和王通，唐代初期的孔颖达和陈子昂、中期的新乐府诗派和古文家，宋代的古文家和理学家。同时，这个时期也出现了“文以意为主”的声音，代表人物有晚唐的杜牧、宋代的苏轼和张戒、金代的王若虚等，可视为道德美学的拓展与补充。伴随着词在宋代的繁荣，词论也开始出现。由于词在诞生之初主要以吟咏娱宾佐欢的不登大雅之堂的儿女之情、羁旅之情为主，以道德美学的看法，词的体裁属于“小道”，于是在创作领域苏轼、辛弃疾等人为改变词体地位注入崇高精神与家国情怀的同时，在词论美学领域，胡寅、王灼、曾丰、范开等人侧重从内容方面提出尚雅黜俗的道德词论，李清照、沈义父、张炎等人侧重从形式方面开始了词的“雅化”努力。这都可看出这个时期道德美学主潮的痕迹。

第一节　李谔与王通：屏黜轻浮，文必济义

魏晋南北朝逍遥适性的审美风尚和以“形”为美、以“情”为美的文学主潮到隋唐之际遭到了儒家卫道士的迎头痛击。隋朝给予猛烈批判的代表是治书侍

① 郭绍虞：《中国文学批评史》，上海古籍出版社1984年版，第4页。

② 刘辉：《金代儒学特质》，《社会科学战线》2013年第6期，第19页。

③ 郭绍虞：《中国文学批评史》，上海古籍出版社1984年版，第5页。

御史李谔和大儒王通。

一、李谔："屏黜轻浮，遏止华伪"

李谔（生卒年不详），字士恢，赵郡（今河北赵县）人。初仕北齐，齐亡后入仕于周，与杨坚交好。杨坚立隋，李谔官治书侍御史，后出为通州刺史。治书侍御史为御史台属官，掌监察纠劾。《隋书·李谔传》称其任治书侍御史数年间，上书三次，意在弘扬教化，移风易俗。其第二次上书就是著名的《上隋高祖革文华书》。

隋朝从581年创立到618年灭亡，凡三十八年，在位的重要皇帝有两位，一是隋文帝杨坚（高祖），在位二十三年；一是隋炀帝杨广，在位十三年。历史上，隋炀帝杨广穷奢极欲，腐朽糜烂，而隋文帝则是相当俭朴的皇帝。文帝身经北朝，北朝崇尚节俭朴素、以儒家道德为美的风气对他影响甚深。据《北史·周太祖文帝本纪》称，西魏统治者、北周的实际开国者宇文泰"崇尚儒术"，"性好朴素，不尚虚饰"。深为宇文泰重用的苏绰作《六条诏书》，"扇之以淳风"，"示之以朴素"，又受命著《大诰》，声称："天地之道，一阴一阳，礼俗之变，一文一质。……唯我有魏，承乎周之末流，接秦汉遗弊，袭魏晋之华诞，五代浇风，因而未革。"而"克捐厥华，即厥实，背厥伪，崇厥诚"，便成了他义不容辞的责任。宇文泰、苏绰崇尚朴素之美，反对华丽之美，故晋代至南朝的"好文"文风亦在讨伐之列。《北史·苏绰传》云："自有晋之季，文章竞为浮华，遂以成俗。周文（宇文泰）欲革其弊……乃命绰为《大诰》，奏行之……自是以后，文笔皆依此体。"《北史·柳庆传》记苏绰语："近代已来，文章华靡，逮于江左，弥复轻薄。"① "洛阳后进，祖述未已。相公（宇文泰）柄人轨物……以革前弊。"杨坚、李谔在北周生活过，北周太祖宇文泰的这一思想对他们不可能没有影响。加之陈后主奢靡亡国的活生生的教训，进一步促使他们崇尚节俭朴素，反对浮华奢靡。史载杨坚以俭朴为美，其宫中旧物凡有饰者，都不允许毁除。相州刺史贡绫文布，杨坚命焚之于朝堂。太子杨勇文饰铠甲，他诫之曰："历观前

① 梁代崇尚文饰的沈约、刘勰、钟嵘、萧统等人，其生卒、活动年代均略前于宇文泰、苏绰。

代帝王，未有奢华而得长久者。”杨勇被废时，大臣杨素便“发泄东宫服玩似加雕饰者，悉陈之于庭，以示文武群官，为太子之罪”。① 其第三子杨俊以豪奢免官。俊卒，所为侈丽之物悉命烧毁。《隋书》本纪说杨坚“居处服玩，务存节俭，令行禁止，上下化之。开皇、仁寿之间，丈夫不衣绫绮，而无金玉之饰，常服率多布帛，装带不过以铜铁骨角而已”。又，《隋书·文学传序》载：“高祖初统万机，每念斫雕为朴，发号施令，咸去浮华。然时俗词藻，犹多淫丽，故宪台执法，屡飞霜简。”正是在这样一种历史背景和时代氛围之下，诞生了李谔的《上隋高祖革文华书》②。

文章开篇便说：“臣闻古先哲王之化民也，必变其视听，防其嗜欲，塞其邪放之心，示以淳和之路。五教六行，为训民之本，《诗》《书》《礼》《易》，为道义之门。故能家复孝慈，人知礼让。正俗调风，莫大于此。其有上书献赋，制诔镌铭，皆以褒德序贤，明勋证理，苟非惩劝，义不徒然。”这是典型的儒家言论，道德至上，礼教为本。这也是全文写作的出发点和否定文饰之美的思想武器。文章接着追溯“文华”的起源和历程，历数“文华”的罪状：“降及后代，风教渐落。魏之三祖，更尚文词，忽君人之大道，好雕虫之小艺。下之从上，有同影响，竞骋文华，遂成风俗。江左齐梁，其弊弥甚，贵贱贤愚，唯务吟咏。遂复遗理存异，寻虚逐微，竞一韵之奇，争一字之巧。连篇累牍，不出月露之形；积案盈箱，唯是风云之状。世俗以此相高，朝廷据兹擢士。禄利之路既开，爱尚之情愈笃。于是闾里童昏，贵游总丱（音贯，古时儿童束发成两角的样子），未窥六甲，先制五言，至如羲皇、舜、禹之典，伊、傅、周、孔之说，不复关心，何尝入耳！以傲诞为清虚，以缘情为勋绩，指儒素为古拙，用词赋为君子。故文笔日繁，其政日乱。良由弃大圣之轨模，构无用以为用也。损本逐末，流遍华壤，递相师祖，久而愈扇。”从缘情适性出发，在自然中以悦人的“月露之形”“风云之状”为美，在诗歌中以怡情的“一韵之奇”“一字之巧”为美，对三皇五典、四书五经“不复关心”，“弃大圣之轨模，构无用以为用”，的确是魏晋江左的审美风尚。在儒家的道德规范失去了权威和统治地位，玄学的适性逍遥、缘情而发成为时尚的六朝时代，人们确实是这样普遍看待美的。然而此一时彼一

① 《隋书·文四子传》。

② 《上隋高祖革文华书》，《隋书》卷六十六。

时。隋高祖统一五胡十六国后，在思想上需要大一统，于是被六朝中断了的先秦两汉儒学被重新抬出来置于思想界的统治地位，只能怡情而无关风教的“月露”、“风云”、自然物色成为“无用”之“用”，诗歌的声韵平仄之美因无关“君人之大道”，亦被视为“雕虫之小艺”。站在礼教至上的立场看，只有“褒德序贤”“明勋证理”的载道之文才是真正的美文。由于片面追求自然物色和声韵平仄必然导致“损本逐末”，遗忘大道，故李谔主张“屏黜轻浮，遏止华伪”。于是：“开皇四年，普诏天下，公私文翰，并宜实录。”甚至发生了因奏章文辞华丽而杀一儆百、予以治罪这样的事例：“其年（开皇四年）九月，泗州刺史司马幼之文表华艳，付所司治罪。自是公卿大臣咸知正路，莫不钻仰坟集，弃绝华绮，择先王之令典，行大道于兹世。”于是文学风气为之一变。

二、王通：“文必济乎义”

王通（584？—617），绛州龙门（今山西稷山）人。年十八举秀才。隋文帝仁寿年间游长安，向文帝献太平之策，不见用。后退居河、汾，聚徒讲学，潜心著书，人称“王孔子”。死后门人私谥为“文中子”。现存著作有《中说》，亦称《文中子》。

王通受儒学影响，适应隋朝思想大一统的时代要求，以匡复儒道为己命，其著作多系儒家经典的模仿。如仿《春秋》作《元经》，仿《尚书》作《续书》，仿《诗经》作《续诗》，仿《论语》作《中说》，而《礼论》《乐论》《赞易》不外是对《礼经》《易经》的铺衍与弘扬。在文学美学方面，王通以善为美，要求文以载道，批判六朝以来以及隋末在隋炀帝倡导下抬头的文饰美风气，与李谔前呼后应，构成了迥异于六朝的隋代美学坐标，为唐代韩愈的古文运动和白居易的新乐府运动奠定了基础。

王通对儒家之道极为崇敬。儒家之道，以周公、孔子为代表。他说：“周孔之道，其神之所为乎？”孔子之道，“其与太极合德，神道并行”。[1] 又说：“吾视千载以上，圣人在上者，未有若周公焉，其道则一，而经制大备，后之为政有所持循。吾视千载而下，未有若仲尼焉，其道则一，而述作大明，后之修文者有所

---

① 《中说·王道》。

折中（效法）矣。千载而下有申周公之事者，吾不得而见也；千载而下有绍仲尼之业者，吾不得而让也。”①在野的王通虽然不能“申周公之事”，却可“绍仲尼之业”。仲尼之“述作”是明道之作，为后世“修文”者效仿的标准，也是美文的典范。因此，王通提出：“学者，博诵云乎哉？必也贯乎道；文者，苟作云乎哉？必也济乎义。”②“言声而不及雅，是天下无乐也；言文而不及理，是天下无文也。”《中说·天地》还记载了李伯药与王通大谈诗律而王通不答的事迹：

> 李伯药见子（文中子）而论诗，子不答。伯药退，谓薛收曰：“吾上陈应（玚）、刘（桢），下述沈（约）、谢（朓），分四声八病，刚柔清浊，各有端序，音若埙篪，而夫子不应，我其未达欤？”薛收曰：“吾尝闻夫子之论诗矣。上明三纲，下达五常，于是征存亡，辩得失，故小人歌之以贡其俗，君子赋之以见其志，圣人采之以观其变。今子营营驰骋乎末流，是夫子之所痛也。不答则有由矣。”

如果把诗只看作“四声八病，刚柔清浊”的形式美创造活动，而忘其为“民之情性”的反映③和调节政教的借鉴，那就是“营营驰骋乎末流”。如果说王通为了照顾李伯药的面子，面对执着于“末流”的言论未给予明确的痛斥，那么，在《中说·事君》中，王通则对六朝在形式美方面很有成就和贡献的诗人给予了毫不留情的尖锐批判：“谢灵运小人哉，其文傲，君子则谨。沈休文小人哉，其文冶，君子则典。鲍照、江淹，古之狷者也，其文急以怨。吴筠（为齐梁诗人王筠之误）、孔（即孔稚珪），古之狂者也，其文怪以怒。谢庄、王融，古之纤人也，其文碎。徐陵、庾信，古之夸人也，其文诞。或问孝绰兄弟（指梁刘孝绰、刘孝威、刘孝仪兄弟，以才著称），子曰：鄙人也，其文淫。或问湘东王（萧绎）兄弟（萧统、萧纲），子曰：贪人也其文繁。谢朓，浅人也，其文捷；江总，诡人也，其文虚。皆古之不利（于国家不利）人也。”在王通眼里，六朝好的诗人文士真是寥寥无几。他们的过错不在诗文的技巧不行，而在人品有问题。文如其人。人品有问题，诗文所体现的道义也就有缺陷，这样的诗文也就令人遗憾。

---

① 《中说·天地》。
② 《中说·天地》。
③ 《中说·关朗》。

第二节 孔颖达与陈子昂：颂德防邪，“风骨兴寄”

李谔、王通以批判六朝文风为主，唐初的孔颖达正面提出了诗的“颂德防邪，有益生灵”的道德功能，陈子昂则在批判中标举“风骨兴寄”，对唐代的文学走向发挥了奠基作用。

一、孔颖达：“诗者，论功颂德之歌，止僻防邪之训”

孔颖达（574—648），生于北朝，隋大业初，选为“明经”，授河内郡博士。至唐，历任国子博士、国子司业、国子祭酒，奉唐太宗命主编《五经正义》，为儒家五经《周易》《尚书》《毛诗》《礼记》《左传》的前代注本作义疏。现存《十三经注疏》中的《周易正义》（王弼等注）、《尚书正义》（孔安国传）、《毛诗正义》（郑玄笺）、《礼记正义》（郑玄注）、《春秋左传正义》（杜预注）的“正义”部分，均出自孔颖达等人之手。在《五经正义》尤其是《毛诗正义序》中，孔颖达就诗的道德功用作出了正面表述。《毛诗正义序》称：“诗之为用，其利大矣。”指出，诗的美在于其颂德防邪、有益生灵的功利作用。“夫诗者，论功颂德之歌，止僻防邪之训，虽无为而自发，乃有益于生灵。”“若政遇醇和，则欢娱被于朝野；时当惨黩，亦怨刺形于咏歌。作之者所以畅怀舒愤，闻之者足以塞违从正。”“此乃诗之为用，其利大矣。”又《礼记·经解第二十六疏》云：“此一经以《诗》化民，虽用敦厚，能以义节之，欲使民虽敦厚，不至于愚。则是在上深达于《诗》之义理，能以《诗》教民也，故云‘深于《诗》者也’。”“《诗》主敦厚。若不节之，则失在于愚。”“温谓颜色温润，柔谓情性和柔。《诗》依违讽谏，不指切事情，故云：‘温柔敦厚，《诗》教也。’”《诗》的美，在“依违讽谏”，能够“化民”“教民”，使民“温柔敦厚”而“不愚”。

自《尚书》提出“诗言志”后，一般的意见认为，“言志”与“抒情”是有区别的。“志”倾向于道德理性，“情”倾向于超越道德理性的自然情感。因此，晋代陆机在“言志”之外别立“缘情”一说。孔颖达则认为“情”与

"志"并无本质区别，"好恶喜怒哀乐""六情"，他又称之为"六志"。《左传·昭公二十五年疏》云："此六志，《礼记》谓之'六情'。在己为情，情动为志，情志一也。"《毛诗序正义》云：

> 诗者，人志意之所适也。虽有所适，犹未发口，蕴藏在心，谓之为"志"。发见于言，乃名为"诗"。言作诗者，所以舒心志愤懑而卒成于歌咏。故《虞书》谓之"诗言志"也。包管万虑，其名曰"心"。感物而动，乃呼为"志"。"志"之所适，外物感焉。言悦豫之志，则和乐兴而颂声作；忧愁之志，则哀伤起而怨刺生。《艺文志》云："哀乐之情感，歌咏之声发。"此之谓也。六情静于中，百物荡于外。情缘物动，物感情迁。

值得注意的是"感物而动，乃呼为'志'"的说法。在传统话语如汉儒话语中，"感物而动"者称为"情"，孔颖达直接以"志"名之，表现了与传统观点的不同。而"忧愁""悦豫"本属情感反应，孔颖达以"志"称之，所谓"悦豫之志""忧愁之志"，说明在孔颖达那里，"志"与"情"是相融的概念。这种"情志""志意"由外物尤其是政治现实感发引起，可使"闻之者""塞违从正"，从而发挥道德教化作用。这样，"畅怀舒愤"的抒情功能、怨刺功能就与载道合德的政教功能结合在一起了。

自《周礼·大师》提出"六诗"的概念，历代诗学家对此训释不断。《毛诗序》将"六诗"说成"六义"，即风、赋、比、兴、雅、颂。孔颖达在继承前人"六义"诠释学成果的基础上，作出了自己独特的判断，自此，风雅颂为诗之体，赋比兴为诗之用的观点得以确立起来。他在《毛诗序正义》中分析指出：

> 风雅颂者，《诗》篇之异体；赋比兴者，《诗》文之异辞耳。大小不同而得并为"六义"者，赋比兴是《诗》之所用，风雅颂是《诗》之成形。用彼三事，成此三事，是故同称为"义"。

就是说，赋比兴是方法，风雅颂是体裁。《毛诗序正义》又说：

> 郑司农云："比者，比方于物。"诸言"如"者，皆比辞也。司农又云："兴者，托事于物。"则"兴"者，起也，取譬引类，起发己心。诗文诸举草、木、鸟、兽以见意者，皆兴辞也。……言事之道，直陈为正，故《诗

经》多赋在比兴之先。“比”之与“兴”，虽同是附托外物，“比”显而“兴”隐，当先显后隐，故“比”居“兴”先也。《毛传》特言“兴也”，为其理隐故也。

“赋”是“直陈”的方法；“比”是“比方”，即“比喻”的方法；“兴”是借物起意的方法。“比”“兴”的喻体与本体之间都有一定的类似关系，不过“比”的类似关系更明显，可用“如”“像”之类的词，“兴”的类似关系比较隐晦，所以《毛传》特意在不明显的地方明言“兴也”。又《毛诗正义》卷一《周南·螽斯正义》云：

《笺》言“兴者喻”，言《传》所兴者，欲以喻此事也。“兴”“喻”名异而实同。

着眼于“兴”与“喻”（比）本体和喻体共有的类似关系，东汉郑玄笺注《毛诗》时有三百二十六处“兴”释作“喻”，在同一首诗中对相同的譬喻常常是“兴”“喻”交替使用，有时径直以“兴”指“喻”。如《齐风·东方之日》一诗，郑玄笺注其中“东方之月”时说：“月以兴臣。”“兴臣”意即“喻臣”“比臣”。孔颖达说“兴、喻名异而实同”，乃是对郑玄的总结。而他说的“比显而兴隐”，“比”为“比方”，“兴”为“起意”，则是对刘勰《文心雕龙·比兴》的继承。

二、陈子昂：“兴寄”与“风骨”

陈伯玉（661—702），字子昂，曾任右拾遗，后世称为陈拾遗。唐代初期诗歌沿袭六朝余习，风格绮靡纤弱，陈子昂挺身而出，力图扭转这种偏向。陈子昂在《上薛令（中书令薛元超）文章启》中有一段话，很能反映其美学观：“文章薄伎，固弃于高贤；刀笔小能，不容于先达。岂非大人君子以为道德之薄哉！……徒恨迹荒淫丽，名陷俳优，长为童子之群，无望壮夫之列。……文章小能，何足观者！”仅有“淫丽”之美的“文章”是“薄伎”“小能”。因其为“道德之薄”，类似“俳优”，充其量只为“童子之群”，无望跻身于“壮夫之列”，为“高贤”“先达”“大人君子”所不齿，“何足观者”？

“文章”仅有“淫丽”之美“不足观”，那么什么样的事物“足观”呢？就是道德文章。以此观照前代文学作品，他对晋宋以来尤其是齐梁间“彩丽竞繁”“兴寄都绝”“风骨莫传”的诗歌给予了强烈批判。《与东方左史虬修竹篇序》指出：“文章道弊五百年矣。汉魏风骨，晋宋莫传，然而文献有可征者。仆尝暇时观齐、梁间诗，彩丽竞繁，而兴寄都绝，每以永叹。思古人常恐逶迤颓靡，风雅不作，以耿耿也。”而东方虬所写的《咏孤桐篇》竟使汉魏诗歌的“风骨”与“兴寄”重新得到复归。他盛赞这篇作品“骨气端翔，音情顿挫，光英朗练，有金石声”，“正始之音，复睹于兹，可使建安作者相视而笑”，可谓风骨朗健的佳作。这里的“兴寄”即思想“寄托”，“风骨”即道德“风雅”，是一个意思，即符合儒家之道的充实内容。

这里值得注意的有两点。一是“文章道弊五百年矣”，它揭示了近五百年来的六朝文学不同于先秦两汉文学美学和唐宋文学美学的时代特色。二是对崇尚文饰之美时代风气上限的划定提出了独特的理解。关于这一点，原来有两种意见：一是以李谔为代表，把时间上限划到“魏之三祖”，所谓“魏之三祖，更尚文词，忽君人之大道，好雕虫之小艺”。另一种以王通为代表，将魏代文人除外，只对晋宋齐梁以来的淫丽趣味发难。王通影响很大。受过他影响的唐初名臣兼史家、文学家魏征、李百药等人均将淫丽之弊归咎于梁、陈，而对魏代乃至晋代网开一面。如魏征《隋书·文学列传》云：“梁自大同之后，雅道沦缺，渐乖典则，争驰新巧。简文、湘东，启其淫放，徐陵、庾信，分路扬镳。其意浅而繁，其文匿而彩。词尚轻险，情多哀思。格以延陵之听，盖亦亡国之音乎！周氏吞并梁、荆，此风扇于关右，狂简斐然成俗，流宕忘返，无所取裁。”《隋书·经籍志》云：“梁简文之在东宫，亦好篇什。清辞巧制，止乎衽席之间；雕琢蔓藻，思极闺闱之内。后生好事，递相放习，朝野纷纷，号为宫体，流宕不已，讫于丧亡。陈氏因之，未能全变。”李百药《北齐书·文苑列传》云：“江左梁末，弥尚轻险，始自储宫，刑乎流俗。杂怙懘以成音，故虽悲而不雅……原夫两朝（梁、北齐）叔世，俱肆淫声，而齐氏变风，属诸弦管（指齐后主高纬爱好哀婉动人的俗乐），梁时变雅，在夫篇什。莫非易俗所致，并为亡国之音。”令狐德棻《周书·王褒庾信列传》云：“然则子山（庾信）之文，发源于宋末，盛行于梁季，其体以淫放为本，其词以轻险为宗，故能夸目侈于红紫，荡心逾于郑卫。”上述诸人生卒年代均早于陈子昂。陈子昂在王通等人思想的基础上稍加变通，高举“汉魏风骨”“建安（汉末献帝年号）作者”“正始（魏齐王芳年号）之音”，而将缺乏“风骨”“兴寄”“彩丽竞繁”风气的上限下移到“晋宋”以后以迄他撰此文之时的近五百年。而陈子昂本人则是隋代以来道德美学历史转向中在唐初的一个代表人物。其诗文创作努力实践他的美学主张，宋刘克庄《后村诗话》称之为“一扫六代之纤弱”。

第三节　新乐府运动的道德美学追求

一、白居易：“为诗意如何？六义互铺陈”

白居易（772—846），字乐天，晚年自号香山居士。宪宗元和年间任右拾遗及左善赞大夫。后因上表请求严缉刺死宰相武元衡的凶手，得罪权贵，贬为江州司马。后官至刑部尚书。白居易是中唐著名诗人，“新乐府运动”的倡导者。白居易《与元九书》中有“诗者，根情、苗言、华声、实义”的说法，加之白氏是以诗人名世的，有人以为白居易是坚持文质并重的。这其实是莫大的误解。事实是，白居易坚持道德内容的表现美，否定无关道德内容的形式美，而情感只有最后落实于道德教化、成为道德教化的一部分才美。道义的“义”才是诗美之“实”，这就叫“感人心者，莫先乎情，莫始乎言，莫切乎声，莫深乎义”，重点和归宿在“义”。

白居易所肯定的道义美，具体指风、雅、颂、赋、比、兴这《诗》之“六义”。《读张籍古乐府》[①] 说：“为诗意如何？六义互铺陈。风雅比兴外，未尝著空文。”《与元九书》说：“圣人知其然，因其言，经之以六义，缘其声，纬之以五音。”白居易所说的“六义”，已不是诗体、诗法概念，而指《诗经》的三体、三法所寄寓、表达的道德内容，易言之即道德寄托。这与陈子昂所说的“兴寄”“风骨”是一个用法。《白氏长庆集》卷三《新乐府序》云：“总而言之，（新乐

① 《白氏长庆集》卷一。

府诗）为君、为臣、为民、为物、为事而作，不为文而作。”《白氏长庆集》卷一《寄唐生》云：“非求宫律高，不务文字奇，唯歌生民病，愿得天子知。”《白氏长庆集》卷四十八《策林六十八·议文章碑碣词赋》云：“为文者必当尚质抑淫，著诚去伪。”“古之为文者，上以纽王教，系国风，下以存炯戒，通讽谕。故惩劝善恶之柄，执于文士褒贬之际焉；补察得失之端，操于诗人美刺之际焉。”

值得注意的是，白居易要求诗歌所服务的“王道”与“民情”不仅不矛盾，而且是统一的。其实这一点早为先秦儒家经典《礼记·乐记》所言。孔颖达注《诗》，指出抒情与合德统一，是对先秦儒学的继承和对汉儒“性善情恶”论的反叛。白居易与此一脉相承，指出诗歌反映了自然人情，统治者便可从人情的好恶中体察政治得失，从而裨补时政，有益王教。因而，诗歌下以“泄导人情”的功能与上以“补察时政”的功能是可以统一的，而且“泄导人情”是“补察时政”的基础。所以，一方面，他肯定诗的抒情权利：“大凡人之感于事，则必动于情，然后兴于嗟叹，发于吟咏，而形于歌矣。”①另一方面又说，这是有助王教、符合王道的：“圣人之致理（治）也，在乎酌人言，察人情，而后行为政，顺为教者也。”“圣王酌人之言，补己之过，所以立理（治）本，导化源也，将在乎选观风之使，建采诗之官，俾乎歌咏之声，讽刺之兴，日采于下，岁献于上者也。”② 因此，白居易所强调的这些合道之作，也就是符合真实民情、往往得罪政治统治者之作，而非一味歌功颂德、拍马逢迎之作。以此，他大大得罪了身边的权贵。《与元九书》记载：“凡闻仆《贺雨》诗③，而众口藉藉，已谓非宜矣；闻仆《哭孔戡》诗④，众面脉脉，尽不悦矣；闻《秦中吟》⑤，则权豪贵近者相目而变色矣；闻《乐游园》寄足下诗（即《登乐游园望》），则执政柄者扼腕矣；闻《宿紫阁村》诗（即《宿紫阁山北村》），则握军要者切齿矣。大率如此，不可遍举。”但白居易不管这些，所谓“不惧权豪怒，亦任亲朋讥”（《寄唐生》）。在他看来，这些代表“民情”、符合“王道”的“风雅比兴”，是诗歌之所以存在的根本，也是能引起他道德满足和情感愉快的最高的美。

---

① 《策林六十九·采诗以补察时政》，《白氏长庆集》卷四十八，《四部丛刊》本。

② 《策林六十九·采诗以补察时政》，《白氏长庆集》卷四十八，《四部丛刊》本。

③ 诗作于809年，内容为讽劝皇帝改善人民生活。

④ 孔戡，当时一位不畏权势的官员。

⑤ 共十首，贞元、元和之间作，是反映长安地区民生疾苦的诗篇。

白居易认为美的文辞是表达“风雅比兴”的文辞，否则便是“淫辞丽藻”，是对“文”的伤害，是“空文”“虚美”。《策林六十八·议文章碑碣辞赋》云：“稂莠秕稗生于谷，反害谷者也；淫辞丽藻生于文，反伤文者也。故农者耘稂莠，簸秕稗，所以养谷也；王者删淫辞，削丽藻，所以养文也。伏唯陛下诏主文之司，谕养文之旨，俾辞赋合炯戒讽谕者。虽质虽野，采而奖之；碑诔有虚美愧（同瑰）辞者，虽华虽丽，禁而绝之。”为文章者本当求文辞之美，但白居易则认为，“淫辞丽藻反伤文”，“养文”之道在“删淫辞，削丽藻”。只要宣扬“六义”，“虽质虽野，采而奖之”；反之，“虽华虽丽，禁而绝之”。这表现了明显的重道轻文倾向。据此，他批评当朝诗文创作：“今褒贬之文无核实，则惩劝之道缺矣；美刺之诗不稽政，则补察之义废矣。虽雕章镂句，将焉用之？”（《策林六十八》）再由此批评楚辞、汉诗、六朝山水田园诗及唐代李杜诗：

> 洎周衰秦兴，采诗官废，上不以诗补察时政，下不以歌泄导人情，乃至于谄成（成功）之风动，救失之道缺。于时六义始刓（音完，削弱）矣。
>
> 国风变为骚辞，五言始于苏、李。苏、李、骚人（楚辞作者），皆不遇者。各系其志，发而为文。故河梁之句（汉代最早的文人五言诗，传为苏武、李陵作），止于伤别；泽畔之吟（屈原之《离骚》），归于怨思。彷徨抑郁，不暇及他耳。然去《诗》未远，梗概尚存。故兴离别则引双凫一雁为喻，讽君子小人则引香草恶鸟为比。虽义类不具，犹得风人之什二三焉，于时六义始缺矣。
>
> 晋、宋以还，得者盖寡。以康乐（谢灵运）之奥博，多溺于山水；以渊明之高古，偏放于田园。江（淹）、鲍（照）之流，又狭于此。……于时六义寖（渐）微矣、陵夷矣。
>
> 至于梁、陈间，率不过嘲风雪、弄花草而已。噫！风雪花草之物，《三百篇》中岂舍之乎？顾所用何如耳。设如“北风其凉”，假风以刺威虐也；“雨雪霏霏”，因雪（原本无雪，据《全唐文》校增）以愍征役也；“棠棣之花”，感花以讽兄弟也；“采采芣苢”，美草以乐有子（芣苢，车前草，其籽治妇人难产）也。皆兴发于此而义归乎彼。反是者，可乎哉！然则“余霞散成绮，澄江静如练”（谢朓诗），“离花先委露，别叶乍辞风”（鲍照诗）之什，丽则丽矣，吾不知其所讽焉。故仆所谓“嘲风雪、弄花草”而已。

于时六义尽去矣。

唐兴二百年，其间诗人不可胜数，所可举者，陈子昂有《感遇诗》二十首，鲍防（原本作鲂，据《全唐文》校改）有《感兴诗》十五首。又诗之豪者，世称李（白）、杜（甫）。李（原本无李字，据《全唐文》校增）之作，才矣、奇矣、人不逮矣。索其风雅比兴，十无一焉。杜诗最多，可传者千余首（原本作人，据《文苑英华》校改。《全唐文》作篇），至于贯串今古，覙缕格律，尽工尽善，又过于李。然撮其《新安吏》《石壕吏》《潼关吏》《塞芦子》《留花门》（此处据《全唐文》校改）之章，"朱门酒肉臭，路有冻死骨"之句，亦不过三四十首（原本无首，据《全唐文》校增）。杜尚如此，况不逮杜者乎！（均见《与元九书》）

以诗人名世的白居易，骨子里的儒家道统观念是极重的。在这段批评中，他不仅把晋宋间以谢灵运、陶渊明为代表的山水诗、田园诗给否定了，把梁、陈间"嘲风雪、弄花草"的咏物诗、写景诗给否定了，而且对屈原的《离骚》、杜甫的诗作也表示了不满。尤其是对楚辞的批评，表现了其道统观念比李谔、王通还有过之而无不及。在他心目中，只有《诗经》具足"六义"，是美的典范。然而事实是，他所批评的"余霞散成绮，澄江静如练""离花先委露，别叶乍辞风"等写景诗，恰恰写的是与道德联想无关的自然美及审美怡悦之情，作为纯粹美、自由美（康德把道德象征的美叫"附庸美""依存美"，把与道德无关的美叫"纯粹美""自由美"），它恰恰是最富有美的特征和独立地位的。白居易崇尚诗歌的道德美是没错的，但一概排斥纯形式的自然美，则表现出一定的褊狭。

二、元稹："雅有所谓，不虚为文"

元稹（779—831），宪宗时官左拾遗、监察御史。穆宗时任祠部郎中等职，后出任同州刺史、越州刺史等，文宗时官尚书左丞。

元稹是中唐新乐府诗运动的另一位倡导者。其诗歌美学与白居易基本相类。他以"六义"为诗美标准，对自己"稍存比兴"的作品颇为自许，而对自己"既无六义""词旨繁芜"的作品，则备感惭愧。《进诗状》自白云："臣九岁学诗，少经贫贱，十年谪宦，备极恓惶，凡所为文，多因感激。故自古风诗至古今乐府，稍存寄兴，颇近讴谣，虽无作者（指风诗作者）之风，粗中遒人（有风骨之人）之采。自律诗百韵至于两韵七言，或因朋友戏投，或以悲伤自遣，既无六义，皆出一时，词旨繁芜，倍增惭恐。”在《和李校书（绅）新题乐府十二首序》中，他肯定李绅所赠十二首《乐府新题》：“雅有所谓，不为虚文。”在《上令狐相公诗启》中，他指出注意声韵之美易犯“格力不扬”的毛病：“律体卑痺，格力不扬，苟无姿态，则陷流俗。”《唐故工部员外郎杜君墓系铭并序》评价历代诗作：“秦汉以还，采诗之官既废，天下俗谣民讴、歌颂讽赋、曲度嬉戏之词，亦随时间作。逮至汉武赋《柏梁》而七言之体具，苏子卿（武）、李少卿（陵）之徒，尤工为五言。虽句读文律各异，雅郑之音亦杂，而词意简远，指事言情，自非有为而为，则文不妄作。建安之后，天下文士遭罹兵战，曹氏父子鞍马间为文，往往横槊赋诗，故其抑扬冤哀悲离之作，尤极于古。晋世风概稍存。宋、齐之间，教失根本。士以简慢、歙习、舒徐相尚，文章以风容、色泽、放旷、精清为高，盖吟写性灵、流连光景之文也，意义格力无取焉。陵迟至于梁、陈，淫艳、刻饰、佻巧、小碎之词剧，又宋齐之所不取也。唐兴，官学大振，历世之文，能者互出。而又沈（佺期）宋（之问）之流，研练精切，稳顺声势，谓之为律诗。由是而后，文变之体极焉。然而莫不好古者遗近，务华者去实。效齐梁则不逮于魏晋，工乐府则力屈于五言，律切则骨格不存，闲暇则纤浓莫备。至于子美（杜甫），盖所谓上薄《风》《骚》，下该沈、宋，古傍苏、李，气夺曹、刘（桢），掩颜、谢之孤高，杂徐（陵）庾（信）之流丽，尽得古今之体势，而兼昔人之所独专矣……则诗人以来未有如子美者。”元稹的美学标准与白居易相同，但由此得出的对历代诗歌、诗人的认识、评价则稍有差异。白居易对屈原楚辞、汉代苏（武）李（陵）五言诗都提出微词，元稹则认为他们“文不妄作”；白居易对汉末魏初以曹操、刘桢为代表的诗人未置一评，元稹则认为他们“尤极于古”；白居易对杜甫的诗否定大于肯定，元稹则对杜诗极尽赞美之能事；白居易肯定道德美而排斥形式美，元稹则认为，只要有“意义格力”，同时具有形式声律之美则更好。

第四节　古文运动的道德美学主张

中唐时期，在白居易、元稹为代表的新乐府诗人以切事载道为诗美本质的同时，在散文领域，以韩愈、柳宗元为代表的古文家亦屡屡强调文章切事载道，反对把文章写成与道德无关的“艺”，从而在散文领域掀起了道德美学的另一场轩然大波。

一、韩愈：“所志于古者，不唯其辞之好，好其道焉尔”

韩愈（768—824），字退之，河南河阳人。韩氏为昌黎望族，自称昌黎韩愈，后人遂称他为韩昌黎。韩愈是中唐古文运动的倡导者和领袖，为唐宋八大散文家之首。

历史上，韩愈是以倡导“古文运动”著称的。他在他的文章中屡屡提及“古文”概念，如《题欧阳生哀辞后》自称“愈之为古文”，称欧阳生“喜古文”“志在古文”。《师说》云：“李氏子蟠……好古文。”所谓“古文”，是指先秦和西汉时期的散文文体，它形式上以散句单行为主，内容上以表达儒道为旨归，从而与东汉以至南朝、初唐时期以追求与道德内容无关的形式美为特点的骈体散文相对抗。

1. “古文”本于“道”而美

韩愈标举“古文”，以此为美文，不是着眼于它形式上有什么美，而是着眼于它在内容上是“道”的表现，而且这个“道”是正宗的“儒道”。“古文”只有作为“古道”的表现形式才美，才能引起他的审美喜好。他说：

> 愈之所志于古者，不唯其辞之好，好其道焉尔。①
>
> 愈之为古文，岂独取于其句读不类于今者耶？思古人而不得见，学古道

① 《答李秀才书》。

而欲兼通其辞，通其辞者，本志乎古道者也。①

君子居其位，则思死其官，未得位，则思修其辞以明其道。②

文书自传道，不仗史笔垂。③

谨献旧文一卷，扶树教道，有所明白。④

学所以为道，文所以为理。⑤

请注意这个“好”字。它是一种情感愉悦、一种审美喜好。而这种情感愉悦、审美喜好的对象就是“道”。这是以“道”为美的思想的明确表述。与韩愈所大力褒扬的孟子所说的“理义之悦我心”是一个意思。

关于文本于道而美，韩愈还有过许多表述。

夫所谓“文”者，必有诸其中。是故君子慎其实，实之美恶，其发也不掩。⑥

将蕲至于古之立言者，则无望其速成，无诱于势利。养其根而俟其实，加其膏而希其光。根之茂者其实遂，膏之沃者其光晔。仁义之人，其言蔼如也。⑦

“文”之美恶是“实之美恶”“发也不掩”的表现，而“实”就是“道”，所以古文家同时就是道德“君子”，文必有道于其中。“道”好比是“根”、是“膏”，“文”好比是“实”（果实）、是“光”。“根之茂者其实遂，膏之沃者其光晔”，所以古文创作必须从道入手，“养其根而俟其实，加其膏而希其光”。仁义之人，其文必然使人如沐春风。反之，如果舍本逐末，忽视道德修养，只在“绣绘雕琢”“声势之顺逆”“章句之短长”上下功夫，充其量只能“类于俳优者之辞”⑧。他批评诗歌“逶迤抵晋宋，气象日凋耗”，“齐梁及陈隋，众作等蝉

① 《题欧阳生哀辞后》。
② 《争臣论》。
③ 《寄崔二十六立之》。
④ 《上兵部李侍郎书》。
⑤ 《送陈秀才彤序》。
⑥ 《答尉迟生书》。
⑦ 《答李翊书》。
⑧ 《答崔立之书》。

噪”①，亦然。在这个意义上，其弟子李汉在《昌黎先生集序》中所概括的一段话是深得韩愈之用心的：“文者，贯道之器也。不深于斯道，有至焉者，不也。”

2. “道”的内涵

这里值得指出的是，韩愈所崇尚、赞美的“道”，不是老子、杨朱、墨子、佛家之道，而是“禹汤文武周公孔子”之道。韩愈是儒家道德勇敢、坚定的卫道士。唐代三教并尊，儒道地位受到削弱，韩愈“攘斥佛老”②，并上溯根源，批判杨墨，凸显儒家地位。他说：“凡吾所谓道德云者，合仁与义言之也，天下之公言也。”③ 这“仁义”之道，是尧、舜、禹、汤、文王、武王、周公、孔子、孟子等人身传言教之道，周公以前见之于行事，孔子之后见之于著述。韩愈这样论述儒道传统：“斯吾所谓‘道’也……尧以是传之舜，舜以是传之禹，禹以是传之汤，汤以是传之文、武、周公，文、武、周公传之孔子，孔子传之孟子，轲之死，不得其传焉。……由周公而上，上而为君，故其事行；由周公而下，下而为臣，故其说长。”④ 韩愈尤其致力于在对老、佛、杨、墨之道的批判中甄别、捍卫儒道。如批老子之道：

> 老子之所谓“道德”云者，去仁与义言之也，一人之私言也。
>
> 故道有君子小人，而德有凶有吉。老子之小仁义，非毁之也，其见者小也。坐井而观天，曰“天小”者，非天小也。⑤

批佛家之道：“求其所谓清净寂灭”，“外天下国家”，“禁而相生养之道”，使“子焉而不父其父，臣焉而不君其君，民焉而不事其事”，进而“灭其无常”⑥。如果佛道大行，必然“三纲沦而九法斁，礼乐崩而夷狄横”，“几何其为不禽兽也”⑦。韩愈的排佛，因谏阻唐宪宗迎佛骨而广受关注。宪宗是位笃信佛教的皇帝。元和十四年，宪宗派宦官杜英奇及三十名宫人，将陕西凤翔法门寺所藏佛指

① 《荐士》。
② 《进学解》。
③ 《原道》。
④ 《原道》。
⑤ 《原道》。
⑥ 《原道》。
⑦ 《与孟尚书书》。

骨一节迎到宫内供养三天，然后又令各寺轮流供养。正当佛骨从宫中转到诸寺之际，韩愈逆鳞上书《谏迎佛骨表》，要求制止这种“伤风败俗，传笑四方”的丑事，把“此骨付之有司，投诸水火，永绝根本，断天下之疑，绝后代之惑”。宪宗大怒，处以死罪。经群臣力谏，由刑部侍郎贬为潮州刺史。即便如此，韩愈卫儒辟佛的决心也不为所动。他在贬官途中写下了这样的诗句：“一封朝奏九重天，夕贬潮州路八千。欲为圣明除弊事，肯将衰朽惜残年？”① 对于孟子，韩愈甚为推崇，以为其功不在禹之下。因为当时，“天下不之杨，则之墨，杨墨交乱，而圣贤之道不明”，靠孟子辟杨墨传圣道，才使“而今学者尚知宗孔氏，崇仁义，贵王贱霸”，“向无孟氏，则皆服左衽而言侏离矣”②。然而，“轲之死（儒道）不得其传焉。荀与杨也，择焉而不精，语焉而不详”③，这使儒家之道“危如一发引千钧”，加之“释老之害，过于杨墨”，因而他要不顾“其身之危”来挽救失落的“古道”，“使其道由愈而粗传，虽灭死万万无恨”④。《进学解》借学生之口，说韩愈“觝排异端，攘斥佛老，补苴（音居，填补）罅漏，张皇（大）幽眇，寻坠绪之茫茫，独旁搜而远绍，障百川而东之，回狂澜于既倒。先生之于儒，可谓有劳矣！”这是不为过的。

需要指出的是，韩愈虽然认为儒道自孟子之后失传了，但他在标举“古文”时，不只把三代之文和孔孟之文视为取法对象，而且把屈原、司马迁、扬雄、司马相如视为取法对象：“上规姚姒，浑浑无涯，周诰殷盘，佶屈聱牙；《春秋》谨严，《左氏》浮夸，《易》奇而法，《诗》正而葩，下逮《庄》《骚》，太史所录，子云相如，同工异曲：先生之于文，可谓闳其中肆其外矣。”⑤ 韩愈曾自述，他好古文，“不唯其辞之好，好其道而焉尔”⑥。这表明，屈原、司马迁、扬雄的文章中是有古道留存着的。《答崔立之书》中将“屈原、孟轲、司马迁、相如、扬雄之徒”并称为“古之豪杰之士”，亦可为佐证。这体现了与此前古文家先驱

① 《左迁至蓝关示侄孙湘》。

② 均见《与孟尚书书》。

③ 《原道》。

④ 《与孟尚书书》。

⑤ 《进学解》。

⑥ 《答李秀才书》。

们不同的旨趣。又，其推崇陈子昂和杜甫诗文，所谓“国朝盛文章，子昂始高蹈”。① “李杜文章在，光焰万丈长”。② 亦出于同一机杼。

3. **“道”的情感性与现实性**

儒家之道与情的关系，既不是一味放纵的关系，也不是势不两立的关系，而是既承认情的存在权利，又主张对情加以节制的关系。这就使得儒家之道具有一定的情感性。而情又缘于感物而后生，所以儒道又具有一定的现实性、功利性。韩愈论道，也体现了这两个特点。《原道》谓：

> 博爱之谓“仁”，行而宜之之谓“义”，由是而之焉之谓“道”，足乎己、无待于外之谓“德”；其文《诗》《书》《易》《春秋》，其法礼乐刑政，其民士农工贾，其位君臣、父子、师友、宾主、昆弟、夫妇，其服麻丝，其居宫室，其食粟米果蔬鱼肉。

“其（道）民士农工贾”、“其服麻丝，其居宫室，其食粟米果蔬鱼肉”，典型体现了“道”对人民的基本生存欲求的肯定。《原性》提出“性情三品”说：“性也者，与生俱生也；情也者，接于物而生也。”“所以为情者”有“七”，即“喜”“怒”“哀”“惧”“爱”“恶”“欲”。“情之品有上中下三”。上品之情，“动而处其中”，感物而动而又不过分，合乎道德规范。中品之情，“有所甚，有所亡，然而求合其中者也”，即对道德标准的遵守或则过分，或则不及，但仍追求符合道德。下品之情，“亡与甚，直情而行者也”，即或不及于道或过头于道，任情而为，考虑不到符合道德规范。

显然，在韩愈那里，“道”与“情”不是一个概念，但当情处于“动而处其中”的状态时，“情”与“道”就重合了，表现为一种道德化的情感。《答李翊书》论文时所崇尚的“气”，正可视为这种道情合一的概念。

《答李翊书》是韩愈与李翊谈必须从道德修养入手创作古文的文章。谈到最后，他提出了“气盛言宜”说：“气，水也；言，浮物也。水大而物之浮者大小毕浮。气之与言犹是也。气盛则言之短长与声之高下者皆宜。”这里的“气”如果换成“道”，完全讲得通，也符合上文之意。“气盛言宜”实际讲的是“根之

① 《荐士》。

② 《调张籍》。

茂者其实遂，膏之沃者其光晔”。孟子曾讲：“吾善养吾浩然之气。”“其为气也，配义与道。”韩愈十分推崇孟子。《答李翊书》所标举的“气”，其内涵与孟子相通。然而韩愈为什么不言“道”而言“气”呢？因为“气”包含“道”又不等于“道”。孟子说：“夫志，气之帅也；气，体之充也。夫志至焉，气次焉。”①可见“气”还是充盈在身体中的生命力，包含着生理的、感性的成分，把它解释为道德化的情感，是合适不过的。古代儒家经典如《礼记·乐记》《毛诗大序》早就指出，文学创作是“情动于中而形于言”的情感活动，同时，文学创作又不能仅仅是情感活动，还必须是道德活动。怎样把两者统一起来呢？标举“气盛言宜”，指出文学创作是道德情感活动，是恰到好处的。这与偏重于情感、个性的曹丕的“文以气为主”有所区别，而与古文家先驱所倡导的“文气”是一致的。

韩愈对情感的肯定，还表现在“穷苦之言易好”和“不平则鸣”的命题上。《荆潭唱和诗序》云：“夫和平之音淡薄，而愁思之声要妙；欢愉之辞难工，而穷苦之言易好也。”“是故文章之作，恒发于羁旅草野。至若王公贵人，气满志得，非性能而好之，则不暇以为。”“妙”“好”是审美范畴，这里差不多是“美”的同义语。为什么“愁思之声要妙”“穷苦之言易好”呢？因为表达“穷苦”“愁思”之情的诗往往是有感而发，情真意切，“其歌也有思，其哭也有怀”。反之，“和平之音”、“欢愉之辞”往往无病呻吟，缺少真情实感，所以“淡薄”无味、难至于工。基于此，他为文人“不平则鸣”张目。《送孟东野序》云：“大凡物不得其平则鸣。草木之无声，风挠之鸣；水之无声，风荡之鸣……金石之无声，或击之鸣。人之于言也亦然。有不得已者而后言，其歌也有思，其哭也有怀。”据此，韩愈认为，唐虞、皋陶、禹、周公等古代圣王皆“善鸣者”；《诗》《书》六艺（指六经），皆“鸣之善者”。“周之衰，孔子之徒鸣之”；“楚，大国也，其亡也，以屈原鸣”；孟轲等人“以道鸣者也”；“秦之兴，李斯鸣之”；“汉之时，司马迁、相如、扬雄，最其善鸣者也”；“魏晋”至南朝，“其声清以浮，其节数以急，其辞淫以哀，其志弛以肆，其为言也乱杂而无章”，都不是“善鸣者”。唐代以来，陈子昂、元结、李白、杜甫、张籍、李翱、孟郊（东野）等人，均是“以诗鸣”者，尤其是孟郊，“存而在下”，“自鸣其不幸”，其诗属

① 《孟子·公孙丑上》。

于“郁于中而泄于外者”，“有思”“有怀”，理直气壮，可使振木铎的采诗官上闻天庭，有益政教。于是，倾吐个人遭遇之不幸、抒发自然的愁苦郁愤之情就与儒道王教统一起来了。这是一种情感美，又是一种教化美、道德美。

韩愈在《送孟东野序》中对抒发不平之情与合符道德教化统一性的论述，其实也是对自己屡受不公平的政治遭遇而以文鸣、以诗鸣的辩护。《上宰相书》自述：“其所著皆约六经之旨而成文，抑邪与正，辨时俗之所惑。居穷守约，亦时有感激怨怼奇怪之辞，以求知于天下，亦不悖于教化。”可为明证。

4. “唯古于辞必己出”

韩愈标举“古文”，一者在于好古道，二者在于好古辞。他说他“所志于古者，不唯其辞之好，好其道焉尔”。“好古”不只在“辞”，又包括“辞”。古代文辞的最大特点就是“词必己出”，“能自树立”：“唯古于词必己出，降而不能乃剽贼。”① “若圣人之道，不用文则已，用则必尚其能者，能者非他，能自树立、不因循者是也。有文字来，谁不为文？然其存于今者，必其能者也。”② 韩愈还从人们日常的审美经验出发，指出能引起人审美喜爱的“必非常物”，司空见惯的“家中百物”必然令人视若无睹。《答刘正夫书》云：“足下家中百物，皆赖而用也，然其所珍爱者，必非常物”；“夫百物朝夕所见者，人皆不注视也；及睹其异者，则共观而言之”。文章也是这样。《答刘正夫书》接着说：“夫文岂异于是乎？汉朝人莫不能为文，独司马相如、太史公、刘向、扬雄为之最。然则用功深者，其收名也远。若皆与世沉浮，不自树立，虽不为当时所怪，亦必无后世之传也。”因此，韩愈主张文章在表达道德情感时，必须务去陈言、戛戛独造：“当其取于心而注于手也，唯陈言之务去。戛戛乎其难哉！”③ 他在评价历代文学时，有时也着眼于形式上的独创性而加以肯定。如《庄子》表达的不是儒道，但《送孟东野序》则肯定性地评价说：“庄周以其荒唐之辞鸣。”《荐士》高度评价孟郊诗，亦着眼于其“横空盘硬语，妥帖力排奡”，“荣华肖天秀，捷疾逾响报”。又《调张籍》赞美李杜诗：“刺手拔鲸牙，举瓢酌天浆”，“巨刃摩天扬”，“百怪入我肠”。《醉赠张秘书》说：“张籍学古淡，轩鹤避群鸡”；“东野（孟

---

① 《南阳樊绍述墓铭》。

② 《答刘正夫书》。

③ 《答李翊书》。

郊）动惊俗，天葩吐奇芬”。《荆潭唱和诗序》称赞“仆射裴公”和“常侍杨公”之诗：“搜奇抉怪，雕镂文字”，“铿锵发金石，幽眇感鬼神”，真所谓“材全而能巨者”。这些都体现了韩愈作为一个文学家对文辞创新之美的追求。因此，《河南程氏遗书》卷十八记程颐语：“退之晚来为文，所得处甚多；学本是修德，有德然后有言，退之却倒学了。”朱熹说韩愈“第一义是去学文字，第二义方去穷究道理”①，“唤做要说道理，又一向主于文词”②。王守仁③则以偏概全地说：“退之，文人之雄耳。”其实，韩愈崇尚“古道”，实与他们相通，亦开其先河，只是韩愈还保留着对文辞之美的一份爱好，朱熹等人则将这一份爱好也否定了。

二、柳宗元：主张“文以明道”，反对“以辞为工”

柳宗元（773—819），贞元九年进士。曾参加王叔文政治改革集团。失败后，贬为永州司马。奉诏进京后，复贬为柳州刺史。他是中唐倡导古文运动的另一位主将。在文艺美学上，他提倡“文以明道”而又不废“文”，与韩愈相应和，同时突出儒道中关乎民生的一面，强调“辅时及物”之道，将韩愈道统观念中的现实意义作了进一步的发展。

柳宗元认为，文章之美，不在于文章自身，而在于道的表现。《答韦中立论师道书》叙述自己从“务采色、夸声音”到“知文者以明道”的思想变化：“始吾幼且少，为文章以辞为工。及长，乃知文者以明道，是固不苟为炳炳烺烺，务采色、夸声音而以为能也。”在许多文章中，柳宗元都要求“文以明道”。《杨评事文集后序》：“文之用，辞令褒贬，导扬讽谕而已。……故作者抱其根源，而必由是假道焉。”《报袁君陈秀才避师名书》：“大都文以行为本，在先诚其中。……其归在不出孔子。”《报崔黯秀才论为文书》：“然圣人之言，期以明道，学者务求诸道而遗其辞。……道假辞而明，辞假书（文字）而传，要之，之道而已耳。”柳宗元所肯定的“道”，是儒家的“辅时及物之道”，这一点与当时的白居易颇为相类。白居易“唯歌生民病，愿得天子知”，柳宗元则要求“辅时及

① 《朱子语类》卷一百三十七。

② 《朱子语类》卷一二二。

③ 《传习录》。

物”。《答吴武陵论非国语书》自述说：“……在长安时，不以是（文章）取名誉，意欲施之事实，以辅时及物为道。……然而辅时及物之道，不可陈于今（指作者获罪之后无法大陈其道），则宜垂于后（指著文明道于后世）。”《报崔黯秀才论为文书》亦云：“道之及，及乎物而已耳。”

从“文以明道”“道及乎物”出发，柳宗元反对为文而文、无关现实的徒具形式美之作。《答吴武陵论非国语书》说自己虽为文人，但并不把文章看得太重，认为文章不过是像“博弈”一样的一艺：“仆之为文久矣，然心少（轻视）之，不务也，以为是特博弈之雄耳。”该文批判当时文坛上“不预事实”“务富文采”、追求奇怪的形式主义风气：“夫为一书，务富文采，不顾事实，而益之以诬怪，张之以阔诞，以炳然诱后生，而终之以僻，是犹用文锦覆陷井也。”柳宗元的意思是说，如果背离“及物之道”，而只在文辞的怪诞、形式的华丽上用功，并单纯以形式美来引诱后学，就好比用美丽的丝绸盖在陷阱上一样，最终是害人的。《乞巧文》中，他更以愤激的反语，表达了对华靡而受世俗喜好的骈文的憎恶：“眩耀为文，琐碎排偶。抽黄对白，啽哢飞走。骈四俪六，锦心绣口。宫沉羽振，笙簧触手。观者舞悦，夸谈雷吼。独溺臣心，使甘老丑。嚚昏莽卤，朴钝枯朽。……文词婉软，步武轻便。齿牙饶美，眉睫增妍。突梯卷脔，为世所贤。”《报崔黯秀才论为文书》批评当时为文而文的偏向：“凡人好辞工书，皆病癖也。”“今世因贵辞而矜书，粉泽以为工，遒密以为能，不亦外乎？”《与吕道州温论非国语书》批评《国语》“文胜而言尨”的美学特点和当时学人对它的执迷：“尝读《国语》，病其文胜而言尨，好诡以反伦，其道舛逆。而学者以其文（文饰也，美也）也，咸嗜悦焉。伏膺呻吟者，至比六经，则溺其文必信其实，是圣人之道翳也。”因此，他写下了《非国语》，“凡为六十七篇”。其文艺美学之用心，由此可见。

值得注意的是，一方面，柳宗元认为，“道苟成则悫然尔，久则蔚然尔”①，这即是“有德者必有言”，道胜则文美之意。另一方面，他又指出：“言而不文则泥，然则‘文’者，固不可少耶？”② 所以他学习为文，既从古代儒家经典中学习古道，又从先秦两汉历史散文、诸子散文乃至楚辞中学习文辞技巧。《答韦

① 《报袁君陈秀才避师名书》。
② 《答吴武陵论非国语书》。

中立论师道书》自述为文途径：“本之《书》以求其质，本之《诗》以求其恒（窃以为指‘一言以蔽之’的‘无邪’之旨），本之《礼》以求其宜，本之《春秋》以求其断（判断，指褒贬之意），本之《易》以求其动。此吾所以取道之原也。参之《谷梁氏》以厉其气，参之《孟》《荀》以畅其支，参之《庄》《老》以肆其端，参之《国语》以博其趣，参之《离骚》以致其幽，参之《太史公》以著其洁（指言辞峻洁），此吾所以旁推交通而以为之文也。”柳宗元曾批评《国语》“其道舛逆”，这里又说他曾“参之《国语》以博其趣”，这“趣”，只是文辞之趣、形式之美。在坚持道德内容的前提下，文章还是不妨写得美一点的。道德之言虽“足备于用，然而阙其文采，固不足以竦动时听，夸示后学，立言而朽，君子不由也”①。

第五节　欧阳修：“道胜者文不难而自至”

唐代古文运动的道德美学主张，在宋代得到进一步发扬光大。其中在古文家中的代表是欧阳修，在理学家中的代表是朱熹。

欧阳修（1007—1072），字永叔，号六一居士，庐陵（今江西吉安）人。天圣八年进士，曾官枢密副使、参知政事，谥文忠。有《欧阳文忠公文集》一百五十三卷、《新五代史》七十四卷，又与宋祁等合修《新唐书》。欧阳修是北宋初期重要的政治家、文学家、史学家。作为政治家，他坚守儒家的民本、民生之道，积极支持和参与范仲淹为首的政治改良，提出过不少改革弊政的主张。作为当时文坛公认的领袖人物，他上承韩、柳，要求文章明道致用，文辞自然简洁，既不赞成西昆体的靡丽文风，也反对古文运动末流产生的险怪流弊，成为北宋诗文革新运动的盟主。在唐宋儒家道德美学发展的链条上，欧阳修是从古文家过渡到道学家（理学家）的重要一环。在道德美之外，他对文学的形式美也有所兼顾。

① 《杨评事文集后序》。

一、中足外光、道胜文至

孟子论美，有“充实之谓美”一说。韩愈论文章之美，有“养其根而俟其实，加其膏而希其光；根之茂者其实遂，膏之沃者其光晔”一说。欧阳修亦云：“……充于中者足，而后发乎外者大以光。譬夫金玉之有英华，非由磨饰染濯之所为，而由其质性坚实，而光辉之发自然也。”① 因此，文章、艺术之美，主要源于道德的光辉。比如书法，“非自古贤哲必能书也，唯贤者能存尔”，“爱其书者，兼取其为人也”②。像颜真卿的书法有的“虽不佳”③，但“端严尊重”，“如忠臣烈士，道德君子”，“人初见而畏之，然愈久而愈可爱也”④，“后世见者必宝也”⑤。反之，如果不注意人品道德修养，只在书法技巧上下功夫，那么这种书法必不能流传：“古之人皆能书，独其人之贤者传遂远，然后世不推此，但务于书，不知前日工书随与纸墨泯弃不可胜数也。”⑥ 同理，文章之士如果沉溺于文辞而放弃道德事功，就不能达到文章的最高境界，这样的徒有形式美的文章最后只能速朽，就像“草木荣华”腐朽成泥一样：“盖文之为言，难工而可喜，易悦而自足。世之学者，往往溺之，一有工焉，则曰：‘吾学足矣。’甚者至弃百事不关于心，曰：‘吾文士也，职于文而已。’此其所以至之鲜也。”“后之惑者，徒见前世之文传，以为学者文而已，故愈力愈勤而愈不至。”⑦“予读班固《艺文志》、唐四库书目，见其所列，自三代、秦、汉以来，著书之士，多者至百余篇，少者犹三四十篇，其人不可胜数，而散亡磨灭，百不一二存焉。予窃悲其人文章丽矣，言语工矣，无异草木荣华之飘风，鸟兽好音之过耳也。……夫言之不可恃也盖如此。”⑧ 因此，他批评当时文坛流行的西昆体：“天圣之间，予……见时学

① 《与乐秀才第一书》。
② 《世人作肥字说》。
③ 《世人作肥字说》。
④ 《唐颜鲁公书残碑》。
⑤ 《世人作肥字说》。
⑥ 《世人作肥字说》。
⑦ 《答吴充秀才书》。
⑧ 《送徐无党南归序》。

者务以言语声偶擿裂，号为时文，以相夸尚。”① “今之学者……不务深讲而笃信之徒，巧其词以为华，张其言以为大。夫强为则用力艰，用力艰则有限，有限则易竭。又其为辞不规模于前人，则必屈曲变态，以随时俗之所好，鲜克自立。此其充于中者不足，而莫自知其所守也。”② “今之学者，莫不慕古圣贤之不朽，而勤一世以尽心于文字间者，皆可悲也。”③ 他提出，文章要臻胜不朽，必须从内在的道德修养入手：“圣人之文，虽不可及，然大抵道胜者文不难而自至也。”④ 当代一些文论史书为显示古文家文论与道学家文论的差异，往往说明欧阳修此论与道学家强调的“文皆是从道中流出”⑤ 有所不同。这是生硬的。事实上，如前所述，在文道合一的问题上，古文家与后来的道学家的观点基本是一致的。尽管后来道学家批评古文家对文学中的道德美贯彻得还不彻底，但不可否认，正是古文家的道统观，奠定了道学家文学美学思想的基础。在孔子的“有德者必有言”、扬雄的“弸中彪外”、韩愈的“气盛言宜”、欧阳修的“道胜文至”、朱熹的“文从道中流出”等论断、观点之间，我们难道看不出其一脉相承的关系吗？

值得指出的是，欧阳修标举的“道”，突出发展了韩愈，尤其是柳宗元“辅时及物”的现实性一面，主张“关心百事”，反对脱离现实、束之高阁的“古道”。《试笔·汉人善以文言道时事》肯定汉人文章：“善以文言道时事，质而不俚，兹所以为难。”《与张秀才第二书》指出：“知古明道而后履之以身，施之于事，而又见于文章而发之，以信后世。”“其道易知而可法，其言易明而可行。”“其事乃世人之甚易知而近者，盖切于事实而已。”据此批评说：“述三皇太古之道，舍近取远，务高言而鲜事实，此少过焉。”《与黄校书论文章书》主张文章“中于时病，而不为空言”。如此等等。当“道”向“事”靠拢时，也就为苏轼以“随物赋形”代替“文以明道”提供了转向的基础。

① 《苏氏文集序》。
② 《与乐秀才第一书》。
③ 《送徐无党南归序》。
④ 《答吴充秀才书》。
⑤ 《朱子语类》卷一三九。

二、“诗穷而后工”

欧阳修对韩愈加以继承的另一个方面，是“穷而后工”说。

韩愈曾提出过“不平则鸣”“欢愉之辞难工，而穷苦之辞易好”，为英雄失路、君子失位抒发个人不平之情张目。由此可见，韩愈主张文以载道，并未导致谄谀的文学和对个人情感的扼杀。相反，君子失位时通过抒发不平之情实现讽刺功能，正是儒家道德美学的应有之义。历史上那些坚持儒道的文人无不如此。如司马迁是儒家道德观念很强的人，然而就是他在《史记·太史公自序》中提出过“发愤著书”说。杜甫《天末怀李白》说“文章憎命达”，白居易《序洛诗》称“文士多数奇，诗人尤命薄”，易言之即“数奇”“命薄”之人自然会托言文章，成为“文士”，故诗人文士借助诗文表达自己的遭遇、抒发自己的情感并无不妥。韩愈在肯定“不平则鸣”权利的基础上进一步提出，正是不幸的人生遭遇所引起的真实情感才可使文辞获得打动人心的美学魅力，此即所谓“穷苦之言易好”。欧阳修承此而来，他在《梅圣俞诗集序》中进一步阐述这一审美现象：“予闻世谓诗人少达而多穷，夫岂然哉！盖世所传诗者，多出于古穷人之辞也。凡士之蕴其所有而不得施于世者，多喜自放于山巅水涯，外见虫鱼草木风云鸟兽之状类，往往探其奇怪；内有忧思感愤之郁积，其兴于怨刺，以道羁臣寡妇之所叹，而写人情之难言，盖愈穷则愈工，然则非诗之能穷人，殆穷而后工也。”欧阳修此论，可以说是中国美学相关言论的总结，宋末刘辰翁曾发表过类似意见①，然已无多少新意，影响也不大。

三、“事信言文”、辞达为美

在坚持道德充实的前提下注意文辞美的锤炼，这是欧阳修继承韩愈文艺美学的另一侧面，也是后来被苏轼等后学弘扬而为道学家所不满并加以舍弃的地方。根据是孔子的那句“言文行远”。

《代人上王枢密求先集序书》指出：

① 《不平鸣诗序》。

《传》曰："言之无文，行而不远。"君子之所学也，言以载事，而文以饰言。事信言文，乃能表见于后世。《诗》《书》《易》《春秋》，皆善载事而尤文者，故其传尤远。

这表明，欧阳修虽然反对一味在文辞上下功夫，但并不反对在道充事信的前提下追求"言文"，即语言文字的美。

欧阳修所说的"言文"，即文辞的美，究竟是怎样的呢？

首先，它不是内容空洞、言之无物、"弃百事不关于心"、"尽心于文字间"的纯形式美，这已如前所述。

其次，它也不是古文家、西昆派末流艰涩怪僻的文辞。与欧阳修同时的石介倡导文道合一，排斥道外之文，为反击唯形式美的西昆体而形成了一种艰涩怪僻的文风，人称"太学体"。[①] 其文句如"狼子豹孙，林林逐逐"，"天地轧，万物茁，圣人发"。欧阳修虽然在由道求文这点上与石介属于同道，但对石介推波助澜形成的怪涩文风则不以为然。其诗文革新的矛头所指主要在此。据欧阳发等述《先公事迹》记其事云："嘉祐二年，先公（欧阳修）知贡举。时学者为文，以新奇相尚，文体大坏。僻涩如'狼子豹孙，林林逐逐'之语，怪诞如'周公伻图，禹操畚锸，傅说负版筑，来筑太平之基'之说。公深革其弊，一时以怪僻知名、在高等者，黜落几尽。"沈括《梦溪笔谈》卷九载："士人刘几，累为国学第一人，骤为怪险之语，学者翕然效之，遂成风俗。欧阳公深恶之。会公主文，决意痛惩，凡为新文者，一切弃黜，时体为之一变，欧阳之功也。有一举人论曰：'天地轧，万物茁，圣人发。'公曰：'此必刘几也。'戏续之曰：'秀才刺，试官刷。'乃以大朱笔横抹之，自首至尾，谓之'红勒帛'，判大'纰缪'字榜之。既而果几也。"不仅古文创作中有"怪僻而不可读"[②] 的流弊，西昆体末流亦有此流弊。欧阳修《六一诗话》谓："杨大年与钱、刘数公唱和，自《西昆集》出，时人争效之，诗体一变。而先生老辈患其多用故事，至于语僻难晓，殊

① 《续资治通鉴》卷一五八韩琦《文忠欧阳公墓志铭》记载这种情况是："尔来文格日失其旧，各出新意，相胜为奇。至太学盛建，而讲官石介益加崇长，因其好尚，寖以成风。以怪诞诋讪为高，以流荡猥琐为赡，逾越绳墨，惑误后学。"

② 苏轼：《谢南省主文启·欧阳内翰》。

不知自是学者之弊。”欧阳修诗文革新的对象，主要指这种怪僻难晓、不可卒读的文风，因为它落入了另一种形式主义。

那么，欧阳修心目中的文辞美究竟是怎样的呢？就是“唯意所之”的“辞达”之美。“辞达”之美是孔子提出来的①。“辞”所“达”的对象是“意”。所谓“达”，既非辞过乎意，亦非辞不及意，而是辞恰到好处地表达了意，辞是相称于意之辞，是意的合适表现形式。《论语·卫灵公》何晏《集解》引孔安国语：“凡事莫过于实，辞达则足矣，不烦文艳之辞。”《仪礼·聘礼》谓：“辞多则史，少则不达。”正是此意。欧阳修虽然没有直接使用“辞达”一语说明文辞美，但其思想却指向辞达美。韩愈诗文有多种风格，在欧阳修看来，都是“唯意所之”的表现，“疾徐中节”，故为“天下之至工”。《六一诗话》云：“退之笔力，无施不可……然其资谈笑，助谐谑，叙人情，状物态，一寓于诗，而曲尽其妙。……余独爱其工于用韵也。盖其得韵宽，则波澜横溢；泛入傍韵，乍还乍离，出入回合，殆不拘以常格……得韵窄，则不复傍出，而因难见巧，愈险愈奇……余尝与圣俞论此，以谓譬如善驭良马者，通衢广陌，纵横驰逐，唯意所之，至于水曲蚁封（丘），疾徐中节，而不少蹉跌，乃天下之至工也。”对于李白豪放的风格，欧阳修掩饰不住内心的偏爱。他是最早提出李白有胜于杜甫之处的人（这一点为后来苏轼在创作和理论上所继承），如《笔说·李白、杜甫诗优劣说》云：

> 至于“清风明月不用一钱买，玉山自倒非人推”，然后见其横放……杜甫于白，得其一节，而精强过之，至于天才自放，非甫可到也。

然而欧阳修也没有排斥其他风格，因为不同的文辞风格是不同文意的合适表现。如《读蟠桃诗寄子美（梅尧臣）》肯定孟穷韩富的诗风：“孟穷苦累累，韩富浩穰穰。穷者啄其精，富者烂文章。发声一为宫，揪敛一为商。二律虽不同，合奏乃锵锵。”同理，他崇尚散句单行的“古文”，也不排斥“委曲精尽”的骈文。《论尹师鲁墓志》说：“偶俪之文，苟合于理，未必为非。”《笔说》称道“苏氏父子以四六文述叙，委曲精尽”。而欧阳修自己也写过骈文，是骈文高手。值得注意的是欧阳修崇尚文辞简洁的事例。如《醉翁亭记》“初说滁州四面有山，凡

① 《论语·卫灵公》。

数十字，末后改定，只曰‘环滁皆山也’五字而已”①。又“有人记奔马践死一犬，其文为‘有犬卧于通衢，逸马蹄而杀之’。欧阳文忠公曰：‘使子修史，万卷未已也。’改为‘逸马杀犬于道。’”有人认为这是欧阳修一味尚简的表现。其实，这恰恰是崇尚辞达的证明。在欧阳修看来，只要把意思表达清楚了，就是“达”。超过这一需要的文辞就“过”了，多余了。《与渑池徐宰》云：“然著撰苟多，他日更自精择，少去其繁，则峻洁矣。然不必勉强。勉强简洁之，则不流畅，须待自然之至。”“勉强简洁之”，那叫片面尚简。择精去繁，“峻洁”而不失“流畅”，这叫“达”。韩愈说过，他为文，“不师难，不师易，不师多，不师少，唯师是尔”②。“是”即合适之意，亦即文辞相称于内容之谓也。

第六节　朱熹：“道者文之根本”

朱熹（1130—1200），字元晦，号晦庵，徽州婺源（今属江西）人。南宋绍兴十八年进士，官至华文阁待制，谥曰文。做过九年地方官，在朝廷任职四十天，一生大部分时间在讲学和著述。著作甚富，影响较大的有《四书集注》《诗集传》《楚辞集注》《朱子语类》等。诗文则有后人编纂的《晦庵先生朱文公文集》一百卷、《续集》十一卷、《别集》十卷。《宋史》卷四百二十九《道学传》有传。

朱熹是宋代理学的集大成者。其美学思想以“道”为根本，反对“文”的独立价值和地位，在坚持道德美学的前提下，又对诗的赋、比、兴创作方法和审美方法做了有益的探讨。与古文家比较，我们发现一个有趣的现象：正如古文家以文学家自命而大力倡导道德美一样，理学家以道德家自命而对文辞美实际上亦有所贡献。在道本文末这一基本倾向上，二者实无质的分别。

---

① 《朱子语类》卷一三九。

② 转引自王禹偁《答张扶书》。

一、“文者道之枝叶”

理学家的美学即道德美学。朱熹的道德美学是在论述“道 ”与“文”的关系时集中展示的。唐宋古文家要求“文以贯道”，说到底是为了通过“贯道”提高“文”的价值，着眼点在“文”。朱熹的着眼点、立足点则在“道”，他只能容忍从“道”中自然流出之“文”，而不能容忍“贯道”之“文”，虽然在文本上二者看不出什么分别。《朱子语类》卷一百三十九云：

> 道者文之根本，文者道之枝叶。唯其根本乎道，所以发之于文皆道也。三代圣贤文章，皆从此心写出，文便是道。今东坡之言曰：“吾所谓文，必与道俱。”则是文自文，而道自道，待作文时，旋去讨个道来入放里面，此是他大病处。……说出他本根病痛所以然处，缘他都是因作文（按：立足点是“文”）却渐渐说上道理来，不是先理会得道理了方作文（道先文后，道本文末），所以大本都差。
>
> 才卿问：“韩文李汉序头一句（按：即李汉《昌黎先生集序》首句云：“文者，贯道之器也。”）甚好。”（朱熹）曰：“公道好，某看来有病。”陈曰：“‘文者贯道之器’。且如六经是文，其中所道皆是这道理，如何有病？”曰：“不然。这文（六经之文）皆是从道中流出，岂有文反能贯道之理？文是文，道是道，文只如吃饭时下饭耳。若以文贯道，却是把本为末，以末为本，可乎？”……因说苏文害正道……
>
> 圣人之言，坦易明白，因言以明道。

《与汪尚书》云：“若问唯其文之取，而不复议其理之是非，则是道自道、文自文也。道外有物，固不足以为道。”《读唐志》云：“古之圣贤，其文可谓盛然矣，然初岂有意学为如是之文哉！有是实于中，则必有是文于外……圣贤之心既有是精明纯粹之实以旁（磅）薄充实乎其内，则其著见于外者亦必自然条理分明，光辉发越而不可掩。盖不必托于言语、著于简册而后谓之‘文’，但自一身接于万事，凡其语默动静，人所可得而见者，无所适而非‘文’也。”朱熹说的“因言以明道”，与李汉说的“文者，贯道之器”、柳宗元说的“文以明道”表面上确难看出什么不同，不过在出发点、立足点、侧重点上，朱熹认为确有本质不同。古文家所云“文是文，道是道”，“是二本，非一本”①，把“文”与“道”看成两个可以独立的东西，首先陷入了二元论。其次，为了“作文”，临时讨个道放在文里，以提高文的价值，还是以文为本，以道为末，本末倒置。朱熹则认为，“文”与“道”是不可分开的“一本”，“文便是道”；若要分出轻重，则“文”不过是“道”之“本”上长出的“枝叶”，“道”是“本”，“文”是“末”。不只文辞之“文”是道的表现，人生的一切文饰之美无不是道的光辉显现。朱熹认为，这就是理学家与古文家道德美学的根本不同。

二、“文词，一小伎耳”

理学家的人生追求，是“太上立德”，做一个道德君子。与这个远大目标相比，舞文弄墨，就显得是雕虫小技，仅以此为务，只能是与道德君子相距甚远的“小人”。朱熹说：“至于文词，一小伎耳。以言乎迩，则不足以治己；以言乎远，则无以治人。是亦何所与于人心之存亡、世道之隆替，而校其利害，勤恳反复，至于连篇累牍而不厌耶?”②“‘辞欲巧’乃断章取义。有德者言虽巧，色虽令，无害。若徒巧言令色，小人而已。”③因此他批评舍道德义理而唯文词是务的纯文学倾向：“文字之设，要以达吾之意而已。政（正）使极其高妙（指文词高妙）而于理无得焉，则亦何所益于吾身，而何所用于斯世?”④“用力于文词，不若穷经观史以求义理，而措诸事业之为实也。”⑤“文而无理，又安足以为文乎?”⑥“今人作文，皆不足为文。大抵专务节字，更易新好生面辞语。至说义理处，又不肯分晓。”⑦他与唐宋古文家的分歧亦在于此：“予谓老苏，但为欲学古人说话声响，极为细事，乃肯用功如此。……如韩退之、柳子厚辈亦是如此。……然皆只是要做好文章，令人称赏而已。究竟何预己事，却用了许多岁月，费

① 《朱子语类》卷一百三十九评苏轼语。
② 《答汪叔耕》。
③ 《答范伯崇》。
④ 《答曾景建》。
⑤ 《答汪叔耕》。
⑥ 《与汪尚书》。
⑦ 《朱子语类》卷一百三十九。

了许多精神，甚可惜也。"① "……韩愈氏出，始慨然号于一世，欲追诗书六艺之作，而弊精神、靡岁月，有甚于前世诸人之所为者。……自是以来，又复衰歇数十百年，而后欧阳子出。然考其终身之言与其行事之实，则恐其亦未免于韩氏之病也。"② 朱熹特别指出，韩愈倡导的古文运动虽然标举"古道"，但"他只是要做得言语似六经便以为传道，至其每日工夫只是做诗博弈，酣饮取乐而已"，本色上还是文学家，"古文之与时文，其使学者舍本逐末，为害等尔"③。

由此，朱熹进而追根溯源，批评这种形式主义的唯美倾向其实在孟子死后就一直存在着："孟轲氏没，圣学失传，天下之士背本趋末，不求知道养德以充其内，而汲汲乎徒以文章为事业。然在战国之时，若申、商、孙、吴之术，苏、张、范、蔡之辩，列御寇、庄周、荀况之言，屈平之赋，④ 以至秦汉之间韩非、李斯、陆生、贾傅、董相、史迁、刘向、班固，下至严安、徐乐之流，犹皆先有其实，而后托之于言；唯其无本，而不能一出于道，是以君子犹或羞之。及至宋玉、相如、王褒、扬雄之徒，则一以浮华为尚，而无实之可言矣……东京以降，讫于隋唐数百年间，愈下愈衰，则其去道益远，而无实之文，亦无足论。"⑤ 在朱熹看来，战国以后愈演愈烈的"去道益远""浮华为尚"的风气虽然遭到韩愈的矫正，但韩愈并未真正解决问题，其以"古文"相号召，把人们带入了另一种形式主义歧途。影响之大，延及当朝，"诸公文章驰骋好异，止缘好异，所以见异端新奇之说从而好之"。朱熹强调美学上的道德一元论，不仅为了取代战国以来美学上的形式一元论（其实这种观点并不准确），而且要堵死唐宋古文家在美学上的文、道二元论。

三、诗之美丑在志之高下

诗是"文"的一种形态。基于对"文"的上述美学见解，朱熹不赞成以

① 《沧洲精舍谕学者》。

② 《读唐志》。

③ 《答徐载叔》。

④ 朱熹这里虽对屈原表示不满，但在《楚辞集注序》中又肯定其作品是"皆出于忠君爱国之诚心"，有助于"增夫三纲五典之重"，而不同意把屈赋视为"词人之赋"。

⑤ 《读唐志》。

“辞”为据论诗之工拙，而主张以“志”为本论诗之美丑。《答杨宋卿》云：

> 熹闻：“诗者志之所之，在心为志，发言为诗。”然则诗者岂复有工拙哉？亦视其志之所向者高下如何者。是以古之君子，德足以求其志，必出于高明纯一之地，其于诗固不学而能之，至于格律之精粗，用韵属对、比事遣辞之善否，今以魏晋以前诸贤之作考之，盖未有用意于其间者，而况于古诗之流乎？近世作者，乃始留情于此，故诗有工拙之论，而葩藻之词胜，言志之功隐矣。

同理，为诗所配的音乐也不能作为评价诗的审美价值的根本。《答陈体仁》批评“诗本为乐而作”的浅薄之见：

> 来教谓诗本为乐而作，故今学者必以声求之……然愚意有不能无疑者。盖……诗之作本为言志而已。方其诗也，未有歌也；及其歌也，未有乐也。以声依永，以律和声，则乐乃为诗而作，非诗为乐而作也。……是以凡圣贤之言诗，主于声者少，而发其义者多。仲尼所谓“思无邪”，孟子所谓“以意逆志”者，诚以诗之所以作，本乎其志之所存，然后诗可得而言也。得其志而不得其声者有矣，未有不得其志而能通其声者也。……故愚意窃以为诗出乎志者也，乐出乎诗者也。然则志者诗之本，而乐者其末也，末虽亡不害本之存。

从“志”之“高下”出发，朱熹评价诗歌发展，提出“古今之诗，凡有三变”说：

> ……尝问考诗之原委，因知古今之诗，凡有三变。盖自书传所记、虞夏以来，下及魏晋，自为一等。自晋宋间颜、谢以后，下及唐初，自为一等。自沈、宋以后，定著律诗，下及今日，又为一等。然自唐初以前，其为诗者，固有高下，而法犹未变。至律诗出，而后诗之与法始皆大变。以至今日，益巧益密，而无复古人之风矣。故尝妄欲抄取经史诸书所载韵语，下及《文选》、汉魏古词，以尽乎郭景纯、陶渊明之所作自为一编，而附于《三百篇》《楚辞》之后，以为诗之根本准则。又于其下二等之中，择其近于古

者，各为一编，以为之羽翼舆卫。①

朱熹认为诗的最高典范是《诗经》《楚辞》（所以他著《诗集传》《楚辞集注》）。它们所以是典范，在于《诗经》如孔子所云“思无邪”，《楚辞》“皆出于忠君爱国之心”。这以后，诗就随着“志”的失落和文辞声律的提升逐渐走下坡路，魏晋之前总体情况尚可（故他对陶渊明多有所肯定），齐、梁间已经不行（如《清邃阁论诗》云：“齐、梁间人诗，读之使人四肢懒慢、不收拾。”）唐初律诗定型后，人们把整个心思用在声律上，全不知诗为“志之所之”，诗道因之大丧（虽然他对其后个别人的个别诗有所肯定，如李白、杜甫）。

朱熹的诗歌发展论与他的文学发展论在总体评价上几乎是一致的，即今不如昔、古胜于今。这一评价并不否认诗文在形式美方面取得的成就，但他认为，恰恰是这些成就牺牲了诗文得以立足的义理道德根本，而古代诗文恰恰不是这样的，所以古胜于今，今不如昔。

四、不废文辞之“文”

朱熹的文艺美学是道德一元论的美学。不过，他并没有将道德一元论贯彻到底。正如孔子所说的“言而无文，行之不远”一样，哪怕是道德义理的文字表现，也有一个文字表现的规律、技巧问题。只要与文章打交道，就回避不了这个问题。朱熹不仅给《诗经》《楚辞》《四书》作注，而且一生写下了上百卷文章，其中包含多卷诗歌，他也绕不开这一问题。所以同一个朱熹，有时又表现出与道德一元论相矛盾的关于形式美的意见和思想。

比如他对韩愈、苏轼等古文家，既有所不满，又有所肯定。肯定主要着眼于其文辞：“韩退之议论正，规模阔大，然不如柳子厚较精密。文字到欧、曾、苏……方是畅。……东坡文字明快，老苏文雄浑，尽有好处。如欧公、曾南丰，韩昌黎之文，岂可不看？柳文虽不全好，亦当择。”② “苏氏文辞伟丽，近世无匹，

① 《答巩仲至》。

② 《朱子语类》卷一百三十九。

若欲作文，自不妨模范。”① 因此，朱熹曾倾力于韩文，著《昌黎先生集考异》②。

关于咏物抒情的闲适诗，朱熹也不像程颐那样一刀切，而表现出一定的宽容。《清邃阁论诗》云：“作诗间以数句适怀亦不妨，但不用多作，盖（多作）便是陷溺尔。”他自己的诗作中也不乏这样的“闲言语”，试举几首为例：“幽壑潺湲小水通，茅茨烟雨竹篱空。梅花乱发篱边树，似倚寒枝恨朔风。”③ “山中绿玉树，萧洒向秋深。小阁芬微度，书帷气欲侵。披怀清露晓，遇赏夕岚阴。珍重王孙意，天涯泪满襟。”④ “井梧已飘黄，涧树犹含碧。烟水但逶迤，空斋坐萧瑟。”⑤ “冲飚动高柳，渌水淡微波。日照秋空净，雨余寒草多。”⑥ 不仅创作上如此，而且评论中亦流露过声律美追求。《朱子语类》卷一百四十载：

> 举南轩诗云：“卧听急雨打芭蕉。”先生曰：“此句不响。”（先生）曰：“不若作‘卧听急雨到芭蕉’。”

为什么“打”不如“到”呢？因为“打”为上声字，“到”为去声字。“打”与“雨”上声叠用，音节的高低没有变化，所以“不响”。而在上声字“雨”前置一去声字“到”，音节上显出高低抑扬，所以“响”。⑦ 宋人论诗，注重音节的抑扬顿挫，追求音韵的响亮美，如严羽《沧浪诗话》说：“下字贵响。”姜白石《白石道人诗说》：“句法欲响。”吕本中《童蒙训》：“潘邠老言七言诗第五字要响……五言诗第三字要响。”朱熹情不自禁地受到形式主义诗学的影响，亦以“响”求诗，从而表现出与“道胜文至”、不必在文辞声律上用功不同的旨趣。

五、关于“赋”“比”“兴”的解释

赋、比、兴作为创作方法，属于形式美学的范畴。由于它们为《诗经》所

① 《答程允夫》。

② 《昌黎先生集考异》，上海古籍出版社、安徽教育出版社2001年版。

③ 《梅花绝句》之二。

④ 《岩桂》。

⑤ 《秋怀》。

⑥ 《喜晴》。

⑦ 解释从周秉钧《古汉语纲要》，湖南人民出版社1981年版，第510页。

运用，便披上了一层道德美学的外衣，然而这并不能改变其形式技巧的美学实质。朱熹吸收以前的训诂学成果，对此作了重新解释，成为这方面研究的集大成者。此后，朱熹的解释成为诗学界通行的权威解释。

何为“赋”？朱熹说：“赋者，敷陈其事而直言之者也。”① “赋则直陈其事。”② “直指其名，直叙其事者，赋也。”③ “赋”的对象是“事”，“赋”的手法是“直陈”、铺叙、不绕弯子。这层意思，前人都这么说，没有异议。

何为“比”？朱熹说：“比者，以彼物比此物也。”④ “比则取物为比。”⑤ “引物为况者，比也。”⑥ “比”就是以同类事物比同类事物，即比喻。《楚辞辩证·离骚》分析王逸《楚辞章句序》关于《离骚》比喻用法评论的得失：

> 王逸曰：“《离骚》之文，依《诗》取兴（引者按：即喻也，比也），引类譬喻。故善鸟香草，以配忠贞；恶禽臭物，以比谗佞；灵修美人，以媲于君；宓妃佚女，以譬贤臣；虬龙鸾凤，以托君子；飘风云霓，以为小人。”今按逸此言，有得有失。其言配忠贞、比谗佞、灵修美人者，得之；盖即《诗》所谓“比”也。若“宓妃佚女”，则便是“美人”，“虬龙鸾凤”亦“善鸟”之类耳，不当别出一条，更立他义也。“飘风云霓”，亦非“小人”之比。逸说皆误。⑦

朱熹批评王逸涉及两方面：一是不同类的事物不能用作类比，如以为“飘风云霓”比喻“小人”就犯了这种错误，而《离骚》中并非如此。二是概念重复，如“美人”包括“宓妃佚女”，“善鸟”包括“虬龙鸾凤”，在“善鸟香草，以配忠贞”之外再说“虬龙鸾凤，以托君子”，在“灵修美人，以媲于君”之外再说“宓妃佚女，以譬贤臣”，有重复之嫌。

何为“兴”？《诗集传》卷一谓：“兴者，先言他物以引起所咏之词也。”《楚

---

① 《楚辞集传》卷一。
② 《诗集传》卷一。
③ 《朱子语类》卷八十。
④ 《诗集传》卷一。
⑤ 《楚辞集注》卷一。
⑥ 《朱子语类》卷八十。
⑦ 《楚辞集注》，上海古籍出版社 1979 年版。

辞集注》卷一谓："兴则托物兴词。"《答何叔京》谓："兴乃兴起之义。本要言其事，而虚用两句钓起，因而接续去者，兴也。"可见"兴"即起兴、发端的方法。它可以用于一篇的开头，如"关关雎鸠，在河之洲；窈窕淑女，君子好逑"中的"关关雎鸠，在河之洲"，朱熹说："兴也。"也可以用在一章的开头，如《风·周南·关雎》中第二章"参差荇菜，左右流之；窈窕淑女，寤寐求之"，朱熹认为这里就用了"兴"法。结合作品，朱熹指出："《诗》之兴多而比、赋少，《骚》则兴少而比、赋多，要必辨此，而后词义可寻，读者不可不察也。"

朱熹"赋比兴"论的最大贡献，是将过去纠缠不清的"比""兴"方法明确区分开来，从此，"比"就是比喻，"兴"就是发端。这种观念凭借朱熹在儒学和诗学界的地位和影响被确定下来，从而推动了宋人关于赋、比、兴的研究。李仲蒙云："叙物以言情谓之'赋'，情物尽也；索物以托情谓之'比'，情附物者也；触物以起情谓之'兴'，物动情者也。"① 对比、兴的区别与朱熹大致相同，但对"赋"的解释则比朱熹全面。朱熹认为赋只是言事，李仲蒙认为赋是通过"叙物"（即陈事）来"言情"。而赋、比、兴都是诗歌言情的方法。这种解释，体现了中国诗歌美学的心灵精神。陈骙（1128—1203）的《文则》深入分析了比喻方法，指出诗文中的"取喻之法，大概有十"，标志着比喻研究在中国文学美学史上的高峰，特列于后，备参：

一曰直喻。或言犹，或言若，或言如，或言似，灼然可见。《孟子》曰："犹缘木而求鱼也。"《书》曰："若朽索之驭六马。"《论语》曰："譬如北辰。"《庄子》曰："凄然似秋。"此类是也。

二曰隐喻。其文虽晦，义则可寻。《礼记》曰："诸侯不下渔色。"（谓国君内取国中，象捕鱼，然中网取之，是无所择。）《国语》曰："殁平公，军无秕政。"（秕，谷之不成者，以喻政。）又曰："虽蝎谮，焉避之。"（蝎，木虫。谮从中起，如蝎食木，木不能避也。）《左氏传》曰："是豢吴也夫。"（若人养牺牲。）《公羊传》曰："其诸为其双双而俱至者与？"（言齐高固及子叔姬来，其双双行匹至似于鸟兽，《山海经》有兽名双双。）此类是也。

三曰类喻。取其一类，以次喻之。《书》曰："王省唯岁，师尹唯日，

① 转引自胡寅《致李叔易书》，《斐然集》卷十八。

卿士唯月。”岁、月、日，一类也。贾谊《新书》曰：“天子如堂，群臣如陛，众庶如地。”堂、陛、地，一类也。此类是也。

四曰诘喻。虽为喻文，似成诘难。《论语》曰：“虎兕出于柙，龟玉毁于椟中，是谁之过欤?”《左氏传》曰：“人之有墙，以蔽恶也，墙之隙坏，谁之咎也?”此类是也。

五曰对喻。先比后证，上下相符。《庄子》曰：“鱼相忘乎江湖，人相忘乎道术。”《荀子》曰：“流丸止于瓯臾，流言止于智者。”此类是也。

六曰博喻。取以为喻，不一而足。《书》曰：“若金，用汝作砺；若济巨川，用汝作舟楫；若岁不旱，用汝作霖雨。”《荀子》曰：“犹以指测河也，犹以戈舂黍也，犹以锥飧壶也。”此类是也。

七曰简喻。其文虽略，而意甚明。《左氏传》曰：“名，德之舆也。”《扬子》曰：“仁，宅也。”此类是也。

八曰详喻。须假多辞，然后义显。《荀子》曰：“夫耀蝉者，务在其明乎火，振其木而已，火不明，虽振其木无益也；今人主有能明其德，则天下归之，若蝉之归明火也。”此类是也。

九曰引喻。援取前言，以证其事。《左氏传》曰：“谚所谓庇焉而纵寻斧焉者也。”《礼记》曰：“蛾子时术之，其此之谓乎?”此类是也。

十曰虚喻。既不指物，亦不指事。《论语》曰：“其言似不足者。”《老子》曰：“飂兮似无所止。”此类是也。①

六、诗的审美方法：“沉潜讽诵”“咀嚼滋味”

诗是“言志”、咏情的。诗在言志咏情时又常常通过赋物、比兴之手法，这就使得诗意的表现“委曲折旋”，不够明显。所以朱熹强调，诗的审美方法是从容不迫，优游涵泳，沉潜讽诵。《朱子语类》云：“读诗正在于吟咏讽诵，观其委曲折旋之意。”②“问《野有死麕》，曰：读书（按：此指诗）之法，须识得大义，得他滋味。没要紧处，纵理会得也无益。大凡读书，多在讽诵中见义理，况

① 陈骙：《文则》，刘明辉校点，人民文学出版社1960年版。

② 《朱子语类》卷八十。

诗又全在讽诵之功，所谓清庙之瑟，一唱而三叹。一人唱之，三人和之，方有意思。”① “当时解诗时，且读本文四五十遍，已得六七分，却看诸人说与我意如何，大纲都得之。又读三四十遍，则道理流通自得矣。”② “诗……须是沉潜讽诵，玩味义理，咀嚼滋味，方有所益。若只草草看过，一部《诗》只两三日可了，但不得滋味，也记不得，全不济事。古人说：‘诗可以兴。’须是读了有兴起处，方是读诗。”③ 又据魏庆之《诗人玉屑》卷十三，朱熹曾说过这样的话：“诗须是沉潜讽诵，玩味义理，咀嚼滋味，方有所益。”“看诗不须着意去里面分解，但是平平地涵泳自好。”“须是先将诗来吟咏四五十遍了，方可看注。看了又吟咏三四十遍，便意思自然融液浃洽，方有见处。”朱熹还指出，读诗之法与一般的读书之法不同，“诗者，人心之感物而形于言之余也”④，“《三百篇》，情性之本”⑤，“如《春秋》《书》《礼》”这样的书，“一字皆有理”，“如诗亦要逐字将理去读，便都碍了”⑥。易言之，读《春秋》《尚书》《礼记》是识理的活动，读诗是入情的活动，诗中即便有义理，亦融化在情性中。

朱熹倡导的这种优游涵泳、反复咀嚼的诗歌审美方法切合诗歌的审美特质，在当时和后世发生了很大影响。陆游《何君墓表》指出，诗“有一读再读至十百读乃见其妙者”。刘开《读诗说》云：“读诗之法奈何？曰：从容讽诵以习其辞，优游浸润以绎其旨，涵泳默会以得其归，往复低徊以尽其致……是乃所为善读诗也。”元好问《与张中杰郎中论文》云：“文须字字作，亦要字字读，咀嚼有余味，百过良未足。”清人贺贻孙《诗筏》曰：“李杜诗，韩苏文，但诵一二首，似可学而至焉。试更诵数十首，方觉其妙。诵及全集，愈多愈妙。反复朗诵，至数十百过，口颔涎流，滋味无穷，咀嚼不尽，乃至自少至老，诵之不辍，其境愈熟，其味愈长。”这些言论，与朱熹何其相似。

① 《朱子语类》卷一百四十。
② 《朱子语类》卷八十。
③ 《朱子语类》卷八十。
④ 《诗集传序》。
⑤ 转引自魏庆之《诗人玉屑》卷十三。
⑥ 《朱子语类》卷一百三十九。

第七节　道德美学的拓展与补充

隋唐宋元时期，另有一部分文学理论不同于儒家道德美学在内容上那么狭隘。它们用不逾越“道”而又比“道”宽泛、与“情”相融的“意”作为文章内容的本体，强调“文以意为主”，探讨着文学表情达意的审美规律，可视为道德美学的拓展与补充。

一、杜牧：“文以意为主”

杜牧（803—852），字牧之，京兆万年（今陕西西安）人。晚唐太和二年进士。曾任司勋员外郎、中书舍人等职。有《樊川文集》行世。

在中国文学美学史上，杜牧最值得人们注意的是他的《答庄充书》提出的“文以意为主”命题。《答庄充书》云：“凡为文以意为主，以气为辅，以辞彩章句为之兵卫。未有主强盛而辅不飘逸者，兵卫不华赫而庄整者。……苟意不先立，止以文彩辞句绕前捧后，是言愈多而理愈乱，如入阛阓，纷纷然莫知其谁，暮散而已。是以意全胜者，辞愈朴而文愈高；意不胜者，辞愈华而文愈鄙。是意能遣辞，辞不能成意。大抵为文之旨如此。”杜牧是晋代名将杜预的后代，曾为《孙子兵法》作注。这则文论以兵法比文法，说明写文章须“以意为主”“以辞彩章句为之兵卫”。所谓“为主”，有两方面含义。一是审美价值论。只要“意胜”，即便“辞朴”，也是“高文”，如果“意不胜”，即便“辞华”，也是“鄙文”。“文高”“文鄙”，均是审美判断，它由“意”来决定。“意”是文学审美价值的核心。二是创作方法论。要“先意气而后辞句”，以“意”“遣辞”，而不能先辞后意，喧宾夺主。

杜牧的先祖杜预不仅是武将，亦是硕儒，曾为《春秋左传》作注。其祖父杜佑著《通典》二百卷，亦为大儒。杜牧对自己“世业儒学”的家风颇为自负，深受儒家思想濡染。在杜牧之前，韩愈倡导古文运动，唯“古道”是求。杜牧并没有加入这一行列。他以“意”代“道”，不说“文以道为主”，而说“文以意为主”，显然更符合文学创作的自律。杜牧所说的“意”与“道”并不矛盾。《答庄充书》云：“观足下所为文百余篇，实先意气而后辞句，慕古而尚仁义者。”可见“意气”包含“仁义”。然而，“意”肯定不等于“道”，它比“道”更自由、更宽泛、更个性化。杜牧“意、气”联言，也证明了这一点。

杜牧“文以意为主”命题对后世影响巨大。苏轼《答王庠书》称道王庠“所示著述文字”“大略能道意所欲言者”，又说：“辞至于达，足矣，不可以有加矣。”魏庆之《诗人玉屑》卷六云：“诗以意义为主，文词次之。意深义高，虽文词平易，自是奇作。”赵秉文《竹溪先生文集引》：“文以意为主，辞以达意而已。古之文不尚虚饰，因事遣词，形吾心之所欲言者耳。”王若虚《滹南诗话》引周德清语：“文章以意为主，字语为之役，主强而役弱，则无使不从。”这些都可看出杜牧文学主张的影响。

二、司空图：“思与境偕”“意象欲出”

司空图（837—908），字表圣，河中虞乡（今山西永济）人。唐咸通末进士，官中书舍人。农民大起义后，隐居中条山王官谷。后梁太祖朱温代唐，唐哀帝被杀，图不食而死。有《司空表圣文集》十卷、《司空表圣诗集》三卷及论诗著作《二十四诗品》。司空图的诗论探讨的诗歌审美规律是“全美”的“味外之旨”“韵外之致”，是“意象欲出”“思与境谐”。

司空图论诗之美，以“全美”“醇美”相尚。古代“美”与“味”相通互训，故“全美”“醇美”是与部分的美、有限的味相对的美学范畴，指“味外之旨”、无味之味。《与李生论诗书》说：“今足下之诗……倘复以全美为工，即知味外之旨矣。”“文之难，而诗之尤难。古今之喻多矣，而愚以为辨于味而后可以言诗也。江岭之南，凡是（本书引自《四部丛刊》本《司空表圣文集》卷二，《全唐文》作“足”）资于适口者，若醯（醋），非不酸也，止于酸而已。若鹾（盐），非不咸也，止于咸而已。华（中原地区）之人以充饥而遽辍者，知其咸酸之外，醇（和也）美者有所乏耳。”老庄为代表的道家美学认为，有味之味是有限之味、部分之味，无味之味才是无限之味、完全之味。以此观照现实，像醋味酸，盐味咸，都只有部分之味、有限之味；水性淡而无味，但因此也没有任何缺憾，具有醇和之美，可使人久食不厌，因而是全味、至味，被奉为“玄酒”。

同理，诗歌中“纤秾”“绮丽”“雄浑”“豪放”“沉著”“劲健”等风格的美亦如醋、如盐，只是部分、有限的美，所谓“浓尽必枯”①，而“冲淡”“自然”“含蓄”之美则“淡者屡深”②，“近而不浮，远而不尽”，有“韵外之致”“味外之旨”③，因而是“全美”，就如同水是至味一样。因此，尽管《诗品》论述到二十四种风格美，但司空图真正心仪的是王维、韦应物一系的平淡诗。《与王驾评诗书》云：“右丞、苏州趣味澄夐，若清风之出岫。”“元、白力勍而气孱，乃都市豪估耳。”在这种扬抑之中，平淡的审美趣味分明可见。而司空图本人的诗歌创作也可归入“冲淡”一系，正如他在《诗品》所说：“遇之匪深，即之愈希。脱有形似，握手已违。”对此，清人许印芳《与李生论诗书跋》有所发明：“表圣论诗，味在酸咸之外，因举右丞、苏州，以示准的。此是诗家高格，不善学之，易落空套。唐人中，王、孟、韦、柳四家，诗格相近，其诗皆从苦吟而得。人但见其澄淡精致，而不知其几经陶洗而后得澄瀹，几经镕炼而后得精致。”“功候深时，精义内含，淡语亦浓，宝光外溢，朴语亦华。既臻斯境，韵外之致，可得而言。”④

接下来的问题是：这种“全美”式的“韵外之致”“味外之旨”如何创造？司空图提出的方法是：“不著一字，尽得风流。”⑤“情性所至，妙不自寻。”⑥如何做到这一点？那就是“思与境偕”⑦，“意象欲出”⑧，化“意”“思”为“境象”，“离形得似”⑨，从而产生“象外之象、景外之景”⑩的无穷想象，使人回味到“境象”中的无穷意味，亦即“韵外之致”“味外之旨”。所谓“象外之象”“景外之景”，是相对于“象内之象”“景内之景”而言的。前者附着于后者之上。“象内之象”“景内之景”，即诗所描绘的“景”“象”。好诗描写的“景

① 《二十四诗品》。
② 《二十四诗品》。
③ 均见《与李生论诗书》。
④ 《诗法萃编》卷六。
⑤ 《二十四诗品》。
⑥ 《二十四诗品》。
⑦ 《与王驾评诗书》。
⑧ 《诗品》
⑨ 《二十四诗品》。
⑩ 《与极浦书》。

象”，可使人“得其环中”而又“超以象外”①，产生连类不穷的“象外之象”“景外之景”的联想。中唐刘禹锡《董氏武陵集纪》曾指出：“境生于象外。”这“生于象外”之“境”，乃是司空图“象外之象”所本。至于司空图说的“思与境偕”的“意象”，则明显受到王昌龄“三境”说的启发。

司空图的诗论，是对中国文学美学“味美”说、“意境”说的重大发展，对后世“意境”论影响深远。宋人晁说之《三川诵杜老观水涨诗》云：“意中无遗境，象外有余力。”② 李洪《芸庵类稿》卷六：“诗于文章为一体，必欲律严而意远，模写物状，吟咏情性，象外之象，境外之境。”严羽《沧浪诗话》：“诗者，吟咏情性也。盛唐诗人唯在兴趣，羚羊挂角，无迹可求。故其妙处莹彻玲珑，不可凑泊，如空中之音，相中之色，水中之月，镜中之象，言有尽而意无穷。”如此等等，均可见出司空图诗论之痕迹。

三、苏轼：“意之所到，则笔力曲折无不尽意”

苏轼（1037—1101），字子瞻，号东坡居士，眉山（今四川眉山）人，嘉祐二年进士，一生以做地方官为主。他生性耿直，在王安石、司马光为代表的新旧党争中屡遭排挤打击，先后被贬谪到黄州、惠州（今广州惠阳）、琼州（今属海南）、儋州（今海南儋县），最后死于常州。虽仕途屡屡受挫，然浸染于道释之中，超然物外，旷达自得，颇著诗文书画以自娱。他才情卓绝，学识渊博，诗、词、文、赋、书、画诸方面均取得了很高成就。在文方面，他是“唐宋八大家”之一，宋代文赋的代表作家。在诗方面，他“以文以诗”“以才学为诗、以议论为诗”，是宋诗的奠基者。在词方面，他“以诗为词”，是词体解放的开山人，豪放词派的开创者。其书法跌宕丰腴，与蔡襄、黄庭坚、米芾并称“宋四家”，存世书法有《赤壁赋》《黄州寒食诗帖》等。绘画方面，他是宋代文人画的代表，擅长画竹石枯木，有《悬崖墨竹》《筼筜图卷》《讴松图》《断山丛篠卷》《万竿烟雨图》等画迹。《宋史》卷三百三十八说他：“浑涵光芒，雄视百代，有文章以来，盖亦鲜矣。”可以说，苏轼是历史上罕见的艺术全才。

---

① 《诗品》

② 《嵩山文集》卷四。

那么，在美学上，苏轼的思想是怎样的呢？

从总体属性上看，苏轼的美学思想既不同于儒家道德美学，也不同于形式主义美学。苏轼虽然与韩愈、柳宗元、欧阳修同列为“唐宋散文八大家”，其散文被认为源出韩、柳、欧阳一系，但其文艺美学观念并不同于韩、柳、欧阳诸人。韩愈曾公然宣称，他所以“好古文”，“不唯其辞之好，好其道焉尔”①。古代散文的美存在于它所表现的“道”之中。柳宗元、欧阳修虽然给“道”注入了现实内容，但在认为文之美本于道这点上，与韩愈无异。至苏轼，这种情况便发生了改变。在苏轼的美学理论中，我们看不到“文本于道”之类的道德美学说教。苏轼虽说过“吾所为文，必与道俱”，但诚如有人指出的那样：“他所说的道，不同于道学家之道，而是侧重于创作的内部规律性。”② 苏轼抓住韩愈创作和理论中对“能自树立”的“创意”的追求和对抒发“不平”之意的肯定，以及柳宗元、欧阳修对道的“辅时及物”意义的发挥，把散文乃至诗词书画表现的内容从古文家、道家所限定的道德范围中解放出来，代之以自由的、不受束缚的、从现实遭遇、感受中自然产生的思想情感。从而，文艺创作的过程就成为思想感性自由抒写的过程，道德的律条既奈何不得，形式的框框也束缚不住。他“以文为诗”“以诗为词”，作词不守音律，有“曲子缚不住者”，典型地反映了他与形式主义美学的区别。可以说，苏轼是北宋表现主义美学的理论代表。

1. “寓意于物则乐”

苏轼一生因遭受排挤和贬谪，不断迁徙，约四十年的仕途生涯中，先后颠沛于杭州、密州、徐州、湖州、黄州、颍州、扬州、定州、英州、惠州、琼州、儋州、常州等十多个地方做官，③ 而且有些地方当时非常偏远险恶，在当时交通不便的情况下，其颠沛之苦可想而知。身体上的折磨，心灵上的打击，可以说莫此为甚，非常人所能承受，但苏轼却能以一颗超然物外之心平静地对待这一切，在他留下的文字中，我们看不到呼天抢地、怨天尤人的牢骚，反而可以看到怡然自得的欢乐。如他遭遇莫须有的“乌台诗案”几于一死，最终贬为黄州团练副使后，却写下了“长江绕郭知鱼美，好竹连山觉笋香”④ 这样的诗句和“清风徐

① 《答李秀才书》

② 《中国美学史资料选编》下，中华书局1982年版，第32页题解。

③ 傅成、穆俦标点：《苏轼全集》前言，上海古籍出版社2000年版。

④ 《初到黄州》。

来，水波不兴”“诵明月之诗，歌窈窕之章”① 这样的华章；刚刚因为政局变化有所起色，又因党争远谪惠州后，却能写下“日啖荔枝三百颗，不辞长作岭南人”② 这样的诗句。是什么使他能化险为夷、化恶为美呢？是一颗“寓意于物”而不“留意于物”的超然物外之心。这是一种超功利的审美心境。苏轼把这种情况叫做“寓意于物则乐”。苏轼说：“凡物皆有可观。苟有可观，则有可乐，非必怪奇玮丽者也。餔糟啜醨皆可以醉，果蔬草木皆可以饱，推此类也，吾安往而不乐?”③ “君子可以寓意于物，而不可留意于物。寓意于物，虽微物足以为乐，虽尤物不足以为病；留意于物，虽微物足以为病，虽尤物不足以为乐。”④ 所谓“留意于物”，即滞意于物，用一种胶柱鼓瑟、不知变通、过于执着的态度对待物，这不是审美态度。用这种态度去对待物，“虽微物（微不足道的事物）足以为病，虽尤物（突出的、出类拔萃的事物）不足以为乐”，只能心情很坏，苦不堪言。“寓意于物”则是一种变化的、通达的、超然的、游戏的审美态度。所谓“寓意”，即既寄意于物又不执实于物。寄意于物，则任何事物都可用来作为抒发自己情怀、获得审美快乐的工具，这就叫“虽微物足以为乐”。不执实于物，则任何美好的事物都不会拖累我们，不会使人陷入痴迷，这就叫“虽尤物不足以为病”。可见，“寓意于物”，则无往而不乐，无物而不美，“物皆有可观”。

据此，苏轼批评了认为“福可喜而祸可悲”而“求福辞祸”的现象，指出以此事求乐只会适得其反。为什么呢？因为“人之所欲无穷，而物之可以足吾欲者有尽”，所以愈是“求福辞祸”，愈是“可乐者常少，而可悲者常多”，“是谓‘求祸而辞福’”⑤。之所以如此，是因为“彼游于物之内，而不游于物之外”⑥。其实，“物非有大小也”⑦，只要能“游于物之外”而不是“游于物之内”，“寓意于物”而不是“留意于物”，就可祸中见福，苦中作乐，平常事物中发现奇美瑰丽。苏轼所以能历经困境而镇定自适，与他这种“游于物外”“寓意于物”的

① 《前赤壁赋》。
② 《食荔枝》之二。
③ 《超然台记》。
④ 《宝绘堂记》。
⑤ 《超然台记》。
⑥ 《超然台记》。
⑦ 《超然台记》。

审美态度有极大关系。

不仅如此，苏轼还扩而言之，举凡世界上的一切事物，都应用“寓意”的态度加以对待：

> 老子曰：“五色令人目盲，五音令人耳聋，五味令人口爽，驰骋畋猎，令人心发狂。”然圣人未尝废此四者，亦聊以寓意焉耳。刘备之雄才也，而好结髦；嵇康之达也，而好锻炼；阮孚之放也，而好蜡屐。此岂有声色臭味也哉？而乐之终身不厌。①

“声色臭味”之美，即使不足道，也未尝不可“寓意”于此，权作取乐之资。道家称“玄之又玄”（“重玄”），否定之否定，佛家主张“双遣双非”，美不在色又不离色，均此意也。苏轼进而指出：“声色臭味”之美作为不必一概否定的取乐之资，亦不可太当真、太“留意”。他以书画为例，特别指出“留意之祸”：

> 凡物之可喜、足以悦人而不足以移人者，莫若书与画。然至其留意而不释，则其祸有不可胜言者。钟繇至以此呕血发冢，宋孝武、王僧虔以此相忌，桓玄之走舸，王涯之复壁，皆以儿戏害其国、凶其身。此留意之祸也。始吾少时，尝好此二者，家之所有，唯恐其失之。人之所有，唯恐其不吾予也。既而自笑曰：“吾薄富贵而厚于书，轻死生而重画，岂不颠倒错谬，失其本心也哉！”自是不复好。见可喜者，虽时复蓄之，然为人取去，亦不复惜也。譬之烟云之过眼，百鸟之感耳，岂不欣然接之？去而不复念也。于是乎二物者，常为吾乐而不能为吾病。②

苏轼的“寓意则乐”“留意则祸”说，以他独特的人生体悟，深刻揭示了美与审美态度、审美心境的互赖、互生关系，表明现实中的一切美，都不外是审美主体超然之心的寄寓和体现。

2. “辞至于达，足矣”

自然美、现实美在于审美主体特定意蕴的寄托，文学艺术的美也在于创作主体自由意志的表达。苏轼多次表达了这一思想：

① 《宝绘堂纪》。

② 《宝绘堂纪》。

……前后所示著述文字，皆有古作者风力，大略能道意所欲言者。孔子曰："辞达而已矣。"辞至于达，足矣，不可以有加矣。①

……孔子曰：……"辞达而已矣。"夫言止于达意，即疑若不文，是大不然。求物之妙，如系风捕影，能使是物了然于心者，盖千万人而不一遇也，而况能使了然于口与手者乎？是之谓"辞达"。辞至于能达，则文不可胜用矣。②

"辞达"是孔子提出的一个美学概念。孔子认为，"辞达而已"，辞能达意，就罢了，满足了，不再有什么遗憾和追求了。苏轼抓住这一思想大加发挥，不仅指出"辞至于能达"是"文"的最高功用，而且指出"辞至于达""足矣，不可以有加矣"，是文章最高的美。文章之作，关键在有为而发。《南行前集叙》云："夫昔之为文者，非能为之为工，乃不能不为之为工也。"书画之美也是如此。苏轼是宋代文人写意画的代表，在绘画上主张"传神"、鄙薄"形似"。《书鄢陵王主簿所画折枝二首》之一云："论画以形似，见与儿童邻。赋诗必此诗，定知非诗人。诗画本一律，天工与清新。边鸾雀写生，赵昌花传神。何如此两幅，疏淡含精匀。谁言一点红，解寄无边春。"《又跋汉杰画山》主张观画取其"意气所到"："观士人画如阅天下马，取其意气所到。乃若画工，往往只取鞭策皮毛，槽枥刍秣，无一点俊发，看数尺许便倦。"《书黄子思诗集后》指出，书法之妙，在"笔画之外"："予尝论书，以谓钟（繇）、王（王羲之）之迹，萧散简远，妙在笔画之外。"《书唐氏六家书后》评张旭草书："略有点画处而意态自足，号称神逸。"这些论述与"辞能达意"的美学主张是一致的。

苏轼虽然反对"留意"于书画文章，但又主张用一种游戏的、审美的态度对待书画文章，从中获得情感愉快，缓解人生的痛苦和心灵的创伤。宋人何薳《春渚纪闻》卷六《东坡事实》载："（东坡）先生尝谓刘景文与先子曰：'某平生无快意事，唯作文章，意之所到，则笔力曲折无不尽意，自谓世间乐事无逾此者。'"现实中有太多的禁忌，人生中有太多的苦难，只有在文章中，苏轼的意志才可以得到充分的舒展，苏轼的情感才可以得到最大的快乐。

① 《答王庠书》。
② 《答谢民师书》。

值得注意的是“意之所到，则笔力曲折无不尽意”，它表明，深受庄子影响的苏轼无论文章表达的“意”还是“意”的表达方式，都具有无拘无碍的自由特征。《文说》中，苏轼自述：“吾文如万斛泉源，不择地而出，在平地滔滔汩汩，虽一日千里无难。及其与山石曲折，随物赋形而不可知也。所可知者，常行于所当行，常止于所不可不止，如是而已矣。其他，虽吾亦不能知也。”他作文章，唯求称心而言，快意累累。他称道别人文章之美，亦在于此。《答谢民师书》云：“所示书教及诗赋杂文观之熟矣，大略如行云流水，初无定质，但常行于所当行，常止于所不可不止，文理自然，姿态横生。”在苏轼心目中，自由、自主比仕途升迁更加珍贵。他宁可坚持自己认可的正道直行而屡遭贬迁，也不愿附和新旧党争而青云直上。他在文章中表达的意志是如此自由，以致给新党中的投机分子罗织罪名留下把柄。他们摭拾苏诗的片言只语，诬告他讪谤皇上，逮系御史台受审，几罹死地，铸成了历史上著名的文字狱“乌台诗案”。他在表达方式上是如此自由，以致用散文的方式为诗，招来严羽“以文字为诗，以才学为诗，以议论为诗”的批评，实际上，这正是宋诗区别于唐诗的时代特色；又“以诗为词”，突破了婉约词的内容范围和形式规范，胡寅《题酒边词》对他的评价是：“一洗绮罗香泽之态，摆脱绸缪宛转之度”，也招来了“要非本色”①的批评。殊不知“东坡先生非心醉于音律”②的循规蹈矩之士，“意之所到则笔力曲折无不尽意”，“其他”则苏轼概“不能知”也。在这个意义上，我们说，苏轼的人生不是功利的人生、中规中矩的委琐人生，而是审美的人生、自由无碍的潇洒人生。

3. “寄至味于淡泊”

在文艺以达意传神为美这一思想基础上，苏轼继承司空图，把“淡泊”或“平淡”“枯淡”作为一种审美理想提了出来：

> 予尝论书，以谓钟、王之迹，萧散简远，妙在笔画之外。……至于诗亦然。苏、李之天成，曹、刘之自得，陶、谢之超然，盖亦至矣。……韦应物、柳宗元发纤秾于简古，寄至味于淡泊，非余子所及也。唐末司空图崎岖兵乱之间，而诗文高雅，犹有承平之遗风。其论诗曰：“梅止于酸，盐止于

① 陈师道：《后山诗话》。

② 王灼：《碧鸡漫志》。

咸，饮食不可无盐梅，而其美常在咸酸之外。”盖自列其诗之有得于文字之表者二十四韵（即《二十四诗品》），恨当时不识其妙，予三复其言而悲之。……信乎表圣之言，美在咸酸之外，可以一唱而三叹也。①

欲令诗语妙，无厌空且静。静故了群动，空故纳万境。……咸酸杂众好，中有至味永。诗法不相妨，此语更当清。②

柳子厚诗，在陶渊明下，韦苏州上。退之豪放奇险则过之，而温丽靖深则不及。所贵乎枯淡者，谓其外枯而中膏，似淡而实美，渊明、子厚之流是也。若中边皆枯淡，亦何足道？佛云：“如人食蜜，中边皆甜。”人食五味，知其甘苦者皆是，能分别其中边者，百无一二也。③

大凡为文，当使气象峥嵘，五色绚烂，渐老渐熟，乃造平淡。④

道子画人物……出新意于法度之中，寄妙理于豪放之外，所谓游刃余地，运斤成风，盖古今一人而已。⑤

端庄杂流丽，刚健含婀娜。⑥

永禅师书骨气深稳，体兼众妙，精能之至，反造疏淡。如观陶彭泽诗，初若散缓不收，反复不已，乃识其奇趣。⑦

笔墨之迹托于有形，有形则有弊。苟不至于无，而自乐于一时，聊寓其心，忘忧晚岁，则犹贤于博奕也。虽然，不假外物而有守于内者，圣贤之高致也，唯颜子得之。⑧

苏轼认为，人生的最高境界是像颜回那样“不假外物而有守于内者”，亦即无为自守之“无”。如《论语》上说颜回：“一瓢饮，一箪食，在陋巷，人不堪其忧，回也不改其乐。”达不到这个境界就退而求其次，“假外物”以“守于内”。这“外物”可以是“博弈”，也可以是“书画文章”。在“外物”中书画文章显然

① 《书黄子思诗集后》。
② 《送参寥师》。
③ 《评韩柳诗》。
④ 周紫芝《竹坡诗话》引。
⑤ 《书吴道子画后》。
⑥ 《和子由论书》。
⑦ 《书唐氏六家书后》。
⑧ 《题笔阵图》。

要“贤于博弈”。不过人们寓意自乐的“笔墨”必须“托于有形”而存在，而“有形”又不是“笔墨”真正的美。笔墨之妙，“妙在笔画之外”，妙在像智永禅师书法那样“疏淡”而“体兼众妙”，亦即司空图所说的“韵外之致”“味外之旨”式的全美。同理，诗的美不在形式的“奇险”“绚烂”，那都是如梅如盐之类的有限的“味”，不是包含“众好”的“至味”，只有像陶渊明、柳宗元、韦应物那样的诗，“美在咸酸之外”“发纤秾于简古，寄至味于淡泊”“外枯而中膏，似淡而实美”“咸酸杂众好，中有至味永”“端庄杂流丽，刚健含婀娜”，使人“一唱三叹”“反复不已”，回味无穷，才是最美的诗。

回顾历史，平淡之美虽然唐人已有所肯定，然流成风气、蔚为大观当推宋代，这显然与苏轼的大力倡导和丰富论述有关。

四、张戒：“言志乃诗人之本意”

张戒（生卒年不详），南宋初年人。北宋宣和末进士，南宋高宗时曾为殿中侍御史、司农少卿等职。后因和赵鼎、岳飞一起反对议和，被劾革职。有《岁寒堂诗话》上下卷。

《岁寒堂诗话》举例指出，诗的遣词造句之美，在“中的”，即达意的“至切”，易言之，即“中的之为工”。那么，这个“的”是什么呢？张戒说，是“志”而非“物”。“言志乃诗人之本意，咏物特诗人之余事。”“咏物之为工，言志之为本”。把“言志”与“咏物”区分开来，这个观点，直接的渊源是晋代挚虞的《文章流别论》：“（诗）以情志为本。”“古诗之赋，以情义为主，以事类为佐，今之赋，以事形为本，以义正为助。”而张戒又认为，这两者是可以统一的，可以通过“言志”而达到“咏物之工”。关于“言志”诗与“咏物”诗的历史发展走向，《岁寒堂诗话》指出：“建安、陶、阮以前，诗专以言志；潘、陆以后，诗专以咏物。兼而有之者，李、杜也。”“古诗、苏、李、曹、刘、陶、阮，本不期于咏物，而咏物之工，卓然天成，不可复及，其情真、其味长、其气胜，视《三百篇》几于无愧，凡以得诗人之本意也。潘、陆以后，专意咏物，雕镌刻镂之工日以增，而诗人之本旨扫地尽矣。”诗以“言志为本”，这是儒家的诗教观念，其“志”还要求“无邪”。张戒受其影响，亦云：

自建安七子、六朝、有唐及近世诸人，“思无邪”者，唯陶渊明、杜子美耳，余皆不免落于邪思也。六朝颜、鲍、徐、庾，唐李义山，国朝黄鲁直，乃邪思之尤者。鲁直虽不多说妇人，然其韵度矜持，冶容太甚，读之足以荡人心魄，此正所谓“邪思”也。鲁直专学子美，然子美诗读之使人凛然兴起，肃然生敬，《诗序》所谓“经夫妇、成孝敬、厚人伦、美教化、移风俗”者也，岂可与鲁直诗同年而语耶！

张戒强调“言志”、强调“思无邪”，但千万不要以为张戒所说的诗的内容就是干巴巴的道德观念，《岁寒堂诗话》又以“意”“情”“气”“味”“韵”（按：不是形式概念，而是内容概念，即“气韵”“神韵”之“韵”）补充之：“阮嗣宗诗，专以意胜；陶渊明诗，专以味胜；曹子建诗，专以韵胜；杜子美诗，专以气胜。李、杜皆情意有余……”张戒所说的“意”“味”“气”“韵”“情”究竟有何区别，我们不必计较，但它们不是枯燥的道德观念，而是富有感染力的主体精神。

总之，诗须有为而作、“因情造文”。如果“为文造情”，则本末倒置。张戒以此批评苏轼、黄庭坚：“诗以用事为博，始于颜光禄，而极于杜子美；以押韵为工，始于韩退之，而极于苏、黄。然诗者，志之所之也，情动于中而形于言，岂专意于咏物哉？”“用事押韵，何足道哉？苏、黄用事押韵之工，至矣尽矣，然究其实，乃诗人中一害，使后生只知用事押韵之为诗，而不知咏物之为工，言志之为本也。”张戒反对舍本逐末的形式主义，这是正确的，但他的这种批评未必符合苏、黄实情。苏轼“以才学为诗”，喜欢“用事”，黄庭坚讲究“夺胎换骨”，注重“押韵之工”，但并未把“言志”之本全部抛弃。

张戒强调咏物诗以“言志为本”，同时又指出，只有道德化的、富于感染力和审美色彩的“佳意”还不行，还要讲究达意的含蓄不露。他称道《国风》诗：“其词婉，其意微，不迫不露，此其所以可贵也。”元、白等人的乐府诗短处正在这里：

杜牧之云：“多情却是总无情，唯觉尊前笑不成。”意非不佳，然而词意浅露，略无余蕴。元、白、张籍，其病正在此。只知道得人心中事，而不知道尽则又浅露也。

元、白、张籍、王建乐府，专以道得人心中事为工，然其词浅近，其气卑弱。

而“苏、黄习气”“以议论作诗”，亦会造成“词意浅露，略无余韵”之“病”：“《国风》《离骚》固不论，自汉、魏以来，诗妙于子建，成于李杜，而坏于苏黄。……子瞻以议论作诗，鲁直又专以补缀奇字，学者未得其所长，而先得其所短，诗人之意扫地矣。”张戒一般主张达意“不迫不露”，但同时又指出，也不可一概而论，“预设法式”。只要“中的”，有时即使露一点也不为过。他说：

古诗：“白杨多悲风，萧萧愁杀人。”“萧萧”两字，处处可用，然唯坟墓之间，白杨悲风，尤为至切，所以为奇。乐天云：“说喜不得言喜，说怨不得言怨。”乐天特得其粗尔。此句用“悲”“愁”字，乃愈见其亲切处，何可少耶？诗人之工，特在一时情味，固不可预设法式也。

这又回到了原来的出发点：词以中的为工。张戒说：

“萧萧马鸣，悠悠旆旌”，以“萧萧”“悠悠”字而出师整暇之情状宛在目前，此语非唯创始之为难，乃中的之为工也。荆轲云：“风萧萧兮易水寒，壮士一去兮不复还。”自常人观之，语既不多，又无新巧。然而，此二语遂能写出天地愁惨之状，极壮士赴死如归之情，此亦所谓“中的”也。

既然“中的为工”，也就不必拘于“奇语”“巧语”。“王介甫只知巧语之为诗，而不知拙语亦诗也。山谷只知奇语之为诗，而不知常语亦诗也。欧阳公诗专以快意为主，苏端明诗专以刻意为工，李义山诗只知有金玉龙凤，杜牧之诗只知有绮罗脂粉，李长吉诗只知有花草蜂蝶，而不知世间一切皆诗也。唯杜子美则不然，在山林则山林，在廊庙则廊庙，遇巧则巧，遇拙则拙，遇奇则奇，遇俗则俗，或放或收，或新或旧”，均随物赋形，词可中的，所以，“子美之诗……雄姿杰出，千古独步，可仰而不可及耳”。不过，张戒又提出，在不局限于“金玉龙凤”“绮罗香泽”“花草蜂蝶”和“奇语”“巧语”，追求在“常语”中“中的”、在“俗语”中“求工”的同时，也要防止“喜用俗语”的鄙俗化倾向，如卢仝有“七碗吃不得”“不唧溜钝汉”之诗句，张戒批评为“乃信口乱道，不足言诗也”，又批评苏、黄：“近世苏黄亦喜用俗语，然时用之，亦颇安排勉强”，不符合“至切”“中的”要求。

五、王若虚："词达理顺，皆足名家"

王若虚（1174—1243），字从之，号滹南遗老，藁城（今属河北）人。金承安二年进士，官至直学士，有《滹南遗老集》。王若虚是金代著名的文人、学者，有专门的诗论、文论著作《滹南诗话》《论诗诗》《文辨》①。在诗文美学思想上，他继承苏轼的"辞达"美思想，表现出更多的自由性，对黄庭坚则进一步给予批评，并把他与苏轼区分开来。

王若虚论文，主张"辞达理顺"。《滹南诗话》谓："凡辞达理顺，无可瑕疵者，皆在所取可也。"大抵"辞达"相当于本体论，"理顺"相当于方法论。所谓"辞达"，即以"辞"表达"自得"之意。他说："古之诗人，虽趣尚不同，体制不一，要皆出于自得。至其词达理顺，皆足以名家，何尝有以句法绳人哉？"② 从"自得"出发，他批评江西诗派的模拟之风："文章自得方为贵，衣钵相传岂是真；已觉祖师（按：指黄庭坚）低一着，纷纷法嗣复何人？"③"骏步由来不可追，汗流余子费奔驰，谁言直待南迁后（指东坡贬至岭南之后诗），始是江西不幸时？"④ 对于人们奉若神明的《诗三百》《古诗十九首》，他也不赞成一味仿效："近岁诸公以作诗自名者甚众，然往往持论太高，开口辄以《三百篇》《十九首》为准，六朝而下，渐不满意，至宋人殆不齿矣。此固知本之说，然世间万变，皆与古不同，何独文章而可以一律限之乎？就使后人所作可到《三百篇》，亦不肯悉安于是矣。"

"自得"所重者是"意"而非"辞"。《滹南诗话》引惠洪语："古人意有所至，则见于情，诗句盖寓也。""此当论意，不当论句。"又引其舅语谓：

> 吾舅尝论诗云："文章以意为之主，字语为之役。主强而役弱，则无使不从。世人往往骄其所役，至跋扈难制，甚者反役其主。"可谓深中其病矣。

---

① 均见《滹南遗老集》。

② 《滹南诗话》。

③ 《论诗诗》。

④ 《论诗诗》。

《文辨》亦引述云：

> 吾舅周君德清尝云："文章巧于外而拙于内者，可以惊四筵而不可以适独坐，可以取口称而不可得首肯。"至哉，其名言也。

从"以意为主"出发，王若虚批评唯形式美是求的偏向："以巧为巧，其巧不足。巧拙相济，则使人不厌。唯甚巧者，乃能就拙为巧。……雕琢太甚，则伤其全，经营过深，则失其本。"① "陈后山曰：'扬子云之文好奇而卒不能奇，故思苦而辞艰。善为文者，因事以出奇，江河之行，顺下而已。至其触山赴谷，风抟物激，然后尽天下之变。子云惟好奇，故不能奇也。'此论甚佳，可以为后学之法。"② "鲁直开口论句法，此便是不及古人处。而门徒亲党以衣钵相传，号称法嗣，岂诗之真理也哉？"③

在诗文本体上，王若虚主张"以意为主""辞以达意"，反对拟古主义和形式主义，因而在方法论上，推崇"理顺""自然"的"活法"，否定一成不变的"定法"。

王若虚论文主张"辞达理顺"。所谓"理顺"，即文理自然，不拘程式。

关于"自然"之美，王若虚赞赏云："（陶渊明）《归去来辞》本自一篇自然真率文字。后人模拟，已自不宜，况可次其韵乎？次韵则牵合而不类矣。"④ "乐天之诗，坦白平易，直以写自然之趣，合乎天造，厌乎人意，而不为奇诡以骇末俗之耳目。"⑤ 对于黄庭坚之诗于"浑然天成"有所欠缺，王若虚则表示遗憾："山谷之诗有奇而无妙，有斩绝而无横放，铺张学问以为富，点化陈腐以为新，而浑然天成如肺肝中流出者不足也。"⑥ 所谓"自然"，即不"措意""不待主张"不费思量。《滹南诗话》谓："天生好语，不待主张。""随其所自得而尽其所当然而已……何必如鲁直之措意邪？""乐天之诗，情致曲尽，入人肝脾，随物赋形，所在充满，殆与元气相侔。至长韵大篇，动数百千言，而顺适惬当，句

---

① 《滹南诗话》引其舅语。

② 《文辨》。

③ 《滹南诗话》。

④ 《文辨》。

⑤ 《高思诚咏白堂记》。

⑥ 《滹南诗话》。

句如一，无争张牵强之态。此岂撚断吟须、悲鸣口吻者之所能至哉?”可见，文理自然之法，即苏轼所说的“随物赋形”之法，它是文学创作的“大法”，又不是“定法”：

或问：“文章有体乎?”曰：“无。”又问：“无体乎?”曰：“有。”然则果何如?曰：“定体则无，大体则有。”①

夫文岂有定法哉?意所至则为之题，意适然殊无害也。②

东坡自言，其文如万斛泉源，不择地而滔滔汩汩，一日千里无难。及其与山石曲折，随物赋形而不自知，所知者当行于所当行，而止于不可不止。论者或讥其太夸，予谓唯坡可以当之。夫以一日千里之势，随物赋形之能，而理尽辄止，未尝以驰骋自喜，此其横放超迈而不失为精纯也邪?③

这“随物赋形”、称意而言的“自然”之法，与拟古主义和形式主义格格不入。《文辨》曾肯定“不主故常、不专蹈袭”，这是反对拟古主义的理论揭示。《湘山野录》曾记录了谢希深、尹师鲁、欧阳永叔各为钱思公作《河南驿记》，并以文字简要为尚之事。王若虚评论说：“予谓此特少年豪俊一时争胜而然耳。若以文章正理论之，亦唯适其宜而已，岂专以是（指简要）为贵哉?盖简而不已，其弊将至于俭陋而不足观也已。”④ 这是在方法论上反对形式主义的典型例证。

第八节　词论中的“小道”说及词的“雅化”努力

一、词为“小道”

视词体为“小道”，这是伴随着词的产生出现的一种根深蒂固的词学观。人

① 《文辨》。
② 《文辨》。
③ 《文辨》。
④ 《文辨》。

们所以这么看待词的地位，与词在诞生之初表现的特定内容有关。谢章铤《与黄子寿论词书》指出："词之兴也，大抵由于尊前惜别、花底谈心，情事率多猥近。"作为词之"本色""正体"的婉约词，其内容正不出"花底尊前"。为了改变词的这种地位，提高词的价值意义，苏轼、辛弃疾曾从意境的阔大、寄托的遥深方面作过贡献。姜白石、张炎等人也在形式的雅化和内容的清空方面付出过努力。但有宋一代词苑，豪放派、雅化派的势力和影响终敌不过婉约派，所以"以填词为小道"，正是理论上的自然反映。谢章铤《与黄子寿论词书》在分析宋代词论的这种词体观的生成原因时指出，晚唐北宋词"数传而后，俯仰激昂，时有寄托，然而其量未尽也。故赵宋一代作者，苏辛之派不及姜史，姜史之派不及晏秦，此固正变之未推穷，而亦以填词为小道，若其量之只宜如此者"。

于是，在整个五代、两宋的词论中，我们均能看到视词为"薄伎""小道"的言论。后蜀欧阳炯《花间集序》说词的歌唱："则有绮筵公子、绣幌佳人，递叶叶之花笺，文抽丽锦，举纤纤之玉指，拍按香檀。不无清绝之辞，用助妖娆之态。"[①] 这里，词被描绘为一种歌女的技艺。宋初欧阳修承此，将词明确说成"聊佐清欢"的"薄伎"："西湖之胜概，擅东颍之佳名。虽美景良辰，固多于高会，而清风明月，幸属于闲人。……因翻旧阕之词，写以新声之调。敢陈薄伎，聊佐清欢。"[②]宋人陈世修《阳春集序》指出当时词作不过是用来"娱宾而遣兴"的："公以金陵盛时，内外无事，朋僚亲旧，或当燕集，多运藻思，为乐府新词，俾歌者倚丝竹而歌之，所以娱宾而遣兴也。"宋代理学昌盛，性理受到追捧，自然人情受到贬斥，故以艳情为旨归、流于一艺的婉约词备受轻视。刘克庄说："为洛学者皆崇性理而抑艺文，词尤艺文之下者也。昉（始）于唐而盛于本朝。秦郎'和天也瘦'之句，脱胎李贺语尔，而伊川（程颐）'有亵渎上穹'之诮。岂唯伊川哉！秀上人罪鲁直劝淫，冯当世愿小晏损才补德，故雅人修士相戒不为。"[③]正因为词为小道，"雅人修士相戒不为"，所以晏殊身为宰相之尊而作小词，受到王安石的嘲笑和责难：

王荆公初为参知政事，闲日因阅读晏元献公小词而笑曰："为宰相而作

① 《花间集注》，中州书画社 1983 年版。
② 欧阳修：《近体乐府·西湖念语》，《欧阳永叔集》，商务印书馆 1933 年版。
③ 刘克庄：《黄孝迈长短句》，《后村先生大全集》卷一〇六《四部丛刊》本。

小词，可乎？”……时吕惠卿为馆职，亦在坐，遽曰：“为政必先放郑声，况自为之乎？”①

也正因为时人普遍轻视词体，所以五代时词人和凝当上后晋的宰相后，连忙托人将传布于汴、洛之间的词作“收拾焚毁”。孙光宪在《北梦琐言》中记载此事，指出：“相国厚重有德，终为艳词玷之。”北宋的巨公大儒也是这样。他们在政事之余，浅斟低唱，填词以为“谑浪游戏”，但为了维护自己的身份与声誉，“随亦自扫其迹”②。因而他们自己或他们的后人在编订文集时，多半不录词作，或将词作另出单行本，以示与正统的诗文有别，如晏殊单独出《珠玉集》，苏轼单独出《东坡词》，等等。

于是，这就出现了一种悖论。一方面，身为“艳科”的婉约词是词的本来面目，属“本色”“正体”；另一方面，这种具有香艳本色的婉约词又被视为“小词”“小道”。这就为北宋中叶的苏轼、南宋的辛弃疾以及姜夔、张炎等人从内容和形式两方面变革婉约词提供了先天依据。它在词论美学方面的反映就是胡寅等人的道德词论呼声。

二、胡寅、王灼、曾丰、范开：尚雅黜俗的道德词论

道德词论追求的是词的内容的道德美。

1. 胡寅：“发乎情”“止乎礼义”

胡寅（1098—1156），字仲明，建宁崇安（今福建崇安）人，北宋宣和年间进士，南渡后官至中书舍人。有《论语详说》《斐然集》等。

胡寅是著名理学家胡安国的侄子，曾从理学家杨时问学，一生以道德气节为尚。金人南侵，他上书高宗，反对议和，主张北伐，并指斥朝廷偷安，遂退职奉祠。秦桧当国，对他十分顾忌，以“讥讪朝政”“不孝不忠”等罪名，将他安置新州。桧死后复官，卒谥文忠。《宋史》卷四百三十五将其收于《儒林传》。

词自诞生之初，用于娱宾佐兴，以表现诗不宜表现的艳情和入乐协律为主，故士大夫均以为不登大雅之堂，视之为“小道”。至苏东坡，不受音律束缚，以

① 魏泰：《东轩笔录》卷五，中华书局1983年版。

② 胡寅：《题酒边词》，明毛晋辑：《宋六十名家词》，明海虞毛氏汲古阁刻本。

词来表现诗的严肃题材，抒发高远的怀抱，词风为之一变，词的价值也大大提高。胡寅在为当时主战抗金名臣向子湮的词集《酒边词》题词中回顾了词的产生和发展、演变历程，认为词最早的源头是《诗》，《诗》的美是“发乎情，止乎礼义”。后来《诗》演变出《离骚》《楚辞》，其表情时“怨而迫、哀而伤”，开始背离“止乎礼义”的传统，成为“变风”“变雅”。再后来演变为“古乐府”、演变为“词曲”，以“曲尽人情”为尚，距离礼义更远，连“曲艺”（小技能）都不如。直到苏东坡，“一洗绮罗香泽之态”，这种情况才有了根本改变。苏词是对《诗》“发乎情，止乎礼义”传统的回归，也是词走向“风雅”，提高价值，改变“小道”地位的典范：

> 词曲者，古乐府之末造也。古乐府者，《诗》之旁流（一作“傍行”）也。《诗》出于《离骚》《楚词》（按：此句当解为“《诗》生出《离骚》《楚词》”方可通），而《离骚》者，变风、变雅之怨而迫、哀而伤者也。其发乎情则同，而止乎礼义则异。名之曰“曲”，以其曲尽人情耳。方之曲艺犹不逮焉，其去《曲礼》（《曲礼》是《礼记》中的一篇，这里借此代指《礼记》、礼义）益远矣。……唐人为之最工者。柳耆卿后出，掩众制而尽其妙，好之者以为不可复加。及眉山苏氏一洗绮罗香泽之态，摆脱绸缪宛转之度，使人登高望远，举首浩歌，而逸怀浩气超然乎尘垢之外，于是《花间》为皂隶，柳氏为舆台（指地位低微之人）矣。

他之所以为《酒边词》题词，是因为作者向子湮步趋苏词，以词表现“精忠大节”，使词具有一种道德美、风雅美：“芳林居士（向子湮号）步趋苏堂而哜（尝）其胾者也。……余得其全集于公之外孙……反复厌饫，复以归之，因题其后。公宏才伟绩，精忠大节，在人耳目，固史载之矣。”

词自正统文人染指后，千方百计想通过内容的“雅化”来改变词的“小道”命运，提高词的价值与地位，“雅化”成为南宋词学中频频闪现的一个重要范畴。而内容的“雅化”途径自非一条。李清照主张增加书卷气获得“典雅”，张炎主张增加道家气走向“雅化”，胡寅则主张从儒家“发乎情，止乎礼义”的《诗经》风雅传统入手求得“雅化”美，并最早对走出艳情樊篱的苏东坡词作出了高度评价，实可视为儒家道德美学在宋代词论中的反映。

2. 王灼：尚雅黜俗

王灼（生卒年不详），字晦叔，号颐堂，遂宁（今属四川）人，南宋绍兴年间曾为幕官。绍兴十五年（1145），寓居成都碧鸡房妙胜院，撰写词学论著《碧鸡漫志》，绍兴十九年（1149）定稿。有《颐堂词》等。

王灼论词，与胡寅相近，崇尚雅正，鄙薄俗艳。他在《碧鸡谩志》中批评柳永："柳耆卿《乐章集》，世多爱赏该洽，序事闲暇，有首有尾，亦间出佳语，又能择声律谐美者用之。唯是浅近卑俗……予尝以比都下富儿，虽脱村野，而声态可憎。"批评李清照："作长短句，能曲折尽人意，轻巧尖新，姿态百出，闾巷荒淫之语，肆意落笔，自古缙绅之家能文妇女，未见如此无顾忌也。"柳永的"俗""野"他不喜欢，李清照的"荒淫无忌"（按：事实并非如此）他也不满，他评价最高的是苏东坡。苏词的美，不在于"声律谐美"，而在于内容高雅："东坡先生以文章余事作诗，溢而作词曲，高处出神入天，平处尚临镜笑春，不顾侪辈。""东坡先生非醉心于音律者，偶尔作歌，指出向上一路，新天下耳目，弄笔者始知自振。"他又批评王辅道、王履道之作："其失在轻浮"；批评谢无逸之词："字字求工"，"如刻削通草人，都无筋骨，要是力不足"，都表现了同样的美学观。

3. 曾丰："道德之美腴于根而盎于华"

曾丰（生卒年不详），字幼度，江西乐安人，南宋乾道五年进士，官至广东德庆知府。有《缘督集》。

曾丰曾为时人黄公度的词集《知稼翁词》作序。黄公度，绍兴八年进士第一，是一位正直的朝廷官员，曾因触忤秦桧遭到迫害。《知稼翁词序》中，曾丰追本探源，赞美"有道德为之"的"发乎情性，归乎礼义"的"商周之乐""感人深"，批评"杂出于无赖不羁之士，率情性而发耳，礼义之归欤否耶，不计也"的"汉之乐"（即汉乐府）"感人浅"。唐宋以来的曲子词属汉乐府之变种，亦在"率情性而发"、不计"礼义之归欤否耶"之列。唯有欧阳修、苏东坡，"文章妙天下，长短句特绪余耳，犹有与道德合者"。他尤其指出苏东坡的《卜算子·缺月桂疏桐》："发乎情性""归乎礼义"。接着肯定黄公度的《知稼翁词》："考功（按：黄曾任尚书考功员外郎）所立，不在文字。余于乐章窥之，文字之中所立寓焉。""凡感发而输写，大抵清而不激，和而不流，要其情性则适，揆之礼义而安。非能为词也，道德之美腴于根而盎于华，不能不为词也。"

曾丰所论，道德气味比胡寅、王灼还要浓重。在他看来，《知稼翁词》的美“不在文字”，而在文字中所寓含的道德情性；黄公度不是有意为词的，他的词是“道德之美”的自然焕发。

4. **范开：“器大者声必宏”**

范开（生平事历不详），字廓之，因避宁宗讳，改字先之。淳熙九年（1182）从辛弃疾受学，十五年（1188）编成《稼轩词甲集》。

北宋苏轼给词风带来的变革，在南宋辛弃疾手中得到进一步发扬光大。如果说用儒家的“发乎情、止乎礼义”来解释苏词尚未完全惬当，那么，以表现建功立业的抱负、忧国忧民的情怀以及英雄失路、报国无门的悲愤为特色的辛词则不折不扣地流淌着儒家的道德精神。范开是最早对辛词的这种道德美及其表现特征作出高度评价和深刻分析的人。《稼轩词序》指出：“器大者声必宏，志高者意必远。知夫声与意之本原，则知歌词之所自出，是盖不容有意于作为，而其发越著见于声音言意之表者，则亦随其所蓄之浅深，有不能不尔者存焉耳。”词不是有意作出来的，而是心中有所积蓄、不得不流淌出来的。所蓄者高，词意必远；所蓄者深，词自不凡。而辛弃疾恰恰是“一世之豪”，“以气节自负，以功业自许（诩）”，当其一腔情怀有所郁积而不得发为文词时，自然无不可观：“故其词之为体，如张乐洞庭之野，无首无尾，不主故常；又如春云浮空，卷舒起灭，随所变态，无非可观。无他，意不在于作词，而其气之所充，蓄之所发，词自不能不尔也。”

范开此论，是韩愈、欧阳修等古文家“道胜文至”说在词学中的翻版，与曾丰的词学观也相似。

第五章

明清文学美学：走向综合，集其大成

当我们标出“明清”这一概念时，“清”理当包括通常在另一意义上所说的“近代”。作为中国古典文艺美学集大成之代表作《艺概》的作者刘熙载，正是生活在晚清的“近代”。不把近代刘熙载等人的著作算进来，就无法确切说明中国古典文艺美学综合期的实绩。另一方面，如果我们把近代受到西学影响、浸透西学色彩的人物及其著作都收列进来，又无法准确说明这是对中国古典文学美学的“综合”，所以本书另立“近代”一编加以论述。

将清代作为中国学术乃至文学美学的集大成时期，这几乎是共识，在学界没有疑义。把明代也划进来，作为中国古典文学美学的综合期，则是本书的一家之言。现实发展是丰富多彩的，而理论概括都是有缺憾的。明代文学美学的综合特征虽然不如清代文学美学那么明显，但在中国古典美学的起、承、转、合中，它明显地带有转合特征。所谓“转”，即向“合”的过渡和转化。所谓“合”，即综合、总结。这样的著作不只清代有，明代已开始出现，如王世贞的《艺苑卮言》、谢榛的《四溟诗话》等，都带有总结性意味，体现出综合倾向。

中国古代的“文学”是文章、学术不分的广义的概念。这一概念过去都是在“文”或“文学”的实际使用中凝聚、体现着的，到了明清时期，这个概念得到了清晰、明确的理论揭示。晚清刘熙载《艺概·文概》论“文”，涵盖“儒学”“史学”“玄学”“文学”：“大抵儒学本《礼》，荀子是也；史学本《书》与

《春秋》，马迁是也；玄学本《易》，庄子是也；文学本《诗》，屈原是也。”一言以蔽之：“六经，文之范围也。”章炳麟《国故论衡·文学总略》中总结发明：“凡云‘文’者，包络一切著于竹帛者而为言。”“文学者，以有文字著于竹帛，故谓之‘文’；论其法式，谓之‘文学’。凡文理、文字、文辞皆称‘文’；言其采色发扬，谓之‘彣’。……凡‘彣’者必皆成‘文’；凡成‘文’者不皆‘彣’。是故榷论文学，以文字为准，不以彣彰为准。”章氏此论，准确概括了中国古代的文学观念：“文学”包括一切文字著作，衡量是不是“文学”的特征或标准是“文字”，而不是“彣彰”“文采”（也就是“美”）。

尽管明清时期人们的文学观念是广义的，并不以“彣彰”“文采”为指归，但明清文论讨论的重点，仍然是与“美”相关的问题。明清文学美学宗派林立，思想多元，端绪纷繁，往往你中有我，我中有你，不过，在众声喧哗之中，总是回荡着以“道”为美、以“心”（包括“情性”）为美、以“文”（文采、文饰）为美三个主旋律，夯实了具有民族特色的中国美学精神，体现了对先秦两汉与隋唐宋元的道德美学、魏晋南北朝的情感美学与形式美学思想的综合。

明清诗文美学论著极多，为了避免只见树木不见森林的冗碎弊病，本书选择评述对象的标准主要是：一、尽量体现这一时期美学的“综合”特征；二、基本反映这一时期文学理论领域主要学派的不同美学观点。

这个时期诗文领域的开场人物要数宋濂。宋濂曾官江南儒学提举，是明初文坛的一代宗师。他论文求美，反对唯形式追求，认为美丽的文采就在我们的日常生活中，就在我们的道德修养实践中。文章应当成为“道之所寓”，而“道”又“存诸心”。只要善于培养道德之“气”，然后“随物赋形”，自然为文，就能成就一代美文。宋濂的诗文美学主张是对唐宋古文家和道学家道德美、心性美思想的一次综合。明代中叶的王守仁不赞成仅在“文词技能”上用工，主张“志于道”而“游于艺”，并把“艺”重新解释为“义”和“理之所宜者”，认为“理之发见可见者谓之文”，而“理”就在“心”中，“心外无理”。这与宋濂的诗文美学主张相呼应，可视为古代儒家道德美学，尤其是宋代理学家美学主张的一种回响。

明代文坛出现了要求“文必秦汉、诗必盛唐”的前、后七子。这虽然有拟古之嫌，但同时我们注意到，这实际上包含着对秦汉散文、盛唐诗歌美学法则的清理和盘点。这种美学法则既有属于形式美学范畴的，如李梦阳总结的“法式”

“规矩”、王世贞总结的“格调法度”、何景明、王廷相的“意象”论，也有属于情感美学范畴的，如徐祯卿的“因情立格”说、谢榛的“情景”说。它们深入揭示了秦汉文、盛唐诗的美学本质和特征。尤其是谢榛的《四溟诗话》，详细剖析了诗歌寓情于景、即景传情的特点和一系列形式法则，堪称中国古代诗歌美学的系统建构。

在前后七子之间，有一个散文流派不同意七子的“文必秦汉”主张，认为唐宋散文创作也很有成就，进而要求取法唐宋散文。这就是“唐宋派”。如果说前后七子主要的建树在诗歌美学方面，唐宋派则把着力点放在了唐宋以韩愈、欧阳修为代表的散文创作美学法则的总结上。唐宋派并不否认秦汉散文的成就，但认为秦汉散文“法寓于无法之中”，即无法可依，而唐宋散文则有法可循，易于学习。学者可以先由唐宋文入手，最后进入秦汉文境界。唐宋派所标举的唐宋散文家如韩愈、柳宗元、欧阳修等人其实是很重视文章的载道之美的。然而唐宋派则没有重复他们的道德美学主旨，而是将文章所表现的“道”改造为自家的“真精神”和“千古不可磨灭之见”，在创作方法上强调“神明变化”之法。这是在明代中后期崇尚个性的时代风潮影响下对苏轼为代表的主张“辞以达意”的唐宋散文美学神韵的继承与总结。

中明以后，王阳明心学走到了它的反面，反抗理学道德磐石的沉重压抑，要求解放自然人欲人情的启蒙思潮奔突弥漫于整个社会，流泽所被，延及清代。于是在这个时期，出现了以“真心”“真情”“个性”“见识”为美的美学新潮。而这一美学新潮，未尝不可视为是对六朝情感美学否定之否定的继承。六朝人崇尚自然情欲之美，但末流所及，荡而忘返。明清人崇尚“一人之性情”，又兼顾“天下之性情”；既肯定“情”的可贵，又认识到“情极”则“俚”。当然，这是就整体倾向而言。具体说来，又异彩纷呈。李贽拈出“童心”与传统道德相对抗，高标自家“胆识”和不羁之“才”，公开宣称“以自然之为美”，一时影响甚大。徐渭、焦竑、屠隆、公安派、竟陵派、袁枚、龚自珍等，都主张以自家“性灵”“情性”为主，不受陈规旧律的限制，也不为道德理性所拘。如焦竑主张“脱弃陈骸，自标灵采”；屠隆主张“文章止要有妙趣”，“性灵不可灭”；袁宏道主张“独抒性灵，不拘格套”，认为“情至之语，自能感人”，“古何必高，今何必卑”；竟陵派尊性灵，尚人情；袁枚指出诗以“性灵”传世；龚自珍明确提出“宥情”“尊情”，主张以人性之“完”的状态为美。特别值得注意的是清初的黄宗羲、王夫之虽以大儒名世，却没有汉儒和宋儒的迂腐，而是将诗文之美与自然之“情”紧密联系起来。如黄宗羲指出：“情之至真，斯论美也。”“情至”之文才是“至文”。王夫之在《姜斋诗话》和《古诗评选》《唐诗评选》《明诗评选》中分析了“情”在诗中的各种表现形态，成为谢榛之后中国诗学的又一座高峰。章学诚尽管史学观念很重，但仍然肯定“情”在文章中的重要地位，指出“气昌而情挚，天下之至文”。如此等等，标志着情感美学在明清启蒙思潮中所达到的辉煌。

除此而外，在清代诗坛，叶燮要求诗歌创作“幽渺以为理，想象以为事，惝恍以为情”；翁方纲熔铸王士祯的“神韵”和沈德潜的“格调”而创“肌理”说，既是对明代七子诗法、诗情思想的继承和改造，也是对中国诗学的又一次总结和丰富。刘大櫆倡导“文气”与“文法”，方苞兼顾散文“言有物”与“言有序”之“经纬”，姚鼐从“神理气味”与“格律声色”方面论述文章的内容要求和形式规律，将明代七子尤其是唐宋派对散文审美规律的总结进一步加以丰富完善。至刘熙载《游艺约言》及《艺概》中的《文概》《赋概》《诗概》《词曲概》，既强调散文诗歌表现的心性道德之美，又总结了散文诗歌的形式美法则，堪称中国古代文学美学的集大成之作。章炳麟虽然身当近代，但他不同意“学说以启人思，文辞以增人感”的美文学新概念，而主张“榷论文学，以文字为准，不以彣彰为准”，是对传统文学观念的总结与捍卫。

以上所述，是对明清诗文美学脉络的一个基本概括。由于篇幅所限，本章评述时又省略了一些人物，只是保留了一些更有代表性的人物作为历史坐标，这实在是无可奈何的。

除此而外，伴随着小说创作的繁荣，小说评点所体现出来的美学思想在明清时期达到了一个高峰。明人李贽与叶昼的《水浒》评点、清人金圣叹的《水浒传》评点、毛宗岗的《三国演义》评点、张竹坡的《金瓶梅》评点、脂砚斋的《红楼梦》评点深入探讨、总结了艺术虚构、虚实相生、人物塑造、情节设计等美学规律和法则，是中国古代小说美学的宝贵财富。与此同时，唐宋诞生的词在明代走过了一段远离大雅的“小道”之路后，在清代特定的时代氛围中登上了忧国忧民的大雅之堂，走上了追求“风雅寄托”的“沉郁”之路，在词论美学上的反映，就是各家各派的“尊体”论。如果说明清之交的云间派尚回荡着“大雅”新旨与“小道”遗韵的变奏，到西泠派、广陵派则比较彻底地走向了

“尊体”，阳羡派高标“词非小道”，浙西派论词“以雅为尚”，常州派则将“风雅寄托”作为词的内容之美的主要追求。于是到了清末，具有崇高的道德寄托的词取得了与诗平起平坐的地位，“词为小道”的传统观念为之一变。这种变化，都是在清代完成的。

第一节　谢榛的《四溟诗话》：诗歌美学的总结

谢榛（1495—1575），字茂秦，号四溟山人，山东临清人。终身不仕，以布衣游于文士之间，与李攀龙、王世贞等人组织诗社，被推为社长，成为明代“后七子”初期的领袖，率先为“后七子”提出了论诗纲领。诗以律、绝见长，有《四溟集》。有诗论著作《四溟诗话》四卷。《四溟诗话》以札记形式品评历代诗人诗作，探求作诗规律，显示了一定的汇总倾向。

一、“情景”关系论

前七子何景明、王廷相均拈出“意象”论诗。在咏物抒情诗中，“意象”浑融表现为“情景”合一。谢榛对此别具会心，多有发明：“作诗本乎情景，孤不自成，两不相背。凡登高致思，则神交古人，穷乎遐迩，系乎忧乐，此相因偶然，著形于绝迹，振响于无声也。夫情景有异同，模写有难易，诗有二要，莫切于斯者。观则同于外，感则异于内。当自用其力，使内外如一，出入此心而无间也。”“景乃诗之媒，情乃诗之胚，合而为诗，以数言而统万形，元气浑成，其浩无涯矣。”① “诗乃模写情景之具。情融乎内而深且长，景耀乎外而远且大。”“夫情景相触而成诗，此作家之常也。或有时不拘形胜，面西言东，但假山川以发豪兴尔。”② “景多则堆垛，情多则暗弱，大家无此失矣。”③ 诗的创作发生是

① 《四溟诗话》卷三。
② 《四溟诗话》卷四。
③ 《四溟诗话》卷一。

"情景相触而成诗"，"作诗本乎情景，孤不自成，两不相背"；诗的本体定义是"诗乃模写情景之具"；诗中情、景的性质和地位是"景乃诗之媒，情乃诗之胚"；诗中情、景关系的最高境界是"内外如一""元气浑成"；模写情、景时应追求的是"情"深长而"景"广远（即有"景外景"），令人浮想联翩，应避免的毛病是"景多"而"堆垛"，"情多"而"暗弱"；由于情为胚景为媒，情为主景为辅，写景只是为写情，故景物描写不必太执实当真，这就叫"有时不拘形胜，面西言东，但假山川以发豪兴尔"。因此，谢榛说："凡作诗不宜逼真。"① "诗有可解，不可解，不必解，若水月镜花，勿泥其迹可也。"② 谢榛的"情景"关系论，分析、总结了中国古代咏物抒情诗的发生机制、构成要素、意象特征等，达到了前此诗学"情景"论的高峰，为清初王夫之的诗歌"情景"论和王国维《人间词话》中的"意境"论提供了重要铺垫。

二、论"辞后意"

"情景"论之外，谢榛对于"辞后意"的推崇颇发独得之秘。所谓"辞后意"，即因辞生意，它是相对于"辞前意"提出来的。所谓"辞前意"，即主题先行。谢榛认为这会给诗句的创作带来种种束缚，因而评价不高："今人作诗，忽立许大意思，束之以句则窘，辞不能达，意不能悉。譬如凿池贮青天，则所得不多；举杯收甘露，则被泽不广。此乃内出者有限，所谓'辞前意'也。"③ 另有一种情况则不同："或造句弗就，勿令疲其神思，且阅书醒心，忽然有得，意随笔生，而兴不可遏，入乎神化，殊非思虑所及。或因字得句，句由韵成，出乎天然，句意双美。若接竹引泉而潺湲之声在耳，登城望海而浩荡之色盈目。此乃外来者无穷，所谓'辞后意'也。"④ 可见，"辞后意"即"因字得句"，"忽然有得，意随笔生"，它涉及创作发生中天人凑泊的自然现象，体现了形式对于内容的能动的生成作用。《四溟诗话》卷四还指出："作诗有相因之法，出于偶然。因所见而得句，转其思而为文，先作而后命题，乃笔下之权衡也。""作诗先以

① 《四溟诗话》卷三。
② 《四溟诗话》卷一。
③ 《四溟诗话》卷四。
④ 《四溟诗话》卷一。

一联为主，更思一联记配之，俾其相称，纵不佳，姑存以为筌句。筌者，意在得鱼也。然佳句多从庸句中来，能用取鱼弃筌之法，辞意两美，久则浑成，造名家不难矣。”凡是有过古代诗词创作经验的人，对以一联配对另一联、存“庸句”引发“佳句”“先作而后命题”可能都会有所体会。这委实是触及诗歌尤其是律诗创作自身规律的经验之谈，道前人所未道，发金圣叹“因文生事”论之先声。

三、崇尚“自然”

由此谢榛盛赞出于自然的《古诗十九首》，而批评齐梁以来拿腔拿调、“使力”而不自然的诗作：“《古诗十九首》平平道出，且无用工字面，若秀才对朋友说家常话，略不作意。如‘客从远方来，寄我双鲤鱼。呼童烹鲤鱼，中有尺素书’是也。及登甲科学说官话，便作腔子，昂然非复在家之时。若陈思王‘游鱼潜绿水，翔鸟薄天飞；始出严霜结，今来白露晞’是也。此作平仄妥帖，声调铿锵，诵之不免腔子出焉。魏晋诗家常话与官话相半，迨齐梁开口，俱是官话。官话使力，家常话省力；官话勉然，家常话自然。夫学古不及，则流于浅俗矣。令之工于近体者，唯恐官话不专，腔子不大，此所以泥乎盛唐，卒不能超越魏晋而追两汉也。”① 清代王夫之论诗主张自然兴会，与谢榛的诗出“偶然”“自然”说不无联系。

第二节　唐宋派：“法度”“神明”与“六艺之旨”

在前后七子之间，有一个以唐宋古文为学习对象，并主张由唐宋古文进入秦汉古文堂奥的散文派别，即唐宋派。唐宋派的代表作家是归有光（1506—1571）、唐顺之（1507—1560）、王慎中（1509—1559）、茅坤（1512—1601）。其在理论上值得关注的是唐顺之和茅坤。

---

① 《四溟诗话》卷三。

一、唐顺之：由唐宋文入秦汉文，崇“本色”、尚“神明”

唐顺之，字应德，武进（今属江苏）人，嘉靖八年会试第一，官翰林院编修。曾督兵在崇明抵抗倭寇，以功升右佥都御史，代凤阳巡抚。世称荆川先生。有《荆川集》十二卷。

唐宋派虽以文宗唐宋区别于文宗秦汉的前后七子，不过我们不应过分夸大二者之间的思想差别。正如后七子代表王世贞文宗秦汉而不废韩柳欧苏①，唐宋派文宗唐宋也不废秦汉。不仅不废，而且以秦汉文为难以企及的典范。王慎中《曾南丰文粹序》说：“由三代以降，士之能为文莫盛于西汉。徒取之于外，而足以悦世之耳目者。”唐顺之《答茅鹿门知县二》比较汉以前文与唐宋以后文之优劣云：“且夫两汉而下，文之不如古者，岂其所谓绳墨转折之精之不尽如哉？秦汉以前，儒家者有儒家本色，至如老庄家有老庄本色，纵横家有纵横家本色，名家、墨家、阴阳家皆有本色。虽其为术也驳，而莫不皆有一段千古不可磨灭之见。是以老家必不肯剿儒家之说，纵横家必不肯借墨家之谈，各自其本色而鸣之为言。其所言者，其本色也。是以精光注焉，而其言遂不泯于世。唐、宋而下，文人莫不语性命，谈治道，满纸炫然，一切自托于儒家，然非其涵养蓄聚之素，非真有一段千古不可磨灭之见，而影响剿说，盖头窃尾，如贫人借富人之衣，庄农作大贾之饰，极力装做，丑态尽露。是以精光枵焉，而其言遂不久湮废。然则秦、汉而上，虽其老、墨、名、法、杂家之说而犹传，今诸子之书是也。唐、宋而下，虽其一切语性命谈治道之说而亦不传，欧阳永叔所见唐四库书目百不存一焉者是也。”② 显然，唐顺之对唐宋以后之文评价是不高的。但他为什么又主张宗法唐宋古文家呢？《董中峰侍郎文集序》道出了其中奥妙：“汉以前之文”，“法寓于无法之中”，其为法“密而不可窥”，使人误以为“无法”，于是学秦汉文者“率然而出之”，“决裂以为体，饾饤以为词，尽去自古以来开阖首尾、经纬错综之法，而别为一种臃肿佶（窘）涩之文”。而“唐与近代之文”，“能毫厘

① 《艺苑卮言》卷三。

② 唐顺之：《荆川先生文集》卷七，张元济等辑《四部丛刊》影明万历本，商务印书馆1919年版，下同。

不失乎法，以有法为法，故其为法也严而不可犯”。作文“必有法”，“不能有法，而何以议于无法”①？他倡导取法唐宋文的目的，是要学者通过有法可循的唐宋文的习染，进入似无法而实“未尝无法”的秦汉文境界，防止直接取法秦汉文者重蹈当时“言秦与汉者”的粗陋流弊。七子后学的这种流弊，王慎中《寄道原弟书十六》亦曾有过批评：“今人何尝学马、班？只是每篇中抄得三五句《史》《汉》全文，其余文句皆举子对策与写柬寒温之套，如是而谓之学马、班，亦可笑也。”

唐顺之主张取法唐宋文，不过在与茅坤论文的通信中，他并“不语人以求工文字者”，以至于引起茅坤的不解。唐顺之在回信中解释说：“至如鹿门所疑于我本是欲工文字之人，而不语人以求工文字者，此则有说。……其不语人以求工文字者，非谓一切抹杀，以文字绝不足为也，盖谓学者先务，有源委本末之别耳。……就文章家论之，虽其绳墨布置、奇正转折，自有专门师法，至于中一段精神命脉骨髓，则非洗涤心源，独立物表，具今古只眼者，不足以与此。今有两人，其一人心地超然，所谓具千古只眼人也，即使未尝操纸笔呻吟，学为文章，但直据胸臆，信手写出，如写家书，虽或疏卤，然绝无烟火酸馅习气，便是宇宙间一样绝好文字；其一人犹然尘中人也，虽其专专学为文章，其余所谓绳墨布置则尽是也，然翻来覆去，不过是这几句婆子舌头语，索其所谓真精神与千古不可磨灭之见，绝无有也，则文虽工而不免为下格。此文章本色也。即如以诗为喻，陶彭泽未尝较声律，雕句文，但信手写出，便是宇宙间第一等好诗。何则？其本色高也。自有诗以来，其较声律，雕句文，用心最苦而立说最严者，无如沈约，苦却一生精力，使人读其诗，只见其捆缚龌龊，满卷累牍，竟不曾道出一两句好话。何则？其本色卑也。本色卑，文不能工也，而况非其本色者哉？”②“近来觉得诗文一事只是直写胸臆，如谚语所谓‘开口见喉咙’者，使后人读之，如真见其面目，瑜瑕俱不容掩，所谓‘本色’。此为上乘文字。”③

唐宋文取法秦汉古文，秦汉古文的一个最大特点就是以道胜而不以文胜，所以唐宋古文家说：“养其根而竢其实，加其膏而希其光”，“道胜则文不难而自

① 《荆川先生文集》卷十。
② 《答茅鹿门知县二》。
③ 《又与洪方洲书》。

至”。唐宋派深受其影响。王慎中《与林观颐》说：“所谓古文词者，非取其文词不类于时，其道乃古之道也。”茅坤《与王敬所少司寇书》云：“仆……少好文章……妄谓文以载道。”唐顺之的用意亦在于此。他虽然不废文法，并且为了矫正七子末流直取秦汉而率然无法的弊病崇尚唐宋文法，但他并不主张从“较声律，雕文句”的法度入手求文，相反，他主张由本及末，溯源及流，从“真精神”与“千古不可磨灭之见”这样的“本色”入手，因为决定文章高下的根本因素是“本色”的有无、高卑。“然则吾之不语人以求工文字者，乃其语人以求工文字者也。”① 从唐顺之所举例说明的“儒家者有儒家本色”“老庄家有老庄本色”“纵横家有纵横家本色”等说法来看，唐顺之所谓的“本色”和“真精神”“千古不可磨灭之见”，已是唐宋古文家的儒家古道所不能范围的了，它实际上指作家相对独立的见识、思想、精神，他在《文编序》中又称之为“神明”。而作文之法也就从唐宋古文家的“道胜文至”演变为“神明变化”的自然之法：“圣人以神明而达之于文，文士研精于文以窥神明之奥。其窥之也，有偏有全，有小有大，有驳有醇，而皆有得也，而神明未尝不在焉。所谓法者，神明之变化也。”②“然而文之必有法，出乎自然而不可易者，则不容异也。”③

这样，崇尚“神明”“本色”就与崇尚“法度”统一起来了。唐宋派最终走向了“神明”为主而“文从字顺”。在这里，我们可以看到唐顺之对苏轼而不是韩愈论文宗旨的更多的继承。

二、茅坤：首倡“唐宋八大家”

茅坤，字顺甫，号鹿门，归安（今浙江吴兴）人。嘉靖十七年进士，官至大名兵备副使，罢归家居五十年而卒。有《茅鹿门集》。

茅坤活了九十岁。在后七子以西汉文相号召时，他秉承唐顺之衣钵，编选《唐宋八大家文抄》相对抗，流传甚广，“唐宋八大家”的名号由此确立起来。

南宋道学精神很重的文学家吕祖谦曾编《古文关键》，唯取唐宋间韩愈、柳

---

① 《答茅鹿门知县二》，《荆川先生文集》卷七。

② 《文编序》。

③ 《董中峰侍郎文集序》。

宗元、欧阳修、曾巩、苏洵、苏轼、张耒七家。明初朱右采韩、柳、欧阳、曾、王、三苏之文为《八先生文集》，以上述八家为唐宋文代表。唐顺之《文编》袭之，至茅坤则径以“唐宋八大家”名书。朱右所编《八先生文集》今不传，唯茅坤所编《唐宋八大家文抄》为世传习。该书共一百六十四卷，凡韩愈文十六卷、柳宗元文十二卷、欧阳修文三十二卷，附欧氏《五代史》文二十卷、王安石文十六卷、曾巩文十卷、苏洵文十卷、苏轼文二十八卷、苏辙文二十卷，每家之前各有小引，以唐顺之、王慎中评语标人。不仅“唐宋八大家”之名自此广为人称引，而且唐宋派之影响也因此卓著。

那么，茅坤何以要编选此书呢？他对唐宋这八大家的评论如何呢？他如何看待唐宋八大家文与秦汉文的关系呢？其《唐宋八大家文抄总序》回答了这些问题：

孔子之系《易》，曰：“其旨远，其辞文。”斯固所以教天下后世为文者之至也。……孔子没而游、夏辈各以其学授之诸侯之国，已而散逸不传。而秦人燔经坑学士，而六艺之旨几辍矣。汉兴，招亡经，求学士，而晁错、贾谊、董仲舒、司马迁、刘向、扬雄、班固辈，始乃稍稍出，而西京之文，号为尔雅。

崔（瑗）、蔡（邕）以下，非不矫然龙骧，然六艺之旨渐流失。魏、晋、宋、齐、梁、陈、隋、唐之间，文日以靡，气日以弱。强弩之末，且不及鲁缟矣，而况于穿札乎？

昌黎韩愈首出而振之，柳柳州又从而和之，于是始知非六经不以读，非先秦两汉之书不以观。其所著书、论、序、记、碑、铭、颂、辩诸什，故多所独开门户，然大较并寻六艺之遗略，相上下而羽翼之者。

贞元以后，唐且中坠，沿及五代，兵戈之际，天下寥寥矣。

宋兴百年，文运天启，于是欧阳公修，从隋州故家覆瓿中，偶得韩愈书，手读而好之，而天下之士，始知通经博古为高，而一时文人学士，彬彬然附离（丽）而起。苏氏父子兄弟及曾巩、王安石之徒，其间材旨小大，音响缓亟（急），虽属不同，而要之于孔子所删六艺之遗，则共为家习而户眇之者也。

……世之操觚者，往往谓文章与时相高下，而唐以后且薄不足为。噫！抑不知文特以道相盛衰，时非所论也。其间工不工，则又系乎斯人者之禀，与其专一之致否何如耳……

我明弘治、正德间，李梦阳崛起北地，豪隽辐辏，已振诗声，复揭文轨，而曰："吾《左》吾《史》与《汉》矣。"已而又曰："吾黄初（魏文帝年号）、建安矣。"以予观之，特所谓词林之雄耳，其于古六艺之遗，岂不湛淫涤滥，而相互剽裂已乎？

予于是乎掇韩公愈、柳公宗元、欧阳公修、苏公洵、轼、辙、曾公巩、王公安石之文，而稍为批评之，以为操觚者之券，题之曰《八大家文抄》。……嗟乎，之八君子者，不敢遽谓尽得古六艺之旨。而予所批评，亦不敢自以得八君子者之深。要之，大义所揭，指次点缀，或于道不相戾已。①

由此可见，茅坤所以标举"唐宋八大家"，不是为了对抗秦汉文，而是为了承续秦汉文（汉文主指西汉文）的"六艺"道统，反击七子"文章与时相高下"、愈古愈好的今不如昔论，用事实说明唐宋也有"旨远辞文"的优秀散文作品，救正明初自李梦阳以来七子从形式皮毛上模拟秦汉文的积弊。不难看出，唐宋派虽然为具有个性的"真精神"开了一道口子，留下了可供发展的空间，但从总体上看，它还是延续了唐宋古文家以儒家道德精神为美之根本的文艺美学观。即便以"真精神"和"千古不可磨灭之见"相号召的唐顺之，亦始终以儒家"六艺"要求文章内容，并自评曰："其于文也，大率所谓宋头巾（指道学家）气习。""其为诗也，率意信口，不调不格，大率似以寒山、《击壤》为宗。"②

第三节 李贽与叶昼："自然为美"、《水浒》评点

李贽（1527—1602），原姓林，名载贽，后改姓名为李贽，号卓吾，又号宏甫，别号温陵居士，泉州晋江（今属福建）人，嘉靖三十一年举人。曾官国子监博士、刑部员外郎、云南姚安知府。公开以反对孔孟之道的"异端"自居，

① 明茅坤编：《唐宋八大家文抄》，明崇祯四年刻本。

② 《答皇甫百泉郎中》。

终以“敢倡乱道，惑世诬民”罪名被捕，狱中自杀。有《焚书》六卷、《续焚书》五卷、《藏书》六十八卷、《续藏书》二十七卷、《李氏文集》十八卷等，约三十种。

一、人生以求乐为上

真、善、美是人类生活中的三种基本价值形态。人们对这三种价值的追求并不总是均衡的。比如道德家追求的最高和首要价值是“善”，“真”和“美”只有符合“善”的规定才允许存在，超出“善”的内涵范围，“真”和“美”就必须让位，甚至必须受到打压。李贽不是道德家，而是传统的儒家道德的反叛者。他一生追求的最高价值境界不是“善”，而是“美”。当然，李贽也非常求“真”，但说到底，“真”仍然是满足“美”的一个条件。近代梁启超曾说：“我确信‘美’是人类生活中一要素，或者还是各种要素中之最要者。倘若在生活全内容中把‘美’的成分抽出，恐怕便活得不自在，甚至活不成。”[①] 李贽的人生观与此很为相似。

“美”涉及情感快乐。李贽以“美”为人生的第一要义，易言之即以快乐为人生的最高追求。追求快乐本是人的天性，但人来到人世之后，却有各种社会关系束缚着人的快乐追求。大多数人不得不向社会关系屈服和妥协，以各种功利的、道德的追求牺牲自己求乐的天性。李贽则不然。“做官不自在，回家不自在，老婆孩子跟着不自在，住在他人家中不自在，他便毅然甩掉不自在的包袱，弃官、弃家、遣妻归女、剃发入寺，摆脱一切的管束，以求得身心的自在。”“为了获得精神的解脱，他求出世之道，而后又超越入世与出世。这一切无不是（为了）追求人生之真谛以获得精神之快乐。”“李贽的一生是寻求自在、快乐的一生。”[②] 李贽不仅是这样做的，而且在理论上也留下了大量相关的文字。他宣称：“我以自私自利之心，为自私自利之学，直取自己快当，不顾他人非刺。虽承诸

---

① 梁启超：《美术与生活》，《饮冰室文集》卷三十九，林志钧编《饮冰室合集》，中华书局1936年出版。

② 许建平：《李贽思想演变史》，人民出版社2005年版，第328页。

公之爱、诲谕之勤，而卒不能改者，惧其有碍于晚年快乐故也。”① 他作诗、读书、交友，无不是为了自娱自乐：“苟能游心于翰墨、蜚声于文苑，能自驰骋，不落蹊径，亦可玩适以共老也。”② “大凡我书皆为求快乐自己，非为人也。”③ “我于诗学无分，只孤苦无朋，用之以发叫号，少泄胸中之气。”④ “读书伊何？会我者多。一与心会，自笑自歌。歌吟不已，继以呼呵。恸哭呼呵，涕泗滂沱。”⑤ “遨游者，远则资舟，近则谈笑，谑而不为虐，亿而多奇中。虽未必其人何如，亦可以乐而忘返。……技能可人……术数相将……聊与之游，不令人心神俱爽，贤于按籍索古，谈道德、说仁义乎？”⑥ “……余……专以良友为生，故有之则乐，舍之则忧。”⑦ 李贽是反对“以孔子之是非为是非”的，但他对于“孔颜乐处”则大加肯定，不过他肯定的“孔颜乐处”已不是儒道，而是老庄和佛家的虚静寂灭之道：“日用应缘，但如此做去，则工夫一片；工夫一片，则体用双彰；体用双彰，则人我俱泯；人我俱泯，则生死两忘；生死两忘，则寂灭现前。真乐不假言矣。孔子告颜子不改其乐，不改此也。程夫之寻‘孔颜乐处’，寻此处也。此乐现前，则当下大解脱；大解脱则大自在；大自在则大快活。”⑧ “道，原自真率，存一去妄心，便非真境矣；道，原自快乐，存一戒惧心，便非乐境矣。老氏静虚、庄氏逍遥，皆从此勘破者。”⑨

二、真心为美，真情为美

那么，李贽所极力追求的快乐之美究竟是什么呢？就是真心、真情。

唐宋道学家、古文家主张“道胜文至”，唐宋派也主张为文由本及末。应当

① 李贽：《寄答留都》，《焚书》增补卷一，李贽：《焚书 续焚书》，中华书局 1975 年版，下同。

② 《李生十交文》，《焚书》卷三。

③ 《寄京友书》，《焚书》卷二。

④ 《答澹然师之五》，《焚书》卷四。

⑤ 《读书乐》，《焚书》卷六。

⑥ 《李生十交文》，《焚书》卷三。

⑦ 《答周友山》，《焚书》卷一。

⑧ 《与陆天溥》，《续焚书》卷一。李贽：《焚书 续焚书》，中华书局 1975 年版。

⑨ 转引自何乔远：《闽书》卷一五二《畜德志》上，崇祯四年刻本。

说，经历过六朝及唐宋形式主义美学走过的弯路，明清人变得更加成熟和周全起来，很少仅仅从形式入手求文，由本及末、道胜文至成了明清人的共识。李贽也是如此。他否定形式技巧，主张“内含以章（彰）美”、“笃实生辉光”。[1] 这“内含”的“美”是什么呢？就是“童心”。“童心”即“真心”，它与一切虚假道理截然相对：“夫童心者，真心也。……夫童心者，绝假纯真、最初一念之本心也。……盖方其始也，有闻见从耳目而入，而以为主于其内而童心失。其长也，有道理从闻见而入，而以为主于其内而童心失。其久也，道理闻见日以益多，则所知所觉日以益广，于是焉又知美名之可好也，而务欲以扬之而童心失；知不美之名之可丑也，而务欲以掩之而童心失。……童心既障，于是发而为言语，则言语不由衷；见而为政事，则政事无根柢；著而为文辞，则文辞不能达。非内含以章美也，非笃实生辉光也。欲求一句有德之言，卒不可得。所以者何？以童心既障，而以从外入者，见闻道理为之心也。”[2] “德”不是“见闻道理”，而是“童心”；有“童心”就是“有德之言”，无童心就是无德之言。这个思想，与他在《答耿中丞》中以“率性之真”为“道”是一致的：“夫以率性之真推而广之，与天下为公，乃谓之道。”[3]

真实的“童心”是人应遵循的最高的“道德”，也是令人心怡的最高的美。他所喜欢的历史英雄，他的理想人格，他所乐于交往的朋友，都是“真人”“真率汉子”“真豪杰”“真侠士”“真英灵汉子”。[4] 他所赞美的文章，也是发自真心的作品：“天下之至文，未有不出于童心焉者也。”[5] “且夫世之真能文者，比其初皆非有意于为文也。其胸中有如许无状可怪之事，其喉间有如许欲吐不敢吐之物，其口头又时时有许多欲语而莫可所以告语之处，蓄极积久，势不能遏，一旦见景生情，触目兴叹，夺他人之酒杯，浇自己之块垒，诉心中之不平，感数奇于千载。”[6] 不仅如此，乃至自然界的一切带有真性的事物，他都以为至爱。一次友人用宝石吸草，以验宝石真假。腐草吸不住，新草一投即吸。李贽欣喜万

① 《童心说》，《焚书》卷三。

② 《童心说》，《焚书》卷三。

③ 《答耿中丞》《焚书》卷一。

④ 许建平：《李贽思想演变史》，人民出版社2005年版，第326页。

⑤ 《童心说》，《焚书》卷三。

⑥ 《杂说》，《焚书》卷二。

分：“石果真矣。……佛是一团真者，故世有真人，然后知有真佛；有真佛，故自然爱此真人也。唯真识真，唯真逼真，宜哉！然则，不但佛爱此真石也，我亦爱此真石也。不但我爱此真石，即此一粒真石，亦倦倦欲人知其为真，而不欲人以诬草诬之，以为不真也。”①

真人、真物、真事、真文是美，反之，假人、假物、假事、假文则是丑。李贽尖锐批判说：“夫既以闻见道理为心矣，则所言者皆闻见道理之言，非童心自出之言也。言虽工，于我何与？岂非以假人言假言，而事假事、文假文乎？盖其人既假，则无所不假矣。由是而以假言与假人言，则假人喜，以假事与假人道，则假人喜，以假文与假人谈，则假人喜。满场是假，矮人何辩也？”“诗何必《选》，文何必先秦？降而为六朝，变而为近体，又变而为传奇，变而为院本，为杂剧，为《西厢记》、为《水浒传》，为今举子业，大贤言‘圣人之道皆古今至文’，不可得而时势先后论也。”② 李贽此论，现实的指向性非常明显，即对准前后七子的拟古风气，对准明初以来社会生活与文学作品中存在的口是心非、言行不一的假道学。

李贽的“真”，有时又叫做“自然”。以真为美，又表述为以自然为美；以真心为美，又表现为以真情为美。这一点，《读律肤说》说得很明白：“盖声色之来，发于情性，由乎自然，是可以牵合矫强而致乎？故自然发于情性，则自然止乎礼义，非情性之外复有礼义可止也，唯矫强乃失之，故以自然之为美耳。又非于情性之外复有所谓自然而然也。故性格清彻者，音调自然宣畅；性格舒徐者，音调自然疏缓；旷达者自然浩荡，雄迈者自然壮烈，沉郁者自然悲酸，古怪者自然奇绝。有是格，便有是调，皆情性自然之谓也。莫不有情，莫不有性，而可以一律求之哉？”③《读若无母寄书》指出：“言出至情，自然刺心，自然动人。”④ 将情美观揭示无遗。

① 《三十像士议》，《焚书》卷四。

② 《童心说》，《焚书》卷三。

③ 《焚书》卷三《杂述》。

④ 《焚书》卷四。

三、“识”济“才”“胆”，“唯识为难”

李贽是中国古代专制社会中少有的特立独行之士。他毕生以自然心性之美为追求，为此宁可抛家弃舍，宁可被社会视为异端，宁可让自己所写的文字成为“焚书”“藏书”，宁可下狱自杀。《杂说》中有一段评论《西厢记》的文字，实为李贽自况：“既已喷玉唾珠，昭回云汉，为章于天矣，遂亦自负，发狂大叫，流涕恸哭，不能自止，宁使见者闻者切齿咬牙，欲杀欲割，而终不忍藏于名山，投之水火。”①

而他对于自己的追求所以这样坚定，源于他独立不拔的“见识”。在《二十分识》中，他剖析了“识”与“才”“胆”的关系，表现出对“识”的无比推重：

> 有二十分见识，便能成就得十分才。盖有此见识，则虽有五六分才料，便成十分矣。
>
> 有二十分见识，便能成就得十分胆。盖识见既大，虽只有四五分胆，亦成十分去矣。
>
> 是“才”与“胆”皆因“识见”而后充者也。空有其“才”而无其“胆”，则有所怯而不敢；空有其“胆”而无其“才”，则不过冥行妄作之人耳。盖“才”“胆”实由“识”而济，故天下唯“识”为难。有其“识”，则虽四五分“才”与“胆”，皆可建立而成事也。②

那么，李贽所具备的“识”“才”“胆”如何？他自我评价是：“余谓我有五分胆、三分才、二十分识，故处世仅仅得免于祸。若在参禅学道之辈，我有二十分胆，十分才，五分识，不敢比于释迦老子明矣。③ 若出词为径，落笔惊人，我有二十分识，二十分才，二十分胆。呜呼，足矣！我安得不快乎！”④ 李贽认为，

① 《焚书》卷三。

② 《焚书》卷四《杂述》。

③ 李贽出过家，佛学造诣很深，但他自认为在这方面识见还差。

④ 《焚书》卷四《杂述》。

在不同的方面，他的识、才、胆的表现是不同的。做人处世方面是识最高，而胆、才次之；参禅习佛方面是胆最大，而才、识次之；作文方面则识、才、胆三项指标均最高。他为此感到很快乐。

李贽撰写《二十分识》时是万历二十年，时年六十六岁。十年之后，李贽为自己的胆识付出了下狱的代价。士可杀而不可辱，几个月后，李贽殉道自杀。

四、《水浒传》评点："忠义泄愤""像情像事"

李贽在刑部任职时，就盛称富有叛逆精神的《水浒传》是"宇宙"间"五大部文章"之一。万历二十年前后，李贽在武昌完成了对《水浒传》的评点，这就是万历三十九年袁无涯刻印的带有李贽序的一百二十回本《李贽评忠义水浒全传》。①

明代以前，中国的小说创作经历了六朝志怪、志人小说，唐代传奇小说，宋代话本小说诸阶段。与后世相比，小说创作的规模、手法、成就均不可同日而语，加之由于鄙薄小说为"小道"的传统观念的影响，此前的小说评点美学尚处于起步阶段。明初诞生了《三国演义》《水浒传》两部具有很高艺术价值的长篇小说，加之明中叶思想界相对比较活跃和解放，于是围绕着《三国演义》《水浒传》的评点，在嘉靖、万历时期出现了小说美学的繁荣局面。

明代小说评点是从蒋大器、张尚德的《三国演义》评论开始的。他们一方面肯定《三国演义》有裨"风教"的道德美，另一方面又肯定《三国演义》可以通俗的文辞"羽翼信史"，成为传播正史的有效辅助手段。这些评点尚未触及历史小说的深层审美规律。稍后的李贽和叶昼的《水浒传》评点则深入到小说在奇幻的虚构中"像情像事""逼真传神"的审美特点，奠定了明清小说评点美学的基石。

《水浒传》是一部描写宋江被逼上梁山、率领梁山好汉起义造反故事的历史

---

① 该书序言亦收入李贽《焚书》卷三，题为《忠义水浒传序》，李贽：《焚书　续焚书》，中华书局1975年版。

小说。小说行世后，正统观念斥之为“奸盗诈伪”,[①] 是“诲盗”之作。[②] 这个罪名如果成立，则《水浒传》必遭扼杀。为了有助于《水浒传》这部充满叛逆精神的小说的流行，李贽一反常态，给《水浒传》及其主人公宋江披上了“忠义”的外衣，指出宋江及其梁山好汉的所作所为不过是尽忠报国不得之后的“泄愤”之举，从而一方面给《水浒传》正名，另一方面又在“忠义”的名义下极尽“泄愤”、批判之能事。李贽《忠义水浒传序》云：“《水浒传》者，发愤之所作也。盖自宋室不竞，冠屦倒施，大贤处下，不肖处上，驯致（渐至）夷狄处上，中原处下。一时君相犹然处堂燕鹊，纳币称臣，甘心屈膝于犬羊已矣。施、罗二公，身在元，心在宋，虽生元日，实愤宋事。是故愤二帝之北狩，则称大破辽以泄愤；愤南渡之苟安，则称灭方腊以泄其愤。敢问泄愤者谁乎？则前日啸聚水浒之强人也，欲不之谓忠义不可也。是故施、罗二公传《水浒》，而复以‘忠义’名其传焉。”[③]

一部造反的书，何以冠以“忠义”呢？《忠义水浒传序》说：“夫忠义何以归于水浒也？其故可知也。夫水浒之众何以一一皆忠义也？所以致之者可知也。今夫小德役（被使唤）大德，小贤役大贤，理也。若以小贤役人，而大贤役于人，其肯甘心服役而不耻乎？是犹以小力缚人，而使大力缚于人，其肯束手就缚而不辞乎？其势必至驱天下大力大贤而尽纳之水浒矣。则谓水浒之众，皆大力大贤、有忠有义之人可也，然未有忠义如宋公明者也。……独宋公明者，身居水浒之中，心在朝廷之上，一意招安，专图报国。卒至于犯大难，成大功，服毒自缢，同死而不辞，则忠义之烈也，真足以服一百单八人者之心，故能结义梁山，为一百单八人之主。”

在作了这样一番论证后，李贽得出结论说：“故有国者不可以不读，一读此传，则忠义不在水浒，而皆在于君侧矣；贤宰相不可以不读，一读此传，则忠义

① 李开先：《词谑》引，中国戏曲研究院编：《中国古典戏曲论著集成》第三集，中国戏剧出版社 1959 年版。

② 天都外臣：《水浒传叙》引，王利器、吴晓铃校勘，郑振铎标点：《水浒全传》，人民文学出版社 1954 年版。

③ 一般认为，明嘉靖时人高儒在《百川书志》所说的“施耐庵的本、罗贯中编次”的“《忠义水浒传》一百卷”是《水浒传》的祖本。可见“忠义”名“水浒传”，最早由施、罗所为。

不在水浒，而皆在于朝廷矣；兵部掌军国之枢，督府专阃外之寄（指在外统帅军队），是又不可以不读也。苟一日而读此传，则忠义不在水浒，而皆为干（盾也）城（干城：捍卫）心腹之选矣。否则，不在朝廷，不在君侧，不在干城心腹，乌乎在？在水浒。此传之所为发愤也。”自施耐庵、罗贯中创作《忠义水浒传》后，一直未有人对“水浒”与“忠义”的联系作出如此雄辩的论证，李贽率先加以发明。而从李贽思想深处而言，“忠义”之类的传统儒家信条本是束缚不住他的，他骨子里与此水火不容。然而要公开批判“大贤处下”“小贤”甚至奸佞处上这种不平等、不公平现象，又势必借助社会上通行的“忠义”之名。在这篇序文中，我们看到了李贽“泄愤”的真实用心和假借“忠义”反专制的智慧。而经李贽诠释的《水浒传》所承载的特定道德意义，不仅抬高了《水浒传》，也抬高了小说的政治地位和社会地位，体现了张尚德所强调的“裨益风教”的道德美。

袁无涯一百二十回刻本《李贽评忠义水浒全传》除了有李贽的序文外，还有署名李贽的《发凡》和眉批、夹批、回末评。据叶朗《叶昼评点〈水浒传〉考证》，卷首的《发凡》及不同于百回本的另二十回的眉批、夹批，为书商袁无涯托名所写，所有的回末评，“也很可能全是出版者新加上的”，而其余部分，特别是与百回本相同回目中的眉批、夹批，则为李贽所写（尽管出版者有一些增补）。① 叶朗先生的这一考证，对学界影响很大。本书一方面尊重这一考证结果，尽量使用被认为确系李贽所写的眉批、夹批来分析李贽评点的美学意义，同时，考虑到《发凡》和回末评及新增二十回评点的思想倾向与原一百回的评点的统一性、浑融性，本书在使用材料时也有所兼顾。

李贽的《水浒传》评点，反映出来的一个最基本的美学观点就是逼真、传神。而这种逼真又是在奇妙情节的虚构创造中实现的。

《水浒传》源于宋元话本、戏剧。话本、戏剧要能够吸引听众、观众，必须有“趣”。在第七回、第十七回、第四十三回等评点中，我们常常可以看到“趣”“甚趣”“得趣”之类的文字，表明李贽是极重视《水浒传》的审美特点

① 叶朗：《中国小说美学》，北京大学出版社1982年版，第294页。

的。[①] 小说既然要有“趣”，就不能过于刻板地拘泥于事实，而必须借助于想象，创造出奇妙的故事情节来。在这一点上，《水浒传》继承唐代传奇小说的美学特征，“智取生辰纲”“三打祝家庄”“景阳冈打虎”“醉打蒋门神”“斗杀西门庆”等等，都是有名的奇特故事。在每一奇特故事的发展中，作者又设计了曲折生动的情节，可谓奇中有奇。如在“林教头风雪山神庙”故事中，又有“误入白虎堂”“刺配沧州道”“风雪山神庙”等奇妙情节，环环紧扣，风云不测，波澜频生。李贽评点说：“情事都从绝处生出来，却无一些做作之意，此文章承接入妙处。”[②]“此篇有水穷云起之妙，吾读之而不知其为《水浒》也。张顺渡江迎医，而杀一盗、杀一淫，此是极奇手段。作此传者，真是极奇文字。及请得安道全，忽出神行太保迎接上山，此又机法之变而不可测识者也。噫，奇矣！”[③] 而《发凡》则把这一切概括为“本情以造事”的想象创造：“立言者必有所本。是书盖本情以造事者也，原不必取证他书。”这涉及《水浒传》奇妙故事情节的创作发生机制，是颇有深度的。

小说贵“奇”，但如果“奇”而失“真”，“奇”得不“像”，亦难以产生动人的“趣味”。一切奇特的虚构创造，都应归结、凝聚为一个“真”字、“像”字。在李贽的具体评点中，“像”“写生活像”“活现”“传神”“化工”“颊上三毛”“性情活现”等肯定用语经常出现，充分体现了其美学旨趣的重心所在。第十七回有一段何涛央求其弟何清提供生辰纲抢劫案线索的精彩对话，有眉批云：“许多颠播的话，只是个‘像’字，像情像事，文章所谓‘肖题’，画家所谓‘传神’也。”类似的评点还有许多：“从打铁人眼里写出剃须发的鲁达真形来，是何等想笔！”[④]“写状写声，是活智深。”[⑤]“……于汉子口内写出一段壮士失时的情语来，真能动人，添多少光景。”[⑥]“写得三人（阮氏三兄弟）有状有声，激

① 明容与堂本《李卓吾先生批评忠义水浒传》被普遍认为出自叶昼之手，其中亦多“趣”的评语，如第九回、第十九回批语，甚至说：“天下文章当以趣为第一。”（第五十三回总批）这未必不是李贽思想。可互参。

② 袁无涯刻本《李摯评忠义水浒全传》第二十三回眉批。

③ 袁无涯刻本《李摯评忠义水浒全传》第六十五回眉批。

④ 袁无涯刻本《李贽评忠义水浒全传》第四回眉批。

⑤ 袁无涯刻本《李贽评忠义水浒全传》第六回眉批。

⑥ 袁无涯刻本《李贽评忠义水浒全传》第七回眉批。

昂如生，愤雄堪涕。”[①]“移坐一番，更见精彩。此等用意极细、极变、极真。”[②]“一幅打虎图，活虎活人，俱在眼前。”[③]“将一个烈汉、一个呆子、一个淫妇，描写得十分肖像，真神手也。”[④]“小小点缀，都是真事。”[⑤]这一意思，在《发凡》中亦有所揭示：“此书曲尽情状，已为写生。”

总的说来，从“使人泣”“使人跃”[⑥]的审美功能出发，要求“写生活像”、“奇”中有“真”、“真”寓于“奇”，就是李贽《水浒传》评点的基本美学思想。这一思想触及艺术真实中生活真实、想象真实、逻辑真实之间的辩证关系，奠定了明清小说美学真幻关系论的基础。不过，与叶昼托名的容与堂本《李卓吾先生批评忠义水浒传》相比，后者所体现的小说美学思想显然更加深入、更加细致。

五、叶昼托名李卓吾的《水浒传》评点

现存万历三十八年（1610）容与堂百回本《李卓吾先生批评忠义水浒传》，被学界普遍视为叶昼的托名之作。该评点本卷首有《批评水浒传述语》《水浒传一百回文字优劣》《梁山泊一百单八人优劣》，署名怀林。据考证，怀林亦是叶昼托名。

叶昼（？—1624或1625），字文通，无锡人。家贫嗜酒，常卖文为生。曾批点过《水浒传》《三国志》等小说、戏曲多部，而以托名李卓吾的《水浒传》评点最值得关注。

1. 叶昼与李贽评点《水浒传》之异同

叶昼的《水浒传》评点，与李贽有异有同。《述语》曾说：“和尚（李贽）自入龙湖以来，口不停诵，手不停批者三十年，而《水浒传》《西厢曲》尤其所不释手者也。盖和尚一肚皮不合时宜，而独《水浒传》足以抒发其愤懑，故评

① 袁无涯刻本《李贽评忠义水浒全传》第十五回眉批。
② 袁无涯刻本《李贽评忠义水浒全传》第十三回眉批。
③ 袁无涯刻本《李贽评忠义水浒全传》第二十三回眉批。
④ 袁无涯刻本《李贽评忠义水浒全传》第二十四回眉批。
⑤ 袁无涯刻本《李贽评忠义水浒全传》第六十五回。
⑥ 袁无涯刻本《李贽评忠义水浒全传》第十五回批语。

之为尤详。”这是很能解释李贽评点《水浒传》缘由的。在批判现实的思想倾向上，叶昼与李贽大体相似。如第一回洪太尉奉旨请道士张天师祈除瘟疫，叶昼眉批：“瘟疫盛行，为君为相底（的）无调变手段，反去求一道士，可笑可笑！”第五十二回，当林冲痛斥高廉：“你这个害民的强盗！我早晚杀到京师，把你那欺君的贼臣高俅碎尸万段，方是愿足！”叶昼批曰：“骂得好！”不过，在对水浒人物的认识、评价上，叶昼则与李贽有巨大分歧。李贽肯定水浒一百零八将，并最为推尊宋江。叶昼则最推尊李逵，而全盘否定宋江，大骂宋江为“罪之魁，盗之首”“假道学、真强盗”“大贼”“奸诈”。如《梁山泊一百单八人优劣》云：

> 若夫宋江者，逢人便拜，见人便哭，自称“小吏、小吏”，或招曰“罪人、罪人”的，是假道学、真强盗也。

第三十四回，写宋江用计使秦明入伙，叶昼批曰：“这计忒恶了，真强盗！真强盗！”第四十一回书中批道：“毕竟宋江假，李逵真！”梁山一百零八人中被叶昼骂为“强盗”的还不止宋江一个，如吴用，“一味权谋，全身奸诈”；“屈指梁山，有如此者，若其余诸人，不过梁山泊中一班强盗而已矣”①。

在涉及人物塑造、创作方法等问题的艺术评论中，叶昼则与李贽表现出很多的相通性，如李贽尚“趣”、尚“逼真”、尚幻中寓真，叶昼亦然，只是更有所丰富、深入而已。这意味着，叶昼评点《水浒传》时，是看到李贽的评点本，并对此有所继承吸收的。

2.“天下文章当以趣为第一”

叶昼托名的百回本《李卓吾先生批评水浒传》重视“趣”。第九回写鲁智深教训“两个公人”一段，下批：“趣！妙绝！快绝！”第十九回，写阮小七把何观察两个耳朵割下来做“表证”，下批：“趣！趣！”眉批：“恶则恶矣，趣实趣也。”第五十三回，写戴宗、李逵去蓟州请公孙胜再上梁山，罗真人不答应，李逵闹出夜砍罗真人的鲁莽之举，还说出一些自我解嘲的话，眉批是：“趣事、趣话、趣人，无所不趣！”并在回末总评中提出“天下文章当以趣为第一”的口号。

如上所引，“趣”与“善”并不总是统一的，“恶”的言行，有时恰恰可以

① 均见《梁山泊一百单八人优劣》

显得有“趣”。传统的文章律条是“文以载道”，叶昼提出“文章当以趣为第一”，可以说针锋相对。它是明代中叶个性解放思想在美学中的投射。

由“趣”出发，叶昼走向了不拘事实的艺术真实论：“有一村学究道：李逵太狠，不该杀罗真人，罗真人亦无道气，不该磨难李逵。此言真如放屁！不知《水浒传》文字当以此回为第一。试看种种摩写处，那一事不趣？那一言不趣？天下文章当以趣为第一。即是趣了，何必实有是事，并实有是人？若一一推究如何如何，岂不令人笑杀？”① 既然“天下文章当以趣为第一”，为了追求“趣”，“何必实有其事，并实有其人？”《水浒传》的许多“事节都是假的”，正源于对“趣”这一小说审美功能的追求。

3.“假”而“逼真”

为了有“趣”，所以造“假”，既是虚构，所以贵“奇”。《水浒传》许多故事情节都极为巧合、离奇、曲折，叶昼对此尤加称赏。第十五回写刘唐、公孙胜不约而同来找晁盖，总评云：“刘唐固奇，公孙胜尤奇，却又都来寻晁保正，大奇大奇！”第二十三回写武松打虎后忽又遇见猎人扮装的假虎，不禁大惊，眉批云：“文人之心如此变化，奇！奇！”

《水浒传》的故事情节虽多出于作者的虚构创造，但它的妙处、魅力却不在“假”，而在“逼真”。这便是“假”与“真”的对立统一：“《水浒传》事节都是假的，说来却似逼真，所以为妙。”② “《水浒传》文字原是假的，只为他描写得真情出，所以便可与天地相终始。”③ 相反，如果让人感到不真、虚假，便“不好看”：“《水浒传》……到后来混天阵处，都假了，费尽苦心，亦不好看。”④ “《水浒传》文字不好处只在说梦、说怪、说阵处。”⑤ “至于披挂战斗、阵法兵机，都剩技耳，传神处不在此也。更可恶者，是九天玄女、石碣天文两节，难道天地故生强盗，而又遣鬼神以相之耶？决不然矣。读者毋为说梦痴人前其可。”⑥

① 容与堂本《李卓吾先生批评忠义水浒传》第五十三回总批。
② 容与堂本《李卓吾先生批评忠义水浒传》第一回回末总评。
③ 容与堂本《李卓吾先生批评忠义水浒传》第十回回末总评。
④ 容与堂本《李卓吾先生批评忠义水浒传》第十回回末总评。
⑤ 容与堂本《李卓吾先生批评忠义水浒传》第九十七回回末总评。
⑥ 《水浒传一百回文字优劣》。

那么，艺术虚构的“逼真”从哪儿来呢？来自于对现实生活的反映。《水浒传一百回文字优劣》云：“世上先有《水浒传》一部，然后施耐庵、罗贯中借笔墨拈出。若夫姓某名某，不过劈空捏造，以实其事耳。如世上先有淫妇人，然后以杨雄之妻、武松之嫂实之；世上先有马泊六（指撮合者），然后以王婆实之；世上先有家奴与主母通奸，然后以卢俊义之贾氏、李固实之。若管营，若差拨，若董超，若薛霸，若富安，若陆谦，情状逼真，笑语欲活。非世上先有是事，即令文人面壁九年，呕血十石，亦何能至此哉？此《水浒传》之所以与天地相终始也。与其照应谨密，曲尽苦心，亦觉琐碎，反为可厌。”叶昼反对闭门造车，向壁虚构，主张向活生生的生活学习。特别难得的是，他指出并不是光有生活事实就有艺术真实的。第一回回末总评云：“常见近来文集，乃有真事说作假者。”为什么会把“真事”说作“假”呢？因为没有抓住“人情物理”，即生活的本质真实、逻辑真实。而正是这一真实，才是艺术真实的本质，是艺术作品无论描摹“真事”还是虚构故事必须达到或恪守的真实。所以叶昼说：“《水浒传》文字……妙处都在人情物理上。人亦知之否？”①

4．“传神写照”“千古若活”

叶昼强调小说创作的美学原则是“逼真”，具体到人物形象的塑造上，就是“传神”地“写照”出活生生的人物个性。他评点说：“此回文字逼真，化工肖物。摩写宋江、阎婆惜并阎婆处，不唯能画眼前，且画心上；不唯能画心上，且并画意外。顾虎头（恺之）、吴道子安得到此！”②“这回文字，种种逼真。第画王婆易，画武大难；画武大易，画郓哥难。今试着看郓哥处，有一语不传神写照乎？”③“施耐庵、罗贯中真神手也。摩写鲁智深处，便是个烈丈夫模样；摩写洪教头处，便是忌嫉小人底身份；至差拨处，一怒一喜，倏忽转移，咄咄逼真，令人绝倒，忌哉！”④ 对人物形象的“传神写照”，不仅要善于写出不同类型的人物性格，而且要善于刻画同类人物的不同个性，这就叫“同而不同处有辨”：“描画鲁智深，千古若活，真是传神写照妙手。且《水浒传》文字妙绝千古，全在同而不同处有辨。如鲁智深、李逵、武松、阮小七、石秀、呼延灼、刘唐等众

① 容与堂本《李卓吾先生批评忠义水浒传》第九十七回回末总评。

② 容与堂本《李卓吾先生批评忠义水浒传》第二十一回末总评。

③ 容与堂本《李卓吾先生批评忠义水浒传》第三十五回末总评。

④ 容与堂本《李卓吾先生批评忠义水浒传》第九回回末总评。

人，都是急性的，渠（他）形容刻画来各有派头，各有光景，各有家数，各有身份，一毫不差，半些不混。读者自有分辨，不必见其姓名，一睹事实，就知某人某人也。”①

文字是描写人物的媒介。当小说通过高超的“传神”技巧栩栩如生地写出人物个性的时候，就会产生使读者不见文字、只见人物的效果：“说淫妇便像个淫妇，说烈汉便像个烈汉，说呆子便像个呆子，说马泊六便像个马泊六，说猴子便像个小猴子。但觉读一过，分明淫妇、烈汉、呆子、马泊六、小猴子光景在眼，淫妇、烈汉、呆子、马泊六、小猴子声音在耳，不知有所谓语言文字也何物?”② 叶昼此论，脱胎于皎然《诗式》中的“但见情性，不睹文字”，又是对皎然诗论的创造性推衍。叶朗先生指出：“照中国古典美学的看法，真正的艺术形式美，不是在于突出艺术形式本身的美，而在于通过艺术形式把艺术意境、艺术典型突出地表现出来。”③“当艺术的感性形式诸因素把艺术内容恰当地、充分地、完善地表现出来，从而使欣赏者为整个艺术形象的美所吸引，而不再去注意形式美本身时，这才是真正的艺术形式美。在这里，艺术形式美只有否定自己，才能实现自己。”④ 诗的内容是“情性”，诗美的最高成就是使人“但见情性，不睹文字”；小说的内容是生活，使命是塑造人物，小说形式美的最高成就是使人“但见人物，不睹文字”。这便是叶昼此论的美学精髓之所在。

第四节　公安派：“独抒性灵，不拘格套”

公安派是明代后期出现的一个文学流派。“公安三袁”是公安派的领袖，其中袁宏道声誉最高，成绩最大，其次是袁中道，袁宗道又次之。公安派反对前七子和后七子的拟古风气，主张“独抒性灵，不拘格套”，发前人之所未发。其创作成就主要在散文方面，多抒写闲情逸致，清新活泼，自然率真。

① 容与堂本《李卓吾先生批评忠义水浒传》第三回回末总评。
② 容与堂本《李卓吾先生批评忠义水浒传》第二十四回回末总评。
③ 叶朗：《中国小说美学》，北京大学出版社1982年版，第37页。
④ 叶朗：《中国小说美学》，北京大学出版社1982年版，第39页。

一、袁宏道："情至之语，自能感人"

袁宏道（1568—1610），字中郎，号石公，湖广公安（今属湖北）人。万历进士，官吏部郎中，与兄宗道、弟中道并称三袁，是公安派的创始者。有《袁中郎全集》。

袁宏道论文受李贽、屠隆等人影响较深，崇尚真率自然的"性灵"和"趣味"，反对后七子的拟古剽窃之弊，加上有兄弟二人的鼎力相助和创作实绩作后盾，一时产生很大影响，学者多舍李攀龙、王世贞而响应三袁，并将这种清新自然的文体称为"公安体"。

李贽一生以"乐趣"为最高追求，并说"天下文章当以趣为第一"①。屠隆认为"文章止要有妙趣"②。汤显祖说："凡文以意趣神色为主。"③ 袁宏道深受影响，一心追慕"唯趣"的人生，认为在功利社会中最难能可贵的是有趣的人生："世人所难得者唯趣。趣，如山上之色、花中之光、女中之态。"④ 诗文亦当以有趣为追求："夫诗以趣为主。致（思）多则理诎。"⑤"仆尝谓六朝无诗。陶公有诗趣，谢公有诗料，余子碌碌，无足观者。"⑥

人人都"慕趣"，人人都"求趣"，但大都不"知趣"："今人之慕趣之名，求趣之似，于是有辨说书画、涉猎古董以为清，寄意元虚、脱迹尘纷以为远，又其下则有如苏州之烧香煮茶者。此等皆趣之皮毛，何关神情？"⑦

那么，"趣"从哪儿来呢？从"自然"中来，而不是从"学问""道理"中来：

① 施耐庵、罗贯中撰，李贽批评：《李卓吾先生批评忠义水浒传》第五十三回总批，上海古籍出版社 1995 年版。

② 屠隆：《论诗文》，《鸿苞节录》卷六，清咸丰七年刻本。

③ 汤显祖：《答吕姜山》，《汤显祖集》诗文集卷四十七，上海人民出版社 1962 年版，下同。按：汤显祖文艺美学思想，容本编戏曲美学章中评述。

④ 袁宏道：《叙陈正甫会心集》，《袁中郎全集》卷一，（台北）伟文图书出版有限公司 1976 年影印钟伯敬增定本，下同。

⑤ 《西京稿序》，《袁中郎全集·文抄》。

⑥ 《与李龙湖》，《袁中郎全集·尺牍》。

⑦ 《叙陈正甫会心集》，《袁中郎全集》卷一。

夫“趣”，得之自然者深，得之学问者浅。当其为童子也，不知有趣，然无往而非趣也。面无端容，目无定睛，口喃喃而欲语，足跳跃而不定，人生之至乐，真无逾于此时者。……山林之人，无拘无缚，得自在度日，故虽不求趣，而趣近之。愚不肖之近趣也，以无品也。品愈卑故所求愈下，或为酒肉，或为声伎，率心而行，无所忌惮，自以为绝望于世，故举世非笑之不顾也，此又一趣也。迨夫年渐长，官渐高，品渐大，有身如梏，有肉如棘，毛孔骨节俱为闻见知识所缚，入理愈深，然其去趣愈远矣。①

袁宏道甚至把这种自然乐趣说成是儒、道二家共推的真谛，从而为之张目：“孟子所谓‘不失赤子’，老子所谓‘能婴儿’，盖指此也。”② “昔夫子之贤回也以乐，而其与曾点也以童冠咏歌……颜之乐，点之歌，圣门之所谓真儒也。”③

从自然乐趣出发，袁宏道自述其为诗：“信心而出，信口而谈”，“求自得而已”④；并以此称道袁中道诗：“大都独抒性灵，不拘格套，非从自己胸臆流出，不肯下笔。有时情与境会，顷刻千言，如水东注，令人夺魄。其间有佳处，亦有疵处。佳处自不必言，即疵处亦多本色独造语。然予则极喜其疵处。”⑤ 他又以这样的趣味肯定民歌：“……今闾阎妇人孺子所唱《擘破玉》《打草竿》之类，犹是无闻无识，真人所作，故多真声。不效颦于汉、魏，不学步于盛唐，任性而发，尚能通于人之喜怒哀乐、嗜好情欲，是可喜也。”⑥

袁宏道以自然性灵为“趣”为美，“自然”又表述为“真”，“性灵”又落实为“情”。传统诗教要求“发乎情，止乎礼义”“主文谲谏”“温柔敦厚”，切忌直露。袁宏道则认为，温柔含蓄往往是情感不“郁”、“吐之不诚”的矫情行为，而“语直”往往是“情真”的表现，决定能否感人的审美价值的根本不是表现手法的含蓄，而是感情的真实充沛：“夫迫而呼者不择声，非不择也，郁与口相触，卒然有声，有加于择者也。古之为《风》者，多出于劳人思妇。夫非

① 《叙陈正甫会心集》，《袁中郎全集》卷一。
② 《叙陈正甫会心集》，《袁中郎全集》卷一。
③ 《寿存斋张公七十序》，《袁中郎全集》卷二。
④ 《与张幼于》，《袁中郎全集》卷二十二。
⑤ 《序小修诗》，《袁中郎全集》卷一。
⑥ 《序小修诗》，《袁中郎全集》卷一。

劳人思妇，为藻于学士大夫，郁不至而文胜焉，故吐之者不诚，听之声不跃也。”“余同门陶孝若工为诗，病中信口腕率成律度。夫郁莫甚于病者，其忽然而鸣，如瓶中之焦声，水与火暴相激也；忽而展（辗）转诘曲，如灌木之萦风，悲来吟往，不知其所受也，要以情真而语直。故劳人思妇，有时愈于学士大夫；而呻吟之所得，往往快于平时。夫非病之能为文，而病之情足以文；亦非病之情皆文，而病之文不假饰也。”① “盖弟既不得志于时，多感慨；又性喜豪华，不安贫窘，爱念光景，不受寂寞。百金到手，顷刻都尽，故尝贫；而沉湎嬉戏，不知樽节，故尝病。贫复不任贫，病复不任病，故多愁。愁极则吟，故尝以贫病无聊之苦，发之于诗。每每若哭若骂，不胜其哀生失路之感，余读而悲之。大概情至之语，自能感人。是谓其诗可传也。而或者犹以‘太露’病之，曾不知情随境变，字逐情生，但恐不达，何露之有！”②

对于诗而言，“真情”很重要；对于文而言，其内容不可能局限于“情”，袁宏道便提出“真质”相要求：“物之传者必以质。文之不传，非曰不工，质不至也。树之不实，非无花叶也；人之不泽，非无肤发也；文章亦尔。行世者必真，悦俗者必媚；真久必见，媚久必厌，自然之理也。……古之为文者，刊华而求质，敝精神而学之，唯恐真之不极也。……大都入之愈深，则其言愈质；言之愈质，则其传愈远。”③

袁宏道所以一再标举自家之“性灵”“真情”“真质”，目的在于批判后七子“文必秦汉，诗必盛唐”的荒谬和当时文坛的拟古偏向，其现实指向性非常明显。他屡屡针砭道：“盖诗文至近代而卑极矣。文则必欲准于秦汉，诗则必欲准于盛唐，剿袭模拟，影响步趋，见人有一语不相肖者，则共指为‘野狐外道’。曾不知文准秦汉矣，秦汉人曷尝字字学六经欤？诗准盛唐矣，盛唐人曷尝字字学汉魏欤？秦汉而学六经，岂复有秦汉之文？盛唐而学汉魏，岂复有盛唐之诗？”④“近代文人，始为复古之说以胜之。夫复古是已，然至以剿袭为复古，句比字拟，务为牵合，弃目前之景，摭腐滥之辞。有才者诎于法，而不敢自伸其才；无之者，拾一二浮泛之语帮凑成诗。智者牵于习，而愚者乐其易，一唱亿和，优人驺

① 《陶孝若枕中呓引》。

② 《叙小修诗》。

③ 《行素园存稿引》，《袁中郎全集》卷三。

④ 《叙小修诗》。

从，共谈雅道。吁，诗至此抑可羞哉！”① “大抵物真则贵。真则我面不能同君面，而况古人之面貌乎？唐之自有诗也，不必《选》体也。初、盛、中、晚自有诗也，不必初、盛也；李、杜、王、岑、钱、刘，下迨元、白、卢、郑，各自有诗也，不必李、杜也。赵宋亦然。陈、欧、苏、黄诸人，有一字袭唐者乎？又有一字相袭者乎？……今之君子，乃欲概天下而唐之，又且以‘不唐’病宋。夫既以‘不唐’病宋矣，何不以‘不《选》’病唐，‘不汉魏’病《选》，‘不《三百篇》’病汉，‘不结绳鸟迹’病《三百篇》耶？果尔，反不如一张白纸，诗灯一派，扫土而尽矣。”② “夫质犹面也，以为不华而饰之朱粉，妍者必减，媸者必增矣。噫，今之文不传矣。嘉（靖）、隆（庆）以来，所为名工哲匠者，余皆诵其诗，读其书，而未有深好也。古者如赝，才者如莽，奇者如吃，模拟之所至，亦各自以为极，而求之质无有也。”③ 对七子带来的“剿袭模拟，影响步趋”流弊的抨击，当数袁宏道最尖锐，也最有力度。一人有一人之胸臆性情，故一人有一人之诗文，张三之诗文必不能如李四之诗文。人的胸臆性情又根源于特定时代的社会现实。一代有一代之现实，故一代有一代之性情，一代有一代之诗文。只要表达了那个时代的真性情，各个时代的诗文均有其不可磨灭的美。刘勰《文心雕龙·时序》早就指出：“时运交移，质文代变。”略前于袁宏道的明代诗学家胡应麟曾分析指出：“四言不能不变而五言，古风不能不变而近体，势也，亦时也。”④ “四言变而离骚，离骚变而五言，五言变而七言，七言变而律诗，律诗变而绝句，诗之体以代变也。《三百篇》降而《骚》，《骚》降而汉，汉降而魏，魏降而六朝，六朝降而三唐，诗之格以代降也。上下千年，虽气运推移，文质迭尚，而异曲同工，咸臻厥美。”⑤ 袁宏道据此而做了大量发挥：“世道既变，文亦因之。今之不必摹古者也，亦势也。张、左之赋，稍异扬、马，至江淹、庾信诸人，抑又异矣。唐赋最明白简易，至苏子瞻直文耳。然赋体日变，赋心亦工，古

① 《雪涛阁集序》。

② 《与丘长儒》。

③ 《行素园存稿引》。

④ 胡应麟：《诗薮》内编卷二，中华书局1962年版，下同。

⑤ 《诗薮》内编卷一。按：“降”为向下推移之意，非降低之意。郭绍虞主编《中国历代文论选》第三册（上海古籍出版社1979年版）袁宏道“说明”中将“诗之格以代降”解释为“创作上的一代不如一代论”，误。

不可优，后不可劣。若使今日执笔，机轴尤为不同。何也？人事物态，有时而更，乡语方言，有时而易，事今日之事，则亦文今日之文而已矣。”① “文之不能不古而今也，时使之也。妍媸之质，不逐月而逐时……唯识时之士，为能……通其所必变。夫古有古之时，今有今之时，袭古人语言之迹而冒以为古，是处严冬而袭夏之葛者也。”② “夫代有升降，而法不相沿，各极其变，各穷其趣，所以可贵，原不可以优劣论也。”③ 在此基础上，《与丘长儒》一文总结诗歌发展的特点说：“夫诗之气，一代减一代。故古也厚，今也薄。诗之奇、之妙、之工、之无所不极，一代盛一代。故古有不尽之情，今无不写之景。然则古何必高、今何必卑哉？”

二、袁宗道：“先器识而后文艺”

袁宗道（1560—1600），字伯修，万历十四年会试第一，授编修，官终右庶子。于唐好白居易，于宋好苏轼，名其书斋为“白苏斋”，有《白苏斋类集》二十四卷。

袁宗道长袁宏道八岁，比袁宏道早十年去世。在文学创作和美学主张上，他与袁宏道相表里而自具特色。

公安派论文，有破有立，而破与立又是相互联系的一体两面，其所立正为其所破。宗道所破，从后七子上溯前七子。他批评后七子代表李攀龙、王世贞：“余少时喜读沧溟（李攀龙号）、凤洲（王世贞号）二先生集。二集佳处，固不可掩，其持论大谬，迷误后学，有不容不辨者。”④ 批评前七子代表李梦阳：“空同不知，篇篇模拟，亦谓反正。后之文人，遂视为定例，尊若令甲，凡有一语不肖古者，即大怒，骂为野路恶道。不知空同模拟，自一人创之，犹不甚可厌。迨其后以一传百，以讹益讹，愈趋愈下，不足观矣。且空同诸文，尚多己意，纪事述情，往往逼真，其尤可取者，地名官衔，俱用时制。今却嫌时制不文，取秦、

① 《与江进之》。

② 《雪涛阁集序》。

③ 《序小修诗》。

④ 《论文》，袁宗道：《白苏斋类集》卷二十，明刻本，下同。

汉名衔以文之，观者若不检《一统志》，几不识为何乡贯矣。”① 宗道所破，并未流于简单化，而是把李梦阳、李攀龙、王世贞本人的创作与其后学区别对待，认为前者尚有可取之处，其后学所被则一无是处。同时，他指出后学拟古不仅失去了自我，而且在表达上愈加难晓。因此，在正面立论方面，他一是强调自家见识，二是强调明白易晓。

关于自家见识在取代拟古主义中的作用，袁宗道指出，七子后学拟古主义的“病源”，“则不在模拟，而在无识。若使胸中的有所见，苞塞于中，将墨不暇研，笔不暇挥，兔起鹘落，犹恐或逸，况有闲力暇晷，引用古人词句耶?”② “有一派学问，则酿出一种意见；有一种意见，则创出一般言语。无意见则虚浮，虚浮则雷同矣。”“信乎器识文艺，表里相须，而器识猬薄者，即文艺并失之矣。虽然，器识先矣，而识尤要焉。”③ 人的器识不仅是“文艺”依附的根本，也是人在社会生活中应当追求的最高的美。袁宗道据此提出了“士先器识而后文艺”的命题：“故君子者，口不言文艺，而先植其本。凝神而敛志，回光而内鉴，锷敛而藏声。其器若万斛之舟，无所不载也；若乔岳之屹立，莫撼莫震也；若大海之吐纳百川，弗涸弗盈也。其识若登泰巅而瞭远，尺寸千里也；若镜明水止，纤芥眉须无留形也；若龟卜蓍筮，今古得失，凶吉修短，无遗策也。故方其韬光养晦，退然不胜，如田畯野夫之胸无一能，而比其不得已而鸣，则矢口皆经济，吐咳成谟谋，振球琅之音，炳龙虎之文，星日比光，天壤不朽。”④ 宗道此论，将儒家传统所要求的立身、为文之根本的“道德”拓展、解放为“器识”，既抓住了立身、为文之本，又具有个性色彩。清初顾炎武重申“士当以器识为先”，与此一脉相承。

关于表达上的明白易晓，袁宗道说：“口舌代心者也，文章又代口舌者也。展（辗）转隔碍，虽写得畅显，已恐不如口舌矣，况能如心之所存乎？故孔子论文曰：‘辞达而已。’达不达，文不文之辨也。”⑤ 衡量文章之“文”、之美的最高标准，就是“达”。“大抵古人之文，专期于达；而今人之文，专期于不

① 《论文》，《白苏斋类集》卷二十。

② 《论文》，《白苏斋类集》卷二十。

③ 《士先器识而后文艺》，《白苏斋类集》卷二十。

④ 《士先器识而后文艺》，《白苏斋类集》卷七。

⑤ 《论文》，《白苏斋类集》卷二十。

达。”“古文贵达，学达即所谓学古也。”① 不求其达，而务以古代艰深字句表达己意，以致必须借助地理书等工具书才能读懂诗歌文章，这实际上是对“文”的最大的伤害，也是对“古文”的最大的背离。袁宗道以自然畅达反对七子末流的艰深之文，固然有其道理，但由此又可能引起后学的俚俗之弊，这一点其弟袁中道后来有所补救。

三、袁中道：法极而浮，情极而俚

袁中道（1575—1630），字小修，万历进士，官至南京吏部郎中，有《珂雪斋集》。

袁中道是公安派的中坚作家，也是公安三袁中年纪最小的一位。在他之前，其兄袁宏道等人已在文学创作方面作出了出色成绩。他既看到并肯定袁宏道等人在救治七子“文准秦汉，诗则盛唐”产生的“剽窃雷同”流弊方面的巨大贡献，又敏锐注意到当人们把袁宏道重新奉为典范后所带来的“俚易”之流弊。他在《中郎先生全集序》中指出：“自宋元以来，诗文芜烂，鄙俚杂沓。本朝诸君子出而矫之，文准秦汉，诗则盛唐，人始知有古法。及其后也，剽窃雷同，如赝鼎伪觚，徒取形似，无关神骨。先生（袁宏道）出而振之，甫乃以意役法，不以法役意，一洗应酬格套之习，而诗文之精光始出。……至于今天下之慧人才士，始知心灵无涯，搜之愈出，相与各呈其奇，而互穷其变，然后人人有一段真面目溢露于楮墨之间。即方圆黑白相反，纯疵错出，而皆各有所长以垂之不朽，则先生之功于斯为大矣。……至于一二学语者流，粗知趋向，又取先生少时偶尔率易之语，效颦学步。其究为俚俗，为纤巧，为莽荡……岂先生之本旨哉?”② 在《阮集之诗序》中指出：“国朝有功于风雅者，莫如历下③。其意以气格高华为主，力塞大历后之窦，于时宋元近代之习，为之一洗。及其后也，学之者浸成格套，以浮响虚声相高，凡胸中所欲言者，皆郁而不能言，而诗道病矣。先兄中郎矫之，其意以发抒性灵为主，始大畅其意所欲言，极其韵致，穷其变化，谢华启

① 《论文》，《白苏斋类集》卷二十。

② 《中郎先生全集序》，袁中道：《珂雪斋集》卷一一，上海古籍出版社 1989 年版。

③ 指李攀龙。历下为古代齐邑名，在今山东境内，李攀龙祖籍历城。

秀，耳目为之一新。及其后也，学之者稍入俚易，境无不收，情无不写，未免冲口而发，不复检括，而诗道又将病矣。由此观之，凡学之者，害之者也；变之者，功之者也。”袁宏道变古是有道理的，也是很成功的，然而即便如此，当以之为格套而刻意学习模仿时也不能不产生流弊。袁中道由此总结出文章变化的规律，称之为“变之势”，即在“性情”与“法律”的不断否定中呈现文学自身的发展走向：“天下无百年不变之文章。有作始，自有末流，有末流，还有作始。其变也，皆若有气行乎其间；创为变者，与受变者，皆不及知。是故性情之发，无所不吐，其势必互异而趋俚；趋于俚，又将变矣，作者始不得不以法律救性情之穷。法律之持，无所不束，其势必互同而趋浮。趋于浮，又将变矣，作者始不得不以性情救法律之穷。夫昔之繁芜，有持法律者救之；今之剽窃，又将有主性情者救之矣。此必变之势也。”① 文章最早生于性情，主于性情则必趋于俚俗浅易，故不得不变之以法律；主于法律则必趋于雷同虚浮，故又不得不变之以性情。如此循环往复，否定之否定，以至于无穷。袁中道揭示的这一文学发展演变的规律是符合实际的。他见微知著，甚至可以说未雨绸缪地洞悉、预见到公安派自身主张“不拘格套，独抒性灵”之后必然会带来的俚俗浅易之弊，事实果真不幸被他言中。于是竟陵派又起而纠正他所预料的公安派后学之弊。

第五节　黄宗羲：“情至”为“至文”

黄宗羲（1610—1695），字太冲，号南雷，学者称梨洲先生。浙江余姚人。父黄尊素为明御史，东林党名士。与弟宗炎、宗会并负异才，号称浙东三黄。早年参加反对阉党斗争，继而参加抗清斗争。明亡不仕，以著书讲学终生。著作有《宋元学案》《明儒学案》《明夷待访录》《南雷文案》等，浙江古籍出版社出版有《黄宗羲全集》十二册。

① 《花雪赋引》，《珂雪斋集》卷一〇，上海古籍出版社1989年版。

一、"文之美恶，视道合离"

黄宗羲为明末清初著名大儒。儒家的道统在他思想中留下了很深的痕迹。因此，在基本的文艺美学观上，他坚持"文以载道"、美善合一。他说："文之美恶，视道合离。"① "文虽小伎，必由道而后至。"② "因文以见道，或者其庶几。"③ "大凡古文传世，主于载道，而不在于区区工拙。"④ "周元公曰：'文所以载道也。'今人无道可载，徒欲激昂于篇章字句之间，组织纫缀以求胜，是空无一物而饰其舟车也。"⑤ 值得注意的是"文之美恶，视道合离"命题，它明确揭示了文之美在于道，是对儒家以道为美传统美本质观的精辟总结。

"道"是一种理性观念。黄宗羲有时称之为"理"。所以他又主张："文以理为主。"⑥ "至文不过家书写，艺苑还从理学求。"⑦

从道德理性出发，黄宗羲对万历以来愈演愈烈的自然人情美思潮表示了严重不满。自李贽倡导人欲之自然即道理之当然以来，文学界乃至现实社会中出现了情欲横流的浪潮。明末陈子龙指出："至万历之季，士大夫偷安逸乐，百事堕坏。而文人墨客所为诗歌，非祖述《长庆》，以绳枢瓮牖之谈为清真，则学步香奁，以残膏剩粉之资为芳泽……是以士气日靡，士志日陋，而文武之业不显。"⑧ 这种情况到晚明更甚。文学上出现了通篇赤裸裸描写性行为（乃至变态性行为）的淫秽小说，代表作如《肉蒲团》《浪史》《绣榻野史》《痴婆子传》等；市井之上，淫书、淫画、淫药、淫具公开兜售，狎妓女、蓄男宠现象很为流行；朝廷之上，王公贵戚争习房中之术，生活荒淫糜烂。⑨ 客观而论，崇尚自然性情，对于冲破宋明理学家密织的扼杀人欲的礼教罗网固然有其合理、进步意义，但把一

① 《李杲堂先生墓志铭》。
② 《高旦中墓志铭》。
③ 《答陈介眉太史五十韵》。
④ 《与李杲堂陈介眉书》。
⑤ 《陈蔡献偶刻诗文序》。
⑥ 《论文管见》。
⑦ 《与唐翼修广文论文》。
⑧ 陈子龙：《答胡学博》，陈子龙：《安雅堂稿》卷十四，辽宁教育出版社 2003 年版。
⑨ 陈伯海主编：《近四百年中国文学思潮史》，东方出版中心 1997 年版，第 90—91 页。

切理性约束都抛弃了，完全浸泡在自然情欲之中，也未尽合理，而且社会危害更大。因此，明末清初的三大思想家黄宗羲、顾炎武、王夫之对晚明淫荡的社会风气和文学美学精神都持一种反对态度。黄宗羲要求“以孔子之性情为性情”①，并提出充满理性精神的“万古之性情”和“众情”，对抗、矫正“一时之性情”和“一情”：“诗以道性情……盖有一时之性情，有万古之性情。夫吴歈越唱，怨女逐臣，触景感物，言乎其所不得不言，此一时之性情也。孔子删之以合乎‘兴、观、群、怨’‘思无邪’之旨，此古万之性情也。吾人诵法孔子，苟其言诗，亦必当以孔子之性情为性情。”②“夫人生天地之间，天道之显晦，人事之治否，世变之污隆，物理之盛衰，吾与之推荡磨砺，于其中必有不得其平者。故昌黎言：‘物不得其平则鸣。’此诗之原本也。幽人离妇，羁臣孤客，私为一人之怨愤，深一情以拒众情，其词亦能造于微。至于学道之君子，其凄楚蕴结，往往出于穷饿愁思一身之外，则其不平愈甚。”③

当然，身处唯情论浪潮激荡的明末清初，黄宗羲不可能无动于衷，不受影响。恰恰相反，他自觉、主动、积极地吸取了中明以来自然性情美学思潮所积淀的自然含当然、当然含自然的合理内核，从而对儒家古道作了更符合人情的改造。比如他说：“道者，或吾之所以固有。”④“好逸恶劳，亦犹夫人之情也。”⑤“有生之初，人各自私也，人各自利也……夫以千万倍之勤劳而己又不享其利，必非天下之人情所欲居也。”⑥“以为君臣之伦于人伦为尤大，非也。”⑦“为天下之大害者，君也。”⑧这些思想，都绝非传统的纲常道德所能牢笼。正是在这种开放的道德观念的指导下，黄宗羲得出了“道”“学”“法”“情”“神”“五者不

---

① 《马雪航诗序》，黄宗羲：《南雷文定》四集卷一，《黄宗羲全集》本，浙江古籍出版社出版1985年至1994年版，下同。

② 《马雪航诗序》，《南雷文定》四集卷一。

③ 《朱人远墓志铭》。

④ 黄宗羲：《孟子师说》卷四《君子深造章》，《黄宗羲全集》本，浙江古籍出版社出版1985年至1994年版，下同。

⑤ 黄宗羲：《明夷待访录·原君》，《黄宗羲全集》本，浙江古籍出版社出版1985年至1994年版，下同。

⑥ 《明夷待诗录·原君》。

⑦ 《孟子师说·规矩方圆之至章》。

⑧ 《明夷待诗录·原君》。

备，不可为文”的通达文学观①，并走向了以“情”为美。

二、“情之至真，斯论美也”

黄宗羲虽然以儒家的道德理性抵抗明末社会的淫烂之情，然而他心目中的儒道已不同于宋儒的道，他保留并发展了先秦儒道对自然人情的宽容，从而给自然人情提供了更大的活动空间。因此，中明以来以情为美的思想并未因其倡导道德美而受到压抑，反而在他手中得到进一步发扬光大。

关于“情”与动人之“美”的关系，黄宗羲明确从“情之至真”论“美”，响亮提出“凡情之至者，其文未有不至”的美学命题：

> 若身之所历，目之所触，发于心，著于声，迫于中之不能自已，一唱而三叹，不啻金石悬而宫商鸣也，斯亦奚有“古”“今”之间？盖情之至真，时不我限也。斯论美矣。……情者，可以贯金石、动鬼神。②
>
> 今古之情无尽，而一人之情有至有不至。凡情之至者，其文未有不至者也，则天地间街谈巷语、邪许呻吟，无一非文，而游女田夫、波臣戍客，无一非文人也。③
>
> 古今自有一种文章不可磨灭，真是“天若有情天亦老”者。而世不乏堂堂之阵、正正之旗，皆以大文目之。顾其中可以移人之情者，所谓“刳然无物”者也。④
>
> 所谓“文”者，未有不写其心之所明者也。心苟未明，劬劳憔悴于章句之间，不过枝叶耳，无所附之而生。故古今来，不必文人始有至文，凡九流百家以其所明者，沛然随地涌出，便是至文。⑤

关于“情”与“理”“道”的关系，黄宗羲说：“文以理为主，然而情不至

---

① 《李杲堂先生墓志铭》

② 《黄孚先诗序》，黄宗羲：《南雷文案》卷二，《黄宗羲全集》本，浙江古籍出版社1985年至1994年版，下同。

③ 《明文案序上》，《南雷文案》卷一。

④ 《论文管见》，《南雷文定》三集卷三。

⑤ 《论文管见》，《南雷文定》三集卷三。

则亦理之郛廓耳。”① “诗之为道，狭隘而不及情，何以感天地而动鬼神乎?”②据此，黄宗羲肯定古诗即景而生的“情至之情”，对今人之诗矫揉造作的“不及情之情”表示了严重不满：“古之人，情与物相游，而不能相舍，不但忠臣之事其君，孝子之事其亲，思妇劳人结不可解，即风云月露、草木虫鱼，无一非真意之流通……今人亦何情之有？情随事转，事因世变，干啼湿哭，总为肤受……其发于心、著于声者，未可便谓之情也。由此论之，今人之诗，非不出于性情也，以无性情之可出也。”③ “古人不言诗而有诗，今人多言诗而无诗。其故何也？其所求之者非也。上者求之于景，其次求之于古，又其次求之于好尚。以花鸟为骨，烟月为精神，诗思得之坝桥驴背，此求之于景者也。赠别必欲如苏、李，酬答必欲如元、白，游山必欲如谢，饮酒必欲如陶，忧悲必欲如杜，闲适必欲如李，此求之于古者也。世以开元、大历之格绳作者，则迎之而为浮响；世以公安、竟陵为解脱，则迎之而为率易，为混沦，此求之于一时之好尚者也。夫以己之性情，顾使之耳目口鼻皆非我有，徒为殉物之具，宁复有诗乎?”④ 正是这种对根源于特定景物的真情实感的推崇，使黄宗羲与当时文坛上拟古主义得以区分开来，并进而推崇个性化的创作。《诗历题辞》记载：“一友以所作示余，余曰：‘杜诗也。’友逊谢不敢当。余曰：‘有杜诗，不知子之为诗者安在?’友茫然自失。”《姜友棠诗序》盛称姜诗：“吾友姜友棠之为诗也，自出机轴，其穷愁感慨，若闲云之卷舒，怒壑之瀰湃，不知其然而然，以成其为友棠之诗而已。”《金介山诗序》亦云：“吾友金介山之诗……无非诗景诗情，从何处容其模拟？读之者知其为介山之人，知其为介山之诗而已。昔人‘不欲作唐以后’一语，吾谓介山直不欲作明以前一语也。”

三、肯定崇高，不尚一格

黄宗羲以“情至”为“文至”。由于在遭遇乱世时感触最深，最易达到“情至”，所以“至文”往往产生于乱世之后。由此他结合自身经验对韩愈的“诗穷

① 《论文管见》，《南雷文定》三集卷三。

② 《陈苇庵年伯诗序》，《南雷文案》附《撰杖集》。

③ 《黄孚先诗序》，《南雷文案》卷二。

④ 《金介山诗序》，《南雷文定》四集卷一。

而后工”作了重要发挥：

> 韩子曰：“和平之音淡薄，而愁思之声要妙；欢愉之辞难工，而穷苦之言易好。”……是故汉之后，魏、晋（诗）为盛；唐自天宝而后，李、杜始出；宋之亡也，其诗又盛。无他，时为之也。①

与黄宗羲几乎同时的归庄对此亦深有所感：“诗家前称（建安）七子，后称杜陵，后世无其伦比。使七子不当建安之多难，杜陵不遭天宝以后之乱，盗贼群起，攘窃割据，宗社鼿卼，民生涂炭，即有慨于中，未必其能寄托深远，感动人心，使读者流连不已如此也。然则士虽才，必小不幸而身处厄穷，大不幸而际危乱之世，然后其诗乃工也。”② 遭遇乱世所产生的情感，往往比较奔放、刚烈，具有“力学的崇高”风格，黄宗羲对这种风格美大加赞赏。他在给宋末元初文学家谢皋羽文章作序时指出：“夫文章，天地之元气也。元气在平时，昆仑旁礴，和声顺气，发自廊庙，而鬯浃于幽遐，无所见奇；逮夫厄运危时，天地闭塞，元气鼓荡而出，拥勇郁遏，坌愤激讦，而后至文生焉。故文章之盛，莫盛于亡宋之日，而皋羽其尤也。”③ 他给自己的弟弟黄宗会（字泽望）的《缩斋文集》作序，称道身当明末乱世的泽望之文：“泽望之为诗文，高厉遐清。其在于山，则铁壁鬼谷也；其在于水，则瀑布乱礁也；其在于声，则猿吟而鹳鹤咳且笑也；其在平原旷野，则蓬断草枯之战场，狐鸣鸱啸之芜城荒殿也；其在于乐，则变徵而绝弦也。盖其为人，劲直而不能屈己，清刚而不能善世，介特寡徒，古之所谓隘人也。隘则胸不容物，并不能自容。其以孤愤绝人，徬（彷）徨痛哭于山巅水澨之际，此耿耿者，终不能下，至于鼓胀而卒，宜矣。独怪古之为文章者，及其身而显于世者，无论矣。即或憔悴终生，其篇章未有不流传身后，亦是荣辱屈伸之相折。泽望死十二年矣，所有篇章，亦与其骨俱委于草莽，无敢有明其书者。盖惊世骇俗之言，非今之地上所宜有也。苏子瞻所谓：‘能折困其身而不能屈其言’者，至泽望而又为文人之一变焉。”“虽然，泽望之文，可以弃之，使其不

① 《陈苇庵年伯诗序》，《南雷文集》附《撰杖集》。

② 归庄：《归庄集》卷三，中华书局1964年版。

③ 黄宗羲：《谢皋羽年谱游录注序》，《南雷文约》卷四，《黄宗羲全集》本，浙江古籍出版社1985年至1994年版，下同。

显于天下，终不可灭之，使其不留于天地。其文盖天地之阳气也。阳气在下，重阴锢之，则击而为雷；阴气在下，重阳包之，则抟而为风。商之亡也，《采薇》之歌，非阳气乎？然武王之世，阳明之世也。以阳遇阳，则不能为雷。宋之亡也，谢皋羽、方韶卿、龚圣予之文，阳气也，其时遁于黄钟之管，微不能吹纩转鸡羽，未百年而发为迅雷。元之亡也，有席帽（王逢）、九灵（戴良）之文，阴气也，包以开国之重阳，蓬蓬然起于大隧，风落山为蛊，未几而散矣。今泽望之文，亦阳气也，无视葭灰，不啻千钧之压也。锢而不出，岂若刘蜕之文冢，腐为墟壤，蒸为芝菌，文人之文而已乎？”① 黄宗羲这里赞美谢皋羽所说的“坌愤激讦”“鼓荡而出”的“元气”，赞美黄泽望所说的“阳气”遭阴发为“迅雷”，从美学上看，都属于迥别于温柔内敛的阴柔之美的阳刚之美、崇高之美。

黄宗羲所崇尚的这种奔放、直露的阳刚美、崇高美与“温柔敦厚”的传统诗学趣味是格格不入的，黄宗羲因而对“温柔敦厚”的诗教发起诘难。《金介山诗序》肯定金介山之诗：“介山胸中所欲畅之语，无有不尽，不以博‘温柔敦厚’之名，而蕲世人之好也。”他主张诗人畅所欲言，“无有不尽”，而不受“世人之好”和“温柔敦厚之名”的束缚。

在此基础上，他提出了“春兰秋菊，各自成家”的不拘一格的风格美主张。《钱退山诗文序》云：“慨自唐以前，为诗者极其性分所至，鉥心刿肠，毕一生之力，春兰秋菊，各自成家，以听后世之品藻。如钟嵘之《诗品》，辨体明宗，固未尝墨守一家以为准的也。至于有宋，折衷（中）之学始大盛。江西以汗漫广莫（漠）为唐，永嘉以脰鸣吻映为唐，即同一晚唐也，有谓其纤巧酿亡国之音，有谓其声宏达正始之响，学昆体者谓之‘村夫子’，学郊、岛者谓之‘字面诗’。入主出奴，谣诼繁兴，莫不以为折衷（中）群言。然良金华玉，并行而不悖。必欲铢两以定其价，为之去取，恐山川之灵气割裂于市师之手矣。”而钱退山之诗，“于古今作者，有品藻而无折衷（中），盖不欲定于一家以隘诗路也”。这是一种通达的创作态度，也是一种合理的取经方法。

① 《缩斋文集序》，《南雷文定》卷一。

第六节　王夫之："现量"美和"情景"论

王夫之（1619—1692），字而农，号姜斋，衡阳（今属湖南）人。晚年居衡阳石船山，学者称船山先生。明崇祯十五年举人。明亡，在衡山举兵起义，阻击清军南下，战败退至肇庆，任南明桂王政府行人司行人。又到桂林依瞿式耜，后隐伏深山，刻苦研究，辛勤著述达四十年。一生著作达一百余种，后人辑为《船山遗书》，虽几经增补，仅得近七十种。岳麓书社《船山全书》是目前最完备的本子。美学方面值得关注的著作有《姜斋诗话》[①]《古诗评选》《唐诗评选》《明诗评选》《诗广传》《楚辞通释》等。王夫之不仅对儒、道学说有广泛研究，著有《尚书引义》《周易外传》《读四书大全说》《张子正蒙注》及《老子衍》《庄子通》，而且对佛教唯识宗也有精深研究，这集中体现在他六十三岁时所写的《相宗络索》中。[②] 他的哲学思想，对其美学思想产生了不可忽视的影响。

一、"唯'现量'发光，为依佛性"

王夫之是明末清初与黄宗羲、顾炎武并列的另一位思想大师，在儒、道、佛三方面皆有很深的造诣。不过在美学思想上，对他影响最深的当推佛家。如果说"情景"论是王夫之美学最重要的学说，那么我们要指出的是：王夫之之所以如此重视"情景"之美，与他对"现量"的追求直接相关。

《姜斋诗话》卷下有一段话："禅家有'三量'，唯'现量'发光，为依佛性；'比量'稍有不审，便入'非量'；况直从'非量'中施朱而赤，施粉而白，

① 王夫之的论诗著作，有《诗绎》和《夕堂永日绪论内编》，后来丁福保取两书材料，合编为《姜斋诗话》，收入丁福保编《清诗话》（上海古籍出版社1978年版）中。

② 王夫之：《相宗络索》，转引自石峻等编：《中国佛教思想资料选编》第三卷第三册，中华书局1989年版，下同。

勺水洗之，无盐之色败露无余，明眼人岂为所欺耶？”① “三量”即现量、比量、非量，是佛教因明学概念，佛教法相唯识宗使用频率很高。无论法相唯识宗还是禅宗，均崇尚“现量”，排斥“比量”，对“非量”更是一概否定。“量”有“知识”的意思。“现量”是直观、感性、现实的知识，“比量”是通过比较、推理而得到的间接知识，“非量”则是没有现实、理性根据的妄想。王夫之《相宗络索》释“三量”：

“量”者，识所显著之相。

“现量”：“现”者，有“现在”义、有“现成”义、有“显现真实”义。“现在”，不缘过去作影；“现成”，一触即觉，不假思量计较；“显现真实”，乃彼之体性，本自如此，显现无疑，不参虚妄。

“比量”：“比”者，以种种事，比度种种理。以相似比相同，如以牛比兔，同是兽类；或以不相似比异，如以牛有角比兔无角，遂得确信此量于理无谬。而本等实相，原不待比，此纯以意计分别而生。

“非量”：情有理无之妄想，执为我所，坚自印持，遂觉有此一量。

“现量”乃圆成实性显现影子，然犹非实性本量；“比量”是依他起性所成；“非量”是遍计性妄生。②

法相唯识宗讲对象的客观属性和主体的认识属性有“三自性”或“三性”一说。“三性”即“圆成实性”“依他起性”“遍计所执性”。它们分别对应、产生“现量”“比量”“非量”三种认识形态。佛教认为，“涅槃”就在世间，天国就在眼前，本体寓于现象，佛性就在当下，领悟佛道，不假外求，也不假推理、想象、比较、分别等思考活动，而应用“亲证”、直观的方法，在眼前的现象世界作直接的把握。于是，在“现量”中，既有感性知识，又有理性本体，所以《姜斋诗话》称“唯‘现量’发光，为依佛性”。佛教以“佛性”为最高的美，所以王夫之在这里对包含佛性的“现量”用了一个包含着肯定性的审美意义的形容词：“发光”，而对涂脂抹粉的“非量”，则鄙弃为丑陋的“无盐”。

---

① 王夫之：《姜斋诗话》，转引自丁福保编：《清诗话》，上海古籍出版社 1978 年版。按：本书所引《姜斋诗话》据此。

② 《中国佛教思想资料选编》第三卷第三册，中华书局 1989 年版，第 380—381 页。

“现量”虽然“显现真实”，包含“佛性”，但又体现为当下的感性知识和直观经验。感性知识和直观经验作为“真实”“佛性”不可离开的载体，因而也具备了一种美学色彩。王夫之既是佛教理论家，又是诗人和诗歌理论家。用“现量”美的思想论诗，于是传统诗论中涉及的感性经验中的两大元素“景”与“情”备受崇尚。《明诗评选》卷四评皇甫涍《谒伍子胥庙》：“吊古诗必如此，乃有我位，乃有当时现量情景。”[①] 杜甫《野望》诗，直写目之所见。《唐诗评选》卷三评论说：“如此作，自是《野望》绝佳写景诗，只咏得现量分明。”[②]《姜斋诗话》举《刘宾客嘉话录》记载的贾岛创作《题李凝幽居》“僧推月下门”诗句时就“推”“敲”二字所花费的思量为例，说明不“因景因情”而闭门思量是诗家创作之大忌，好的诗句如同佛家所尚的“现量”，是“即景会心”“初非想得”的：

“僧敲月下门”，只是妄想揣摩，如说他人梦，纵令形容酷似，何尝毫发关心？知然者，以其沉吟“推”“敲”二字，就他作想也。若即景会心，则或“推”或“敲”，必居其一，因景因情，自然灵妙，何劳拟议哉？“长河落日圆”，初无定景；“隔水问樵夫”，初非想得，则禅家所谓“现量”也。

由崇尚“现量”到钟情“情景”，所以他在评点历代诗歌时屡屡称道写景（写事）写情之诗。如《古诗评选》卷三评简文帝《春江曲》：“情真事真，斯可博譬广引。”卷四评阮籍《咏怀》：“写景写情，不谓从人间得来”，“因事起情，事为情用”。评曹丕《孟津》：“但叙本事，含情自远。”不难看出，王夫之以“情景”为核心概念的诗论与“现量”思想有着不可分割的因果联系。

二、审美的“现在”性、“现成”性、“现实”性

王夫之解释的“现量”，有“现在”“现成”“显现真实”三层含义。在这

① 《王夫之品诗三种·明诗评选》，文化艺术出版社 1997 年版。按：本书所引《明诗评选》据此。

② 《王夫之品诗三种·唐诗评选》，文化艺术出版社 1997 年版。按：本书所引《唐诗评选》据此。

种思想的启发、引导之下，王夫之对审美认识的当下性、直觉性和特殊理性作了相应阐发，于是，审美也具备了“现在”性、“现成”性、“现实”性。

所谓“现在”，即“不缘过去作影”。“缘”者，因也；“不缘过去作影”，即不作过去的影子。易言之，即抓住当下、现前，直契即目所见。审美观照、创作活动实际上就是“即目”“即事”“即景”的直观活动。《古诗评选》卷一评斛律金《敕勒歌》：“寓目吟成……诗歌之妙，原在取景遣韵，不在刻意也。”《唐诗评选》卷三评丁仙芝《渡扬子江》：“诗之为道，必当立主御宾，顺写现景。”评张子容《泛永嘉江日暮回舟》：“只于心目相取处得景得句，乃为朝气，乃为神笔。景尽意止，意尽言息，必不强括狂搜，舍有寻无，在章成章，在句成句。文章之道，音乐之理，尽于斯矣。”《姜斋诗话》卷下举例说：“‘池塘生春草’‘胡蝶飞南园’‘明月照积雪’，皆心中目中与相融浃，一出语时，即得珠圆玉润。要亦各视其所怀来而与景相迎者也。‘日暮天无云，春风散微和’，想见陶令当时胸次，岂夹杂铅汞人能作此语?”“即极写大景，如‘阴晴众壑殊’‘乾坤日夜浮’，亦不必逾此限，非按舆地图便可云‘平野入青徐’也，抑（还）登楼所得见者耳。”由此，王夫之总结出一条审美规律：“身之所历，目之所见，是铁门限。”① 据此，他批评轻目重耳、人云亦云、以讹传讹、道听途说的审美风气和“缘过去作影”的拟古主义：“隔墙听演杂剧，可闻其歌，不见其舞。更远则但闻鼓声，而可云所演何出乎？前有齐、梁，后有晚唐及宋人，皆欺心以炫巧。”②

“现成”，王夫之说即“一触即觉，不假思量计较”。审美的“现成”性，指审美无须经过思考推理这样的中介，就可当下立成，亦即指审美的直觉性。如果说审美的“现在”性是指审美对象而言，审美的“现成”性则指审美方式而言。在上面引述的关于贾岛作诗斟酌或“推”或“敲”的评论中，王夫之反对“妄想揣摩”，主张“即景会心”，审美的直觉性思想已非常明白。在《古诗评选》《姜斋诗话》中，相关的论述还有不少。《古诗评选》卷一评鲍照《拟行路难》：“看明远乐府，别是一味，急切寻佳处，早已失之。吟咏往来，觉蓬勃如春烟弥漫，如秋水溢目盈心，斯得之矣。”所谓“急切寻佳处，早已失之”，是指美感

① 《姜斋诗话》卷下。
② 《姜斋诗话》卷下。

的不可言说性。又卷三评王俭《春诗》："此种诗直不可以思路求佳，二十字如一片云，因日成彩，光不在内，亦不在外，既无轮廓，亦无丝理，可以生无穷之情，而情了无寄。"《姜斋诗话》卷下反复举例说明：好的诗句出于天人凑泊、心目偶会，而不是出于推求"出处"等闭门思考：

"欲投人处宿，隔水问樵夫。"则山之辽廓荒远可知，与上六句初无异致，且得宾主分明，非独头意识悬相描摹也。"亲朋无一字，老病有孤舟。"自然是登岳阳楼诗。尝试设身作杜陵，凭轩远望观，则心目中二语居然出现，此亦情中景也。

"落日照大旗，马鸣风萧萧"，岂以"萧萧马鸣，悠悠旆旌"为出处耶？用意别，则悲愉之景原不相贷，出语时偶然凑合耳。必求出处，宋人之陋也。其尤酸迂不通者，既于诗求出处，抑以诗为出处考证事理。①

王夫之尤其推尚"即物达情""自然灵妙"之作，鄙薄"镂绘裁剪""饾凑成篇"之作。《姜斋诗话》卷下追溯诗歌发展流变时指出："咏物诗，齐、梁始多有之。其标格高下，犹画之有匠作、有士气。征故实、写色泽、广比喻，虽极镂绘之工，皆匠气也。又其卑者，饾凑成篇，谜也，非诗也。李峤称'大手笔'，咏物尤其属意之作，裁剪整齐而生意索然，亦匠笔耳。至盛唐以后，始有即物达情之作。'自是寝园春荐后，非关御苑鸟衔残'，贴切樱桃，而句皆有意，所谓'正在阿堵中'也。'黄莺弄不足，含入未央宫'，断不可移咏梅、桃、李、杏，而超然玄远，如九转还丹，仙胎自孕矣。宋人于此茫然，愈工愈拙，非但'认桃无绿叶，道杏有青枝'为可姗笑已也。嗣是作者益趋匠画，里耳喧传，非俗不赏。"

要之，成功的审美认识和创作过程是"即景会心"、自然圆成、不"劳拟议"、亦"非想得"的。如果"就他作想""沉吟推敲"，便属"妄想揣摩，如说他人梦"，是"比量""非量"而非"现量"。

① "独头意识"，指法相唯识宗"八识"中第六识"意识"之一种，其余三种为"五同缘意识""五俱意识""五后意识"。"意识"是与前五识"眼识""耳识""鼻识""舌识""身识"相并列的主体心识。"独头意识"指不与这五识共生而独起，可以缘生十八界之意识。它存在于散心而非净心中，为比量、非量。此指独立的意识活动。

审美的“现实”性，是指对眼前景物的直觉认识能够显示真实、具备理性。诗是审美认识的结晶。关于诗与“物理”的关系，王夫之的论述充满了辩证色彩。首先，他指出诗以言情为主，即便不能离开理性，也应把理性化为“性之情”，即理性化的情感，而不可单独说理。单独说理是《易》《书》《礼》《春秋》的使命，而不是诗的责任。《明诗评选》卷五评徐渭《严先生词》云：“诗以道性情，道性之情也。性中尽有天德、王道、事功、节义、礼乐、文章，却分派与《易》《书》《礼》《春秋》去，彼不能代诗而言诗之情，诗亦不能代彼也。”据此，王夫之批评了西晋人的玄言诗和自唐代杜甫开始的以说理、议论为诗的风气：“诗入理语，唯西晋人为剧。理亦非能为西晋人累，彼自累耳。诗源情，理源性，斯二者岂分辕及驾者哉？”① “诗固不以奇理为高。唐宋人于理求奇，有议论而无歌咏，则胡不废诗而著论辩也？”②“决破此疆界（疆界：指诗以“道性情”、忌说理），自杜甫始。梏桎人情，以掩性之光辉，风雅罪魁，非杜其谁耶？”③“直刺牛仙客安禄山，祸水波澜，无不见者，乃唯照耀生色，斯以动情起意。直刺而无照耀，为讼为诅而已。杜陵败笔有‘李瑱死歧阳’，‘来瑱赐自尽’，‘朱门酒肉臭，路有冻死骨’一种诗，为宋人谩骂之祖，定是风雅一厄。”④

其次，王夫之虽然不主张诗歌说理，但并不完全排斥“理”在诗中的地位，恰恰相反，从写景叙事一端而言，他要求超其物态，得其“物理”“事理”：

> 苏子瞻谓“桑之未落，其叶沃若”，体物之工，非“沃若”不足以言桑，非桑不足以当“沃若”，固也。然得物态，未得物理。“桃之夭夭，其叶蓁蓁”，“灼灼其华”，“有蕡其实”，乃穷物理。⑤
>
> ……取景则于击目经心、丝分缕合之际，貌固有而言之不欺。⑥
>
> 艺苑品题有“大家”之目，自论诗者推崇李、杜始。李、杜允此令名者，抑良有故。齐、梁以来，自命为作者……于事理情态，全无干涉……此

① 《古诗评选》卷二评陆机《赠潘尼》。《王夫之品诗三种·古诗评选》本，文化艺术出版社 1997 年版，下同。

② 《古诗评选》卷五评江淹《清思》。

③ 《明诗评选》卷五评徐渭《严先生词》。

④ 《唐诗评选》卷二评杜甫《后出塞》。

⑤ 《姜斋诗话》卷上。

⑥ 《古诗评选》卷五谢灵运《登上戍石鼓山诗》评语。

> 谓“小家”。李、杜则内极才情，外周物理……此谓“大家”。①

他据此肯定《小雅·鹿鸣》之诗“俯仰物理”“全用比体”“理随物显”，并称赞“《大雅》中理语造极精微”。② 从言情一端而言，王夫之要求“情”不离“性”，“情”“理”相合，言情而可以“兴观群怨”，符合风雅之旨。正如《古诗评选》卷四评阮籍《咏怀》所云：“有一切真情在内，可兴、可观、可群、可怨，是以有取于诗。”

再次，诗中之理又不同于普通的“物理”“道理”，而是“不得名言之理”，是艺术的“思理”“神理”。《古诗评选》卷四评司马彪《杂诗》：“王敬美谓‘诗有妙悟，非关理也’（按：此语最早出自严羽），非谓无理有诗，正不得以名言之理相求耳。且如飞蓬，何首可搔？而不妨云‘搔首’。以理求之，讵不蹭蹬？”审美认识中的“理”是感觉真实。如杜甫《祠南夕望》有“牵江色”一语。王夫之评论道：“‘牵江色’，一‘色’字幻妙。然于理则幻，寓目则诚。苟无其诚，则幻不足立也。”③ 鲍照《登黄鹤矶》云：“木落江渡寒，雁还风送秋。临江断商弦，瞰川悲棹讴。”王夫之评道：“木落固江渡风寒，江渡之寒乃若不因木落。试当寒月临江渡，则诚然乃尔。故经生之理不关诗理”。④ 在《姜斋诗话》卷下中，他嘲笑宋代“酸迂不通”者用执实的“考证事理”的态度对待诗歌中的比喻、夸张描写：

> 杜诗：“我欲相就沽斗酒，恰有三百青铜钱。”遂据以为唐时酒价。崔国辅诗：“与沽一斗酒，恰用十千钱。”就杜陵沽处贩酒向崔国辅卖，岂非三十倍获息钱耶？……其可笑类如此。

王夫之所追求的“诗理”，不是这种迂腐的“经生之理”，而是不可名言的“思理”“神理”：“谢灵运一意回旋往复，以尽思理，吟之使人躁之意消。”⑤“以神理相取，在远近之间，才著手便煞，一放手又飘忽去……‘青青河畔草’与

---

① 《姜斋诗话》卷下。
② 均见《姜斋诗话》卷下。
③ 《唐诗评选》卷三。
④ 《古诗评选》卷五。
⑤ 《姜斋诗话》卷上。

'绵绵思远道'，何以相因依、相含吐？神理凑合时，自然恰得。”①

三、情景相生，“互藏其宅”

由体用合一的“现量”，论及审美及诗的即“景”即“情”特点，并进而分析到审美及“诗思”的当下性、直觉性、真实性（理性），这分明体现了法相唯识宗及禅宗所崇尚的“现量”理论对王夫之美学思想的影响。同时，王夫之又是一位儒学大师，对程朱理学和陆王心学都有所继承，在认识论上兼顾心物的互动。他的情景互生、“互藏其宅”的审美认识论就孕育、诞生于这样一种思想背景之中。

王夫之曾著《周易外传》，《周易》关于事物矛盾双方相互联系、相互转化、不断变易的思想给他很深影响。他指出：“天下有截然分析而必相对待之物乎？求之于天地，无有此也，求之于万物，无有此也，反求之于心，抑未谂其必然也。”② 对立两极“相映相函以相运”③，“相反而固其会通”④。以此观照物、我关系，王夫之认为二者“相遇而知觉乃发”。⑤ 王夫之还提出：“合故相知。”“合”即物与我的相互迎合。他说：“耳与声合，目与色合，皆心所翕辟之牖也。合故相知，乃其所以合之故，则岂耳目声色之力哉？”⑥“目之交也，己欲交而后交，则己固有权矣。有物于此，过乎吾前，而或见焉，或不见焉。其不见者，非物不来也，己不往也。遥而望之得其象，进而瞩之得其质，凝而睇之，然后得其真，密而睩之，然后得其情。劳吾往者不一，皆心先注于目，而后目往交于彼。不然，则锦绮之炫煌，施、嫱之冶丽，亦物自物而己自己，未尝不待吾审而遽入吾中者也。故视者，由己、由人之相半者也。”⑦

王夫之的认识发生论，不仅仅是由物及我的唯物论，也不单单是心生万物的

① 《姜斋诗话》卷下。
② 王夫之：《周易外传·说卦传》，中华书局1977年版，下同。
③ 《周易外传·系辞上传》。
④ 《周易外传·杂卦传》。
⑤ 王夫之：《张子正蒙注》卷一《太和》，中华书局1975年版，下同。
⑥ 《张子正蒙注》卷四《太心》。
⑦ 王夫之：《尚书引义·大禹谟二》，上海古籍出版社1995年版。

唯心论，而是心物互生、物我交流的二元关系论。它表现了王夫之对先秦儒家开辟的唯物主义认识论与陆九渊、王阳明开创的唯心主义认识论传统中合理内核的兼取和融合。若干年后，瑞士心理学家皮亚杰（1896—1980）通过大量的临床实验研究，取得了与王夫之不谋而合的发现："认识既不是起因于一个有自我意识的主体，也不是起因于业已形成的、会把自己烙印在主体之上的客体。认识起因于主客体之间的相互作用，这些作用发生在主体和客体之间的中途，因而既包括主体又包含客体。"①

一般认识的发生是如此，审美认识的发生就更是如此了。王夫之的认识发生论，包括诗人对现实的审美和读者对艺术的审美两大部分。这里先讲对现实的审美认识。

诗人对现实的审美认识作为充满感性的"现量"，客体方面联系着"景"，主体方面联系着"情"。"情"虽由"景"的触发产生，但"情"也不是被动的，它要主动地去迎合"景"，这样，"景"才会引起主体的注意和兴趣，成为存在于主体认识中的"景"：

> 情、景虽有在心、在物之分，而景生情、情生景。哀乐之触、荣悴之迎，互藏其宅。②
>
> 夫景以情合，情以景生，初不相离，唯意所适。③
>
> 景中生情，情中含景。故曰：景者情之景，情者景之情也。④
>
> 形于吾身以外者，化也；生于吾身之内者，心也。相值而相取，一俯一仰之际，凡与为通，而浡然兴矣。⑤

自古以来，谈艺术创作中心物互动关系，以刘勰为佳，谈诗歌创作中情、景交融关系，以谢榛为佳。而王夫之显然更胜一筹。其"景生情，情生景""景以情合，情以景生""景者情之景，情者景之情""哀乐之触、荣悴之迎，互藏其宅"等精彩论断，将心与物、情与景的相互包藏、相互生发、相互促动、相互交流、

① 皮亚杰：《发生认识论原理》，王宪钿等译，商务印书馆1981年版，第21页。
② 《姜斋诗话》卷上。
③ 《姜斋诗话》卷下。
④ 《唐诗评选》卷四岑参《首春渭西郊行呈蓝田张二主簿》评语。
⑤ 《诗广传·豳风》。

相互交融、互为因果、密不可分的关系揭示到无以复加的高度。后来王国维论“意境”中的“意”“境”关系，含义实不及其丰富精粹也。

由于诗人的审美认识产生于“景”“情”不可分割的双向交流，所以由此产生的审美认识也就不单是“情”或“景”的表象，而是“情”与“景”的表象的水乳交融的统一体。因此，王夫之强调、赞赏情、景“妙合无垠”：

> 情、景名为二，而实不可离。神于诗者，妙合无垠。巧者则有情中景、景中情。①
>
> 情、景一合，自得妙语。②
>
> 龙湖高妙处，只在藏情于景，间一点入情，但就本色上露出，不分涯际，真五言之圣境也。③
>
> 景中有人，人中有景，巧思遽出诸刘之上。④

他尤其反对将主客体之“情”“景”截然划开的做法。《姜斋诗话》卷下指出，情、景“截分二橛，则情不足兴，而景非其景”。谢榛《四溟诗话》评诗，常以“前情后景”“前景后情”“一景一情”“一情一景”析之，末流所学，不以为二者有所侧重而言，而以为二者“截分二橛”，王夫之尤为不满。他批评道：“写景至处，但令与心目不相睽离，则无穷之情，正从此而生。一虚一实、一景一情之说生，而诗遂为阱、为梏、为行尸。”⑤“以一情一景为格律……雅人之不屑久矣。”⑥“结一点即活，愈知两分情、景者之求活得死也。”⑦同时，由于王夫之以风雅比兴、温柔敦厚求诗，不主张言情直露，而主张假景言情；又由于他认为自然的生机、活力和动人的美在含情寓意，因而又主张以“景”含“情”：“情不虚情，情皆可景；景非滞景，景总含情。神理流于两间，天地供其一目。”⑧

---

① 《姜斋诗话》卷下。
② 《明诗评选》卷五沈明臣《渡峡江》评语。
③ 《明诗评选》卷五张治《秋郭小寺》评语。
④ 《古诗评选》卷三刘令娴《美人》评语。
⑤ 《古诗评选》卷五孝武帝《济曲阿后湖》评语。
⑥ 《明诗评选》卷五文徵明《四月》评语。
⑦ 《明诗评选》卷五石沆《无题》评语。
⑧ 《古诗评选》卷五谢灵运《登上戍石鼓山诗》评语。

“杂用景物入情，总不使所思者一见端绪，故知其思深也。”① “以乐景写哀，以哀景写乐，一倍增其哀乐。”② 这就从审美认识论转到审美创造论了。

四、“作者用一致之思，读者各以其情而自得”

审美认识的发生在诗人对现实的审美环节表现为景生情、情生景的双向交流活动，在读者对文艺作品的审美环节则表现为客观理解与主观创造的辩证统一。所谓客观理解，即由物及我，客观反映、理解作品本义，“不迷于所往”③。这里最值得警惕、防范的倾向是过分夸大主观情意、想象的作用，“唯意谓然，不度其指（旨）”、“舍本事以求情”，从而发生“谓‘山’为‘洼沼’，谓‘海’为‘冈阜’”的“迷谬”、失“正”情况：

> 唯意谓然，不度其指，作者既杳，亦孰与正之？舍本事以求情，谓“山”为“洼沼”，谓“海”为“冈阜”。洞崖似沼，波涛似阜，亦何不可？昔人有云：“后世谁定吾文者？”惮人之仿佛而迷谬之也。《九歌》以娱鬼神，特其凄悱内储，含悲音于不觉耳。横摘数语，为刺怀王，鬼神亦厌其渎也。至于《天问》，一皆讽刺之旨。复使忠告不昭，而别为荒怪何也？凡此类，交为正之。④
>
> 君子之贵乎乐（音乐）也，非贵其中（衷，心也）出也，贵其外动而生中也。⑤

“外动而生中”，正是由物及心之意。不过读者阅读时，不仅有被动接受、消极反映的义务，还有主动生发、能动创造的权利：

> “淮水”之乐，其音自乐，听其声者自悲……而乐不见功。⑥

---

① 《古诗评选》卷一《杂曲·伤歌行》评语。
② 《姜斋诗话》卷上。
③ 王夫之：《楚辞通释·序例》，上海古籍出版社 1995 年版。
④ 《楚辞通释·序例》。
⑤ 《诗广传》卷三《小雅》。
⑥ 《诗广传》卷三《小雅》。

作者用一致之思，读者各以其情而自得。故《关雎》，兴也，康王晏朝，而即为冰鉴；“讦谟定命，远猷辰告”，观也，谢安欣赏，而增其遐心。人情之游也无涯，而各以其情遇，斯所贵于有诗。①

尽管“作者之思”是“一致”的，但读者却会“各以其情”而“自得”——得到自己另外一种不同于“作者之思”的领会、想象和创造，而这正是诗所以为“贵”的地方。

王夫之此论，既肯定读者自身的能动创造，又兼顾作品的本义和美。后来刘熙载《艺概·文概》总结说：“好恶因人，书之本量初不以此加、损焉。”将审美欣赏环节的主客体相反相成的辩证关系揭示得更加精括，而王夫之是其思想的重要来源。

五、“烟云泉石，寓意则灵”

王夫之虽然在审美认识的发生上坚持物我交流、心目相取，“由己由人（物）相半”，但受陆王心学的启示和法相唯识宗“三界唯心”“万法唯识”思想的影响，也源于他对人的认识活动的现实考察，他又更重视心灵对目之所见的外物的积极介入，从而提出“小耳目而大心”的命题。②“小耳目而大心”必然导致“以我观物”“物以情观”的审美观照方式，由此产生的结果是心灵物化的美。

中国古代美学素有以心为美、以意为美的传统。《说文》释“玉”之美在于“有五德”，邵雍指出“花妙在精神”等。王夫之对此又有重大发展。

王夫之以心灵为美呈现为两部分。一是对自然现实的美而言，一是对诗歌文艺的美而言。关于前者，王夫之有过一段明确的论断：“烟云泉石，花鸟苔林，金铺锦帐，寓意则灵。”③“灵”即王氏所说“因景因情，自然灵妙”之“灵”，是美的代名。王夫之又说：

① 《姜斋诗话》卷上。
② 《尚书引义·大禹谟二》。
③ 《姜斋诗话》卷下。

通远得意者谓之“灵”。①

含情而能达，会景而生心，体物而得神，则自有灵通之句，参化工之妙。②

自然物的“灵妙”必然是“灵通”的、生气流转的，而主体的情感恰恰可以给自然灌注生气：

景非滞景，景总含情。③

语有全不及情而情自无限者，心目为政，不恃外物故也。“天际识归舟，云间辨江树。”隐然一含情凝眺之人呼之欲出。从此写景，乃为活景。④

游览诗固有适然未有情者。俗笔必强入以情，无病呻吟，徒令江山气短。⑤

含情的景是“活景”，无情的景是“滞景”。景中情若是“无病呻吟”的虚情假意，则“江山气短”，索然无味。

诗文之美也应是心灵的对象化。“无论诗歌与长行文字，俱以意为主。意犹帅也。无帅之兵，谓之‘乌合’。李、杜所以称‘大家’者，无意之诗，十不得一二也。”⑥

“意”在诗歌体裁中表现为“情”或“性情”，诗的美盖源于“情至”：

诗以道情。“道”之为言，“路”也。情之所至，诗无不至；诗之所至，情以之至。⑦

古之咏物者固以情也。非情则谜而不诗，疑沓疑赘。⑧

盖诗之为教，相求于性情，固不当容浅人以耳目荐取。⑨

---

① 《唐诗评选》卷三孙逖《江行有怀》评语。

② 《姜斋诗话》卷下。

③ 《古诗评选》卷五谢灵运《登上戍石鼓山诗》评语。

④ 《古诗评选》卷五谢朓《之宣城郡出新林浦向板桥》评语。

⑤ 《古诗评选》卷五孝武帝《济曲阿后湖》评语。

⑥ 《姜斋诗话》卷下。

⑦ 《古诗评选》卷四李陵《与苏武诗》评语。

⑧ 《古诗评选》卷四繁钦《咏蕙》评语。

⑨ 《古诗评选》卷四阮籍《咏怀》评语。

王夫之以此为审美标准评价历代诗人诗歌。如《古诗评选》评左思《咏史》："全以结构养其深情。"评左思《招隐诗》："来回辉映，文情不穷。"《唐诗评选》评齐己《登祝融峰》："近情语自远。"《明诗评选》评赵贞吉《临洮院后半壁古城歌》："若不关情，关情乃至。"评高启《过白鹤溪》："声情俱备。"评刘球《古意》："情深语切。"评陆粲《送汪佥事之湖南》："闲事写出有情。"评杨慎《咏史》："妆写有情。"又评其《三阁词》："似漫无情，其妙不传。"评朱曰藩《饮罢逍遥馆作》："字字是情。"评祝允明《武帝传》："全不入情，字字皆情。"等等。王夫之对诗情美的钟情可谓达到极致。

王夫之以情为美，是对中明以来相关思想的理性总结。中明以来，人们纷纷强调自然性情之美，用以反抗唐宋以来愈来愈禁锢的道德美学律条，但要求挣脱一切理性的约束，未免落入另一极端。清初王夫之与黄宗羲、顾炎武等有社会责任感的思想家一起竭力矫正之，同时又避免了唐宋道学的过分迂腐。一方面，王夫之肯定情欲合理，主张尊情达欲，指出："饮食男女之欲，人之大共也。"①"人欲之各得，即天理之大同。"②"天理人欲，元无二致。""故终不离人而别有天，终不离欲而别有理也。"③"贱情必贱生"④，"达情者必养其性"⑤。另一方面，他又反对淫滥之情，主张发乎情止乎礼，以"理"以"性"（天理）节情，不过他的"性""理"比传统概念外延更加宽泛，包含基本情欲罢了。如《诗广传》云："圣人者，耳目启而性情贞，情挚而不滞。""且圣人者，非独能裕于情也。其裕于情者，裕于理也。"这包含"理"的"情"即"天下之情"（《豳风》）。他批评说："怨者，阴事也。阴之事，与情相当，不与性相得；与欲相用，不与理相成；与女相宜，不与男相称。移情之动于性，移欲之几于理，移妇人之怀于君子，则阳为阴用，而国恶得不倾乎?"⑥ 从而肯定："尽其性，行乎情

① 王夫之著、王孝鱼点校：《诗广传·陈风》，中华书局1964年版。按：《诗广传·豳风》亦云："饮食男女，人之大欲共焉者也。"

② 王夫之：《读四书大全说》卷一，中华书局1975年版。

③ 王夫之：《四书训义》卷八，岳麓书社1990年版。

④ 王夫之：《周易外传》卷二。

⑤ 王夫之：《周易外传》卷三。

⑥ 《小雅》九。

而贞，以性正情也。”① 可见王夫之所赞美的“情”，是既符合自然，又不逾理性规范的道德性情。

第七节　叶燮：论美及“物我相合而为诗”

叶燮（1627—1703），字星期，号己畦，寓居横山，时称横山先生。吴江（今属江苏）人。康熙进士，官宝应令，以忤长官被参落职。以论诗见称，所著《原诗》论述“数千年诗之正变、盛衰之所以然”及诗歌创作各方面的问题，自成一家之言，颇富诗学理论的系统性和总结性。另有《己畦文集诗集》等。

一、美的客观性、主观性和相对性

叶燮是清初很值得关注的辩证唯物主义美学家。他明确提出“美本乎天”的唯物论美学命题，坚持美的客观属性：

凡物之生而美者，美本乎天者也，本乎天自有之美也。②

凡物之美者，盈天地间皆是也。③

天地之大文，风云雨雷是也。风云雨雷，变化不测，不可端倪，天地之至神也，即至文也。试以一端论：泰山之云……或起于肤寸，弥沦六合，或诸峰竞出，升顶即灭，或连阴数月，或食时即散，或黑如漆，或白如雪，或大如鹏翼，或乱如散鬈，或块然垂天，后无继者，或联绵纤微，相续不绝，又忽而黑云兴，土人以法占之，曰将雨，竟不雨；又晴云出，法占者曰将晴，乃竟雨。云之态以万计，无一同也。以至云之色相，云之性情无一同也。云或有时归，或有时竟一去不归，或有时全归，或有时半归，无一同

① 《小雅》五一。

② 叶燮：《滋园记》，叶燮：《己畦文集》卷九。清戊午孟夏梦篆楼刊本，下同。

③ 叶燮：《集唐诗序》，《己畦文集》卷九。

也。此天地自然之文，至工也。①

物之美虽然是客观的、自然而生的，但对物之美的认识却因主体不同而并不一致，这就叫“境一而触境之人之心不一”。叶燮在为其友吴之振的《黄叶村庄诗集》作序时指出：

“黄叶村庄”，吾友孟举学古著书之所也。……天下何地无村？何村无木叶？木叶至秋则摇落变衰，黄叶者，村之所有，而序之必信者也。夫境会何常？就其地而言之，逸者以为可挂瓢植杖；骚人以为可登临望远；豪者以为是秋冬射猎之场；农人以为是祭韭献羔之处；上之则省敛观稼、陈诗采风；下之则渔师牧竖取材集网，无不可者；更王维以为可图画，屈平以为可行吟：境一而触境之人之心不一。孟举于此不能不慨焉而兴感也。

审美认识是客观的“美”与主体的“人”和“心”相互结合的产物。人的志趣、个性、职业不同，对同一自然物的心灵反应亦个个不同。于是，美与丑就呈现出相对性来。《原诗》外篇指出：“对待之义，自太极生两仪以后，无事无物不然：日月、寒暑、昼夜，以及人事之万有——生死、贵贱、贫富、高卑、上下、长短、远近、新旧、大小、香臭、深浅、明暗，种种两端，不可枚举。大约对待之两端，各有美有恶，非美恶有所偏于一者也。其间唯生死、贵贱、贫富、香臭，人皆美生而恶死，美香而恶臭，美富贵而恶贫贱。然逄、比之尽忠，死何尝不美？江总之白首，生何尝不恶？幽兰得粪而肥，臭以成美；海木生香则萎，香反为恶。富贵有时而可恶，贫贱有时而见美，尤易以明。……对待之美恶，果有常主乎？生熟、新旧二义，以凡事物参之：器用以商、周为宝，是旧胜新；美人以新知为佳，是新胜旧；肉食以熟为美者也，果实以生为美者也，反是则两恶。”为什么一般说来“人皆美生而恶死、美香而恶臭、美富贵而恶贫贱”？因为“生”“香”“富贵”在一般情况下给人愉快的感觉，而“死”“臭”“贫贱”给人痛苦、不适的感觉。为什么关龙逄、比干尽忠而死，人们以死为美，江总从梁、陈一直苟活到隋朝，人们以生为恶？因为在这种特定情形下，由于道德理性

① 叶燮：《原诗·内篇》，清康熙间叶氏二弃草堂刻本。按：本书所引《原诗》，均据此版本。

的作用，人们感到“死”得崇高而“生”得苟且。同理，为什么“器用”以旧胜新，“美人”以新胜旧，“肉食以熟为美”“果实以生为美”？是因为只有旧物、新人、熟食、生果才使人备感愉快。于是，生死、贵贱、贫富、新旧、生熟等就成为引起特定情形下美感的不同对象形态。

此外值得注意的是，叶燮主张通过人的认识和创造，将自然界分散的美集合起来，使其变得更强烈、更典型：“凡物之美者，盈天地间皆是也，然必待人之神明才慧而见。而神明才慧本天地间之所共有，非一人别有所独受而能自异也。故分之则美散，集之则美合，事物无不然者。”① “孤芳独美，不如集众芳以为美，待乎集事、在乎人者也。夫众芳非各有美，即美之类而集之。‘集’之云者，生之植之，养之培之，使天地之芳无遗美，而其美始大。”② 造园艺术和编纂诗集之类的活动就是这种美的集中化、典型化的创造性活动。

二、“在物之三：理、事、情”

审美认识缘生于客观之美与主体心灵的作用与结合，作为审美认识物化形态的“文章”亦源于物我相合。《原诗》内篇指出：“以在我之四，衡在物之三，合而为作者之文章。”物我相合而为文章，是明清之际文人的共识，我们在谢榛、王夫之等人的诗文理论中不难看到。叶燮以独特的视角阐述、发展之，至刘熙载《艺概·赋概》则说：“在外者物色，在我者生意，二者相摩相荡而赋出焉。”至王国维《文学小言》则说：“文学者，不外（客观）知识与（主体）情感交代之结果而已。”

那么，“在物之三”是什么呢？叶燮作出了自己的独特分析，就是“理”“事”“情”。《与友人论文书》自述：“仆尝有《原诗》一编，以为盈天地间万有不齐之物之数，总不出乎理、事、情三者。”《原诗》内篇反复揭示：

> 自开辟以来，天地之大，古今之变，万汇之赜，日星河岳，赋物象形，兵刑礼乐，饮食男女，于以发为文章，形为诗赋，其道万千，余得以三语蔽之：曰“理”、曰“事”、曰“情”，不出乎此而已。

---

① 《集唐诗序》，《已畦文集》卷九。

② 《滋园记》，《已畦文集》卷六。

曰“理”、曰“事”、曰“情”，此三言者足以穷尽万有之态。凡形形色色、音声状貌，举不能越乎此。此举在物者而为言，而无一物之或能去此者也。

曰“理”、曰“事”、曰“情”三语，大而乾坤以之定位，日月以之运行，以至一草一木一飞一走，三者缺一，则不成物。

万物的“理”“事”“情”是怎么产生的呢?《原诗》内篇指出，由“气”所化生：

……是三者，又有总而持之，条而贯之者，曰“气”。事、理、情之所为用，“气”为之用也……苟无“气”以行之，其能若是乎?

以“理”“事”概括物之特征可以理解，“情”字就令人费解了。以“情”概括物之特征确是叶燮的一大发明。那么，叶燮的“理”“事”“情”含义如何呢?《原诗》内篇打了个比喻来加以解释：

譬之一木一草，其能发生者，“理”也；其既发生，则“事”也；既发生之后，夭乔滋植，情状万千，咸有自得之趣，则“情”也。

可见，“理”即万物发生的原理，“事”即万物发生后的形貌，“情”即万物发生之后生机勃勃的“情状”、神态。“情”不是主体感情的情，亦非真实的同义语，而是渗透着内在神韵、生气的外在形状，而不像“事”，仅仅是物的外在形状。以“情”指“情状”、神态，这是叶燮的特独用法。

天下万物，总不出“理”“事”“情”三类。而文章乃是天下万物的表现，《原诗》所谓“文章者，所以表天地万物之情状也”。因此，文章创作的大法自然是“当乎理，确乎事，酌乎情”，而不是准确模仿古人。《原诗》指出：“诗文一道岂有定法哉?先揆乎其理，揆之于理而不谬，则理得；次征诸事，征之于事而不悖，则事得；终挈（通契）诸情，挈之于情而可通，则情得。三者得而不可易，则自然之法立。故法者，当乎理、确乎事、酌乎情，为三者之平准，而无所自为法也。”“唯理、事、情三语，无处不然。三者得，则胸中通达无阻，出而敷为辞，则夫子所云‘辞达’。‘达’者，通也，通乎理、通乎事、通乎情之谓。而必泥乎法，则反有所不通矣。”“今人偶用一字，必曰本之昔人。昔人又推而上之，必有作始之人。彼作始之人复何所本乎？不过揆之理、事、情，切而可通而无碍，斯用之矣。……苟乖于理、事、情，是谓不通，不通则杜撰，杜撰则断然不可。苟不然者，自我作古，何不可之有！若腐儒区区之见，句束而字缚之，援引以附会古人，反失古人之真矣。"《己畦文集》卷三《假山说》："又如周昉之画美人，画美人者必仿昉为极则，固也。使有一西子在前，而学画美人者，舍在前声音笑貌之西子不仿，而必仿昉纸上之美人，不又惑之甚者乎？"从文章的"理""事""情"出发，叶燮对六经以来的各类文章作了重新划分："夫备物者莫大于天地，而天地备于六经。六经者，'理''事''情'之权舆也。合而言之，则凡经之一句一义，皆各备此三者而互相发明。分而言之，则《易》似专言乎'理'，《书》《春秋》《礼》似专言乎'事'，《诗》似专言乎'情'，此经之原本也。而推其流之所至，因《易》之流而为言，则议论、辨说等作是也；因《书》《春秋》《礼》之流而为言，则史传、纪述、典制等作是也；因《诗》之流而为言，则辞赋、诗歌等作是也。"①

关于文章通乎"理""事""情"与明"道"的关系，叶燮《与友人论文书》在对六经源出的侧重于言理、言事、言情的三类文章作了分析之后指出："数者条理各不同，分见于经，虽各有专属，其适乎'道'则一也。而'理'者与'道'为体，'事'与'情'总贯乎其中。唯明其理乃能出之而成文。""'道'者何也？六经之道也。为文必本于六经，人人能言之矣，人能言之而实未能知之，能知之而实未能变而通之者也。夫能知之，更能进而变通之，要能识乎'道'之所由来，与推夫'道'之所由极。非能明天下之理、达古今之事、穷万物之情者，未易语乎此也。"由此可见，在"理""事""情"与"道"的关系中，"理""与道为体"，与"道"的联系最密切，而"事"与"情"也"贯乎其中"，包含着"道"。"当乎理，确乎事，酌乎情"非但与"明道"不相矛盾，而且是对"明道"的"变通"发展，甚至是"道之所由来""道之所由极"。

至于文章之"美"与"道"及"理""事""情"的关系，叶燮《与友人论文书》说："今有文于此，必先征其美与不美。……由文之美而层累进之，以至适于道而止。"可见"文之美"的根本在"适道"。而"道之所由来"、"所由极"、所"变通"又在"明天下之理，达古今之事，穷万物之情"，故"文之美"

① 叶燮：《与友人论文书》，《己畦文集》卷十三。

与“揆于理”“征诸事”“契诸情”相统一。

三、“在我之四：才、胆、识、力”

中明以后，受王阳明心学之影响，文艺美学家大多十分重视主体素质在审美观照与创造活动中的地位和作用。如李贽在《杂述》中分析、强调过作家“才、胆、识”的作用，袁中道在《妙高山法寺碑》中提出过“识、才、学、胆、趣”说。叶燮既然认为文章是主客观合一的产物，在分析了客体三要素“理、事、情”后，又转而分析到主体的四种素质“才、胆、识、力”。《原诗》内篇指出：“曰‘才’、曰‘胆’、曰‘识’、曰‘力’，此四言者所以穷尽此心之神明。凡形形色色，音声状貌，无不待于此而为之发宣昭著。此举在我者而为言，而无一不如此心以出之者也。”“大约‘才’‘胆’‘识’‘力’四者交相为济，苟一有所歉，则不可登作者之坛。”

何为“才、胆、识、力”？四者之间的关系怎样？它们在文学创作中的地位、作用如何？《原诗》内篇详细论述了这些问题。

“识”是一种辨别是非、独立不拔的见识。在兼顾主体的四种素质的同时，叶燮更强调“识”的重要性：“四者无缓急，而要在先之以识。”“唯有识则是非明，是非明则取舍定，不但不随世人脚跟，并亦不随古人脚跟。”在拟古主义盛行的时候，叶燮尤其强调“识”的可贵：

> 今夫诗，彼无“识”者，既不能知古来作者之意，并不自知其何所兴感触发而为诗。或亦闻古今诗家之论，所谓“体裁”“格力”“声调”“兴会”等语，不过影响于耳，含糊于心，附会于口，而眼光从无着处，腕力从无措处。即历代之诗陈于前，何所决（抉）择？何所适从？人言“是”则是之，人言“非”则非之。夫非必谓人言之不可凭也，而彼先不能得我心之是非而是非之，又安能知人言之是非而是非之也？

“识”的重要性，还体现在“识”对“胆”“才”“力”的统率作用方面。“无‘识’而有‘胆’，则为妄，为卤（鲁）莽，为无知，其离言叛道，蔑如也；无‘识’而有‘才’，虽议论纵横，思致挥霍，而是非淆乱，黑白颠倒，‘才’反为累矣；无‘识’而有‘力’，则坚僻妄诞之辞，足以误人而惑世，为害甚烈，若在骚坛，均为风雅之罪人。唯有‘识’则能知所从，知所奋，知所决，则后‘才’与‘胆’‘力’皆确然有以自信。举世非之、举世誉之而不为其动摇，安有随人之是非以为是非哉?”叶燮还具体分析了“识”与“才”“胆”的关系：

> 四者具足，而“才”独外见，则群称其“才”，而不知其“才”之不能无所凭而独见也。其歉乎天者，“才”见不足。人皆曰“才”之歉也，不可勉强，不知有“识”以居乎“才”之先。“识”为体而“才”为用。若不足于“才”，当先研精推求乎其“识”。
>
> “识”明则“胆”张，任其发宣而无所于怯，横说竖说，左宜而右有，直造化在手，无有一之不肖乎物也。且夫胸中无“识”之人，即终日勤于学，而亦无益，俗谚谓为“两脚书橱”。记诵日多，多益为累。及伸纸落笔时，胸如乱丝。头绪既纷，无从割择。中且馁而胆愈怯，欲言而不能言，或能言而不敢言。矜持于铢两尺矱之中，既恐不合于古人，又恐贻讥于今人……因无“识”，故无“胆”，使笔墨不能自由。

自古以来，诗以吟咏性情为主。有明迄清，感性张扬，由“情”求诗者多多。而叶燮《原诗》探讨诗的主体素质却不谈“情”，是不是意味着他对诗的言情特质的无视？不然。《原诗》内篇评论杜甫时曾说：“凡欢愉幽愁离合今昔之感，一一触类而起，因遇得题，因题得情，因情敷句……”可见他是不否定诗“因情敷句”的。他分析六经与理、事、情的关系时指出“《诗》似专言乎情”，后世辞赋、诗歌本此，亦表明他认识到诗歌的言情特点。人人都知道诗者言情，非情人不能为诗人，再强调诗人的情感素质就显得多余；但在拟古之风颇盛的年代，诗人有自己的独特遭遇和真情实感，却不能言、不敢言，这就显出“识”的重要。可见叶燮论诗人的主体素质不谈“情”而强调“识”，是当时现实的需要，是反对拟古、自树面目、张扬个性的时代需要。

有了确信无疑的见识，自然生出无所顾忌的胆量。而无“胆”，则个性亦不能自树立：“文章千古事，苟无‘胆’，何以能千古乎？吾故曰：无‘胆’则笔墨畏缩。”有了“胆”，创作就进入了无所拘束的“自由”状态，创造才能得以尽情发挥：“‘胆’既诎（通屈）矣，‘才’何由而得伸乎?”于是“胆”对“才”也具有一定的决定作用：“唯‘胆’能生‘才’。”“才”“必待扩充于‘胆’”。

有了“识”“胆”之后，若无一定的“才”，自家性情也不能表达出来。“才”是表达内在“心思”的才能。“无‘才’则心思不出，亦可曰无心思则‘才’不出。”“夫于人之所不能知，而唯我有‘才’能知之；于人之所不能言，而唯我有‘才’能言之。纵其心思之氤氲磅礴，上下纵横，凡六合以内外，皆不得而囿之。以是措而为文辞，而至理存焉，万事准焉，深情托焉，是之谓‘有才’。”

“力”则是承载“才”的力量。“如是之‘才’，必有其‘力’以载之。唯‘力’大而‘才’能坚，故至坚而不可摧也。历千百代而不朽者，以此。”“‘力’之分量，即一句一言，如植之则不可仆，横之则不可断，行则不可遏，住则不可迁。”“立言者，无‘力’则不能自成一家。”“欲成一家之言，断宜奋其‘力’矣。夫内得之于‘识’而出之而为‘才’，唯‘胆’以张其‘才’，唯‘力’以克荷之。”他纵论历代诗文之“力”：“统百代而论诗，自《三百篇》而后，唯杜甫之诗，其力能与天地相终始，与《三百篇》等。自此以外，后世不能无入者主之，出者奴之。诸说之异同，操戈之不一矣。其间又有力可以百世，而百世之内互有兴衰者，或中湮而复兴，或昔非而今是。又似世会之使然，生前或未有推重之，而后世忽崇尚之，如韩愈之文。……信乎文章之力有大小远近，而又盛衰乘时之不同如是。”

四、“幽渺以为理，想象以为事，惝恍以为情”

以主体之“识”“胆”“才”“力”，契合客体之“理”“事”“情”，产生“作者之文章”。那么，“文章”尤其是“诗”中的“理”“事”“情”是不是如同现实中的“理”“事”“情”一样呢？不一样。《原诗》内篇分析说，由于主体的介入，客体的“理”“事”“情”在诗中发生了微妙的变化，一变而为“不可名言之理，不可施见之事，不可径达之情”。叶燮强调：“要之，作诗者，实写‘理’‘事’‘情’，可以言言，可以解解，即为俗儒之作。”只有“幽渺以为理，想象以为事，惝恍以为情，方为理至、事至、情至之语”。例如杜甫诗句“碧瓦初寒外”“月傍九霄多”“晨钟云外湿”“高城秋自落”等，“若以俗儒之眼观之，以言乎‘理’，‘理’于何通？以言乎‘事’，‘事’于何有？所谓‘言语道断’，‘思维路绝’。然其中之‘理’，至虚而实，至渺而近，灼然心目之间，殆如鸢飞鱼跃之昭著也。‘理’即昭矣，尚得无其‘事’乎?”“古人妙于‘事’‘理’之句，如此极多……其更有‘事’所必无者，偶举唐人一二语，如‘蜀道之难，难于上青天’‘似将海水添宫漏’‘春风不度玉门关’‘天若有情天亦老’‘玉颜不及寒鸦色’等句。如此者，何止盈千累万！决不能有其‘事’，实为‘情’至之语。”因此，叶燮赞同一位问话者对“诗之至处”的概括：“诗之至处，妙在含蓄无垠，思致微妙，其寄托在可言不可言之间，其指归在可解不可解之会，言在此而意在彼，泯端倪而离形象，绝议论而穷思维，引人于冥漠恍惚之境，所以为至也。”

叶燮此论，触及诗人在情感的作用下，借助比兴、夸张等艺术手法，写出想象中的“理”与“事”，是中国古代诗学中形象思维理论的精彩总结。

由“物”之“理”“事”“情”与“我”之“识”“胆”“才”“力”合而为“不可名言之理，不可施见之事，不可径达之情”的“理至”“事至”“情至”之语这样一种诗歌美学原理出发，《原诗》内篇全面分析了中国历代诗歌发展的“正”“变”“盛”“衰”，叶燮据此提出了“诗无一格”“雅亦无一格”“平、奇、浓、淡、巧、拙、清、浊无不可为诗，而无不可为雅”① 的美学风格论。

叶燮的诗论立足于对审美发生的主客体二元性的基本认识，分析了“在物之三”与“在我之四”的特征及其相互关系以及“物我相合”之后化生的诗学新质，以此作为评价历代诗歌演变的标准和“不主一格”风格论的内在依据，层次丰富，思理绵密，独具个性，是清代乃至中国诗学中的宝贵建树。然而我们必须指出的是，尽管他力图建立丰富严密的诗学体系，但逻辑的严密性还是不够的。比如他对“情”这一概念的使用并不统一。作为“在物”者之一要素，本指物之“情状”，与主体的感情无关。可在分析诗中之“理”“事”何以不同于现实之“理”“事”时，“情”又变成了驱使“理”“事”变化的主体情感因素。在讲“《诗》似专言乎情”“作诗者在抒写性情”“语于诗，则‘情’之一言，义固不易”② 时，“情”均指“在我”之情感，这就与“在物”之“情”相矛盾。又如在分析“物”之“理”“事”“情”在主体作用下变为“不可名言之

① 叶燮：《汪秋原浪斋二集诗序》，《已畦文集》卷九。

② 《原诗》内篇。

理，不可施见之事，不可径达之情”时，对“我”之“识”“胆”“才”“力”这四个重要元素与这种变化的联系则语焉阙如；举例剖析也只是说明了诗是怎样“幽渺以为‘理’、想象以为‘事’”的，而没有说明诗是如何“惝恍以为‘情’”的，等等。这些逻辑上不小的漏洞使得叶燮诗论如空谷足音，并没有在当时和清代中后期引起什么应和。然而不管怎么说，叶燮力图从自己的感受出发对诗歌的发生原理和美学特征作出自己独立的解读，并努力摆脱历代诗话零星、感性的札记形态，系统地建构一种颇为严密的理论体系，是值得肯定和关注的。

第八节　姚鼐：文章之“美”的构成要素与风格类别

姚鼐（1732—1815），字姬传，室名惜抱轩，称惜抱先生，安徽桐城人。乾隆进士，曾任礼部主事、刑部郎中、《四库全书》纂修官。告归后，历主江宁、扬州等地书院凡四十年。受业于刘大櫆，为桐城派主要作家。著有《惜抱轩文集》二十卷、《惜抱轩诗集》二十卷，另选《古文辞类纂》七十四卷，流传甚广，颇为有名。

姚鼐论文，主张以“文章”彰显“考证”学问，阐发儒家“义理”，以“神理气味”为文章内容，“格律声色”为文章形式，并对阳刚之美与阴柔之美作了明确的分析和概括。

一、“文章”与“义理”“考证”，“相济”为美

“文以载道”，文章以承载义理、弘扬道德为美，这是中国古代的一贯传统。清代经学昌盛，这一思想得到进一步强调。而以学问、考据为文章之美，则是学术昌明、小学发达的清代的一大贡献和特色。姚鼐《述庵文抄序》记载时人以道德为美、以学问为美的情形：“今夫博学强识而善言德行者，固文之贵也；寡闻而浅识者，固文之陋也。”不过他又指正、批评过分追求义理而文辞“俚杂”，过分追求考证而“语不可了”的偏向：“然而世有言义理之过者，其辞芜杂俚近，如语录而不文；为考证之过者，至繁碎缴绕，而语不可了。”他追根寻源：

“当以为文之至美而反以为病者，何哉？其故由于自喜之太过，而智昧于所当择也。”于是他提出自己的文学主张：“夫天之生才，虽美不能无偏，故以能兼长者为贵。余尝论学问之事，有三端焉，曰义理也、考证也、文章也。是三者，苟善用之，则皆足以相济，苟不善用之，则或至于相害。”这就是说，“文章”与“义理”“考证”，“相济”为美，“兼长”为美，偏于“义理”或“考证”，“文章”就会生出种种弊病。据此，他称赞《述庵文抄》作者王兰泉：“青浦王兰泉先生，其才天与之，三者皆具之才也。先生为文，有唐宋大家之高韵逸气，而议论考核，甚辨而不烦，极博而不芜，精到而意不至于竭尽。此善用其天与？以能兼之才，而不以自喜之过而害其美者矣。”① 《述庵文抄》之美，正在“义理”“考证”“文章”“三者皆具”。姚鼐《述庵文抄序》交代，他“恐天下学者读先生集，第叹服其美而或不明其所以美”，故作序“为天下明告之”，“若夫先生之诗集及其他著述，其体虽不必尽同于古文，而一以余此言求之，亦皆可得其美之大者云”。

文章与义理、考证相济为美，是清人特有的美学观，它是在总结了历史上处理三者关系的教训和经验的基础上得出的富有辩证色彩和科学精神的结论，直到今天，对我们认识文章之美都很有指导意义。今日学界著书立说，有偏爱义理而鄙薄考证者，亦有偏尊考证而鄙薄义理者，前者流于空疏无当，后者流于琐碎平庸，充分说明，只有史论结合、理论与学问并重，思想与考据兼长，才能作出天地间好文章。

二、“神理气味”与“格律声色”

姚鼐受业于刘大櫆。刘大櫆以“义理、书卷、经济”与“神气、音节、字句”求文，并以其“神气”为“精”、“音节”“字句”为“粗”的思想对他深有影响，不过他又以自己的思理对刘氏理论中不够精练、不合逻辑之处进行了改造。一方面，他将刘氏“义理、书卷、经济”与“神气、音节、字句”的合一提炼为“文章、义理、考证”的合一；另一方面，他保留了刘氏视为文章内容的义理之“理”，将刘氏视为“文法”范畴的“神”“气”改造为内容范畴，并

① 均见姚鼐：《述庵文抄序》，姚鼐：《惜抱轩文集》卷四，嘉庆原刊本。

以“味”指称文章内容的“神”“理”“气”之美，进而提出“神理气味”作为“文之精”，同时将刘氏的“音节字句”改造为“格律声色”作为“文之粗”，在此基础上提出了关于文章形式与内容的“精粗”关系论。他在《古文辞类纂序目》中指出：“凡文之体类十三，而所以为文者八，曰神、理、气、味、格、律、声、色。神理气味者，文之精也；格律声色者，文之粗也。然苟舍其粗，则精者亦胡以寓焉？学者之于古人，必始而遇其粗，中而遇其精，终则御其精而遗其粗者。”显然，姚鼐对文章内容与形式范畴的分析划分更加细致合理，对二者主从关系及相互依赖的辩证关系的揭示也更加科学。在《答翁学士书》中，他另有一段相近的论断，可参：“夫道有是非而技有美恶。诗文皆技也，技之精者必近道。故诗文美者，命意必善。文字者，犹人之言语也。有气以充之，则观其文也，虽百世而后，如立其人而与言于此。无气则积字焉而已。意与气相御而为辞，然后有声音节奏、高下抗坠之度，反复进退之态、彩色之华。故声色之美，因乎意与气而时变者也。”

三、“阳刚之美”与“阴柔之美”

姚鼐还明确提出文章的“阳刚之美”与“阴柔之美”，并对其成因和二者的辩证关系作出探讨。《海愚诗抄序》说：“吾尝以谓文章之原，本乎天地。天地之道，阴阳刚柔而已。苟有得乎阴阳刚柔之精，皆可以为文章之美。阴阳刚柔并行而不容偏废。有其一端而绝亡其一，刚者至于偾强而拂戾，柔者至于颓废而暗幽，则必无与于文者矣。然古君子称为文章之至，虽兼具二者之用，亦不能无所偏优于其间，其故何哉？天地之道，协和以为体，而时发奇出以为用者，理固然也。”《复鲁挈非书》说：“天地之道，阴阳刚柔而已。文者，天地之精英，而阴阳刚柔之发也。唯圣人之言，统二气之会而弗偏……自诸子而降，其为文无有弗偏者。其得于阳与刚之美者，其文如霆、如电、如长风之出谷，如崇山峻崖，如决大川，如奔骐骥；其光也，如杲日，如火，如金镠铁；其于人也，如凭高视远，如君而朝万众，如鼓万勇士而战之。其得于阴与柔之美者，则其文如升初日，如清风，如云、如霞、如烟，如幽林曲涧，如沦如漾，如珠玉之辉，如鸿鹄之鸣而入寥廓；其于人也，漻乎其如叹，邈乎其如有思，暖乎其如喜，愀乎其如悲。观其文，讽其音，则为文者之性情形状举以殊焉。且夫阴阳刚柔，其本二端，造物者糅而气有多寡进绌（通屈）……糅而偏胜可也，偏胜之极，一有一绝无，与夫刚不足为刚，柔不足为柔者，皆不可以言文。”阳刚、阴柔之美，本之乎天地阴阳、刚柔之气，是文之“性情形状”的不同表现；二者相互包容，可以有所偏胜，不可有所偏废，否则便“刚不足为刚”“柔不足为柔”。从二者的地位来说，姚鼐认为阳刚之美高于阴柔之美：“其在天地之用也，尚阳而下阴，伸刚而绌（通黜）柔，故人得之亦然。文之雄伟而劲直者，必贵于温深而徐婉。温深徐缓之才，不易得也；然其尤难得者，必在乎天下之雄才也。”由此他高度肯定刘大櫆弟子朱子颖的《海愚诗抄》：“今之诗人，足称雄才者，其辽东朱子颖乎？即之而光升焉，诵之而声闳焉，循之而不可一世之气勃然动乎纸上而不可御焉，味之而奇思异趣角立而横出焉，其唯吾子颖之诗乎？”后来管同《与友人论文书》发挥老师姚鼐的观点：“贵阳而贱阴，信刚而绌柔者，天地之道而人之所以为德者也。孔子曰：‘吾未见刚者。’曾子曰：‘士不可以不宏毅，任重而道远。’圣贤论人，重刚而不重柔，取宏毅而不取巽顺。夫为文之道，岂异于此乎？”大抵阳刚之美偏于入世进取，阴柔之美偏于与世无争，淡泊自守。姚鼐尚阳刚而贱阴柔，更多地体现了儒家的积极入世精神和道德美学倾向。

第九节　袁枚：尚“情”著“我”、不主一格

袁枚（1716—1798），字子才，号简斋、随园老人，浙江钱塘（今杭州）人。乾隆进士，曾任江宁等地知县。辞官后侨居江宁，筑园林于小仓山，号随园。有《小仓山房文集》《随园诗话》《子不语》等。

袁枚所面对的清代中期诗坛，主要呈现为三种格局，一是以清初王士祯为代表的“神韵”说，倡导兴会神妙的性情神韵；一是以朱彝尊、厉鹗为代表的浙诗派和以翁方纲为代表的“肌理”说，主张以学问、考据为诗；一是以沈德潜为代表的“格调”说，崇唐诗贬宋诗，偏重从形式上拟古。袁枚论诗，鄙薄“考据”和“格调”，吸取“神韵”而以“性灵”“性情”为依归，构建其诗歌美学思想体系。从而上接中明以来乃至六朝的以“情”为美论，使得中国美学的这一经典思想在现实的批判和论争中得到了进一步的丰富和补充。

一、"凡诗之传者，都是性灵"

"性灵"，是袁枚诗论的一个标帜。后人论袁枚的诗学主张，有以"性灵"指称之的，如钱泳《履园谭诗》云："沈归愚宗伯（德潜）与袁简斋太史论诗，判若水火。宗伯专讲格律，太史专取性灵。"① "性灵"的确切内涵正如袁宏道、钟惺等人使用的那样，即指"性情"。这一点，不仅在袁枚诗论中可找到大量证据，而且亦为他人所揭示。如钱泳《履园谭诗》云："性灵者，即性情也。"事实上，在袁枚的诗论中，"性灵""性情"是通用的，且以"性情"更为多见。

袁枚的"性灵""性情"说，是在与"格调"说和"考据"说的论争中提出的：

杨诚斋曰："从来天分低拙之人，好谈格调而不解风趣，何也？格调是空架子，有腔口易描；风趣专写性灵，非天才不办。"余深爱其言。须知有性情便有格律，格律不在性情外。《三百篇》半是劳人思妇率意言情之事，谁为之格？谁为之律？而今之谈"格调"者，能出其范围否？……诗在骨不在格也。②

夫诗无所谓"唐""宋"也。"唐""宋"者，一代之国号耳，与诗无与也。诗者，各人之性情耳，与"唐""宋"无与也。若拘拘焉持"唐""宋"以相敌，是子之胸中有已亡之国号，而无自得之性情，于诗之本旨已失矣。③

人有满腔书卷，无处张皇，当为考据之学，自成一家；其次则骈体文，尽可铺排，何必借诗为卖弄？自《三百篇》至今日，凡诗之传者，都是性灵，不关堆垛。唯李义山诗稍多典故，然皆才情驱使，不专砌填也。余续司空表圣《诗品》，第三首便曰"博习"，言诗之必根于学，所谓"不从糟粕，安得精英"是也。近见作诗者，全仗糟粕，琐碎零星，如剃僧发，如拆袜

① 今人以"性灵派"称袁枚诗派，见王英志《性灵派研究》，辽宁大学出版社1998年版。

② 袁枚：《随园诗话》卷一，人民文学出版社1960年版，下同。

③ 袁枚：《答施兰垞论诗书》，袁枚：《小仓山房文集》卷十七，乾隆刻本，下同。

线，句句加注，是将诗当考据作矣。虑吾说之害之也，故续元遗山《论诗》末一首："天涯有客号沴痴，误把抄书当作诗。抄到钟嵘《诗品》日，该他知道性灵时。"①

沈德潜论诗，受学于叶燮，不乏好的意见，如"议论须带情韵以行""以无情之语而欲动人之情，难也""以意运法"，不"以意从法""自神明变化于其中"。②但当他把唐诗视为典范而专以唐为尚、以宋为卑时，就不自觉地落入了形式主义的"格调"套路。袁枚力矫之，认为诗以"性情"为"骨"，或"唐"或"宋"，只是格套形式，与诗之根本无关。有清一代，考据学盛行，影响到诗歌创作，就是浙派诗人朱彝尊《楝亭诗序》所说的"天下岂有舍学之诗之理?"厉鹗《绿杉野屋集序》所说的："未有能诗而不读书……书，诗材也。……诗材富而意以为匠，神以为斧，则大篇短章，均擅其胜。"以及袁枚批评近代"作诗者"和翁方纲所说的："将诗当考据作"，"误把抄书当作诗"。影响到散文创作，就是翁方纲《蛾术编序》所说的"考订诂训之事与词章之事未可判为二途。"袁枚力矫之，不仅抬出钟嵘，高标"凡诗之传者，都是性灵"，而且指出："以考据为古文，犹之以火为水。"

袁枚不仅在与不同诗学主张的论争中树起了"性情"大旗，而且对"性情"与诗美的联系以及"性情"的自然属性作出了特别界说。

关于"情"与诗美的内在关联，中明至清多有论述。袁枚承此指出："且夫诗者，由情生者也。有必不可解之情，而后有必不可朽之诗。"③动人之美，是衡量"佳诗"的唯一和最高的标准："诗者，人之性情也，近取诸身而足矣。其言动心，其色夺目，其味适口，其音悦耳，便是佳诗。"④"伊尹论百味之本，以水为始。夫水，天下之至无味者也，何以治味者取以为先？盖其清洌然，其淡的然，然后可以调甘脆，加群珍，引之于至鲜，而不病其庮腐。诗之道亦然。性情者源也，词藻者流也。源之不清，流将焉附?"⑤

---

① 《随园诗话》卷五。

② 均见沈德潜:《说诗晬语》。叶燮、薛雪、沈德潜:《原诗 一瓢诗话 说诗晬语》，人民文学出版社1998年版。

③ 袁枚:《与程蕺园书》,《小仓山房文集》卷三十。

④ 《随园诗话》卷一。

⑤ 袁枚:《陶怡云诗序》,《小仓山房文集》卷三十一。

关于这种动人之情的属性、特质，袁枚尤其强调“性情”以其自然真性与宋代理学甚至与《六经》之“理”相区别。论“性情”之“真”，《寄程鱼门》说：“性情得其真。”《答尹相国》说：“情以真而愈笃。”《随园诗话》卷一：“味欲其鲜，趣欲其真。人必知此，而后可与论诗。”他对王士祯“神韵”说既肯定又有所批评的双重态度，亦是因为“神韵”说尚性情之“真”而又真得不够彻底，有做作之嫌。《再答李少鹤》说：“足下论诗讲‘体格’二字，固佳。仆意‘神韵’二字尤为要紧。‘体格’是后天空架子，可仿而能，‘神韵’是先天真性情，不可强而至。”“‘神韵’是先天真性情”，这是他有取于王士祯的地方。但王士祯论“神韵”，追求兴会超诣，含蓄不尽，不免矫揉造作，袁枚又批评他。《随园诗话》卷三：“阮亭主修饰，不主性情。观其到一处必有诗，诗中必用典，可以想见其喜怒哀乐之不真矣。”《再答李少鹤》：“阮亭一味修容饰貌，所谓假诗是也。唯其假，故不喜杜、白两家之真。”袁枚自己颇多情诗，编辑时友人程晋芳曾劝其“删集内缘情之作”，袁枚《答蕺园论诗书》回答说：“足下之意，以为我辈成名，必如濂、洛、关、闽（指宋儒）而后可耳。然鄙意以为得千百伪濂、洛、关、闽，不如得一二真白傅（居易）、樊川（杜牧）。以千金之珠易鱼之一目，而鱼不乐者，何也？目虽贱而真，珠虽贵而伪故也。”由此，袁枚为艳情诗张目。《答蕺园论诗书》说：“情所最先，莫如男女。”《再与沈大宗伯书》说：“阴阳夫妇，艳诗之祖。……艳诗宫体，自是诗家一格。”袁枚强调的真情，自然的成分居多，与“理学”大相径庭，所以他说：“孔郑门前不掉头，程朱席上懒勾留。”①“六经尽糟粕。”②“今之理学，半德行之伪者也。”（《答家惠纕孝廉》）其反传统道德的思想倾向十分明显。

二、“但须有我在，不可事剽窃”

与崇尚自然真情相联系的另一美学观点，就是崇尚个性自我，因为真情总是属于每一个“自我”的。反过来说，真正属于“自我”的性情总是真性情。因而，“著我”作为另一条美学原则，在袁枚的诗论乃至文论中提出来。《续诗品·著我》云：“不学古人，法无一可；竟似古人，何处著我？”《随园诗话》卷

① 《遣兴》。

② 《偶然作》。

四："凡作诗者，各有身份，亦各有心胸。"卷七："作诗，不可以无我。"作诗如此，作文亦然："夫古文者，即古人'立言'之谓也。能字字立于纸上则古矣。今之为古文者，字字卧于纸上。夫纸上尚不能立，安望其能立于世间乎?"①他自己的诗作也体现了"独来独往"的个性，如《遣兴》谓："独来独往一枝藤，上下千年力不胜。若问随园诗学某，三唐两宋有谁应?"

诗文尚"我"，是生活中尚"我"的反映。生活中的袁枚亦以个性为美。《随园诗话》卷七云："有人无我，是傀儡也。"《题宋人诗话》云："丈夫喜独立，各有精神强。"《题叶花南庶子空山独立小影》云："我亦自立者，爱独不爱同。含笑看泰华，请各立一峰。"

崇尚自我，必然反对模拟，这是同一主张的正反两面。《书所见》说："但须有我在，不可事剽窃。"《答王梦楼侍读》说："诗宜自出机杼，不可寄人篱下。"《随园诗话》卷六云："要之，以出新意、去陈言为第一着。"在"格调"说流行、拟古习气颇盛的当时诗坛，袁枚的这一批判指向更有现实意义。《随园诗话》卷七结合当时现实指出："高青丘笑古人作诗，今人描诗。描诗者，像生花之类，所谓优孟衣冠，诗中之乡愿也。譬如学杜而竟如杜，学韩而竟如韩，人何不观真杜、真韩之诗，而肯观伪韩、伪杜之诗乎？孔子学周公，不如王莽之似也；孟子学孔子，不如王通之似也；唐义山、香山、牧之、昌黎，同学杜者，今其诗集，都是别树一帜；杜所伏膺者，庾、鲍两家，而集中绝不相似。"杜甫为杜甫、韩愈为韩愈的"真杜""真韩"之处，正在杜甫、韩愈之自家性情。"古之学杜者，无虑数千百家，其传者皆其不似杜者也。"② 这"不似杜"的自家性情，正是诗文得以自立的根本。因此，袁枚说："自古文章所以流传至今者，皆即情即景，如化工肖物，着手成春，故能取不尽而用不竭。不然，一切语古人都已说尽，何以唐宋元明才子辈出，能各自成家而光景常新耶？……若今日所咏，明日亦可咏之，此人可赠，他人亦可赠之，便是空腔虚套，陈腐不堪矣。"③"诗有工拙，而无古今。自葛天氏之歌至今日，皆有工拙，未必古人皆工，今人皆拙。即《三百篇》中，颇有未工不必学者，不徒汉、晋、唐、宋也。今人诗有

① 袁枚：《与孙俌之秀才书》，《小仓山房文集》卷三十五。

② 袁枚：《与稚存论诗书》，《小仓山房文集》卷三十一。

③ 袁枚：《答定宇第二书》，《小仓山房文集》卷十八。

极工、极宜学者，亦不徒汉、晋、唐、宋也。然格律莫备于古，学者宗师，自有渊源。至于性情遭遇，人人有我在焉，不可貌古人而袭之，畏古人而拘之也。”①“格律莫备于古”，所以袁枚并未简单反对学古的必要性。然而，“格律”毕竟只属于形式，学古之“佳处”，终究“不在能与古人合，而在能与古人离”的自家“性情遭遇”。

三、兼顾“才”“学”“识”而以“才”“识”为先

袁枚论诗，以自我之性情为本，不废继承而又鄙薄以考据为诗，反映在创作主体论方面，就是“才”“学”“识”兼顾而以“才”“识”为先。

袁枚多次重申，作诗如同作史，“才”“学”“识”三者缺一不可。但在三者中，他更重视“识”“才”的作用，有时强调以“识”为先，有时强调以“才”为先，并且要求以“情”统率“才”“学”“识”三者。如何理解这四者之间的关系呢？

就“情”与“才”“学”“识”之间的关系来说，诗以言“情”为使命，“才”“学”“识”都必须为表现“情”服务，并接受“情”的调配。所以袁枚说：“作史三长，‘才’‘学’‘识’而已。诗者三者宜兼，而尤贵以情韵将之。”②“情韵”之“韵”，即意韵之“意”。以“情韵”为统帅，即《续诗品·崇意》所说：“意似主人，辞如奴婢。主弱奴强，呼之不至。穿贯无绳，散钱委地；开千枝花，一本所系。”由于诗中“情韵”必须是“弦外之音，味外之味”，所以“作诗之道难于作史”。情感，既是诗人描写的客观对象，也是诗人自身的主体素质。“情从心出”，诗人的“天性”尤应多“情”，“有一种芬芳悱恻之怀”。《随园诗话》卷六：“凡作诗，写景易，言情难。何也？景从外来，目之所触，留心便得。情从心出，非有一种芬芳悱恻之怀，便不能哀感顽艳。然亦各人性之所近。杜甫长于言情，太白不能也；永叔长于言情，子瞻不能也。王介甫、曾子固偶作小歌词，读者笑倒，亦天性少情之故。”“才”是使唤“学”、表达“识”的才能，无“才”则无“学”无“识”。所以袁枚说：“作诗如作史也，

---

① 袁枚：《答沈大宗伯论诗书》，《小仓山房文集》卷十七。

② 袁枚：《钱竹初诗序》，《小仓山房文集》卷二十八。

‘才’‘学’‘识’三者宜兼，而‘才’为尤先。造化无‘才’，不能造万物；古圣无‘才’，不能制器尚象；诗人无‘才’，不能役典籍、运心灵。‘才’之不可已也如是夫！”① “才”既是化无为有、戛戛独造的文辞创造能力，也是“感物造端”“触物起情”的情思创造能力。叶燮《原诗》内篇曾说：“无‘才’，则心思不出。”约略与袁枚同时的钱大昕（1728—1804）指出：“有‘才’而无‘情’，不可谓之真‘才’。”② 袁枚干脆明确指出：“无情不是才。”（《偶作五绝句》）“才者情之发，才盛则情深。”（《李元亭诗序》）既然在诗歌本体论上，袁枚以“情”为主，那么在创作主体论上，袁枚必然以生情之“才”为上。

不过，综合比较而言，袁枚在“才”“学”“识”三者关系中更重视“识”。他在多处强调了“识”对于“才”“学”的指导、决定作用：

> 作史三长，“才”“学”“识”缺一不可。余谓诗亦如之，而“识”为最先。非识，则“才”与“学”俱误用矣。③
>
> 作史者，“才”“学”“识”缺一不可，而“识”为尤。其道如射然：弓矢，“学”也；运弓矢者，“才”也；有以领之，使至乎当中之鹄，而不病于旁穿侧出者，“识”也。作诗有识，则不徇人、不矜己、不受古欺，不为习囿。④
>
> “学”如弓弩，“才”如箭镞，“识”以领之，方能中鹄。善学邯郸，莫失故步；善求仙方，不为药误。我有神灯，独照独知；不取亦取，虽师勿师。（《续〈诗品〉·尚识》）

论创作主体素质以“识”为最先，一方面由“识”对“才”“学”的方向具有决定作用使然，另一方面也是诗歌本体论尚“我”的必然结果。它反映了在明清时期，尽管有专制礼教的统治和压制，但要求个性张扬仍然成为思想界不小的呼声，可视为有识见的启蒙思想家协力打造的共识。

接下来看袁枚对“学”的双重态度。这种双重态度，可用“诗之与书，有

---

① 袁枚：《蒋心余藏园诗序》，《小仓山房文集》卷二十八。

② 钱大昕：《春星草堂诗集序》，钱大昕：《潜研堂文集》卷二十六，嘉庆刻本。

③ 《随园诗话》卷三。

④ 《答兰垞第二书》，《小仓山房文集》卷十七。

情无情”[1]“字字古有，言言古无”[2]“求诗于书中，得诗于诗外”[3]来表述。任何创新都必须建立在对前人经验的继承、学习基础之上，所以“学”是必不可少的，必须“博习”：

万卷山积，一篇吟成。诗之与书，有情无情。……不从糟粕，安得精英？曰“不关学”，终非正声。[4]

专习一家，硁硁小哉；宜善相之，多师为佳。[5]

然而“学”只是创新的必备基础和必要手段，绝不是目的，所以不能把“学”的位置捧得太高，更不能以“竟似古人”为依归。而且，诗歌的“学”，只是前人诗歌成功表情达意的“格律”技巧，而不是深奥难解的历史典故、经学知识。袁枚尤其不满当时“误把抄书当作诗”“才有不足，征典求书”[6]的学人之诗：

近日有巨公教人作诗，必须穷经读注疏，然后落笔，诗乃可传。余闻之，笑曰：且勿论建安、大历、开府、参军其经学何如，只问“关关雎鸠”“采采卷耳”是穷何经何注疏，得此不朽之作？陶诗独绝千古，而读书不求甚解，何不读注疏以解之？梁昭明太子（按：当为梁简文帝）《与湘东王书》云：“夫六典三礼，所施有地，所用有宜。未闻吟咏情性，反拟《内则》之篇；操笔写志，更摹《酒诰》之作；‘迟迟春日’，翻学《归藏》；‘湛湛江水’，竟同《大诰》。”此数言振聋发聩。想当时，必有迂儒曲士以经学谈诗者，故为此语以晓之。[7]

不只作诗不可填砌经史之学，作文亦然：“不知作二典三谟者胸中有何史学？”

① 《续〈诗品〉·博习》。
② 《续〈诗品〉·著我》。
③ 《随园诗话》卷三。
④ 《续〈诗品〉·博习》。
⑤ 《续〈诗品〉·相题》。
⑥ 《续〈诗品〉·葆真》。
⑦ 《随园诗话》补遗卷一。

“我辈下笔所以不如欧、曾者，正为胸中卷轴太多之故”。①

与此相关的是袁枚对待“汉儒”与“宋儒”“汉学”与“宋学”的态度。清代既尊“宋儒”及其义理之学，又尊“汉儒”及其考据之学。“宋儒”尚“义理”，“桎梏其性灵，使无生人之乐”，② 故为袁枚所不齿；“汉儒”尚考据，注疏连篇累牍，如汉代秦延君注“曰若稽古”四字花了三万余字，注“尧典”二字用了十余万字。甚至以此取代“性情”，更为袁枚所拒绝。《答惠定宇书》明确指出“宋学”“汉学”之弊：“闻足下与吴门诸士厌宋儒空虚，故倡汉学以矫之，意良是也。第不知宋学有弊，汉学更有弊。宋偏于形而上者，故心性之说近玄虚；汉偏于形而下者，故笺注之说多附会。”汉学之“考据”，只是一种“述而不作”的形而下之学，不仅不能视为“诗”，亦不可视为“文”：

> “形而上者谓之‘道’，形而下者谓之‘器’。”古文，“道”也；考据，“器”也。“器”易而“道”难。“作者之谓‘圣’，述者之谓‘明’。”古文，“作”也；考据，“述”也。“述”易而“作”难。③
>
> 古文之道形而上，纯以神行，虽多读书，不得妄有摭拾……考据之学形而下，专引载籍，非博不详，非杂不备，辞达而已，无所为“文”，更无所为“古”也。……以考据为古文，犹之以火为水，两物之不相中也，久矣。④

在“迩来少年习气好矜考据”⑤ 的清代文坛，袁枚不仅以诗歌言情排抵考据，而且以古文是创作而非注述拒斥考据，可见其所重。

四、有用无用、骈散艳朴，“皆可采取”

袁枚所处的诗坛文坛，各种对立的创作倾向、风格、意见都存在，彼此攻讦，各执一词，相持不下。袁枚提出，只要能带来悦人的美，“皆可采取”，不

① 袁枚：《复家实堂》，《小仓山房尺牍》卷三。

② 《随园诗话》补遗卷三。

③ 《复家实堂》。

④ 《与程蕺园书》。

⑤ 《复家实堂》。

应定于一尊。

当时的诗坛上，有两种主要的意见，一是“诗贵温柔，不可说尽”，二是诗“必关系人伦日用”。袁枚颇不以为然。他批评说：“子曰：‘可以兴，可以群。’此指含蓄者言之，如《柏舟》《中谷》是也。曰：‘可以观，可以怨。’此指说尽者言之，如‘艳妻煽方处’‘投畀豺虎’之类是也。曰：‘迩之事父，远之事君。’此诗之有关系者也。曰：‘多识于鸟兽草木之名。’此诗之无关系者也。”①“含蓄”“温柔”的诗可以使人味之不尽，“说尽”、直露的诗亦可以其感情奔放激烈打动人。关乎“人伦日用”的诗可满足人的功利目的而引起愉悦之情；“无用”的咏物诗虽不能满足人的功利目的，但却可以给人纯形式的美感，也是一种不可否认的美。广而言之，不只诗歌，即便散文，乃至人生、自然中的事物，都不能仅“以适用为贵”。有用无用，都可为“文”，都可为“美”，“文之佳恶，实不系乎有用与无用也”，正如人之美丑、物之美丑不系乎有用无用一样。于是，袁枚说出了一段绝妙之论：

> 夫“物相杂，谓之‘文’”。布帛菽粟，文也；珠玉锦绣，亦文也；其他浓云震雷、奇木怪石，皆文也。……必以适用为贵，将使天地之大，化工之巧，其专生布帛菽粟乎？抑能使有用之布帛菽粟贵于无用之珠玉锦绣乎？人之一身，耳目有用，须眉无用，足下其能存耳目而去须眉乎？……文之佳恶，实不系乎有用与无用也。②

时人论诗，又有贵“厚”贱“薄”、或“甜”或“苦”的不同取向。在袁枚看来，不可一概而论，要视具体情况而定。比如“味甜自悦口，然甜过则令人呕；味苦自螫口，然微苦恰耐人思”，所以生活中常有“厌香焚皂荚，苦腻慕蒿芹”的现象。作诗亦然，应当艳朴浓淡相互调剂。“要知甘而能鲜，则不俗矣，苦能回甘，则不厌矣。”③ 同样，诗之“宜厚宜薄”，亦当“唯以妙为主”：“以两物论，狐貉贵厚，鲛绡贵薄。以一物论，刀背贵厚，刀锋贵薄。安见厚者定贵，薄者定贱邪？古人之诗，少陵似厚，太白似薄；义山似厚，飞卿似薄，俱为

① 《答沈大宗伯论诗书》，《小仓山房文集》卷十七。

② 《答友人论文二书》，《小仓山房文集》卷十九。

③ 均见《随园诗话》卷七。

名家。”① 可见，使人愉悦的“妙”来源于合适。“古香时艳，各有攸宜，所宜之中，且争毫厘。锦非不佳，不可为帽。金貂满堂，狗来必笑。”② 关于合适为“妙”、为“宜”，袁枚还有一段精彩之论：“既以唐论，庙堂典重，沈、宋所宜也，使郊、岛为之，则陋矣。山水闲适，王、孟所宜也，使温、李为之，则靡矣。边塞风云，名山古迹，李、杜所宜也，使王、孟为之，则薄矣。撞万石之钟，斗百韵之险，韩、孟所宜也，使韦、柳为之，则弱矣。伤往悼来，感时记事，张、王、元、白所宜也，使钱、刘为之，则仄矣。题香襟、当舞所，弦工吹师，低徊（回）容与，温、李、冬郎所宜也，使韩、孟为之，则亢矣。……人学焉而各得其性之所近，要在用其所长而藏己之所短则可，护其所短而毁人之所长则不可。”③ 同理，“诗虽奇伟，而不能揉磨入细，未免粗才；诗虽幽俊，而不能展拓开张，终窘边幅。”④ “诗之平、奇、艳、朴，皆可采取。”⑤ 袁枚据此提出：“诗境甚宽”⑥，“诗境最宽”⑦。选诗评诗，眼光、喜好不能过于褊狭。

广而及文，清代文坛，韩、柳古文继续受到尊奉，与此同时，骈文也再度兴盛。和袁枚同时就出现了不少骈文高手，胡天游（字稚威）是其中的代表人物。袁枚既不像古文家以散文斥骈体，也不像骈文家以骈文斥散体，而认为文之有骈、散就像人体之有一头与双目、双手、双脚，草木之有一根一茎和分为二的枝叶一样，是自然现象，不可舍此取彼。文章既讲“明道”，也讲“修词”。“骈体者，修词之尤工者也。”由于散文在“修词”方面不如骈文讲究，所以历史上曾出现“骈文废则悦学者少，为（散）文者多，文乃日敝”的情况⑧。因而在《胡稚威骈体文序》中，袁枚给一直受到压抑、贬低的骈文投入了更多的赞美。他说骈文如“山峙而双峰，水分而交流，禽飞而并翼，星缀而连珠”，“此岂人为之哉”？自然为之也。

曾有人请教袁枚“本朝诗谁为第一”，由于每个人诗的风格不一，而“动人心目”的美则相同，袁枚委婉地告知：这是个伪问题。他开导说：“诗如天生花

① 《随园诗话》卷四。
② 《续〈诗品〉·选材》。
③ 《再与沈大宗伯书》，《小仓山房文集》卷十七。
④ 《随园诗话》卷三。
⑤ 《再与沈大宗伯书》。
⑥ 《随园诗话》补遗卷三。
⑦ 《随园诗话》卷三。
⑧ 均见《胡稚威骈体文序》，《小仓山房文集》卷十一。

卉，春兰秋菊，各有一时之秀，不容人为轩轾。音律、风趣能动人心目者，即为佳诗，无所为‘第一’‘第二’也。”“人于草木不能评谁为第一，而况诗乎？”①应当说，袁枚的这一回答，至今仍是不变之定论。袁枚由此体现出来的通达的心胸、犀利的见识和审美的智慧，是值得我们好好品味、认真吸取的思想财富。

第十节　翁方纲：熔铸“神韵”与“格调”的“肌理”说

翁方纲（1733—1818），字正三，号覃溪，晚号苏斋，直隶大兴（今属北京）人。乾隆进士，官至内阁学士。工诗文，有《复初斋诗集》七十卷、《复初斋文集》三十五卷、《石洲诗话》八卷、《小石帆亭著录》六卷。又精金石书画，著有《两汉金石记》《汉石经残字考》《焦山鼎铭考》《苏米斋兰亭考》等。

清代中前期的诗文领域，可以说是学派林立，观点纷出，争奇斗芳，波诡云谲。桐城派领袖方苞（1668—1749）论文标举“义法”，后继者姚鼐（1731—1815）实之以“义理、考证、文章”三者合一，影响所被，广及整个文坛。以朱彝尊（1629—1709）、厉鹗（1692—1752）为代表的浙派诗人主张以“学问”为诗，宋诗派以推尊“以故实为诗”的黄庭坚加以呼应，奠定了清诗特色。王士祯（1634—1711）以“神韵”说对此加以补正，沈德潜（1673—1769）又以“格调”说对“神韵”的缺陷给予补正，袁枚（1716—1797）再以“性灵”说对“格调”的失误加以纠偏。翁方纲登上诗坛时，正值袁枚的“性灵”说风行之际。翁方纲吸收浙派诗人和宋诗派以学问为诗的观点和桐城派的“义法”论及“义理、考证、文章”合一说，继承并改造了王士祯的“神韵”说和沈德潜的“格调”说，竖起“肌理”大旗，与袁枚的“性灵”说抗衡，成为清代中叶诗坛熔铸诸家而独树一帜的标志性人物。

翁方纲虽以“肌理”说独步诗坛，可并无专文系统阐述“肌理”内涵。他对“肌理”或“理”的解释在逻辑上的不够严密也给人们准确理解“肌理”说的内涵带来困难。那么，翁方纲标举的“肌理”究竟是什么含义呢？笔者综合

① 均见《随园诗话》卷三。

比较、仔细甄别、反复权衡得出的研究结果是："肌理"从"言有物"一端说是"义理""考据"，从"言有序"一端说是"文理""诗法"。从某种意义上说，"肌理"即"义理"与"文理"、"神韵"与"格调"、"性情"与"学问"相融的综合性概念，体现了桐城派"义理、考据、辞章"合一的思想影响，与袁枚无视"义理"、不讲"诗法"的"性灵"追求判然有别。它处于清代诗坛各种派别文学主张的交汇点上，具有更大的包容性和完整性，因而更值得人们重视。

一、以义理、考据为诗

"肌理"说是在《延晖阁集序》和《言志集序》二文中明确提出来的："诗必研诸肌理，而文必求其实际。夫非仅为空谈格（调）、韵（神韵）者言也。持此足以定人品、学问矣。"①"士生今日，经籍之光，盈溢于宇宙，为学必以考证为准，为诗必以肌理为准。"②"肌理"，简称"理"。"为诗必以肌理为准"，易言之即为诗"衷"于"理"：

> ……然则在心为志，发言为诗，一衷诸"理"而已。"理"者，民之秉也，物之则也，事境之归也，声音律度之矩也。③

不只诗之美，乃至一切自然、人生之美，均可归结为"理"："是故渊泉时出，察诸文理焉；金玉声振，集诸条理焉；畅于四支（肢），发于事业，美诸通理焉。"④

那么，这"理"或"肌理"究竟确指何义呢？

大抵有两方面的要义。一指"言有物"的内容，即"义理"，二是指"言有序"的形式，即"文理"：

> "理"者，治玉也，字从玉，从里声。其在于人，则肌理也；其在于乐，则条理也。《易》曰"君子以言有物"，"理"之本也；又曰"言有

① 翁方纲：《延晖阁集序》，翁方纲：《复初斋文集》卷四，光绪刻本，下同。

② 翁方纲：《言志集序》，《复初斋文集》卷四。

③ 《言志集序》。

④ 《言志集序》。

序"，"理"之经也。天下未有舍"理"而言文者。[1]

"义理"之理，即"文理"之理，即"肌理"之理也。[2]

由"义理"一端言，翁方纲走向"考据"；由"文理"一端言，翁方纲走向"诗法"。这里先说由"义理"产生的"考据"。

翁方纲"肌理"说所要求的"义理"，与袁枚崇尚的自然性情判然有别，系经书所载的儒家道德思想。而经义的探明离不开训诂考证，所谓"读九经自考文始，考文自知音始"[3]；"治经莫重于得义，得义莫切于得音"[4]；"经之至者，道也；所以明道者，其词也；所成词者，字也，未有能外小学文字者也。由文字以通乎语言，由语言以通乎古圣贤之心志"[5]。因此，"义理"与文字"考据"是相互依赖、相互统一的。翁方纲指出："凡所为考订者，欲以资义理之求是也。"[6]"吾劝同志深以考订为务，而考订必以义理为主。"(《与程鱼门平钱、戴二君议论旧草》) 他认为宋儒虽以义理阐发为主，但考据训诂工夫也很不错，二者达到了比较完美的统一："夫理至宋儒而益明，训辞至宋儒而益密。"[7]"宋之程、朱始能窥圣贤大旨。"[8]"往古诸儒至南宋洛、闽之徒，义理日精，其理醇矣。""今日儒林之目，必以笃守程、朱为定距也。"[9] 因此，他很不赞成当时一些乾嘉学者将宋学与汉学对立起来，片面抬高汉学鄙薄宋学："今之学者稍窥汉人涯际，辄薄宋儒为迂腐，甚者且专以攻击程、朱为事……此特文其猖狂不学以欺人而已。"[10]

在重视训诂考据对探明经义作用的基础上，翁方纲肯定、强调要以"考据""学问"为诗、为文。《徐昌谷诗论一》主张诗要"由性情而合之学问"，《蛾术编序》指出"考订诂训之事与词章之事未可判为二途"，《神韵论下》指出诗不

① 《杜诗"熟精〈文选〉理""理"字说》，《复初斋文集》卷十。
② 《言志集序》。
③ 顾炎武：《答李子德书》，《亭林文集》卷四，转引自《四部丛刊·亭林诗文集》。
④ 段玉裁：《广雅疏证序》，王念孙：《广雅疏证》，中华书局 1983 年版。
⑤ 戴震：《古经解钩沉序》，《戴震集》，上海古籍出版社 1980 年版，第 192 页。
⑥ 《考订论上之一》。
⑦ 《易汉学、宋学之说答陈硕士》。
⑧ 《姚江学致良知论上》。
⑨ 《与曹中堂论儒林传目书》。
⑩ 《送卢抱经南归序》。

可“废学”，当“以读书为务”，并高度评价黄庭坚为代表的以学问为诗的宋元诗人，以及以“经术”“实学”“实之”“济之”的清诗，告诫人们应在学问根底的基础上理解严羽的“别才”说和王士祯的“神韵”说：

诗自宋、金、元接唐人之脉而稍变其音，此后接宋、金、元者，全恃真才实学以济之。乃有明一代，徒以貌袭格调为事，无一人具真才实学以副之者。至我国朝，文治之光乃全归于经术，是则造物精微之秘，衷诸实际，于斯时发泄之。然当其发泄之初，必有人焉先出而为之伐毛洗髓，使斯文元气复还于冲淡渊粹之本然，而后徐徐以经术实之也，所以赖有渔洋首倡“神韵”以涤荡有明诸家之尘滓渣也。其援严仪卿所云“镜中之花、水中之月”者，正为涤除明人尘滓渣之滞习言之；即所谓“诗有别才非关学”之一语，亦是专为骛博滞迹者偶下砭荡之词，而非谓诗可废学也。须知此正是为善学者言，非为不学者言也。司空表圣《诗品》亦云：“不著一字，尽得风流。”夫谓“不著一字”，正是函盖万有（万有：此偏指学问）也，岂以空寂言耶？……学者唯以读书切己为务，日从事于探讨古人、考析古人，则正唯恐其不能彻悟于“神韵”也。①

受清代经学考据风气的影响，在翁氏之前，浙派诗人就说：“天下岂有舍学之诗之理？”②“未有能诗而不读书……书，诗材也。”③同时代的桐城派散文家姚鼐《述庵文抄序》中倡导“义理、考证、文章”三者“相济”。翁方纲由文以明道、诗以衷理出发，要求诗文以学问、考据“实之”“济之”，对针砭、补救“性灵”派末流任性而发的偏向和空疏不实的学风具有积极作用。受其影响，从同时代的钱载开始，到道光、咸丰时期的程恩泽、祁寯藻、郑珍、莫友芝、何绍基，再到清末的沈曾植，形成了一个学、理并重的学人之诗流派，从而使韩愈开辟、以黄庭坚为代表的“以义理为诗”“以学问为诗”的宋代诗风在清代又一次得到复兴。而以考据为诗的实质是以义理为诗，它体现的仍然是以“道”为美的儒家道德美学主旨。同时需要指出的是，翁方纲尽管主张诗歌言理，但又强调

① 《复初斋文集》卷八。
② 朱彝尊：《楝亭诗序》。
③ 厉鹗：《绿杉野屋集序》。

讲究言理的审美技巧，即“理不外露”“俟读者而后知之”，而反对像邵雍等理学家那样“直以理路为诗”，并明确指出“直言理耳，非诗之言理也”①，这是很有见识、也颇为稳妥的补充说明。

二、“文理”与“诗法”

“肌理”从“言有物”一端说是“义理”“考据”，从“言有序”一端说是“文理”“诗法”。翁方纲曾著《诗法论》专门探讨这个问题。他指出：“诗文之赖法以定也，审（明）矣。”“忘筌忘蹄，非无筌蹄也。”“法”虽然属于形式方面的法度、手段，但对于诗文创作而言不可或缺。

不过，“法非徒法”，“法”又不仅仅是形式方面的法度、手段。它由作者运用，总是为表达作者的用意服务，这样说来，它就不是一成不变的死法、“板法”。以诗而论，“诗之作，作于谁哉？则法之用，用于谁哉？诗中有‘我’在也，法中有‘我’以运之也。”“行乎所不得不行，止乎所不得不止，应有者尽有之，应无者尽无之，夫然后可以谓之‘诗’，夫然后可以谓之‘法’矣。”他举例说明“法”与“我”的关系：“即其同一诗也，同一法也，我与若俱用此法，而用之之理、用之之趣各不同者，不能使子面如吾面矣。同一时，同一境，同一事之作，而其用法之所以然，父不能得之于子，师不能传之于弟。即同一在我之作，而今岁不能仿昨岁语，今日不能用昨日之语。况其隔时地、分古今，而强我以就古人之法，强执古人以定我之法，此则蔑古之尤者，而可谓之效古哉？”②类似的思想，翁方纲在他处也有所阐明。《延晖阁集序》云：“泥于言法者，或为绳墨所窘；矜言才藻者，或外绳墨而驰。是皆不知文词与事境合而一之者也。”《格调论上》：“古之为诗者，皆具格调，皆不讲格调。”“是则‘格调’者，非一家所能概，非一时一代所能专也。”主张“皆具格调”，反对“外绳墨而驰”，即肯定“法”的存在的必要性之意；反对“泥于言法”“为绳墨所窘”，主张“不讲格调”，即“以我运法”、以意运法之意。

值得注意的是，《诗法论》还就活法的不变之处与定法的变化之处作了深入

① 翁方纲：《杜诗“熟精〈文选〉理”“理”字说》，《复初斋文集》卷十。

② 以上引文均见翁方纲：《诗法论》，《复初斋文集》卷八。

补充。以“我”运法，法“无定方”，这是活法、变化之法；然而，“我”之神明“立乎法之先”“运乎法之中”，作为“法之立本者”，它又是不变的，有本可循的：“法之立也，有立乎其先、立乎其中者，此法之正本探原也”，“杜（甫）云‘法自儒家有’，此法之立本者也”。正由于作为“本原”的“我”之神明的道德修养是不变的，所以创作有大法可依，必须向古代圣贤之道学习：“夫唯法之立本者不自我始之，则先河后海，或原或委，必求诸古人也。”“六律五声”“绳墨规矩”是定法，“我不得丝毫以己意与焉”；然而它“立乎其节目、立乎其肌理界缝”“前后接笋，乘承转换，开合正变”，“此法之穷形尽变也”。本着定法不可无的思想，翁方纲还曾著《五言诗平仄举隅》《七言诗平仄举隅》《七言诗三昧举隅》，具体探讨过“定法”之类的“诗法”。在他看来，诗歌创作是有一定的方法技巧的，但一定的方法技巧在表情达意后形成的作品形态则是千姿百态、不可一概而论的。于是，不变中有变，变中有不变，这就是活法与定法的辩证法。

翁方纲既肯定和探讨诗歌创作的“定法”，又强调“法非板法”“以我运法”，乃是对古代“活法”与“定法”辩证法思想的继承和总结。所谓“活法”即“神明变化之法”。它由南宋吕本中针对诗歌创作首先提出：“学诗当识‘活法’。所谓‘活法’者，规矩备具，而能出于规矩之外；变化不测，而亦不背于规矩也。是道也，盖有定法而无定法，无定法而有定法。知是者，则可以与语‘活法’矣。”① 南宋的俞成发现“活法”具有普遍的方法论意义，于是把它引入整个文学创作领域：“文章一技，要自有‘活法’。若胶古人之陈迹，而不能点化其句语，此乃谓之死法。死法专祖蹈袭，则不能生于吾言之外。活法夺胎换骨，则不能毙于吾言之内。毙吾言者故为死法，生吾言者故为活法。”② 此后，元代的郝经、方回，明代的唐顺之，清代的叶燮、邵长蘅、沈德潜、方苞、刘大櫆、姚鼐等人都曾对此发表过很精彩的意见。如叶燮《原诗》说：“法有死法，有活法。”“活法”即“变化生心之法”“不可以为有”的“虚名”之法。王士祯《师友诗传录》记云：“长短句本无定法”，“行乎不得不行，止乎不得不止，

① 《夏均父集序》，《后村先生大全集》卷九五《江西诗派》引。
② 《文章活法》，《萤雪丛说》卷一。

因自然之波澜以为波澜”。方苞说：“夫法之变，盖其义有不得不然者。”① 姚鼐说：“文有一定之法，有无定之法。有定者，所以为严整也；无定者，所以为纵横变化也。二者相济而不相妨。”② 章学诚《文史通义·文理》：“学文之事，可以授受者规矩方圆，不可授受者心营意造。”沈德潜《说诗晬语》卷上：“所谓法者，行所不得不行，止所不得不止，而起伏照应，承接转换，自神明变化于其中。若泥定此处应如何，彼处应如何，不以意运法，转以意从法，则死法也。”翁方纲身当清代中叶，将中国古代在“定法”与“活法”、“有法”与“无法”、“法度”与“神明”辩证关系方面积淀的共识凝聚总结为《诗法论》，成为中国古代诗文方法论美学思想的一个重要标志。

三、“神韵”与“格调”

翁方纲论诗主“义理”“考据”和“法度”，是建立在对“神韵”论和“格调”论的批判吸收基础上的，而“神韵”论与“格调”论也因他的阐释而得以明确起来。

翁方纲《延晖阁集序》曾指出：“诗必研诸肌理……非仅为空谈‘格’‘韵’者言也。”标举了“肌理”不同于“格调”和“神韵”。而其实，“肌理”所言“义理”，大约脱胎于“神韵”；所言“法度”，大约相当于“格调”。“义理”不离“法度”、“法度”不离“神明”，因而，“神韵”不离“格调”、“格调”不离“神韵”。翁方纲既批判了“神韵”论、“格调”论的偏向，又吸收、融会了二者的合理之处，并以“义理”“法度”合一的“肌理”说重新解释“神韵”和“格调”概念，使得“肌理”概念焕发出巨大的理论活力。

以“神韵”论诗，其实在王士祯以前早已有之。“‘神韵’乃诗中自具之本然，自古作家皆有之，岂自渔洋始乎？古人盖皆未言之，至渔洋乃明著之耳。”③ “……‘神韵’至司空图、严羽之徒乃标举其概，而今新城王氏畅之，非后人之所诣，能言前古所未言也。……自新城王氏一倡‘神韵’之说，学者辄目此为

① 《书五代史安重诲传后》，《方望溪先生全集》卷二。

② 《与张阮林》，《惜抱尺牍》卷三。

③ 翁方纲：《坳堂诗集序》，《复初斋文集》卷三。

新城言诗之秘，而不知诗所固有者，非自新城始言之也。”翁方纲还举例说明：杜甫云“读书破万卷，下笔如有神”，“此‘神’字即‘神韵’也”。杜甫诗云“熟精《文选》理”，韩愈诗云“周诗三百篇，雅丽理训诰”，杜牧云“李贺诗使加之以理，奴仆命骚可矣”，“此‘理’字即‘神韵’也”。①

那么，为何杜甫、韩愈、杜牧、司空图、严羽没有独拈出“神韵”求诗，而王士祯独“拈举‘神韵’”呢？翁氏的解释是，这是为了矫正明前七子形式主义的“格调”说：“渔洋所以拈举‘神韵’者，特为明朝李（梦阳）、何（景明）一辈之貌袭者言之。”②“昔之（李、何）言‘格调’者，吾谓新城变‘格调’之说而衷诸‘神韵’。”③ 由于“神韵”概念是王士祯为矫正明前七子偏重形式的“格调”说提出来的，因而王士祯专尚司空图的“不著一字，尽得风流”、严羽的“羚羊挂角，无迹可求”“镜花水月，空中之像”也落入一偏，未得“神韵”之“全”：

> 其新城之专举“空音镜像”一边，特专以针灸李、何一辈之痴肥貌袭者言之，非“神韵”之全也。④
>
> 矫其说者，一味以澄夐淡远味之，亦不免堕一偏也。⑤

翁方纲所尤为不满王士祯者，一是“其误谓‘理’字不必深求其解”，把杜甫、韩愈、杜牧等人所强调的“理”字给遗漏了，使得“今人误执‘神韵’，似涉空言”，因而他“欲以‘肌理’之说实之”；二是王士祯过分强调了“神韵”，否定了“格调”，殊不知离开了“格调”，便无所寓“神韵”：“其实‘神韵’无所不该，有于格调见神韵者，有于音节见神韵者，亦有于字句见神韵者，非可执一端以名之也”。⑥

于是，翁方纲在《神韵论》中对“神韵之全”作出了全面界定：

① 翁方纲：《神韵论上》，《复初斋文集》卷八。
② 《坳堂诗集序》。
③ 《神韵论上》。
④ 《神韵论上》。
⑤ 《神韵论中》。
⑥ 《神韵论下》。

"肌理"亦即"神韵"也。①

"格调"即"神韵"也。②

吾谓"神韵"即"格调"……③

"神韵"者，是乃所谓"君形"者也。④

"神韵"者，本极超诣之理。⑤

"道"是一个大圈，我只立在此大圈之内，看汝能来与否耳。此即诗家"神韵"之说也。⑥

"神韵"者，以心声言之也。⑦

有于实际处见"神韵"者，亦有于虚处见"神韵"者，有于高古浑朴见"神韵"者，亦有于情致见"神韵"者，非可执一端以名之也。（《神韵论下》）

一句话，"神韵者，彻上彻下，无所不该"。"神韵"就是心性内容、义理情致及其所寓的格调、音节、字句。这时，"神韵"就被改造成了义、法合一的"肌理"。

何为"格调"？翁方纲《格调论上》云："《记》曰：'变成方，谓之音。''方'者，音之应节也，其'节'即'格调'也。又曰：'声成文，谓之音。''文'者，音之成章也，其'章'即'格调'也。"可见，"格调"即音节、字句变化的法度，亦即"言有序"的"序"，属于形式范畴。沈德潜在清代被视为"格调"说的代表人物。其实沈氏本人并无明确标举"格调"的话语。其门人王昶在《湖海诗传》中说："苏州沈德潜独持'格调'说，崇奉盛唐而排斥宋诗……以汉魏盛唐倡于吴下。"自是，"格调"说成了沈德潜诗论的标志。其实，"格调"作为结构、声律的法度、规律，诗中早已有之；而以盛唐诗的"格调"为尚，早为明代前、后七子所揭橥。因而，翁方纲说："夫诗，岂有不具'格

① 《神韵论上》。
② 《神韵论上》。
③ 《神韵论下》。
④ 《神韵论上》。
⑤ 《坳堂诗集序》。
⑥ 《神韵论中》。
⑦ 《神韵论中》。

调’哉?”① 既然都具有“格调”，“是则‘格调’云者，非一家所能概，非一时一代所能专也”，“古之为诗者，皆具‘格调’，皆不讲‘格调’”；真正把盛唐格调提出来要求后学作为典范的是明代前后七子，诗的弊病也由此产生：

诗之坏于“格调”也，自明李、何辈误之也。李（梦阳）、何（景明）、王（世贞）、李（攀龙）之徒，泥于“格调”而伪体出焉。非“格调”之病也，泥“格调”者之病也。……唐人之诗，未有执汉魏六朝之诗以目为“格调”者；宋之诗，未有执唐诗为“格调”；即至金、元诗，亦未有执唐、宋为“格调”者。独至明李、何辈，乃泥执《文选》体以为汉魏六朝之格调焉，泥执盛唐诸家以为唐格调焉。于是不求其端，不讯其末，唯“格调”之是泥，于是上下古今只有一格调，而无递变递承之“格调”矣。……“格调”本非误，而全坏于李、何辈之泥格调者误之，故不得以不论。②

前、后七子“格调”论的弊病，在于把某一时期优秀作品的“格调”当作独立于性情神韵之外的纯粹的形式样板，要求后人去效仿。沈德潜贬宋尊唐，尤尊盛唐，亦是如此。故翁方纲批明代前后七子，亦即针砭沈德潜。其实，“格调”是不能离开“神韵”“意匠”的。《文选》的五言诗格调、盛唐诸家的“格调”固然值得效仿学习，但必须注意要从其“意匠”而不是形迹入手：“凡所以求古者，师其意也；师其意，则其迹不必求之肖之也。”③ “格调”概念并无害，但讲“格调”必须“以意匠之独运者言之”，“以苦心孤诣、戛戛独造者言之”，“自为机杼”“自为格判”④。这样，“格调”就应当在对自身的否定中获得：

化“格调”之见而后词必己出也；化“格调”之见而后教人自为也，化“格调”之见而后可以言诗，化“格调”之见而后可以言“格调”也。⑤

可见，正如在《神韵论》中翁氏认为“神韵”不废“格调”一样，在《格调论》中，翁氏又认为“格调”不废“神韵”。郭绍虞先生在评点翁氏一卷本《七

① 《格调论上》。
② 《格调论上》。
③ 《格调论中》。
④ 《格调论下》。
⑤ 《格调论下》。

言诗三昧举隅》时指出："此卷本于王士祯撰《三昧集》之旨，复于士祯《古诗选》中七言部分，摘取之以证三昧之旨。方纲《复初斋文集》中有《神韵论》三篇、《格调论》三篇，皆欲沟通'神韵'与'格调'之关系，此卷亦然。"①翁氏的"肌理"说兼容"义理"与"文理"，正体现了对"神韵"与"格调"的兼取与熔铸，读者不可不辨。

第十一节　金圣叹的《水浒传》评点

继明初诞生《三国演义》《水浒传》，引发嘉靖、万历时期小说评点的第一波繁荣之后，明代中期《西游记》《金瓶梅》两部划时代长篇小说的问世，又引发了晚明小说评点的兴盛。明代后期《三言》《二拍》的出现，代表着中国古代短篇白话小说的最高成就，编者冯梦龙亲自操刀对《三言》等小说集的批评，反映了晚明小说美学的最高水准。明末清初，金圣叹、毛宗岗、张竹坡觉得明人的评论意犹未尽，于是分别评点《水浒传》《三国演义》《金瓶梅》，从而将小说美学的成就推向高峰。清代中叶伴随着《红楼梦》的诞生出现的脂评曲终奏雅，成为清代小说评点皇冠上的一颗明珠。如果说小说代表了明清文学的最高成就，那么明清小说美学则是对这种艺术成就的理论总结。

金圣叹（1608—1661），名采，字若采，明亡后改名人瑞，字圣叹，吴县（今属江苏苏州）人。明诸生，入清后，以哭庙案被杀。② 少有才名，喜批书，曾以《离骚》、《庄子》、《史记》、杜诗、《水浒》与《西厢》合称"六才子书"，并对后两种进行批改。他所批改的《水浒》，成书于崇祯末期，把七十一回后关于宋江受招安、打方腊等内容删去，增入卢俊义梦见梁山头领全部被捕杀的情节结束全书。他的《水浒传》《西厢记》评点，意义非凡，影响深远。清代另一位

① 郭绍虞：《清诗话·前言》，丁福保编：《清诗话》上册，上海古籍出版社 1978 年版，第 17 页。

② 哭庙案：清初吴县知县任维初收搜民财，盗卖库粮，县人怨恨。顺治十八年，顺治帝死，金圣叹与儒生倪用宾等于"哭临大典"之日聚哭文庙，乘机向巡抚朱国治控告，反遭冤杀。

小说评点家冯镇峦《读〈聊斋〉杂说》评论说："金人瑞批《水浒》《西厢》，灵心妙舌，开后人无限眼界，无限文心。故虽小说、院本，至今不废。"

一、对《水浒》"忠义"属性的否定

《水浒》是一部反映农民造反起义的小说。以一群造反人物为全书的主人公，势必为统治者所难容，因而从它问世之日起，便冠以"忠义"二字。现在所知《水浒》最早的版本是《忠义水浒传》一百卷（即一百回）。现存早期百回本、刊有天都外臣序的《水浒》在梁山大聚义之后，有平辽和平方腊的故事，印证了梁山起义将领的"忠义"性质。后来一百二十回本又增加了平定田虎、王庆叛乱的故事，进一步突出了其"忠义"本性，书名也因此称为《忠义水浒全传》。李贽的百二十回本《李贽评忠义水浒全传》与叶昼托名的百回本《李卓吾先生批评忠义水浒传》虽然在对宋江的评价上意见相左，但在肯定《水浒传》思想含义的"忠义"属性这一点上是没有分歧的。但到了金圣叹的评论中，情况则发生了根本变化。在《第五才子书序二》中，他彻底否定了传统的"忠义"说：

> 观物者审名，论人者辨志。施耐庵传宋江，而题其书曰《水浒》，恶之至，迸之至，不与同中国也。而后世不知何等好乱之徒，乃谬加以"忠义"之目。呜呼！忠义而在水浒乎哉？……且水浒有忠义，国家无忠义耶？……故夫以"忠义"予"水浒"者，斯人必有怼其君父之心，不可以不察也。
>
> 由今日之《忠义水浒》言之，则直与宋江之赚入伙，吴用之说撞筹无以异也。无恶不归朝廷，无美不归绿林，已为盗者，读之而自豪；未为盗者，读之而为盗也。

《读第五才子书序三》亦云："《水浒》所叙，叙一百八人，其人不出绿林，其事不出劫杀，失教丧心，诚不可训。"

既然如此，施耐庵为什么要书写这些"失教丧心"、毫无"忠义"的"劫杀"之事呢？《第五才子书序二》重新解释了"施耐庵之志"："若夫耐庵所云'水浒'也者，王土之滨则有'水'，又在水外则曰'浒'，远之也。远之也者，天下之凶物，天下之所共击也；天下之恶物，天下之所共弃也。若使'忠义'

而在'水浒'，'忠义'为天下之凶物、恶物乎哉?""且亦不思宋江等一百八人，则何为而至于水浒者乎？其幼，皆豺狼虎豹之姿也；其壮，皆杀人夺货之行也；其后，皆敲朴劓刖之余也；其卒，皆揭竿斩木之贼也。有王者作，比而诛之，则千人亦快、万人亦快者也，如之何而终亦幸免于宋朝之斧锧（指百回本、百二十回本中梁山一百零八将之命运）？彼一百八人而得幸免于宋朝者，恶知不将有若十百千万人思得复试于后世乎？耐庵有忧之，于是奋笔作传，题曰《水浒》，意若以为之一百八人即得逃于及身之诛僇，而必不得逃于身后之放逐者，君子之志也。而又妄以'忠义'予之，是则将为戒者反将为劝耶？豺狼虎豹而有祥麟威风之目，杀人夺货而有伯夷颜渊之誉，劓刖之余而有上流清节之荣，揭竿斩木而有忠顺不失之称，既以名实牴牾、是非乖错至于如此之极，然则几乎其不胥（通须）天下后世之人而唯宋江等一百八人以为高山景行、其心向往者哉!""是故由耐庵之《水浒》言之，则如史氏之有《梼杌》是也①。备书其外之权诈，备书其内之凶恶，所以诛前人既死之心者，所以防后人未然之心也。"按金圣叹的理解，施耐庵"备书"宋江等一百零八人"外之权诈""内之凶恶"的用意，是为了"诛前人既死之心""防后人未然之心"，给犯上作乱者提供反面的教训。显然，百回本、百二十回本中最终宋江等人接受招安、镇压方腊、田虎、王庆等人造反叛乱的结局不符合施耐庵用意，背离宋江等人"凶恶"、非"忠义"的特征，所以他腰斩《水浒》，以宋江等人在卢俊义梦中被捕杀作结。《第五才子书序二》说明他砍削"忠义"二字及其情节，而保留数十万字《水浒》故事的缘由："削'忠义'而仍《水浒》者，所以存耐庵之书其事小，所以存耐庵之志其事大。"《第五才子书序三》亦云："《水浒》所叙，叙一百八人，其人不出绿林，其事不出劫杀，失教丧心，诚不可训。然而吾独欲略其形迹、伸其神理者。盖此书七十回，数十万言，可谓多矣。而举其神理，正如《论语》之一节两节，浏然以清，湛然以明，轩然以轻，濯然以新，岂非《庄子》《史记》之流哉？不然，何以有此?"正是着眼于这种教化寓意，他希望人们理解他对这样一部描写造反形迹之书的热衷："如必欲苛其形迹，则夫十五《国风》，淫污居半，《春

① 《梼杌》：楚国史籍名，以秉笔直书、寓意劝惩著称。《孟子·离娄下》："晋之《乘》，楚之《梼杌》，鲁之《春秋》，一也。"朱熹《孟子集注》，《四书章句集注》，中华书局1983年版。

秋》所书，弑夺十九，不闻恶神奸而弃禹鼎，憎《梼杌》而诛倚相（良史名），此理至明，亦易晓矣。”

众所周知，《水浒传》是充满叛逆精神的一部书，它的作者、传刻者、评点者（李贽）所以给它加上“忠义”的帽子，为的是给它披上一件具有保护色彩的外衣。金圣叹竭力否定它的“忠义”名号，反映了他思想上保守的卫道的一面。他在《第五才子书施耐庵水浒传》第三十五回回评中全盘否定宋江，批判他“全劣无好”，也体现了这一面目。不过值得我们注意的是，这一面目是他的真实面目吗？并不尽然。已有学者指出，这是金圣叹为自己骨子里的民主思想“蒙上”的“一层外衣”。[①] 不仅在《第五才子书序二》中他本人已交代，这样强调“耐庵之志”，不过是为了“存耐庵之书”，而且在《水浒》的具体评点中，金圣叹也表现出完全不同的民主倾向。

二、“乱自上作”“怨毒著书”

金圣叹骨子里的民主倾向，主要体现在对梁山起义动因的分析、对梁山人物及其义举的肯定和对“庶人之议”“发愤作书”的认可上。

金圣叹在序言中否定梁山起义的合理性，但在具体评点中，则追根溯源，将梁山起义的动因归结为“乱自上作”，为梁山起义的合理性张目。在《水浒传》第二回回首总评中，他提出一个严峻的、发人深省的问题：“才调，皆朝廷之才调也；气力，皆疆场之气力也。必（逼）不得已而尽入于水泊，是谁之过也？”其实他在第一回回首总评中已回答了这一问题：“一部大书七十回，将写一百八人也，乃开书未写一百八人而先写高俅者。盖不写高俅便写一百八人，则乱自下生也；不写一百八人先写高俅，则是乱自上作也。”第一回夹批还有这样一段文字：“小苏学士，小王太尉，小舅端王。嗟乎！既已群小相聚矣，高俅即欲不得志，亦岂可得哉？”“端王”，指宋徽宗。金圣叹也把他归入“群小”之中，认为朝廷之上“群小相聚”，是高俅作乱的环境、土壤和根源。第五十一回，金圣叹还有两段重要的批语：“夫一高俅乃有百高廉，而一高廉各有百殷直阁，然则少亦不下千殷直阁矣。是千殷直阁者，每一人又各自养其狐群狗党二三百人，然则

① 叶朗：《中国小说美学》，北京大学出版社1982年版，第52—57页。

普天之下，其又复有宁宇乎哉？”①“高俅无所不为犹可限也，高俅之伯叔兄弟无所不为胡可限也？高俅之伯叔兄弟无所不为犹可限也，高俅之伯叔兄弟又有亲戚，又复无所不为，胡可限也？高俅之伯叔兄弟又有亲戚又复无所不为犹可限也，高俅伯叔兄弟之亲戚又当各有其狐狗奔走之徒，又当各各无所不为，胡可限也？嗟夫，天下者，朝廷之天下也，百姓者，朝廷之赤子也。今也纵不可限之虎狼，张不可限之馋吻，夺不可限之几肉，填不可限之溪壑，而欲民之不畔（通叛）、国之不亡，胡可得也？”②在高俅及其“叔伯兄弟”“狐群狗党”形成的巨大恶势力的欺压、逼迫下，即便心肠再好的人也不得不走上反叛道路：“夫（宋）江等之终皆不免于窜聚水泊者，有迫之必入于水泊者也。若江等生平之心，则固皎然如冰在玉壶，千世万世，莫不共见。”③ 这样，金圣叹就把宋江等人的造反叛乱的根源上溯到了以高俅为代表的统治者，官逼民反、逼上梁山遂成不易之论。

由此出发，金圣叹在具体评点中对梁山人物作出了不同于序言的肯定性的评价。《读第五才子书法》云：“一百八人中，定考武松上上。”“鲁达自然是上上人物，写得心地厚实，体格阔大。”“李逵是上上人物，写得真是一片天真烂漫到底……孟子‘富贵不能淫，贫贱不能移，威武不能屈’，正是他好批语。”“林冲自然是上上人物。”“吴用定然是上上人物。”“花荣自然是上上人物。”“阮小七是上上人物，写得另一样气色。一百八人中，真要算做第一个快人，心快口快，使人对之，龌龊都销尽。”“杨志、关胜是上上人物。”“秦明、索超是上中人物。”“史进只算上中人物，为他后半写得不好。”“呼延灼却是出力写得来的，然只是上中人物。”“卢俊义、柴进只是上中人物。卢俊义传，也算极力将英雄员外写出来了，然终不免带些呆气。”“朱仝与雷横，是朱仝写得好，然两人都是上中人物。”金圣叹这里说的“上上人物”“上中人物”，表面上是关于人物塑造的审美评价，实际上暗寓着对人物的道德评价。我们看《读第五才子书法》对武松与宋江、吴用与宋江的比较：“一百八人中，定考武松上上，时迁、宋江是一流人，定考下下。”“吴用定然是上上人物，他奸猾便与宋江一般，只是比

① 《第五才子书施耐庵水浒传》第五十一回回首总评。

② 《第五才子书施耐庵水浒传》第五十一回夹批。

③ 《第五才子书施耐庵水浒传》第三十一回回首总评。

宋江却心地端正。”“宋江是纯用术数去笼络人，吴用便明明白白驱策群力，有军师之体。”“吴用与宋江差处，只是吴用却肯明白说自家是智多星，宋江定要说自家志诚质朴。”显然，这里对宋江等人的评价是关于人物善恶的道德评价，而不是关于人物塑造的美丑评价。金圣叹对宋江是持否定、批判态度的。如说：“……盖作者只是痛恨宋江奸诈，故处处紧接出一段李逵朴诚来，作个形击。其意思自在显宋江之恶，却不料反成李逵之妙也。”① “一部书中，写一百七人最易，写宋江最难。故读此一部书者，亦读一百七人传最易，读宋江传最难也。盖此书写一百七人处皆直笔也，好即真好，劣即真劣。若写宋江则不然，骤读之而全好，再读之而好劣相半，又再读之而好不胜劣，又卒读之而全劣无好矣。夫读宋江一传而至于再，而至于又再，而至于又卒，而诚有以知其全劣无好，可不谓之善读书人哉！”② 不过，正如上文所引，在另外一些场合，金圣叹又为宋江辩护，称其“生平之心”“皎然若冰在玉壶”“千世万世莫不共见”③。七十回本《水浒传》首章《楔子》写到洪太尉在九龙山遇到一虎一蛇后，上清宫真人对洪太尉说：“本山虽有蛇虎，并不伤人。”金圣叹在此句之下夹批：“一部《水浒传》，一百八人总赞。”这里就把宋江也包括进去了。对于梁山人物，金圣叹不仅给予肯定，而且情不自禁地加以赞美，如称赞他们是“英雄”“义士”“豪杰”“圣贤”“菩萨”“真人”“心地端正”“一腔忠直”“直道而行”“郁勃可爱”，称道他们的反话、义举为“快绝”“快事”，等等。这些都流露了金圣叹心灵深处对梁山人物及水浒起义的真实态度。

既然“乱自上作”，社会上存在着太多的黑暗和不平等，不仅梁山人物有理由起来造反，而且文人也有理由“发愤著书”，表达“庶人之议”。关于“发愤著书”，金圣叹也有不同的说法。在《读第五才子书法》中，金圣叹使用障眼法，说施耐庵写《水浒》并不是为了“发愤”：“施耐庵本无一肚皮宿怨要发挥出来，只是饱暖无事，又值心闲，不免伸纸弄笔，寻个题目，写出自家许多锦心绣口，故其是非皆不谬于圣人。后来人不知，却于《水浒》上加‘忠义’字，遂并比于史公发愤著书一例，正是使不得。”而在《水浒传》评点中，他则一再

---

① 《读第五才子书法》。

② 《第五才子书施耐庵水浒传》第三十五回回评。

③ 《第五才子书施耐庵水浒传》第三十一回回评。

揭示，《水浒传》为作者“发愤”之作：“发愤作书之故，其号耐庵不虚也。”①“千古同悼之言，《水浒》之所以作也。”②“此回前半幅借阮氏口痛骂官吏，后半幅借林冲口痛骂秀才，其言奋激，殊伤雅道，然怨毒著书，史迁不免，于稗官又奚责焉?”③ 在第一回回首总评中，金圣叹还借“史进”的名字发挥道：“记一百八人之事，而亦居然谓之‘史’也，何居？从来庶人之议，皆‘史’也。庶人则何敢议也？庶人不敢议也。庶人不敢议而又议，何也？天下有道，然后庶人不议也。今则庶人议矣，何用知其天下无道？曰：王进去而高俅来矣。”天下无道，则应允许平民百姓批评议论，这是先秦儒家仁政的优良民主传统。明清之际的顾炎武《日知录》卷十九《直言》阐明此旨云：“天下有道，则庶人不议；然则政教风俗苟非尽善，即许庶人之议矣。”顾氏是明末清初著名的富有民主精神的启蒙思想家。金圣叹的上述言论，与此不谋而合，相映生辉。

三、“因文生事”“动心造诳”

金圣叹的《水浒》评论，较之李贽、叶昼，美学意义更有所深化和丰富。这既有赖于对李贽、叶昼评点成就的继承，也与他自幼对《水浒》的深入把玩有关。

据《读第五才子书序三》，金圣叹自十一岁便开始读《水浒》，当时《水浒》给他心灵留下的强烈震撼是“有于书无所不窥之势”。他自述说：“吾既喜读《水浒》，十二岁便得贯华堂所藏古本，吾日夜手抄，谬自评释，历四五六七八月而其事方峻，即今此本是矣。如此者，非吾有读《水浒》之法，若《水浒》固自为读一切书之法矣。”他对儿子金释弓说：“夫固以为《水浒》之文精严，读之即得读一切书之法也。汝真能善得此法，而明年经业既毕，便以之遍读天下之书，其易果如破竹也者，夫而后叹施耐庵《水浒传》真为文章之总持。”④ 在《读第五才子书法》中，金圣叹还与《三国》《西游》作了比较：“或问：题目如《西游》《三国》如何？答曰：这个都不好。《三国》人物事体说话太多了，笔下

① 《第五才子书施耐庵水浒传》第六回夹批。
② 《第五才子书施耐庵水浒传》第十三回夹批。
③ 《第五才子书施耐庵水浒传》第十八回回首总评。
④ 《读第五才子书》序三。

拖不动，踅不转，分明如官府传话奴才，只是把小人声口替得这句出来，其实何曾自敢添减一字？《西游》又太无脚地了，只是逐段捏捏撮撮，譬如大年夜放烟火，一阵一阵过，中间全没贯串，便使人读之，处处可住。”金圣叹的意思，是《三国》太实，不敢“添减一字”，《西游》太虚，如烟飞火灭，不留痕迹，而《水浒》则虚实相生，恰到好处。

在对《水浒》反复玩味的基础上，金圣叹发表了许多很有美学价值的意见。首先是关于《水浒》的创作机制的意见，即“因文生事”、“动心”想象、“凭空造谎”。

金圣叹对《史记》推崇有加，在他所列“六才子书”中，《史记》是其中之一。但与《水浒》相比，金圣叹又认为《水浒》胜过《史记》：“某尝道《水浒》胜似《史记》，人都不肯信，殊不知某却不是乱说。其实，《史记》是以文运事，《水浒》是因文生事。以文运事，是先有事生成如此如此，却要算计出一篇文字来，虽是史公高才，也毕竟是吃苦事；因文生事即不然，只是顺着笔性去，削高补低都由我。”① 说《水浒》胜过《史记》，是就叙事方法而言。《史记》是“以文运事”，无须艺术创造；《水浒》是“因文生事”，本无此事可供记叙，只为“写出自家许多锦心绣口”，便造出许多故事，体现了《史记》不可比拟的艺术创造性。

《水浒》的艺术创造，金圣叹又称之为“凭空造谎”。在《水浒传》诞生之前，讲说水浒故事的最早话本是产生于宋元之交的《大宋宣和遗事》。《大宋宣和遗事》内容非常简单，只是说话人的提纲。《水浒传》以此为蓝本，虚构了“许多事迹”：“《宣和遗事》具载三十六人姓名，可见三十六人是实有。只是七十回中许多事迹，须知都是作书人凭空造谎出来。如今却因读此七十回，反把三十六个人物都认得了，任凭提起一个，都是旧时熟识。文字有气力如此。”②“凭空造谎”创造了“许多事迹”，从而使《宣和遗事》中提及的人物形象更加丰满生动，“任凭提起一个，都是旧时熟识”。如此虚实相生，正是金圣叹不满《三国演义》和《西游记》而推崇《水浒传》的因由。

《水浒传》何以能达到这种艺术成就呢？金圣叹提出了著名的“动心”说：

---

① 《读第五才子书法》。

② 《读第五才子书法》。

“盖耐庵当时之才，吾直无以知其际也。其忽然写一豪杰，即居然豪杰也；其忽然写一奸雄，即又居然奸雄也；甚至忽然写一淫妇，即居然淫妇。今此篇写一偷儿，即又居然偷儿也。人亦有言，非圣人不知圣人。然则非豪杰不知豪杰，非奸雄不知奸雄也。耐庵写豪杰居然豪杰，然则耐庵之为豪杰可无疑也；独怪耐庵写奸雄又居然奸雄，则是耐庵之为奸雄又无疑也。虽然，吾疑之矣。夫豪杰必有奸雄之才，奸雄必有豪杰之气，以豪杰兼奸雄，以奸雄兼豪杰，以拟耐庵，容当有之。若夫耐庵之非淫妇偷儿，断断然也。今观其写淫妇居然淫妇，写偷儿居然偷儿，则又何也？噫嘻，吾知之矣。非淫妇定不知淫妇，非偷儿定不知偷儿也。谓耐庵非淫妇非偷儿者，此是自未临文之耐庵耳。夫当其未也，则岂唯耐庵非淫妇，即彼淫妇亦实非淫妇；岂唯耐庵非偷儿，即彼偷儿亦实非偷儿。……若夫既动心而为淫妇，既动心而为偷儿，则岂唯淫妇偷儿而已？唯耐庵于三寸之笔，一幅之纸之间，实亲动心而为淫妇，亲动心而为偷儿。既已动心则均矣，又安辩泚笔点墨之非入马①通奸，泚笔点墨之非飞檐走壁耶？”②

施耐庵写“豪杰”像“豪杰”、写“奸雄”像“奸雄”、写“淫妇”像“淫妇”、写“偷儿”像“偷儿”，不是说施耐庵本身就是“豪杰”“奸雄”“淫妇”“偷儿”，而是说施耐庵在临文之顷“亲动心”而为“豪杰”“奸雄”“淫妇”“偷儿”，其他各色人等的塑造亦是如此。“动心”即站在人物形象的角度设身处地地想象。略晚于金圣叹的李渔在《闲情偶寄·宾白第四》中就此铺衍说：“欲代此一人立言，先宜代此一人立心。若非梦往神游，何谓设身处地？无论立身端正者，我当设身处地，代生端正之想；即遇立心邪僻者，我亦当舍经从权，暂为邪僻之思。务使心曲隐微，随口唾出，说一人肖一人，勿使雷同，弗使浮泛，若《水浒传》之叙事，吴道子之写生。”

那么，作者“动心”想象，“凭虚”创造，为什么人物形象能够栩栩如生呢？金圣叹的解释是：对生活中各种人物的长期观察、深入认识：“夫以一手而画数面，则将有兄弟之形；一口而吹数声，斯不免再映也。施耐庵以一心所运，而一百八人各自入妙者，无他。十年格物而一朝物格，斯以一笔而写百千万人，

① 入马：勾搭妇女。马，妇女之隐语。

② 《第五才子书施耐庵水浒传》第五十五回回评。

固不以为难也。”① 只有“十年格物”，才能“一朝物格”。在长期深入生活的基础上，在进入人物创作的构思环节，运用心灵的想象能力，站在所要塑造的人物个性的角度设身处地进行模拟，就能产生形态各异、栩栩如生、个性鲜明的人物形象。

四、“背面敷粉”、同中见异

《水浒传》的最高艺术成就，是人物个性的塑造。金圣叹对此有颇为精细、独到的分析。

首先，金圣叹指出，《水浒传》使人百读不厌的地方，是它把众多的各种各样的人物个性都写了出来：“或问：施耐庵寻题目，写出自家锦心绣口，题目尽有，何苦定要写此一事？答曰：只是贪他三十六个人，便有三十六样出身，三十六样面孔，三十六样性格，中间便结撰得来。”“别一部书，看过一遍即休，独有《水浒传》，只是看不厌，无非为他把一百八个人性格都写出来。”②“《水浒》所叙，叙一百八人，人有其性情，人有其气质，人有其形状，人有其声口。”③

其次，金圣叹分析了《水浒传》塑造人物性格的方法。一是相反相成，在对比中显示不同人物性格。“如要衬宋江奸诈，不觉写李逵真率；要衬石秀尖利，不觉写作杨雄糊涂是也。”④ 金圣叹称之为“背面敷粉”。

二是同中见异，在同类性格中，通过不同细节的描写，显示不同个性。如第五十七回，写鲁智深与武松一起到少华山接史进，小说将鲁智深的爽直、粗心与武松的精细处处加以比照。金圣叹评点道：“写爽直便真正爽直，写精细又真正精细。一副笔墨叙出两副豪杰，又能各极其致，妙极。”“写鲁达不顾事之不济，写武松必求事之必济，活提出两个人。”鲁智深、武松、史进、李逵、阮小七、焦挺性格中都有“粗卤”的一面，但小说在描写时各有不同。《读第五才子书法》指出：“《水浒传》只是写人粗卤处，便有许多写法：如鲁达粗卤是性急，史进粗卤是少年任气，李逵粗卤是蛮，武松粗卤是豪杰不受羁勒，阮小七粗卤是

① 《第五才子书序三》。
② 《读第五才子书法》。
③ 《第五才子书序三》。
④ 《读第五才子书法》。

悲愤无处说，焦挺粗卤是气质不好。”人物性格有多种不同的侧面，同中见异不仅意味着在同种主导性格中写出不同的侧面，而且意味着在同一侧面中彰显独特的个性。这样的艺术描写具有极高的难度，然而，也正是这种艺术创作的“险路”，可以充分展示“自家笔力”，凝聚着艺术创造的高度技巧。《水浒传》第二回，金圣叹比较史进、鲁达两个人物的描写后指出：“此回方写过史进英雄，接手便写鲁达英雄；方写过史进粗糙，接手便写鲁达粗糙；方写过史进爽利，接手便写鲁达爽利；方写过史进剀直，接手便写鲁达剀直。作者盖特地走此险路，以显自家笔力。读者亦当处处看他所以定是两个人、不是一个人处，毋负良史苦心也。”又第二十五回回评分析《水浒传》同写鲁达、林冲、杨志、武松之“丈夫之致”，极文家之“绝笔”：“前书写鲁达极丈夫之致矣，不意又写出林冲又极丈夫之致也。写鲁达又写出林冲，斯已大奇矣，不意其又写出杨志又极丈夫之致也。是三丈夫也者，各自有其胸襟，各自有其心地，各自有其形状，各自有其装束……写鲁、林、杨三丈夫以来，技至此，技已止，观至此，观已止。乃忽然磬控，忽然纵送，① 便又腾笔涌墨，凭空撰出武都头一个人来。我得而读其文，想见其为人，其胸襟则又非如鲁、如林、如杨者之胸襟也，其心事则又非如鲁、如林、如杨者之心事也，其形状结束则又非如鲁、如林、如杨者之形状与如鲁、如林、如杨者之结束也。……是真所谓云质龙章、日姿月彩、分外之绝笔矣。”

三是写出性格的丰富性、复杂性、真实性。真实、丰满的人物性格不是单一的、简单的，而是复杂的、多侧面的。纯朴者未必全无心计，勇敢者未必毫无恐惧，威猛者也有困乏之时。《水浒》写人物性格的这一妙处叶昼并未体会。第五十三回，宋江要李逵下枯井，寻找柴进的下落，李逵因赴蓟州请公孙胜时受过戴宗的捉弄，担心再次上当，因此笑道：“我下去不怕，你们莫要割断了绳索。”吴学究道：“你却也忒奸滑（猾）!”叶昼认为这段描写破坏了李逵朴实性格的统一性：“此处把李大哥说坏了。李大哥是个忠义汉子，况柴进事体又是他惹出来的，此时一心要救柴大官人，自然死亦不顾，哪得工夫说闲话？不像！不像！”② 其实，这种认识过于简单化了。相比起来，金圣叹的观点就显得高他一筹：“李

① 《诗·郑风·大叔于田》毛传：“骋马曰磬，止马曰控”。磬控：操纵自如，此指控制。纵送：放纵。郑玄笺、孔颖达等正义：《毛诗正义》卷四之二，《十三经注疏》，上，上海古籍出版社 1997 年版，第 338 页。

② 《李卓吾先生批评忠义水浒传》第五十四回眉批，明万历容与堂百回刊本。

逵朴至人，虽极力写之，亦须写不出。乃此书但要写李逵朴至，便倒写其奸滑（猾），便愈朴至。真奇事也。”[①] 同理，武松是打虎英雄，勇敢过人，但《水浒》在描写武松打虎过程时并没有神化他，而是不时写到他惊恐之状，金圣叹极力称道施耐庵用“极近人之笔”，写“极骇人之事”：“读打虎一篇，而叹人是神人，虎是怒虎，固已妙不容说矣。乃其尤妙者，则又如读庙门榜文后欲待转身回来一段，风过虎来时叫声‘阿呀’，翻下青石来一段，大虫等一扑、从半空里撺将下来时、被那一惊、酒多做冷汗出了一段，寻思要拖死虎下去、原来使尽气力、手脚都软了、正提不动一段，青石上又坐半歇一段，天色看看黑了、唯恐再跳出一只出来、且挣扎下冈子去一段，下冈子走不到半路、枯草丛中钻出两只大虫、叫声‘阿呀，今番罢了’一段，皆是写极骇人之事，却尽用极近人之笔。”[②]《水浒传》后来又写李逵杀虎。勇猛过人的李逵在一连杀了四虎之后“也困乏了”。此句虽然平常，却刻画出李逵是“人”而非“神”。金圣叹大加称赏：“只此句与写武松时同。俗笔偏不肯有此句，则何也?”[③] 人物性格的真实性不仅表现为同一时间性格的多元性、复杂性，而且体现为不同时间人物性格特点所产生的变化，而这种变化又有不变者在。如写鲁达从“以酒为命”到“涓滴不饮”的变化：“自第七回写鲁达后，遥遥直隔四十九回而复写鲁达，乃吾读其文，不唯声情鲁达也，盖其神理悉鲁达也。尤可怪者，四十九回之前，写鲁达以酒为命，乃四十九回之后，写鲁达涓滴不饮，然而声情神理，无有非鲁达者。夫而后知今日之鲁达涓滴不饮，与昔日之鲁达以酒为命，正是一副事也。”[④] 今日鲁达之“声情神理”即过去鲁达之“声情神理”，这是人物性格的一贯性；今日鲁达滴酒不沾，昔日鲁达嗜酒如命，这是人物性格的流动性、丰富性。

五、犯而不避、犯中有避

金圣叹的小说评点，不仅在性格塑造方面别具卓识，而且在情节处理方面独具慧眼。是他最先揭示了《水浒》情节设计中相似情节故意相犯、又巧妙相避

① 《第五才子书施耐庵水浒传》第五十六回回首总评。
② 《第五才子书施耐庵水浒传》第二十二回回首总评。
③ 《第五才子书施庵水浒传》第四十二回夹批。
④ 《第五才子书施耐庵水浒传》第五十七回回首总评。

的规律和特点，从而使人们进一步加深了对《水浒》艺术成就的认识。

情节设计，属于“章法”。《读第五才子书法》首先点明：“《水浒传》章有章法。”其中突出的“章法”是设计相似的高难情节，在处理驾驭时又避免雷同，从而显示出超人才力。比如“劫法场、偷汉、打虎，都是极难题目”，作者几乎没有经历过，“直是没有下笔处”，写一次都难，“他偏不怕，定要写出两篇”：“江州城劫法场一篇，奇绝了，后面却有大名府劫法场一篇，一发奇绝；潘金莲偷汉一篇，奇绝了，后面却又有潘巧云偷汉一篇，一发奇绝；景阳冈打虎一篇，奇绝了，后面却又有沂水县杀虎一篇，一发奇绝。真正其才如海。”

在具体篇目的评点中，金圣叹结合特定情节，对《水浒》的这一艺术特点有深入阐发。如第五回回评云：“吾前言两回书不欲接连都在丛林，因特幻出新妇房中销金帐里以间隔之，固也。然唯恐两回书接连都在丛林，而必别生一回不在丛林之事以间隔之，此虽才子之才，而非才子之大才也。”“夫才子之大才，则无所不可之。有前一回在丛林，后一回何妨又在丛林？不宁唯是而已，前后两回都在丛林，何妨中间再生一回复在丛林？”“夫两回书不欲接连都在丛林者，才子教天下后世以避之之法也；若两回书接连都在丛林，而中间反又加倍写一丛林者，才子教天下后世以犯之之法也。虽然，避可能也，犯不可能也。夫是以才子之名毕竟独归耐庵也。”在两写“丛林”之中插上一段其他情节作间隔，这是相“避”之法，它并非易事，需要“才子之才”；在两写“丛林”之中不但不用其他情节间隔，甚至再加上一段“丛林”故事，这是相“犯”之法，写得不雷同更非易事，需要的是“才子之大才”。施耐庵既有“才子之才”，又有“才子之大才”，所以“才子”之名“独归”施耐庵。第十一回回评对此尤加发明道：“吾观今之文章之家，每云我有避之一诀，固也。然而吾知其必非才子之文也。夫才子之文，则岂唯不避而已，又必于本不相犯之处，特特故自犯之，而后从而避之。此无他，亦以文章家之有避之一诀，非以教人避也，正以教人犯也。犯之而后避之，故避有所避也。若不能犯之，而但欲避之，然则避何所避乎哉！是故行文非能避之难，实能犯之难也。譬诸弈棋者，非救劫之难，实留劫之难也。将欲避之，必先犯之。夫犯之而至于必不可避，而后天下之读吾文者，于是乎而观吾之才之笔矣。犯之而至于必不可避，而吾之才之笔，为之踌躇，为之四顾，砉然中窾，如土委地，则虽号于天下之人曰：吾才子也，吾文才子之文也，彼天下之人，亦谁复敢争之乎哉？故此书于林冲买刀后，紧接杨志卖刀，是正所谓才子之文必先犯之者，而吾于是始乐得而徐观其避也。”“又曰：我读《水浒》至此，不禁浩然而叹也。曰：嗟乎！作《水浒》者，虽欲不谓之才子，胡可得乎！夫人胸中有非常之才者，必有非常之笔；有非常之笔者，必有非常之力。夫非非常之才，无以构其思也；非非常之笔，无以摛其才也；又非非常之力，亦无以副其笔也。……今前回初以一口宝刀照耀武师者，接手便又以一口宝刀照耀制使。两位豪杰，两口宝刀，接连而来，对插而起。用笔至此，奇险极矣，即欲不谓之非常，而英英之色，千人万人，莫不共见，其又畴得而不谓之非常乎！又一个买刀，一个卖刀，分镳各骋，互不相犯，固也。然使于赞叹处，痛悼处，稍稍有一句二句，乃至一字二字，偶然相同，即亦岂见作者之手法乎？今两刀接连，一字不犯，乃至譬如东泰西华，各自争奇。呜呼！特特铤而走险，以自表其六辔如组、两骖如舞之能，才子之称，岂虚誉哉！”完全回避相同情节的描写，不需要太高的艺术才华，故“非才子之文”。不回避相同的情节，知难而上，险中见才，方是“才子之文”。“才子之文”的最高境界还不止于此，而在“于本不相犯之处，特特故自犯之，而后从而避之”。相同的情节明明可避，偏偏相犯，并为避求犯，犯中求避，显示出高超的艺术才华，所以施耐庵是“才子”，《水浒传》是“第五才子书”。

六、“险绝妙绝”“险极快极”

性格塑造的同中见异，情节设计的犯中有避，都是艺术创作的“险路”“绝笔”，处理得好，可以给读者带来莫大的审美愉快。金圣叹由此生发出一条审美规律：“险绝故妙绝”“险极则快极”。

第四十一回回评中，金圣叹以舞剑、游山为例说明：“险能生妙”，是自然、现实中的一大审美规律：“夫天下险能生妙，非天下妙能生险也。险故妙，险绝故妙绝，不险不能妙，不险绝不能妙绝也。”“行文”之道也是这样：“行文亦犹是矣。不搁笔，不卷纸，不停墨，未见其有穷奇尽变、出妙入神之文也。笔欲下而仍搁，纸欲舒而仍卷，墨欲磨而仍停，而吾之才尽，而吾之髯断，而吾之目矐（失明），而吾之腹痛；而鬼神来助，而风云忽通，而后奇则真奇，变则真变，妙则真妙，神则真神也。”《水浒传》就是这种倾毕生才力，几乎山穷水尽、“心绝气尽”而后又绝地逢生、豁然畅通之作。《第五才子书序一》指出：“心之所至、手亦至焉者，文章之圣境也；心之所不至、手亦至焉者，文章之神境也；心之所不至，手亦不至者，文章之化境也。夫文章至于心手皆不至，则是其纸上无字、无句、无局、无思者也。而独能令千万世下人之读吾文者，其心头眼底乃窅窅有思、乃摇摇有局、乃铿铿有句、乃烨烨有字，则是其提笔临纸之时，才以绕其前，才以绕其后，而非徒然卒然之事也。”由此可见，“文成于难”。“依文成于难之说，则必心绝气尽、面如死人者，才子也。故若庄周、屈平、司马迁、杜甫以及施耐庵、董解元之书，是皆所谓心绝气尽、面犹死人，然后其才前后缭绕、得成一书者也。”《第五才子书序一》尤其分析到施耐庵之书：“若夫施耐庵之书，而亦必至于心尽气绝、面犹死人，而后其才前后缭绕，始得成书。”《水浒传》的创作所以“必至于心尽气绝”而后“始得成书”，是因为它在塑造人物、编造情节时每每挑战极限，勇走险路。由此带来的审美反应是“快极”。小说三十六回写宋江浔阳江遇险，金圣叹批语：“此篇节节生奇，层层追险。节节生奇，奇不尽不止；层层追险，险不绝必追。”① “不险则不快，险极则快极也。”②“险极则快极”的心理反应是：在“惊吓”中体验“快活”。小说三十九回写宋江、戴宗在江州执行死刑而后被解救的惊险故事情节，金圣叹评点说：“……读者乃自陡然见‘第六日’三字便吃惊起，此后读一句吓一句，读一字吓一字，直至两三页后，只是一个惊吓。吾尝言读书之乐，第一莫乐于替人担忧。”③ “偏是急杀人事，偏要故意细细写出，以惊吓读者。盖读者惊吓，斯作者快活也。读者曰：不然，我亦以惊吓为快活，不惊吓处便不快活也。”④ “以惊吓为快活”，恰恰揭示了以故事情节取胜的中国古代小说的基本美感特征。

金圣叹的小说美学思想，直接影响了毛宗岗的《三国演义》评点。

第十二节 毛宗岗的《三国演义》评点

毛宗岗（约1632—?），字序始，号子庵，江苏长洲（今苏州市）人。在中

① 《第五才子书施耐庵水浒传》第三十六回回批。
② 《第五才子书施耐庵水浒传》第三十六回夹批。
③ 《第五才子书施耐庵水浒传》第三十九回回批。
④ 《第五才子书施耐庵水浒传》第三十九回夹批。

国小说美学史上，他留下的最有名的著作是《三国演义》评点。而他的《三国演义》评点，实由父亲毛纶开始。因毛纶失明，后由毛宗岗修改定稿。此书评点大约始于康熙三年（1664），完成于康熙五年（1666）。通行毛氏评点本均只署名毛宗岗。长期以来，毛氏评点的《三国演义》成为《三国演义》最流行的本子。其评点本，清人邹梧岗参订本名为《第一才子书》，芥子园刊本名为《四大奇书第一种》。

毛宗岗的《三国演义》评点，受金圣叹的《水浒》评点影响很大，尽管理论的丰富性和深刻性不及金圣叹，但局部有所深化。其小说美学的精彩之处，主要见于写在书前的《读三国志法》。

一、“三国有三奇，可称三绝”

中国古代小说是以故事情节取胜的小说。情节奇特而引人入胜，是其一大特点。毛宗岗并不否认这一点，但他认为，《三国演义》最大的艺术成功是人物之奇，也就是塑造了一系列“奇才”。《读三国志法》首先指出：“古史甚多，而人独贪看《三国志》（引者按：指《三国志演义》）者，以古今人才之聚未有盛于三国者也。观才与不才敌，不奇；观才与才敌，则奇。观才与才敌，而一才又遇众才之匹，不奇；观才与才敌，而众才尤让一才之胜，则更奇。”他认为《三国演义》通过一系列故事情节的设计、描写，成功塑造了堪称“三绝”的三位“奇人”，即“古今来贤相中第一奇人”诸葛亮、“古今来名将中第一奇人”关云长、“古今来奸雄中第一奇人”曹操：“吾以为《三国》有三奇，可称三绝：诸葛孔明一绝也，关云长一绝也，曹操亦一绝也。”“历稽载籍，贤相林立，而名高万古者莫如孔明。其处而弹琴抱膝，居然隐士风流；出而羽扇纶巾，不改雅人深致。在草庐之中，而识三分天下，则达乎天时；承顾命之重，而至六出祁山，则尽乎人事；七擒八阵，木牛流马，既已疑鬼疑神之不测；鞠躬尽瘁，志决身歼，仍是为臣为子之用心。比管、乐则过之，比伊、吕则兼之，是古今来贤相中第一奇人。”“历稽载籍，名将如云，而绝伦超群者莫如云长。青史对青灯，则极其儒雅；赤心如赤面，则极其英灵。秉烛达旦，人传其大节；单刀赴会，世服其神威。独行千里，报主之志坚；义释华容，酬恩之谊重。作事如青天白日，待人如霁月光风。心则赵抃焚香告帝之心，而磊落过之；意则阮籍白眼傲物之意，而严正过之。是古今来名将中第一奇人。”“历稽载籍，奸雄接踵，而智足以揽人才而欺天下者，莫如曹操。听荀彧勤王之说而自比周文，则有似乎忠；黜袁术僭号之非而愿为曹侯，则有似乎顺；不杀陈琳而爱其才，则有似乎宽；不追关公以全其志，则有似乎义。王敦不能用郭璞，而操之得士过之；桓温不能识王猛，而操之知人过之；李林甫虽能制禄山，不如操之击乌桓于塞外；韩侂胄虽能贬秦桧，不若操之讨董卓于生前。窃国家之柄而姑存其号，异于王莽之显然弑君；留改革之事以俟其儿，胜于刘裕之急欲篡晋。是古今来奸雄中第一奇人。”“有此三奇，乃前后史之所绝无者，故读遍诸史而愈不得不喜读《三国志》也。”①

除此“三绝”之外，《三国演义》还塑造了许多光彩照人的“奇才”：“三国之有三绝固已，然吾自三绝而外，更遍观乎三国之前、三国之后，问有运筹帷幄如徐庶、庞统者乎？问有行军用兵如周瑜、陆逊、司马懿者乎？问有料人料事如郭嘉、程昱、荀彧、贾诩、步骘、虞翻、顾雍、张昭者乎？问有武功将略、迈等越伦如张飞、赵云、黄忠、严颜、张辽、徐晃、徐盛、朱桓者乎？问有冲锋陷阵、骁锐莫当如马超、马岱、关兴、张苞、许褚、典韦、张郃、夏侯惇、黄盖、周泰、甘宁、太史慈、丁奉者乎？问有两才相当、两贤相遇如姜维、邓艾之智勇悉敌，羊祜、陆抗之从容互镇者乎？至于道学则马融、郑玄，文藻则蔡邕、王粲，颖捷则曹植、杨修，早慧则诸葛恪、钟会，应对则秦宓、张松，舌辩则李恢、阚泽，不辱君命则赵谘、邓芝，飞书驰檄则陈琳、阮瑀，治烦理剧则蒋琬、董允，扬誉蜚声则马良、荀爽，好古则杜预，博物则张华，求之别籍，俱未易一一见也。乃若知贤则有司马徽之哲，励操则有管宁之高，隐居则有崔州平、石广元、孟公威之逸，忤奸则有孔融之正，触邪则有赵彦之直，斥恶则有祢衡之豪，骂贼则有吉平之壮，殉国则有董承、伏完之贤，捐生则有耿纪、韦晃之节。子死于父，则有刘谌、关平之孝；臣死于君，则有诸葛瞻、诸葛尚之忠；部曲死于主帅，则有赵累、周仓之义。其他早计如田丰，苦口如王累，矢贞如沮授，不屈如张任，轻财笃友如鲁肃，事主不二心如诸葛瑾，不畏强御如陈泰，视死如归如王经，独存介性如司马孚，炳炳麟麟，照耀史册。殆举前之丰沛三杰、商山四皓、云台诸将、富春客星，后之瀛洲学士、麟阁功臣、杯酒节度、砦市宰相，分见于

① 《读三国志法》。

各朝之千百年者，奔合辐凑（辏）于三国之一时，岂非人才一大都会哉!”① 琳琅满目、各具异彩的人物形象对读者产生的审美效果，是使人如“入邓林而选名材，游玄圃而见积玉，收不胜收，接不暇接”，令人“有观止之叹”②。

把小说的美感力量最终归结为人物形象的塑造，这是金圣叹的一大发明。金圣叹《读第五才子书法》指出：“别一部书，看过一遍即休。独有《水浒传》，只是看不厌，无非为他把一百八人性格都写出来。”毛宗岗上述言论，明显受到金氏此论的影响。

二、“犯而能避”、同中见异

金圣叹评《水浒》，指出小说情节设计的美学法则是：“不险则不快，险极则快极也”③，“极险之情”，乃“极趣之笔”④。金圣叹在注重小说人物性格的审美魅力之外，也注重小说情节设计的美学力量。而情节设计的美感动力源就是惊险。惊险情节的创造方法之一，是设计相同的情节，而在细节描写和情节指向等处理上又避免雷同，显示差异和个性。金圣叹称之为“将欲避之，必先犯之”。⑤小说高手，不在“相避”，即避免相同情节的描写，而在“于本不相犯之处特特故自犯之，而后从而避之”。⑥ 这一小说美学思想，也直接影响了毛宗岗的《三国》评点。他揭示小说阅读的一条审美法则：“读书之乐，不大惊则不大喜，不大疑则不大快，不大急则不大慰。”⑦“大惊”“大疑”“大急”造成的“大喜”“大快”“大慰”之美，莫如“犯而能避”，毛宗岗谓之“同树异枝”“同花异果”之“妙”：“《三国》一书，有同树异枝、同枝异叶、同叶异花、同花异果之妙。作文者以善避为能，又以善犯为能。不犯之而求避之，无所见其避也；唯犯之而后避之，乃见其能避也。如纪宫掖，则写一何太后，又写一董太后；写一伏

① 《读三国志法》。

② 《读三国志法》。

③ 金圣叹批点：《第五才子书施耐庵水浒传》第三十六回夹批，中州古籍出版社1985年版，下同。

④ 金圣叹批点：《第五才子书施耐庵水浒传》第六十回夹批。

⑤ 金圣叹批点：《第五才子书施耐庵水浒传》第十一回回评。

⑥ 金圣叹批点：《第五才子书施耐庵水浒传》第十一回回评。

⑦ 毛宗岗批点：《第一才子书》第四十二回回评，清人邹梧岗参订本。

皇后，又写一曹皇后；写一唐贵妃，又写一董贵人；写甘、糜二夫人，又写一孙夫人，又写一北地王妃；写魏之甄后、毛后，又写一张后，而其间无一字相同。纪戚畹，则何进之后写一董承，董承之后又写一伏完；写一魏之张揖，又写一吴之钱尚，而其间亦无一字相同。写权臣，则董卓之后又写李傕、郭汜，傕、汜之后又写曹操，曹操之后又写一曹丕，曹丕之后又写一司马懿，司马懿之后又并写一师、昭兄弟，师、昭之后又继写一司马炎，又旁写一吴之孙綝，而其间亦无一字相同。其他叙兄弟之事，则袁谭与袁尚不睦，刘琦与刘琮不睦，曹丕与曹植亦不睦，而谭与尚皆死，琦与琮一死一不死，丕与植皆不死，不大异乎！叙婚姻之事，则如董卓求婚于孙坚，袁术约婚于吕布，曹操约婚于袁谭，孙权结婚于刘备，又求婚于云长，而或绝而不许，或许而复绝，或伪约而反成，或真约而不就，不大异乎！至于王允用美人计，周瑜亦用美人计，而一效一不效则互异。卓、布相恶，傕、汜亦相恶，而一靖一不靖则互异。献帝有两番密诏，则前隐而后彰；马腾亦有两番讨贼，则前彰而后隐，此其不同者矣。吕布有两番弑父，而前动于财，后动于色；前则以私灭公，后则假公济私，此又其不同者矣。赵云有两番救主，而前救于陆，后救于水；前则受之主母之手，后则夺之主母之怀，此又其不同者矣。若夫写水，不止一番，写火亦不止一番。曹操有下邳之水，又有冀州之水；关公有白河之水，又有罾口川之水。吕布有濮阳之火，曹操有乌巢之火，周郎有赤壁之火，陆逊有猇亭之火，徐盛有南徐之火，武侯有博望、新野之火，又有盘蛇谷、上方谷之火，前后曾有丝毫相犯否？甚者孟获之擒有七，祁山之出有六，中原之伐有九，求其一字之相犯而不可得。妙哉文乎！譬犹树同是树，枝同是枝，叶同是叶，花同是花，而其植根安蒂，吐芳结子，五色纷披，各成异彩。读者于此，可悟文章有避之一法，又有犯之一法也。① 毛宗岗的“犯中有避”论，不仅是对情节设计而言，而且拓展到人物设计，这是对金圣叹的发展。他以“同树异枝”“同枝异叶”“同叶异花”喻之，揭示了“同”是情节主干、人物类型之大体，“异”是个性、细节之局部。而“同花之果”之喻，则揭示了相同类型的人物、情节驾驭、处理中的不同指向和结果。

① 《读三国志法》。

三、“雨覆风翻”、变幻莫测

情节之奇，既在于“犯而能避”，于同类情节描写中见出不同的功力，又在于极尽波诡云谲、变化莫测之能事，以一种悬念的张力推动情节的发展。这后面一种情况，毛宗岗从理论上总结为“文章之妙，妙在猜不着。……唯猜测不及，所以为妙。若观前事便知其有后事，则必非妙事；观前文便知其有后文，则必非妙文”。[①]《读三国志法》中，毛宗岗将《三国演义》情节设计的这一美学特点称为“星移斗转、雨覆风翻之妙”，并举若干例证加以剖析、论证：“《三国》一书有星移斗转、雨覆风翻之妙。杜少陵诗曰：‘天上浮云如白衣，斯须改变成苍狗。’此言世事之不可测也，《三国》之文亦犹是尔。本是何进谋诛宦官，却弄出宦官杀何进，则一变。本是吕布助丁原，却弄出吕布杀丁原，则一变。本是董卓结吕布，却弄出吕布杀董卓，则一变。本是陈宫释曹操，却弄出陈宫欲杀曹操，则一变。陈宫未杀曹操，反弄出曹操杀陈宫，则一变。本是王允不赦傕、汜，却弄出傕、汜杀王允，则一变。本是孙坚与袁术不睦，却弄出袁术致书于孙坚，则一变。本是刘表求救于袁绍，却弄出刘表杀孙坚，则一变。本是昭烈（蜀昭烈帝刘备）从袁绍以讨董卓，却弄出助公孙瓒以攻袁绍，则一变。本是昭烈救徐州，却弄出昭烈取徐州，则一变。本是吕布投徐州，却弄出吕布夺徐州，则一变。本是吕布攻昭烈，却弄出吕布迎昭烈，则一变。本是吕布绝袁术，又弄出吕布求袁术，则一变。本是昭烈助吕布以讨袁术，又弄出助曹操以杀吕布，则一变。本是昭烈助曹操，又弄出昭烈讨曹操，则一变。本是昭烈攻袁绍，又弄出昭烈投袁绍，则一变。本是昭烈助袁绍以攻曹操，又弄出关公助曹操以攻袁绍，则一变。本是关公寻昭烈，又弄出张飞欲杀关公，则一变。本是关公在许田欲杀曹操，又弄出华容道放曹操，则一变。本是曹操追昭烈，又弄出昭烈投东吴以破曹操，则一变。本是孙权仇刘表，又弄出鲁肃吊刘表、又吊刘琦，则一变。本是孔明助周郎，却弄出周郎欲杀孔明，则一变。本是周郎欲害昭烈，却弄出孙权结婚昭烈，则一变。本是用孙夫人牵制昭烈，却弄出孙夫人助昭烈，则一变。本是孔明气死周郎，又弄出孔明哭周郎，则一变。本是昭烈不受刘表荆州，却弄出昭烈

① 毛宗岗批点：《第一才子书》第四十二回回评，清人邹梧岗参订本。

借荆州，则一变。本是刘璋欲结曹操，却弄出迎昭烈，则一变。本是刘璋迎昭烈，却弄出昭烈夺刘璋，则一变。本是昭烈分荆州，又弄出吕蒙袭荆州，则一变。本是昭烈破东吴，又弄出陆逊败昭烈，则一变。本是孙权求救于曹丕，却弄出曹丕欲袭孙权，则一变。本是昭烈仇东吴，又弄出孔明结好东吴，则一变。本是刘封听孟达，却弄出刘封攻孟达，则一变。本是孟达背昭烈，又弄出孟达欲归孔明，则一变。本是马腾与昭烈同事，又弄出马超攻昭烈，则一变。本是马超救刘璋，却弄出马超投昭烈，则一变。本是姜维敌孔明，却弄出姜维助孔明，则一变。本是夏侯霸助司马懿，却弄出夏侯霸助姜维，则一变。本是钟会忌邓艾，却弄出卫瓘杀邓艾，则一变。本是姜维赚钟会，却弄出诸将杀钟会，则一变。本是羊祜和陆抗，却弄出羊祜请伐孙皓，则一变。本是羊祜请伐吴，却弄出一杜预，又弄出一王浚，则一变。论其呼应有法，则读前卷定知其有后卷；论其变化无方，则读前文更不料其有后文。于其可知，见《三国》之文之精；于其不可料，更见《三国》之文之幻矣。”在四十二回回评中，毛宗岗又举例分析说：“文章之妙，妙在猜不着。如玄德本欲投襄阳，忽变而江陵；既欲投江陵，又忽变而汉津，此猜测之所不及也。刘表为孙权之仇，刘表未死，孙权方欲攻之；刘表既死，权忽使人吊之，又猜测所不及也。”“当子龙杀出重围，人困马乏之后，又遇文聘追来，是一急；及见玄德之时，怀中阿斗不见声息，是一疑；至翼德断桥之后，玄德被曹操追至江边，更无去路，又一急；及云长旱路接应之，忽见江上战舡拦路，不知是刘琦，又一惊；及刘琦同载之后，忽又见战船拦路，不知是孔明，又一疑一急。令读者眼中，如猛电之一去一来，怒涛之一起一落。不意尺幅之内，乃有如此变幻也。”

毛宗岗在阐述他的美学观点时举例是如此之富之细，体现了对《三国演义》研究、玩味之深。

应当指出的是，金圣叹在评点《水浒》时，对情节的变化所产生的美学效果论之不多。在《第六才子书》评点《西厢记》时，他提出过类似思想：“文章之妙，无过曲折。诚得百曲千曲万曲、百折千折万折之文，我纵心寻其起尽以自容与其间，斯真天下之至乐也。”毛宗岗在这方面通过《三国》的分析，明显比金圣叹有所丰富和推进。

四、“文字有虚实相生之法”

小说艺术真实的真幻相即、虚实相生问题，明代小说批评家早已论述过。金圣叹评《水浒》时，通过与《史记》创作方法的比较，指出《史记》是“以文运事”，小说不同于历史著作，《水浒》是“因文生事”，“削高补低都由我”。《三国演义》作为历史小说，既要尊重历史真实，又应允许艺术虚构。毛宗岗认为，尽管《三国演义》“叙帝王之事真而可考”，但并不排斥它在描述其他人物、事件时存在艺术虚构。其实，即便描写“真而可考”的“帝王之事”，在史载不及的帝王心理、细节的描写方面，也必须由作家的虚构去完成。因此，在历史小说艺术真实的问题上，毛宗岗也是坚持“虚实相生”观的。第六十三回回评指出：“文字有虚实相生之法。”第四十八回回评，则将《三国》写人叙事的“虚实相生”之法，概括为“事之幻、文之变者，出人意外，未尝不在人意中”。“出人意外”，指幻化欲奇；“在人意中”，指符合物理。《读三国志法》明确将“出人意外”视为小说虚构的追求，将“在人意中”、符合情理或逻辑真实视为小说创作的机巧、匠心：“幻既出人意外，巧复在人意中，造物者可谓善于作文矣。今人下笔必不能如此之幻、如此之巧。然则读造物自然之文，而又何必读今人臆造之文乎哉！”可见，毛宗岗并不反对历史小说的虚构，他所反对的是不在“人意中”、背离生活的逻辑真实的“臆造之文”。

五、“才子书之目，宜以《三国演义》为第一”

毛宗岗对《三国演义》艺术成就的认识，还体现在与《史记》《西游记》《水浒传》《东周列国志》诸“才子之书”的比较方面。金圣叹曾将《离骚》、《庄子》、《史记》、杜诗、《水浒传》、《西厢记》合称“六才子书”，称《水浒传》为“第五才子书”，称《西厢记》为“第六才子书”。在小说中他尤为推崇《水浒传》。毛宗岗则不然。他不仅于小说特推《三国演义》，而且于诸才子书中亦特推《三国演义》，称之为“第一才子书”，鲜明指出：“吾谓才子书之目，宜以《三国演义》为第一。”① 表现了独特的审美趣味。

这一思想，是毛宗岗在《读三国志法》中提出的。我们先来看他对《三国演义》与《水浒传》所作的比较：“读《三国》胜读《水浒传》。《水浒》文字之真，虽较胜《西游》之幻，然无中生有，任意起灭，其匠心不难。终不若《三国》叙一定之事，无容改易，而卒能匠心之为难也。且《三国》人才之盛，写来各各出色，又有高出于吴用、公孙胜等万万者。”毛宗岗认为《三国》胜过《水浒》的地方主要有两点：一是《水浒》的虚构无拘无束，比较容易，而《三国演义》则必须在一定史实框架的约束下进行艺术创造，好比戴着锁链跳舞，所以更难。二是《三国演义》塑造的人物形象比《水浒》更加丰富、更加出色。《水浒》在人物塑造的真实性上还是有缺陷的，而《三国》恰恰在这点上胜过《水浒》一筹。

那么与《西游记》相比如何呢?《读三国志法》说：“读《三国》胜读《西游记》。《西游》捏造妖魔之事，诞而不经，不若《三国》实叙帝王之事，真而可考也。且《西游》好处，《三国》已皆有之……只一卷汉相南征记，便抵得一部《西游记》矣。”所谓“《西游》好处”，即《西游记》奇特诡丽的艺术想象之处。毛宗岗认为，《三国》的艺术想象能力并不比《西游记》逊色，甚至超过《西游记》。而《西游记》的想象虚构往往“诞而不经”，比不上《三国演义》叙三国帝王兴衰之事“真而可考”。这里不仅体现了毛宗岗对历史小说历史真实性的重视，也体现了他对小说虚构必须坚持的生活真实、逻辑真实的重视。

此外，毛宗岗还将《三国》与《史记》《列国志》作了比较。《读三国志法》云：“《三国》叙事之佳，直与《史记》仿佛，而其叙事之难则有倍难于《史记》者。《史记》各国分书，各人分载，于是有本纪、世家、列传之别。今《三国》则不然，殆合本纪、世家、列传而总成一篇。分则文短而易工，合则文长而难好也。”“读《三国》胜读《列国志》。夫《左传》《国语》，诚文章之最佳者。然左氏依经而立传。经既逐段各自成文，传亦逐段各自成文，不相联属也。《国语》则离经而自为一书，可以联属矣，究竟《周语》《鲁语》《晋语》《郑语》《齐语》《楚语》《吴语》《越语》，八国分作八篇，亦不相联属也。后人合《左传》《国语》而为《列国志》，因国事多烦，其段落处，到底不能贯串。

① 《读三国志法》。

今《三国演义》，自首至尾读之，无一处可断，其书又在《列国志》之上。”其道理已说得很明白，确从叙事的艺术技巧方面，亦即从美学成就方面说出了《三国演义》胜过《史记》《列国志》的理由。这是毛宗岗的独特发现。在唐宋古文家、明前后七子一直倡导“文必秦汉”，推尊秦汉古文尤其是《史记》、中国古代一直鄙薄小说体裁的文化语境下，毛宗岗从文艺美学的层面声称《三国演义》胜过《史记》，充分表现了清初小说地位的提升和小说美学意识的觉醒。

第十三节　张竹坡的《金瓶梅》评点

张竹坡（1670—1698），名道深，字自德，号竹坡，以号行世。铜山（今江苏徐州市）人。才气出众，但五试不第。曾在永定河工地任职，竣工后不久暴病而卒，享年二十九岁。曾评点过《东游记》和清初张潮的《幽梦影》，不过最著名的还是他对《金瓶梅》的评点。

张竹坡的《金瓶梅》评点受金圣叹的影响较大。《张氏族谱·传述》录张道渊《仲兄竹坡传》云：“（兄）曾问余曰：‘《金瓶》针线缜密。圣叹既殁，世鲜知者，吾将拈而出之。’遂键户旬有余日而后批成。或曰：‘此稿货之坊间，可获重价。’”刘廷玑《在园杂志》也说张竹坡批评《金瓶梅》“可以继武圣叹”。除受金圣叹影响外，也可看到毛宗岗对他的影响。

一、“泄愤”与正名

明代中后期，人情、人欲受到崇尚，出现了许多描写儿女之事、男女之情的艳情小说，《金瓶梅》是其中的一个代表。这在传统的儒家道德礼教看来是大逆不道的。要肯定《金瓶梅》，首先就必须给它在道德上正名。如同李贽肯定《水浒》首先用“忠义泄愤”说为之正名一样，张竹坡亦以“泄愤”说解释《金瓶梅》的道德意义，为《金瓶梅》正名：“凡人谓《金瓶》是淫书者，想必伊止知看其淫处也。若我看此书，纯是一部史公文字。”“做《金瓶梅》之人，若令其做忠臣孝子之文，彼必能又出手眼，摹神肖影，追魂取魄，另做出一篇忠孝文字也。我何以知之？我于其摹写奸夫淫妇知之。"①"《金瓶梅》何为而有此书也哉？曰：此仁人志士，孝子悌弟，不得于时，上不能问诸天，下不能告诸人。虽作秽言以丑其仇，而吾所谓悲愤呜唈者，未尝便慊然于心，解颐而自快也。夫终不能一畅吾志，是其言愈毒，而心愈悲……展（辗）转以思，唯此不律，可以少泄吾愤，是用借西门氏以发之。""天下最真者，莫若伦常；最假者，莫若财色……悲夫，本以嗜欲故，遂迷财色；因财色故，遂成冷热；因冷热故，遂乱真假。因彼之假者欲肆其趋承，使我之真者皆遭其荼毒，所以此书独罪财色也。""……彼留假傀儡，人则有真怨恨。怨恨深而不能吐，日酿一日，苍苍高天，茫茫碧海，吾何日而能忘也哉！眼泪洗面，椎心泣血，即百割此仇，何益于事？是此等酸法，一时一刻，酿成千百万年，死而有知，皆不能坏。……是愤已百二十分，酸又百二十分，不作《金瓶梅》又何以消遣哉？甚矣，仁人志士、孝子悌弟，上不能告诸天，下不能告诸人，悲愤呜唈而作秽言，以泄其愤……此所以有《金瓶梅》也。"第七回回评中，张竹坡以司马迁的"发愤著书"说解释《金瓶梅》的创作："盖作者必于世亦有大不得已之事，如史公之下蚕室，孙子之刖双足，乃一腔愤懑而作此书。言身已辱矣，唯存此牢骚不平之言于世，以为后有知心，当悲我之辱身屈志而负才沦落于污泥也。……信乎作者为史公之忍辱著书，岂如寻常小说家之漫肆空谈也哉？"

二、"寓意"与索引

与"泄愤"说相联系的是"寓意"说。张竹坡《金瓶梅寓意说》指出："稗官者，寓言也。其假捏一人，幻造一事，虽为风影之谈，亦必依山点石，借海扬波。故《金瓶》一部有名人物，不下百数，为之寻端竟委，大半皆属寓言。庶因物有名，托名摭事，以成此一百回曲曲折折之书。"在具体回评中，他又一再重申这一思想。如第七十回回评说《金瓶梅》是"一部群芳谱之寓言"。第七回回评说《金瓶梅》中"有名之人，其姓名皆是作者眼前用意，明白晓畅，彼此贯通，不烦思索而劝惩皆出也"。比如"金瓶梅"的寓意："'金''瓶''梅'三字连贯者，是作者自喻。此书内虽包藏许多春色，却一朵一朵、一瓣一瓣，费

① 均见张竹坡：《批评第一奇书金瓶梅·竹坡闲话》，康熙刊本。

尽春工。当注之金瓶，流香芝室，为千古锦绣才子作案头佳玩，断不可使村夫俗子作枕头物也。”① “盖言虽是一枝梅花，春光烂漫，却是金瓶内养之者。夫即根依土石，枝撼烟云，其开花时，亦为日有限，转眼有黄鹤玉笛之悲。奈之何折下残枝，能有多少生意？而金瓶中之水，能支几刻残春哉？明喻西门之炎热，危如朝露，飘忽如残花，转眼韶华，顿成幻景。”② “劈空撰出金、瓶、梅三个人来，看其如何收拢一块，如何发放开去。看其前半部止做金瓶、后半部止做春梅；前半人家的金瓶，被他千方百计弄来，后半自己的梅花，却轻轻地被人夺去。”③《批评第一才子书金瓶梅·读法》分析小说塑造吴月娘、韩爱姐的“深意”：“写月娘必写其好佛者，人抑知作者之意乎？作者开讲早已劝人六根清净。吾知其必以‘空’结此‘财’‘色’二字也。夫‘空’字作结，必为僧乃可。……作者直欲使一部千针万线，又尽幻化了，还之于太虚也。然则写月娘好佛，岂泛泛然为吃斋村妇闲写家常哉?”《金瓶梅》“内中有最没正经、没要紧的一人，却是最有结果的人，如韩爱姐是也。一部中诸妇人何可胜数？乃独以爱姐守志结，何哉？作者盖有深意存于其间矣。言爱姐之母为娼，而爱姐自东京归，亦曾迎人献笑。乃一留心敬济，之死靡他，以视瓶儿之于子虚，春梅之于守备，二人固当愧死。……此所以将爱姐作结，以愧诸妇。且言爱姐以娼女回头，还堪守节，奈之何身居金屋，而不改过悔非，一竟丧廉寡耻，于死路而不返哉?!”张竹披尤其提醒人们“顾忌命名之义”。他在评点中也常常从人名入手剖析小说寓意。如分析潘金莲、陈敬济名字的寓意：

“陈敬济”者，败茎之芰荷也。“陈”者，旧也，残也，败也。“敬”，茎之别音。“济”，芰之别音。盖言芰荷之败者也。“金莲”者，荷花也，以敬济而败。而敬济实因败金莲而写其人，非为敬济而写也。……少有迷之（指潘金莲）者，亦必至于败残凋零如残荷败芰而后已也。④

他如分析“李智”“黄四”“安沈”“宋乔年”人名的寓意：“李智（枝）、黄四，

① 张竹坡：《批评第一才子书金瓶梅·读法》，康熙刊本，下同。
② 张竹坡：《批评第一才子书金瓶梅》第七回回评。
③ 张竹坡：《批评第一才子书金瓶梅·读法》。
④ 张竹坡：《批评第一才子书金瓶梅》第八十二回回评。

梅李尽黄，春光已暮，二人共一寓意也。”“安沈（枕）、宋（送）乔年，喻色欲伤生。”①

由人名的寓意扩展到小说中其他事物命名、描写的寓意。如分析对西门庆一家来说具有重要意义的佛寺“永福寺”，“永福”为“涌于腹下”，喻“色之利害”②。分析第七十八回“宋御史送一百本历日来”具有三重寓意：“盖言一百回文字，至下一回将写其吃紧以示人处也。‘财’‘色’二字，至下一回讨结果也。况一百本历日，言百年有限，人且断送于酒色财气之内也，故用宋乔年送来。又瓶儿一百日后，是西门死期，言瓶之罄矣，不能苟延也。”③ 类似的释义在张竹坡的评点中比比皆是，而在他之前的小说批评中则很少见。④ 这些释义，有的契合文意，有的显得牵强附会。张竹坡实为以索引方法评点小说之先驱。他直接影响到后人以索引的方法评点、研究《红楼梦》。

三、“情理”与“摹神”

关于人物塑造的理论，金圣叹提出“性格”说和“格物”说。“性格”说指小说的最大魅力是把个个不同的人物个性写出来。“格物”说指成功的性格塑造的来源、途径是深入生活，“十年格物，而一朝物格”。⑤ 张竹坡受此影响而又脱胎于此，提出了通过把握生活“情理”、为人物“摹神”的思想。《读法》指出：“作文章不过‘情理’二字。今作此一篇百回长文亦只是‘情理’二字。于一个人心中，讨出一个人的情理，则一个人的传得矣。虽前后夹杂众人的话，而此一人开口，是此一人的情理。非其开口便得情理，由于讨出这一人的情理，方开口耳。”“作《金瓶梅》者，必曾于患难穷愁、人情世故一一经历过。入世最深，方能为众脚色摹神也。”“其书凡有描写，莫不各尽人情。然则真千百化身，现各色人等，为之说法者也。”“情理”既指“人情世故”之类的生活逻辑，也指

① 《金瓶梅寓意说》。

② 《金瓶梅寓意说》。

③ 张竹坡：《批评第一才子书金瓶梅》第七十八回回评。

④ 张竹坡《批评第一才子书金瓶梅·读法》指出，《金瓶梅》作者所以不留真名，“以其各有寓意，或暗指某人而作”。

⑤ 金圣叹：《第五才子书施耐庵水浒传序三》。

“一个人的情理”，即性格的逻辑。“为众脚色摹神”，既得自于对人情物理的观察、经历，也得自于设身处地的想象。这一点，金圣叹、李渔都涉及过。张竹坡在《读法》中发挥说：“作《金瓶梅》，若果必待色色历遍，则《金瓶梅》又必做不成也。何则？即如淫妇偷汉种种不同，若必待身亲历而后知之，将何以经历哉？故知才子无所不通，专在一心也。”“一心所通，实又真个现身一番，方说得一番。”

通过写实和想象，《金瓶梅》创造了各具个性的人物形象。《读法》云：“西门是混账恶人，吴月娘是奸险好人，玉楼是乖人，金莲不是人，瓶儿是痴人，春梅是狂人，敬济是浮浪小人，娇儿是死人，雪娥是蠢人，宋惠莲是不识高低的人，如意儿是顶缺之人。若王六儿与林太太等，直与李桂姐辈一流，总是不得叫做人。而伯爵、希大辈是没良心的人。兼之蔡太师、蔡状元、宋御史，皆是枉为人也。”

四、“特特犯乎，绝不相同”

金圣叹在分析《水浒》情节设计之妙时拈出“犯而不同”，毛宗岗以此分析《三国演义》情节和人物描写之妙，张竹坡亦以此揭示《金瓶梅》人物设计、塑造之妙。《读法》指出：“《金瓶梅》妙在善用犯笔而不犯也。如写一伯爵，更写一希大，然毕竟伯爵是伯爵，希大是希大。各人的身份，各人的谈吐，一丝不紊。写一金莲，更写一瓶儿，可谓犯矣；然又始终聚散，其言语举动，又各各不乱一丝。写一王六儿，偏又写一贲四嫂；写一李桂姐，又写一吴银姐、郑月儿；写一王婆，偏又写一薛婆婆、一冯妈妈、一文嫂儿、一陶媒婆；写一薛姑子，偏又写一王姑子、刘姑子。诸如此类，皆妙在特特犯乎，却又各各一款，绝不相同也。”犯而不同，在险处逞才，这是清代小说批评理论的一个共识。

五、《金瓶梅》妙于《史记》

毛宗岗曾将《三国演义》与《史记》作过比较，结论是《三国演义》的叙事、结构方法比《史记》更难、更妙。张竹坡也将《金瓶梅》与《史记》作了比较，结论是《金瓶梅》的写作难度比《史记》更高，因而更妙。《读法》说：

"《金瓶梅》是一部《史记》。然而《史记》有独传、有合传，却是分开作的。《金瓶梅》却是一百回共成一传，而千百人总合一传，内却断断续续，各人自有一传。固知作《金瓶梅》者，必能作《史记》。何则？既已为其难，又何难为其易？""吾所谓《史记》易于《金瓶》，盖谓《史记》分作，而《金瓶》合作，即使龙门（司马迁别称）复生亦必不谓予左袒《金瓶》。而予亦并非谓《史记》反不妙于《金瓶》，然而《金瓶》却全得《史记》之妙也。"这种分析，完全是对毛宗岗的仿效。毛宗岗这样评论《三国演义》尚有道理，因为将魏、蜀、吴三国的事合在一起写，比《史记》分人列传写史，确实在叙事结构艺术上有所贡献。而《金瓶梅》尽管合在一起写各种人物的活动，但毕竟是虚构的长篇小说，说《金瓶梅》的创作"全得《史记》之妙"，而《史记》的撰写易于《金瓶梅》，显然失当。不过得当与否并不重要，重要的是这种评论暗寓着小说地位的提升。这才是值得注意的现象。

第十四节　脂砚斋的《红楼梦》评点

脂砚斋，《红楼梦》最早的评论者的别号，其姓名不详。脂评《红楼梦》，全称为《脂砚斋重评石头记》。其中的评论，非脂砚斋一人所写，所署名字还有松斋、立松轩、玉蓝坡、绮园、鉴堂、梅溪、棠村、畸笏叟、左绵痴道人等。所谓"脂评"，即指《脂砚斋重评石头记》中以脂砚斋为代表的所有署名者的评论。《脂砚斋重评石头记》在流传的过程中出现过十几种版本，每种版本原文及评语互有差异。现存主要版本有庚辰本（原称《乾隆庚辰四阅评本》，即北京大学藏本，又称脂京本）、甲戌本（即清刘铨福藏本）、己卯本（原称《乾隆己卯四阅评本》，即清怡亲王府抄本）、戚序本（原称《戚蓼生序本石头记》，为有正书局石印本，故又称有正本）、蒙府本（清蒙古王府抄本）、脂晋本（即《梦觉主人序本》，因在山西发现，故名）。俞平伯曾将各种版本的脂评编集成《脂砚斋红楼梦辑评》一书，由中华书局 1954 年出版。

脂砚斋究竟是谁？这是留待人们考证的一个谜。"脂评"作为一种小说评点，它的价值显然不在作者的考证，而在它作为最早的、也最丰富深刻的《红楼梦》评论所具有的美学意义。同时，脂砚斋作为与曹雪芹关系特别密切，甚至参与了《红楼梦》创作的人，其小说美学思想也颇受到曹雪芹的启发，与《红楼梦》包含的小说观点颇多相通之处，因而剖析脂评，还当与曹雪芹联系起来看。

一、《红楼梦》是“一篇情文字”

作为描写男女艳情的小说，《红楼梦》脱胎于《金瓶梅》。然而张竹坡评点《金瓶梅》时并没有突出“情”在小说中的地位。相比起来，脂砚斋对“情”在《红楼梦》中的地位倒尤为强调。甲戌本第八回有一条脂批：“作者是欲天下人共来哭此‘情’字。”脂砚斋在很多批语中都提到“情”字：“开卷即云‘风尘怀闺秀’，则知作者本意原为记述当日‘闺友闺情’。”① “随事生情，因情得文。”② “何非幻？何非情？情即是幻，幻即是情，明眼者自见。”③ “出口神奇，幻中不幻。文势跳跃，情里生情。借幻说法，而幻中更自多情。因情捉笔，而情里偏成痴幻。”④ “生为情人，死为情鬼，故结句云：来自情天，去到情地。岂非一篇情文字？”⑤

“情”不仅是《红楼梦》创作的动因，而且是《红楼梦》描写的中心内容。这是符合《红楼梦》的创作实际的。《红楼梦》中，空空道人听说《石头记》是作者“披阅十载，增删五次”写成的后，为之题了一绝：“满纸荒唐言，一把辛酸泪。都云作者痴，谁解其中味？”《红楼梦》是满怀“痴”情的作者在“一把辛酸泪”的驱使下写成的。《红楼梦》有几个书名，其中有一个就叫《情僧录》。小说第一回就声明，这部书“大旨谈情”。第五回写太虚幻境，揭开全书的序幕，那宫门口的对联是：“厚地高天堪叹古今情不尽，痴男怨女可怜风月债难偿。”横书是：“孽海情天”。该回《红楼梦曲》十二支之一的《红楼梦引子》曰：“开辟鸿蒙，谁为情种？都只为风月情浓。”《红楼梦》各回标题中也充满了“情”字，“情切切良宵花解语”“潇湘馆春困发幽情”“痴情女情重愈斟情”

① 甲戌本《凡例》。
② 甲戌本第八回批语。
③ 戚序本第十三回总评。
④ 戚序本第一回总评。
⑤ 戚序本第六十六回总评。

"含耻辱情烈死金钏""情中情因情感妹妹""识分定情悟梨香院""情哥哥偏寻根究底""慧紫鹃情辞试宝玉""茜纱窗真情揆痴理""呆香菱情解石榴裙""浪荡子情遗九龙佩""情小妹耻情归地府"。《红楼梦》写事是情事，写人是情人。如主角贾宝玉，《红楼梦》称他是"情种""情痴"。小说最后一回，据脂砚斋透露有一个"情榜"，对宝玉的评价是"情不情"，即有情无情的样子；对黛玉的评价是"情情"，即一往情深的样子。脂砚斋分析宝玉："宝玉悟禅亦由情，读书亦由情，读《庄》亦由情。"① 评黛玉："黛玉又胜宝玉十倍痴情。"② 其他如尤三姐、柳湘莲，脂砚斋的评价是："三姐项下一横是绝情，乃是正情；湘莲万根皆削是无情，乃是至情。"正是在对《红楼梦》言情特点的深入把握的基础上，脂砚斋指出《红楼梦》是"一篇情文字"，是"情痴之至文"③。④

值得辨析的是，《红楼梦》的"情"虽然与传统道德礼教相矛盾，但是否与之完全对立呢？不。明代后期思想界、文学界掀起了一股尊情尚欲的思潮，发展到极端，完全抛弃理性规范，走向淫烂的纵欲主义。《肉蒲团》《痴婆子传》《绣榻野史》是小说中的代表。曹雪芹对此颇不以为然。《红楼梦》第一回批评说："历来野史，或讪谤君相，或贬人妻女，奸淫凶恶，不可胜数。更有一种风月笔墨，其淫秽污臭，涂毒笔墨，坏人子弟，又不可胜数。""大半风月故事，不过偷香窃玉，暗约私奔而已，并不曾将儿女真情发泄一二。"脂砚斋对此深有同感，他强调《红楼梦》所写的"情"不是"淫情"，而是"正情"：

> 余叹世人不识"情"字，常把"淫"字当作"情"字。殊不知"淫"里无"情"，"情"里无"淫"；"淫"必伤"情"，"情"必戒"淫"；"情"断处"淫"生，"淫"断处"情"生。……（《红楼梦》）岂非一篇"情"文字？再看他书，则全是"淫"，不是"情"了。⑤

这就有助于我们把握《红楼梦》所写儿女之情的规定性：它既不是淫烂的色情，也不是完全循规蹈矩、恪守礼法的伪情，而是特定的历史社会及其理性规范环境

① 庚辰本第二十二回批语。
② 庚辰本第二十三回批语。
③ 庚辰本第十七回、十八回批语。
④ 参见叶朗《中国小说美学》，北京大学出版社1982年版，第204页。
⑤ 戚序本第六十六回总评。

下发生的“儿女真情”，是一种自然的而又不无拘无束的“正情”。

二、论人物塑造：反对公式化，强调丰富性

小说写情与诗歌抒情不一样，它写的是人物心灵的情感生活，必须将“情”寓含在成功、丰满的人物形象中。小说主要靠真实、丰满的人物性格去实现美感功能，这是从金圣叹到毛宗岗、张竹坡一贯的美学认识。脂砚斋亦不例外。脂砚斋的人物塑造理论大抵分“破”与“立”两方面。从“破”的方面看，脂砚斋对当时言情小说背离生活真实、“恶则无往不恶，美则无一不美”的脸谱化、公式化、简单化的人物塑造模式表示严重不满。在此之前，曹雪芹已在《红楼梦》第一回中批判过这种倾向：“至若佳人才子等书，则又千部共出一套，且其中终不能不涉于淫滥，以至于满纸潘安、子建、西子、文君。不过作者要写出自己的那两首情诗艳赋来，故假拟出男女二人姓名，又必旁出一小人其间拨乱，亦如剧中之小丑然。且鬟婢开口即‘者也之乎’，非文即理。故逐一看去，悉皆自相矛盾、大不近情理之话。”脂砚斋在此基础上析之更细、批判更力：

最恨近之野史中，恶则无往不恶，美则无一不美。何不近情理之如是耶？①

最可笑世之小说中，凡写奸人，则“鼠耳鹰腮”等语。②

可笑近之小说中，（写美女）满纸“羞花闭月”等字。③

可笑近来小说中，（写美女）满纸“天下无二”“古今无双”等字。④

最可笑者，近小说中，（写美女）满纸班昭、蔡琰、文君、道韫。⑤

可笑近之小说中，有一百个女子，皆是“如花似玉”一副脸面。⑥

可笑近之野史中，满纸“羞花闭月”“莺啼燕语”，殊不知真正美人方有一陋处，如太真之肥、飞燕之瘦、西子之病……然后将满纸“莺啼燕语”

① 庚辰本第四十三回夹批。

② 甲戌本第一回眉批。

③ 甲戌本第一回眉批。

④ 甲戌本第二回眉批。

⑤ 甲戌本第二回眉批。

⑥ 甲戌本第三回眉批。

之字样填粪窖可也。①

人物描写的公式化、片面化、扁平化的根本原因，是违背生活情理。所以从“立”的方面说，脂砚斋最为强调的就是人物塑造要符合“情理”、具备真实性。他的上述批判都是附着在对《红楼梦》人物描写的“至情至理”的肯定和赞美之上的。他屡屡称道《红楼梦》人物塑造的艺术成就：“摹一人，一人必到纸上活见。”②“写一种人，一种人活像。”③“写得纸上跳出一个女优来。”④“写晴雯是晴雯走下来，断断不是袭人、平儿、莺儿等语气。”⑤“写黛玉弱症的是弱症，写晴雯时症的是时症；写湘云性快的是性快，写晴雯性傲的是性傲。彼何人斯，而具肖物手段如此？”⑥

《红楼梦》不仅惟妙惟肖地写出了人物的不同个性，还栩栩如生地展示了人物个性的丰富性、多面性、复杂性。如贾宝玉，脂砚斋分析道：“按此书中写一宝玉，其宝玉之为人，是我辈于书中见而有此人，实未目曾亲睹者。又写宝玉之发言，每每令人不解，宝玉之生性，件件令人可笑。不独于世上亲见这样的人不曾，即阅今古所有之小说传奇中，亦未曾见这样的文字。……其囫囵不解中实可解，可解之中又说不出理路。合目思之，却如真见一宝玉。真闻此言者，移之第二人万不可，亦不成文字矣。”“听其囫囵不解之言，察其幽微感触之心，审其痴妄委婉之意，皆今古未见之人，亦是未见之文字。说不得贤，说不得愚，说不得不肖，说不得善，说不得恶，说不得正大光明，说不得混账无赖，说不得聪明才俊，说不得庸俗平（常，原缺一字），说不得好色好淫，说不得情痴情种，恰恰只有一颦儿可对，令他人徒加评论，总未摸着他二人是何等脱胎，何等骨肉。余阅此书亦爱其文字耳，实亦不能评出二人终是何等人物。”⑦ 这就是说，贾宝玉这个人物很难用一种性格特点或道德评价去概括，其性格和道德属性具有多面性、复杂性。唯其如此，他才真实可信，令人“合目思之，却如真见一宝玉”。

① 己卯本第二十回夹批。
② 庚辰本第十五回批语。
③ 甲戌本第七回夹批。
④ 己卯本第五十八回夹批。
⑤ 甲戌本第八回夹批。
⑥ 戚序本第五十二回回评。
⑦ 庚辰本第十九回批语。

脂砚斋的这一思想，与曹雪芹又是相通的。《红楼梦》第一回曾借空空道人之口，指出《红楼梦》并不是写“大贤大忠理朝廷、治风俗的善政”，“其中只不过几个异样女子，或情或痴，或小才微善，亦无班姑、蔡女之德能”。第二回又借冷子兴之口，指出《红楼梦》里的主要人物并不属于“大仁”或“大恶”两类人物，而是“正邪两赋而来一路之人”，“上则不能成仁人君子，下亦不能为大凶大恶，置之于万万人中，其聪俊灵秀之气则在万万人之上，其乖僻邪谬、不近人情之态又在万万人之下”。曹雪芹依照这样的美学观成功塑造了《红楼梦》中形形色色的人物群像。这些人物恰如脂砚斋评点的那样，突破了以往小说中“恶则无往不恶，美则无一不美”的人物创作模式。脂砚斋揭示的《红楼梦》的这个特点，后来为鲁迅采纳。鲁迅在《中国小说的历史的变迁》中指出：“至于说到《红楼梦》的价值，可是在中国底小说中实在是不可多得的。其要点在于敢于如实描写，并无讳饰，和从前的小说叙好人完全是好，坏人完全是坏，大不相同。所以其中所叙的人物，都是真的人物。总之自有《红楼梦》出来之后，传统的思想和写法都打破了。”

三、论艺术真实：“事之所无，理之必有”

小说艺术的真实是虚构的真实、逻辑的真实，这是明清以来的小说评论反复加以阐述的道理。脂砚斋结合《红楼梦》的创作，继承张竹坡的“情理”说，对此又有更深入的分析阐述。

与《三国演义》《水浒传》等历史题材的小说尚有某种历史原型相比，《红楼梦》则是一部完全出自虚构的世情小说。对《红楼梦》人物故事的虚构特点，脂砚斋有明确的揭示：“‘雨村’者，村言粗语也。言以村粗之言，演出一段假话也。”① “此书原系空虚幻设。”② “若真有一事，则不成《石头记》文字矣。”③ “余最喜此等半有半无、半古半今、事之所无、理之必有、极玄极幻、荒唐不经之处。”④ “一部大书起是梦，宝玉情是梦，贾瑞淫又是梦，秦之家计长策又是

① 甲戌本第一回侧批。
② 己卯本第十二回夹批。
③ 甲戌本第二十八回眉批。
④ 甲戌本第二回眉批。

梦，今作诗也是梦，一并风月亦从梦中所有，故‘红楼梦’也。余今批评亦在梦中，特为梦中之人，特作此一大梦也。”① 然而，虚构的人物、故事要发挥其美感功能，实现其审美价值，又必须符合生活情理，具有逻辑真实。这种逻辑真实，脂砚斋叫做“事之所无，理之必有”：“《石头记》一部中皆是近情近理必有之事、必有之言。”② “形容一事，一事毕真，《石头》是第一能手也。”③ “……似极扯淡，然却是天下必有之情事。”④ “一篇愚妇无理之谈，实是世间必有之事。”⑤ “清虚观，贾母、凤姐本意大适意、大快乐，偏写出多少小不适意的事来。此亦天然至情至理，必有之事。”⑥ 所谓“必有”，即按照生活的情理、逻辑，虽然生活中未曾发生，却是必然能够发生的。不仅世事的描写是如此，即便梦境的描写也可包含生活情理。《红楼梦》第五十六回写宝玉的一个梦，脂砚斋批曰：“叙入梦景极迷离，却极分明；牛鬼蛇神不犯笔端，全从至情至理中写出。”⑦

于是，对生活情理的把握就成为造幻得真、虚构而不失实的根本途径。脂砚斋反复强调生活经历的重要性：“非经历过，如何写得出？”⑧ “非亲历其境者，如何摹写得如此？”⑨ “难为他（写）的出，是经过之人也。”⑩ “皆系人意想不到、目所未见之文。若云拟编虚想出来，乌能如此？”⑪ “此等皆家常细事，岂是揣摩得者？”⑫ 相反，如果缺乏生活经历向壁虚构，则写人叙事断不会符合“情理”。小说第三十九回写贾母问刘姥姥：“老亲家，你今年多大年纪了？”脂砚斋批道：“神妙之极！看官至此，必愁贾母何以相称。谁知公然曰‘老亲家’。何等现成！何等大方！何等有情有理！若云作者心中编出，余断断不信。何也？盖

① 庚辰本第四十八回夹批。
② 庚辰本第十六回眉批。
③ 庚辰本第十九回批语。
④ 甲戌本第七回批语。
⑤ 庚辰本第四十二回批语。
⑥ 庚辰本第二十九回批语。
⑦ 戚序本。
⑧ 庚辰本第十八回眉批。
⑨ 庚辰本第七十六回批语。
⑩ 庚辰本第十八回批语。
⑪ 庚辰本第十八回批语。
⑫ 庚辰本第七十七回批语。

编得出者，断不能有这等情理。”① 又甲戌本第三回有一段脂批：

> 近闻一俗笑话云：一庄农人进京回家，众人问曰：“你进京去可见些个世面否？”庄人曰：“连皇帝老爷都见了。”众罕然问曰：“皇帝如何景况？”庄人曰：“皇帝左手拿一金元宝，右手拿一银元宝，马上稍（捎）着一口袋人参，行动人参不离口。一时要屙屎了，连擦屁股都用的是鹅黄缎子。所以京中连掏毛厕的人都富贵无比。”试思凡稗官写富贵字眼者，悉皆庄农进京之一流也。盖此时彼实未身经目睹，所言皆在情理之外。

脂砚斋还以他对曹雪芹的了解，指出《红楼梦》中描写的许多事，作者都亲历过：“盖作者实用鹡鸰之悲、棠棣之感，故撰此闺阁庭帏之传。”② “一段无伦无理、信口开河的浑语，却句句都是耳闻目睹者，并非杜撰而有。作者与余实实历过。”③ “况此亦是余旧日目睹亲闻、作者身历之现成文字，非捏造而成者，故迥不与小说之离合悲欢窠臼相对。”④

同样必须指出的是，脂砚斋在生活经历的基础上虚构，在虚构的人物故事中追求真实、情理的思想，与曹雪芹通过《红楼梦》透露出来的艺术真实观是一致的。小说第一回，曹雪芹就指出《红楼梦》的虚构性：它不过是“将真事隐去”“用假语村言敷衍出”的“一段故事”，不可当真。同时他又指出：《红楼梦》不同于当时“假拟妄称”“不曾将儿女真情发泄一二”的才子佳人小说，它是“实录其事”，“不敢稍加穿凿”的，是“真传”。这两种表达看似矛盾，实际上包含着艺术真实乃真幻相即、虚实相生的玄机。曹雪芹又称之为“取其事体情理”。由此可见，所谓“实录”，不是事无巨细、面面俱到，而是抓住“事体情理”，即事物的本质真实，不拘小节地进行艺术创造，或者说，凭空而起的艺术创造也体现“事体情理”、生活的本质真实和逻辑真实。

中国古代小说作为写人叙事、以情节取胜、以娱乐为追求的文学样式，明清小说评论家就其人物塑造、情节设计、艺术真实、艺术想象、美感功能等问题发

① 庚辰本第三十九回批语。
② 甲戌本第二回眉批。
③ 甲戌本第二十五回批语。
④ 庚辰本第七十七回批语。

表了大量、深刻的意见，这些意见不仅切合中国古代小说尤其是明清历史小说、世情小说和神魔小说的艺术特点，而且具有普适的小说美学意义。

第十五节　清代词论的“尊体”取向

关于明清词的发展状况，晚清人陈廷焯、王煜有过精要的概括。陈廷焯《白雨斋词话》卷三说：“词兴于唐，盛于宋，衰于元，亡于明，而再振于我国初，大畅厥旨于乾嘉以还也。”王煜《清十一家词抄自序》指出：“词自两宋而后，衰于元，敝于明，至清而复振。”词的创作自宋代出现婉约派、豪放派、骚雅派争奇斗艳的辉煌后，元明间则跌入低谷，清代则迎来了词的中兴。清代词人、词作之多，大大超过宋代。根据已出诸总集统计，宋代词人一千四百三十余人，词作二万零八百六十余首，而清代顺治、康熙两朝词人就达二千一百余人，词作五万余首。在词人辈出、词作众多的同时，清代词坛出现了云间派、西泠派、广陵派、浙西派、阳羡派、常州派等流派纷呈的繁荣局面。与此相应，清代词学理论也迎来了宋代之后的又一高峰，呈现出与宋代词论乃至此前词论不同的“尊体”取向。

所谓“尊体”，即推尊词体的价值、地位。清代词论的“尊体”取向，是相对于五代、两宋以来的词论多视词为“诗余”“小道”的观念而言的。明代词作，不出花前樽下的小词范围。清代词风为之一变，所作词以道德为担当，以沉雄阔大为气象，各家各派均笼罩在“尊体”的词学观念中。云间派词人陈子龙认为词“小道可观”，沈亿年说“词虽小道”，但可“羽翼大雅”，报道了清代变“小道”为“大雅”词学观转变的最早信息。西泠派词人丁澎以“德业之余”重新界定“诗余”含义，广陵派代表王士祯盛赞东坡、稼轩词为“天地间至文”。阳羡派继续为苏、辛变体张目，陈维崧认为“诗词经史，语无异辙”，任绳隗指出“不得谓词劣于诗”，史惟园要求词“入微出厚”，有风骚之“志意”。常州派论词主张“风雅寄托”，张惠言主张“意内言外”，周济要求“意能尊体”，刘熙载强调“词莫要于有关系”，谭献甚至认为词之“比兴之义、升降之故，视诗较著”，陈廷焯高标“沉郁”，大力推举辛弃疾，况周颐以“重、拙、大”为“词心”。这些都是从儒家道德意蕴方面给词注入厚重内涵。与此同一路径，查礼、郭麐、王昶、吴锡麒等人既否定“小道”观，也排斥学苏、辛而流于“粗豪”的偏向。而浙西派论词“以雅为尚”，推尊姜夔、张炎，如厉鹗声称词“必企夫雅”，朱彝尊主张以“雅”制“秽”，汪森进而认为“以词为诗之余，殆非通论”，侧重从超俗的道家道德方面使词从艳科之中摆脱出来，从而达到与诗平起平坐的地位。经过清人的努力，词成为与诗并列的一种诗体而为人们广泛接受。

一、云间派：“小道”与“大雅”的变奏

云间，指旧松江府所属华亭、娄、青浦、金山、奉贤、上海、川沙七县，今均属上海市。云间词派，指明末清初活跃于云间地区的一个重要词派，代表人物有陈子龙、沈亿年、蒋平阶、宋征璧等。这个词派对清代前期词坛两大词派阳羡派、浙西派都产生过影响。如阳羡派首领陈维崧少师陈子龙，早期词作接近云间词风，为云间词人所赞赏。浙西词派首领朱彝尊主张小令学南唐北宋，显然留下了云间派痕迹。其第一部词集《眉匠词》亦多云间遗风。清初另一词派西泠派亦深受云间影响。

云间派身当明清易代之交，其词学主张亦体现了新旧交替的时代特色，传统的“小道”观与对“大雅”的渴慕这双重的不同主题，在云间词论中展示着矛盾的变奏。

1. 陈子龙：“小道可观”

陈子龙（1608—1647），字卧子，又字人中，号大樽，松江华亭人。明崇祯十年进士，初仕绍兴推官，擢兵科给事中。清兵下南京，子龙起兵松江，事败被执，乘间投水而死。著有《陈忠裕公全集》。

陈子龙仅在清朝活了三年。他生命中的绝大多数时光是在明朝度过的。他不仅在社会伦理、人生取向上忠法明朝，在词学观上，也多取法明人。

有明一代，词继续沿着五代北宋艳科的方向展开创作，苏、辛词风被视为词之“变体”而遭到挤压。这种创作实践在理论上有一系列的反映。如何良俊《草堂诗余序》云：“乐府以皦径扬厉为工，诗余以婉丽流畅为美。”张綖《诗余图谱凡例》自述其《诗余图谱》三卷只录婉约词的道理：“大抵词体以婉约为正，故东坡称少游‘今之词手’，后山评东坡词‘虽极天下之工，要非本色’。

今所录为式者，必是婉约，庶得词体。”王世贞《艺苑卮言附录》说：“词须婉转绵丽，浅至儇俏，挟春月烟花，于闺幨内奏之。一语之艳，令人魂绝，一字之工，令人色飞，乃为贵耳。至于慷慨磊落，纵横豪爽，抑亦其次，不可作耳。作则宁为大雅罪人，勿儒冠而胡服也。”王骥德《曲律》云：“词曲不尚雄劲险峻，只一味妩媚闲艳，便称合作。是故苏长公、辛幼安并置两庑，不得入室。”既然词的内容是如此轻艳而无足轻重，所以从价值论上宜被视为“诗余”“小道”。

生活在明代文化氛围中的陈子龙就基本上承袭了这样的词学观。他认为词在内容和形式方面的规范是“思极于追琢，而纤刻之辞来；情深于柔靡，而婉娈之趣合；志溺于燕婧，而妍绮之境出，态趋于荡逸，而流畅之调生”，“诗余始于唐末，而婉畅秾逸极于北宋”。[①] 他以周邦彦等人为代表的北宋词为词之极则，对南宋慷慨激昂的豪放词则不以为然：“南渡以还，此声遂渺，寄慨者亢率而近于伧武，谐俗者鄙浅而入于优伶。”[②] 由于词“为体也纤弱”[③]，“是则诗余者，非独庄士之所当疾，抑亦风人之所宜戒也”。[④]

然而，这只是陈子龙词学观的一方面。另一方面，陈子龙又指出：“词虽为小道”，“然亦有不可废者”，[⑤] 这就叫“小道可观”。《王介人诗余序》云：“宋人不知诗而强作诗，其为诗也，言理而不言情，故终宋之世无诗焉。然宋人亦不免于有情也。故凡其欢愉愁怨之致、动于中而不能抑者，类发于诗余，故其所造独工，非后世可及……唯宋人专力事之，篇什既多，触景皆会，天机所启，若出自然。虽高淡大雅，而亦觉其不可废。何则？物有独至，小道可观也。”“可观”，即于“高淡大雅”方面可观。何以如此呢？《三子诗余序》谓：“夫风骚之旨，皆本言情。言情之作，必托于闺襜之际……于是以温厚之篇、含蓄之旨，未足以写哀而宣志也……是以……警露已深，而含意未尽。”“端人丽而不淫，荒才刺而实谀，其旨殊也。三子者，托贞心于妍貌，隐挚念于佻言。”这就意味着，陈子龙虽然以唐末五代北宋吟咏“闺襜”之情的婉约词为词之典范，但所宗已与此有所区别：他反对沉溺于艳情，主张借“闺襜之际”寄寓“风骚之旨”，

① 陈子龙：《三子诗余序》，陈子龙：《陈忠裕公全集》，清嘉庆刊本，下同。

② 陈子龙：《幽兰草词序》，陈子龙：《陈忠裕公全集》。

③ 陈子龙：《王介人诗余序》，陈子龙：《陈忠裕公全集》。

④ 陈子龙：《三子诗余序》，陈子龙：《陈忠裕公全集》。

⑤ 陈子龙：《三子诗余序》，陈子龙：《陈忠裕公全集》。

“托贞心于妍貌，隐挚念于佻言”，显示“丽而不淫”的大雅之旨。请注意：“丽而不淫”“风骚之旨”“大雅”“贞心”，都是儒家诗教所强调的范畴。当陈子龙用这些范畴来诠释词、肯定当时词人的词作时，他原来恪守的“小道”词体观已在不经意之间瓦解，“诗余”正在向“诗”的地位及其大道方向看齐。

2. 沈亿年：“词虽小道”“羽翼大雅”

沈亿年（生卒年不详），字矩承，号豳祈，嘉兴（今属浙江）人，曾师从云间派蒋平阶，明亡后漂泊不知所终。蒋平阶曾师从陈子龙。沈亿年作为陈子龙的再传弟子，主要活动当在清初。现存沈亿年《支机集凡例》，将陈子龙尊体的端倪又朝明晰的方向推进了一步。《支机集》是蒋平阶及其弟子周积贤、沈亿年三人词作合集。沈亿年在《凡例》中一方面说明：“吾党持论，颇极谨严。五季（五代）犹有唐风，入宋便开元曲，故专意小令，冀复古音，屏去宋调，庶防流失。”只取唐末五代小令，不取北宋长调，表现了比陈子龙更严格、也更褊狭的宗尚。另一方面又申称：“词虽小道，亦风人余事。”“我师留心名理，不尚浮华，词曲细娱，尤所简略。”“盛明诗宗较振，而词鲜名家。我师虽一时偶涉，意不苟安。周子积贤，庶足羽翼大雅。予有志焉而未逮也。”“小道”之词而能“不尚浮华”“留心名理”“羽翼大雅”，成为“风人余事”，“小道”已非“小道”矣。这种自身的矛盾，体现了云间派在肯定词体的努力中，传统的形式美学观与新生的道德美学观相互争斗的艰难变奏。

二、西泠派、广陵派：走向尊体

西泠派，是指清初活跃于杭州一带的以“西泠十子”为代表的词派。“西泠”，即西湖桥名。西泠十子曾结诗社于湖上，时人因以名之。“西泠十子”，即清初诗人陆圻、丁澎、柴绍炳、毛先舒、沈谦、孙治、张丹、吴百朋、虞黄昊、陈廷会，有《十子诗选》。他们既作诗，也填词。诗风多接近云间派。毛先舒《白榆集小传》云：“西泠派即云间派也。”不过丁澎在遭遇人生变故之后词风、词体观均发生重大改变，明确从道德角度提出了尊重词体的观念。

广陵派，指清前期王士祯主政广陵（今扬州市）时期形成的一个松散的词人群体。除王氏外，在广陵与之相唱和的词人有彭孙遹、邹祗谟、吴绮等。

1. 丁澎："诗余为德业之余"

丁澎（1622—1686），字飞涛，号药园，明亡后仕清。顺治十四年（1657）参与主持河南乡试，因主考官违例一事牵连，被流放东北尚阳堡，谪居奉天五年。流寓塞外的人生变故使他后期词风明显向稼轩靠拢，磊落雄秀，慷慨悲凉。其词学观也随之发生重大变化。这变化的标志是写于康熙十二年（1673）的《定山堂诗余序》："文章者，德业之余也。而诗为文章之余，词又为诗之余。然则天下事，何者不当用其有余者哉？……诗余者，《三百篇》之遗，而汉乐府之流系也。其源出于诗。诗本文章，文章本乎德业。即谓诗余为德业之余，亦无不可者。"以"德业之余"为标准衡量前辈词家，辛弃疾一跃而雄踞于唐宋以来诸家之上。写于康熙十五年（1676）的《梨庄词序》云："文生乎心，发乎情。夫词也，诗之余固已，情深而文明。吾人心与情，非志之余耶？古今词人无虑千百家，迨北宋为极盛。苏子瞻、陆放翁诸君，特以遒丽纵逸取胜。至辛稼轩，其度越人也远甚，余子瞠乎后矣。……稼轩才则海，而笔则山，博稽载籍，一乎己口，好学深思，多引成言，史迁之文、魏武之乐府，庶几乎似之。唐宋以来，言词必推辛，犹言诗必推杜，横视角出，一人而已。"稼轩是一竿风向标。清代词论尊体的观念始终是与崇辛同步的。"言词必推辛，犹言诗必推杜"，将辛词抬到杜诗的高度，丁澎肇其端也。

2. 王士祯：东坡稼轩体乃"天地间至文"

王士祯（1634—1711），原名士禛，因避雍正皇帝讳，改名士正，乾隆时诏名改为士祯，字贻上，号阮亭，别号渔洋山人，新城（今山东桓台）人。顺治十五年进士，官至刑部尚书，卒谥文简。著述宏富，有《池北偶谈》《香祖笔记》《分甘余话》《花草蒙拾》《衍波词》等。诗学上以"神韵"名家。词作方面，为广陵词派盟主。

顺治十八年（1661）至康熙五年（1666），王士祯到广陵做官。居广陵五年期间，他"昼了公事，夜接词人"①，倡导诗词创作，成为诗坛霸主、词坛领袖。王士祯一生的词作实践主要集中于广陵期间。他十余岁时开始学习作词，最初从云间词风入手。谢章铤《赌棋山庄词话》卷八说他："阮亭沿凤洲（王世贞）、大樽（陈子龙）绪论，心摩手追，半在《花间》。"不过受时风影响，他的词学观念毕竟与云间派偏尚五代北宋的旨趣有所不同。康熙初年，也就是王士祯初至

① 谢章铤：《赌棋山庄词话续编》，唐圭璋编：《词话丛编》，中华书局1986年版。

广陵时，他与邹祗谟编成词选《倚声初集》，不专一格，备陈诸体。他在《倚声初集》中揭示他选词的词学观念："诗余者，古诗之苗裔也。语其正则南唐二主为之祖，至漱玉（李清照）、淮海（秦观）而极盛，高（观国）、史（达祖）其嗣响也。语其变则眉山导其源，至稼轩、放翁而尽变，陈（亮）、刘（过）其余波也。有诗人之词，唐、蜀、五代诸人是也；有文人之词，晏、欧、秦、李诸君子是也；有词人之词，柳永、周美成、康与之之属是也；有英雄之词，苏、陆、辛、刘是也。至是，声音之道乃臻极致，而诗之为工，虽百变而不穷。"王士祯这段话中有两点值得注意。一是词为"古诗之苗裔"，诗变为词，词再变为苏、辛之类的"英雄之词"，至此，"诗之为工"才"百变而不穷"。易言之，如果就到秦观、李清照为止的话，大概就不可说"诗之为工百变不穷"。词延续"诗"之功，主要是由"英雄之词"奠定的。二是突破云间派或专尚北宋、或专尚五代的狭隘偏见，将唐末五代两宋词分为"诗人之词""文人之词""词人之词""英雄之词"四类风格而同等看待，认为"至是"而"声音之道乃臻极致"，表现了一种开放的审美襟怀。晚年，王士祯撰《古夫于亭杂录》，当中有一段话十分值得注意："词如少游、易安，固是本色当行，而东坡、稼轩以太史公笔力为词，可谓振齐矣。……自是天地间一种至文，不敢以小道目之。"词的"小道"地位是什么时候开始改变的呢？是从东坡体、稼轩体出现时开始改变的。少游体、易安体虽为词家"本色当行"，但如果永远不变，词也只能永远被视为"小道"。东坡体、稼轩体虽为词家"变体"，不属词家"本色"，有逾越规范之嫌，但却正因为如此，词才成为"天地间一种至文"。自此，人们再不敢以"小道"视之。清代要提高词体地位，沿着苏辛的路走下去是根本出路。可见，王氏此论实即为历来多受"正体""本色"观念诟病的苏辛变体辩护和张目，大有为清代词苑尊体指明方向的意义。

三、阳羡派："词非小道"

阳羡，地名，地点在今江苏宜兴市。阳羡派，指清代初期以陈维崧为代表的阳羡词人创作群体。清初词坛，以巨大的创作实绩扭转艳丽婉约词风，并从理论上明确提出"词非小道"主张的当推陈维崧为代表的阳羡派。

1. 陈维崧："诗词经史，语无异辙"

陈维崧（1625—1682），字其年，号迦陵，阳羡人，康熙十八年（1679）应荐试博学鸿词科，授翰林院检讨。有《湖海楼全集》。其中存词三十卷，凡一千六百二十九首，用调四百一十六种。词作之丰，为历代词人所仅见。

陈氏之祖父官至明左都御史，因忤阉党权臣，两次落职。其父为明末“四公子”之一，以气节著称。家庭的熏陶，易代的遭遇，使得陈维崧为人尚气节，为词尚稼轩。《湖海楼词集》用得最多的是稼轩用过的豪放词调，甚或有过之而无不及。稼轩词六百二十九首，豪放词调一百零一首，约占六分之一。陈维崧词一千六百二十九首，豪放词调四百一十六首，约占四分之一。陈氏用得最多的词调是《贺新郎》（一百三十五首）、《念奴娇》（一百零八首）、《满江红》（九十六首）。因为这些词调不仅在形式上宜于“尽情发泄壮烈之怀抱”①，而且在传统词作的内容上与爱国主题相联系。关于陈维崧词作的特色，郭麐《灵芬馆词话》卷二称：“激昂慷慨，迦陵为最。”“迦陵词伉爽之气，清丽之才，自是词坛飞将。”陈廷焯《白雨斋词话》称：“迦陵词气魄绝大，骨力绝道，填词之富，古今无双。”“迦陵词沈雄俊爽，论其气魄，古今无敌手。”“其年诸短调，波澜壮阔，气象万千，是何神勇！”“其年才大如海。其于倚声，视美成、白石，直若路人；东坡、稼轩，不过借径。独开门径，别具旗鼓，足以光掩前人，不顾后世。”关于陈维崧词作的巨大影响，王煜《清十一家词自序》称，陈氏以“镗鞳辉煌”之词使“清词初大”。陈廷焯《白雨斋词话》称：“国初词家，断以迦陵为巨擘。”

在词学观念上，陈维崧虽尚豪放，但受制于传统影响，对作为本色的婉约词亦兼取不废。《今词选序》云：“至若词场，辛、陆、周、秦，讵必疾徐之一致？”《徐竹逸词序》称徐氏作词：“三千粉黛，掩周、柳之香柔；丈八琵琶，驾辛、苏之感激。”《金天石吴日千二子词稿序》则说：“若易安之婉娈清新，屯田之温柔倩媚，虽为风雅之罪人，实则闺房之作者。”这一观点，可看出他早年出入云间派、受正统词学观濡染的痕迹。尽管如此，他对苏、辛词风更加心仪、追慕，并认为正是词风的这种变化，使得“词损诗格”的成见不攻自破。《词选序》云：“客……又见世之作诗者辄薄词不为，曰为辄致损诗格。或强之，头目尽赤。是说也，则又大怪。夫客又何知？客亦未知……东坡、稼轩诸长调，又骎

---

① 龙渝生：《龙渝生词学论文集》，上海古籍出版社 1997 年版。

骎乎如杜甫之歌行与西京之乐府也。”正由于词至苏、辛手中注入了崇高的道德内容，所以词得以与“杜甫之歌行”与“西京之乐府”这样的诗相提并论，也才改变了“小道”的地位。因而他说：“为经为史、曰诗曰词……谅无异辙。”① “仆本恨人，词非小道。”② “仆每怪乎时人，词则呵为小道。”③ “彼以填词为小技者，皆苍蝇声耳。”④ 由于对词体的地位持有这种全新的认识，所以他不顾流俗成见之毁誉，一生致力于作词而无悔无愧：

> 曾闻长者，呵《兰畹》为外篇；大有时贤，叱《花间》为小技。十年艳制，坐收“轻薄”之名；一卷新词，横受“俳优”之目……乃犹憨不更弦，老偏见猎。恣情标榜，何能增“才子”之名？竭力赓扬，只恐益“小人”之过！然而结习宁忘，鄙怀有在。遇成连于海上，情终以此而移；见美丽于中山，口遂不能无道云尔。⑤

显然，词要无愧于与经、史、诗并列的神圣地位，学步于《花间》，醉心于闺情是断断不行的，必须“敢拈大题目，出大意义”⑥。所以对当时极意模拟《花间》之作，陈维崧给以严厉批判。《词选序》云：

> 今之不屑为词者，固无论。其学为词者，又复极意《花间》，学步《兰畹》，矜香弱为“当家”，以清真为“本色”。神瞽审声，斥为郑卫；甚或爨弄俚词，闺襜冶习，音如湿鼓，色若死灰，此则朝诙隐廋……辗转流失，长此安穷？

这实际上就否定了他曾肯定过的婉艳词风。而他在创作上极力将易代之悲慨发泄于稼轩体式的豪放词中，正可视为为扭转清初香弱词风所作的实际努力。

2. 任绳隗、史惟圆：“不得谓词劣于诗”

任绳隗（1621—?），字青际，号植斋，阳羡人，早年师事复社领袖张溥。顺

---

① 《词选序》。
② 《今词选序》。
③ 《曹实庵咏物词序》。
④ 读《珂雪词》之《百字令·咏史》评。
⑤ 《叶桐初词序》。
⑥ 谢章铤：《赌棋山庄词话》卷八，唐圭璋编：《词话丛编》，中华书局1986年版。

治十四年（1657）举人。有《直木斋词选》三卷。

史惟圆（生卒年不详），字云臣，号蝶庵，阳羡人。有《蝶庵词》四卷。

任绳隗生年略早于陈维崧，是阳羡派中与陈维崧一起最早推尊词体的词人。他为词初“隽永有曲致”（尤侗《直木斋集序》），终具清峭苍凉之风。这一转变与陈维崧颇为相似。因此，他曾与陈维崧以词相唱和。在词体观上，他反对“词劣于诗”的小道观，直与陈维崧相呼应。《学文堂诗余序》云：

> 顾又谓“词者诗之余也，大雅所不道也。故六代之绮靡柔曼，几为词苑滥觞，自唐文三变，燕、许、李、杜诸君子，变而愈上，遂障其澜而为诗。宋人无诗，大家如欧、苏、黄、秦，不能力追初盛，多淫哇细响，变而愈下，遂泛其流而为词”，此主乎文章风会言之也。或又以永叔名冠词坛，当时谤其与女戚赠答；晏元献天圣间贤辅，乃至以作小词致讥。此较乎“立德”与“立言”重轻之异也。以余论之，要皆竖儒之论耳。……夫诗之为骚，骚之为乐府，乐府之为长短歌，为五七言古、为律、为绝，而至于为诗余，此正补古人之所未备也，而不得谓词劣于诗也。（《直木斋全集》卷十一）

任绳隗仍沿用“诗余”的称谓，但已不含轻视词体的成分，而仅仅作为词的通称来使用。他认为“诗余”的出现正如同“诗”“骚”“乐府”“律诗”等体裁的出现一样，是为“补古人之所未备”而不得不变的产物，各有千秋，“不得谓词劣于诗”。当然，他没有看到苏、辛词风在提高词体价值、地位方面的作用。这一不足后来恰恰由陈维崧弥补了。

史惟圆是阳羡派中的另一重要作家。他与陈维崧“论交三十年”①，词的造诣“平分髯客旗鼓”②。他论词承接陈维崧而别有会心，以《国风》《离骚》之道德“志意”批判当时词坛“淫亵佻巧”“非俚即诬”的创作风气。他说：“今天下词亦极盛矣。然其所为盛，正吾所谓衰也。家温、韦而户周、秦，抑亦《金荃》《兰畹》之大忧也。夫作者非有《国风》美人、《离骚》香草之志意，以优柔而涵濡之，则其入也不微，而其出也不厚。人或者以淫亵之音乱之，以佻巧之

① 陈维崧：《蝶庵词序》。

② 曹贞吉：《摸鱼儿·寄赠史云臣》。

习沿之，非俚即诬。”①史氏要求词“入微出厚”，“有《国风》美人、《离骚》香草之志意”，最早涉入词的比兴寄托问题。这一思想后来被常州词派继承并光大。

3．蒋景祁：为苏、辛变体张目

蒋景祁（1646—1695），初字次京，改字京少，阳羡人。长经史，工诗，有词集《梧月亭词》、《罨画溪词》。

蒋景祁是阳羡词派的殿军人物，对陈维崧及史惟圆等人的词学观都有所继承和发挥。《雅坪词谱跋》表现了阳羡派推尊苏、辛的宗尚：“宋词唯东坡、稼轩魄力极大，故其为言豪放不羁……专谱艳辞狎语，岂得无过哉？”《荆溪词初集序》肯定阳羡派宗主陈维崧的影响和地位：“其年先生负才晚遇，僦居里门近十载，专攻填词，学者靡然从风。即向所等夷（同辈）者，尚当拜其后尘，未可轻颉颃矣。”《陈检讨词抄序》从变化创新的观点出发肯定对前代文体、词风的“度越”：“文章之源流，古今同贯。而历览作者，其所成就，未尝不各擅一家，虽累百变而不相袭。故读之者，亦服习焉而不厌也。……词之兴，其非古矣。《花间》犹唐音也，《草堂》则宋调矣。元明而后，骎骎卑靡。学者苟有志于古之作者，而守其樊篱，即起温、韦、周、秦、苏、辛诸公于今日，其不能有所度越也。”基于此，《湖海楼词序》高度评价陈维崧对婉约词风的“度越”：“向使先生于词，墨守专家，沉雄荡激则目为伧父，柔声曼节或鄙为妇人，即极力为幽情妙绪、昔人已有至之者，其能开疆辟远，旷古绝今，一至于此也耶？”

在这种肯定苏辛、迦陵对词体变革的努力中，阳羡派中唯一一位有词话专著的作者徐喈凤在《词证》中一反“本色”之成见，将豪放词也称为“本色”：“婉约固是本色，豪放亦未尝非本色也。”因为它们都是“性情”本色的表现。

四、浙西派：“词以雅为尚”

浙西词派以龚翔麟编刻《浙西六家词》而得名，但广义的浙西词派成员不限于六家，词人的籍贯也不完全限于浙西。它实际上是一个以朱彝尊为首、以浙西词人为主，并包括一些宗尚相近的异地词人构成的清代词派。

从时间先后上看，浙西派是继阳羡派之后的一个词派。阳羡派主要活动于清

① 转引自陈维崧《湖海楼文集》卷三《蝶庵词序》，清光绪辛卯年弇山铎署精刻本。

顺治至康熙初四十年，而浙西派则自康熙中叶起，横跨、独霸雍正、乾隆两朝，历经百余年之久，是一个时间跨度极长、阵容极为庞大的词人群体。其影响自然也远远大过阳羡派。

随着词坛霸主的变化更替，词坛宗尚也悄然转换。顺治至康熙初年，在阳羡派和西泠词人丁澎的倡导下，辛稼轩备受崇尚；康熙中叶至乾隆间，在浙西词人的倡导下稼轩被挤到边缘，姜夔、张炎成为万众瞩目的典范。

浙西派与阳羡派尽管审美情趣不一、宗尚对象不一，但有一点是共同的，这就是都为改变词的淫滥倾向、提高词体的价值、地位而努力。只不过阳羡派是由苏、辛而尊体，浙西派是由姜、张而尊体。关于姜夔、张炎通过词的雅化来变革词的艳科本色的特点，高佑釲《陈其年湖海楼词序》引顾咸三语揭示："宋名家词最盛，体非一格。苏、辛之雄放豪宕，秦、柳之妩媚风流，判然分途，各极其妙。而姜白石、张叔夏辈，以冲淡秀洁，得词之中正。"朱彝尊、厉鹗等浙西代表由姜夔等南宋诸公入手倡导"醇雅"，使"词学复归于正"，清人周惺然亦有所拈明："词萌于唐，茁于五代，至北宋立大晟府，蔚然称盛。逮姜白石出，始集大成，岿然为千古正宗，一时吴梦窗、周草窗诸老如骖之靳。至明渐流于犷，此风亦少衰矣。我朝朱竹垞、厉樊榭两先生昌明南宋，词学复归于正。"①

1. 朱彝尊：以"雅"制"秽"

朱彝尊（1629—1709），字锡鬯，号竹垞，秀水（今浙江嘉兴）人，康熙十八年（1679）举博学鸿词科，授翰林院检讨，参修《明史》。康熙三十一年（1692）回归故里，著述终老。著作甚富。词集有《眉匠词》《静志居琴趣》《江湖载酒集》《茶烟阁体物集》《蕃锦集》。曾编《明诗综》一百卷，又与汪森合编《词综》三十六卷。

朱彝尊早年曾秘密参与抗清复明活动，事败避祸，长年游幕。这段经历使他与陈维崧在思想上成为同道，也奠定了他对抒发抗金复国壮志的稼轩词的基本态度。相传朱彝尊、陈维崧二人虽然词学趣尚不同，但私交甚好，相互都推重对方。朱氏《陈纬云红盐词序》称："宜兴陈其年诗余，妙绝天下。今之作者虽多，莫有过焉者。"又《迈陂塘·题陈其年填词图》称道陈维崧："擅词场，飞扬跋扈，前身可是青兕（指辛弃疾）？"在褒扬的意义上将陈维崧比作辛弃疾。

① 转引自季芝昌《双红豆馆词抄序》，《双红豆馆词抄》，光绪癸未刊本。

《词综》选辛词三十五首，补入八首，仅比张炎少五首，且包括了辛弃疾豪放词的代表作。这不仅体现了他选词的客观态度，而且体现了在道德价值上，朱氏是认同稼轩的。

道德价值上趋同的朱、陈二人在词学趣味上又表现了怎样的不同呢？这主要表现在陈维崧主张道德情怀可以自由地、奔放地表达，所以取法苏、辛，朱彝尊主张道德情怀必须含蓄地表达，所以取法姜、张。张炎《词源·杂论》谓："词欲雅而正。志之所之，一为情所役，则失其雅正之音。"这里有两个要点：一是要求词所言之情符合礼教规范，二是要求在言情方法上切忌直露，归于"蕴藉"。方智范先生分析张炎"词欲雅而正"的内涵："其一是在政教层面上，它提出了合于儒家古训的社会伦理规范。风雅派词论有鉴于词风的柔靡不振，试图通过唤醒深植于文人学士心灵中的社会伦理观念，来把婉约词创作纳入正途。""其二、在情感层面上，与'发乎情，止乎礼义'相关，提倡一种合度中节的审美态度，要求言情而不为情所役，虽主'风流'，终归'蕴藉'。张炎所谓'风月二字，在我发挥'的'骚雅'，就在强调节欲观念，对男女之情抱一种出乎其外的超然欣赏态度。又由于提倡中和之美，风雅词论家斥辛派词为'狂''直突'，把豪气词也排斥在雅词之外。"①朱彝尊的词论其实就体现了张炎词论的这双重取向。他意在纠正明代以迄清初的香艳词风，抬高词体的地位和价值。《乐府雅词跋》明确提出："词以雅为尚。""雅"，或者说"醇雅"，不只是朱氏对词的要求，也是他对诗、文的要求："一艺期至工，必也醇乎雅。"②"古文至南宋，日趋于冗长。独罗鄂州小集，所存无多，极其醇雅。"③朱氏将对诗文的要求同样用于词，表明词在他心目中与诗、文的地位是没有分别的。

"雅"与《诗经》"六义"相联系，属儒家的道德范畴；与"秽"相对，并为治"秽"而设："言情之作，易流于秽。此宋人选词，多以雅为目。"④"昔贤论词，必出于雅正，是故曾慥录雅词。"⑤"……倚声虽小道，当其为之，必崇尔

① 方智范、陈良运主编：《中国历代词学论著选·前言》，百花洲文艺出版社1998年版。

② 《赠缪篆顾生》。

③ 《书新安志后》。

④ 《词综·发凡》。

⑤ 《群雅集序》。

雅，斥淫哇，极其能事，则亦足以宣昭六义……”①“词虽小道，为之亦有术矣。去《花庵》《草堂》之陈言，不为所役，俾滓窳涤濯，以孤枝自拔于流俗。”②“善言词者，假闺房儿女之言，通之于《离骚》、变雅之义。此尤不得志于时者所宜寄情焉耳。”③

“雅”不仅指内容符合道德规范，也指形式的温厚、蕴藉、谐律。《词综·发凡》中，朱氏认为杨基、高启、刘基为“明词作手”，理由是“温雅芊丽，咀宫含商”；对杨慎、王世贞颇有微词，原因是“强作解事，均与乐章未谐”。《蒋京少梧月词序》则崇尚“秾而不縻、直而不俚、婉曲而不晦”的风格与手法，这正是与辛派词区别的分野所在。

以醇正、蕴藉的美学标准去衡量历代词作，朱彝尊把词作的典范从五代北宋移到了南宋，从阳羡派崇尚的南宋辛、陆身上移到了姜、张身上：“世人言词，必称北宋。然词至南宋，始极其工，至宋季（张炎）而始极其变。”④“南唐、北宋，唯小令为工，若慢词至南宋始极其变。”⑤“填词最雅无过石帚（姜夔）。”⑥“词莫善于姜夔。宗之者张辑、卢祖皋、史达祖、吴文英、蒋捷、王沂孙、张炎、周密、陈允平、张翥、杨基，皆具夔之一体。”⑦“数十年来，浙西填词者，家白石而户玉田，春容大雅……”⑧

与陈维崧明确提出“词非小道”相比，朱彝尊则接受、默认了词为“小道”的传统词体观。“词虽小道”云云即是证明。不过他没有意识到，当他屡屡要求词告别“淫哇”、“宣昭六义”，向“大雅”回归时，他其实正在瓦解“小道”观。他虽然不赞同阳羡派崇尚雄奇奔放的辛稼轩，但实际上却在做着与阳羡派及其所崇尚的豪放诸公同样的提升词的内容价值和词体地位的努力。清代“词之体尊”，朱彝尊功不可没也。

---

① 《静惕堂词序》。
② 《孟彦林词序》。
③ 《陈纬云红盐词序》。
④ 《词综·发凡》。
⑤ 《书东田词卷后》。
⑥ 《词综·发凡》。
⑦ 《黑蝶斋词序》。
⑧ 《静惕堂词序》。

2. 汪森：“以词为诗之余，殆非通论”

汪森（1653—1726），字晋贤，号碧巢。原籍安徽休宁，侨居浙江桐乡。曾官广西桂林通判，累迁户部江西司郎中。有《小方壶存稿》十五卷、《桐扣词》三卷，并辑有《虫天志名家词话》。汪森是浙西词派的重要成员，曾协助朱彝尊编辑《词综》。其《词综序》明确、完整地表达了浙西词派推尊词体的观念。

朱彝尊虽然从“醇雅”的角度作过提升词体的努力，可他仍承袭着词为“小道”的观念。汪森则明确否定有轻视词体之嫌的“诗余”观，表现了尊体的鲜明倾向：“古诗之于乐府，近体之于词，分镳并骋，非有先后。谓诗降为词，以词为诗之余，殆非通论矣。”《词综序》论证诗与词“分镳并骋，非有先后”：“自有诗，而长短句即寓焉。《南风》之操、《五子之歌》是已。周之《颂》三十一篇，长短句居十八。汉《郊祀歌》十九篇，长短句居其五。至《短箫铙歌》十八篇，篇皆长短句，谓非词之源乎？”词与诗同时并生，不是“诗之余”，而是与诗平起平坐的体裁。谈及词的发展历史，《词综序》云：“西蜀、南唐而后，作者日盛。宣和君臣，转相矜尚。曲调愈多，流派因之亦别；短长互见，言情者或失之俚，使事者或失之伉（直也，指辛派词）。鄱阳姜夔出，句琢字炼，归于醇雅。于是史达祖、高观国羽翼之，张辑、吴文英师之于前，赵以夫、蒋捷、周密、陈允衡、王沂孙、张炎、张翥效之于后……而词之能事毕矣。”词至姜夔一派出，“能事”始“毕”。在此之前，香婉一派言情或失之俚俗，豪放一派使事或失之直突，皆有悖雅致。汪森并未将姜夔代表的雅词出现作为否定“诗余”的理由。而事实上，词非“诗余”而与诗并驾齐驱，与词至南宋姜夔一派手中具有雅人深致极有关系。

3. 厉鹗：词“必企夫雅”

厉鹗（1692—1752），字太鸿，号樊榭，浙江钱塘（今杭州）人，原籍慈溪。康熙五十九年（1720）举人，终生未仕。著有《樊榭山房集》二十卷、《宋诗纪事》一百卷、《南宋杂事诗》、《绝妙好词笺》等。

厉鹗是浙西词派中期的代表作家。据吴锡麒《詹石琴词序》说，当时，“吾杭言词者，莫不以樊榭为大宗”。

厉鹗论词，以“雅”相尚。《群雅词集序》云：“词源于乐府，乐府源于《诗》。四《诗》大小《雅》之材，合三百有五。材之雅者，《风》之所由美，《颂》之所由成。由《诗》而乐府而词，必企乎‘雅’之一言，而可以卓然自命为作者。故曾端伯（慥）选词，名《乐府雅词》，周公瑾（密）善为词，题其堂曰‘志雅’。词之为体，委曲啴缓，非纬之以‘雅’，鲜有不与波俱靡而失其正者矣。”厉鹗所标举的“雅”，既有儒家“醇正”的义理，又有道家的清空无滓。前者如《吴尺凫玲珑帘词序》称浙西词人吴焯（字尺凫）之词：中年以后，“寓托既深，揽撷亦富，纡徐幽邃，惝怳绵丽，使人有清真再生之想。”《群雅词集序》称《群雅词集》诸君“所托兴，乃在感时赋物、登高送远之间，远而文，淡而秀，缠绵而不失其正，骋雅人之能事”。后者表现为对“清”或“清雅”的反复强调。如《陆南香白蕉词序》评他人之词，反复拈示“清婉深秀”“清丽闲婉”“深窈空凉”。《白石道人歌曲跋》标举“清妙秀远”。论诗亦然。《双清阁诗集序》云：“自庙廊风谕以及山泽之臞，所吟谣未有不至于清而可以言诗者，亦未有不本乎性情而言清者。”《秋声诗馆吟稿序》云：“余读圣几诗，愈忆圣几之为人矣。圣几赋性幽淡，迥出流俗……故其为诗，澄汰众虑，清思眑冥，松寒水洁，不可近睆。”《景申集序》欣赏“清拔古奥”，《汪积山先生遗集序》赞叹“清恬粹雅”，如此等等，皆然。“清”，有道家淡泊自守、超然物外之内质。厉鹗《广陵寓楼雪中感怀》自述：“平生淡泊怀，荣利非所嗜。”他考中举人而一生未仕，实践了清高淡泊的人生襟怀。其实，这种襟怀岂是厉鹗一人所有！在姜白石、张炎一系如野鹤白云般的清空词作中，我们都可感受到这种精神。厉鹗以自己的体验对“雅”的这一规定，是对浙西词派从道家一路超尘脱俗、雅化词体内涵、提升词体地位的特质的理论揭示。

除此而外，厉鹗在姜夔之外别立北宋末年的周邦彦作为清空词派宗主，这是与朱彝尊的又一细微不同之处。

4. 查礼、郭麐、王昶、吴锡麒：非“小道”，斥“粗豪”

厉鹗之后，浙西派中值得注意者尚有查礼（1716—1783）、王昶（1724—1806）、吴锡麒（1746—1818）、郭麐（一作麟）（1767—1831）。他们除了继续高举“雅正”“骚雅”“清雅”的旗帜外，还有两点值得关注。

一是明确批判“小道”观，推尊词体。王昶《国朝词综自序》云：“词乃《诗》之苗裔，且以补《诗》之穷。余故表而出之（指王昶所编《国朝词综》四十八卷），以为今之词即古之《诗》，即孔颖达之谓‘长短句’。而自明以来，专以词为‘诗之余’，或以‘小技’目之。其不知诗之源流，亦已傎（颠倒错乱）矣。”又吴衡照《莲子居词话》卷四引王昶语：“世以填词为小道，此扪籥扣槃之见，非真知词者。”

二是对豪放词“粗豪”而略无余韵的批判，从而彰显了同主道德之美而与豪放派趣尚不同的形式原因。查礼《铜鼓书堂词话》评文天祥《沁园春》：“公之忠义刚正，凛凛气势，流露于简端者，可耿日月、薄云霄。虽辞藻未免粗豪，然忠臣孝子之作，只可以气概论，未可以字句求也。”郭麐《灵芬馆词话》认为词至南宋吴文英时“能事毕矣”，“至东坡以横绝一代之才，凌厉一世之气，间作倚声，意若不屑，雄词高唱，别为一宗。辛、刘则粗豪太甚矣”。吴锡麒《董琴南楚香山馆词钞序》批评阳羡派代表陈维崧：“全矜豪上，则流荡而忘归。”后来，陈廷焯在赞美陈维崧的同时，又对他的词“沉郁”有所不足表示遗憾，本此。

五、常州派：“风雅寄托”

常州派是由常州人张惠言开创、由周济完善的清中叶之后的词人群体。它兴起于嘉庆，大畅于道光，流脉于晚清，是继浙西派之后活跃于清代中后期词坛的重要词派。

1. 张惠言：“意内言外”

张惠言（1761—1802），字皋文，号茗柯先生，常州武进人，嘉庆四年进士，官翰林院编修，三年后病卒。为常州词派开山祖，有词集《茗柯词》行世，并编有《词选》二卷。又工古文，与恽敬同为阳湖派散文中坚。

张氏祖辈世代习儒。他本人曾七试礼部，未果。他是乾嘉年间颇有造诣的经学家，曾治汉人虞翻的《易》说，著有《周易虞氏义》《虞氏消息》。《词选》编于张氏晚年（1797）。无论意旨还是方法，都受到经学的影响。

浙西词派发展到末流，偏尚姜、张，日益暴露出“薄”“浅”“意不逮”之类的流弊。对此，浙西中人郭麐已有所意识。其《梅边笛谱序》云：“倚声之学莫盛于浙西，亦始衰于浙西。何也？自竹垞诸人标举清华，别裁浮艳，于是学者莫不知祧《草堂》而宗雅词也。樊榭从而祖述之，以清空微婉之旨，为幼（窈）眇（渺）绵邈之音，其体厘然一归于正。乃后之学者徒仿佛其音节，刻划其规模，浮游惝恍，貌若玄远，试为切而按之，性灵不存，寄托无有。”其《梦绿庵词序》云：“白石、玉田之旨，竹垞开之，樊榭浚而深之。故浙之为词者，有薄而无浮，有浅而无亵，有意不逮而无涂泽叫嚣之习，亦樊榭之教然也。”又其

《灵芬馆词话》卷二云："近人莫不宗法雅词，厌弃浮艳，然多为可解不可解之语，借面装头，口吟舌言，令人求其意旨而不得。此何为者耶？昔人以鼠空鸟即为'诗妖'，若此者，亦'词妖'也。"

正是为了挽救浙西词风末流"性灵不存，寄托无有""求其意旨而不得"的流弊，所以张惠言通过编《词选》，提出了"意内言外"的"寄托"说。《词选序》云："'词'者，盖出于唐之诗人，采乐府之音，以制新律，因系其词，故曰'词'。传（指《说文解字》）曰：'意内而言外，谓之词。'其缘情造端，兴于微言，以相感动。极命（尽用）风谣里巷男女哀乐，以道贤人君子幽约怨悱不能自言之情，低回要眇，以喻其致。盖《诗》之比兴变风之义，骚人之歌，则近之矣。……然要其至者，莫不恻隐盱愉，感物而发，触类条畅，各有所归，非苟为雕琢曼辞而已。""……今第录此篇，都为二卷。义有幽隐，并为指发，几以塞其下流，导其渊源，无使风雅之士，惩于鄙俗之音，不敢与诗赋之流同类而讽诵之也。"张惠言依据东汉经学家许慎《说文解字》对"词"的解释"意内言外"，要求词必须言之有物，"非苟为雕琢曼辞而已"。同时，他对词的内容有特殊规定。词可以"极命（名）风谣里巷男女哀乐"，但必须寄托"贤人君子幽约怨悱不能自言之情"，使其成为"《诗》之比兴变风""骚人之歌"，切忌言情而流为"鄙俗之音"。这样一来，词就与诗赋"同类"了。

按照这个标准去评价历代词，《词选序》得出了与此前清代诸词派不同的评价："自唐之诗人李白为首，其后韦应物、王建、韩翃、白居易、刘禹锡、皇甫松、司空图、韩偓并有述造，而温庭筠最高。其言深美闳约。五代之际，孟氏（蜀主孟昶）、李氏君臣为谑，竞作新调，词之杂流，由此起矣。至其工者，往往绝伦，亦如齐梁五言，依托魏晋，近古然也。宋之词家，号为极盛，然张先、苏轼、秦观、周邦彦、辛弃疾、姜夔、王沂孙、张炎，渊渊乎文有其质焉。其荡而不反，傲而不理，枝而不物（琐碎而言之无物），柳永、黄庭坚、刘过、吴文英之伦，亦各引一端，以取重于当世。而前数子者，又不免有一时放浪通脱之言出于其间。后进弥以驰逐，不务原其指意，破析乖剌，坏乱而不可纪。故自宋之亡而正声绝，元之末而规矩隳。以至于今，四百余年，作者十数，谅其所是，互有繁变，皆可谓安蔽乖方，迷不知门户者也。"张惠言既不像阳羡派那样偏尊苏、辛，也不像浙西派那样偏尊姜、张，而是把温庭筠抬到最高位置，同时兼尚姜、张及苏、辛二系。《词选》选温庭筠词最多，达十八首，选五代词人李煜七首、冯延巳五首，选词风与五代相近的秦观十首，选辛弃疾六首、苏轼四首，选姜夔三首、张炎一首[①]，周邦彦四首、王沂孙四首，由此可见张氏词学趣味。张惠言所选唐五代两宋词，既有婉约一系，又有豪放一系（如辛弃疾的几首豪词代表作均收入），还有骚雅一系。在他看来，不只豪放词、骚雅词有《诗》《骚》之义，即便婉约词也有“贤人君子”的寓意。如他评温庭筠《菩萨蛮·小山重叠金明灭》：“此感士不遇也。篇法仿佛《长门赋》而用节节逆叙。此章从梦晓后，领起‘懒起’二字，含后文情事。‘照花’四句，《离骚》初服之意。”评冯延巳三首《蝶恋花》：“三词忠爱缠绵，宛然骚辨（九辨，宋玉所作）之义。延巳为人，专蔽嫉妒，又敢为大言。此词盖以排间异己者，其君之所以信而弗疑也。”评王沂孙的《眉妩》：“碧山咏物诸篇，并有君国之忧。此喜君有恢复之志，而惜无贤臣也。”苏轼的《卜算子·缺月挂疏桐》，本是苏词中一首婉约词，内容以咏物抒情为主，张惠言则认为“义有幽隐”“并为指发”：

> 此东坡在黄州作。鲖阳居士云：“缺月”，刺明微也。“漏断”，暗时也。“幽人”，不得志也。“独往来”，无助也。“惊鸿”，贤人不安也。“回头”，爱君不忘也。“无人省”，君不察也。“拣尽寒枝不肯栖”，不偷安于高位也。“寂寞沙洲冷”，非所安也。此词与《考槃》（《诗·卫风》中诗）极相似。

他用同样的方法追寻欧阳修《蝶恋花》的“幽隐”大义：

> “庭院深深”，闺中既已邃远也。“楼高不见”，哲王又不寤也。“章台”“游冶”，小人之径。“雨横风狂”，政令暴急也。“乱红飞去”，斥逐者非一人而已。殆为韩（琦）、范（仲淹）作乎？[②]

据张惠言《周易虞氏义自序》，虞翻解说《易经》，好以阴阳消息“依物取类，贯穿比附”。这种方法对张氏解词很有影响。《词选序》说：“今第录此篇，都为二卷，义有幽隐，并为指发。”他用“取类”“比附”的方法解释的比兴之义未必符合原词本义，却反映了他对于词的道德美学追求，为后继者周济推尊辛词，

---

① 张惠言后学董毅编《续词选》，选张炎词最多，达二十三首，弥补了张惠言《词选》收张炎词太少的不足。张惠言、董毅：《词选（附：〈续词选〉）》，中华书局1957年版。

② 均见张惠言：《张氏词选》，清道光重刻本。

提升词体提供了思想依据。

2. 周济："意能尊体"

周济（1781—1839），字保绪，号介存，一号止庵，江苏荆溪（今宜兴）人。嘉庆十一年（1806）进士，授淮安府学教授，旋称疾去。与包世臣、魏源等相交，治经世之学。工词，著有《味隽斋词》，另有《词辨》《宋四家词选》《介存斋论词杂著》等。

周济是张惠言之后常州词派最重要的词论家。他早年受浙派影响，转而服膺常州派，唐宋词选本《词辨》是其转变的标志。在其后的《介存斋论词杂著》中他系统地提出了理论观点，《宋四家词选》则是他后期的代表作。

周济词论的最大贡献，是他首次明确提出了"尊体"的词学概念。通过给词的内容注入道德成分来推尊词体，这是张惠言乃至清初以来各家各派词论中已有的思想，可是他们都没有明确提及"尊体"概念。是周济将这一概念正式提了出来："后世之乐，去诗远矣，词最近之。是故入人为深，感人为远，往往流连反复，有平矜释躁、惩忿窒欲、敦薄宽鄙之功。……若乃世俗传习，而或辞不逮意、意不尊体，与夫浅陋淫亵之篇，亦递取而论断之，庶以爱厚古人，而祛学者之惑。"① 王沂孙"最多故国之感，故着力不多，天分高绝，所谓意能尊体。"② 所谓"意能尊体"，"意"指词所言、所载之内容，"尊体"指从风雅寄托之尊贵处切入，勿"浅陋淫亵"，自甘轻贱。由此他提出"风雅寄托"说："二张（张皋文、张翰风兄弟）辑《词选》而序之，以为词者意内而言外，变风、骚人之遗，其叙文旨深词约，渊乎登古作者之堂而进退之矣。……夫人感物而动，兴之所托，未必咸本庄雅，要在讽诵抽绎，归诸中正。"③ "初学词求有寄托。有寄托，则表里相宜，斐然成章。"④ 他论词推尊辛弃疾、周邦彦、吴文英、王沂孙⑤，都源于他们的词寄托深厚："赋情独深，逐境必寤，酝酿日久，冥发

① 《词辨序》。

② 《介存斋论词杂著》。

③ 《词辨序》。

④ 《介存斋论词杂著》。

⑤ 周济编《宋四家词选》所选四家为辛弃疾、周邦彦、吴文英、王沂孙，古典文学出版社 1958 年版。

妄中。虽铺叙平淡，摹绘浅近，而万感横集，五中无主。”① “清真（周邦彦），集大成者也。稼轩敛雄心，抗高调，变温婉，成悲壮。碧山餍心切理，言近旨远。……梦窗奇思壮采，腾天潜渊……”② “稼轩郁勃，故情深，白石放旷，故情浅；稼轩纵横，故才大，白石局促，故才小。”③ “钩勒之妙，无如清真。他人一钩勒便薄，清真愈钩勒，愈浑厚。”④ “碧山胸次恬淡，故《黍离》《麦秀》之感，只以唱叹出之，无剑拔弩张习气。” “咏物最争托意，隶事处以意贯串，浑化无痕，碧山胜场也。”⑤ 向来苏、辛并称，周济则独尊辛稼轩，因为苏东坡作词全凭“天趣”，不够“经意”，不像稼轩那样“沉著”：“苏、辛并称。东坡天趣独到，殆成绝诣，而若不经意，完璧甚少。稼轩则沉著痛快，有辙可循，南宋诸公，无不传其衣钵，固未可同日而语也。”⑥ 在强调“中有所主”“寄托沉著”的同时，周济又对处理风雅寄托的方法提出了要求：“夫词，非寄托（则）不入，专寄托（则）不出。”⑦ “初学词，求有寄托，有寄托，则表里相宣，斐然成章；既成格调，求无寄托，无寄托，则指事类情，仁者见仁，智者见智。北宋词，下者在南宋下，以其不能空，且不知寄托也；高者在南宋上，以其能实，且能无寄托也。”⑧ 词既要“有寄托”，但又不能专于“寄托”而不出，而应当出之以“无寄托”，有无相生，空实结合，“以无厚入有间”⑨，如此才能既“精力弥满”⑩，又不滞碍读者的审美感受。

3. 刘熙载：“词莫要于有关系”

刘熙载（1813—1881）并非自觉的常州词派中人，然而他的词学思想则明显受到常州派影响，并对常州派词学有所总结和发展，且影响到常州派后期词家。

刘熙载是晚清大儒，在经学方面很有造诣。同时，他又是晚清著名文学家，

① 《宋四家词选目录序论》评四家语。
② 《宋四家词选目录序论》。
③ 《介存斋论词杂著》。
④ 《介存斋论词杂著》。
⑤ 《宋四家词选目录序论》。
⑥ 《宋四家词选目录序论》。
⑦ 《宋四家词选目录序论》。
⑧ 《介存斋论词杂著》。
⑨ 《宋四家词选目录序论》，《介存斋论词杂著》附录，人民文学出版社 1959 年版。
⑩ 《介存斋论词杂著》，人民文学出版社 1959 年版。

在诗、文、词、赋、曲等方面很有研究和造诣。这里介绍他的词学思想。

刘熙载的词学思想，主要见于《艺概·词曲概》。① 张惠言由经入词，从“意内言外”出发，要求词有风雅寄托。刘熙载承此而言，大加发挥：

> 《说文》解“词”字曰：“意内而言外也。”《徐锴通论》曰：“音内而言外，在音之内，在言之外也。”故知词也者，言有尽而音意无穷也。
>
> 乐，中正为雅，多哇为郑。词，乐章也。雅郑不辨，更何论焉！
>
> 词家先要辨得“情”字。《诗序》言“发乎情”，《文赋》言“诗缘情”，所贵于“情”者，为得其正也。忠臣孝子，义夫节妇，皆世间极有情之人。流俗误以“欲”为“情”，“欲”长“情”消，患在世道，倚声一事，其小焉者也。
>
> 词进而人亦进，其词可为也；词进而人退，其词不可为也。词家彀到名教之中自有乐地，儒雅之内自有风流，斯不患其人之退也夫！
>
> 昔人词咏古咏物，隐然只是咏怀，盖其中有我在也。然人亦孰不有我？唯“耿得吾中正”者尚耳。

由此，他提出“词莫要于有关系”的词学命题，并指出“词”与“诗”同尊：“词莫要于有关系。张元干仲宗因胡邦衡谪新州，作《贺新郎》送之，坐是除名，然身虽黜而义不可没也。张孝祥安国于建康留守席上赋《六州歌头》，致感重臣罢席。然则词之兴观群怨，岂下于诗哉？”“词导源于古诗，故亦兼具六义。六义之取，各有所当，不得以一时一境尽之。”周济主张有无、空实相生，从“有寄托”入，从“无寄托”出，刘熙载本此铺衍说：“词之妙，莫妙于以不言言之。非不言也，寄言也。如寄深于浅，寄厚于轻，寄劲于婉，寄直于曲，寄实于虚，寄正于余，皆是。”“词深于兴，则觉事异而情同，事浅而情深，故没要紧语正是极要紧语，乱道语正是极不乱道语。”“词之大要，不外厚而清。厚，包诸所有，清，空诸所有。”“词淡语要有味，壮语要有韵，秀语要有骨。”

不只如此，刘熙载还将相反相成的方法推广到词之创作方法的各个环节：“词之章法，不外相摩相荡，如奇正、空实、抑扬、开合、工易、宽紧之类是已。”“词中承接转换，大抵不外纡徐斗健、交相为用。”“词要恰好，粗不得，

① 下文所引，均见刘熙载《艺概·词曲概》，上海古籍出版社 1978 年版。

纤不得，硬不得，软不得。不然，非伧父即儿女矣。”“古乐府中至语，本只是常语，一经道出，便成独得。词得此意，则极炼如不炼，出色而本色，人籁悉归天籁矣。”“词中用事，贵无事障。晦也、肤也、多也、板也，此类皆障也。姜白石词用事入妙，其要诀所在，可于其《诗说》见之，曰：‘僻事实用，熟事虚用。’‘学有余而约以用之，善用事者也……’”

从有寄托而善寄托的美学标准出发，刘熙载重新评价历代词作，从而得出了自己的独特看法。比如张惠言最推尊温庭筠，认为温词皆别具风雅深意，对韦庄、冯延巳亦多偏爱，刘熙载则不以为然：“温飞卿词精妙绝人，然类不出绮怨。韦端己、冯正中诸家词，留连光景，惆怅自怜，盖亦易飘于风雨者。”对于周济《宋四家词选》推尊为“浑厚”典范的周邦彦，刘熙载则提出了不同的评价：“周美成词，或称其无美不备。余谓论词莫先于品。美成词信富艳精工，只是当不得个‘贞’字。”“周美成律最精审，史邦卿句最精炼，然未得为君子之词者，周旨荡而史意贪也。”张惠言稼轩、白石并尊，周济只尊辛而不尊苏，刘熙载则并尊苏、辛，并准确揭示出稼轩、白石二人异同：“苏、辛皆至情至性人，故其词潇洒卓荦，悉出于温柔敦厚。世或以粗犷托苏、辛，固宜有视苏、辛为别调者哉！”“白石才子之词，稼轩豪杰之词。才子豪杰，各从其类爱之，强论得失，皆偏辞也。”在评价五代词、柳永词、辛稼轩词时，刘熙载体现了儒家的道德观念：“齐、梁小赋，唐末小诗，五代小词，虽小却好，虽好却小，盖所谓儿女情多，风云气少也。”“耆卿词，细密而妥溜，明白而家常，善于叙事，有过前人。唯绮罗香泽之态，所在多有，故觉风期未上耳。”“辛稼轩风节建竖，卓绝一时。惜每有成功，辄为议者所沮。”而在评价苏轼、姜夔时，对二人词中道家成分的揭示，表明远离香艳、推尊词体的“寄托”并不完全来自儒家一路：“东坡词具神仙出世之姿。方外白玉蟾诸家，惜未诣此。”“姜白石词幽韵冷香，令人挹之无尽。……词家称白石‘白石老仙’。或问毕竟与何仙相似？曰：藐姑冰雪，盖为近之。”

刘熙载的这些评论，甚为切合词人词作的实际情况，亦甚为精到。其词学思想成为从张惠言、周济过渡到谭献、陈廷焯、况周颐的重要环节。

4. 谭献：词之“比兴之义，升降之故，视诗较著”

谭献（1832—1901），初名廷献，字仲修，号复堂，晚号半厂，浙江仁和（今杭州）人。同治举人，屡试礼部不第。历任歙县、全椒、合肥知县。后告归乡里，专心著述。晚年应张之洞之邀，主讲湖北经心书院，有词集《复堂词》，编有《复堂词录》《箧中词》。其门人将其散见词论辑成《复堂词话》。谭献弟子徐珂《近词丛话》指出谭献与常州词派的联系及在当时影响："效常州派者，光绪朝有丹徒庄棫、仁和谭献、金坛冯煦诸家。""为海内所宗仰者，谭复堂大令是也。"

我们先看谭献与常州派主张的相通之处。常州派的基本词学主张，是通过给词注入道德寄托提升词体地位。谭献亦然。《复堂词录叙》进而指出，由于词不仅能够寄托诗的大雅之旨，而且作为"乐府之余"比诗具有音韵升降的音乐之美，因而"视诗较著"，比诗更有亦教亦乐的"感人"效果："愚谓词不必无《颂》，而大旨近《雅》。于《雅》不能大，然亦非小，殆《雅》之变者与？其感人也尤捷，无有远近幽深，风之使来。是故比兴之义、升降之故，视诗较著。夫亦在于为之者矣。上之言志永言，次之志洁行芳，而后洋洋乎会乎《风》《雅》。"据此他批判"雕琢曼辞，荡而不反，文焉而不物者"："过矣靡矣，又岂词之本然也哉？"

不过，谭献对常州派的创作偏向和词学评论亦有所批评，从而表现出他不局限于常州词派的某种独立性。他对常州派创作偏向的批评是："常派挽朱（彝尊）、厉（鹗）、吴（锡麒）、郭（麐）侁染之失，而流为学究。"① "宛邻（指张惠言、张琦兄弟）、止庵（周济）一派，为学人之词。"② 常州派以"寄托"矫浙西派"清空"之弊，其结果往往是能从"寄托"入，不能从"寄托"出，词中堆砌学问，用典太多，为"学人之词"，有"学究"之腐。吴梅《词学通论》曾批评周济词："止庵自作词，亦有寄旨，唯能入而不能出耳。……而词涉隐晦，如索枯谜，亦是一蔽。"

谭献对常州派词论的批评是："皋文《词选》，以《考槃》为比，其言非河、汉也。此亦鄙人所谓作者未必然，读者何必不然。"③ "又其为体也，固不必与庄语也，而后侧出其言，旁通其情，触类以感，充类以尽。甚且作者之用心未必然，而读者之用心何必不然！言思拟议之穷，而喜怒哀乐之相发，向之未有得于

① 《复堂词话·复堂日记》。

② 《复堂词话·箧中词》。

③ 谭献：《复堂词话·评苏轼〈卜算子·雁〉》，人民文学出版社1959年版。

诗者，今遂有得于词。”① 谭献以张惠言将苏轼的《卜算子·雁》一词之义比附于《诗经·卫风·考槃》为例，说明张氏所“发现”的“幽隐”之义有的并不是作者本意，这就叫“作者之用心未必然，读者之用心何必不然”。不过，这倒从张惠言解词的教训中揭示了词乃至一切文艺作品审美接受中读者、受众的主体创造现象，成为中国古代文学接受美学理论中最著名、最精辟的论断。

5．陈廷焯：高标“沉郁”

陈廷焯（1853—1892），字耀先，一字亦峰，江苏丹徒人，流寓泰州。光绪十四年举人。工诗词，著有《白雨斋词话》《词坛丛话》，编有《云韶集》《词则》。

陈廷焯是常州词派后期词学研究方面贡献至巨、影响至大的一位代表。他在坚持常州派观点的基础上吸收浙派的主张加以创造，提出了融“寄托”与“蕴藉”于一体的“沉郁”说，并以此高度评价辛稼轩，推重阳羡派巨子陈维崧，使鸦片战争前后的词坛激荡起一股慷慨之气。

关于“沉郁”的词学批评标准，《白雨斋词话》一再加以阐明：《词话》（指《白雨斋词话》）十卷，本诸《风》《骚》，正其情性，温厚以为体，沉郁以为用，引以千端，衷诸一是。”②

作词之法，首贵“沉郁”。“沉”则不浮，“郁”则不薄。顾“沉郁”未易强求，不根柢于《风》《骚》，乌能“沉郁”？十三国《变风》③，二十五篇《楚辞》，忠厚之至，亦沉郁之至也。不究心于此，率尔操觚，乌有是处？④

入门之始，先辨雅俗；雅俗既分，归诸忠厚；既得忠厚，再求沉郁；沉郁之中，运以顿挫，方为词中最上乘。⑤

陈廷焯尤其强调“沉郁”对于词体的特殊重要性。《白雨斋词话》卷一云：“诗词一理，然亦有不尽同者。诗之高境，亦在沉郁。然或以古朴胜，或以冲淡

① 谭献：《复堂词录叙》，谭献：《复堂词话》，人民文学出版社1959年版。

② 《白雨斋词话》自序。

③ 一般认为十五国风中除《周南》《召南》为“正风”外，其余十三国风为“变风”。

④ 《白雨斋词话》卷一。

⑤ 《白雨斋词话》卷七。

胜，或以巨丽胜，或以雄苍胜。纳沉郁于四者之中，固是化境。即不尽沉郁，如五七言大篇畅所欲言者，亦别有可观。若词则舍沉郁之外，更无以言词。盖篇幅狭小，倘一直说去，不留余地，虽极工巧之致，识者终笑其浅也。”

“沉郁”不单指内容雅正、忠厚，而且指“特不宜说破”，是借“含蓄不露”手段创造的内容积淀形态。《白雨斋词话》反复强调这一点：

> 所谓“沉郁”者，意在笔先，神余言外。写征夫思妇之怀，寓孽子孤臣之感。凡交情之冷淡，身世之飘零，皆可于一草一木发之。而发之又必若隐若现，欲露不露，反复缠绵，终不许一语道破。匪独体格之高，亦见性情之厚。①
>
> 感慨时事，发为诗歌，便已力据上游。特不宜说破，只可用比兴体，即比兴中亦须含蓄不露，斯为沉郁，斯为忠厚。②
>
> ……词太浅露，未合风人之旨。……所谓“兴”者，意在笔先，神余言外，极虚极活，极沉极郁，若远若近，可喻不可喻，反复缠绵，都归忠厚。③

以合“忠厚”“含蓄”于一身的“沉郁”标准去看历代词作，他最推崇辛弃疾。早期编著的《云韶集》《词坛丛话》云：“稼轩词，直似一座铁瓮城。坚而锐，锐而厚，凭你千军万马，也冲突不入。”④“稼轩词，粗粗莽莽，桀傲雄奇，出坡老之上。”⑤“苏、辛千古并称，然东坡豪宕则有之，但多不合拍处。稼轩则于纵横驰骋中，而部伍极其整严，尤出东坡之上。东坡词极名士之雅，稼轩词极英雄之气，千古并称，而稼轩更胜。”⑥后期著作《词则》《白雨斋词话》改变了早期扬辛抑苏的倾向，并尊苏、辛。然《词则》选辛词四十七首，苏词二十七首，《白雨斋词话》亦多美辛之词：“感激豪宕，苏、辛并峙千古。然忠爱恻怛，苏胜于辛；淋漓悲壮，顿挫盘郁，则稼轩独步千古矣。”“苏、辛并称，然

---

① 《白雨斋词话》卷一。

② 《白雨斋词话》卷二。

③ 《白雨斋词话》卷六。

④ 《词坛丛话》。

⑤ 《词坛丛话》。

⑥ 《云韶集》。

两人绝不相似。魄力之大，苏不如辛；气体之高，辛不逮苏远矣。”“辛稼轩，词中之龙也；气魄极大，意境却极沉郁。”“稼轩《贺新郎·别茂嘉十二弟》，沉郁苍凉，跳跃动荡，古今无此笔力也。”“稼轩《水调歌头》诸阕，直是飞行绝迹，一种悲愤慷慨郁结于中。”

从“忠厚”“慷慨”出发，《词则》选陈维崧词最多，达二百七十八首，约占整部词选的八分之一。《白雨斋词话》屡屡盛誉其词。然而对陈词的蕴藉沉郁不足，《白雨斋词话》则表示出一定的遗憾：“国初词家，断以迦陵为巨擘。后人每好扬朱而抑陈，以为竹垞独得南宋真脉。呜呼，彼岂真知有南宋哉？迦陵词气魄绝大，骨力绝遒。填词之富，古今无双。只是一发无余，不及稼轩之浑厚沉郁。……迦陵词，沉雄俊爽。论其气魄，古今无敌手。若能加以浑厚沉郁，便可突过苏、辛，独步千古。……迦陵词，不患不能沉，患在不能郁。不郁则不深，不深则不厚。发扬蹈厉，而位于余蕴，究属粗才。”“陈其年《哨遍》两篇，一气盘旋，排山倒海。论其气力，几欲突过稼轩。只是雄而不浑，直而不郁，故初读令人色变，再读令人齿冷矣。”

陈廷焯不只崇尚苏、辛一系的词作，对于姜、张一系的词作也兼取。如《词则》选姜夔词二十九首、张炎词四十首、王沂孙词四十二首、朱彝尊词一百一十二首。为什么呢？因为他们“托志帏房，眷怀君国”①，亦符合“雅正”“蕴藉”的“沉郁”标准。如《词则》称赞姜夔：“清虚骚雅，前无古人，后无来者，真词中之圣也。”《白雨斋词话》则云：“姜尧章词，清虚骚雅，每于抑郁之中饶蕴藉。”由此可见出“沉郁”范畴的确切内涵。

6. 况周颐：“词心”之“重、拙、大”

况周颐（1859—1926），字夔笙，号蕙风，广西临桂（今广西桂林）人。光绪举人，任内阁中书。曾与王鹏运、朱祖谋等在北京结成宣南词社。后以知府之衔外调，先后两入两广总督张之洞、两江总督端方幕府为舍人。晚年为遗老避居上海，卖文为生，贫病以终。著有《蕙风词》《蕙风词话》《玉栖述雅》等多种。

况周颐和王鹏运都是临桂人，人或称“临桂派”或“粤西词派”。而从其旨趣而论，则可归入常州派。蔡嵩云《柯亭论词》论常州词派之发展：“……第三期词派，创自王半塘（王鹏运号），叶遐庵戏呼为桂派，予亦姑以桂派名之。和

① 陈廷焯：《白雨斋词话》卷五引常派词人庄棫语，人民文学出版社1959年版。

之者有郑叔问（文焯）、况蕙风、朱彊村（祖谋）等。本张皋文‘意内言外’之旨……而益发挥光大之。”龙榆生《清季四大词人》说：“五十年来，常派风流，未遽消歇，一时作者，遍于东南。而造诣之深，断推王（鹏运）、文（廷式）、郑（文焯），况（周颐）四子。此亦张（惠言）、周（济）之遗绪，而益务恢宏。”

况周颐的词学思想，见其论词名著《蕙风词话》。《蕙风词话》集况周颐五十余年词学心得，于晚年几经删改而成。况周颐将陈廷焯的“沉郁”发展为“重、拙、大”，不仅在内容上尊体，而且在形式上尊体。至此，词从被人轻视的“诗余”变成了“情文节奏并皆有余于诗”、胜过诗的文学体裁。

况周颐认为，词的根本在“词心”。“吾听风雨，吾览江山，常觉风雨江山外有万不得已者在。此万不得已者，即词心也。而能以吾言写吾心，即吾词也。此万不得已者，由吾心酝酿而出，即吾词之真也。”①“词心”即“寄托”。《蕙风词话》卷五云：“词贵有寄托。所贵者流露于不自知，触发于弗克自已。”②《蕙风词话补编》卷一云：“‘意内’者何？言中有寄托也。所贵于‘寄托’者，触发于弗克自已，流露于不自知。吾为词而所寄托出焉，非因寄托而为是词也。”③

对于“词心”“寄托”，况周颐受同乡、晚清四大词家之长的王鹏运启发，标举“重、拙、大”。他说：“作词有三要：曰重、拙、大。南渡诸贤不可及处在此。”④

所谓“重”，即“沉着”“深厚”之意。《蕙风词话》卷二谓：“‘重’者，沉著之谓，在气格，不在字句。”“‘沉著’者，‘厚’之发见乎外者也。”⑤况周颐以此评晏几道《阮郎归》“沉着厚重”。评程文简《感皇恩》：“非性情厚、阅历深，未易道得。”评金景覃《天香》：“填词以厚为要旨。此则小中见厚也。”他在评贺铸词时还说：“按填词以厚为要旨。苏、辛词皆极厚，然不易学，或不

① 况周颐著、屈兴国辑注：《蕙风词话》卷一，江西人民出版社2000年版，第23页。下同。

② 《蕙风词话》，第246页。

③ 《蕙风词话》，第355页。

④ 《蕙风词话》卷一，第6页。

⑤ 《蕙风词话》卷一，第99页。

能得其万一，而转滋流弊，如粗率、叫嚣、澜浪之类。”可见，况氏之“重”“厚”，即陈廷焯之“沉郁”。况氏标举“重”，旨在匡正浙派末流轻弱空浮之弊。“凝重中有神韵，去成就不远矣。”“若从轻倩入手，至于有神韵，亦自成就，特降于出自凝重者一格。”①

所谓“拙”，即稚拙、真率。“拙不可及……若赤子之笑啼然，看似至易，而实至难者也。”② 况氏反对人为的做作、过分的雕饰：“词忌做，尤忌做得太过。”“不安于浅而致饰焉，不恤颦眉、龋齿，楚楚作态，乃是大疵。”③当然，况周颐也看道：“若错认‘真率’为‘直率’，则尤大不可耳。”“词太做，嫌琢；太不做，嫌率。”④ 因而他指出：“欲造平淡，当自组丽中来，即倚声家言自然从追琢中出也。”⑤ 可见，况氏之“拙”，乃大浓化淡之“淡”，大巧若拙之“拙”。正因此，他借清人王鹏运的话称赞说：“宋人拙处不可及，国初诸老拙处亦不可及。”⑥

关于“大”，况氏并无具体解释。联系他及王鹏运对苏、辛词的推尊，约指雄浑阔大的意境。

“词心”“寄托”有了“重、拙、大”的规定，于是，词就不再是“小道”了。《蕙风词话》开篇即指出：“词之为道……上通雅乐。”在此之外，词作为“乐府之余”（谭献）、“倚声之学”（陈廷焯），可以“按节寻声”“尽被弦管”（陈廷焯），因而比诗更胜一筹。《蕙风词话》卷一于是重新解释“诗余”之“余”，使之变成了比诗更有优胜之处的文体：

> 诗余之“余”，作“赢余”之“余”解。唐人朝成一诗，夕付管弦，往往声希节促，则加入和声。凡和声皆以实字填之，遂成为词。词之文情节奏，并皆有余于诗，故曰“诗余”。世俗之说，若以为词为诗之剩义，则误解此“余”字矣。⑦

---

① 《蕙风词话》卷一，第16—17页。
② 《蕙风词话》卷五，第250页。
③ 《蕙风词话》卷一，第16页。
④ 《蕙风词话》卷一，第13页。
⑤ 《蕙风词话续编》卷一，第302页。
⑥ 《蕙风词话》卷一，第7页。
⑦ 《蕙风词话》卷一，第4页。

况周颐的《蕙风词话》虽然成书于清末民初，但却看不到一点西学痕迹，其词论方式也保留了中国古代原汁原味的札记形式，以至于连“重、拙、大”这词之“三要”中的“拙”“大”也缺少明确的理论界说。这从现代社会科学著作的逻辑要求来看颇有欠缺，然而我们却可以据此把它视为中国古代词论的收山之作。

明清词论经过明代的“小道”观、“诗余”观，自清初以迄清末，各家各派都笼罩在“尊体”的词学观念中。今人视词为与诗并列的一种诗体，盖源于清人尊体之功。而无论明人因词言香艳之情而视词为“小道”，还是清人因词言风雅而视词为“大道”，都反映了中国古代的道德美学主旨，只不过明代是反题，清代是正题而已。它从一个侧面体现了中国古代以“道”为美观念的强大势力和强势地位。

第十六节　龚自珍：以自然、个性为美

龚自珍（1792—1841），一名巩祚，字璱人，号定庵，浙江仁和（今杭州）人。出身于三代京官之家，外祖父为经学大师段玉裁。自幼从外祖父学经学训诂。年轻时科举屡屡落第，二十七岁中举人，三十八岁中进士。历任内阁中书、礼部主事等京城小官近二十年，四十八岁辞官到杭州、丹阳等地书院讲学，两年后暴卒于丹阳。有《定庵文集》《定庵诗集》等。其著作目前比较完备的本子是上海人民出版社1975年出版的《龚自珍全集》。

龚自珍二十八岁时曾从常州学派刘逢禄治《公羊春秋》，成为今文经学派中的重要一员。今文经学派倡导“通经致用”，不拘泥于文字考据，注重在经文注疏中阐发大义，发挥己说，这使得他成为晚清贴近现实的思想家。

恩格斯曾说，但丁是欧洲“中世纪的最后一位诗人，同时又是新时代的最初

一位诗人”。[1] 龚自珍主要生活在鸦片战争以前的中国古代，但他继承、发展了中明以来的启蒙思潮，大力张扬个性、尊心宥情，喊出了“不拘一格降人才”的最强音，开清末民初康、梁为代表的近代启蒙思潮之先声，成为中国古代民主思想向近代民主思想转换的过渡人物。梁启超《论中国学术思想变迁之大势》说他：“其于专制政体，疾之滋甚，集中屡叹恨焉；又颇明社会主义，能知治本。”“语近世思想自由之向导，必数定庵。”

一、“尊心”说

先来看一看章学诚与龚自珍“尊史”观的异同。

章学诚曾夸大“史”的范围，认为“凡著作之林，皆是史学”。龚自珍分析古史状况时亦云：“周之世官大者史，史之外无有语言焉，史之外无有文字焉，史之外无人伦品目焉。”章学诚曾说“六经皆史”，龚自珍亦云：“六经者，周史之宗子也。《易》也者，卜筮之史也；《书》也者，记言之史也；《春秋》也者，记动之史也；《风》也者，史所采于民而编之竹帛、付之司乐者也；《雅》《颂》也者，史所采于士大夫也；《礼》也者，一代之律令，史职藏之故府，而时以昭王者也。”[2] 这是二人之同。二人同样尊史，但着眼点却不同。章氏认为“文章以叙事为最难”，而“叙事之文”以史为备。龚氏则看中史的“尊心”功能，他在《尊史》中说：“史之尊，非其职语言、司谤誉之谓，尊其心也。……心尊，则其官尊矣；心尊，则其言尊矣。官尊言尊，则其人亦尊矣。”《尊史》中提出的“尊心”“尊人”思想，龚自珍在多处从不同角度、层面加以阐述过。

从心与物、人与天的关系来说，心为物之本，天为人所造：“天地，人所造，众人自造，非圣人所造。……众人之宰，非道非极，自名曰‘我’。我光造日月，我力造山川，我变造毛羽肖翘，我理造文字言语，我气造天地，我天地又造人，我分别造伦纪。众人也者……人自所造，非圣造，非天地造。……日月旦

---

① 恩格斯：《共产党宣言》1893 年意大利文版序言，《马克思恩格斯选集》第一卷，人民出版社 1972 年版，第 249 页。

② 均见龚自珍：《古史钩沉论二》，《龚自珍全集》第一辑，上海人民出版社 1975 年版，下同。

昼，人所造，众人自造，非圣人所造。……天神，人也；地祇，人也；人鬼，人也。”①“人心者，世俗之本也；世俗者，王运之本也。人心亡，则世俗坏；世俗坏，则王运中易。王者欲自为计，盍为人心世俗计矣。”②

从人心在社会生活中的价值作用来说，“报大仇，医大病、解大难、谋大事、学大道，皆以心之力”，“哲人之心，孤而足恃”，“心无力者，谓之‘庸人’”。③真正的伟人奇士，是具有坚毅的精神、强大的意志的人。

从其所肯定的人心的成分来说，龚自珍所呼唤的人心，是判断是非的道德良知，是充满个性的独创意识：“夫有人必有胸肝，有胸肝则必有耳目，有耳目则必有上下百年之见闻，有见闻则必有考订同异之事；则或胸以为是，胸以为非。有是非，则必有感慨激奋。感慨激奋而居上位、有其力，则所是者依，所非者去。感慨激奋而居下位、无其力，则探吾之是非，而昌昌大言之。”④“言也者，不得已而有者也。如其胸臆本无所欲言，其才武又未能达于言，强之使言，茫茫然不知将为何等言？不得已，则又使之姑效他人之言。效他人之种种言，实不知其所以言。于是剽掠脱误，摹拟颠倒，如醉如寱以言，言毕矣，不知我为何等言。”⑤“呜呼！予欲慕古人之能创兮，予命弗丁其时；予欲因今人之所因兮，予茯然而耻之。耻之奈何？穷其大原。……虽天地之久定位，亦心审而后许其然。苟心察而弗许，我安能颔彼久定之云？”⑥ 而当时“衰世”的社会现实是，一旦有良知、有见识的“才士”“才民”出现，便有若干平庸“不才”之人“督之缚之，以至于戮之”，并且调动各种手段，“戮其能忧心、能愤心、能思虑心、能作为心、能有廉耻心、能无渣滓心”，从而造成了没有“才相”“才史”“才将”“才士”“才民”“才工”“才商”甚至“才偷”“才盗”的平庸局面；“人心混混而口无过（非议）也，似治世之不议”⑦。其实是专制高压之下“万马齐喑”的假象，所以他要呼唤“风雷”以挽救“人才”，给这个社会注入“生气”：“九

① 《壬癸之际胎观第一》。

② 《平均篇》。

③ 《壬癸之际胎观第四》。

④ 《上大学士书》。

⑤ 《述思古子议》。

⑥ 《文体箴》。

⑦ 均见《乙丙之际著议第九》。

州生气恃风雷，万马齐喑究可哀！我劝天公重抖擞，不拘一格降人才！”①

龚自珍重视史家的见识和良知，故鄙薄考据和词章。龚自珍步入文坛之际，正是桐城派统治天下、肌理派风靡诗界之时。桐城派主张义理、考据、词章合一，肌理派主张用学问充实诗材。龚自珍处于这样的时代氛围中，自幼又受外祖父段玉裁的训诂考据之学的熏陶。然而目睹社会的平庸和良知的缺失，他则不以考据、词章为贵，而以识见义理为重。在给友人魏源的信中，他说：

> 客言：足下始工于文词，近习考订。仆岂愿通人受此名哉？又云：足下既习考订，并兼文词。又岂愿通人受此名哉？足下示吾近作，勇去口吻之冶俊，为汪洋郁栗冲夷，是文章之祥也；而颇喜杂陈枚举一二琐故以新名其家，则累累矣。古人文学，同驱并进，于一物一名之中，能言其大本大原，而究其所终极，综百氏之所谈，而知其义例，遍入其门径，我从而管钥（开启）之，百物为我隶用。苟树一义，若浑浑圆矣，则文儒之总也。②

龚自珍的“尊心”思想，是其以“情”为美和以“完”为美的哲学基础和道德基石。究其根源，明代王阳明的心学影响固然不可忽视，然而佛家的影响也许更加重要。龚自珍对佛典广有涉猎，造诣颇深，曾写下许多佛学论文。③“万法唯心”是佛教的世界观和修行论。龚自珍《发大心文》阐述、发挥此旨道：“是故欲修檀（布施）者，发心为先；欲修羼提（忍辱），发心为先；欲修尸罗（戒），发心为先；欲修毘黎耶（精进），发心为先；欲修禅那（静虑），发心为先；欲修般若（智慧），发心为先。我今先愿断种种心。何谓种种心？瞋心，差别有三：曰嫉恶心，曰怨懟心，曰难忍辱心；贪心，差别有三：曰乐世法心，曰羡慕心，曰忆世法心；痴心，差别有五：曰善感心，曰缠绵心，曰疑法心，曰疑因果心，曰昏沉心。有境相应行心，有非境不相应行心。若广分别言，则有八万四千尘劳，皆起一心。我今誓发大心……如它横逆，应正思维，生安受心；遇它机械，应正思维，生怜他心；遇他作恶，应正思维，生度他心；遇他冥顽，不忠不孝，不存血性，于家于国，漠然无情，应正思维，生感动他心；遇他遏抑我、

① 《已亥杂诗》。

② 《与人笺一》。

③ 《龚自珍全集》第六辑收有龚氏的数十篇佛学文章。

噬负我，皆正思维，而生怜他心；遇他顽痴，应正思维，生敬他心；遇它妒忌，生让它心；遇它丑恶，应正思维，生爱它心；乃至见他十恶五逆，亦将我心置他胸臆，而替他想，生种种怜他心、宥他心、度他心，乃至一切施不如愿于我，我皆如是思维；此我夙业，今生幸已受报，已偿已讫，生自庆幸心。"后来康有为、谭嗣同、梁启超等人由佛教而尚心力，与龚自珍如出一辙。

二、从"宥情"到"尊情"

龚自珍崇尚的人心，既是包含着是非判断的道德心，又是包含着真情实感的"童心"。二十八岁时，他作诗道："不似怀人不似禅，梦回清泪一潸然。瓶花帖妥炉香定，觅我童心廿六年。"① 四十八岁时，他作诗云："少年哀乐过于人，歌泣无端字字真。既壮周旋杂痴黠，童心来复梦中身。"② 于是，龚自珍由"尊心"走到了"尊情"。

龚自珍生来就是一个充满情感素质的人，所谓"少年哀乐过于人"。不过关于"情"的理性认识，他走过了一个从含糊"宥情"到明确"尊情"的过程。先秦儒家提倡"发乎情，止乎礼义"；汉儒则认为情阴性阳，性善情恶；俟西方佛教传入中土，则力主禁欲禁情，而大乘经典又主张真不离俗，并"不以情为鄙夷"。情是与生俱来的一种心理活动，到底应当如何对待情？年轻时龚自珍陷入了困惑。十九岁时，他写下《宥情》一文，记载了甲、乙、丙、丁、戊等人对情的不同态度，提出，既然各执一说，莫衷一是，不如"宥之"，用宽容的态度对待情：

> 甲、乙、丙、丁、戊相与言。甲曰："有士于此，其于哀乐也，沉沉然，言之而不厌，是何若？"乙曰："是媟嫚之民也。许慎曰：'情，人之阴气有欲者也。'圣人不然，清明而强毅，无畔援，无歆羡，以其旦阳之气，上达于天。阴气有欲，岂美谈耶？"丙请辨之："西方（一本作天竺）之志曰：

① 《午梦初觉，怅然诗成》。

② 《已亥杂诗》。

欲有三种，情欲为上。西方（一本作天竺）圣人，不以情欲为鄙夷，① 子言非是。”丁曰：“乙以情隶（附属于）欲，无以处乎哀乐之正而非欲者。且人之所以异于铁牛、土狗、木寓龙者安在？乙非是。丙以欲隶情，将使万物有欲毕诡于情，而情为秽墟、为罪薮，丙又非是。是以不如析言之也。西方（一本作天竺）之志，盖善乎其析言之矣。”戊请辨之曰：“西方（一本作天竺）之志又有之：纯想即飞，纯情即坠。若是乎概而诃之也，不得言情。或贬或无贬，汝言皆非是。”

龚子闲居，阴气沉沉（指情感活动）而来袭心……不知此方圣人所诃欤，西方圣人所诃欤？甲、乙、丙、丁、戊五氏者，孰党我欤，孰诟我欤？姑宥之也，以待乎覆鞠之者，② 作《宥情》。

在对“情”的追问与宽容中，龚自珍言情写情，被时人目为“天下善言文章之情者”③。二十六岁时，钱廷烺请他为先父钱枚诗集作序，他以“幽窅而情深，言古今所难言”、为“古今情之至者”称道之，尊情的态度开始形成。二十八岁时，从刘逢禄治今文经学，思想发生较大变化，尊情思想益加明确。他在诗中说：“情多处处有悲欢，何必沧桑始浩叹！”“欲为平易近人诗，下笔情深不自持。”④ 三十二岁时，龚自珍刊定其早年词作，写下《长短言自序》，鲜明提出“尊情”说：

“情”之为物也，亦尝有意乎锄之矣；锄之不能，反而宥之；宥之不已，而反尊之。龚子之为《长短言》何为者耶？其殆尊情者耶?!情孰为尊？无住为尊，无寄为尊，无境而有境为尊，无指而有指为尊，无哀乐而有哀乐为尊。……畴昔之年，凡予求为声音之妙盖如是，是非欲尊情者耶？且唯其尊之，是以为《宥情》之书一通；且唯其宥之，是以十五年锄之而卒不克……虽曰“无住”，予之住也大矣；虽曰“无寄”，予之寄也将不出矣。

① 西方之志：一般理解为指古印度佛典。此当指大乘空宗经典。西方圣人：指古印度佛教高僧。空宗主张空不离有，真不离俗，故并不绝对否定情欲。然若以之为“情欲为上”，毕竟不合佛教基本宗旨。不知龚氏何据。

② 覆：审察。鞠，通鞫，究、问。

③ 《钱吏部遗集序》

④ 《杂诗，己卯自春徂夏，在京师作，得十有四首》，《龚自珍全集》第九辑。

在同年所作《题红禅室诗尾》中，他写道："不是无端悲怨深，直将阅历写成吟；可能十万珍珠字，买尽千秋儿女心。"

龚自珍天性多情，平生写情，倾向尊情。一方面继承了明中叶以来以自然真情为美的思想，另一方面，他是一个深受儒家经学观念熏陶，对佛、道深有濡染的学者，他尊尚的"情"又不完全等同于明末不受理性约束的自然之情，而是不同程度地受到儒、道、佛之理性规范的制约之"情"。如《五经大义终始论》说："圣人治人情，必反攻其情，以己治之。圣者有情欤？曰微矣，至清以有神，至和以有精，至静以有形，至淡以应群灵，至冲虚以应兆人，故遂终言之曰：心无为也，以守至正。"《长短言自序》云："情孰为畅？畅于声音……是声音之所引如何？则曰：……凡声音之性，引而上者为道，引而下者非道，引而之于旦阳者为道，引而之于暮夜者非道。道则有出离（指对情的超脱）之乐，非道则有沉沦陷溺之患。"若说上述材料体现了儒、道规范对"情"的制约，那么，《长短言自序》中要求对"情""住"而"无住"、"寄"而"无寄"的态度则体现了大乘佛教的行为规范。大抵明人尚情，情多礼教规范外之情，清人尚情，情多理性规范内之情（如王夫之、黄宗羲、顾炎武、翁方纲）。龚自珍的"尊情"说，体现了清代情感取向的基本特征。

三、以"完"为美

龚自珍的内心深处充满着矛盾。他既崇尚富有个性的童心真情，又不赞成沉溺于情；他既不赞成完全被情所主宰，又反对"迂儒"以"故道"扼杀情。① 在骨子里，龚自珍渴求保持完整的自然天性，并以此为美。《病梅馆记》批判江浙售梅者按文人画士"以曲为美""以欹为美""以疏为美"的趣味绳梅、育梅，指出如此栽培出来的梅花都是"病梅"，而真正美的梅花应是按自然天性成长，保存其完整天性的梅：

> 江宁之龙蟠，苏州之邓尉，杭州之西溪，皆产梅。或曰："梅以曲为美，直则无姿；以欹为美，正则无景；以疏为美，密则无态。固也。此文人画

① 《己亥杂诗》："安用迂儒谈故道？犁然天地划民风。"《龚自珍全集》第十辑。

士，心知其意，未可明诏大号，以绳天下之梅也，又不可以使天下之民斫直、删密、锄正，以夭梅、病梅为业以求钱也。梅之欹、之疏、之曲，又非蠢蠢求钱之民能以其智力为也。有以文人画士孤癖之隐明告鬻（售）梅者，斫其正，养其旁条，删其密，夭其稚枝，锄其直，遏其生气，以求重价，而江、浙之梅皆病。文人画士之祸之烈至此哉！予购三百盆，皆病者，无一完者。既泣之三日，乃誓疗之、纵之、顺之。毁其盆，悉埋于地，解其棕缚；以五年为期，必复之全之。予本非文人画士，甘受诟厉，辟病梅之馆以贮之。呜呼！安得使予多暇日，又多闲田，以广贮江宁、杭州、苏州之病梅，穷予生之光阴以疗梅也哉？

据吴昌绶《定庵先生年谱》，该文写于龚自珍四十八岁，也就是写下“我劝天公重抖擞，不拘一格降人材”诗句的那一年。这表明，龚自珍晚年（龚一生只活了五十岁）要求挣脱外在束缚、张扬自然个性的愿望更加决绝。

同样的思想，在《削成箴》和《书汤海秋诗集后》也有所表述。《病梅馆记》反对“斫梅”“删梅”“锄梅”，《削成箴》亦云：“天地之间、几案之侧，方何必皆中圭？圆何必皆中璧？斜何必皆中弦？直何必皆中墨？有无形之形受形敝，有无名之名受名阙。”《病梅馆记》强调一个“完”字，并主张“纵之”“顺之”，《书汤海秋诗集后》亦以一“完”字概括、赞赏汤海秋诗：“益阳汤鹏，海秋其字，有诗三千余篇，芟而存之二千余篇，评者无虑数十家，最后属（嘱）龚巩祚一言。巩祚亦一言而已，曰：‘完。’何以谓之‘完’也？海秋心迹尽在是，所欲言者在是，所不欲言而卒不能不言者在是，所不欲言而竟不言，于所不言求其言亦在是。要不肯挦扯他人之言以为己言，任举一篇，无论识与不识，曰：此汤益阳之诗。”

不仅如此，举凡古来一切著名诗人，其所以名者，皆可以一“完”字概括：“人以诗名，诗尤以人名。唐大家若李、杜、韩及昌谷（李贺）、玉溪（李商隐），及宋、元眉山（苏轼）、涪陵（黄庭坚）、遗山（元好问），当代吴娄东（吴伟业），皆诗与人为一，人外无诗，诗外无人，其面目也完。”① 自此，龚自珍之美学观明也。

① 《书汤海秋诗集后》。

此外，龚自珍直接涉及“美”的文字还有《水仙花赋》《琴歌》《昨夜》。《水仙花赋》赞美水仙花：“姿既嫮乎美人，品又齐乎高士。”《昨夜》诗云：“种花都是种愁根，没个花枝又断魂。新学甚深微妙法，看花看影不留痕。”《琴歌》诗云：

> 之美一人，乐亦过人，哀亦过人。
> 月生于堂，匪月之精光，睇视之光。
> 美人沉沉，山川满心。落月逝矣，如之何勿思矣？
> 美人沉沉，山川满心。吁嗟幽离，无人可思。

花的美，人的美，不只在形，而且在“品”、在“魂”、在“神”（睇视之光）、在“情”（哀乐过人）。这是中国美学的一贯思想。

第十七节　刘熙载：中国古典文艺美学的终结

刘熙载（1813—1881），字伯简，号融斋，晚号寤崖子，江苏兴化人。道光二十四年进士，官至左春坊左中允、广东提学使。1867 年应上海道台应宝时之聘，任上海龙门书院主讲，直至逝世。刘氏留下来的著作，有《古桐书屋六种》（清同治十二年刻本），收有《持志塾言》二卷、《昨非集》四卷、《艺概》六卷、《四音定切》四卷、《说文双声》二卷、《说文叠韵》四卷；又有《古桐书屋续刻三种》（清光绪十三年刻本），收有《古桐书屋札记》《游艺约言》《制义书存》。1993 年，华东师范大学出版社出版了《刘熙载集》，是刘熙载作品的汇编。

与龚自珍相比，龚自珍主要生活在 1840 年鸦片战争以前，但他的思想却充满了近代思想家的叛逆色彩；刘熙载主要生活在 1840 年鸦片战争之后，但他的思想则严守着传统儒家的范围，看不到一丝时代痕迹。他是晚清最后一位儒学大师，是中国传统思想的最后一座堡垒。

在儒家，尤其是禅儒合一的宋儒心性之学的世界观和道德框架内，刘熙载展开了他的文艺美学探索。他以札记的形式，评点了历代文、诗、赋、词、曲、书法等作家作品的特色，分析了各门艺术形态的个性共性、创作规律。既凝聚着中国古代文艺美学思想的积淀，又饱含着个人的创造性发明，与中古时期的刘勰遥相呼应。从此以后，康、梁等人才在西方美学的作用下，翻开了中国美学新的一页。因此，本书借用恩格斯对费尔巴哈的评语①，将刘熙载视为中国古典文艺美学的“终结”。

一、“六经，文之范围也”

中国古代的“文”或“文章”“文学”概念是广义的，史、子皆文，六经皆文。但到明清时期，则出现了“六经皆史”的观念，王守仁、李贽、胡应麟都曾提出过这一说法，② 章学诚《文史通义》对此加以充实，并提出了凡文皆史的泛历史主义的文学观，龚自珍加以步尘申演。至刘熙载，则将“六经皆史”、凡文皆史的观念拽回到六经皆文、凡史皆文的传统文学观念中。《文概》云：“六经，文之范围也。”“儒学、史学、玄学、文学，见《宋书·雷次宗传》。大抵儒学本《礼》，《荀子》是也；史学本《书》与《春秋》，马迁是也；《玄学》本《易》，《庄子》是也；文学本《诗》，屈原是也。后世作者，取涂弗越此矣。”“有道理之家，有义理之家，有事理之家，有情理之家。……文之本领，只此四者尽之，然孰非经所统摄者乎?”“西汉文无体不备。言大道则董仲舒，该百家则《淮南子》，叙事则司马迁，论事则贾谊，辞章则司马相如。”③ 中国古代文论中的“文”或“文学”，有广义、狭义之别。广义之“文”已如上述。狭义之“文”，如与无韵之“笔”对举的有韵之“文”，上文所引《宋书》中所列的用以指诗赋的“文学”及评论西汉文时所说的司马相如的“辞章”。“文”既包括这类狭义的“文学”“辞章”，还包括“六经”（其中包含诗歌）、“儒学”（与“六经”相交叉）、“史学”、“玄学”著作。在《文概》中，刘熙载具体分析、品评的“文”之作品广及《左传》、《谷梁传》、《公羊传》、《檀工》、《考工》、

① 恩格斯：《路德维希·费尔巴哈和德国古典哲学的终结》，《马克思恩格斯选集》第四卷，人民出版社 1972 年版，第 210 页。

② 参见钱锺书《谈艺录》（生活、读书、新知三联书店 2001 年版）“附说”二十“六经皆史”；仓修良《也谈章学诚“六经皆史”》，《史学月刊》1981 年第 1 期；喻博文《两则史料辩证》，《学术月刊》1981 年第 5 期。

③ 刘熙载：《艺概》卷一，上海古籍出版社 1978 年版，下同。

《家语》、《国策》、《孟子》、《荀子》、屈赋、《老子》、《庄子》、《韩非子》、《管子》、《列子》、《三国志》、骈文、奏疏等，可以帮助人们充分理解他的广义的散文概念和文学概念。

二、"文，心学也"

中国古代虽以"文"来包括经、史、子、集在内的一切文字著作，然而在中国古代"内重外轻"代向心文化的作用下，中国人又普遍以心灵表现的文字为贵为美。这一点，刘熙载有深入、丰富的论述。

《国语》中有一句话，叫"物一无文"，经常被人用来作为解释"错画"为"文"的依据。《文概》则作了创造性发挥：

> 《国语》言"物一无文"，后人更当知物无"一"则无文。盖"一"乃文之真宰。必有"一"在其中，斯能用夫"不一"者也。

《国语》否定"一"，《文概》肯定"一"。那么，作为"文之真宰"的"一"是什么呢？其实就是"心"。《游艺约言》高度概括地提出文是"心学"的命题："文，心学也。心当有余于文，不可使文余于心。""文不本于心性，有文之耻甚于无文。""诗莫作诗解，文莫作文解，寓也。"①《文概》对此亦有很多揭示：

> 《易·系传》谓"易其心而后语"，扬子云谓言为"心声"，可知言语亦心学也。况文之为物，尤言语之精者乎？
>
> "志"者，文之总持。文不同而志则一，犹鼓琴者声虽改而操不变也。善乎！陶渊明之言曰："常著文章自娱，颇示己志。"
>
> 或问："渊明所谓'示己志'者，'己志'其有以别于人乎？"曰："只是称心而言耳。"

"心"包括"情""意""识"。为文尚"心"，必然推导出为文尚"情"、尚"意"、尚"识"。《文概》云：

① 《古桐书屋续刻三种》，清光绪十三年刻本。

"圣人之情见乎辞"，为作《易》言也。作者情生文，斯读者文生情。《易》教之神，神以此也。使情不称文，岂唯人之难感？在己先不诚无物矣。

《文赋》："意司契而为匠。"文之宜尚意明矣。……为文者苟不知贵意，何论意之所随者乎？

文以识为主。认题立意，非识之高踔精审，无以中要。

叙事有主意，如传之有经也。主意定，则先此者为先经，后此者为后经，依此者为依经，错此者为错经。

叙事有寓理、有寓情、有寓气、有寓识。无寓，则如偶人矣。

具体到各门艺术形态而言，史、赋、诗、词、书，无不与心灵表现相联系。"史"以叙事为主，而《文概》说"史"："史莫要于表微。无论纪事纂言，其中皆须有表微意在。""太史公寓主意于客位，允称微妙。""赋"以记物为主，而《赋概》则说：

"赋"欲不朽，全在意胜。

"赋"之为道，重象尤宜重兴（意兴）。兴不称象，虽纷披繁密而生意索然，能无为识者厌乎？

"赋"必有关著自己痛痒处。

在外者物色，在我者生意，二者相摩相荡而赋出焉。若与自家生意无相入处，则物色只成闲事，志士遑问及乎？

以精神代色相，以议论当铺排，赋之别格也。正格当以色相寄精神，以铺排藏议论耳。

他尤其指出"赋"与"谱录"不同。并因"赋"与"自家生意"的联系而以为"亲切""尊异"：

"赋"与"谱录"不同。"谱录"唯取志物，而无情可言，无采可发，则如数他家之宝，无关己事。以"赋"体视之，孰为亲切且尊异耶？

"诗"自古以来就是言志述情的，故《诗概》说：

……诗或寓义于情而义愈至，或寓情于景而情愈深。

杜诗只"有""无"二字足以评之。"有"者，但见性情气骨也；"无"者，不见语言文字也。

古人因志而有诗。后人先去作诗，却推究到诗不可以徒作，因将志入里来，已是倒做了。况无与于志者乎！

当然，诗歌言志述情，既要注意符合礼教规范，又要注意借用景象："诗之所贵于言志者，须是以直温宽栗为本。不然，则其为志也荒也。""不发乎情，即非礼义，故诗要有乐有哀；发乎情，未必即礼义，故诗要哀乐中节。""天之福人也，莫过于予以性情之正；人之自福也，莫过于正其性情。从事于诗而有得，则乐而不荒，忧而不困，何福如之！""雅人深致，正在借景言情。若舍景不言……有何意味?""山之精神写不出，以烟霞写之；春之精神写不出，以草树写之。故诗无气象，则精神亦无所寓矣。"①

"词"作为诗之分支，亦是言情的，不过亦须辨"情"之"正"。《词曲概》说：

……"词"也者，言有尽而音意无穷也。

词深于兴，则觉事异而情同，事浅而情深。

昔人词咏古咏物，隐然只是咏怀，盖其中有我在也。

词家先要辨得"情"字。《诗序》言"发乎情"，《文赋》言"诗缘情"，所贵于"情"者，为得其正也。忠臣孝子、义夫节妇，皆世间极有情之人。流俗误以"欲"为"情"，"欲"长"情"消，患在世道。

至于书法与心性的联系，《书概》说得更透彻："扬子以书为'心画'，故书也者，心学也。心不若人而欲书过人，其勤而无所也，宜矣。""写字者，写志也。故张长史授颜鲁公曰：非志士高人，讵可与言要妙?""笔性墨情，皆以其人之性情为本。是则理性情者，书之首务也。""书，如也，如其学、如其才、如其志。总之曰：如其人而已。""贵入神，而神有我神、他神之别。入他神者，我化为古也；入我神者，古化为我也。""贤哲之书温醇，骏雄之书沉毅，畸士之书历落，才子之书秀颖。"《游艺约言》比较书法、文章时说："徐季海论书，

① 《诗概》。

以为亚于文章。余谓文章取示己志，书诚如是，则亦何亚之有？”不只诗文书法，音乐亦是如此。《游艺约言》云：“琴家诸手法，吟为最妙，为其不尽也。诗、文亦均以之。”

总之，一切艺术形态，均以蕴含“不尽”而又符合“礼义”的心灵性情为“妙”为美。正如稍前于刘熙载的方东树（1772—1851）在《昭昧詹言》卷一中所总结的：“凡诗、文、书、画，以精神为主。”

刘熙载主观表现主义的文学观、美学观，是他重视心灵本原和心性修养的儒家世界观、道德观的直接体现。《古桐书屋札记》指出人的认识和修养路线应当“内重外轻”、由外而内：“疏水曲肱，乐在其中。有能与圣人同此内重外轻之意者，圣人之徒也。”“求诸外皆由内不足也。诚见万物皆备于我，自觉外者于我无加矣。”“务外游不如务内观也。”为什么呢？因为“物理之极处只是至善”。所以他要求人们从“心”上用功：“心做得主，则耳目顺心；心做不得主，则心顺耳目。”“天理随事体认，实随念体认。事无不本于念者。”“‘哀莫大于心死’。心死之实，无耻者当之。然则养生有道，在养其耻而已矣。”在刘熙载那儿，诗文只是“正其性情”，实现个人道德修养目标的一种手段，所谓“从事于诗而有得，则乐而不荒，忧而不困，何福如之”①，“道不泥言说形象，亦不离言说形象。是故，文章书画皆道”。② 可见，“文，心学也”，既是一个主体表现的美学命题，也是一个道德美学命题。而后者，才是刘熙载文艺美学思想的实质。

三、“两物相对待，故有文”

刘熙载在论述文艺创作的审美规律时体现出来的一个重要思想，是相反相成的辩证法。而这实导源于“相杂”为“文”的训诂学启示。

什么是“文”？“文”是怎么构成的？在“文”是“心学”之外，刘熙载又引用古代有关“文”的文字学解释说明，“文”是“物相杂”，是“两物相对待”，是“刚柔相形”“强弱相成”，是对立统一、相反相成：

《易·系传》：“物相杂，故曰‘文’。”《国语》：“物一无‘文’。”徐锴

① 《诗概》。

② 《游艺约言》。

《说文通论》：“强弱相成，刚柔相形，故于‘文’，‘人’‘乂’为‘文’。”

《朱子语录》：“两物相对待，故有‘文’，若相离去，便不成‘文’矣。”

为文者，盍思“文”之所由生乎？①

“文”，甲骨文和小篆体写作交纹错画之象形。所以《易·系辞传》说“物相杂故曰‘文’”；《说文》解释为“错画”“象交文”（纹）；《说文通论》解释为“人”“乂”为“文”，“刚柔相形”为“文”；朱熹则从这交错的笔画、纹路中，提升出“两物相对待”而不“相离”的规律。刘熙载认为，这就是“文之所由生”的审美规律和创作法则。

刘熙载的这一美学思想，几乎贯穿了他对历代作家作品的评论中。如《文概》评论说：“左氏叙事，纷者整之，孤者辅之，板者活之，直者婉之，俗者雅之，枯者腴之，剪裁运化之方，斯为大备。”“文之快者每不沉，沉者每不快，《国策》乃沉而快；文之隽者每不雄，雄者每不隽，《国策》乃雄而隽。”“庄子文看似胡说乱道，骨里却尽有分数，彼固自谓猖狂妄行而蹈乎大方也，学者何不从蹈大方处求之？庄子寓真于诞，寓实于玄，于此见寓言之妙。”“昌黎以‘是’‘异’二字论文，然二者仍需合一。若不‘异’之‘是’，则庸而已；不‘是’之‘异’，则妄而已。”“韩文起八代之衰，实集八代之成。盖唯善用古者能变古，以其无所不包，故能无所不扫也。”“文或结实，或空灵，虽各有所长，皆不免著于一偏。试观韩文，结实处何尝不空灵？空灵处何尝不结实？”《诗概》评论说：“嵇叔夜、郭景纯皆亮节之士，虽《秋胡行》贵玄默之致，《游仙诗》假栖遁之言，而激烈悲愤自在言外。”“常语易，奇语难，此诗之初关也；奇语易，常语难，此诗之重关也。香山用常得奇，此境良非易到。”“诗有借色而无真色，虽藻绘，实死灰耳。李义山却是绚中有素。”“梅、苏并称，梅诗幽淡极矣，然幽中有隽，淡中有旨……”“东坡诗善于空诸所有，又善于无中生有，机括实自禅悟中来。”“诗能于易处见工，便觉亲切有味。白香山、陆放翁擅场在此。”“古赋调拗而谐，采淡而丽，情隐而显，势正而奇。”“《离骚》东一句、西一句、天上一句、地下一句，极开合抑扬之变，而其中自有不变者存。”“《楚辞》尚神理，汉赋尚事实，然汉赋之最上者，机括必从《楚辞》得来。”《书概》

① 《文概》。

评论说："蔡邕洞达，钟繇茂密。余谓两家之书同道：洞达正不容针，茂密正能走马。此当于神者辨之。""正、行二体始见于钟书，其书之大巧若拙，后人莫及……""张伯英草书隔行不断，谓之一笔书。盖隔行不断，在书体均齐者犹易，唯大小疏密、短长肥瘦，倏忽万变，而能潜气内转，乃称神境耳。""孙过庭草书……其所书《书谱》，用笔破而愈完，纷而愈治，飘逸愈沉著，婀娜愈刚健。"

不仅如此，相反相成、对立统一也是刘熙载在分析各门艺术形态创作方法时的基本要求。如《文概》说："辞之患，不外过与不及。《易·系传》曰：'其辞文。'无不及也。《曲礼》曰：'不辞费。'无太过也。""文之尚理法者，不大胜，亦不大败；尚才气者，非大胜，则大败。""法以生弊，亦以去弊。""叙事要有法，然无识则法亦虚；论事要有识，然无法则识亦晦。""多用事与不用事，各有其弊。善文者满纸用事，未尝不空诸所有；满纸不用事，未尝不包诸所有。"《诗概》说诗歌创作："诗要超乎空、欲二界。空则入禅，欲则入俗。超之之道无他，曰'发乎情，止乎礼义'而已。""凡诗迷离者要不间，切实者要不尽，广大者要不廓，精微者要不僻。""诗不可有我而无古，更不可有古而无我。""诗一戒滞累尘腐，一戒轻浮放浪。""诗中固须得微妙语，然语语微妙，便不微妙。须是一路坦易中，忽然触著，乃足令人神远。"

《词曲概》说词体创作："词之章法，不外相摩相荡，如奇正、空实、抑扬、开合、工易、宽紧之类是已。""词中承接转换，大抵不外纡徐斗健、交相为用。""词或前景后情，或前情后景，或情景齐到，相间相融，各有其妙。""词要放得开，最忌步步相连；又要收得回，最忌行行愈远。必如天上人间，去来无迹，斯为入妙。""小令难得变化，长调难得融贯。其实变化融贯，在在相须，不以长短别也。""词中用事，贵无事障。晦也、肤也、多也、板也，此类皆障也。姜白石词用事入妙，其要诀所在，可于其《诗说》见之，曰：'僻事实用，熟事虚用。'学有余而约以用之，善用事者也。""词尚清空妥溜，昔人已言之矣。唯须妥溜中有奇创，清空中有沉厚，才见本领。""词要恰好，粗不得、纤不得、硬不得、软不得。不然，非伧父即儿女矣。""词淡语要有味，壮语要有韵，秀语要有骨。""词之大要，不外厚而清。厚，包诸所有；清，空诸所有。""词之妙，莫妙于以不言言之。非不言也，寄言也。如寄深于浅，寄厚于轻，寄劲于婉，寄直于曲，寄实于虚，寄正于余，皆是。""古乐府中至语，本只是常语，一经道出，便成独得。词得此意，则极炼如不炼，出色而本色，人籁悉归天籁矣。”

《书概》论书法创作：“书要兼备阴、阳二气。大凡沉著屈郁，阴也；奇拔豪达，阳也。”“书要曲而有直体，直而有曲致。若弛而不严，剽而不留，则其所谓曲直者，误矣。”“书一于方者，以圆为模棱；一于圆者，以方为径露。盍思地矩天规，不容偏有取舍。”“书之章法有大小，小如一字及数字，大如一行及数行、一幅及数幅，皆须相避相形、相呼相应之妙。”“凡书，笔画要坚而浑，体势要变而稳，章法要变而贯。”“书少骨，则致诮墨猪。然骨之所尚，又在不枯不露。不然，如骷髅固非少骨者也。”“高韵深情，坚质浩气，缺一不可以为书。”“书要力实而气空，然求空必于其实，未有不透纸而能离纸者也。”“书要心思微，魄力大。微者条理于字中，大者旁（磅）礴乎字外。”“笔画少处，力量要足，以当多；瘦处，力量要足，以当肥。信得多少、肥瘦形异而实同，则书进矣。”“学书者始由不工求工，继由工求不工。不工者，工之极也。”“论书者曰‘苍’、曰‘雄’、曰‘秀’，余谓更当益一‘深’字。凡‘苍’而涉于老秃，‘雄’而失于粗疏，‘秀’而入于轻靡者，不‘深’故也。”

这种相反相成的艺术辩证法，在《游艺约言》中也有许多表述：“文之不饰者，乃饰之极。盖人饰不如天饰也。”“真美无饰。饰美之意，即丑也。”“文莫贵于深造自得。深造，人之尽也；自得，天之道也。”“无为之境，书家最不易到。如到，便是达天。”“大善不饰。故书到人不爱处，正是可爱之极。”这“不爱处正是可爱之极”，即《书概》所谓“以丑为美，丑到极处，便是美到极处”之意，这是对“大巧若拙”、由人复天之美的深刻诠释。

四、论形式美

相反相成的辩证法思想，使得刘熙载既重视文艺的心性美、道德美，也不忽视文艺的形式美。而在对文艺的形式美发表的意见中，刘熙载精深的艺术造诣和独特的审美感觉也进一步彰显出来。

刘熙载在声韵方面很有研究，曾著《说文双声》《说文叠韵》《四音定切》，是很有成就的音韵学家。《词曲概》将其声韵、平仄的研究成果运用于词的音韵分析之中，发表了许多极为专业的意见。如说：“词家用韵，在先观其韵之通别。

别者必不可通，通者仍需知别。如‘江’之于‘阳’，‘真’之于‘庚’，古韵既别，虽今吻相通，要不得而通也；‘东’‘冬’于‘江’，‘歌’于‘麻’，古韵虽通，然今吻既别，便不可以无别也。”“词中平仄体有一定。古人或有平作仄、仄作平者，必合句上、句下、句内之字，权其律之所宜，互为更换，斯得如铜山灵钟，东西相应。”“词家既审平仄，当辨声之阴阳，又当辨收音之口法。取声取音，以能协为尚。”如此等等。尤其值得注意的是他对诗词中双声字、叠韵字使用法则的揭示：“词句中用双声、叠韵之字，自两字之外，不可多用。唯犯叠韵者少，犯双声者多。盖同一双声字，而开口、齐齿、合口、撮口呼法不同，便易忘其为双声也。解人正须于不同而同者，去其隐疾。且不唯双声也，凡喉、舌、齿、牙、唇五音，俱忌单从一音连下多字。”《诗经》《楚辞》中使用双声、叠韵字的诗句有不少，汉代赋家、魏晋南朝诗人发现双声、叠韵有一种协调的声韵美，便竭力加以铺排，造成了连篇累牍、读者聱牙的弊病。为纠正这种弊病，沈约、周颙倡“八病”之说。“八病”中的四病“大韵”“小韵”“旁纽”“正纽”据《文镜秘府论》的解释，即禁止五言诗二句十字中运用叠韵、双声字①。这未免又落入一偏。刘勰《文心雕龙·声律》避其两偏，提出“双声隔字而每舛、叠韵杂句而必睽”，不赞成句子中使用太多的双声字、叠韵字，而主张“辘轳交往、逆鳞相比”，双声字与非双声字、叠韵字与非叠韵字交错起来使用。②。后来以杜甫为代表的唐诗正是这样使用双声、叠韵字的。但刘勰使用的骈体文限制了达意的明晰性，以致今天某些专家竟将刘勰上述二句牵强地解释为“两个双声字给别的字隔开了，念起来往往不顺口；两个迭（叠）韵字分开在句中两处，念起来一定很别扭”。③ 其实，刘勰的意思，即是刘熙载所明确揭示的：“词句中用双声、叠韵之字，自两字以外不可多用。”因为连用两字，有一种协调的美，连用三字或三字以上，就会拗口，就显单调。“凡喉、舌、齿、牙、唇五音，俱忌单从一音连下多字”，道理也在这里。

《诗概》关于五言诗与七言诗形式特点的比较亦颇多发明而又切中肯綮：“五言质，七言文；五言亲，七言尊。几见田家诗而多作七言者乎？几见骨肉间

① 可参《辞海》(1989 年版)“八病”条解释。

② 解释从周秉钧《古汉语纲要》，湖南人民出版社 1981 年版，第 510 页。

③ 赵仲邑《文心雕龙译注》，漓江出版社 1982 年版。又，王运熙、周锋《文心雕龙译注》(上海古籍出版社 1998 年版) 亦持此说。

而多作七言者乎?”“平淡天真，于五言宜……豪荡感激，于七言宜。”“五言尚安恬，七言尚挥霍。”“五言无闲字易，有余味难；七言有余味易，无闲字难。”“五言上二字下三字，足当四言两句，如‘终日不成章’之于‘终日七襄，不成报章’是也。七言上四字下三字，足当五言两句，如‘明月皎皎照我床’之于‘明月何皎皎，照我罗床帏’是也。”“潘邠老谓七言诗第五字要响，如‘返照入江畔石壁，归云拥树失山村’，‘翻’字‘失’字。五言诗第三字要响，如‘圆荷浮小叶，细麦落轻花’，‘浮’字‘落’字。”何以如此呢?因为“七言每四字作一顿，五言每两字作一顿”。

又如《文概》关于散文各种叙事方法的分析，其深入细致，可谓无以复加：“叙事有特叙，有类叙，有正叙，有带叙，有实叙，有借叙，有详叙，有约叙，有顺叙，有倒叙，有连叙，有截叙，有豫叙，有补叙，有跨叙，有插叙，有原叙，有推叙种种不同。唯能线索在手，则错综变化，唯吾所施。”

再如《书概》关于用笔规律的分析：“字形有内抱，有外抱。如上下二横，左右两竖，其有若弓之背向外、弦向内者，内抱也；背向内、弦向外者，外抱也。篆不全用内抱，而内抱为多；隶则无非外抱。”“用笔者皆习闻涩笔之说，然每不知如何得涩。唯笔方欲行，如有物以拒之，竭力而与之争，斯不期涩而自涩矣。”皆为当行妙论。

《艺概叙》曾自述：“艺者，道之形也。……文章名类，各举一端，莫不为艺，即莫不当根极于道。顾或谓‘艺之条绪綦繁，言艺者非至详不足以备道’。虽然，欲极其详，详有极乎?若举此以概乎彼，举少以概乎多，亦何必殚竭无余，始足以明指要乎?是故余平昔言艺，好言其概。”整个《艺概》和《游艺约言》以“举此概彼”“举少概多”的传统札记方式，概括、总结文艺之道。中国古典文艺美学的内容与形式、精深与零碎、优势与不足，都得到了最后一次淋漓尽致、原汁原味的展示。

第十八节　章炳麟：传统文学观念的总结与坚守

章炳麟（1869—1936），字枚叔，因慕顾炎武之为人，改名绛，别号太炎，浙江余杭人。早年参加戊戌维新，1900 年起公开反清，曾因宣传革命被清政府勾结外国侵略者囚禁于上海租界监狱三年。出狱后赴日本，主编同盟会机关刊物《民报》，后任光复会会长。辛亥革命后由日本回国从事政治活动，曾任南京、北京临时政府总统顾问等职，因反对袁世凯复辟帝制，被软禁三年。1917 年任孙中山为首的护法军政府秘书长。此后逐渐脱离民主革命运动，在上海等地从事讲学。1933 年秋定居苏州，主持国学讲习会。1936 年病逝于苏州。著有《章氏丛书》《章氏丛书续编》等。章炳麟是清末资产阶级政治家、革命家，同时也是著名的文字学家、国学大师。其在文学美学上留下的篇章，是《国故论衡·文学总略》。

《国故论衡》是章炳麟最后一次在日本从事革命活动时期编撰的一部学术著作，1910 年在日本出版。分上、中、下三卷，上卷为《小学》十篇，中卷为《文学》七篇，下卷为《诸子学》九篇。《文学总略》初名《文学论略》，后经修改，易为今名，是《国故论衡》中卷的首篇。这篇论文的最重要的美学贡献，是面对西方以美感为特征的文学观念的涌进，总结并坚守中国古代以文字为特征的文学观念，并通过对“学说以启人思，文辞以增人感”新说的辩驳，揭示了文学美感活动的复杂性，表现了 20 世纪之初文学观念转变中的艰难阵痛。尽管章炳麟本人身处近代，政治思想具有近代资产阶级革命的深刻烙印，但文学思想却是传统的，所以本书将他置于近代之前的古代评述。

一、“榷论文学，以文字为准，不以彣彰为准”

中国古代，向来“文辞”“学说”不分，但自十九、二十世纪之交西方美文学观念译介进来后，人们争谈“文辞”“学说”之异，“只以彣彰（即文采）为文，遂忘文字，故学说不彣者，乃悍然摈诸文辞之外”。章炳麟以他深厚的国学根基指出：这是不符合中国古代文学观念实际的。

中国古代文学观念的实际状况是怎样的呢？就是以“文字”而不是以“彣彰”为标准来衡量文学，文学是包含“学说”与“文辞”在内的一切文字作品：

> “文学”者，以有文字著于竹帛，故谓之“文”。论其法式（规律、形式），谓之“文学”。凡文理，文字、文辞皆称“文”。言其采色发扬，谓之

"彣"。以作乐有阕，施之笔札，谓之"章"。……夫命其形质曰"文"，状其华美曰"彣"，指其起止曰"章"，道其素绚曰"彰"。凡"彣"者必皆成"文"，凡成"文"者不皆"彣"。是故榷论"文学"，以"文字"为准，不以"彣彰"为准。

凡云"文"者，包络一切著于竹帛者而为言。

他举例论证并不以"彣彰"、文采为"文"或"文学""文章"：

董仲舒云："《春秋》文成数万。"兼彼经传①，总称为"文"……太史公《自序》亦云："论次其文。"此固以"史"为"文"矣。又曰："汉兴，萧何次律令，韩信申军法，张苍为章程，叔孙通定礼仪，则文学彬彬稍进。"(《汉书》)《艺文志》言："秦燔灭文章，以愚黔首。""文章"者，谓经传、诸子。迁、固所称，半非耦俪之文也。

相反，那些有文饰性的"韵文耦语"古人倒不一定称"文"，而以"辞"名之：

屈、宋、唐（勒）、景（差）所作，既是韵文，亦多俪语，而《汉书·王褒传》已有《楚辞》之目，王逸仍其旧题，不曰"楚文"。斯则韵语耦语，亦既谓之"辞"矣。

"韵文耦语并得称'辞'"，足见"无'文''辞'之别也"。而"辞"本是对口语的称谓，口语之言辞为便于记诵，可以讲究音谐语俪，也可以称心而言不讲文饰。"文"原本作为对口语言辞的记录的文字，亦因之包括"韵文耦语"和散言单句。足见"文辞"是广义的文学概念：

且"文辞"之称，若从其本以为部署，则"辞"为口说，"文"为文字。古者简帛重烦，多取记忆，故或用韵文，或用耦语，为其音节谐适，易于口记，不烦记载也。……乃如史官方策，有《春秋》《史记》《汉书》之属，适当称为"文"耳。

① 指《春秋公羊传》，经、传文字凡四万四千余字。汉何休注、唐徐彦疏《春秋公羊传注疏》，《十三经注疏》下，上海古籍出版社 1997 年版。

不仅如此，章炳麟进而指出，既然“文”早先指记“辞”的文字，“文”“辞”合一，则“文辞始于表谱、簿录”，而不一定仅指表情达意、行气载德之文：

文字初兴，本以代声气（指言语之音节），乃其功用有胜于言者。言语仅成线耳，喻若空中鸟迹，甫见而形已逝。……言语之用，有所不周，于是委之文字。文字之用，足以成面，故表谱图画之术兴焉。……文字之用，又有不周，于是委之仪象。仪象之用，足以成体，故铸铜雕木之术兴焉。……然则文字本以代言，其用则有独至，凡无句读文，皆文字所专属者也。以是为主，故论“文学”者，不得以兴会神旨为上。……知“文辞”始于表谱、簿录，则修辞立其诚其首也，“气”乎，“德”乎，亦末务而已矣。

既然“文辞始于表谱、簿录”，自然“文辞”包括“表谱”“簿录”之类的“无句读文”。这“表谱”“簿录”甚至包含会计的账本、算术的演草、地图的名字：

故有成句读文，有不成句读文，兼此二事，通谓之“文”。局就有句读者，谓之“文辞”；诸不成句读者，表谱之体，旁行邪（斜）上，条件（支条）相分，会计则有簿录，算术则有演草，地图则有名字，不足以启人思，亦无以增感，此不得言“文辞”，非不得言“文”也。

章氏这一思想，在刘勰《文心雕龙·书记篇》所列二十四种文体中可以得到印证。

从文字著作的编纂来看，早先产生的文字著作是“经”“传”“论”，它们本当包络在“文”之范围内：

案：“经”者，编丝缀属之称……以竹简成书……“传”者，“专”之假借。……《说文》训“专”为六寸簿，“簿”即手版，古谓之“忽”（原注：今作笏），书思对命，以备忽忘，故引申为书籍记事之称。书籍为“簿”，亦名为“专”。……“论”者，古但作“仑”。比竹成册，名就次第，是之谓“仑”。……引申则乐音有秩亦曰“仑”，“于论钟鼓”是也；言说有序亦曰“侖”，“坐而论道”是也。《论语》为师弟问答，乃亦略记旧闻，散为各条，编次成帙，斯曰“侖语”。是故绳线连贯谓之“经”，簿书记事谓之“专”，比竹成册谓之“侖”。

“文”既然包括“表谱”“簿录”“经传”“诸子”“史论”乃至“会计”“算术”“地图”等一切文字著作在内，那么，古代有无例外的情况呢？章炳麟认为有。比如《文心雕龙》。《文心雕龙》所论之“文”，从篇目上分“经”“史”“诸子”“论说”“章表”“书记”等三十多类，在《书记》篇中又包括“籍”、“簿”、“录”、“方”（药方）、“术”（算术）、“占”、“式”、“律”、“契”、“券”等二十四体，可以说非常宽泛。章炳麟一方面承认它“其容至博”，另一方面又批评它：“犹不知无句读文，此亦未明‘文字’之本柢也。”① 再如昭明太子萧统的《文选》，以“沉思”“藻翰”为标准选文定篇，不取“史籍”“诸子”，章炳麟认为它“义例不纯”，尤非“定论”：

> 昭明太子序《文选》也，其于史籍，则云“不同篇翰”；其于诸子，则云“不以能文为贵”。此为裒次总集，自成一家，体例适然，非不易之定论也。……且“沉思”孰若庄周、荀卿？“翰藻”孰若《吕氏》《淮南》？……诚以“文”“笔”之分，《文选》所集，无韵者猥（众也）众，宁独诸子？若云文贵其彣邪，未知贾生《过秦》，魏文《典论》，同在诸子，何以独堪入录？有韵文中，既录汉祖《大风》之曲，即《古诗十九首》，亦皆入选，而汉、晋乐府，反有慭遗。是其于韵文也，亦不以节奏低卬（通昂）为主，独取文采斐然，足耀观览，又失韵文之本矣。是故昭明之说，本无以自立者也。

《文选》不收子书、史书，不仅不合古代对“文”的一般看法，而且与它所标举的选文标准相矛盾，亦非当时流行的“文”“笔”观念所能解释。至于“近世阮元，以为孔子赞《易》，始著《文言》，故文以耦俪为主，又牵引‘文’‘笔’之说以成之”，章炳麟认为这“持论偏颇”，“诚不足辩”。

---

① 在我看来，章炳麟所举的“不成句读文”，如表谱、会计、算术、地图，基本上都囊括在刘勰《文心雕龙·书记篇》中了，二人的广义文学概念当是一致的。

历史上曾发生过以“文采斐然”为“文”之特征的“偏颇”之论，处在20世纪之初西方以“美感”为文学特征的美文学观念的影响下，就出现了欲改“文章”为“彣彰”的现象。而在章炳麟看来，这恰恰是有违文章原为“书契记事”之本的，是不符合古代以“文字”为“文学”标准的基本观念的：

今欲改“文章”为“彣彰”者，恶夫冲淡之辞，而好华叶之语，违书契记事之本矣。

所以他要一再强调：“是故榷论文学，以文字为准，不以彣彰为准。”

我们不必责备章炳麟的文学概念守旧，我们应当感谢章炳麟为我们准确认知中国古代的文学概念提供了大量的材料考证，并首次明确揭示了中国古代的“文学”概念。中国文学史上从杂文学概念到美文学概念的转化，或者说从广义的文学概念到狭义的文学概念、从传统的文学概念向现代的文学概念的转化，就发生在近代，发生在清末，其分水岭就是章炳麟。我们似乎应当从这个意义上来审视《国故论衡·文学总略》的美学价值。

二、“学说以启人思，文辞以增人感”的反思

《文学总略》的另一美学价值是对当时新出现的狭义的美文学观念的反思。这种文学观念将“文辞”（或文学）与“学说”区分开来，将“学说”从“文辞”（文学）中剔除出去，提出“学说以启人思，文辞以增人感”。章炳麟从阅读的心理经验出发质疑说，被视为“文辞”的未必“增人感”，被视为“学说”的也不只“启人思”，它有时也会“增人感”：

或言学说、文辞所由异者，学说以启人思，文辞以增人感。此亦一往之见也（指一厢情愿的偏见）。何以定之？凡云“文”者，包络一切著于竹帛者而为言。……诸不成句读者……不足以启人思，亦又无以增感，此不得言“文辞”（此指文饰之辞），非不得言“文”也。诸成句读者，有韵、无韵则分。诸在无韵，史志之伦，记大傀（通怪）异事则有感，记经常典宪（法则也）则无感，既不可齐一矣。持论本乎名家，辨章（彰也，显）然否，言称其志，未足以动人；《过秦》之伦，辞有枝叶，其感人顾深挚，则本诸

纵横家，然其为“论”一也，不得以感人者为“文辞”，不感者为“学说”。……就言有韵，其不感人者亦多矣。……夫宛转偯隐（忧也），赋之职也。儒家之赋，意存谏诫，若荀卿《成相》一篇，其足以感人安在？乃若原本山川、极命草木，或写都会、城郭、游射、郊祀之状，若相如有《子虚》，扬雄有《甘泉》《羽猎》《长杨》《河东》，左思有《三都》，郭璞、木华有《江》《海》，奥博翔实，极赋家之能事矣，其亦动人哀乐未也？其专赋一物者，若孙卿有《蚕赋》《箴赋》，王延寿有《王孙赋》，祢衡有《鹦鹉赋》，侔色揣称，曲成形相，嫠妇孽子读之不为泣，介胄戎士咏之不为奋。当其始造，非自感则无以为也，比文成而感亦替，斯不可以一端论。

又学说者，非一往不可感人。凡感于文言者，在其得我心。是故饮食移味、居处缊愉者，闻劳人之歌，心犹泊然；大愚不灵、无所愤悱者，睹眇（通妙）论则以为恒（常）言也；身有疾痛，闻幼眇之音，则感慨随之矣；心有疑滞，睹辨析之论，则悦怿随之矣。

由此可见：“以文辞、学说为分者，得其大齐（限），审察之则不当。”

章炳麟通过实例的辨析，说明将“文辞”“学说”区分开来并不准确，以此来证明他的广义文学概念。而他由此揭示了有些今人认为属非文学作品的论说文却可能具有“感人深挚”的美，有些属于文学作品的有韵之赋则未足“感人”，并指出文章是否感人不只取决于文章自身的因素，还取决于审美主体的心态等复杂的不确定因素，无疑为人们在接受新的美文学观念时提出了有价值的忠告。文学的审美特征到底是什么，本身确是一个复杂的问题，到今天尚未找到一个圆满的答案，取得一致的意见，这驱使文学的审美理论走向了解构主义。如此看来，章炳麟的质疑和忠告不无先见之明。

第六章

近现代文学美学：借鉴西学、现代转型

从1840年鸦片战争爆发之日起到“五四”新文化运动之前，史称“近代”。以1915年9月15日创刊的《新青年》为起点，1919年“五四”运动为标志的“五四”新文化运动，到1949年中华人民共和国成立之前，史称“现代”。

“近代”大部分时间包含在晚清中，严格说来是一个不能与“清代”并列的时间概念。人们之所以习用之，是因为在这个时期中国的国门被迫打开，人们向西方世界学习的重要结果，是产生了1898年的“戊戌维新”和推翻几千年帝制的“辛亥革命”。“近代”不仅是一个政治概念，也是一个文化概念。在这个时期，西方的各种学说纷至沓来，冲击着传统的学术理念和思维方式，“五四”新文化运动乘胜追击，现代学术范式应运而生。文学美学学科也是如此。人们译介西方“美学”的学科概念，借鉴西方美学是艺术哲学的思想，聚焦文学艺术的美的特征，文学理论逐渐演变为美学的一个分支。“五四”新文学运动接过近代文学的接力棒，巩固了文学的美学特征，促进了美文学概念的定型和现代文学理论范式的传播。

我们来看近现代之交关于文学的美的特征的认识轨迹。

1904年至1909年（一说1907年），黄人完成一百七十万字的《中国文学史》，全书分总论、略论、文学的种类以及分论四大部分，一方面当作教材讲义

在苏州东吴大学使用，另一方面，又刊印出版。[①] 在《中国文学史》第一部分“总论”中黄人指出，科学、哲学求“真”，教育学、政法学、伦理学、宗教学求“善”，“文学则属于美之一部分”，“从文学之狭义观之，不过与图画、雕刻、音乐等”。1906 年，王国维发表《文学小言》指出：“文学者，游戏的事业也。”并在《文学小言》和同年发表的《屈子文学之精神》中将文学的特征界定为“情感”与“想象”。1907 年，金天羽发表《文学上之美术观》指出：“世界之有文学，所以表人心之美术者也。”1908 年，鲁迅发表《摩罗诗力说》揭示：“由纯文学上言之，则以一切美术之本质，皆在使观听之人，为之兴感怡悦。文章为美术之一，质当亦然。”1908 年，周作人发表《论文章之意义暨其使命因及中国近时论文之失》：“文章者，人生思想之形现，出自意象、感情、风味，笔为文书，脱离学术，遍离都凡，皆得领解，又生兴趣者也。”1910 年，章炳麟出版《国故论衡·文学总略》，引用时人观点：“或言学说、文辞所由异者，学说以启人思，文辞以增人感。”他虽然不同意这种观点，但“文辞”以“增人感”的美打动人的情感，从而区别于“启人思”的“学说”，确是不以他的意志为转移而产生的一种新的文学概念，并逐渐为社会广泛接受。胡适 1915 年 8 月 18 日写的留美日记中论“文学”：“无所为而为之之学，非真无所为也。其所为，文也，美感也。其有所为而为之者，美感之外，兼及济用。”[②] 自此，审美意义上的现代“文学”概念在中国彻底扎下根来，成为与绘画、雕刻、戏剧、音乐并列的美的艺术样式。

与此同时，近代的社会改良者和社会革命家几乎都注重通过文学改良人心，进而实现社会革新的政治目的。戊戌变法前夕，梁启超、夏曾佑、谭嗣同提出“诗界革命”的口号，并试作新诗；戊戌变法失败后，梁启超在日本著《饮冰室诗话》，继续鼓吹“诗界革命”；而黄遵宪则被公认为晚清“诗界革命的一面旗帜”。此外，梁启超还提出“文界革命”与“小说界革命”，为政治改良服务。“五四”文学革命的主将继承近代文学的革命传统，强调新文学运动不仅要从形式方面进行白话文“革命”，而且要从发扬“人道主义”、描写人性与个性、表

① 关于出版时间，陈玉堂《中国文学史书目提要》著录：“《中国文学史》，黄人著，国学扶轮社印行，约 1905 年前后出版，有光纸铅印，线装本 29 册。”一说认为此说不确，印行时间当在 1907 年至 1913 年间。

② 《胡适留学日记》(下)，海南出版社 1994 年版，第 124 页。

现民主与自由等方面进行“思想革命”（周作人语）。于是，具有美感力量的文学成为启蒙运动的有效手段。

1928 年至 1929 年之间，文坛上爆发了一场“革命文学”论争。论争中树立起“无产阶级革命文学”的大旗。“无产阶级革命文学”告别了“五四文学革命”崇尚的人道主义、唯心主义、人性学说、“人的文学”、“个人解放”、“个性文学”、创作自由、艺术自律等主张，代之以马克思主义、唯物主义、阶级人性论、“无产文学”、“集体主义”、“人民文学”、“遵命文学”、“政治工具论”。这种转变经由“左联”时期得以巩固，一直延续到抗战时期、解放战争时期的进步文艺中。本书选择鲁迅前后期文学主张变化的个案，来彰显这种文学美学追求变化的时代风貌。

第一节　梁启超：审美至上的“趣味主义”

梁启超（1873—1929），戊戌变法代表人物之一，十二岁中秀才，十六岁中举人，十七岁赴京会试，虽以失败告终，但在回乡途中路过上海时，却读到了大量西方译著。不久结识康有为，随康有为学习达四年之久，全面接受维新思想。1895 年与康有为联合发动“公车上书”，要求清廷拒签和约，变法图强。同年 7 月，宣传变法维新的第一个刊物《万国公报》（后改名《中外纪闻》）在京创刊，次年 8 月，《时务报》在上海创刊，梁启超发表大量政论文章，引起知识界巨大轰动。1898 年与康有为一起发动戊戌变法，失败后逃亡日本，创办《清议报》《新民丛报》《新小说》等杂志。在此后几年中，梁启超在这些刊物上继续发表了大量的宣传改良的政论文章，并掀起了“诗界革命”“小说界革命”“文界革命”的文学革新浪潮。辛亥革命后，他以立宪党人为基础，组成进步党，支持袁世凯。但当袁世凯 1916 年复辟帝制的时候，他又与蔡锷等人组织护国军讨袁。1917 年 7 月，张勋拥清帝宣统宣告复辟，梁通电反对，并参与段祺瑞、冯国璋讨伐之役。后来段祺瑞组阁政府，梁启超受任财政总长。1917 年 11 月，段氏内阁被迫解散，梁也随之结束政治生涯，开始专治学术，先后在清华、南开等大学执教，写下了《清代学术概论》《中国近三百年学术史》《先秦政治思想史》《中国文化史》等名著。

在文学美学方面，梁启超借鉴西方美学观点，从对“美”的地位、本质、来源的一般学理分析进入文学之美的探讨，显示出不同于传统文学理论的现代学术气象。

一、“美”“趣味”在生活、文艺中的至高地位

西方美学的一个经典观点，是将美视为能够给人带来愉快的东西。梁启超称之为“美”：“美的作用，不外令自己或别人起快感。”① “美术是情感的产物。”“美术的任务，自然是在表情。”② 人类活动的中心是“求乐去苦”，因此，情感快乐的“美”在人类生活中具有至高无上的地位。梁启超在《美术与生活》中明确指出：“我确信‘美’是人类生活一要素，或者还是各种要素中之最要者。倘若在生活全内容中把‘美’的成分抽出，恐怕便活得不自在，甚至活不成。”③

这种情感快乐的“美”，梁启超又叫做“趣味”。审美至上，他又表述为“趣味”至上。梁启超指出：

> 假如有人问我：你信仰什么主义？我便答道：我信仰的是“趣味主义”。有人问我：你的人生观拿什么做根柢？我便答道：拿“趣味”做根柢。
>
> 总而言之，“趣味”是活动的源泉。“趣味”干竭，活动便跟着停止。好像机器房里没有燃料，发不出蒸气来，任凭你多大的机器，总要停摆。……人类若到把“趣味”丧失掉的时候，老实说，便是生活得不耐烦。那人虽然勉强留在世间，也不过行尸走肉。倘若全个社会如此，那社会便是痨病的社会，早已被医生宣告死刑……“趣味”是生活的原动力。“趣味”丧掉，生活便成了无意义。④

---

① 梁启超：《情圣杜甫》，《饮冰室文集》卷三十八，《饮冰室合集》，中华书局1936年版，下同。

② 梁启超：《美术与科学》，《饮冰室文集》卷三十八。

③ 梁启超：《美术与生活》，《饮冰室文集》卷三十九。

④ 梁启超：《趣味教育与教育趣味》，《饮冰室文集》卷三十八。

由于“美”“趣味”与人的“情感”紧密相连，因而审美至上、趣味至上，又必然导致情感至上：“天下最神圣的莫过于‘情感’。用理解来引导人，顶多能叫人知道哪件事应该做，哪件事怎么做法，却是被引导的人到底去做不去做，没有什么关系。有时所知的越发多，所做的到（倒）越发少。用情感来激发人，好像磁力吸铁一般，有多大分量的磁，便引多大分量的铁，丝毫容不得躲闪。所以情感这样东西，可以说是一种催眠术，是人类一切动作的原动力。”①

在文学艺术中，“美”“趣味”“情感”占有特别重要的地位。为什么呢？因为“文学的本质和作用，最主要的就是‘趣味’。”② 正如“爱美是人的天性”③一样，“文学”也因美的“趣味”成为“人生最高尚的嗜好”④。“音乐、美术、文学这三件法宝，把‘情感秘密’的钥匙都掌握了。艺术的权威，是把那霎时间便过去的情感捉住他，令他随时可以再现；是把艺术家自己个性的情感，打进别人们的‘情阈’里头，在若干期间内占领了‘他心’的位置。”⑤“美术，世界所公认的为图画、雕刻、建筑三种。中国于这三种之外，还有一种，就是写字……中国写字有特别的工具，就成为特别的美术。”⑥ 于是，“美”成为“艺术”（包括文学、美术、书法、音乐）的根本特质，中国人过去的杂文学概念一变而为美文学概念。用审美的观念去看文学，诗歌成了“美文”⑦，杜甫成了“情圣”⑧，小说成为“文学之最上乘”⑨。

二、“美”的“唯心”本质

既然“美”在人类生活和文学艺术中的地位是如此重要，那么探寻它的本质就是必然的。“美”的本质到底是什么呢？

① 梁启超：《中国韵文里头所表现的情感》，《饮冰室文集》卷三十七。

② 梁启超：《晚清两大家诗抄题词》，《饮冰室文集》卷四十三。

③ 梁启超：《书法指导》，《饮冰室专集》卷一百零二，《饮冰室合集》，中华书局 1936 年版，下同。

④ 梁启超：《晚清两大家诗抄题词》，《饮冰室文集》卷四十三。

⑤ 梁启超：《中国韵文里头所表现的情感》，《饮冰室文集》卷三十七。

⑥ 梁启超：《书法指导》，《饮冰室专集》卷一百零二。

⑦ 梁启超：《中国之美文及其历史》，《饮冰室专集》卷七十四。

⑧ 梁启超：《情圣杜甫》，《饮冰室文集》卷三十八。

⑨ 梁启超：《论小说与群治之关系》，《饮冰室文集》卷十。

在这个问题上，梁启超表现出现实观察与既有的世界观成见之间的矛盾。一方面，他从现实观察出发，探讨、总结了美，尤其是艺术美的构成规律。这意味着，只要符合这些规律，美就能产生，美具有客观的恒定性质。另一方面，他又从佛教唯心论的既有世界观出发，否定客观事物的美，指出美的感受完全是不由物决定、而由心决定的变幻不定的“心所造之境”。《自由书·唯心》云：

“境”者，心造也。一切物境皆虚幻，唯心所造之境为真实。同一月夜也，琼筵羽觞、清歌妙舞、绣帘半开、素手相携，则有余乐；劳人思妇，对影独坐，促织鸣壁，枫叶绕船，则有余悲。同一风雨也，三两知己，围炉茅屋，谈今道故，饮酒击剑，则有余兴；独客远行，马头郎当，峭寒侵肌，流潦妨毂，则有余闷。“月上柳梢头，人约黄昏后”，与“杜宇声声不忍闻，欲黄昏，雨打梨花深闭门”，同一黄昏也，而一为欢憨，一为愁惨，其境绝异。“桃花流水杳然去，别有天地非人间”，与“人面不知何处去，桃花依旧笑春风”，同一桃花也，一为清净，一为爱恋，其境绝异。“舳舻千里，旌旗蔽空，酾酒临江，横槊赋诗”，与“浔阳江头夜送客，枫叶荻花秋瑟瑟，主人下马客在船，举酒欲饮无管弦”，同一江也，同一舟也，同一酒也，而一为雄壮，一为冷落，其境绝异。然则天下岂有物境哉？但有心境而已！戴绿眼镜者，所见物一切皆绿；戴黄眼镜者，所见物一切皆黄；口含黄连者，所食物一切皆苦；口含蜜饴者，所食物一切皆甜。一切物果绿耶？果黄耶？果苦耶？果甜耶？一切物非绿、非黄、非苦、非甜，一切物亦绿、亦黄、亦苦、亦甜，一切物即绿、即黄、即苦、即甜。然则绿也、黄也、苦也、甜也，其分别不在物，而在我。故曰：三界唯心。

山自山、川自川、春自春、秋自秋、风自风、月自月、花自花、鸟自鸟，万古不变，无地不同。然有百人于此，同受此山、此川、此春、此秋、此风、此月、此花、此鸟之感触，而其心境所现者百焉；千人同受此感触，而其心境所现者千焉；亿万人乃至无量数人同受此感触，而其心境所现者亿万焉，乃至无量数焉。然则欲言物境之果为何状，将谁氏之从乎？仁者见之谓之仁，智者见之谓之智，忧者见之谓之忧，乐者见之谓之乐。吾所见者，即吾所受之境之真实相也。故曰：唯心所造之境为真实。①

梁启超的这段话，与西方美学中常说的“一千个读者就有一千个哈姆雷特”是一个意思。然而那指的是审美。审美确是如此，它不仅受制于对象的激发，而且取决于主体当时特定的内在情感。尽管对象是固定的，但主体情感不同，面对同一对象产生的审美感受也就不同。而梁启超所说的“美”并不是对象的一种属性，而是指快乐、愉悦的感受，即美感。因而，这种主体感觉性的美自然不在物而在心。在“美”即“美感”这一点上，“美”又叫“趣味”：“‘趣味’这件东西，是由内发的情感和外受的环境交媾发生出来。”② 所以“外受的环境”虽然相同，与“内发的情感”交媾产生的“趣味”则个个不同：“就一个人而论，‘趣味’亦刻刻变化”，“就社会全体论，各个时代‘趣味’不同”③，“趣味”完全是由主体“内发的情感”决定的“心境”。

三、“美”与“趣味”的创造来源

那么，“美”与“趣味”作为令人快乐的“心境”，它的创造途径具体是怎样的呢？梁启超在《美术与生活》中将“趣味之源泉”概括为三种：

第一，“对境之赏会与复现”。这个“境”，指“自然之美”，如“水流花放，云卷月明，美景良辰，赏心乐事”。首先要学会在日常生活中善于欣赏和理会自然之美，从中获得趣味，解除“疲劳”，忘却“烦恼”；其次要学会记忆和“复现”自然之美的“影像”，使自己即便离开自然美景，也可不断获得趣味。《美术与科学》一文中要求美术“观察自然之美”并加以逼真地描绘，从而获得作品的美，亦是此意。

第二，“他界之冥构与蓦进”。“他界”，即与现实的“自然之美”不同的理想境界。“冥构”即虚构。此指学会从虚构的理想境界中获得“美”和“趣味”。“对于现在环境不满，是人类普通心理，其所以能进化者亦在此。就令没有什么不满，然而在同一环境之下生活久了，自然也会生厌。……怎样救济法呢？肉体

① 《饮冰室专集》卷二。

② 梁启超：《晚清两大家诗抄题词》，《饮冰室文集》卷四十三。

③ 梁启超：《晚清两大家诗抄题词》，《饮冰室文集》卷四十三。

上的生活，虽然被现实的环境捆死了，精神上的生活，却常常对于环境宣告独立。或想到将来希望如何如何，或想到别个世界，例如文学家的桃源、哲学家的乌托邦、宗教学的天堂净土如何如何。忽然间超越现实界，闯入理想界去，便是那人的自由天地。我们欲求趣味，这又是一条路。"《论小说与群治之关系》以"常导人游于他境界"高度肯定"理想派小说"，亦出于同一机杼。

第三，"心态之抽出与印契"。什么意思呢？梁启超是这样论述的："人类心理，凡遇着快乐的事，把快乐状态归拢一想，越想便越有味；或别人替我指点出来，我的快乐程度也增加。凡遇着苦痛的事，把苦痛倾筐倒箧吐露出来，或别人能够看出我苦痛，替我说出，我的苦痛程度反会减少。不唯如此，看出说出别人的快乐，也增加我的快乐；替别人看出、说出苦痛，也减少我的苦痛。这种道理，因为各人的心都有个微妙的所在，只要搔着痒处，便把微妙之门打开了。那种愉快，真是得未曾有，所以俗话叫做'开心'。我们要求'趣味'，这又是一条路。"可见，所谓"心态之抽出"，指站在自身的角度，将快乐的心态加以集中或表述，会增加快乐，将痛苦的心态和盘倒出，会减少痛苦，从而获得"开心"的"趣味"。所谓"心态之印契"，指站在他人的角度，分享别人的快乐会增加自己的快乐，分担别人的痛苦会减少自己的痛苦，从而获得"开心"的"趣味"。基于这个看法，梁启超认为"美"不仅与"快乐"的表现相通，也与"痛苦"的表现相关。在《情圣杜甫》中，他说："诗是歌的笑的好呀，还是哭的叫的好？换一句话说，诗的任务在赞美自然之美呀，抑在呼诉人生之苦？……依我所见，人生目的不是单调的，美也不是单调的。为爱美而爱美，也可以说为的是人生目的，因为爱美本来是人生目的的一部分。诉人生苦痛，写人生黑暗，也不能不说是美。因为美的作用，不外令自己或别人起快感，痛楚的刺激，也是快感之一。例如肤痒的人，用手抓到出血，越抓越畅快。像情感恁么热烈的杜工部，他的作品，自然是刺激性极强，近于哭叫人生目的那一路。主张人生艺术观的人，固然要读他，但还要知道，他的哭声，是三板一眼地哭出来，节节含着真美。主张唯美艺术观的人，也非读他不可。"艺术可将自然之美加以"复现"，可将自然以外的"他境界"加以"冥构"，可将快乐或苦痛之"心态"加以表现，因而，艺术是产生"趣味"之美的另一意义上的"源泉"。《美术与生活》同时指出："感觉器官敏则趣味增，感觉器官钝则趣味减；诱发机缘多则趣味强，诱发机缘少则趣味弱。专从事诱发以刺戟各人器官不使钝的有三种利器，一是文学，二是音乐，三是美术。”

四、艺术美的风格与种类

梁启超的美学理论，还深入到不同种类、风格的美的划分。

在上述《美术与生活》中，梁启超所说的由“对境之赏会与复现”“心态之抽出与印契”产生的美属现实美；而由“他界之冥构与蓦进”创造的美则属于理想美。《论小说与群治之关系》将小说划分为“写实派”与“理想派”，指出二者各有其美，亦可归为“现实美”与“理想美”。

在《中国之美文及其历史》一书中，梁启超将中国古代的“美文”分为民间“歌谣”和文人创作的“诗”，指出歌谣为“一时情感”的自然“发泄”，近于“天籁”，属“自然美”，而好诗则要在“自然美”之上“加上些人工”，属“别一种风味”的“人工美”。他既承认“自然美”，又肯定“人工美”：“譬如美的璞玉，经琢磨雕饰而更美；美的花卉，经栽植布置而更美。”“诗的命运比歌谣悠长，境土比歌谣广阔”，亦是因为“诗”比“歌谣”更美。

《情圣杜甫》又将诗美区分为“笑的”美与“哭的”美，指出“痛楚的刺激也是快感之一”。《美术与生活》“心态之抽出与印契”将现实美区分为倾吐快乐的美和倾吐苦痛的美。这实际上初步触及优美与悲剧美的划分。

20 世纪初，丹纳的《艺术哲学》开始翻译到中国来。丹纳从地理原因的角度探讨文学艺术的生成机制的思维方法对当时中国学界很有影响，梁启超也深受启发。在 1902 年发表的《中国地理大势论》一文中，他从南北地理的角度说明北方“宏远壮阔”的美与南方“绮丽清隐”的美：“历代王霸定鼎，其在黄河流域者最占多数。……而其据于此者，为外界之现象所风动所熏染，其规模常宏远，其局势常壮阔，其气魄常磅礴英鸷，有俊鹘盘云、横绝朔漠之概。”“建都于扬子江流域者……为其外界之现象所风动所熏染，其规模常绮丽，其局势常清隐，其气魄常文弱，有月明画舫、缓歌慢舞之观。”① 不仅现实美的风格由地理左右，艺术美的风格亦“受地理之影响”：“燕赵多慷慨悲歌之士，吴楚多放诞纤丽之文，自古然矣。自唐以前，于诗于文于赋，皆南北各为家数。长城饮马、

① 《饮冰室文集》卷十。

河梁携手，北人之气概也；江南草长，洞庭始波，南人之情怀也。散文之长江大河一泻千里者，北人为优；骈文之镂云刻月善移我情者，南人为优。盖文章根于性灵，其受四围社会之影响特甚矣。自后世交通益盛，文人墨客，大率足迹走天下，其界亦寖微矣。”“书派之分，南北尤显。北以碑著，南以帖名。南帖为圆笔之宗，北碑为方笔之祖。遒健雄浑，峻峭方整，北派之所长也，《龙门十二品》《爨龙颜碑》《吊比干文》等为其代表；秀逸摇曳、含蓄潇洒，南派之所长也，《兰亭》《洛神》《淳化阁帖》等为其代表。”“画学亦然。北派擅工笔，南派擅写意。李将军之金碧山水，笔格遒劲，北宗之代表也；王摩诘之破墨水石，意象逼真，南派之代表也。”“音乐亦然。《通典》云：‘祖孝孙以梁陈旧乐，杂用吴楚之音；周隋旧乐，多涉胡戎之技。于是斟酌南北，考以古音，而作大唐雅乐。’直至今日，而西梆子腔与南昆曲，一则悲壮，一则靡曼，犹截然分南北两流。”梁启超在这里所说的由南北地理决定的南北方两种不同的美学风格，亦即古人所说的“阴柔美”与“阳刚美”、西人所谓的“优美”与“崇高”也。

五、小说的审美特征

在自觉的美学观念的指导之下，梁启超对艺术之美作出了广泛的分析。在各门艺术形态中，以书法之美和小说之美的分析最为深入、细致。这里来看他对小说审美特征的分析。

1902 年 11 月，梁启超在刚刚创刊的《新小说》杂志上发表《论小说与群治之关系》一文，指出小说令人嗜好的美，不仅在于“浅而易解”，而且另有“两因”：一是能如实写出人所常历的“现境界”，从而引起广泛的共鸣；二是能虚构出人所未历的“他境界”，从而给人新奇的美感。他说：

> 人之恒情，于其所怀抱之想象，所阅历之境界，往往有行之不知、习矣不察者，无论为哀为乐、为怨为怒、为恋为骇、为忧为惭，常若知其然而不知其所以然。欲摹写其情状，而心不能自喻，口不能自宣，笔不能自传。有人焉，和盘托出，彻底而发露之，则拍案叫绝曰：“善哉善哉！如是如是！”所谓“夫子言之，于我心有戚戚焉”。感人之深，莫此为甚！
>
> 凡人之性，常非能以现境界而自满足者也，而此蠢蠢躯壳，其所能触能

受之境界，又顽狭短局而至有限也。故常欲于其直接以触以受之外，而间接有所触有所受，所谓“身外之身、世界外世界”也。……小说者，常导人游于他境界，而变换其常触常受之空气者也。

此二者，实文章真谛……而诸文之中能极其妙而神其技者，莫小说若。

如果说上述“两因”剖析的是小说审美特征的来源，那么该文中揭示的“小说之支配人道”的“四种力”则是对小说审美特征产生的美感效果的独特分析。这“四种力”是：

一曰“熏”。“熏也者，如入云烟中而为其所烘，如近墨朱处而为其所染。”“人之一读小说也，不知不觉之间，而眼识为之迷漾，而脑筋为之摇扬，而神经为之营注，今日变一二焉，明日变一二焉，刹那刹那，相断相续，久之而此小说之境界，遂入其灵台（心）而据之，成为一特别之原质之种子。有此种子故，他日又更有所触所受者，旦旦而熏之，种子愈盛，而又以之熏他人，故此种子遂可以遍世界……而小说则巍巍焉具此威德以操纵众生者也。”“熏以空间言，故其力之大小，存其界之广狭。”

二曰“浸”。“浸以时间言，故其力之大小，存其界之长短。浸也者，入而与之俱化者也。人之读一小说也，往往既终卷后数日或数旬而终不能释然。读《红楼》竟者，必有余恋、有余悲；读《水浒》竟者，必有余快、有余怒，何也？浸之力使然也。”

三曰“刺”。“刺也者，刺激之义也。熏、浸之力利用渐，刺之力利用顿。熏、浸之力，在使感受者不觉，刺之力，在使感受者骤觉。刺也者，能入于一刹那顷，忽起异感而不能自制者也。”

四曰“提”。熏、浸、刺之力，“自外灌之使入；提之力，自内而脱之使出”。“凡读小说者，必常若自化其身焉，入于书中，而为其书之主人翁。”“文字移人，至此而极。”

梁启超对小说审美特征的分析，开现代小说美学研究之先河。其后，狄葆贤、夏曾佑、黄人、徐念慈等人相继发表论文，对小说审美特点的现代阐释在20世纪之初达到了一个高峰。

六、“文界革命”“诗界革命”“小说界革命”

在十九、二十世纪的世纪之交，梁启超还以“文界革命”“诗界革命”尤其是“小说界革命”著称文坛。

梁启超所说的“美”，是能够给自己和他人带来快乐的“情感”和“趣味”。然而同时他又指出：情感有“善恶”“美丑”之分，趣味有“好坏”“高下”之别。“情感……的本质不能说他都是善的、都是美的。他也有很恶的方面，他也有很丑的方面。他是盲目的，到处乱碰乱迸。好起来好得可爱，坏起来也坏得可怕。”①“趣味的性质，不见得都是好的，譬如好嫖好赌，何尝不是趣味？但从教育的眼光看来，这种趣味的性质，当然是不好。……凡一种趣味事项，倘或是要瞒人的，或是拿别人的苦痛换自己的快乐，或是快乐和烦恼相间相续的，这等统名为‘下等趣味’。……我们讲‘趣味主义’的人，绝不承认此等为趣味。”②梁启超的这些表述，虽然逻辑上不是很严密，但有一点很分明：即“美”不等于“善”，“美”又必须兼顾“善”。于是他提出“情感教育”的概念：“情感教育的目的，不外将情感善的、美的方面尽量发挥，把那恶的、丑的方面渐渐压伏淘汰下去。”并指出，以创造艺术美为使命的艺术家“最要紧的工夫，是要修养自己的情感，极力往高洁纯挚的方面向上提挈，向里体验。自己腔子里那一团优美的情感养足了，再用美妙的技术把他表现出来，这才不辱没了艺术的价值。”③

以此反观中国古代文学，诗歌表现的是“旧意境”，散文流行的是“诚意正心之虚论”“攘夷尊王之迂说”④，小说充斥的是“状元宰相”“佳人才子”“江湖盗贼”“夭巫狐鬼”之思想⑤，涂毒人之情感、败坏人之趣味，莫此为甚。于是，在1899年底乘船赴美国夏威夷途中所写的《夏威夷游记》（又名《汗漫录》）中，他提出了“诗界革命”“文界革命”的主张：“……诗之境界，被千年来鹦鹉名士占尽矣。虽有佳章佳句，一读之，似在某集中曾相见者，是最可恨也。故今日不作诗则已，若作诗，必为诗界之哥仑（伦）布、玛赛郎然后可……欲为诗界之哥仑（伦）布、玛赛郎，不可不备三长：第一要新意境，第二要新语句，而又须以古人之风格入之，然后成其为诗。……吾为不能诗，唯将竭力输入欧洲之精神思想，以供来者之诗料，可乎？要之，支那非有‘诗界革

① 梁启超：《中国韵文里头所表现的情感》，《饮冰室文集》卷三十七。
② 梁启超：《趣味教育与教育趣味》，《饮冰室文集》卷三十八。
③ 梁启超：《中国韵文里头所表现的情感》，《饮冰室文集》卷三十七。
④ 梁启超：《西学书目表后序》，《饮冰室文集》卷一。
⑤ 梁启超：《论小说与群治之关系》，《饮冰室文集》卷十。

命'则诗运殆将绝。……今日者革命之机渐熟，而哥仑（伦）布、玛赛郎之出世必不远矣。"称日本政论家德富苏峰："其文雄放隽快，善以欧西文思入日本文，实为文界别开一生面者，余甚爱之。中国若有'文界革命'，当亦不可不起点于是也。"1902 年 11 月发表的《论小说与群治之关系》中，他提出"小说界革命"的口号："欲新一国之民，不可不新一国之小说。故欲新道德，必新小说；欲新宗教，必新小说；欲新政治，必新小说；欲新风俗，必新小说；欲新学艺，必新小说；乃至欲新人心、欲新人格，必新小说。……今日欲改良群治，必自'小说界革命'始。"

梁启超所呼唤的"诗界革命""文界革命""小说界革命"，包含内容和形式两个方面。内容方面的"革命"，即用"欧洲之精神思想"，取代弥漫在传统诗文中的陈腐观念。形式方面的"革命"，在诗是以"新语句"取代旧语句，同时又保留"旧风格"（即旧诗体）来表达"新意境"①；在散文、小说，则以言文合一的俗文体取代言文分离的文言体。这方面梁启超论述颇多。早在 1896 年发表在《时务报》的《变法通义》中，梁启超就适应变法需求，提出"言文合一"的主张："古人之言即文也，文即言也。自后世语言文字分，始有离言而以文称者。然必言之能达而后文之能成，有固然矣。"1902 年，他在《新民丛报》第十至十一号（6 月 20 日至 7 月 5 日）发表《论进步》一文，分析"言、文合"的三利与"言、文分"的三弊，指出"言、文合"是人类进步的方向和归宿。1903 年，他在《新小说》杂志上连载《小说丛话》指出："文学之进化有一大关键，即由古语之文学变为俗语之文学是也。各国文学史之开展，靡不循此轨道。……苟欲思想之普及，则此体非徒小说家当采用而已，凡百文章，莫不有然。"小说是散文的一部分。与古代散文言、文分离不同，古代小说从宋元话本到明清小说，就开始呈现出言、文合一的倾向。而清末流行的"政治小说"，在文体语言上更加"浅而易解"。1898 年 12 月，流亡日本的梁启超在横滨创办《清议报》，发表《译印政治小说序》，从审美接受方面说明俗语文体的美：

① 《饮冰室诗话》："过渡时代，必有革命。然'革命'者，当革其精神，非革其形式。吾党近好言'诗界革命'。虽然，若以堆积满纸新名词为革命，是又满洲政府变法维新之类也。能以旧风格含新意境，斯可以举革命之实矣。"可参。按：《饮冰室诗话》连载于 1902 年至 1907 年《新民丛报》，有人民文学出版社 1959 年版的单行本。

凡人之情，莫不惮庄严而喜谐谑。故听古乐则唯恐卧，听郑、卫之音则靡靡而忘倦焉。此实有生之大例，虽圣人无可如何者也。……仅识字之人，有不读经，无有不读小说者。故《六经》不能教，当以小说教之；正史不能入，当以小说入之；语录不能喻，当以小说喻之；律例不能治，当以小说治之。天下通人少而愚人多，深于文学之人少而粗识之无之人多。《六经》虽美，不通其义，不识其字，则如明珠夜投，按剑而怒矣。……今中国识字人寡，深通文学之人尤寡。然则小说学之在中国，殆可增“七略”而为八，蔚“四部”而为五者矣。①

在稍后掀起的“小说界革命”中，梁启超正想通过“浅而易解”的文体的彻底革命，使小说成为“诸文之中能极其妙而神其技者”②。于是，“小说界革命”与小说的审美特征统一起来了。

梁启超在文学界倡导的形式革命，直接开启了胡适1917年1月的《文学改良刍议》及其倡导的“五四”白话文运动；而其倡导的内容革命，则导致了陈独秀1917年2月的《文学革命论》。

第二节　王国维：聚焦文学“情感”与“想象”的审美特征

王国维（1877—1927），字静安，也作静庵，号观堂，浙江海宁人。十六岁中秀才。甲午战争爆发倾心新学，1898年初，进维新派《时务报》当书记、校对，不久在罗振玉主办的东方学社兼学英文、日文等，大量阅读西方哲学、美学书籍。1901年去日本留学，半年后因病被迫辍学回国，先后在上海南洋公学、通州师范学校、苏州师范学校任教，写下了许多文学美学名文。1907年起，任清政府学部总务司行走、图书馆编译及名词馆协修。1911年辛亥革命胜利后，作为效忠清室的遗老移居日本避难四年。从1907年至1916年，主要致力于戏曲研究。1916年自日本返沪后，先后任上海仓圣明智大学教授、北京大学研究所

① 《饮冰室文集·教育》。

② 《论小说与群治之关系》。

国学门通讯导师。1923年，接受废帝溥仪召命，为“南书房行走”，充当溥仪老师。1925年起应聘为清华大学研究院教授。1927年6月2日，在颐和园昆明湖自沉。

与康有为、梁启超相似，在政治倾向上，王国维既倾心改良又坚持保皇，在学术思想上，均为中西贯通、古今兼容的大家。

王国维在美学方面的著述和思想是相当丰富的。他的这些著述，几乎都集中在20世纪之初。如《叔本华之哲学及其教育学说》，作于1902年；《红楼梦评论》，作于1904年；《论哲学家与美术家之天职》，作于1905年；《文学小言》和《屈子文学之精神》，作于1906年；《人间嗜好之研究》和《古雅之在美学上之位置》，作于1907年；《人间词话》，1908年起开始刊出；《宋元戏曲考》，完成于1912年。此后又撰《国学丛刊序》。王国维从生活的本质是“欲望”“利害”“苦痛”出发，探究超脱“利害”、摆脱“苦痛”的“美”和“美术”——文学艺术，构建了一个丰富的美学思想体系。王国维认为，“文学”是“美术”之一大类，“美术中以诗歌、戏曲、小说为其顶点”①，它们的“目的”在描写人生之欲、之苦及其解脱之道。因此，王国维将主要精力投入了小说、诗歌、戏曲诸文学形态之美的研究。

一、文学特征：“情感”与“想象”

《文学小言》《屈子文学之精神》和《国学丛刊序》是王国维论析“文学”区别于“科学”“史学”的审美特征的三篇代表性论文。

中国古代的“文学”概念是广义的杂文学概念。20世纪之初章炳麟著《国故论衡·文学总略》，总结、清理的就是中国古代的这种“文学”概念。不过从19世纪末以来，在西方“学说以启人思，文辞以增人感”② 的美文学观念的影响下，“文学”的概念逐渐转向狭义。王国维则是这种狭义文学观念的代表。

《文学小言》云：“文学中有二原质焉：曰景、曰情。前者以描写自然及人生之事实为主，后者则吾人对此种事实之精神的态度也。故前者客观的，后者主

① 《静安文集·红楼梦评论》。

② 转引自章炳麟《国故论衡·文学总略》，上海古籍出版社2003年版。

观的也；前者知识的，后者感情的也。”“要之，文学者，不外知识与感情交代之结果而已。苟无敏锐之知识与深邃之感情者，不足与于文学之事。”《屈子文学之精神》补充说，文学描写的“景”，并非完全之实景，也可以是想象之景：“大诗歌之出，必须俟北方人之感情与南方人之想象合而为一。”《国学丛刊序》在甄别“科学”“史学”“文学”的不同“疆界”中阐明“文学”的内涵和特征：

……专以知言，则学有三大类：曰科学也，史学也，文学也。

凡记述事物而求其原因，定其理法者，谓之“科学”；求事物变迁之迹而明其因果者，谓之“史学”；至出入二者间而兼有玩物适情之效者，谓之“文学”。凡事物必尽其真、而道理必求其是，此“科学”之所有事也；而欲求知识之真与道理之是者，不可不知事物道理之所以存在之由，与其变迁之故，此“史学”之所有事也；若夫知识道理之不能表以议论而但可表以情感者，与夫不能求诸实地而但可求诸想象者，此则“文学”之所有事。①

文学不仅兼有科学的求真功能和史学的求是（善）功能，而且具有“玩物适情”的功能，它能用“情感”和“想象”去表现科学的“知识”（“真”）和史学的“道理”（“是”）。换句话说，文学的美感功能实际上是由“情感”与“想象”这两种审美特征构成的。

二、词曲美学：“意境”说

王国维“情”与“景”或者说“情感”与“想象”合而为一的“文学”特质观同样显现在诗词美学和戏曲美学中。在早先的《人间词话》中，王国维提出“境界”作为词的根本审美特征，而“境界”则指“真景物，真感情”的描写：

词以“境界”为最上，有“境界”则自成高格，自有名句。

“境”非独谓景物也，喜怒哀乐，亦人心中之一境界。故能写真景物、

① 《观堂别集》卷四。

真感情者，谓之有“境界”，否则谓之无“境界”。

大家之作，其言情也必沁人心脾，其写景也必豁人耳目。……诗词皆然。

在后来的《宋元戏曲考》中，他同样这样评论戏剧之美：

元剧之佳处，不在其思想结构，而在其文章。其文章之妙，亦一言以蔽之，曰：有“意境”而已矣。何以谓之有“意境”？曰：写情则沁人心脾，写景则在人耳目，述事则如其口出也。古诗词之佳者，无不如是。元曲亦然。明以后其思想结构尽有胜于前人者，唯“意境”则为元人所独擅。

一说为王国维托名“樊志厚”① 所作的《人间词乙稿序》发挥“意境”之旨云：“文学之事，其内足以摅己，而外足以感人者，‘意’与‘境’二者而已。上焉者‘意’与‘境’浑，其次或以‘境’胜，或以‘意’胜。苟缺其一，不足以言文学。原夫文学之所以有‘意境’者，以其能观也。出于观我者，‘意’余于‘境’；而出于观物者，‘境’多于‘意’。然非物无以见我，而观我之时，又自有我在。故二者常互相错综，能有所偏重，而不能有所偏废也。文学之工不工，亦视其‘意境’之有无与其深浅而已。”

王国维所说的“真景物”，并非拘泥于自然事实的物象。《人间词话》曰：“有造境，有写境，此理想与写实二派之所由分。然二者颇难分别，因大诗人所造之境必合乎自然，所写之境亦必邻于理想故也。”“自然中之物，互相关系、互相限制，然其写之于文学及美术之中也，必遗其关系、限制之处，故虽写实家，亦理想家也。又虽如何虚构之境，其材料必求之于自然，而其构造，亦必从自然之法则，故虽理想家，亦写实家也。”可见，王氏“真景物”是艺术描写的真，生活逻辑的真，这与他在另外一处所说的“想象”是不矛盾的。而他所说的“理想”化的“想象”，“其材料必求之于自然”，“必从自然之法则”，与“写实”的“真景物”亦不相悖。

王氏又提出“境界有大小”说，体现了“美”分“优美”“宏壮”思想的

① 据赵万里为王国维所作的年谱。另：徐调孚《人间词话注》（中华书局 1956 年版）按语认为序作者是与王氏“同学相交垂三十年”的樊少泉。

渗透。《人间词话》云：“境界有大小，不以是而分优劣。‘细雨鱼儿出，微风燕子斜’，何遽不若‘落日照大旗，马鸣风萧萧’？‘宝帘闲挂小银钩’，何遽不若‘雾失楼台，月迷津渡’也？”

王国维的“意境”说，在现代西方美学意识的指导下，综合中国古代“意境”论的思维财富，揭示了“意境”是主观与客观的统一、抽象与具象的统一、理想与现实的统一、优美与壮美的统一这些丰富内涵，进而把“意境”提到诗歌剧曲美学特征的最高位置。它既是古代“意境”美学的结晶，又标志着向西方美学、现代美学的转化。

三、小说美学：悲剧解脱与典型塑造

王国维的小说美学，集中体现于《红楼梦评论》中。

《红楼梦评论》共分五章：“人生及美术之概观”“红楼梦之精神”“红楼梦之美学上之价值”“红楼梦之伦理学上之价值”“余论”。其关于《红楼梦》的美学评论集中凝聚为“悲剧解脱”说和典型形象塑造的理论。

王国维由人生的悲剧分析到小说的悲剧、由人生的痛苦及其解脱分析到小分析对人生痛苦及其解脱的描写：

> 呜呼！宇宙一生活之欲而已。而此生活之欲之罪过，即以生活之苦痛罚之：此即宇宙之永远的正义也。自犯罪，自加罚，自忏悔，自解脱。美术之务，在描写人生之苦痛与其解脱之道，而使吾侪……得暂时之平和，此一切美术之目的也。……若《红楼梦》之写宝玉，又岂有以异于彼乎？
>
> 所谓“玉”者，不过生活之“欲”之代表而已矣。……《红楼梦》一书，实示此生活、此苦痛之由于自造，又示其解脱之道不可不由自己求之者也。
>
> ……吾国之文学中，其具厌世解脱之精神者，仅有《桃花扇》与《红楼梦》耳。而《桃花扇》之解脱，非真解脱也……《桃花扇》之解脱，他律的也，而《红楼梦》之解脱，自律的也。
>
> 《红楼梦》一书，与一切喜剧相反，彻头彻尾之悲剧也。
>
> 由叔本华之说，悲剧之中，又有三种之别：第一种之悲剧，由极恶之

人，极其所有之能力，以交构之者；第二种，由于盲目的命运者；第三种之悲剧，由于剧中之人物之位置及关系而不得不然者，非必有蛇蝎之性质，与意外之变故也，但由普通之人物、普通之境遇，逼之不得不如是……若《红楼梦》，则正第三种之悲剧也。兹就宝玉、黛玉之事言之：贾母爱宝钗之婉，而惩黛玉之孤僻，又信金玉之邪说，而思厌宝玉之病；王夫人固亲于薛氏；凤姐以持家之故，忌黛玉之才而虞其不便于己也；袭人惩尤二姐、香菱之事，闻黛玉"不是东风压倒西风，就是西风压倒东风"之语，惧祸之及，而自同于凤姐，亦自然之势也。宝玉之于黛玉，信誓旦旦，而不能言之于最爱之之祖母，则普通之道德使然；况黛玉一女子哉！由此种种原因，而金、玉以之合，木、石以之离，又岂有蛇蝎之人物，非常之变故，行于其间哉？不过通常之道德，通常之人情，通常之境遇为之而已。由此观之，《红楼梦》者，可谓悲剧中之悲剧也。……叔本华置诗歌（语言艺术，即文学）于美术之顶点，又置悲剧于诗歌之顶点，而于悲剧之中，又特重第三种，以其示人生之真相，又示解脱之不可已故。故美学上最终之目的，与伦理学上最终之目的合。由是，《红楼梦》之美学上之价值，亦与其伦理学上之价值相联络也。

不难看出，王国维关于《红楼梦》的美学价值在其悲剧性及其解脱性的思想，乃是其人生美学观的逻辑推衍。这种悲剧性的情感纠葛，是通过人物形象展开的。而《红楼梦》人物形象的塑造，根本不是像当时索引派所考证的是源于某个实际人物的描写，而是出于作家寓一般于个别之中的想象创造：

夫美术之所写者，非个人之性质、而人类全体之性质也。唯美术之特质，贵具体而不贵抽象，于是举人类全体之性质，置诸个人之名字之下。……善于观物者，能就个人之事实，而发见人类全体之性质。今对人类之全体，而必规规焉求个人以实之，人之知力相越，岂不远哉？故《红楼梦》之主人公，谓之贾宝玉可，谓之"子虚""乌有"先生可，即谓之纳兰容若可，谓之曹雪芹，亦无不可也。

于是，在对索引派征实说的批判中，王国维触及了典型形象塑造的根本法则。这对于以塑造人物为使命的小说而言是极为重要的。

四、美和艺术的价值："无用""独立"说

在整个世界的大系统中，"美"或"美术"的价值、地位究竟怎样？《论哲学家与美术家之天职》完整地回答了这一问题。

王国维认为，"美"的本质是不涉及利害的"无用"，"无用"正是"美"在社会中的"价值"，是"美"拥有天下"最神圣""最尊贵"地位的依据。"美术"以塑造"美"为使命，其价值与地位亦然。他在与"真理"及研究、揭示真理的"哲学"的比较中指出：

> 天下有最神圣、最尊贵而无与于当世之用者，哲学与美术是已。天下之人嚣然谓之"无用"，无损于哲学、美术之价值也。至为此学者自忘其神圣之位置，而求以合当世之用，于是二者之价值失。夫哲学与美术之所志者，真理也。真理者，天下万世之真理，而非一时之真理也。其有发明此真理（哲学家——原注）或以记号表之（美术——原注）者，天下万世之功绩，而非一时之功绩也。唯其为天下万世之真理，故不能尽与一时一国之利益合，且有时不能相容，此即其神圣之所存也。

而政治家、实业家所从事的事业，恰恰是满足人们生活欲望的"有用"事业，因而其价值、地位恰恰比不上哲学家、美术家。王国维从"性质"与"功效"长短两方面论证这一点："夫人之所以异于禽兽者，岂不以其有纯粹之知识与微妙之感情哉？至于生活之欲，人与禽兽无以或异。后者政治家及实业家之所供给，前者之慰藉满足，非求诸哲学及美术不可。就其所贡献于人之事业言之，其性质之贵贱，固以殊矣。""至就其功效之所及言之，则哲学家与美术家之事业，虽千载以下，四海以外，苟其所发明之真理与其所表之之记号之尚存，则人类之知识感情由此而得其满足慰藉者，曾无以异于昔，而政治家及实业家之事业，其及于五世十世者，希矣。此又久暂之别也。"由此他天真地认为："苟为真正之哲学家、美术家，又何慊乎政治家哉？""今夫人积年月之研究，而一旦豁然悟宇宙人生之真理，或以胸中惝恍不可捉摸之意境，一旦表诸文字绘画雕刻之上，此固彼天赋之能力之发展，而此时之快乐，决非南面王之所能易者也。"这种想法，尽管太书生气了，但他借此强调"美"不依附于任何实用目的独立价值，

却功莫大焉。遗憾的是，中国古代，“美术之无独立之价值也久矣”，“历代诗人多托于忠君爱国、劝善惩恶之意以自解免”，“而纯粹美术上之著述，往往受世之迫害”，“非唯不知贵，且加贬焉”，于是“美术家自忘其神圣之位置与独立之价值，而葸然以听命于”“政治”与“道德”，哲学家亦然。因此，王国维大声疾呼：“若夫忘哲学美术之神圣而以为道德政治之手段者，正使其著作无价值者也。愿今后之哲学美术家毋忘其天职而失其独立之位置，则幸矣。”王国维要求“美”和“美术”摆脱政治道德的附庸地位，开现代美学独立和文学自律的先声。

第三节　胡适：文学形式的改良与内容的革命

胡适（1891—1962），字适之，安徽绩溪上庄人。1910 年赴美留学，先读农科，后受业于杜威，专攻哲学。1917 年发表《文学改良刍议》等文章，吹响了“五四”新文学运动的号角。1917 年回国后任北京大学教授，致力于文学革命，潜心研究学术史和思想史。1937 年为获得美国对中国抗日战争的支持，赴美开展外交活动。1946 年回国任北京大学校长。1949 年赴美侨居。

1915 年 9 月 15 日，《青年杂志》第一卷（第二卷以后改名《新青年》）在上海创刊，主编陈独秀为改变中国落后状况，赶上欧洲发达国家，倡导“民主”与“科学”，发起了反对旧文学、创造新文学的新文学运动。1916 年 10 月，远在美国留学的胡适在《寄陈独秀》一信中首次提出了“文学革命”的概念。“文学坠落之因，盖可以‘文胜质’一语包之。”“今日欲言文学革命，须从八事入手。”1917 年 1 月，他在《新青年》第二卷第五号上发表《文学改良刍议》，将“文学革命”的“八事”称作“文学改良”。1918 年 4 月，在《建设的文学革命论》中，他将“文学改良”的“八事”改称“八不主义”，又把“国语（白话）的文学”作为“文学革命”的“唯一宗旨”。可以说，胡适是“五四”文学革命大幕的拉幕人。胡适的文学美学主张，除上述《文学改良刍议》《建设的文学革命论》外，主要还见于 1918 年的《易卜生主义》《文学进化观念与戏剧改良》《论短篇小说》，1919 年的《谈新诗》、1922 年的《五十年之中国文学》和 20 世纪30年代中叶为《中国新文学大系·建设理论集》所写的《导言》等。

一、"历史进化"的文学观

胡适所处的时代，是社会、政治、文化、观念急遽变化的时代。时代呼唤变革，同时又为这种变革提供了理论依据。这个理论依据就是进化论。1898年，严复翻译的进化论名著——赫胥黎的《天演论》出版，革故鼎新的进化论作为宇宙、人类发展的根本法则得到有力揭示，成为"五四"新文学运动主要的思想依据。1916年底，在美国留学的胡适，将其《文学改良刍议》的文稿寄给了陈独秀主编的《新青年》，发表在1917年1月第2卷第5期上。胡适呼唤的"文学改良"，包括形式与内容两个方面。而所以要从形式与内容两方面对中国传统文学实行"改良"，乃基于"历史化"的文学观。他指出："文学者，随时代而变迁者也。一时代有一时代之文学：周、秦有周、秦之文学，汉、魏有汉、魏之文学，唐、宋、元、明有唐、宋、元、明之文学。此非吾一人之私言，乃文明进化之公理也。"接着他举例说：

> 即以文论，有《尚书》之文，有先秦诸子之文，有司马迁、班固之文，有韩、柳、欧、苏之文，有语录之文，有施耐庵、曹雪芹之文，此文之进化也。试更以韵文言之：《击壤》之歌，《五子之歌》，一时期也；三百篇之《诗》，一时期也；屈原、荀卿之骚赋，又一时期也；苏、李以下，至于魏、晋，又一时期也；江左之诗流为排比，至唐而律诗大成，此又一时期也；老杜、香山之"写实"体诸诗（如杜之《石壕吏》《羌村》，白之新乐府），又一时期也。诗至唐而极盛，自此以后，词曲代兴，唐、五代及宋初之小令，此词之一时代也；苏、柳（永）、辛、姜之词，又一时代也；至于元之杂剧传奇，则又一时代矣。凡此诸时代，各因时势风会而变，各有其特长，吾辈以历史进化之眼光观之，决不可谓古人之文学皆胜于今人也。左氏、史公之文奇矣，然施耐庵之《水浒传》视《左传》《史记》，何多让焉？《三都》《两京》之赋富矣，然以视唐诗、宋词，则糟粕耳。此可见文学因时进化，不能自止。唐人不当作商、周之诗，宋人不当作相如、子云之赋，即令作之，亦必不工。逆天背时，违进化之迹，古不能工也。

既明文学进化之理，然后可言吾所谓“不摹仿古人”之说。今日之中国，当造今日之文学，不必摹仿唐、宋，亦不必摹仿周、秦也。前见“国会开幕词”，有云：“于铄国会，遵晦时休。”此在今日而欲为三代以上之文之一证也。更观今之“文学大家”，文则下规姚、曾，上师韩、欧，更上则取法秦、汉、魏、晋，以为六朝以下无文学可言，此皆百步与五十步之别而已，而皆为文学下乘。即令神似古人，亦不过为博物院中添几许“逼真赝鼎”而已，文学云乎哉！

吾每谓今日之文学，其足与世界“第一流”文学比较而无愧色者，独有白话小说一项。此无他故，以此种小说皆不事摹仿古人，而唯实写今日社会之情状，故能成真正文学。①

1918 年 3 月，胡适在北京大学国文研究所小说科作题为《论短篇小说》的演讲，指出“文学越进步，自然越讲求‘经济’的方法”。所谓“‘经济’的方法”，指“用最经济的文学手段，描写事实中最精彩的一段，或一方面，而能使人充分满意”。当时社会生活节奏加快，小说的“简洁”和“精练”与此相契合，因而，“短篇小说”“独幕剧”“写情短诗”代表了“文学的最近倾向”，因而胡适主张以“经济”的方法改变传统小说“长篇化”的模式。在同年发表的《文学进化观念与戏剧改良》中，他主张从社会现实出发，用西方的“悲剧”概念对中国传统戏剧的“大团圆主义”进行改良。如此等等，都反映了他历史进化的文学观。

二、形式改良：白话文运动、“国语的文学”

从“历史进化”的文学观出发，胡适一方面从美感特征出发重新界定“文学”定义，另一方面又要求对古代文学的“文言”形式进行改良，而代之以“白话”。在 1915 年 8 月 18 日写的留美日记中，胡适用西方美文学概念界定“文学”：“无所为而为之之学，非真无所为也。其所为，文也，美感也。其有所为而为之者，美感之外，兼及济用。”② 稍后在《文学改良刍议》中指出：“以今世

① 均见《文学改良刍议》。

② 《胡适留学日记》（下），海南出版社 1994 年版，第 124 页。

历史进化的眼光观之，则白话文学之为中国文学之正宗，又为将来文学必用之利器，可断言也。”据此他提出了“活的文学”概念。“活的文学”即言文合一的“白话文学”，是大众可以理解、因而可以发挥审美效果的美的文学；而言文分离的“文言文”则是阻碍读者理解和感受、使大众感到味同嚼蜡的“死的文学”、丑的文学：

> 吾唯以施耐庵、曹雪芹、吴趼人为文学正宗……盖吾国言文之背驰久矣。自佛书之输入，译者以文言不足以达意，故以浅近之文译之，其体已近白话。其后佛氏讲义语录尤多用白话为之者，是为语录体之原始。及宋人讲学以白话为语录，此体遂成讲学正体。当是时，白话已久入韵文，观唐、宋人白话之诗词可见也。及至元时，中国北部已在异族之下三百余年矣（辽、金、元）。此三百年中，中国乃发声一种通俗行远之文学。文则有《水浒》《西游》《三国》……之类，戏曲则尤不可胜计。以今世眼光观之，则中国文学当以元代为最盛；可传世不朽之作，当以元代为最多。此可无疑也。当是时，中国之文学最近言文合一，白话几成文学的语言矣。使此趋势不受阻遏，则中国几有一“活文学”出现，而但丁、路得之伟业，几发生于神州。不意此趋势骤为明代所阻，政府既以八股取士，而当时文人如何、李七子之徒，又争以复古为高，于是此千年难遇言文合一之机会，遂中道夭折矣。然以今世历史进化的眼光观之，则白话文学之为中国文学之正宗，又为将来文学必用之利器，可断言也。以此之故，吾主张今日作文作诗，宜采用俗语俗字。与其用三千年前之死字（如“于铄国会，遵晦时休”之类），不如用20世纪之活字；与其作不能行远、不能普及之秦、汉、六朝文字，不如作家喻户晓之《水浒》《西游》文字也。①

《文学改良刍议》提出文学形式改良的“八事”：“一曰，须言之有物。二曰，不摹仿古人。三曰，须讲求文法。四曰，不作无病之呻吟。五曰，务去烂调套语。六曰，不用典。七曰，不讲对仗。八曰，不避俗字俗语。”不仅第八条，其余如“不摹仿古人”“务去烂调套语”“不用典”“不讲对仗”，都涉及对“已死的文言”的废除主张。而对取之当前生活的鲜活口语的“活文学”“白话文”

---

① 《文学改良刍议》。

的倡导，则集中体现在一年后所作的《建设的文学革命论》一文中：

> 我的《文学改良刍议》发表以来，已有一年多了。这十几个月之中，这个问题引起了许多很有价值的讨论，居然受了许多很可使人乐观的响应。我想我们提倡文学革命的人，固然不能不从破坏一方面下手。但是我们仔细看来，现在的旧派文学实在不值得一驳。甚么桐城派的古文哪，文选派的文学哪，江西派的诗哪，梦窗派的词哪，聊斋志异派的小说哪，——都没有破坏的价值。他们所以还能存在国中，正因为现在还没有一种真有价值，真有生气，真可算作文学的新文学起来代他们的位置。有了这种“真文学”和“活文学”，那些“假文学”和“死文学”，自然会消灭了。所以我望我们提倡文学革命的人，对于那些腐败文学，个个都该存一个“彼可取而代也”的心理，个个都该从建设一方面用力，要在三五十年内替中国创造出一派新中国的活文学。

《文学改良刍议》立意在破，在废除“死文学”，《建设的文学革命论》旨归在立，在建设“活文学”：“我的‘建设新文学论’的唯一宗旨只有十个大字：‘国语的文学，文学的国语’。我们所提倡的文学革命，只是要替中国创造一种国语的文学。有了国语的文学，方才可有文学的国语。有了文学的国语，我们的国语才可算得真正国语。国语没有文学，便没有生命，便没有价值，便不能成立，便不能发达。”他接着展开论证说：

> 我曾仔细研究：中国这二千年何以没有真有价值真有生命的“文言的文学”？我自己回答道：“这都因为这二年的文人所做的文学都是死的，都是用已经死了的语言文字做的。死文字决不能产出活文学。所以中国这二千年只有些死文学，只有些没有价值的死文学。”
>
> 我们为什么爱读《木兰辞》和《孔雀东南飞》呢？因为这两首诗是用白话做的。为甚么爱读陶渊明的诗和李后主的词呢？因为他们的诗词是用白话做的。为甚么爱杜甫的《石壕吏》《兵车行》诸诗呢？因为他们都是用白话做的。为甚么不爱韩愈的《南山》呢？因为他用的是死字死话。……简单说来，自从《三百篇》到于今，中国的文学凡是有一些价值有一些儿生命的，都是白话的，或是近于白话的。其余的都是没有生气的古董，都是博

物院的陈列品！

再看近世的文学：何以《水浒传》《西游记》《儒林外史》《红楼梦》，可以称为“活文学”呢？因为他们都是用一种活文字做的。若是施耐庵、邱长春、吴敬梓、曹雪芹，都用了文言做书，他们的小说一定不会有这样生命，一定不会有这样价值。

读者不要误会，我并不曾说凡是用白话做的书都是有价值有生命的。我说的是，用死了的文言决不能做出有生命有价值的文学来。这一千多年的文学，凡是有真正文学价值的，没有一种不带有白话的性质，没有一种不靠这个“白话性质”的帮助。换言之，白话能产出有价值的文学，也能产出没有价值的文学；可以产出《儒林外史》，也可以产出《肉蒲团》。但是那已死的文言只能产出没有价值没有生命的文学，决不能产出有价值有生命的文学；只能做几篇《拟韩退之〈原道〉》或《拟陆士衡〈拟古〉》，决不能做出一部《儒林外史》。若有人不信这话，可先读明朝古文大家宋濂的《王冕传》，再读《儒林外史》第一回的《王冕传》，便可知道死文学和活文学的分别了。

为甚么死文字不能产生活文学呢？这都由于文学的性质。一切语言文字的作用在于达意表情；达意达得妙，表情表得好，便是文学。那些用死文言的人，有了意思，却须把这意思翻成几千年前的典故；有了感情，却须把这感情译为几千年前的文言。明明是客子思家，他们须说“王粲登楼”“仲宣作赋”；明明是送别，他们却须说“阳关三迭”“一曲渭城”；明明是贺陈宝琛七十岁生日，他们却须说是贺伊尹、周公、傅说。更可笑的，明明是乡下老太婆说话，他们却要叫他打起唐宋八家的古文腔儿；明明是极下流的妓女说话，他们却要他打起胡天游、洪亮吉的骈文调子……请问这样做文章如何能达意表情呢？既不能达意，既不能表情，那里还有文学呢？即如那《儒林外史》里的王冕，是一个有感情、有血气、能生动、能谈笑的活人。这都因为做书的人能用活言语活文字来描写他的生活神情。那宋濂集子里的王冕，便成了一个没有生气，不能动人的死人。为甚么呢？因为宋濂用了二千年前的死文字来写二千年后的活人；所以不能不把这个活人变作二千年前的木偶，才可合那古文家法。古文家法是合了，那王冕也真“作古”了！

因此我说，“死文言决不能产出活文学”。中国若想有活文学，必须用白话，必须用国语，必须做国语的文学。

胡适所说的“国语”，即白话。“国语的文学”即“白话的文学”。“从文学一方面着想，若要活文学，必须用国语。”“从国语一方面着想，国语的文学有何等重要。”文学既要白话、国语去改良，白话、国语也要靠“国语的文学”，即“白话文”去倡导与普及：

有些人说：“若要用国语做文学，总须先有国语。如今没有标准的国语，如何能有国语的文学呢?”

我说这话似乎有理，其实不然。国语不是单靠几位言语学的专门家就能造得成的；也不是单靠几本国语教科书和几部国语字典就能造成的。若要造国语，先须造国语的文学。有了国语的文学，自然有国语。这话初听了似乎不通。但是列位仔细想想便可明白了。天下的人谁肯从国语教科书和国语字典里面学习国语？所以国语教科书和国语字典，虽是很要紧，决不是造国语的利器。真正有功效有势力的国语教科书，便是国语的文学，便是国语的小说、诗文、戏本。国语的小说、诗文、戏本通行之日，便是中国国语成立之时。试问我们今日居然能拿起笔来做几篇白话文章，居然能写得出好几百个白话的字，可是从甚么白话教科书上学来的吗？可不是从《水浒传》《西游记》《红楼梦》《儒林外史》……等书学来的吗？这些白话文学的势力，比甚么字典教科书都还大几百倍。字典说“这”字该读“鱼彦反”，我们偏读他做“者个”的“者”字。字典说“么”字是“细小”，我们偏把他用作“甚么”“那么”的“么”字。字典说“没”字是“沉也”“尽也”，我们偏用他做“无有”的“无”字解。字典说“的”字有许多意义，我们偏把他用来代文言的“之”字、“者”字、“所”字和“徐徐尔，纵纵尔”的“尔”字。……总而言之，我们今日所用的“标准白话”，都是这几部白话的文学定下来的。我们今日要想重新规定一种“标准国语”，还须先造无数国语的《水浒传》《西游记》《儒林外史》《红楼梦》。

所以我以为我们提倡新文学的人，尽可不必问今日中国有无标准国语。我们尽可努力去做白话的文学。我们可尽量采用《水浒传》《西游记》《儒林外史》《红楼梦》的白话。有不合今日的用的，便不用他；有不够用的，便用今日的白话来补助；有不得不用文言的，便用文言来补助。这样做去，决不愁语言文字不够用，也决不用愁没有标准白话。中国将来的新文学用的白话，就是将来中国的标准国语。造中国将来白话文学的人，就是制定标准国语的人。

胡适倡导的白话文运动不仅局限在散文领域，而且扩展到格律谨严的古体诗园地。1919 年，他在《谈新诗》一文中提出了“诗体大解放”的主张：

新文学的语言是白话的，新文学的文体是自由的，是不拘格律的。形式上的束缚，使精神不能自由发展，使良好的内容不能充分表现。若想有一种新内容和新精神，不能不先打破那些束缚精神的枷锁镣铐。因此，中国近年的新诗运动可算是一种“诗体大解放”。

当时一位尝试新诗的作者刘半农“于有韵诗之外，别列无韵之诗”,① 将自由的无韵诗列为新诗的一个方向，胡适则指出无韵诗由于形式上更自由，将成为“新诗的普遍方向”。1920 年 3 月，胡适出版《尝试集》，这是他新诗主张的创作实践。在 20 世纪 30 年代编纂《中国新文学大系·建设理论集》所写的“编选感想”中，他概括说：“简单说来，新文学运动只有两个主要的理论”，其中之一是“做活的文学”。“凡‘白话文学’‘国语文学’‘吸收方言文学的成分’‘欧化的程度’，这些讨论都属于‘活的文学’的问题。”

三、内容革命：“人的文学”“情感”“思想”“个性”

胡适发表《文学改良刍议》后，陈独秀旋即以《文学革命论》响应，其后胡适发表《建设的文学革命论》，用“文学革命”取代“文学改良”。胡适从“历史进化”观出发所倡导的“文学革命”，不仅包括形式的改良，而且包括内容的革命。这个思想早在《文学改良刍议》中就有所揭示：

吾国近世文学之大病，在于言之无物。今人徒知“言之无文，行之不远”，而不知言之无物，又何用文为乎？吾所谓“物”，非古人所谓“文以载道”之说也。吾所谓“物”，约有二事：

① 《我之文学改良观》，《新青年》第 3 卷第 3 号。

（一）情感。《诗序》曰："情动于中而形诸言。言之不足，故嗟叹之。嗟叹之不足，故咏歌之。咏歌之不足，不知手之舞之，足之蹈之也。"此吾所谓情感也。情感者，文学之灵魂。文学而无情感，如人之无魂，木偶而已，行尸走肉而已。（今人所谓"美感"者，亦情感之一也。）

（二）思想。吾所谓"思想"，盖兼见地、识力、理想三者而言之。思想不必皆赖文学而传，而文学以有思想而益贵，思想亦以有文学的价值而益贵也。此庄周之文，渊明、老杜之诗，稼轩之词，施耐庵之小说，所以（冠）绝千古也。思想之在文学，犹脑筋之在人身。人不能思想，则虽面目姣好，虽能笑啼感觉，亦何足取哉？文学亦犹是耳。

文学无此二物，便如无灵魂无脑筋之美人，虽有秾丽富厚之外观，抑亦末矣。近世文人沾沾于声调字句之间，既无高远之思想，又无真挚之情感，文学之衰微，此其大因矣。此文胜之害，所谓言之无物者是也。欲救此弊，宜以质救之。质者何？情与思二者而已。

胡适以"情感"为"文学之灵魂"，标志着对现代美文学特征的认识。同时又指出"文学以有思想而益贵"，"思想"即"见地、识力、理想"，这就弥补了言情文学的不足，使得言情文学在具有悦人之美的同时具有哲学的深度和道德的价值，并且与中国文学传统的"文以载道"区别开来。1918 年，胡适在《新青年》"易卜生专号"发表《易卜生主义》指出："社会最大的罪恶莫过于摧折个人的个性，不使他自由发展。""社会国家没有自由独立的人格，如同酒里少了酒曲，面包里少了酵，人身上少了筋：那种社会国家决没有改良进步的希望。"胡适在此提出了新文学的使命："使个人有自由意志"，"使个人担干系，负责任"，摒弃那种"没有自由权，又不负责任，便和做奴隶一样"的生活。这实际上涉及文学表现个性的价值问题。1922 年，胡适为《申报》五十周年纪念刊撰写《五十年来之中国文学》，指出："大凡文学有两个主要分子：一是'要有我'，二是'要有人'。有我就是要表现著作人的性情见解，有人就是要与一般的人发生交涉。"胡适《中国新文学大系·建设理论集》"编选感想"概括的"新文学运动"的"两个主要的理论"，其中之一是"做'人的'文学"。胡适指出："'人的文学'这个口号是周作人先生提出来的估量内容的标准。"显然，文学内容的革命从"高远之思想""真挚之情感"，到"要有我""要有人"，再到“人的文学”，可看出胡适对周作人思想的吸收。

第四节　陈独秀：“新道德”与“文学革命”

陈独秀（1879—1942），早年留学日本。1915 年起创办、主编《新青年》，积极提倡民主与科学，成为“五四”新文化运动的领导人。1920 年发起、创立中国共产党，1921 年起担任中国共产党最高领导职务，1927 年 7 月离开中央领导岗位，1929 年被开除出党，1932 年被国民党政府逮捕入狱，1937 年出狱，1942 年病逝于四川江津。

一、倡导“个人本位主义”的“新道德”

1915 年 9 月《新青年》创刊后，陈独秀高举“民主”与“科学”大旗，发起了反对旧文学、创造新文学的新文化运动。他做的首要工作，就是抨击以“三纲”和“忠、孝、节”为代表的“旧道德”，倡导“个人本位主义”的“新道德”。在 1915 年 9 月发表的《敬告青年》中，他呼吁：“我有手足，自谋温饱；我有口舌，自陈好恶；我有心思，自崇所信；绝不认他人之越俎，亦不应主我而奴他人：盖自认为独立自主之人格以上，一切操行、一切权利、一切信仰，唯有听命各自固有之智能，绝无盲从隶属他人之理。”“等一人也，各有自主之权，绝无奴隶他人之权利，亦绝无以奴自处之义务。”“‘解放’云者，脱离乎奴隶之羁绊，以完其自主自由之人格之谓也。”在同年 12 月发表的《东西民族根本思想之差异》一文中，他表明了对“个人主义”道德的向往：“西洋民族，自古讫今，彻头彻尾，个人主义之民族也……举凡一切伦理、道德、政治、法律、社会之所向往，国家之所祈求，拥有个人之自由权利与幸福而已。思想言论之自由，谋个性之发展也。法律之前，个人平等也。个人之自由权利，载诸宪章，国法不得而剥夺之，所谓人权是也。人权者，成人以往，自非奴隶，悉享此权，无有差别。此纯粹个人主义之大精神也。国家利益、社会利益，名与个人主义相冲突，实以巩固个人利益为本因也。”陈独秀对“个人本位主义”道德的大力鼓吹，为周作人提出“个性的文学”提供了坚实的思想依据。

二、“文学革命”之声援与补充

1917 年 1 月，陈独秀在其主编的《新青年》第 2 卷第 5 号上发表胡适的《文学改良刍议》，主张对传统文学进行改良。文章甚好，但意犹未尽，紧接着陈独秀在《新青年》第 2 卷第 6 号上发表《文学革命论》加以声援补充，进一步提出了从内容上对传统文学进行批判性革命的主张：“……欧语所谓‘革命’者，为革故鼎新之义。……自文艺复兴以来，政治界有革命，宗教界亦有革命，伦理道德亦有革命，文学艺术，亦莫不有革命，莫不因革命而新兴而进化。”“……文学革命之气运，酝酿已非一日。其首举义旗之急先锋，则为吾友胡适。余甘冒全国学究之敌，高张‘文学革命军’大旗，以为吾友之声援。旗上大书吾革命军三大主义：曰推倒雕琢的、阿谀的贵族文学，建设平易的、抒情的国民文学；曰推倒陈腐的、铺张的古典文学，建设新鲜的、立诚的写实文学；曰推倒迂晦的、艰涩的山林文学，建设明了的、通俗的社会文学。”“……际兹文学革新之时代，凡属贵族文学、古典文学、山林文学，均在排斥之列。以何理由而排斥此三种文学耶？曰：贵族文学，藻饰依他，失独立自尊之气象也；古典文学，铺张堆砌，失抒情写实之旨也；山林文学，深晦艰涩，自以为名山著述，于其群之大多数无所益也。其形体则陈陈相因，有肉无骨，有形无神，乃装饰品而非实用品；其内容则目光不离帝王权贵、神仙鬼怪，及其个人之穷通利达。所谓宇宙，所谓人生，所谓社会，举非其构思所及。此三种文学共同之缺点也。此种文学，盖与吾阿谀夸张虚伪迂阔之国民性，互为因果。今欲革新政治，势不得不革新盘踞于运用此政治者精神界之文学……”陈独秀对传统文学的批判和否定，虽有偏激、失当之处，但奠定了中国现代文学反对专制、追求个性自由、人性解放的主题，使“五四”新文学运动演变为一场反对旧道德、提倡新道德的新文化运动，彻底改变了中国古代文学的走向，使中国文艺美学步入了一个新的历史时期。

第五节 周作人："人的文学"与"个性的文学"

周作人（1885—1967），鲁迅二弟，"五四"文学革命的另一员主将。1906年东渡日本留学。1917年任北京大学文科教授。"五四"运动时期任新潮社主任编辑，参加《新青年》编辑工作，发起成立文学研究会，发表《人的文学》《平民文学》《思想革命》等重要文章，并从事散文、新诗创作和外国文学作品翻译。"五四"新文学运动以后，周作人革命热情衰退，追求平和冲淡，沉溺于草木虫鱼，提倡闲适幽默的小品文和清隽古雅的散文。抗日战争爆发后留居沦陷后的北平，出任南京国民政府委员等伪职。1945年以叛国罪被捕入狱，1949年出狱。此后定居北京，从事日本、希腊文学作品的翻译，写作有关鲁迅的回忆录。

尽管周作人"五四"后意志消沉，中年时期变节求荣，但在"五四"文学革命时期却是一个举足轻重的风云人物。郭沫若曾说周作人的附敌是抗战的一大损失，"那损失是不可计量的"，"为了换掉他，就死上几千百个都是不算一回事的"①。虽有些夸张，但从一个侧面说明了周作人在"五四"新文学运动中的地位。胡适在《〈中国新文学大系·建设理论集〉导言》中指出："新文学运动只有两个主要的理论"，其中之一是"要做'人的'文学"。茅盾指出："人的发见，即发展个性，即个人主义，成为'五四'期新文学运动的主要目标。"② 以人性真实和个性主义为特征的"人的文学"的倡导，是"五四"新文学运动"思想革命"的根本标志，而高举"人的文学"、倡导"思想革命"的代表人物就是周作人。而这一切，不言而喻，都是以美文学的方式，在美文学的领域进行的。关于文学的美学特征，周作人早在1908年发表的《论文章之意义暨其使命因及中国近时论文之失》一文中就指出："文章者，人生思想之形现，出自意象、感情、风味，笔为文书，脱离学术，遍离都凡，皆得领解，又生兴趣者也。"

① 郭沫若：《国难声中怀知堂》，程光炜编：《周作人评说80年》，中国华侨出版社2000年版，第149、150页。

② 茅盾：《关于"创作"》，《北斗》创刊号。

不过到“五四”时期，狭义的美文学概念已成无须讨论的共识，倒是用这样的方式表现什么内容成为论争的焦点。所以周作人提出“人的文学”和“思想革命”的主张。

一、“人”的灵肉二重性

1918年12月，周作人在《新青年》上发表一代名文《人的文学》，提倡“人的文学”，排斥“非人的文学”。于是，“人”的发现成为提倡“人的文学”的逻辑前提。

> 我们要说人的文学，须得先将这个人字，略加说明。我们所说的人，不是世间所谓“天地之性最贵”，或“圆颅方趾”的人。乃是说，“从动物进化的人类”。其中有两个要点，（一）“从动物”进化的，（二）从动物“进化”的。

由于人是“从动物”进化的，所以，即便是“人”，他身上仍然保留着“动物性”，或者说，“兽性”是“人性”的一部分，有权利得到满足：

> 我们承认人是一种生物。他的生活现象，与别的动物并无不同，所以我们相信人的一切生活本能，都是美的善的，应得完全满足。凡有违反人性不自然的习惯制度，都应该排斥改正。

但是同时，又要看到，人是从动物“进化”的，应当有高于动物、比动物进步的地方：

> 人是一种从动物进化的生物。他的内面生活，比别的动物更为复杂高深，而且逐渐向上，有能够改造生活的力量。所以我们相信人类以动物的生活为生存的基础，而其内面生活，却渐与动物相远，终能达到高上和平的境地。

人高于动物的地方是什么呢？就是人的“灵性”“神性”。于是，“人的灵肉二重的生活”，才是人的完整生活；“兽性与神性，合起来便只是人性”；“人类正当生活，便是这灵肉一致的生活”。由此看来，单独满足人的“兽性”欲求而置人的“灵性”法则于不顾，或仅从“神性”出发扼杀人的“兽性”欲望，都是对“人性”的肢解。所以说：“凡兽性的余留，与古代礼法可以阻碍人性向上的发展者，也都应该排斥改正。”在周作人看来，中国古代的“人性观”恰好是处于分裂状态的：

> 古人的思想，以为人性有灵肉二元，同时并存，永相冲突。肉的一面，是兽性的遗传；灵的一面，是神性的发端。人生的目的，便偏重在发展这神性；其手段，便在灭了体质以救灵魂。所以古来宗教，大都厉行禁欲主义，有种种苦行，抵制人类的本能。一方面却别有不顾灵魂的快乐派，只愿“死便埋我”。其实两者都是趋于极端，不能说是人的正当生活。

人的“兽性”与“神性”，又可以表述为“物质”与“精神”两个方面：“人的生活可以分为物质的与精神的两个方面，物质的方面是安全的生活，精神的方面是自由的发展。”①“人性”还表现为“利己”与“利他”的合一：

> 彼此都是人类，却又各是人类的一个。所以须营一种利己而又利他，利他即是利己的生活。第一，关于物质的生活，应该各尽人力所及，取人事所需。换一句话，便是各人以心力的劳作，换得适当的衣食住与医药，能保持健康的生存。第二，关于道德的生活，应该以爱智信勇四事为基本道德，革除一切人道以下或人力以上的因袭的礼法，使人人能享自由真实的幸福生活。这种“人的”理想生活，实行起来，实于世上的人无一不利。

于是，周作人“所说的人道主义，并非世间所谓‘悲天悯人’或‘博施济众’的慈善主义，乃是一种个人主义的人间本位主义。这理由是，第一，人在人类中，正如森林中的一株树木。森林盛了，各树也都茂盛。但要森林盛，却仍非靠各树各自茂盛不可。第二，个人爱人类，就只为人类中有了我，与我相关的缘故。墨子说，‘爱人不外己，己在所爱之中’，便是最透彻的话。上文所谓利己而又利他，利他即是利己，正是这个意思，所以我说的人道主义，是从个人做

① 周作人：《新村的理想与现实》，《周作人文类编》卷一，湖南文艺出版社1998年版，第144页。

起。要讲人道，爱人类，便须先使自己有人的资格，占得人的位置。耶稣说，‘爱邻如己’。如不先知自爱，怎能‘如己’的爱别人呢?”由此他批判所谓“无我的爱”:“纯粹的利他，我以为是不可能的。人为了所爱的人，或所信的主义，能够有献身的行为。若是割肉饲鹰，投身给饿虎吃，那是超人间的道德，不是人所能为的了。”

周作人关于“人”或“人性”的发现，主要是受西方人道主义观念影响所致。《人的文学》指出:

欧洲关于这“人”的真理的发见，第一次是在15世纪，于是出了宗教改革与文艺复兴两个结果。第二次成了法国大革命，第三次大约便是欧战以后将来的未知事件了。

中国讲到这类问题，却须从头做起，人的问题，从来未经解决……如今第一步先从人说起……从新要发见“人”，去“辟人荒”，也是可笑的事。但老了再学，总比不学该胜一筹罢。

这给当时中国文学界、文化界吹进了一股新风。

二、“人的文学”之首倡

在发现“人性”是“兽性”与“神性”合一的基础上，周作人提出了“人的文学”的概念:

我们现在应该提倡的新文学，简单的说一句，是“人的文学”。应该排斥的，便是反对的非人的文学。

用这人道主义为本，对于人生诸问题，加以记录研究的文字，便谓之人的文学。其中又可以分作两项，(一)是正面的，写这理想生活，或人间上达的可能性;(二)是侧面的，写人的平常生活，或非人的生活，都很可以供研究之用。

人的文学，当以人的道德为本，这道德问题方面很广，一时不能细说。现在只就文学关系上，略举几项。譬如两性的爱，我们对于这事，有两个主张。(一)是男女两本位的平等。(二)是恋爱的结婚。世间著作，有发挥

> 这意思的，便是绝好的人的文学。如诺威伊孛然（Ibsen）的戏剧《娜拉》（Et Dukkehjem）、《海女》（Fruen fra Havet），俄国托尔斯泰（Tolstoj）的小说《安娜·卡列尼娜》（*Anna Karenina*），英国哈兑（Hardy）的小说《台斯》（Tess）等就是。①

“人的文学”不是不可以写人的兽性生活，关键取决于作者的态度：“这一类中写非人的生活的文学，世间每每误会，与非人的文学相溷，其实却大有分别。譬如法国莫泊三桑（Maupassant）的小说《一生》（Une Vie），是写人间兽欲的人的文学；中国的《肉蒲团》却是非人的文学。俄国库普林（Kuprin）的小说《坑》（Jama），是写娼妓生活的人的文学；中国的《九尾龟》却是非人的文学。这区别就只在著作的态度不同。一个严肃，一个游戏。一个希望人的生活，所以对于非人的生活，怀着悲哀或愤怒；一个安于非人的生活，所以对于非人的生活，感着满足，又多带些玩弄与挑拨的形迹。简明说一句，人的文学与非人的文学的区别，便在著作的态度，是以人的生活为是呢，非人的生活为是呢这一点上。材料方法，别无关系。”

在周作人看来，中国文学中，“人的文学”本来极少。首先，“从儒教道教出来的文章，几乎都不合格。”其次，“单从纯文学上”来看，中国古代文学不出以下十类：

> 1. 色情狂的淫书类
> 2. 迷信的鬼神书类（《封神榜》《西游记》等）
> 3. 神仙书类（《绿野仙踪》等）
> 4. 妖怪书类（《聊斋志异》《子不语》等）
> 5. 奴隶书类（甲种主题是皇帝状元宰相，乙种主题是神圣的父与夫）
> 6. 强盗书类（《水浒》《七侠五义》《施公案》等）
> 7. 才子佳人书类（《三笑姻缘》等）
> 8. 下等谐谑书类（《笑林广记》等）
> 9. 黑幕类
> 10. 以上各种思想和合结晶的旧戏。

① 《人的文学》。

周作人批评说："这几类全是妨碍人性的生长，破坏人类的平和的东西，统应该排斥"①。在1919年3月撰写的《思想革命》一文中，周作人说：

> 近年来文学革命的运动渐见功效……在杂志及报章上面，常常看见用白话做的文章，白话在社会上的势力，日见盛大，这是很可乐观的事。但我想文学这事物本合文字与思想两者而成，表现思想的文字不良，固然足以阻碍文学的发达，若思想本质不良，徒有文字，也有什么用处呢？……话虽容易懂了，思想却仍然荒谬，仍然有害。好比"君师主义"的人，穿上洋服，挂上维新的招牌，难道就能说实行民主政治？这单变文字不变思想的改革，也怎能算是文学革命的完全胜利呢？
>
> 倘若换汤不换药……还不如不做的好。因为从前的荒谬思想，尚是寄寓在晦涩的古文中间，看了中毒的人，还是少数，若变成白话，便通行更广，流毒无穷了，所以我说，文学革命上，文字改革是第一步，思想改革是第二步，却比第一步更为重要。

这"人的文学"的倡导，即可看作文学思想革命、内容革命的举动。

1920年1月，周作人在一篇题为《新文学的要求》的讲演中，引人注目的两次使用了"现代"的概念，他认为"人性的文学"和"人类的文学"是"现代文学"最重要的品格，也是"新文学"需要努力的方向。

周作人倡导"人的文学"，认为文学应当表现完整的人性，即神性与兽性、理性与感性的统一。这种观点影响很大。20世纪30年代，梁实秋强调文学要表现普遍人性，与此一脉相承。在1928年出版的评论集《文学的纪律》中，梁实秋指出，文学应"发于人性，基于人性，亦止于人性"，"表示出普遍固定之人性"。他认为人性是二元的，一是以想象情感为代表的病态的自我，"需要被控制"，二是以理性为代表的健康的自我，可以"施加控制"。在人性二元中，必须"以其理性的纪律为基础"。因此，他既肯定文学有表现人的自然情感和想象的权利，又主张"以理性驾驭情感，以理性节制想象"，坚持主张文艺创作上

① 以上引文均见《人的文学》，《周作人文类编》卷三，湖南文艺出版社1998年版，第33页。

"合于理性的束缚"。在《白璧德及其人文主义》一文中，他指出，文学"必其内容有深刻的用意，忠于人性的真实，然后才有价值"。"文学既是人性的产物，文学批评即以人性为标准。"在《文学与革命》一文中，他指出："伟大的文学乃是基于固定的普遍的人性，从人心深处流出来的情思才是好的文学，文学难得的是忠实——忠于人性，至于与当时的时代潮流发生怎样的关系，是受时代的影响，还是影响到时代，是与革命理论结合，还是为传统思想所拘束，满不相干，对于文学的价值不发生关系，因为人性是测量文学的唯一标准。"① 这都可以看到周作人思想的痕迹，是周作人"人的文学"的重申与发展。1935 年，朱自清在《〈新中国文学大系·诗集〉导言》中评价"周氏提倡人道主义的文学"：这是"时代的声音"，"至今还为新诗特色之一"。可见其影响之深远。

三、"个性的文学"

周作人认为"人性"应是"利己"与"利他"的统一，不过两者并不是平列的关系，"利己"是"利他"的动因，"利他"是"利己"的逻辑延伸。于是，由"人的文学"又衍生出"个性的文学"口号，成为"五四"文学革命的又一口号。

有研究者指出："在中国现代作家中，周作人是受个人主义影响最大最深的人之一，他从伦理道德、人生观上较为全面地接受了个人主义的价值体系和人性理论，在对政治、社会、宗教、习俗、道德的评判中，表现出个人主义的总的态度、倾向和信念。"② 周作人追求"利己而又利他，利他即是利己的生活"③。"五四"时期恽代英等人组织了共产主义性质的"新村实验"。周作人对"新村精神"的概括是："一切的人都是这样的人：尽了对于人类的义务，却又完全发展自己的个性。"④ 在周作人看来，人才是世界的中心，社会则是人的派生，而

① 《文学与革命》，1928 年 6 月《新月》第 1 卷第 4 号。

② 李今：《个人主义与五四新文学》，北方文艺出版社 1992 年版，第 87 页。

③ 周作人：《人的文学》，《周作人文类编》卷三，湖南文艺出版社 1998 年版，第 33 页。

④ 周作人：《新村的精神》，《周作人文类编》卷一，湖南文艺出版社 1998 年版，第 127 页。

国家、种族更在其次。“人类或社会本来是个人的总体，抽去了个人便空洞无物。”①“中国的革命尚未成功，至今还在进行，论理应该是民族自觉的时代，但是中国所缺少的，是彻底的个人主义，虽然尽有利己的本能。”② 他激烈批评为了社会而牺牲个人：“倘若用了什么名义，强迫人牺牲了个性去侍奉白痴的社会，——美其名迎合社会心理，——那简直与借了伦常之名强人忠君，借了国家之名强人战争一样不合理了。”③ 以此去观照文学创作，“个人”成了文学价值的最高标准：“这文学是人类的，也是个人的；却不是种族的，国家的，乡土及家庭的。”④“因此我们可以得到结论：（1）创作不宜完全没煞自己去模仿别人，（2）个性的表现是自然的，（3）个性是个人唯一的所有，而又与人类有根本上的共通点，（4）个性就是在可以保存范围内的国粹，有个性的新文学便是这国民所有的真的国粹的文学。”⑤“我想现在讲文艺，第一重要的是‘个人的解放’，其余的主义可以随便；人家分类的说来，可以说这是个人主义的文艺，然而我相信文艺的本质是如此的……”⑥ 郭沫若曾经宣称：“我们反抗不以个性为根底的既成道德。”⑦“五四”文学革命倡导的新道德以尊重个性权利、维护个人权益的个人主义基础，并要求文学表现“个人的解放”，具有非同小可的意义。郁达夫指出：“五四运动，在文学上促生的新意义，是自我的发见……自我发见之后，文学的范围就扩大，文学的内容和思想，自然也就丰富起来了。”⑧

① 周作人:《文艺的统一》,《周作人文类编》卷三，湖南文艺出版社 1998 年版，第 77 页。

② 周作人:《〈潮州畲歌集〉序》。《周作人文类编》卷六，湖南文艺出版社 1998 年版，第 568 页。

③ 周作人:《自己的园地》,《周作人文类编》卷三，湖南文艺出版社 1998 年版，第 63 页。

④ 周作人:《新文学的要求》,《周作人文类编》卷三，湖南文艺出版社 1998 年版，第 46 页。

⑤ 周作人:《个性的文学》,《周作人文类编》卷三，湖南文艺出版社 1998 年版，第 53 页。

⑥ 周作人:《文艺的讨论》,《周作人文类编》卷一，湖南文艺出版社 1998 年版，第 65—66 页。

⑦ 郭沫若:《我们的文学新运动》,1923 年 5 月《创造周报》第 3 号。

⑧ 郁达夫:《五四文学运动之历史的意义》,《文学》1933 年第 7 期。

第六节　蔡元培：文学属于宣扬“人道主义”新道德的“美术”

蔡元培（1868—1940），光绪进士，翰林院编修。甲午战争后倾心维新，曾倡办新学，与章炳麟等人一起兴办中国教育会、爱国学社、爱国女校，继而组织光复会、参加同盟会。1907 年至 1911 年赴德留学，主修西方哲学、美学、艺术。1912 年回国，任南京临时政府教育总长，倡导美育特别是艺术教育。1916 年起任北京大学校长，倡导“思想自由，兼容并包”，对“五四”新文化运动起了巨大的促进、支持、保护作用。① 抗战爆发后积极主张抗日。1940 年病逝于香港。周恩来在挽联中评价他：“从排满到抗日战争，先生之志在民族革命；从五四到人权同盟，先生之行在民主自由。”作为一个民主革命家和“五四”新文化运动的主将，他以“最大多数之最大幸福”之“人道主义”为政治革命之“鹄的”和“五四”新道德的核心；作为一位专攻美学的美学家，他发现具有“普遍性”“超越性”的“美”恰恰有助于“破人我彼此的偏见”“破生死利害的顾忌”②，建设“人道主义”新道德，达到“人道主义”革命之目的，所以他回国后便译介美学论著，撰写美学概论，提出“美育”任务，并在“五四”时期奔走呼号于政府、学校、社会，使得文学艺术作为“美术”的现代学科定义得到彻底奠定。

一、“人道主义”道德学说与启蒙思想

“五四”文学革命的实质是借助文学艺术批判旧道德、宣扬新道德。作为“五四”文学革命的一员主将，蔡元培宣扬的新道德就是“人道主义”。

---

① 蔡元培《我在北京大学的经历》：“综计我居北京大学校长的名义，十年有半（引者按：1916—1927），而实际在校办事，不过五年有半。”《东方杂志》第 31 卷第 1 号，1934 年 1 月 1 日。文艺美学丛书编委会编：《蔡元培美学文选》，北京大学出版社 1983 年版，第 207 页。

② 文艺美学丛书编委会编：《蔡元培美学文选》年表，北京大学出版社 1983 年版，第 225 页。

蔡元培的“人道主义”道德学说，萌芽于1894至1898年担任翰林院编修期间，形成于1898年至1906年革命活动时期，巩固于1907年至1911年德国留学时期，大昌于“五四”文学革命期间。

这种新道德是建立在蔡元培的人性观基础上的。他认为，“人类的生存”，“所需有两种：一是体魄上的需要，如衣、食、住等是；二是精神上的需要，如学术是”。① 1912年，蔡元培出任中华民国临时政府教育总长之初，曾提出国家教育的“五种主义”，“即军国民教育、实利主义、公民道德、世界观、美育是也”②。这“五种主义”中，“军国民主义为体育”“实利主义”与人的“身体需要”有关；“世界观”“美育”“公民道德”则属于人的“精神需要”。并指出：“五者以公民道德为中坚。盖世界观及美育所以完成道德，而军国民教育及实利主义，则必以道德为根本。”③ 蔡元培的教育方针，直接体现了他的人性观：在坚持“身体需要”与“精神需要”同时并进的前提下，以“精神需要”为重，而以“公民道德”为重中之重。

蔡元培所追求的“道德”是不同于旧道德的新道德，即以“自由、平等、博爱”为基本特征的“人道主义”。1912年2月11日，在他上任中华民国教育总长之初发布的《对于教育方针之意见》中指出：“法兰西之革命也，所揭示者，曰自由、平等、亲爱。道德之要旨，尽于是矣。”④ 1915年1月，他在《哲学大纲·美学观念》一章中揭示：“走人类共同之鹄的，为今日所堪公认者，不外乎人道主义。”⑤ 1918年11月10日，在《北京大学月刊发刊词》中，他将“思想自由”“兼容并收”作为“大学之所以为大”的一条“通则”加以强调⑥。1922年3月，他在《新教育》杂志上发表《教育独立议》，将“独立自由”的大学通则推广到范围更大的“教育”中去：“教育是帮助被教育的人，给他能发展自己的能力，完成他的人格，于人类文化上能尽一份子的责任；不是把被教育的人，

① 《国外勤工俭学与国内互学互助团》，1920年1月1日，《蔡元培全集》第三卷，中华书局1984年版，第374页。下同。

② 《全国临时教育会议开会词》，1912年7月10日，《蔡元培全集》第二卷，第263页。

③ 《全国临时教育会议开会词》，1912年7月10日，《蔡元培全集》第二卷，第263页。

④ 《对于教育方针之意见》，1912年2月11日，《蔡元培全集》第二卷，第130页。

⑤ 《哲学大纲·美学观念》，1915年1月，《蔡元培全集》第二卷，第379页。

⑥ 《北京大学月刊发刊词》，1918年11月10日，《蔡元培全集》第三卷，第212页。

造成一种特别器具，给抱有他种目的的人去应用的。所以，教育事业当完全交与教育家，保有独立的人格，毫不受各政党或各派教会的影响。”“教育是要个性与群性平均发达的。政党是要制造一种特别的群性，抹杀个性……教育是求远效的，政党的政策是求近功的。……所以，教育事业不可不超然于各派政党之外。”① 从这种独立自由的价值追求出发，蔡元培在担任北京大学校长期间曾于1919年、1923年两次辞职。

“人道主义”既追求“自由”，又强调“博爱”；既重视“独立”，又兼顾“利群”。处在国内外风起云涌的民族民主革命风潮中，着眼于“群亡则己随之而亡”②，蔡元培在强调“利己”的个人权利的同时，更强调“为群伦不为小己”③ 的个人“义务”。在蔡元培看来，“人道主义”是“人性所固有”“人心所自然”④ 的普遍追求。他指出，孔子“天下为公”的“大同”之说、子夏的“四海之内皆兄弟”、张载的“民吾同胞”等，“尤与法人所倡之博爱主义相合”，“中国以人道为教育，亦与法国如同志也”⑤。于是，“人道主义”新道德经过他的重新诠释，就成了符合人性的普适价值。他投身于一系列的民族民主革命和“五四”启蒙运动，就是这种崭新的道德思想推动的结果，也是这种人道主义理念的实践活动。

与胡适、周作人、鲁迅等人是由文学到美学不同，蔡元培是由美学而至文学艺术。他的文学美学文章，集中写于“五四”新文学运动前后，集中体现为两方面的主题，一是对西方美学理论的介绍和美的特质的分析，一是对美育的倡导，包括对艺术教育的扶持。

二、从“人道主义”出发，崇尚具有“普遍性”和“超越性”的美

蔡元培留学德国期间，主要在莱比锡大学修哲学课程。由于在课堂上常听美

① 《教育独立议》，1922年3月，《蔡元培全集》第四卷，第177页。
② 《华工学校讲义》，1916年夏，《蔡元培全集》第二卷，第421页。
③ 《世界观与人生观》，1912年冬，《蔡元培全集》第二卷，第288页。
④ 《哲学大纲·美学观念》，1915年1月，《蔡元培全集》第二卷，第379页。
⑤ 《华法教育会之意趣》，1916年3月29日，《蔡元培全集》第二卷，第414页。

学、美术史、文学史课程，生活环境又处于音乐、美术的熏陶中，故转而对美学尤感兴趣，并“在美学上做一点实验工作”。美学研究使他认识到“美”（或“美感”）具有消除人我偏见的“普遍性”和破除利害顾忌的“超越性”，因而，当辛亥革命爆发，他回国出任中华民国临时政府教育总长后，一项重要的举措就是提倡“美育”。1915 年访学法国期间，他编著《哲学大纲》一书，其中《价值论》一编中的第四节便是《美学观念》（该书 1916 年由上海商务印书馆出版）。1920 年，他在湖南连续作了七次讲演，其中，《美学的进化》完整介绍了西方美学学科的诞生、发展历程。同年，他着手编著《美学道论》，写出《美学的倾向》《美学的对象》两章。在北京大学主持工作期间，他首次将“美学”课程引进教学，并亲开“美学”课程。[①] 在《美学的进化》中[②]，他揭示“美学”作为一门独立的学科由德国美学家鲍姆嘉敦创立：“……美学的进化……直到 18 世纪，始成立科学。”“美学的萌芽，也是很早。中国的《乐记》《考工记》《梓人篇》，已经有极精的理论。后来如《文心雕龙》、各种诗话、各种评论书画古董的书，都是与美学有关。但没有人能综合各方面的理论，有系统地组织起来，所以至今还没有建设美学。”“在欧洲古代，也是这样。希腊的大哲学家，如柏拉图、亚里士多德等，都有关于美学的名言。……罗马时代的文学家、雄辩家、建筑家，关于他的专门技术，间有著作。到文艺中兴时代，文喜（即芬奇）……等美术家，尤注意于建筑与图画的理论。……17 世纪，法国的诗人，有点新的见解。……用学理来分析美的原素，为美学先驱的，要推十七、十八世纪的英国经验派心理学家。他们知道美的赏鉴，是属于感情与想象力的。美的判断，不专是认识的。而且美的感情，也与别种感情有不同的点。如呵末（即休谟）说美的快感，是超脱的；与道德的实用的感情不同。又如褒尔克（即柏克）研究美感的种类，说‘美’是一见就生快感的……以上所举的哲学家，虽然有美学的理论，但都附属在哲学的或美术的著作中，不但没有专门美学的书，还没有美学

① 蔡元培《我在北京大学的经历》：“我本来很注意美育的，北大有美学及美术史教课，除中国美术史由叶浩吾君讲授外，没有人肯讲美学。（民国）十年，我讲了十余次，因足疾进医院停止。”文艺美学丛书编委会编：《蔡元培美学文选》，北京大学出版社 1983 年版，第 206 页。

② 《北京大学日刊》1921 年 2 月 19 日。文艺美学丛书编委会编：《蔡元培美学文选》，北京大学出版社 1983 年版，第 122 页。

的专名，与中国一样。”“直到一七五〇年，德国鲍格登（通译为鲍姆嘉敦）著《爱斯推替克》（Aesthetica）一书，专论美感。‘爱斯推替克’一字，在希腊文本是感觉的意义，经鲍氏著书后，就成美学专名，各国的学者都沿用了。这是美学上第一新纪元。”接着，蔡元培又介绍了康德、席勒、黑格尔、叔本华、立普斯等人的美学思想及其对“美学”学科的发展，一幅西方美学史的图景清晰可辨。

在对西方“美学”学科学的研究、译介中，蔡元培对“美”这种情感的特质有了清醒的认识。他反复强调“美”的“普遍性”和“超越性”。1912 年 4 月，他在《东方杂志》第 8 卷第 10 号发表《对于教育方针之意见》一文[①]，指出“美感”对“现象世界”“利害”关系的超越：“美感者……介乎现象世界与实体（本体也）世界之间，而为之津梁。”“在现象世界，凡人皆有爱恶惊惧喜怒悲乐之情，随离合生死祸福利害之现象而流转。至美术，则即以此等现象为资料，而能使对之者，自美感以外，一无杂念。例如采莲煮豆，饮食之事也，而一入诗歌，则别成兴趣；火山赤舌，大风破舟，可骇可怖之景也，而一入图画，则转堪展玩。是则对于现象世界，无厌弃而亦无执著也。人既脱离一切现象世界相对之感情，而为浑然之美感，则即所谓与造物为友，而已接触于实体世界之观念矣。故教育家欲由现象世界而引以到达于实体世界之观念，不可不用美感之教育。”在 1916 年出版的《哲学大纲》“美学观念”一节中[②]，蔡元培指出：“美学观念者，基本于快与不快之感，与科学之属于知见，道德之发于意志者，相为对待。”“其细绎纯粹美感之真相，发挥美学判断之关系者，始于近世哲学家，而尤以康德为最著。”“康德立美感之界说，一曰超脱，谓全无利益之关系也；二曰普遍，谓人心所同然也；三曰有则，谓无鹄的之可指，而自由其赴的之作用也；四曰必然，谓人性所固有，而无待乎外铄也。”

从“人道主义”社会理想和人生目标出发，蔡元培尤重美感之“超脱”性与“普遍”性：“夫人类共同之鹄的，为今日所堪公认者，不外乎人道主义……而人道主义之最大阻力为专己性。美感之超脱而普遍，则专己性之良药也。”1917 年，蔡元培在北京神州学会上作了题为《以美育代宗教说》的演讲，后来

① 文艺美学丛书编委会编：《蔡元培美学文选》，北京大学出版社 1983 年版，第 1 页。
② 文艺美学丛书编委会编：《蔡元培美学文选》，北京大学出版社 1983 年版，第 66 页。

发表在同年8月《新青年》第3卷第6号上，[1] 对美之“普遍性”及由此产生的“超绝实际”性、“去利害得失计较”的“超脱”性又有进一步的阐述：“纯粹之美育，所以陶养吾人之感情，使有高尚纯洁之习惯，而使人我之见，利己损人之思念，以渐消沮者也。盖以美为普遍性，决无人我差别之见能参入其中。食物之入我口者，不能兼果他人之腹；衣服之在我身者，不能兼供他人之暖，以其非普遍性也。美则不然。即如北京左近之西山，我游之，人亦游之；我无损于人，人亦无损于我也。隔千里兮共明月，我与人均不得而私之……美之为普遍性可知矣。”“美以普遍性之故，不复有人我之关系，遂亦不能有利害之关系。马牛，人之所利用者，而戴嵩所画之牛、韩幹所画之马，决无对之而作服乘之想者。狮虎，人之所畏也，而卢沟桥之石狮、神虎桥之石虎，决无对之而生抟噬之恐者。善歌之鸟，恒非食品；灿烂之蛇，多含毒液，而以审美之观念对之，其价值自若。美色，人之所好也，对希腊之裸像，绝不敢作龙阳之想；对拉飞尔（即拉斐尔）苦鲁滨司之裸体画，绝不敢有周秘戏图之想。盖美之超绝实际也如是。”发表于1919年12月1日《晨报副刊》的《文化运动不要忘了美育》又一次重申：“美术的教育”，可“提起一种超越利害的兴趣、融合一种划分人我的偏见，促持一种永久和平的心境”。[2]

蔡元培依据西方美学对“美”的“普遍性”和“超脱性”的分析与强调，标志着现代美学观念与中国古代美学观念（如以“味”为“美”）的根本分野，成为他一生倡导美育特别是艺术教育的重要根据。

三、对“美育”和“美术之教育”的倡导

“美育”的概念，早先由王国维在1903年发表的《论教育之宗旨》一文中提出，而一生大力倡导“美育”特别是艺术教育并造成巨大影响的当推蔡元培。

1911年11月，蔡元培从德国归来。1912年4月，在他担任为期不长的民国临时政府教育总长期间，发表《对于教育方针之意见》，在“军国民教育”（体育）、“实利教育”、“德育”、“世界观教育”之外，别立“美育”，主张以“五

① 文艺美学丛书编委会编：《蔡元培美学文选》，北京大学出版社1983年版，第68页。
② 文艺美学丛书编委会编：《蔡元培美学文选》，北京大学出版社1983年版，第83页。

育”教化国民。所谓“美育”，即“美感之教育”，旨在教育人超越“祸福利害”的“现象世界”，达到无功利的“实体（即本体）世界”；包括“图画”“唱歌”等，也就是后来所说的“美术之教育”。

“五四”时期，蔡元培将大部分精力都投入到“美育”的倡导。1916 年 3 月 29 日，旅居法国的蔡元培在巴黎自由教育会所举行的华法教育会上的演说中，将音乐、图画、书法、饰文等“美术”教育作为教育的一项重要内容提出①。1916 年 5 月，蔡元培在法国华工学校师资班讲课，讲义中列“图画”“音乐”“戏剧”“诗歌”“建筑”“雕刻”诸项，体现了广博的“美术”造诣②。1917 年，蔡元培发表《以美育代宗教说》之演讲，提出“专尚陶养感情之术，则莫如舍宗教而易以纯粹之美育”。1918 年，蔡元培在北京大学发起组织了画法研究会和中国第一国立美术学校，并为研究会撰《旨趣书》③，在学校开学式上致辞④。1919 年，蔡元培发起组织北京大学音乐研究会，并为该会拟定“章程”⑤；又于 1920 年倡办《音乐杂志》。1920 年，蔡元培目睹“五四”新文化运动有重科学、轻美育的倾向，撰文呼吁：“文化运动不要忘了美育”⑥；同年 12 月 7 日，蔡元培出国考察途经新加坡南洋华侨中学时，作《普通教育和职业教育》之演讲⑦，提出“健全的人格，内分四育”，即“体育”“智育”“德育”“美育”⑧。1922 年，蔡元培发表《美育实施的方法》⑨，主张“美育”应渗透到“家庭教

① 蔡元培：《华法教育会之意趣》，文艺美学丛书编委会编：《蔡元培美学文选》，北京大学出版社 1983 年版，第 8 页。

② 蔡元培：《华工学校讲义》，文艺美学丛书编委会编：《蔡元培美学文选》，北京大学出版社 1983 年版，第 22 页。

③ 文艺美学丛书编委会编：《蔡元培美学文选》，北京大学出版社 1983 年版，第 76 页。

④ 文艺美学丛书编委会编：《蔡元培美学文选》，北京大学出版社 1983 年版，第 77 页。

⑤ 文艺美学丛书编委会编：《蔡元培美学文选》，北京大学出版社 1983 年版，第 78 页。

⑥ 文艺美学丛书编委会编：《蔡元培美学文选》，北京大学出版社 1983 年版，第 83 页。

⑦ 文艺美学丛书编委会编：《蔡元培美学文选》，北京大学出版社 1983 年版，第106 页。

⑧ 蔡元培《美育实施的方法》（文艺美学丛书编委会编：《蔡元培美学文选》，北京大学出版社 1983 年版，第 154 页）：“我国初办新式教育的时候，只提出体育、智育、德育三条件，称为三育。十年来，渐渐的提到美育，现在教育界已经公认了。”可见毛泽东“德智体全面发展”的方针始于民国初年的新式教育；而三育之外加上“美育”，始于蔡元培。

⑨ 文见文艺美学丛书编委会编：《蔡元培美学文选》，北京大学出版社 1983 年版，第 154 页。

育”“学校教育”“社会教育”中。

此后，对“美育”或艺术教育（又称“美术教育”）的倡导贯穿于蔡元培的一生。1930 年，蔡元培为《教育大辞书》撰“美育”条①，完整地表述了他对“美育”的思考：“美育者，应用美学之理论于教育，以陶养感情为目的者也。”“美育者，与智育相辅而行，以图德育之完成者也。”同年 12 月，蔡元培又发表《以美育代宗教》一文②，强调：“美育是自由的，而宗教是强制的”；“美育是进步的，而宗教是保守的”；“美育是普及的，而宗教是有界的”。“宗教上不朽的一点止有美。”“因为宗教中美育的原素虽不朽，而既认为宗教的一部分，则往往引起审美者的联想，使彼受智育德育诸部分的影响，而不能为纯粹的美感，故不能以宗教充美育，而止能以美育代宗教。”以“美育”代“宗教”，并不排斥“宗教”与“美育”及“美”的联系。1931 年，蔡元培还发表过《二十五年来中国之美育》一文③，回顾了中国美育在“造型美术”（包括博物院展览会、摄影术）、“音乐”、“文学”、“演剧”、“影戏”、“留声机与无线电播音机”、“公园”诸方面所做的实绩，并总结说：

> “美育”的名词，是民国元年我从德文 Ästhetische Erziehung 译出，为从前所未有。在古代说音乐的，说文学的，说书画的，都说他们有陶冶性情的作用，就是美育的意义，不过范围较小，教育家亦未曾作普及的计划。最近二十五年，受欧洲美术教育的影响，始着手各方面的建设，虽成绩不甚昭著，而“美育”一名词，已与智育、德育、体育等同为教育家所注意，这不能不算是二十五年的特色。

1932 年，蔡元培再次发表《美育代宗教》一文④，指出“美育的范围要比美术大得多，包括一切音乐、文学、戏院、电影、公园、小小园林的布置，繁华的都市，幽静的乡村等，此外如个人的举动，社会的组织，学术团体，山水的利用，以及其他种种的社会现状，都是美化。美育是广义的，而美术的意义太狭”。可

① 文艺美学丛书编委会编：《蔡元培美学文选》，北京大学出版社 1983 年版，第174 页。
② 文艺美学丛书编委会编：《蔡元培美学文选》，北京大学出版社 1983 年版，第179 页。
③ 文艺美学丛书编委会编：《蔡元培美学文选》，北京大学出版社 1983 年版，第186 页。
④ 文艺美学丛书编委会编：《蔡元培美学文选》，北京大学出版社 1983 年版，第160 页。

见“美育”的范围包含“美术”教育，又大大超过“美术”教育。

蔡元培在“五四”前后致力于美学的译介推广与应用实践，由于他举足轻重的社会地位，他的活动产生了很大的影响，他因为社会事务缠身没能完成的现代美学学科体系在其他学者手中得以建构。1923 年，吕澂所著《美学浅说》《美学概论》先后由商务印书馆出版，1926 年，陈望道所著《美学概论》由上海民智书局出版，中国美学学科初步完成了向现代美学学科的转型。与此同时，刘永济的《文学论》(1922)、马宗霍的《文学概论》(1925)、潘梓年的《文学概论》(1925)、沈天葆的《文学概论》(1926)、郁达夫的《文学概说》也相继出版，中国文学彻底告别了过去的泛文学道路，走上了作为“美术”之一的美文学道路。

第七节　鲁迅：从“个性”到“遵命”

鲁迅（1881—1936），原名周树人。1898 年至 1902 年在南京洋务派所办学堂求学。1902 年至 1909 年赴日本留学，写下《文化偏至论》《摩罗诗力说》等重要论文。回国后至 1917 年，伴随着辛亥革命的发动和失败，鲁迅的心情由热变冷，埋头整理国故。俄国十月革命的胜利使鲁迅心情为之大振。在“五四”文学革命中，鲁迅参加了《新青年》杂志的编辑工作，并以《狂人日记》《阿 Q 正传》等小说（后结集为《呐喊》）和大量杂文（后结集为《坟》《热风》），成为“五四”文学革命的又一面旗帜。“鲁迅”即是他 1918 年 5 月在第 4 卷第 5 号《新青年》月刊发表《狂人日记》小说时使用的笔名。本书把“五四”及“五四”以前的鲁迅视为前期鲁迅。1922 年，陈独秀主编的《新青年》休刊，“五四”文学革命宣告结束。此后直至 1927 年，中国社会发生了一连串政治变故，鲁迅又一次陷入苦闷与沉思之中。这段时期也是他思想转变的过渡时期，前期的思想还有残留，后期的思想逐渐萌芽。本书称之为中期鲁迅。1927 年蒋介石发动“四一二”政变，彻底毁灭了鲁迅原先的信仰，促使他转向对马克思主义唯物论的阶级论的信奉。本书称之为后期鲁迅。他的文学美学观也就分为前后两个不同的时期。

与胡适、陈独秀、周作人主要是以理论文章发起和参与“五四”文学革命不同，鲁迅主要以振聋发聩的小说、杂文创作体现“五四”文学革命的实绩。比如鲁迅所写《狂人日记》作为中国新文学的第一篇小说，不仅以白话形式呼应着胡适的“文学改良”，而且以暴露家族制度和礼教的“吃人”弊害呼应着周作人“人的文学”主题。它以“‘表现的深切和格式的特别’，抨激了一部分青年读者的心”，“显示了‘文学革命’的实绩”①。而鲁迅此前在1906年发表的《文化偏至论》、1908年发表的《摩罗诗力说》、1913年发表的《拟播布美术意见书》，则构成鲁迅“五四”文学革命创作实绩的思想基础。1922年发表的《呐喊·自序》、1924年发表的《中国小说的历史的变迁》、1925年发表的《再论雷峰塔的倒掉》等，则是了解其中前期文学美学观点的代表论文。

一、早期观点之一：“尊个性而张精神”“非物质而重个人”

重视心灵的能动作用和个性的自由表达，是近代文学美学的两个特点。前者如梁启超认为美是“心所造之境”，主张通过文学改良人心来改造社会，后者如黄遵宪主张“我手写我口”“诗之中有人”，等等。鲁迅受时代风潮影响，将近代文学美学对心灵和个性的推崇凝聚为一个崭新的命题“尊个性而张精神”，作为文学的有用之用。在物质与精神之间，前期鲁迅更注重人性的精神层面。1906年鲁迅在日本留学时弃医从文，正是因为医学只能给人以健壮的肉体，而文学可以改变国民的精神。他后来回忆起这个专业改变的原因时曾如此解释：“凡是愚弱的国民，即使体格如何健全，如何茁壮，也只能做毫无意义的示众的材料和看客，病死多少是不必以为不幸的”，所以“医学并非一件紧要事”，“我们的第一要著，是在改变他们的精神，而善于改变精神的是，我那时以为当然要推文艺……”②1907年，他在《文化偏至论》中提出“立人”的思想。针对当时流行的关于中国现代文明的种种设想，他提出，无论“以富有为文明”“以路矿（即科技）为文明”，还是“以众治（即以议会为代表的现代民主）为文明”，都是片面的、肤浅的舍本逐末之见，文明的“根柢在人”，中国在20世纪里要“角

① 《呐喊·自序》。
② 《呐喊·自序》。

逐列国”，“屹然独见于天下”，“其首在立人”，“人立而后凡事举”。所谓“立人”，也就是使人独立，“把人当做人”，而不是“使人成为奴隶”。他所强调的“人”的“独立”，主要指“人的个体生命的精神自由”。在回答“怎样立人”的问题时，他说：“若其道术，乃必尊个性而张精神”；文明的根本“止于二事，曰‘非物质’，曰‘重个人’”；中国社会建设的切入点应是“掊物质而张灵明，任个人而排众数”。个体精神独立，就是最为根本的“立人”之道。因此，对于中国古代封建专制统治“以独制众”，使人民大众普遍丧失个性独立、思想自由的权利，沦为精神麻木的奴隶，鲁迅给予痛斥；对过分崇拜物质和科技导致人的“内面精神”的丧失、使人沦为物质的奴隶，过分崇拜“议会”民主、把“民主”简单地等同于“众数”，“以众虐独”“借众凌寡”，造成个体独立丧失的西方现代文明，鲁迅也发出了警惕性的批判。他说：“凡一个人，其思想行为，必以己为终枢，亦以己为终极：即立我性为绝对之自由者也。”“唯发挥个性，为至高之道德。”“张大个人之人格，又人生之第一义也。”适应民主革命的思想需求，在《摩罗诗力说》中，鲁迅对富有个性解放战斗精神的西方“摩罗诗派”给予高度称颂。“摩罗”系梵文音译，原意为专事破坏的魔鬼，鲁迅用来指十八、十九世纪西方以拜伦、雪莱、普希金为代表的浪漫主义诗派。鲁迅指出，摩罗诗派“立意在反抗，指归在动作”；“大都不为顺世和乐之音，动吭一呼，闻者兴起，争天拒俗，而精神复深感后世人心，绵延至于无已”，“固声之最雄杰伟美者”；令人读之，“益为之美伟强力高尚发扬，而污浊之平和，以之将破”。这种美学取向，与《文化偏至论》中倡导的“尊个性而张精神”一脉相承。在《新青年》随感录里，鲁迅提倡有几分天才、几分狂气的“个人的自大”。“五四”时期《狂人日记》中塑造的“狂人”形象，正可视为此前作者所追求的“尊个性而张精神”“立意在反抗、指归在动作”思想的化身。

二、早期观点之二：“文章”的“美术本质”探讨

“尊个性而张精神”是新文学应当着力表现的内容，而在形式上，新文学应当是使人“兴感怡悦”为特征的美文学。

早在《摩罗诗力说》中，鲁迅就揭示：“一切美术之本质，皆在使观听之人，为之兴感怡悦。文章为美术之一，质当亦然。”鲁迅所说的“美术”，译自

英文“Art”，包括“雕塑、绘画、文章、音乐皆是也”①。一切“美术”所具有的这种使人“兴感怡悦”的美是超实用的，它就是艺术的“本质”“目的”。鲁迅强调：“由纯文学上言之……文章……与个人暨邦国之存，无所系属，实利离尽，究理弗存。故其为效，益智不如史乘，诫人不如格言，致富不如工商，弋功名不如卒业之券（毕业文凭）。特世有文章，而人乃以几于具足。……文章不用之用，其在斯乎？”“涵养人之神思，即文章之职与用也。”②“言美术之目的者，为说至繁，而要以与人享乐为圭臬，唯于利用有无，有所牴午（牾）。”③

一方面肯定“美术”之美的“不用之用”，另一方面鲁迅又强调“美术”的非审美功用，这些功用包括“人生”的、“文化”的、“道德”的、“经济”的功用。《摩罗诗力说》指出：“丽（附）于文章能事者，犹有特殊之用一。盖世界大文，无不能启人生之（秘）机，而直语其事实法则，为科学所不能言者。所谓机，即人生之诚理（真理也）是已。此为诚理，微妙幽玄，不能假口于学子……直笼其（指文章）辞句中，使闻其声者，灵府朗然，与人生即会。”美的文章能直接描写、揭示“学术”所无法展示的人生真理。在《拟播布美术意见书》中，鲁迅面对当时唯美者与主用者两种不同的美术观，提出了折中的意见：“主美者以为美术目的，即在美术，其于他事，更无关系。诚言目的，此其正解。然主用者则以为美术必有利于世，倘其不尔，即不足存。顾实则美术诚谛，固在发扬真美，以娱人情；比其见利致用，乃不期之成果。沾沾于用，甚嫌执持，唯以颇合于今日国人之公意，故从而略述之如次：美术可以表见文化……美术可以辅翼道德……美术可以救援经济……美术之用，大者既得三事，而本有之目的，又在与人以享乐，则实践此目的之方术，自必在于播布。”美术通过“与人以享乐”的美“表见文化”“辅翼道德”“救援经济”，文学艺术的无用之用与有用之用就这样辩证地统一起来了。

文学艺术的美，既来源于对现实生活的真实刻画，也来源于按照审美理想的虚构创造。艺术可以而且应当根据理想进行虚构。《拟播布美术意见书》指出：

---

① 鲁迅：《拟播布美术意见书》，发表于1913年2月《教育部编纂处月刊》第一卷第一册，收入《鲁迅全集》第八卷，人民文学出版社1981年版。

② 鲁迅：《摩罗诗力说》。按：此文写于1907年，发表于1908年《河南》月刊第二号、第三号。收入《鲁迅全集》第一卷，人民文学出版社1981年版。

③ 鲁迅：《拟播布美术意见书》，《鲁迅全集》第八卷，人民文学出版社1981年版。

"美术者，有三要素：一曰天物，二曰思理，三曰美化。""天物"指自然事物。"思理"指主观的审美理想。"美化"指按照理想改造自然物的审美创造过程。"'美术'云者，即用思理以美化天物之谓。""所见天物，非必圆满，华或槁榭，林或荒秽，再现之际，当加改造，俾其得谊，是曰'美化'，倘其无是，亦非美术。"这是对徐念慈提倡的"理想美学"的发展。同时，艺术的虚构必须符合生活的逻辑真实才可打动人心，如果虚假失真，反而不美。比如《红楼梦》的审美价值，在鲁迅看来，"要点在敢于如实描写，并无讳饰，和从前的小说叙好人完全是好，坏人完全是坏的，大不相同，所以其中所叙的人物，都是真的人物。"① 因此对中国传统审美文化中不顾事实、一味求全的"十景病"，鲁迅予以尖锐讽刺和批评：

> 我们中国的许多人……大抵患有一种"十景病"，至少是"八景病"，沉重起来的时候大概在清朝。凡看一部县志，这一县往往有十景或八景，如"远村明月""萧寺清钟""古池好水"之类。而且，"十"字形的病菌，似乎已经侵入血管，流布全身……点心有十样锦，菜有十碗，音乐有十番，阎罗有十殿，药有十全大补，猜拳有全福手福手全，连人的劣迹或罪状，宣布起来也大抵是十条……②

此外，鲁迅还给文学艺术中的"悲剧"和"喜剧"作出了精辟界定。在此之前，翻译过来的西方美学曾分别涉及"悲剧""喜剧"范畴的划分和界定，然而歧义多出，不便把握。鲁迅融合诸说，指出："悲剧将人生的有价值的东西毁灭给人看，喜剧将那无价值的东西撕破给人看。"③ 寥寥数语，切中肯綮，可谓要言不烦，简明实用，抓住了悲剧、喜剧人物、活动、事件、结果的要害，为理解、把握这两个范畴的丰富内涵提供了广阔的思维空间。

---

① 《中国小说的历史的变迁》，收于鲁迅《中国小说史略》附录，人民文学出版社 1976 年版，第 306 页。

② 鲁迅：《再论雷峰塔的倒掉》，发表于 1925 年 2 月 23 日《语丝》周刊，收入《鲁迅全集》第一卷，人民文学出版社 1981 年版。

③ 鲁迅：《再论雷峰塔的倒掉》，发表于 1925 年 2 月 23 日《语丝》周刊，收入《鲁迅全集》第一卷，人民文学出版社 1981 年版。

三、后期追求："无产文学"与"革命文学"

1927年蒋介石发动军事政变，促使鲁迅告别原来的进化论，完成了向马克思主义的转变。从1927年至1936年逝世的最后十年，后期鲁迅虽然没有完全放弃前期个体精神独立的追求，始终没有加入任何党派，但马克思主义的唯物论和阶级论却在他思想中占主导地位。他加入了"无产阶级革命文学"的鼓吹，成为"左联"革命文学活动的主将，倡导"无产阶级文学"和"革命文学"，甘当"无产阶级和人民大众的'牛'"，从而与"五四"文学革命时期的追求渐行渐远。

1. 从共同人性论到阶级人性论

鲁迅早期是一个进化论者。以生物进化论的观点看人性，他更多地看到的是人区别于动物的物种属性、共同人性。1902年，鲁迅与许寿裳在一起时经常讨论的一个话题是，怎样才是理想的人性？1907年，他将这种思考的结果第一次在《文化偏至论》中提出来，就是"立人"。所谓"立人"，也就是"把人当做人"。什么是"人"呢？在《文化偏至论》中，鲁迅探讨了人的精神属性，提出"掊物质而张灵明"，表达了他重精神、轻物质的人性思想。后来发现人的精神是立足于肉体生命的保存和延续基础上的，无视人的物质欲求，无异于是要求人变成神。于是，在《我们现在怎样做父亲》① 中，鲁迅指出，"立人"就应包含三点含义："一、要保存生命；二、要延续这生命；三、要发展这生命。""保存生命"即满足食欲，"延续生命"即满足性欲。"生物为保存生命起见，具有种种本能，最显著的食欲。因有食欲才摄取食品，因有食品才发生温热，保存了生命。但生物的个体，总免不了衰老和死亡，为继续生命起见，又有一种本能，便是性欲。因性欲才有性交，固有性交才发生苗裔，继续了生命。所以食欲是保存自己、保存现在生命的事，性欲是保存后裔、保存永久生命的事。饮食并非罪恶，并非不净；性交也就并非罪恶，并非不净。"关于人的食欲本能，针对"君子何必言利"的传统偏见，鲁迅讽刺说："人类有一个大缺点，就是常常要饥饿……经济权就见得最要紧了"，"凡承认饭需要钱买，而以说钱为卑鄙者，倘

① 原载1919年11月1日《新青年》第6卷第6号。

能按一按他的胃，那里面怕总还有鱼肉没有消化完，须得饿他一天之后，再来听他发议论。”① 关于人的性欲本能，鲁迅指出：“觉醒的人，应该洗净了东方固有的不净思想……了解夫妇是伴侣、是共同劳动者，又是新生命创造者的意义。”② 1925 年，鲁迅在《忽然想到（六）》中大声疾呼：“我们目下的当务之急，是：一要生存，二要温饱，三要发展。苟有阻碍这前途者，无论是古是今，是人是鬼，是《三坟五典》、百宋千元、天球沙图、金人玉佛、祖传丸散、秘制膏丹，全都踏倒他。”不言而喻，前期鲁迅讨论的人的精神属性和物质属性，都属于人人具有的共同人性。

然而，后期鲁迅在“无产阶级革命文学”论争中，则通过对新月派文人梁实秋和“第三种人”苏汶的批判，否定了共同人性论，提出了阶级人性论，指出文学在阶级社会中不可能保持中立，一切进步的文学创作应当努力成为“无产阶级文学”。“革命文学”论争中，梁实秋以反映普遍人性的“人性的文学”主张反对阶级人性主张和“革命文学”口号，遭到“革命文学”论者的口诛笔伐。鲁迅发表《文学的阶级性》③、《新月社批评家的任务》④、《“硬译”与“文学的阶级性”》⑤、《“丧家的”“资本家的乏走狗”》⑥ 等加以批驳。鲁迅指出：“若据性格情感等，都受‘支配于经济’之说，则这些就一定都带着阶级性……所以不相信有一切超乎阶级、文章如日月的永久的大文豪。”⑦ “文学不借人，也无以表示性。一用人，而且还在阶级社会里，断不能免掉所属的阶级性，无需加以束缚，实乃出于必然。自然，喜怒哀乐人之情也。然而穷人决无开交易所折本的懊恼，煤油大王那会知道北京拣煤渣老婆子身受的酸辛，饥区的灾民，大约总不去种兰花，像阔人的老太爷一样，贾府上的焦大，也不爱林妹妹的。”“倘说，因为我们是人，所以以表现人性为限，那么，无产者就因为是无产阶级，所以要做无产文学。”⑧ 在与“第三种人”苏汶的论争中，鲁迅指出：“生在有阶级的社会

---

① 1923 年 12 月 26 日在北京女子高等师范学校的演讲《娜拉走后怎样》。
② 《我们现在怎样做父亲》，1919 年 11 月 1 日《新青年》第 6 卷第 6 号。
③ 1928 年 8 月《语丝》第 4 卷第 34 期。
④ 1930 年 1 月 1 日《萌芽月刊》第 1 卷第 1 期。
⑤ 1930 年 3 月 1 日《萌芽月刊》第 1 卷第 3 期。
⑥ 1930 年 5 月 1 日《萌芽月刊》第 1 卷第 5 期。
⑦ 《语丝》第 4 卷第 34 期，1928 年 8 月。
⑧ 《“硬译”与“文学的阶级性”》，1930《萌芽》1 卷 3 期。

里而要做超阶级的作家……实在也是一个心造的幻影，在现实世界上是没有的。要做这样的人，恰恰如用自己的手拔着头发，要离开地球一样。”“所以虽是‘第三种人’，却还是一定超不出阶级的。”① 在《对于左翼作家联盟的意见》中，他明确宣称：“无产阶级文学，是无产阶级解放斗争的一翼，它跟着无产阶级的社会的势力的成长而成长。”②

2. 从个性文学到遵命文学、革命文学

鲁迅早在《文化偏至论》中就提出了“任个人而排众数”的主张：“唯发挥个性，为至高之道德。”“张大个人之人格，又人生之第一义也。”“五四”文学革命时期，他正是以个性解放的主题登上新文学运动的历史舞台，显示“个性的文学”实绩的。随着后期阶级人性论的确立，文学成了无产阶级革命事业的一翼，“革命文学”“遵命文学”的思想逐渐形成。1927 年 4 月 8 日，鲁迅在黄埔军官学校作了《革命时代的文学》的演讲，指出：“为革命起见，要有‘革命人’，‘革命文学’倒无须着急，革命人做出东西来，才是革命文学。所以，我想：革命，倒是与文章有关系的。”③ 1927 年 10 月 21 日发表的《革命文学》一文中，鲁迅重申：“我以为根本问题是在作者可是一个‘革命人’，倘是的，则无论写的是什么事件，用的是什么材料，即都是‘革命文学’。”④ 在 1928 年 4 月 16 日发表的《文艺与革命》一文中，鲁迅强调：“我以为根本的问题是在作者可是一个‘革命人’，倘是的，则无论写的是什么事件，用的是什么材料，即都是‘革命文学’。从喷泉里出来的都是水，从血管里出来的都是血。”⑤ 在 1931 年发表的《上海文艺之一瞥》中，他告诫：“革命文学家，至少是必须和革命共同着生命，或深切地感受着革命的脉搏的。”⑥于是，文学在鲁迅变成了听命于“革命”要求的“遵命文学”。20 世纪 30 年代初，鲁迅在《南腔北调集·〈自选集·自序〉》中回顾说，他在“五四”时期的作品，是“遵命文学”，“不

---

① 《论“第三种人”》，1932 年 11 月《现代》第 2 卷第 1 期。

② 1930 年 3 月 2 日在左翼作家联盟成立大会上的演讲。

③ 1927 年 6 月 12 日《黄埔生活》周刊第 4 期。

④ 《革命文学》，1927 年 10 月 21 日《民众旬刊》第 5 期。

⑤ 《革命文学》，1927 年 10 月 21 日《民众旬刊》第 5 期。

⑥ 《上海文艺之一瞥》，1931 年 8 月 3 日、10 月 27 日上海《文艺新闻》第 20 期和 21 期。

过我所遵奉的，是那时革命先驱者的命令，也是我自己愿意遵奉的命令，绝不是皇上的圣旨，也不是金元和真的指挥刀。”“我做小说，是开始于1918年，《新青年》上提倡‘文学革命’的时候的。……我的作品在《新青年》上，步调是和大家大概一致的，所以我想，这些确可以算作那时的‘革命文学’。”鲁迅回忆小说《药》的创作时也说：“我的文学是一种‘遵命文学’，既然是遵命文学，当然须得听将令的了。于是我有时不惜在小说中用了曲笔，比如，在瑜儿的坟上凭空添上一个花环……”用“遵命文学”指称“五四”文学只是后话，其实并不准确，因为“五四”新文学的“革命”是包含着个性自由和艺术独立的；用来指称“无产阶级革命文学”倒很贴切，因为“无产阶级革命文学”所说的“革命”，已消解了个性自由和艺术自律。1932年，鲁迅写下了七律诗《自嘲》：“横眉冷对千夫指，俯首甘为孺子牛。”后期鲁迅堪称无产阶级革命“遵命文学”的代表。

参考文献

1. 郭绍虞主编:《中国历代文论选》(四册本),上海古籍出版社 1979 年至 1980 年出版。

2. 北京大学哲学系美学教研室编:《中国美学史资料选编》(上下册),中华书局 1981 年版。

3. 叶朗总主编:《中国历代美学文库》(多卷本),高等教育出版社 2003 年版。

4. 何文焕编:《历代诗话》(上下册),中华书局 1981 年版。

5. 贾文昭主编:《中国古代文论类编》(上下卷),海峡文艺出版社 1988 年版。

6. 胡经之主编:《中国古代美学丛编》(三册本),中华书局 1988 年版。

7. 徐中玉主编:《中国古代文艺理论专题资料丛刊》,中国社会科学出版社 2013 年版。

8. 郭绍虞:《中国文学批评史》,上海古籍出版社 1979 年版。

9. 罗根泽:《中国文学批评史》(三册本),上海古籍出版社 1984 年版。

10. 敏泽:《中国文学理论批评史》(上下卷),人民文学出版社 1981 年版。

11. 王运熙、顾易生主编:《中国文学批评史》(三册本),上海古籍出版社 1978 年至 1985 年出版。

12. 王运熙、顾易生主编:《中国文学批评通史》(七卷本),上海古籍出版社 1996 年版。

13. 陈谦豫:《中国小说理论批评史》,华东师范大学出版社 1989 年版。

14. 邓牛顿主编:《中国历代艺术文粹丛书》(四册本),东方出版中心 1999 年版。

15. 叶朗：《中国美学史大纲》，上海人民出版社 1985 年版。

16. 李泽厚、刘纲纪主编：《中国美学史》（第一卷），中国社会科学出版社 1984 年版。

17. 李泽厚、刘纲纪：《中国美学史》（魏晋南北朝编），安徽文艺出版社 1999 年版。

18. 王向峰：《中国美学论稿》，中国社会科学出版社 1996 年版。

19. 张法：《中国美学史》，上海人民出版社 2000 年版。

20. 陈望衡：《中国古典美学史》，湖南教育出版社 1998 年版。

21. 朱志荣主编：《中国美学简史》，北京大学出版社 2007 年版。

22. 王振复：《中国美学的文脉历程》，四川人民出版社 2002 年版。

23. 朱熹：《论语集注》、《孟子集注》，《四书章句集注》，中华书局 1983 年版。

24. 陈鼓应：《老子注译及评介》，中华书局 1984 年版。

25. 曹础基：《庄子浅注》，中华书局 1982 年版。

26. 赵仲邑：《文心雕龙译注》，漓江出版社 1982 年版。

27. 刘熙载：《艺概》，上海古籍出版社 1978 年版。

28. 《蔡元培美学文选》，北京大学出版社 1983 年版。

29. 《鲁迅全集》，人民文学出版社 1981 年版。

30. 《周作人文类编》（十册本），湖南文艺出版社 1998 年版。